Weitere Titel des Autors:

Kalypto – Die Herren der Wälder
Kalypto – Die Magierin der Tausend Inseln
Kalypto – Die Wächter des schlafenden Berges

Titel in der Regel auch als E-Book erhältlich

Über den Autor:

Tom Jacuba ist das Pseudonym eines deutschen Autors. Jacuba war bis Mitte der 90er Jahre Diakon und Sozialpädagoge und schrieb vorwiegend Satiren, Kurzgeschichten und Kinderbücher. Seither ist er freier Autor und verfasst Fantasyromane, historische Romane, Spannungs- und Science-Fiction-Geschichten. Er erhielt 2001 den *Deutschen Phantastik-Preis* als Autor des Jahres.

Tom Jacuba

DER STURM

BASTEI LÜBBE TASCHENBUCH
Band 20911

Dieser Titel ist auch als E-Book erschienen

Originalausgabe

Die Veröffentlichung dieses Werkes erfolgt auf Vermittlung
der literarischen Agentur Peter Molden, Köln.

Copyright © 2018 by Tom Jacuba und Bastei Lübbe AG, Köln
Textredaktion: Friederike Haller, Wortspiel, Berlin
Titelillustration: © RYGER/shutterstock;
Regina Bilan/shutteerstock; kateja_f/iStock
Umschlaggestaltung: Guter Punkt, München | www.guter-punkt.de
Satz: two-up, Düsseldorf
Gesetzt aus der Caslon
Druck und Verarbeitung: Druckerei C. H. Beck, Nördlingen
Printed in Germany
ISBN 978-3-404-20911-8

1 3 5 4 2

Sie finden uns im Internet unter www.luebbe.de
Bitte beachten Sie auch: www.lesejury.de

Ein verlagsneues Buch kostet in Deutschland und Österreich jeweils überall
dasselbe. Damit die kulturelle Vielfalt erhalten und für die Leser bezahlbar bleibt,
gibt es die gesetzliche Buchpreisbindung. Ob im Internet, in der Großbuchhand-
lung, beim lokalen Buchhändler, im Dorf oder in der Großstadt – überall
bekommen Sie Ihre verlagsneuen Bücher zum selben Preis.

Die Geister, die ich rief, werd ich nun nicht los.
Aus dem Zauberlehrling von J.W. Goethe

Dramatis personae

Prospero	Herzog von Milano
Miranda	seine Tochter
Julia	seine Gattin
Gonzo	sein Berater
Tonio	sein Bruder und Kanzler von Milano
Bruno	sein Leibgardist
Jesu	sein Kammerdiener
Buback	ein Uhu
Arbosso	König von Napoli
Feridan	sein Sohn
Sebasto	sein Bruder
Josepho	ein Medikus
Felix	sein Schüler
Caliban	ein Halbmensch
Ariel	ein Elf
Coraxa	eine Hexe
Taifunos	ein Fürst der Unterwelt
Rico	ein Schwertmann
Stefano	ein Schwertmann
Polino	ein Bootsmann

Erstes Buch
Der Herzog

1

Der Sturm

Eine Frau saß in der Takelage des Großmastes. Ganz oben, neben dem Krähennest. Himmelblaues Kleid, zierliche Gestalt, langes weißblondes Haar. Sie bewegte Arme und Oberkörper wie zum Klang einer unhörbaren Musik. Hübsch anzusehen – aber ein Trugbild.
Feridan blinzelte zu dem schönen Bild hinauf. Blinzelte, bis das grelle Flimmern der Vormittagssonne die Frau mit dem Segeltuch und dem wolkenlosen Himmel verschwimmen ließ. Die Sinnestäuschung löste sich in nichts auf.
Gott sei Dank!
Schade.
Feridan senkte den Kopf, umklammerte die Balustrade der Reling und kniff für einen Moment die Lider zusammen. Nach einem tiefen Atemzug wandte er sich wieder der krummen Gestalt des Herzogs zu. Und der Seekarte, die der Herrscher von Milano zwischen seiner linken Hand und dem Haken seines rechten Armes auf der Reling ausbreitete; dabei drückte er eine Seite des großen Pergaments mit der eisernen Prothese auf die Brüstung.
Herzog Tonio schüttelte ungläubig den Kopf. »Wohin um alles in der Welt hat es uns verschlagen? Was ist das für eine Insel da drüben? Das kann doch nicht wahr sein!« Der Herzog murmelte so vor sich hin, als würde er mit sich selbst sprechen. Oder mit niemandem. Eine Insel? Feridan blickte sich um. Er konnte nirgends Land entdecken. Nur Wogen und Möwen. Meinte der edle Tonio vielleicht dieses dunkle Etwas zwischen Ozean und Him-

mel da hinten am Nordhorizont? Ein weit abgetriebenes Schiff der kleinen königlichen Flotte wahrscheinlich. Oder eine aufsteigende Wolke oder ein Möwenschwarm. Aber niemals Land. Oder doch?

Wieso wurde es eigentlich plötzlich so dunkel?

»Land! Backbords!«, schrie der Schiffsjunge vom Krähennest herab. »Eine Insel!«

Feridan blinzelte zu ihm hinauf. Nur eine Armlänge weit von dem Jungen entfernt saß eine Frau in der Takelage. Immer noch. Ganz oben, neben dem Ausguck mit dem Jungen. Diesmal verschwamm ihre Gestalt nicht mit Himmel und Segel, da konnte Feridan blinzeln, so oft er wollte. Der Atem stockte ihm, denn die Frau hielt sich nirgendwo fest, ließ die Beine einfach so baumeln, fuchtelte einfach so mit den Armen, als wollte sie ein Orchester dirigieren.

Schwachsinn! Feridan kniff die Augen zu. Frauen saßen nicht in Takelagen. Niemals! Frauen in Takelagen, die sich nirgendwo festhielten, die Beine baumeln ließen und mit den Armen fuchtelten? Das gab es überhaupt nicht! Das hatte es noch nie gegeben.

Feridan riss die Augen wieder auf und schüttelte sich. Der Wein. Sein Vater, der König, hatte zum Frühstück Wein ausschenken lassen. Viel Wein. Und jetzt saß eben eine Frau in der Takelage. Na und?

Feridan schaute lieber aufs Meer hinaus. »Na und?«, murmelte er.

Wieso rauschte und brauste und heulte es plötzlich von allen Seiten? Wieso zogen alle Möwen auf einmal ab? Wieso türmten sich die Wellen plötzlich haushoch vor dem Bug? Und wieso riss eine Sturmböe dem Herzog auf einmal die Seekarte aus den Händen? Das Pergament klatschte Feridan ins Gesicht. Er erschrak, griff nach der Reling und hielt sich fest.

Der Wein! Das hatte er jetzt davon. Wein schon zum Frühstück, und nun eine Frau in der Takelage; und Möwen, die in einem großen Schwarm nach Süden abzogen; und ein Schiff, das sich vor hohen Wellen aufbäumte; und einen schwarzen Himmel im Norden; und einen Kapitän, der plötzlich Befehle schrie, als gelte es sein Leben; und im Gesicht eine Seekarte.

Viel zu viel tunischen Wein schon zum Frühstück, und nun schaute er Sachen, die es gar nicht gab.

DIE ES GAR NICHT GAB!

Panik ergriff ihn. Als würde ein Windstoß in einen Haufen Flaumfedern fahren, so fühlte es sich hinter seinem Brustbein und unter seiner Schädeldecke an. Und schlecht war ihm auch.

Feridan klammerte sich an der Bugreling fest und versuchte, die Seekarte von seinem Gesicht zu ziehen. Der Sturm presste das Pergament so heftig in seine Augenhöhlen und in seinen Mund, dass er schwarz sah und kaum noch Luft bekam.

Was hätte er denn tun sollen? Wasser trinken? Sein Herr Vater, der König Arbosso, hatte befohlen Wein auszuschenken. Hatte trinken wollen, feiern, fröhlich sein, vergessen. Sein Vater, der König von Napoli, hatte seinen Abschiedsschmerz betäuben wollen, denn seine Tochter war in Tunisch zurückgeblieben – als Gattin des Königs von Tunischan, als unverbrüchliches Siegel unter dem Friedensvertrag, den sie viele Jahre zuvor geschlossen hatten. Schon bei der Hochzeitszeremonie im Tempel von Tunisch hatte der König seine Tränen kaum zurückhalten können.

Armer Vater. Aus Liebe zu ihm hatte Feridan mitgetrunken. Aus Mitleid mit dem Vater, genau. Dazu kam: Er selbst hatte Grund zum Feiern – er war seine ältere Schwester los, für immer. Also stürzte er genauso viele Becher wie die anderen, die geübter waren im Trinken als er, der Neunzehnjährige.

Und jetzt sah er eben eine Frau in der Takelage. Weißblond, zierlich, in himmelblauem Gewand. Das konnte schon mal passieren, wenn man ungeübt war im Trinken. Dann sah man schon mal derartige Dinge.

»Wir sind verloren!« Der Herzog riss Feridan die Karte vom Gesicht. »Es ist vorbei.«

Oben im Ausguckskorb brüllte der Schiffsjunge, vor dem Ruderhaus brüllte der Kapitän, auf dem Heckkastell unter dem Kreuzmast brüllte der Bootsmann, und unter dem Großmast brüllte Sebasto, Feridans Onkel. Alle brüllten sie gegen das Heulen des Sturmes und das Brausen des Meeres an, und die Seeleute rannten wie geköpfte Hühner kreuz und quer über das Oberdeck und brüllten ebenfalls. Feridan verstand kein Wort und begriff gar nichts mehr.

Verloren?, dachte er und wagte dann doch wieder einen Blick hinauf zum Hauptmast.

Der Himmel wölbte sich inzwischen wie eine schwarze Kuppel über der See. Der brüllende Schiffsjunge im Krähennest deutete auf die weißblonde Frau. Sah er sie also auch! Gab es sie also doch! Sie baumelte und fuchtelte weiterhin mit Beinen und Händen, als gebiete sie dem Tosen der Wellen, dem Knarren des Schiffsrumpfes, dem Heulen des Sturmes und dem Kreischen der abziehenden Möwen.

Ein Blitz zuckte, ein Donnerschlag krachte, eine haushohe Welle schlug über Feridan und Herzog Tonio zusammen. Die königliche Fregatte neigte sich nach Steuerbord, Feridans nasse Hände rutschten von der Balustrade der Reling ab. Er stürzte und schlidderte gegen die Bugkanone. Dort lag schon die bucklige Gestalt des Herzogs. Aneinander und an den Speichen der Kanonenräder hielten sie sich fest.

»Wir sind verloren!«, rief Tonio von Milano zum zweiten Mal. »Das ist nicht einfach nur ein Seesturm, das ist *er*!«

»Er?«

Wieder ein Blitz, und der ihm folgende, ohrenbetäubende

Donnerschlag machte Feridans Stimme sogar für seine eigenen Ohren unhörbar. Aus dem Augenwinkel sah er die Seeleute zwischen den Masten umherlaufen und die Segel einholen. Andere folgten den Rufen des Kapitäns und machten sich an den Geschützen zu schaffen. Der Bootsmann gestikulierte wild, der Steuermann krallte sich am Steuerruder fest, Feridans Vater, der König von Napoli, klammerte sich an eine Tür in den Decksaufbauten und redete auf den Bootsmann ein. Hinter ihm tauchten des Königs Bruder Sebasto und der ohrenlose Hauptmann mit der Narbenglatze auf. Und der gute Gonzo. Der Bootsmann und seine Matrosen deuteten zum Großmast hinauf. Die Frau saß in der Takelage, immer noch. Das Krähennest neben ihr jedoch war leer.

Jäh öffnete sich das schwarze Himmelsgewölbe, und Wassermassen stürzten auf Schiff und Mannschaft herab. Ein Platzregen? Nein – die Sintflut. Binnen weniger Atemzüge war Feridan nass bis auf die Haut. Ebenso Herzog Tonio.

»Wer ist ER?«, rief Feridan dicht an des Herzogs Ohr. »Von wem sprichst du?«

Der Herzog rief gegen den Sturm an, Feridan verstand kein Wort. Er schob sein Ohr an den Mund des Älteren. »Von meinem Bruder!«, schrie Tonio.

Von seinem Bruder also, aha. Der Regen prasselte auf den Helm des Herzogs, klatschte in sein bleiches Gesicht und auf seinen ledernen Brustharnisch. Feridan wischte sich das Wasser aus den Augen, drehte den Kopf, blinzelte in die Regenschleier, versuchte seinen Vater dahinter zu erkennen.

König Arbosso hielt sich noch immer vor der Treppe zum ersten Unterdeck an der im Sturm schwankenden Tür fest. Der gute Gonzo lag auf den Knien, raufte sich die weißen Locken und starrte zum Hauptmast hinauf. Des Königs Bruder, Feridans Onkel Sebasto, stritt mit dem Bootsmann, weil der offenbar befohlen hatte, die Masten zu kappen und sämtliche Geschütze über Bord zu kippen. Kapitän und Bootsmann deuteten auf die Treppe, wollten die Edelmänner zurück ins Unterdeck schicken. Doch Sebasto war keiner, der sich schicken ließ.

Hatte Herzog Tonio einen Bruder? Feridan schob sich das nasse Schwarzhaar aus dem Gesicht, blinzelte zur Spitze des Großmastes – die Frau war ein hellblauer Lichtfleck hinter Regenschleiern, mehr nicht. Doch sie war da, ruderte noch mit den Armen, musste sich noch immer nirgends festhalten. Obwohl Feridan sie nur verschwommen wahrnahm, jagte ihr Anblick ihm einen Eisschauer nach dem anderen über Nacken und Rücken.

Und wenn es nun gar keine Frau war? Wenn nun der Leibhaftige selbst dort oben saß?

Der König und dessen Bruder starrten nun ebenfalls zum Großmast hinauf. Zur Weißblonden. Und der gute Gonzo schlug die Hände vor den Mund. Der Regen trommelte auf die Deckplanken. Plötzlich hockte die Frau nicht mehr in der Takelage. Sie stand jetzt auf der obersten Spiere des Hauptmastes – und tanzte.

Gütiger Gott, sie schwang die Arme und tanzte!

Feridan schnappte nach Luft. Er hätte sich gern bekreuzigt, doch er wagte nicht, die Speiche des Kanonenrades und den nassen Umhang des Herzogs loszulassen. Seine Zähne klapperten plötzlich. Er riss seinen Blick von der entsetzlichen Tänzerin hoch über ihm los und wandte den Kopf. Der Herzog starrte ihn aus unnatürlich großen Augen an. Als würde er staunen, als würde er gleich schreien, als wäre er sicher, im nächsten Moment sterben zu müssen.

Natürlich hatte Herzog Tonio einen Bruder! Oder nein: Er hatte einmal einen Bruder gehabt. Lange her.

»Was redest du da?!«, schrie Feridan. »Was hat dieser Sturm

mit deinem toten Bruder zu tun?!« Fast hätte er sich versprochen, denn in seinem Schädel raunte eine Stimme: *Was hat dieser Sturm mit der tanzenden Frau in der Takelage zu tun?*
»Ist Prospero denn tot?!« Tonios rechte Gesichtshälfte zuckte. Das tat sie immer, wenn er stark erregt war. »Niemand weiß es. Vielleicht treibt er sein Unwesen auf dieser Insel da. Ganz gewiss tut er das. Und jetzt hat er die königliche Flotte in seine Nähe gelockt! Jetzt rächt er sich!«

Nun war es Feridan, der den Herzog anstarrte. Himmelangst war ihm auf einmal. Verwirrte die Todesangst die Sinne des edlen Mannes? Oder zerstörte gerade Wahnsinn seinen Verstand? Oder hatte Feridan sich einfach nur verhört?

Der Bug bäumte sich himmelwärts, ihre Finger und des Herzogs Haken glitten aus den Speichen der Kanonenräder. Tonio von Milano hakte vergeblich nach den Holmen des Treppengeländers – aneinandergeklammert schlidderten sie über die Stufen des Bugkastells aufs Oberdeck hinunter und prallten gegen die Halterung des vorderen Rettungsbootes.

Mit seiner Hakenprothese riss der Herzog ein Tau unter dem Bootsrumpf hervor, daran fanden sie Halt. Die Fregatte stürzte ins Wellental hinab, sie glitten samt Tau zurück gegen die untere Stufe des Bugkastells und stießen mit den Köpfen dagegen.

Die Seeleute schrien, offenbar war jemand über Bord gegangen. Die Angst um den Vater schnürte Feridans Brust zusammen. Der Schiffsrumpf stöhnte, die Masten knarrten, Teile der Takelage brachen aufs Oberdeck nieder. Feridan wagte nicht, zum Hauptmast hinaufzublicken.

Er wollte leben, noch hundert Jahre, wenn möglich, noch tausend; und so gelang es ihm irgendwie, das Tau zweimal um einen Holm des Treppengeländers zu schlingen und einmal um seine und des Herzogs Hüften. Finstere Nacht herrschte jetzt auf dem schwankenden Schiff. Täuschte er sich, oder ließ das Heulen des

Sturmes ein wenig nach? Brüllte und tobte die See nicht mehr ganz so wild? Feridan schöpfte Hoffnung.

Er hielt nach seinem Vater und seinem Onkel Ausschau. Der König schwankte noch immer an der pendelnden Tür hin und her. Sebasto, Hauptmann Stefano und dessen Fähnrich Rico halfen den Matrosen, eine Kanone über Bord zu kippen.

Jetzt entdeckte Feridan auch den Rotschopf des Medikus im Gewimmel auf dem Oberdeck. Er schwankte stark und blickte sich erschrocken um. Mit dem Onkel und dem Hauptmann hatte er nach dem Frühstück gleich weiter getrunken.

Eine Sturmböe rüttelte an der Fregatte, und die Tür, an der König Arbosso sich festhielt, riss unter dessen Gewicht aus dem Rahmen. Samt dem massigen König stürzte sie auf die Planken. Langsam rutschten beide auf eine Lücke in der zerbrochenen Reling zu. Feridan hielt den Atem an. Doch der Medikus und der gute Gonzo warfen sich auf den König und hielten ihn fest.

Erleichtert schloss Feridan die Augen und atmete tief. Als er die Lider wieder öffnete, schaute er dem Herzog von Milano ins nasse Gesicht. Das zuckte unablässig, war kantig und hart und hatte die Farbe schmutzigen Wachses. »Ich habe dich nicht verstanden!« Er zog den Älteren dichter an sich und rief ihm ins Ohr. »Dein Bruder soll die Flotte hierher gelotst haben? Ist es das, was du gerade gesagt hast? Zu seiner Insel? In dieses Unwetter? Dein Bruder will sich rächen durch diesen Sturm? Das hast du doch nicht wirklich gesagt, Tonio!«

»Das habe ich gesagt, Prinz!« In Tonios weit aufgerissenen Augen flackerte das Grauen. »Das habe ich gesagt, und das habe ich gemeint!«

Feridan sprach nicht aus, was er dachte, doch er schaute den anderen an, wie man einen Verrückten anschaute.

»Du warst noch so jung damals, Feridan!« Der Herzog drückte seine Stirn gegen Feridans Stirn, als wollte er in das Hirn des

Prinzen hineinrufen. »Hat dir nie jemand erzählt, was mein Bruder getan hat?«

Wovon sprach der Herzog? Feridan versuchte, sich an Tonios Bruder zu erinnern. An Prospero, den ehemaligen Herzog von Milano. Vage stand ihm ein großer Mann in buntem Federmantel vor Augen, ein langes, kantiges Gesicht, ein Gesicht mit brennendem Blick. Deutlicher als an den Bruder des Herzogs erinnerte Feridan sich an die Eule, die meistens in dessen Nähe gewesen war. Feridan hatte Tonios Vorgänger auf dem Thron von Milano nur einmal gesehen, und da war er vier Jahre alt gewesen, höchstens fünf.

»Wovon sprichst du nur, Tonio?!« Blitze zuckten, Donner krachte. »Wie kann sich ein Sterblicher mit Seesturm und Sintflut an seinen Feinden rächen, frage ich dich?!«

»Du weißt ja nichts.« Entmutigt klang das, beinahe traurig. »Du weißt ja überhaupt nichts.«

»Dann erzähl's mir, Tonio!« Feridan brüllte gegen das Tosen des Meeres und das Heulen des Sturmes an. »Los! Erzähl's mir!«

Und Tonio von Milano erzählte …

2

Prospero

Siebzehn Jahre zuvor

Der Uhu drehte den Kopf. Der Herzog hob die linke Schulter ein wenig an; der Uhu hüpfte von ihr und hinunter auf die marmorne Fensterbank. Er äugte hinaus. Ein dunkler Schleier schwirrte durch den Himmel: Stare, ein gewaltiger Schwarm. Drei Atemzüge lang erlosch das gleißende Licht der Abendsonne auf Turmspitzen und Mauerzinnen, dann verschwanden die Stare hinter der Kathedrale von Milano und es wurde wieder hell.

Einige Vögel hatten sich aus dem Schwarm gelöst und segelten in den herbstlichen Burggarten hinunter. Die Augen des Uhus auf dem Fenstersims leuchteten orange. Er hüpfte vor die geöffnete Fensterhälfte. Der Herzog setzte das Fernrohr an.

»Wir hatten leichtes Spiel«, sagte irgendwo hinter ihm sein Bruder. »Zwei Salven schlugen kurz nacheinander auf ihrem Heckkastell ein. Dann drehten sie ab. Jedenfalls versuchten sie es. Die getroffene Galeere sank, drei weitere entkamen, die vierte holten wir ein. Du weißt ja, wie schnell unsere neuen Fregatten sind, Prospero. Wir rammten den Tunischen steuerbords. Du glaubst ja nicht, wie flink unsere Männer an Bord waren.«

Sie hatten ein tunisches Kriegsschiff geentert, weit draußen im Tirenomeer. Tonio schilderte den Kampf, als wäre er dabei gewesen. Gonzo stand bei ihm und nickte die ganze Zeit. Er *war* dabei gewesen.

Der Herzog sah die massige Gestalt seines Beraters im Glas

des geschlossenen Fensterflügels. Er blickte sie durch das Spinnennetz hindurch an, das sich zwischen dem Fenstergriff und der Wand ausspannte. Die Spinne an ihrem Rand rührte sich nicht.

Der Herzog stellte das Fernrohr schärfer. Fünf Stare waren auf dem Dach der großen Vogelpagode neben dem Gartenteich gelandet. Unglaublich, wie ihr Federkleid im letzten Abendlicht schillerte! *Grau und schwarz und unscheinbar für den flüchtigen Blick*, staunte Prospero, *und schaust du genauer hin: Was für eine Farbenpracht im nachtdunklen Gefieder!*

Der Uhu stellte die Federohren auf. Vollkommen still verharrte er jetzt.

»Unsere Krieger fuhren unter die tunischen Soldaten wie Habichte unter eine Taubenschar.« Prosperos jüngerer Bruder redete und redete. »Der Kampf währte nur wenige Minuten. Der tunische Kapitän und seine Offiziere haben sofort kapituliert, als sie den Kampfesmut unserer Männer zu spüren kriegten.« Tonio redete sich in Begeisterung, und Gonzo nickte stumm.

In der Vogelpagode tummelten sich bereits Rotschwänze, Blaumeisen, Kleiber und Buchfinken. Keiner störte sich an den großen Neuankömmlingen, und die Stare störten sich nicht an den Stammgästen der herzoglichen Vogelkrippe.

»Wir haben keinen einzigen Mann verloren«, berichtete Tonio stolz. »Und nur zwei Verletzte zu beklagen – einem jungen Rekruten haben die Tunischen ein Ohr abgeschlagen und dem Zweiten Offizier den Oberschenkel mit einem Degenstich durchbohrt.«

»Sind die beiden wohlauf inzwischen?«, erkundigte sich der Herzog, ohne das Fernrohr zu senken.

»Das will ich meinen, Prospero! Wir hatten unseren Medikus an Bord, nicht wahr, Gonzo? Der hat das Ohr des Rekruten wieder angenäht. Hat heilende Hände, der Josepho.«

»Ich weiß.« Der Herzog richtete das Fernrohr auf die Sonnenblumen zwischen Vogelpagode und Teich. »Sorge dafür, dass die beiden Männer befördert werden.«

Ein Stieglitzpaar hing an einer radgroßen Sonnenblumenblüte. Prospero schnalzte mit der Zunge vor Entzücken – er liebte diese Vögel mit ihren blutroten Gesichtern, ihren schwarzen Masken und ihren gelben Federn in den schwarzen Schwingen. Und wie geschickt sie kletterten! Die Samenlast der Sonnenblumenblüte beugte den vergilbenden Blütenstil so weit über den Teich, dass sich Blüte und Stieglitzrücken im Wasser spiegelten.

»Die Tunischen dagegen haben eine Menge Blutzoll bezahlt, nicht wahr, Gonzo?« Prospero hörte, wie sein Bruder dem Berater erst auf die Schulter klopfte und sich dann die Hände rieb. »Drei sind mit der getroffenen Galeere auf den Meeresgrund gesunken, zwei haben unsere Männer erschlagen.«

Ein Dompfaff flatterte aus dem verwilderten Teil des Burggartens und landete in der Vogelpagode. Er tschilpte und hackte nach allen Seiten, bis auch der letzte Buchfink das Weite suchte. Sogar die Stare wichen vor dem feisten Vielfraß zurück; nur die Stieglitze unter den Sonnenblumenblüten kümmerten sich nicht um ihn.

Seelenruhig begann der Dompfaff, sich die fettesten Bissen aus der Körnervielfalt zu picken. Ein schöner Vogel, ja, doch Prospero konnte ihn nicht leiden: Der selbstsüchtige Feistling vertrieb ihm seine Vogelgäste, wann immer er auftauchte. Heute würde er seine Gier mit dem Leben bezahlen. Der Uhu duckte sich zum Abflug.

»Nur fünf tote Tunische?« Ein weißer Blitz schoss durch Prosperos Blickfeld und tauchte ins bunte Laub eines Apfelbaums ein. »Wie viele Gefangene habt ihr denn gemacht?«

Schweigen zunächst. Im Fensterglas des geschlossenen Flügels sah Prospero, wie Tonio dem Obersten Berater zunickte, damit der die Antwort gab. »Etwa hundertzwanzig«, sagte Gonzo daraufhin. Er räusperte sich. »Darunter eine eigenartige Frau, die hat verlangt, vor dich gebracht ...«

»Nur fünf tote Tunische?« Prospero richtete sein Fernrohr auf den Apfelbaum. Im Licht der sinkenden Sonne konnte er die Umrisse des weißen Räubers erkennen: ein Gerfalke. Der Herzog legte dem Uhu, der schon die Schwingen ausbreiten wollte, die Hand auf den Rücken und zischte einen Befehl. »Und hundertzwanzig Gefangene?«, fuhr er fort. »Und du sprichst von einem Kampf, Tonio?«

»Der Kapitän und die Offiziere haben allzu schnell kapituliert, Prospero, ich sagte es doch.« Prosperos Bruder, der zugleich sein Kanzler war, klang ein wenig beleidigt. »Und die große Zahl der Gefangenen kommt zustande, weil wir natürlich die Besatzung der versenkten Galeere an Bord geholt haben.«

»Ihr habt was?!« Prospero erkannte die Gelegenheit, gleich zwei Feinde seiner geliebten Vogelschar auf einmal zu vernichten, und ließ die Hand auf dem Rückengefieder des Uhus liegen. Wie samtig und weich sich das anfühlte! »Warum um alles in der Welt habt ihr sie nicht ersaufen lassen?«

Schweigen zunächst hinter Prosperos Rücken. Schließlich räusperte Gonzo sich und sagte: »Weil ein solcher Akt ganz gewiss die Friedensverhandlungen zwischen unserm König Arbosso von Napoli und dem tunischen König gestört hätte, Prospero.«

»Erheblich gestört«, unterstrich Tonio. »Wegen der laufenden Verhandlungen haben die Tunischen auch so schnell kapituliert und sich in Gefangenschaft begeben. Anders kann ich mir das nicht erklären.«

»Und unter den Gefangenen ist eine tunische Frau«, sagte Gonzo, »sie hat nach dir gefragt, Prospero, sie will dich ...«

»Nicht gestört, sondern beschleunigt hätte ein solcher Akt die Verhandlungen!«, sagte Prospero scharf.

Mit einem korngespickten Stück Fett in seinem klobigen Schnabel flog der Dompfaff aus der Vogelpagode und hinab auf einen der weißen Feldsteine, die das Teichufer säumten. Jetzt war er verloren, der gierige Feistling! Der Uhu duckte sich tiefer, wurde unruhiger.

»Warte noch, Buback«, flüsterte Prospero und drückte ihm die Hand schwerer ins Rückengefieder.

»Der König wäre erzürnt gewesen, hätten wir die Tunischen ersaufen lassen«, sagte Tonio.

»Verwüsten sie unsere Inseln oder die des Königs?!« Ein weißer Blitz schoss aus dem Apfelbaum und stieß auf den Dompfaff nieder. Prospero hielt den Uhu noch fester. »Verheeren sie unsere Küste oder die von Napoli?!« Der Gerfalke breitete die weißen Schwingen über seiner Beute aus und sicherte sie nach allen Seiten. »Antwortet!« Beide Männer schwiegen betreten. Der Greifvogel begann, seine Beute zu kröpfen. »Wie viele Fregatten habt ihr den tunischen Galeeren hinterhergeschickt?«

Jetzt erst ließ der Herzog den Uhu los. Der schwang sich aus dem Fenster, breitete die Schwingen aus und sackte dem Garten entgegen. Dicht über Hecken und Beete hinweg und zwischen Bänken und Springbrunnen hindurch schwebte er vollkommen lautlos zum Teich. Der kröpfende Gerfalke erspähte ihn erst im letzten Augenblick. Er warf sich auf den Rücken, sperrte den tödlichen Schnabel auf, schrie gellend und streckte dem Angreifer die gespreizten Fänge entgegen.

Zu spät. Die Wucht des Aufpralls presste den weißen Räuber in Blut und Gefieder des Dompfaffs. Sein letzter Schrei erstarb jäh.

Prospero lächelte zufrieden. Zwei mit einem Schlag. Sehr gut. Keiner mehr vorerst, der ihm seine geliebten Singvögel verscheuchte oder gar schlug.

Er setzte das Fernrohr ab und drehte sich zu seinem Bruder

Tonio, dem Kanzler von Milano, und zu Gonzo, seinem vertrauten Thronrat, um. »Ich habe euch etwas gefragt!« Tonio musterte Gonzo von der Seite, und Gonzo betrachtete aufmerksam seine Stiefelspitzen. »Wie viele Fregatten ihr den tunischen Galeeren hinterhergeschickt habt, will ich wissen!«

Prospero, ein großer, hagerer Mann in den Vierzigern, trug einen aufgebauschten Umhang aus farbenprächtigen Pfauen- und Hahnenfedern über einem langen, schwarzen Lederhemd und weinroten Pumphosen. Seine nackten Füße waren schmutzig und so braun gebrannt wie sein schmales, kantiges Gesicht. Seine Bartstoppeln und sein langes, dichtes Haar waren kastanienrot und noch ohne jede Silbersträhne. Leuchtend grüne Augen und ein ernster, beinahe misstrauischer Zug beherrschten seine immer hellwache Miene.

Tonio, mit seinen weichen Zügen und kurzen schwarzen Haaren, war eher nach dem von beiden gehassten Vater geraten: nicht besonders groß, ein wenig untersetzt, helle, großporige Haut und dunkelbraune Augen. Seine stämmigen Beine steckten in weißen Seidenhosen und bis über die Knie in schwarzen Stiefeln. Unter einem grellroten Frack trug er ein hellblaues Hemd und eine goldfarbene Weste mit Perlmuttknöpfen. Diamanten funkelten auf seinem Schwertknauf.

Gonzo war beinahe ganz in schwarzes Leder gekleidet: Mantel, Hose, Wams, Barett – alles schwarz. Nur der Federbusch auf seinem Barett und die Strümpfe in seinen Sandalen leuchteten tiefrot. Hinter seiner linken Schulter ragte der Knauf seines Langschwertes auf. Gonzo hatte aschgraue und sehr dichte Locken.

Endlich hob er den Blick und sagte: »Keine, Prospero.«

»Ihr habt die Tunischen einfach so davonsegeln lassen?!« Die Adern an Prosperos Hals und Schläfen schwollen, sein Gesicht lief rot an. »Sie fallen über unsere Küsten und Inseln her und ihr verfolgt sie nicht?! Seid ihr von allen guten Geistern verlassen?!« Nicht Gonzo, sondern seinem plötzlich so wortkargen Bruder Tonio galt Prosperos brennender Blick.

Der hob in einer Geste des Bedauerns die Hände. »Wie gesagt, Prospero – Arbosso, der König von Napoli, strebt Frieden mit den Tunischen an.«

»Ich nicht!« Prospero schrie. »Die Tunischen sind erbarmungslose Schlächter, gerissene Diebe und faule Hunde! Sie behandeln ihre Frauen wie Vieh, verehren einen gnadenlosen Gott und verbreiten mit ihrem heiligen Buch Stumpfsinn und Langeweile bis an die Enden der Erde!«

Abrupt wandte er sich ab, blickte zum Fenster hinaus und sah seinem Uhu eine Weile bei seiner Mahlzeit zu. Dabei atmete der Herzog ein paarmal scharf durch die Nase ein, bevor er wieder herumfuhr und in die betretenen Gesichter seiner beiden Vertrauten schaute. »Außerdem komponieren sie schlechte Musik und keltern ungenießbaren Wein«, sagte er mit ruhigerer Stimme. »Die Tunischen sind meine Feinde. Und eure auch.« Wie ein Speer flog sein rechter Arm hoch und in Richtung Tür. »Schickt ihnen eine Kriegsflotte hinterher! Marsch!«

Tonio deutete eine linkische Verbeugung an und stelzte wortlos zum Bibliotheksportal. Der herzogliche Berater folgte ihm seufzend. Der hünenhafte Bruno, oberster Leibgardist des Herzogs, der die ganze Zeit stumm neben dem Eingang gewartet hatte, öffnete ihnen einen Portalflügel.

Wie ein Höhlenausgang wirkte das Portal, denn tiefe Bücherregale aus dunklem Eichenholz rahmten es ein. Selbst über dem Türsturz lehnte Buch an Buch und reichten die Regalböden bis zur Decke hinauf. Regale und Bücher füllten die gesamte lange Türwand der Bibliothek und beide Stirnwände aus. An vielen Stellen inmitten der Bücher und Regalböden über ihnen schimmerten Spinnennetze im Abendlicht auf.

Mitten in dem kleinen Bibliothekssaal stand ein großer Arbeitstisch und zwischen den drei Fenstern zum Burggarten hin zwei Sekretäre voller Folianten, Pergamentrollen, Tintenfässer, Federschalen und Mikroskope. Aus dem Durcheinander ragten Töpfe mit Zimmerpflanzen. Auf dem rechten Sekretär ein Rosenstock mit gelben Blüten, auf dem linken rote Dahlien. Zwischen den Sekretären erhob sich ein mannshoher, abgestorbener Birkenstamm aus einem Tonkübel. An ihm rankte dichtes Grün, in dem Blüten weiß-blauer Passionsblumen leuchteten.

Neben dem rechten Fenster erhob sich der Ansitz des Uhus, vor dem mittleren ein Teleskop. Zwischen dem Ansitz und dem Stativ des Teleskops spannten sich Spinnennetze bis zur Fensterwand und zur Tischkante der Sekretäre.

Der Herzog liebte Spinnen. »Sie halten das Ungeziefer von Büchern und Blumen fern«, pflegte er zu sagen. Niemand in der Burg wagte es, Spinnen zu töten oder ihre Netze zu zerstören. Das hatte der Herzog streng verboten. Nur in den Gemächern seiner Gattin gestattete er, die kunstvollen Gespinste zu entfernen. Die Tiere selbst jedoch wurden auch dort geschont.

»Warte, Gonzo!«, rief Prospero. Sein Berater, schon auf der Schwelle, blieb stehen und blickte zurück. »Was ist das für eine tunische Frau, die mit mir sprechen will?«

»Eine weise Frau«, murmelte Gonzo und senkte den Blick.

Prospero runzelte die Brauen, seine Augen verengten sich zu Schlitzen. Als *weise Frau* bezeichnete man in Milano eine Hexe. Vor den Ohren des Herzogs sprach jedoch keiner dieses Wort aus – *Hexe*. Denn unter der Anklage, eine solche zu sein, hatte der Vater die Mutter in den Kerker und der Großvater sie schließlich auf den Scheiterhaufen gebracht.

Prospero und Tonio nannten ihre Mutter die *weise Frau*, wenn sie vor den Ohren Dritter von ihr sprachen. So hielten es alle Leute in Milano. Und sie taten gut daran.

»Woher stammt sie?«

»Aus Tunischans Hauptstadt selbst«, sagte Gonzo. »Aus Tunisch.« Tonios Schritte hatten sich längst entfernt. Der treue Bruno hielt die Türklinke fest und schien den Grauschopf des herzoglichen Beraters zu studieren. »Ein gefährliches Weib«, schob der hinterher.

»Wie heißt sie?«

»Coraxa.«

»Und warum hältst du sie für gefährlich?«

»Weil sie …« Gonzo unterbrach sich, rieb seinen Graubart, blinzelte zu Bruno hinauf, schien nach Worten zu suchen. »Alle Tunischen auf dem Schiff sind verstummt, wann immer sie das Wort ergriff. Alle hingen sie geradezu an ihren Lippen. Selbst der Kapitän des geenterten Schiffes. Das kennt man von denen aus Tunischan Frauen gegenüber sonst nicht.«

»Wo ist sie jetzt?«

»Liegt in Ketten. Im Kerker des Bergfrieds.«

»Bringt sie zu mir«, sagte Prospero. »Morgen. In den großen Gerichtssaal. Eine Stunde nach Sonnenaufgang.«

Gonzo nickte, wandte sich ab und verließ die Bibliothek. Bruno schloss die Türflügel hinter ihm. Prospero lauschte seinen sich entfernenden Schritten.

Eine weise Frau also. Eine, die sein Berater für gefährlich hielt. Was mochte die Tunische von ihm begehren? Prosperos Neugier regte sich.

Ein Windhauch fuhr durch sein Federgewand, er drehte sich nach dem Fenster um. Der Uhu war auf dem Sims gelandet und schüttelte die Schwingen. Eine weiße, von Blut getränkte Falkenfeder hing im Gefieder unter seinem Schnabel. »Gut gemacht, Buback.« Prospero sah ihm in die großen, orangefarbenen Augen und lächelte. »Sehr gut.«

Sein Blick fiel auf das Asternbeet unten im Garten. Die Blüten bewegten sich auf eine Weise, die keine Windböe, die nur ein Tier verursachen konnte. Er setzte das Fernrohr an und spähte hinunter. Ein Kater, rot getigert. Prosperos Gestalt straffte sich, und er murmelte einen Fluch.

Der Herzog hasste Katzen. Wie Sperber, Habichte, Falken und Elstern waren sie Todfeinde seiner geliebten Singvögel. Er ließ das Fernrohr sinken und sah dem Uhu in die orange glühenden Augen. »Buback, greif!« Prospero deutete in den Garten hinunter, pfiff und schnalzte. Der Uhu entdeckte den Kater sofort. Er blinzelte ein paarmal, breitete die Schwingen aus und flog zu seinem Ansitz neben dem rechten Fenster hinauf. Er war satt.

Hinter Prospero öffnete jemand die Tür, ohne zuvor geklopft zu haben. Er fuhr herum. Die schönste Frau der Welt stand auf der Schwelle: Julia, seine geliebte Gattin. Sie musste nicht klopfen, sie durfte zu ihm, wann immer sie wollte. Alles durfte Julia tun, alles, was sie begehrte.

Bruno verneigte sich vor ihr. In ihren Augen schien er zu lesen, dass sie allein mit dem Herzog sein wollte, denn er machte Anstalten, die Bibliothek gleich wieder zu verlassen.

»Warte, Bruno!«, rief der Herzog. »Ein roter Kater jagt im Burggarten. Schicke einen Bogenschützen hinunter.«

Bruno nickte und schloss das Portal hinter sich.

Prospero wandte sich seiner Gattin zu. »Meine Geliebte«, sagte er und breitete die Arme aus.

»Mein Geliebter!« Sie lief zu ihm und stürzte an seine Brust. »Ich habe eine wundervolle Nachricht!«

3

Miranda

Ich bin da. Ein großes Herz schlägt über mir. Ich lausche ihm, und ich weiß: Es ist gut, dass ich da bin.

Dunkelheit umgibt mich. Ich fühle, dass ich an einem guten Ort wachse, an einem warmen und lichten Platz. Alles fließt hier, alles strahlt auf wunderbare Weise, alles birgt mich. Viele Häute hüllen mich ein, viele lebendige Schichten. Dunkle Wärme umströmt mich; ich schwebe in Wärme, ich schwebe umgeben von pulsierenden Häuten. Ich werde gehalten, immer.

Ich schlafe, ich wache, ich lausche, ich träume. Alles ist gut.

Immer rauscht es, leise, stetig und sanft, immer und von allen Seiten. Ich höre ihm gern zu, diesem Rauschen, denn es umgibt mich zärtlich; es ist ein gütiges Wesen, das um mich ist. Das Schlagen des großen Herzens über mir, das Rauschen der vielen dunklen Ströme um mich herum, die Atemzüge des gütigen Wesens und immer wieder seine liebevolle Stimme – ich höre all das und ich weiß: Es ist gut, dass ich da bin.

Das gütige Wesen mit dem großen schlagenden Herzen trägt mich. In ihm lebe ich, wachse ich und werde ich größer und stärker. Es bewegt sich durch ein Jenseits meiner Geborgenheit, und überall, wo es hingeht, schwebe auch ich. Überall, wo es atmet, wo auch immer es mich mit seiner Wärme, seinem Klopfen, seinem Strömen und Rauschen einhüllt, gibt es mir die Gewissheit: Es ist gut, dass ich da bin.

Jetzt bewegen sich das große, schlagende Herz und das gütige Wesen, dem es gehört, in Richtung eines anderen Wesens, eines geliebten und starken Wesens. *Geliebt und stark* – das hat es mir nicht gesagt, das spüre ich, denn das große Herz schlägt kräftiger, während es zu dem geliebten Wesen eilt, das warme Strömen rauscht lauter.

Etwas knarrt. Knarrt jenseits der Wärme, die mich umströmt, jenseits meiner schönen Dunkelheit, etwas quietscht, etwas klopft. Dann Stimmen – ich lausche.

Meine Geliebte, sagt eine Stimme. Sie tönt tief und kraftvoll, sie summt rau, sie klingt wie aus dunkler Weite geraunt. Sie durchdringt das Strömen und Rauschen, die mich umhüllen, durchdringt das Klopfen und die Geborgenheit. Ich kenne die Stimme, auch wenn sie mir nicht so vertraut ist wie die Stimme des gütigen Wesens mit dem großen Herzen, das über mir schlägt. Ein Zittern durchbebt mich jedes Mal, wenn ich sie höre, eine lauschende Freude.

Meine Geliebte ...

Die Laute, die das starke Wesen raunt – muss ich sie kennen, um sie zu verstehen? Spür ich nicht mit jeder Faser meines Werdens und Wachsens, was sie bedeuten? Schönheit bedeuten sie, Freude, Nähe und Entzücken. Ich spüre es, das reicht.

Mein Geliebter. Jetzt erklingt die Stimme des gütigen Wesens, dem das große Herz gehört, das über mir schlägt. *Ich habe eine wundervolle Nachricht!* Sie klingt viel heller als die raue Stimme aus dunkler Weite. Wie vertraut sie mir ist! Seit ich bin, gehört sie zu meinem Lauschen und Wachsen. Wäre ich überhaupt ohne diese helle Stimme?

Stell dir vor, sagt sie, *wir bekommen ein Kind.*

Muss ich die Bedeutung der Laute kennen, um sie zu verstehen? Sie klingen wie ein großes Lachen, sie klingen wie Glück, und auf irgendeine Weise haben sie mit mir zu tun. Das fühle ich, und das reicht.

Dann durchbebt wieder der tiefe Klang jener rauen, aus dunkler Weite geraunten Stimme das Rauschen und Strömen und

Klopfen um mich herum. *Ist das wirklich wahr?* Ganz nah bei mir tönt sie auf einmal, als würde sie gleich hinter den Häuten und lebendigen Wänden erklingen, die mein Wachsen umhüllen. *Ist das wirklich wahr, meine geliebte Julia?* Als würde das starke Wesen, das da spricht, mitten in meiner Geborgenheit und Wärme sprechen, als wollte es sich in sie hineinbücken.

Dem Himmelsgott sei Dank, es ist wahr, erklingt die helle, lachende Stimme über dem großen, schlagenden Herz. *Es ist wirklich wahr, mein geliebter Prospero, wir bekommen ein Kind...!*

Jubel übertönt die vertraute Stimme. Das gütige Wesen lacht nun wirklich, und mir ist auf einmal, als würde eine Kraft es hochheben, es im Kreis wirbeln, es an sich drücken und fest umschlingen.

Wie Glück pulsiert es durch mein Werden und Wachsen, um mich herum gluckert, gurgelt und braust es. Ich schwebe, ich drehe mich, ich lausche, ich bebe, ich strample.

Auf einmal: Stille und Innehalten.

Es raschelt und haucht irgendwo jenseits meiner Geborgenheit, jenseits der Häute und lebendigen Schichten, die mich umhüllen. Ich lausche – Gemurmel und Geflüster. Das gütige Wesen mit der hellen und vertrauten Stimme und das starke Wesen mit der rauen Stimme – sie murmeln und flüstern und hauchen.

Schwer und warm umfängt Ruhe mich. Ich versinke in wohlige Wärme, in grenzenlose Geborgenheit. Ich schlafe, ich träume. Alles ist gut.

Irgendwann dringt Flüstern und Stöhnen in meine Wärme, ich lausche. Das gütige Wesen, das mich trägt, und das von ihm geliebte starke Wesen sind einander ganz nah. Das große Herz über mir schlägt schnell. Alles bebt um mich herum, alles schaukelt und schwingt. Jauchzen und Glück durchzittern mich. Danach Ruhe und wieder Murmeln und Flüstern. Alles, alles ist gut.

Schwere, Sattheit und wohlige Wärme umfangen mich erneut. Ich schlafe, ich träume, ich schlafe.

Bis Lärm mich weckt. Schreie gellen, Schritte stampfen, etwas klirrt wie von kalter, spitzer Härte. Alles in mir schnürt sich zusammen.

Das große Herz über mir schlägt schneller, der Atem des gütigen Wesens zischt und rauscht. Es ist allein, ich spüre es, das starke Wesen ist nicht mehr bei uns. Wieder Schreie, wieder Gepolter und Klirren. Das gütige Wesen, in dem ich schwebe, das mich trägt – es hat Angst.

Die Schreie durchstoßen die lebendigen Schichten und Häute, die mich umgeben. Ich habe Angst. Die Schreie fühlen sich an wie Risse in meiner Geborgenheit.

4

Coraxa

Schreie gleich nach Sonnenaufgang. Eben hatte der Herzog den Burggarten betreten, sein Falkner und sein oberster Kammerdiener begleiteten ihn zum Teich, und da hörte er sie: Wutschreie wie von einem räuberischen Meeresvogel ausgestoßen oder von einem wilden Tier, das sich ins Jagdnetz verstrickt hat.

Fenster wurden aufgestoßen, zwischen den Hecken richteten Gärtner sich auf. Prospero fuhr herum und spähte mit gerunzelter Stirn zurück zur Terrasse. Der Uhu schwang sich von seiner Schulter und schwebte zur Vogelpagode voraus. Vor der offenen Terrassentür stützte der Erste Leibgardist sich auf sein Schwert und lauschte wie sein Herzog, wie seine Begleiter, wie die Gärtner, wie alle.

Das Geschrei riss nicht ab, nahm noch zu an Lautstärke. Es drang aus dem Erdgeschoss des Burgpalas. Eine wütende Frauenstimme. Sie gellte dem Herzog in den Ohren, durchstach sein Hirn, bohrte sich durch seine Kehle tief hinab in seine Brust und verwandelte das Mark seines Brustbeins in Frost.

Prospero hörte Ketten klirren und Schritte wie von schweren Soldatenstiefeln. Er hielt sich die Ohren zu; nicht einmal der sterbende Gerfalke gestern Abend hatte solch mörderische Schreie ausgestoßen, nicht einmal eine Elster schrie so, wenn man ihr den Hals umdreht!

Prosperos Augen wurden schmal, er zischte einen Fluch – der Lärm würde seine geliebte Julia wecken! Und das arme Kind unter ihrem Herzen! Der Hüne an der offenen Terrassentür, sein treuer Leibgardist Bruno, erkannte den Ärger in der Miene des Herzogs, beugte sich ins Innere des Wintergartens und forderte Ruhe, und das mit donnernder Stimme.

Schlagartig ging das Geschrei in Gelächter über, in krähendes Gelächter, das beinahe so laut und gellend klang wie die höllischen Schreie zuvor. Bruno rammte sein Langschwert in einen der beiden Oleanderkübel, bückte sich in den Wintergarten und stapfte in den Palas.

Das böse Frauengelächter hallte aus allen geöffneten Fenstern. Prospero schüttelte sich, zischte zornig und wandte sich wieder seinen beiden Begleitern zu. Die standen bereits zwischen Vogelpagode und Teichufer.

»Ist sie das?« Der Falkner kam ihm plötzlich blass vor.

»Beim Herz des Himmelsgottes – das ist sie.« Jesu, der oberste Kammerdiener, sprach seltsam leise. »Die halbe Stadt spricht schon von ihr.« Jesu stammte aus dem Gebirge im Norden. Er war klein, dürr und bucklig und so bleich, als würde er die Sonne meiden. »Dabei hat kaum einer sie gesehen. Sie liegt ja im Bergfried in Ketten.«

»Zu überhören ist sie jedenfalls nicht«, sagte der Falkner, »hat lange vor Sonnenaufgang schon geschimpft und geflucht.«

Drinnen mischte sich nun das Schimpfen des Hünen in das gellende Gelächter. Bruno besaß eine tiefe und kraftvolle Stimme, und wenn er wütend war, wie jetzt, konnte er sie donnern lassen wie ein Sommergewitter. Das Frauengelächter ging erst in hysterisches Kreischen über und verstummte dann ganz. Prospero atmete tief ein.

»Wieso bringt man sie in den Palas?« Fragend schaute der Falkner seinem Herzog ins Gesicht.

»Weil ich mir ein Bild von ihr machen will.« Prospero deutete hinunter auf die Feldsteine. Blutige Fetzen zweier Vogelkadaver lagen dort. »Ich brauche die Federn.«

Ein Windstoß fuhr in verstreutes Gefieder und wehte graue Flaumfedern zu dem bunten Laub im Gartenteich. Der Uhu hockte auf dem Pagodendach und äugte gelangweilt nach rechts und links. Von den Mauerkronen und aus den Büschen und Bäumen beschimpften ihn die Vögel. Die Morgensonne löste sich gerade von der Turmspitze der Kathedrale. Vor allem weißes Gefieder bedeckte die Feldsteine zwischen Schilf und Vogelpagode. Vom Gerfalken erkannte man noch Flügel, Schwingen, Fänge und Schädel. Vom Dompfaff nur noch die über das ganze Teichufer verwehten Federn.

»Sammle sämtliche Federn ein, die größer sind als mein Fingerglied.« Prospero hielt seinen kleinen Finger hoch. »Reinige sie behutsam, aber gründlich. Wenn sie trocken sind, bringe sie in die Schneiderei.« Er wandte sich ab und lief mit energischen Schritten zurück zu Terrasse und Wintergarten. Seine Kappe und die Schulterstücke seines Federmantels waren aus schwarzem Leder; die linke Schulter hing ein wenig herab. Er ballte die Fäuste, denn dumpfe Wut wühlte in ihm – Wut auf die tunische Frau, diesen Schreihals, und Wut auf sich selbst, weil er sich von ihrem Gezeter hatte erschüttern lassen.

Ohne sich umzudrehen, stieß er einen leisen Pfiff aus, als er die Terrasse erreichte – der Uhu breitete seine Schwingen aus, flog seinem Herrn hinterher und landete auf dessen linker Schulter. »Ich werde sie maßregeln, Buback«, murmelte Prospero. »Wer Mutter und Kind dermaßen erschreckt, verdient eine harte Strafe.«

Er durchquerte den Wintergarten, trat in den großen Sommerspeisesaal mit seinen hohen Fenstern und von ihm aus in die breite Zimmerflucht, die von der Eingangshalle des Palas zum Gerichtssaal führte. Waffenkammern, Schreibstuben, Archive, Gästekammern, die Küche und Vorratsräume lagen hinter all den Türen hier.

Nach Dutzenden Schritten, an der Treppe ins Obergeschoss, blieb der Herzog stehen und lauschte hinauf. Noch kein Lautenspiel drang von oben herab, noch kein Gesang wie sonst um diese Zeit. Schlief denn seine geliebte Julia noch? Hatte der Höllenlärm sie doch nicht wecken können? Kaum vorstellbar. Wahrscheinlich war ihr vor lauter Schrecken die Freude am Morgengesang vergangen.

Prospero ging weiter, dachte an die zurückliegende Nacht, an Julias Küsse, Umarmungen und ihr Liebesgeflüster. Der Duft ihres Haares, ihres Nackens, ihrer Scham stieg ihm plötzlich wieder in die Nase, der Geschmack ihrer Lippen, ihrer Haut auf die Zunge. Eine Nacht der Verschmelzung wie so viele zuvor, eine Nacht im Paradies. Sein Herz schlug schneller, seine kantige Miene entspannte sich ein wenig.

Liebessatt war sie eingeschlafen, die süße Gattin. Er dagegen, Prospero, hatte kein Auge zugemacht. Freude über die wunderbare Neuigkeit hatte ihn aufgewühlt: Julia schwanger! Ein Kind wuchs unter ihrem Herzen! Er würde Vater werden, endlich!

Julia im Arm und die Rechte auf ihrem Bauch hatte er Hunderte schöne Bilder in die Dunkelheit über dem Liebeslager heraufbeschworen: Bilder einer Tochter, Bilder eines Sohnes, Bilder eines rauschenden Tauffestes, Bilder des Federmantels, den er seiner geliebten Frau zur Geburt ihres ersten Kindes schenken wollte. Eine Skizze hatte er noch bei Kerzenschein aufs Pergament geworfen, in seinen Gedanken jedoch war der Mantel bereits vollendet.

Raue Stimmen holten ihn zurück in die Gegenwart. Nur ein Portalflügel zum Gerichtssaal war geöffnet, Tonio und Gonzo standen dort, blickten zu ihm, traten von einem Fuß auf den anderen. Sie wirkten ungeduldig, vor allem Tonio. Aus dem Saal selbst: raues Männergebell und dumpfes Röcheln.

Sein Bruder kam ihm entgegen; in seiner ungewöhnlich düsteren Miene las der Herzog Ärger und Vorwurf. »Ein Fehler, das wilde Weib in die Burg bringen zu lassen, Prospero. Selbst Bruno hat es nur mit Mühe bändigen können.«

Prospero nickte ihm nicht einmal zu, schritt einfach weiter dem Portal entgegen. »Hast du den Tunischen eine Flotte hinterhergeschickt?«, fragte er beiläufig.

»Drei Fregatten und vier Galeeren.« Sein jüngerer Bruder lief neben ihm her. »Wenn du dieses Weib unbedingt sehen musst, hättest du es auch im Bergfried drüben tun können. Du weißt doch, dass solche Kreaturen hexen können.«

»Und du weißt, wie sehr ich jede Art von Kerker verabscheue.« Er nickte Gonzo zu, dem ein dickes und großes Buch unter dem Arm klemmte. Prospero nahm es nur flüchtig wahr; vorbei an seinem Berater und bedrängt von seinem Bruder schritt er in den Saal. »Hast du Angst vor dieser tunischen Frau, kleiner Bruder?«

Und dann sah er sie: Barfuß und die Hände auf den Rücken gefesselt kniete sie mitten im Gerichtssaal. Zwei Schwertmänner der Burggarnison flankierten sie. Bruno stand breitbeinig vor ihr, schwang einen Stock und zischte der Frau unverständliches Zeug zu. Drohungen oder Flüche oder beides. Der Leibgardist war ein Stotterer und manchmal schwer zu verstehen.

Einer der beiden Schwertmänner hielt die Kette fest, die den Hals der Gefangenen einschnürte, der andere drückte den Schaft seiner Lanze in ihren Nacken, so dass sie gezwungen war, ihr Gesicht bis fast auf die Knie hinunterzubeugen. Das Tuch, mit dem man sie geknebelt hatte, war zwischen ihren Lippen mit Blut getränkt und schnürte ihr langes Kraushaar ein wie rotes Band einen schwarzen Busch. Die Haut ihrer Schenkel und ihrer Schulter war bronzefarben wie ihr Gesicht, ihr ehemals weißes Gewand zerrissen und blutig am Rücken. Hatte Bruno sie also verprügelt. Die Vorstellung dämpfte Prosperos Wut ein wenig.

Ihre Augäpfel rollten und drehten sich, ihr Blick verfolgte Prosperos Schritte zum Podest mit dem Richtersessel. Er stieg hinauf, ließ sich in den Sessel fallen; der Uhu schwang sich von seiner Schulter und auf den Ansitz hinter der Sessellehne. Mit einer Kopfbewegung bedeutete der Herzog dem blutjungen Lanzenträger, das Holz aus dem Nacken der Tunischen zu nehmen. Der Schwertmann – er hieß Rico – gehorchte. Der andere, gut zehn Jahre älter und Stefano mit Namen, riss an der Kette; der Oberkörper der Frau schnellte hoch, der Kopf flog ihr in den Nacken. Prospero musterte sie; über ihm fauchte Buback.

Sie hatte ausgeprägte Wangenknochen, ihre Nase war schmal, ihre Stirn hoch, ihre schwarzen Augen standen leicht schräg, und ihr Blick war so durchdringend, dass Prospero glaubte, das Feuer dahinter in ihrem Schädel knistern zu hören.

War sie schon in den Dreißigern? Schwer zu sagen – Schwellungen und Blutergüsse entstellten ihr Gesicht. Er versuchte dennoch, in ihren Zügen zu lesen. Täuschte er sich oder lächelte sie? Wahrhaftig, sie lächelte! Ein wildes, ein böses Lächeln. Dem Herzog wurde kalt, dem Herzog wurde heiß und wieder kalt; doch er hielt ihrem Blick stand.

Gonzo trat zu ihm und räusperte sich. »Das trug sie an einer goldenen Kette zwischen ihren Brüsten.« Er hielt ihm ein bleiches, in Gold gefasstes Knochenstück hin, ein Bruchstück aus Stirn und Augenhöhle eines Schädelknochens. Prospero rümpfte die Nase, nickte unwillig und winkte ab. Was gingen ihn Knochen an?

Sein Berater steckte das Schädelstück weg und reichte Prospero das wuchtige Buch, das er an diesem Morgen aus irgendeinem Grund mit sich herumschleppte. Und wieder räusperte er sich. »Sie hat eine Kajüte ganz für sich allein bewohnt, Tür an Tür mit dem Kapitän. In ihrer Reisetruhe fanden wir dieses Buch. Ein Zauberbuch.«

Prospero zog die Brauen hoch und betrachtete es. Es war in weiches, schwarzes Leder gebunden. Zahllose goldene Sternchen bedeckten den Einband. In seiner Mitte prangte unter einem Schriftzug eine blaue Pyramide, die wirkte wie durchsichtig und umschloss ein geflügeltes Wesen. Einen Engel?

Der Herzog hob den Blick. Die geknebelte Frau beobachtete ihn. Keine seiner Bewegungen entgingen ihr, er spürte es. Sie hatte lange, sehnige Glieder und war von drahtiger Gestalt. Mit vollkommen geradem Rücken kniete sie zwischen Bruno und den beiden Waffenknechten und dachte nicht daran, auch nur ein Mal ihren lauernden Blick von Prospero zu wenden.

Wie konnte eine Frau in Ketten, der man die Kleider zerrissen, die man blutig geschlagen und in die Knie gezwungen hatte – wie konnte so eine derart furchtlos gucken? Derart stolz und unverschämt? Der Herzog biss die Zähne zusammen. Wieso fror er plötzlich? Und wieso war ihm schon wieder, als griffe ihm einer mit frostigen Fingern ins Herz?

Bruno schaukelte zu Tonio hinüber, hatte irgendetwas mit dem Kanzler zu flüstern.

Prospero senkte den Kopf, drehte das Buch in den Händen, betrachtete es aufmerksamer. Die unzähligen, goldglänzenden Sterne waren unterschiedlich groß und bedeckten den ledernen Einband mal dichter, mal weniger dicht. Ein Spiralnebel aus Sternen! Jetzt erst erkannte es der Herzog: Das Abbild der Milchstraße schmückte den ledernen Bucheinband.

In der Mitte der Rückseite erkannte Prospero vier rote Zeilen einer kleinen, fremdartigen Schrift. Buchstaben dieser Art hatte er nie zuvor gesehen. In gleichen tiefroten Zeichen, nur viel größer, standen vier Worte auf der Vorderseite geschrieben. Der Buchtitel, vermutete Prospero. Die durchsichtige blaue Pyramide darunter trug eine große goldene Mondsichel auf ihrer Spitze. Sie stand in Flammen, die rot nach oben loderten und deren Spitzen in die roten Buchstaben des Buchtitels übergingen.

Der Herzog hob das schwere Buch, beugte sich tiefer über das goldene Geglitzer des Spiralnebels, betrachtete das geflügelte Wesen innerhalb der Pyramide genauer. Nein, kein Engel – es war eine Frau. Oder ein Vogel?

Obwohl sie ein blutrotes Gewand trug, wirkte die eigenartige Frauengestalt nackt. Prospero ahnte ihr Geschlecht, konnte die Linien ihrer Brüste, ihrer Taille, ihrer Schenkel erkennen. Ihr Haar sah aus wie schwarzes Gefieder, Nase und Mund erinnerten an den Krummschnabel eines Habichts, und ihre schwarzen Schwingen reichten hinunter bis zu ihren Füßen. Genauer: bis zu ihrem rechten Fuß. Denn links ragte eine schwarze Vogelklaue unter dem Saum ihres roten Gewandes heraus, eine angehobene und tödlich gespreizte Vogelklaue; es sah aus, als hätte das monströse Wesen einer Beute aufgelauert und sei nun im Begriff, sie zu schlagen.

Prospero richtete seinen Blick wieder auf die kniende Frau. Es gefiel ihm nicht zu spüren, wie trocken sein Mund auf einmal war. Und es gefiel ihm nicht, dass die Gefangene ihn unablässig belauerte. Er fühlte sich wie ein aufgerolltes, jedem Blick preisgegebenes Geheimdokument. Die Frau kaute auf ihrem Knebel herum.

Tonio trat neben seinen Richterstuhl, beugte sich an sein Ohr und flüsterte: »Vorsicht, Bruder – ihre Augen. Bruno sagte mir ...«

Prospero winkte unwillig ab. Mit einer knappen Geste bedeutete er seinem Ersten Leibgardisten, der Frau das nasse Tuch aus dem Mund zu nehmen. Bruno löste den Knebelknoten in ihrem Haar und befreite sie von dem Fetzen. Sie schüttelte ihre drahtige Mähne, spuckte Blut aus und fauchte einen tunischen Fluch zu Bruno hinauf.

»Wenn du wieder schreist, lasse ich dir die Zunge herausreißen«, erklärte Prospero mit ruhiger Stimme. Sie blitzte ihn an, Busen und Schultern senkten sich schnell im Rhythmus ihres fliegenden Atems. »Du heißt Coraxa?« Sie nickte. »Sie nennen dich eine ›weise Frau‹, Coraxa.«

»Weise?« Sie lachte trocken auf. »Schon möglich. Gewiss ist jedoch eines: Ich bin eine Hexe.« Wieder spuckte sie blutigen Speichel vor Brunos Füße. Der schlug ihr mit seinem Stock aufs Ohr. Sie gab keinen Laut von sich, schüttelte sich nur.

»Gut, dass du es selbst sagst.« Tonio ergriff das Wort. »Das erspart dir die Folter. Den Scheiterhaufen nicht: Hexen verbrennen wir.«

Ihre Augen wurden zu Schlitzen, sie belauerte ihn. »Wie man deine Mutter verbrannt hat, Kanzler von Milano?«

Tonio erbleichte, seine gedrungene Gestalt straffte sich. Einen Atemzug lang sah es aus, als wollte er sich auf die Gefangene stürzen. Aus dem Augenwinkel beobachtete Prospero, wie er mit sich rang. »Was weißt du schon von unserer Mutter!«, zischte er schließlich.

»Mehr als du ahnst.«

»Wo kommst du her?«, fragte Prospero.

»Aus dem Herzen des Großen Kontinents – vom Schwarzen Strom.« Die Frau sprach mit tiefer, rauer Stimme.

»Du bist keine Tunische?«

»O doch – mit jeder Faser meines Herzens! Nach dem Tod meiner Mutter jedoch, in früher Jugend, habe ich meine Heimat verlassen, um bei den mächtigsten Hexen und Magiern des Großen Kontinents die Kunst der Zauberei zu studieren.«

Prospero lauschte ihren Worten nach – *um bei den mächtigsten Hexen und Magiern des Großen Kontinents die Kunst der Zauberei zu studieren.* Er musterte sie aufmerksam. Und dachte an seine Mutter – deren Lehrer hatte lange in den wilden Flusswäldern des Großen Kontinents gelebt. »Und was hat dich von so weit her an die Küsten unseres Reiches getrieben?«

»Ein Zeichen am Himmel. Jahrelang habe ich darauf gewartet, und eines Morgens sah ich es. Es gebot mir, zurück nach Norden zu wandern, zurück ins Königreich Tunischan.« Sie neigte den Kopf ein wenig auf die Schulter und schaute neugierig zu ihm herauf; gerade so, als wollte sie die Wirkung ihrer Worte prüfen.

»Weiter!«, befahl Prospero mit herrischer Geste.

»Der König machte mich zu seiner Hofmagierin. Und gab mir Geleitschutz zu seinem größten Seehafen in Tunisch. Dort ging ich an Bord des Schiffes, das mich zu dir bringen sollte.«

Prospero verschlug es die Sprache. Hatte er richtig gehört? Er lehnte sich zurück, hielt das Buch fest, drückte es an seine Brust. *Das Schiff, das mich zu dir bringen sollte* – hatte die Hexe das gerade gesagt? Er ließ sie nicht aus den Augen, versuchte seine Gedanken zu ordnen, atmete tief. Niemand im Gerichtssaal merkte ihm seine Verblüffung an.

»Und jetzt bin ich hier«, sagte die Frau mit plötzlich sanfterer Stimme. »Bei dir, Prospero von Milano.«

»Du wolltest zu mir? Deswegen bist du an Bord eines tunischen Kriegsschiffes gegangen?« Sie nickte. »Seit wann wolltest du zu mir? Wann ist dir das in den Sinn gekommen?«

»Als ich im Schwarzen Strom badete und das Zeichen am Morgenhimmel sah.«

»Und warum?« Es war auf einmal sehr still im Gerichtssaal; so still, dass dem Herzog die eigene Stimme in den Ohren gellte: *Und warum?* Die Frau hielt seinem Blick stand. »Warum wolltest du zu mir?«, fragte er noch einmal. Und wieder lächelte sie, diesmal unverhohlen, und es schien Prospero etwas Triumphierendes in diesem Lächeln zu liegen.

»Der Herzog hat dich etwas gefragt!«, herrschte Tonio die Frau an. »Antworte!« Sie schwieg und lächelte. »Unverschämtes

Hexenweib!« Tonio wurde laut. »Weißt du nicht, dass wir dich sofort töten lassen können?«

»Gar nichts könnt ihr, es sei denn, es ist euch gegeben!«

Über Prospero stieß plötzlich der Uhu glucksende Laute aus. *Duugug, duugug*, tönte sein schimpfendes Gackern. Prospero blickte zu ihm hinauf und pfiff leise und dumpf. Buback legte das gesträubte Gefieder wieder zusammen. Aus seinen großen, gelb-orange glühenden Augen spähte er auf die Hexe hinab.

»Er erkennt mich«, murmelte die, »genau, wie er eure Mutter erkannt hat.«

»Lass sie auspeitschen!« Tonio beugte sich zu Prospero herunter, griff nach seinem Arm. »Oder noch besser: Lass sie töten.«

Der Herzog hob abwehrend die Rechte und schob ihn weg von sich. »Was hast du von unserer Mutter zu reden?« Eine Zornesfalte drohte zwischen seinen dichten rotbraunen Brauen. »Du weißt gar nichts von ihr, du weißt gar nichts von ihm.« Er deutete zu seinem Uhu hinauf.

»Aber du weißt Bescheid, Herzog, nicht wahr?« Sie lachte spöttisch. »Man hat von deiner Mutter gesprochen am Schwarzen Strom, man kannte ihren Namen dort – Magdalena. Man hat sich die Geschichte erzählt, wie deine Mutter Magdalena diesen Eulenhahn dort über dir gerettet hat.«

Prospero sprang auf. »Was sagst du da?« Hin und her gerissen zwischen Verblüffung und Wut blickte er auf die Hexe hinab. »Man kannte ihren Namen am Schwarzen Strom?«

»Man kennt auch deinen Namen dort, Herzog.« Coraxa wandte sich an Tonio. »Deinen nicht, Kanzler.«

Tonio packte abermals Prosperos Arm und beugte sich an sein Ohr. »Sie treibt ihren Spott mit uns, Bruder. Merkst du das nicht? Lass sie verbrennen. Noch heute.«

Prospero machte sich los von ihm, drückte Gonzo das Zauberbuch in die Hände und stieg vom Richterpodest. »Du behauptest, aus dem Herzen des Großen Kontinents aufgebrochen zu sein, um zu mir nach Milano zu kommen.« Fünf Schritte, dann stand er vor ihr. »Du bist jetzt am Ziel, Coraxa, du bist beim Herzog von Milano angekommen. Was willst du von mir, sprich! Warum bist du hier?«

»Das fragst du dieses verfluchte Weib allen Ernstes?« Sein Bruder trat neben ihn. »Wir haben ihr Schiff geentert! Der Zufall hat sie uns in die Hände gespielt! Der Zufall und sonst gar nichts!« Und leiser: »Sei kein Narr, Bruder. Sie versucht uns mit Lügengeschichten zu umgarnen.«

Prospero streckte den Arm aus, als wollte er seinem Kanzler den Weg zur Hexe versperren. »Antworte, Coraxa!«

Ohne Furcht schaute die kniende Frau zu ihm herauf. »Ich kenne die Antwort selbst nicht, Herzog. Noch nicht. Wenn die Zeit reif ist, werden wir sie erkennen. Wir beide, du und ich.«

»Du wagst es?!« Der Zorn überwältigte Prospero. »Du hältst mich zum Narren?!« Mit einer Kopfbewegung bedeutete er seinem Leibgardisten zuzuschlagen. Brunos Stock fuhr auf den Leib der Gefangenen nieder. Zweimal, dreimal, und nicht einen Schmerzenslaut gab sie von sich, lauerte die ganze Zeit nur zu Prospero herauf.

»Sie muss auf den Scheiterhaufen!«, rief Tonio. »Sie muss noch heute brennen!«

Plötzlich sah Prospero seine Gattin am Portal des Gerichtssaals stehen. Julias schönes Gesicht war leichenblass, ihre Züge todernst, ihr blondes Haar matter als sonst. Er erschrak und hob die Rechte – Bruno ließ seinen Stock sinken.

Julia kam näher, schüttelte langsam den Kopf, schien vollkommen fassungslos. Die Hexe sah zu ihr hin, blähte die Nasenflügel, als würde sie Witterung aufnehmen, lächelte und nickte schließlich, als hätte sie die Lösung irgendeines Rätsels gefunden.

Tonio rief: »Auf den Scheiterhaufen mit ihr! Sie muss brennen! Sofort!«

Coraxa aber warf sich herum, sprang auf, lief los und prallte gegen Prosperos Brust. Den Schwertmann Stefano, der ihre eiserne Halskette hielt, riss sie ein Stück mit sich. Um nicht zu stürzen, hielt Prospero sich an ihr fest.

»Lass mich ziehen, Herzog«, flüsterte sie. »Lass mich ziehen, und dein Kind wird leben. Verbrenn mich, und dein Kind wird sterben.«

5

Tonio

Ihr Flüstern klang wie das Fauchen einer alten Katze. Kein Wort konnte Tonio verstehen, dabei stand er direkt neben seinem Bruder. Wie wütend ihn das Hexenweib machte! Ihr Geflüster, ihr verschlagener Blick, ihre verführerische Schönheit, die Art, wie sie in den Armen des Herzogs hing, und die Lügen, die sie um die Mutter gesponnen hatte – all das machte den Kanzler rasend. Er riss sein Schwert aus der Scheide, war entschlossen, das verfluchte Hexenweib niederzustechen.

Bruno kam ihm zuvor, packte die Hexe, riss sie aus Prosperos Armen und stieß sie zu Boden. Auf den rötlichen Lehmfliesen musste sie sich unter seinen Stockschlägen krümmen.

»Genug!«, befahl der Herzog schon nach drei Hieben. Der Hüne hielt inne.

Tonio traute seinen Ohren nicht. Sein Bruder achtete Frauen sogar höher als Singvögel, doch nun übertrieb er es. »Sei kein Narr, Prospero.« Von hinten drängte er sich an seinen Bruder, flüsterte ihm ins Ohr. »Sie ist eine Hexe. Nicht allein mit dem Stecken, mit dem Schwert muss man sie schlagen. Du musst sie …« Er unterbrach sich, denn jetzt erst entdeckte er Julia hinter den Schwertmännern. Wann um alles in der Welt war die Herzogin in den Gerichtssaal gekommen?

»Weg mit der Klinge, Kanzler!« Prospero drehte sich nach ihm um. Tonio erschrak, denn sein Bruder war aschfahl.

»Lass sie verbrennen, Prospero«, raunte er, während er sein Schwert zurück in die Scheide steckte. »Hast du nicht ihren bösen Blick gesehen?« Er schob sich noch näher an den Herzog heran, sprach noch leiser. »Bruno hat mir zugeflüstert, dass sie versucht hat, ihn mit diesem Blick zu fesseln. Er habe nicht halb so fest zuschlagen können, wie er eigentlich wollte. Sie wird versuchen, auch deinem Geist Fesseln anzulegen, Bruder.« Wahrscheinlich hatte sie es bereits getan, doch diesen Verdacht sprach Tonio lieber nicht aus.

»Niemand kann dem Herzog von Milano Fesseln anlegen.« Prospero nahm Gonzo das Zauberbuch ab, klemmte es unter den Arm und ging zu seiner Gattin.

»Ich beschwöre dich, Bruder, lass sie verbrennen!«, rief Tonio ihm hinterher.

Prospero drehte sich um und schaute ihm ins Gesicht. Selten hatte Tonio seinen älteren Bruder so hohlwangig gesehen, so ernst und so fahl. Was war auf einmal los mit ihm? Was hatte das Hexenweib ihm zugeflüstert?

Wie der Herzog da so reglos und kerzengerade neben seiner Gattin stand und schweigend und mit kantiger Miene zu ihm herüber stierte, erinnerte er Tonio plötzlich an den alten Tyrannen, den Großvater. Tonio war erst fünf Jahre alt gewesen, als der Großvater starb, doch niemals würde er dessen hartes Gesicht vergessen und seine hoch aufgerichtete, furchteinflößende Gestalt.

Der Herzog ließ Julia los, kam zurück zu Tonio und packte ihn bei der Schulter. »Seltsam, dass du auf einmal unseren König vergisst«, flüsterte er. »Arbosso von Napoli steht doch in Friedensverhandlungen mit ihrem König, sagtest du.« Mit einer Kopfbewegung deutete er hinter sich auf die Hexe. »Groß und breit hast du mir gestern erklärt, deswegen die Tunischen geschont und ihre Flotte nicht verfolgt zu haben. Und jetzt willst du die Hofmagierin des Königs von Tunischan verbrennen?«

Der Herzog ließ Tonio los. Während er zurück zu seiner Gattin schritt, verfolgte ihn der lauernde Blick des Hexenweibes. »In den Kerker mit ihr!«, rief Prospero. »Sie ist meine persönliche Gefangene!« Er warf Tonio einen letzten, warnenden Blick zu. Das Buch unter der Linken legte er den Arm um seine Gattin und führte sie aus dem Gerichtssaal.

Dicht über die Köpfe Tonios, Gonzos und der Schwertmänner hinweg segelte der Uhu zu seinem Herrn und ließ sich auf dessen Schulter nieder. Zuletzt eilte Bruno dem Herzog und seiner Gattin hinterher.

Das Portal fiel ins Schloss, Tonio lauschte den sich rasch entfernenden Schritten des Herzogpaares und des Gardisten. Niemand im Gerichtssaal sprach ein Wort. Auch die Hexe blieb stumm. Tonio musterte sie feindselig; schon lag seine Hand wieder auf dem Schwertknauf. Fragend blickte er zu Gonzo, dem herzoglichen Berater.

»Wir haben ihm zu gehorchen, Kanzler«, sagte der leise.

Tonio seufzte und wandte sich an die beiden Schwertmänner. »Ihr habt gehört, was der Herzog befohlen hat.« Er trat zu Stefano, dem Ranghöheren, und zog ihn zur Seite. »Stell eine Wachtruppe von sechzehn Mann auf. In vier Schichten sollen sie die Hexe bewachen, rund um die Uhr. Keiner von ihnen darf ihr in die Augen sehen, hörst du? Niemand!« Stefano nickte. »Und wenn sie schreit, gebt ihr die Peitsche.«

An der Kette riss Stefano das Hexenweib auf die Beine. Rico knebelte sie, danach führten sie die Gefangene zum Portal und aus dem Gerichtssaal. Der junge Rico stieß sie mit Tritten und Fausthieben in den Rücken vor sich her, Stefano zog sie an der Kette auf den Gang hinaus. Die Frau, die sich Coraxa nannte, leistete keinen Widerstand.

An Gonzos Seite folgte Tonio ihr und den Schwertmännern in etwa zwanzig Schritten Abstand. Kaum konnte er seinen Blick von der Gestalt der Gefangenen lassen; der Kanzler war noch unverheiratet, und ihre Schönheit hatte ein geradezu schmerzliches Verlangen in ihm entfacht.

»Hast du ihre bösen Augen gesehen, Gonzo? Ich mache mir Sorgen – der Herzog wird sich doch nicht verhexen lassen?« Er sprach von seinem Bruder und meinte sich selbst.

»Prosperos Geist ist hart wie ein Diamant, kein Mensch kann ihm seinen Willen aufzwingen.« Gonzos Gang war schleppend, seine Miene nachdenklich. »Davon abgesehen: eine bemerkenswerte Frau, diese Tunische.«

Tonio winkte ab und zischte verächtlich. »Ein verfluchtes Hexenweib, weiter nichts.« Er stierte in ihren schönen Rücken und langte schon wieder nach seinem Schwertknauf. Wie gern hätte er dieses Weib erschlagen. Oder besessen. »Ich werde erst wieder ruhig schlafen, wenn ich sie auf dem Scheiterhaufen in den Flammen schrumpfen und zu Asche zerfallen gesehen habe.«

Sie durchquerten die Eingangshalle der Burg. Eine Kuppeldecke überwölbte den hohen und weiten Raum, links und rechts führten breite, geschwungene Treppen ins Obergeschoss. Große Ölgemälde zierten die Wände, Porträts von Prosperos und Tonios Vorfahren. Dazwischen, an der Wand und auf Stelen, unzählige ausgestopfte Vögel jeder Größe.

»Seltsam, dass diese Tunische deine Mutter kennt.« Gonzo schloss das Portal des Palas hinter ihnen.

»Sie behauptet es nur, guter Gonzo. Jedes ihrer Worte ist doch gelogen. Sag bloß, du hast das nicht gemerkt?« Die Männer stiegen die breiten Stufen in den Burghof hinunter. Zwei schwarze, gusseiserne Uhus auf mehr als mannshohen steinernen Säulen säumten die Treppe. Davor standen Bewaffnete der Burggarnison; sie nahmen Haltung an und grüßten.

»Sie kennt den Namen eurer Mutter, Tonio.« Quer über den Burghof folgten der Kanzler und Gonzo den Schwertmännern mit ihrer Gefangenen. »Wundert dich das nicht?«

»Seit jeher sind die Herzöge von Milano und ihre Herzoginnen weit über die Grenzen des Reiches hinaus bekannt gewesen.«

»Doch nicht über das Tirenomeer hinaus!«, widersprach Gonzo. »Und schon gar nicht bis ins Herz des Großen Kontinents hinein. Diese weise Frau jedoch scheint sogar Bubacks Geschichte zu kennen.«

»Na und?« Tonio winkte ab. »Jedes Kind in Milano weiß, dass die Herzogin die Eule als Küken von einem Jagdzug mitgebracht hat.«

Sie blieben stehen, um ein Fuhrwerk vorbeizulassen, das Früchte und Gemüse in die Burg brachte. Von der Schmiede her hallten Hammerschläge über den Burghof. Wäscherinnen zogen Handkarren voller Laken zum Burgtor; sie lachten und plapperten. Ein Schwarm Stare schwirrte von der Kathedrale her durch den Himmel.

Die Schwertmänner hatten ihre Gefangene inzwischen bis zum Bergfried geschleppt. Der ragte beinahe so hoch in den Himmel über Milano wie außerhalb der Burgmauern der Doppelturm der Kathedrale. Tonio sah den jungen Rico die eiserne Turmtür aufschließen.

»Hast du ihr nicht zugehört?« Gonzo blieb stehen, hielt Tonio am Arm fest und schaute ihm in die Augen. »Die Hexe wusste, dass deine Mutter den Uhu gerettet hat. ›Gerettet‹ – genau dieses Wort hat sie gebraucht. Und völlig zu Recht. Doch kaum einer weiß von dieser Rettung. Du etwa?«

Tonio zögerte. »Meine Mutter hat ein aus dem Horst gestürztes Eulenjunges mit nach Hause genommen und großgezogen.« Er zuckte mit den Schultern. »Nennt man das nicht ›retten‹?«

»Falsch.« Sie gingen weiter. »Prospero hat den Uhu großgezogen – gegen den Willen eures Vaters und mit der Unterstützung eurer Mutter. Deswegen hängt dein Bruder so an dem Vogel.

Und der Uhu ist auch nicht aus dem Nest gefallen. Merkst du etwas, Tonio? Nicht einmal du kennst die Geschichte.«

»Ich habe mich nie darum gekümmert. Geschichten interessieren mich nicht.«

»Ein Fehler«, murmelte Gonzo. »Das Leben besteht aus Geschichten.« Seufzend fuhr er sich durch seinen grauen Lockenschopf. »Aus vielen schönen und noch mehr hässlichen.«

»Ich war noch ein kleiner Junge damals, vergiss das nicht. Mich nahm unser Vater noch nicht mit auf die Jagd, Prospero dagegen schon. Er war ja von Anfang an der Kronprinz, nicht ich.« Tonio hielt dem herzoglichen Berater die Eisentür zum Bergfried auf. Eine schwarze Katze huschte aus dem Turm. »Doch du scheinst die wahre Geschichte zu kennen, guter Gonzo. Oder täusche ich mich?« Das große Tier wischte an ihnen vorbei und sprang in Richtung Burggarten davon.

Wenn Prospero sie entdeckt, ist sie so gut wie tot, dachte Tonio.

»Ich habe an jenem Jagdzug teilgenommen«, sagte Gonzo. »Natürlich weiß ich, was damals geschah. Obwohl es lange her ist, erinnere ich mich an jede Einzelheit.«

Tonio zog die Tür des Bergfrieds hinter sich zu. »Dann erzähl mir die Geschichte, guter Gonzo.« Hinter dem herzoglichen Berater her stieg er die Wendeltreppe zur Turmspitze hinauf. In Kopfhöhe steckten Kienspanhalter mit brennenden Hölzern zwischen den Mauerblöcken, flackerndes Licht zitternder Flammen lag auf den schwarzen Turmwänden und den ausgetretenen Stufen.

»Es war ein Frühsommer vor etwas mehr als dreißig Jahren«, begann Gonzo. »Dein Vater führte seinen Jagdzug nach Norden bis in die Waldhänge des Gebirges hinein. Seine Hundemeute hetzte einen Eber durch ein enges Flusstal. Das wilde Schwein war zäh, doch vor einer Felswand neben einem Wasserfall fand sein Fluchtweg ein Ende. Berittene Jäger töteten den Eber mit

Lanzen. Die Freude deines Vaters über die Jagdbeute dauerte nicht lange, denn er musste entdecken, dass sein Lieblingshund fehlte.«

»Ein harter Schlag für einen wie ihn.« Tonio stieß ein freudloses Lachen aus, das gespenstisch durch den Treppenschacht hallte. »Er liebte seine Hunde mehr als unsere Mutter. Und mehr als uns, seine Söhne, sowieso.«

»Er ließ die Jäger und Diener ausschwärmen, um nach dem vermissten Hund zu suchen. Deine Mutter und ich fanden seinen Kadaver schließlich unter den Fängen eines Uhus. Als die Jäger die Großeule umzingelten, gab sie ihre Beute auf und flog weg. Die Pfeilbolzen der Jäger verfehlten sie. Dein Vater ließ sie verfolgen.«

»Zwei Tage lang? Drei?« Tonio grinste bitter. »Oder eine ganze Woche lang? Auf der Jagd konnte er verdammt hartnäckig sein, der Vater. Wenn es um Rache ging, sowieso. In dieser Hinsicht ist Prospero ganz nach ihm geraten.« Von weit oben drang das Quietschen der eisernen Kerkertür zu ihnen herunter.

Gonzos Schritte wurden langsamer, seine Atemzüge lauter. »Nach fünf Tagen fanden wir den Nistplatz des Uhus in einer Höhle«, fuhr er fort. »Die lag in einer steilen Felswand etwa dreißig Meter über dem Waldboden. Die Rufe aus der Höhle verrieten uns, dass Junguhus dort oben auf Futter warteten. Dein Vater ließ dem Brutpaar, das sich mit der Jagd abwechselte, auflauern. Armbrustschützen töteten den weiblichen Uhu noch am selben Abend und den männlichen am nächsten Morgen. Das war der Vogel, der den Lieblingshund deines Vater geschlagen hatte.«

»Und der Vater wollte keine Ruhe geben, bis er auch seiner Brut den Hals umgedreht hatte.«

»Richtig. Er befahl den Bogenschützen, Brandpfeile in die Höhle zu schießen.« Eine Fledermaus flatterte ihnen von oben entgegen – sie wichen ihr aus, duckten sich unter ihr weg. »Der

Rauch trieb drei Junguhus aus der Nistgrotte und in die Felswand hinein. Die Nestlinge waren kaum sechs Wochen alt und konnten noch nicht fliegen. Zwei rutschten ab und schlidderten die Steilwand herab. Den einen schlug dein Vater tot, den zweiten ein Jäger. Der dritte Nestling aber flatterte in einen Baum, der auf halber Höhe der Wand aus dem Fels wuchs. Dein Vater griff zur Armbrust, stellte sich unter den Baum und zielte auf den Jungvogel. Und was tat der? Schiss vor lauter Angst. Und wohin schiss er? Deinem Vater auf den Kopf.«

Tonio brach in wieherndes Gelächter aus. »Großartig!« Er schlug sich auf die Schenkel, wischte sich die Augen aus, schüttelte den Kopf, und sein Lachen hallte den Bergfried hinauf und herunter. »Alle hätten's gern getan, und wer hat's gewagt? Ein Küken! Und das vor den Augen so vieler Untertanen! Eine großartige Geschichte! Der Vater hat sich sicher aufs Herzlichste bedankt.«

»In der Tat: Der Herzog raste. Und schoss daneben. Der Nestling stürzte dennoch aus dem Bäumchen und flatterte von dort in die Holunderbüsche herab. Einige Jäger, die deinem Vater gefallen wollten, stürzten hinterher, um das Tier zu töten. Unter ihnen auch dein Bruder.« Gonzo lehnte sich schwer atmend gegen die Turmwand und verschnaufte ein wenig; er war mehr als zwanzig Jahre älter als der Kanzler. »Keiner der Männer fand den Vogel.«

Tonio, der an seinen Lippen hing, blieb ebenfalls stehen. »Lass mich raten«, sagte er. »Mein Bruder hat den Jungvogel entdeckt und sofort versteckt.«

Gonzo nickte. »Und zwar unter seinem Mantel. Während dein Vater die Jäger beschimpfte und ihnen befahl, den Holunder abzuholzen, bis sie den Nestling gefunden hatten, zog Prospero sich zu seinem Pferd zurück. Ein Gardist sah das Gezappel unter dem Mantel deines Bruders und hörte es glucksen und jaulen – und machte den Herzog darauf aufmerksam.«

»Verräter!«, entfuhr es Tonio, der wie gebannt zuhörte.

»Der Herzog stürzte sich sofort auf Prospero, zerrte ihm den Mantel von den Schultern, sah den Junguhu und packte ihn. Prospero aber stieß seinen Vater von sich.«

»Das glaube ich nicht, guter Gonzo, das glaube ich niemals!«

»Es war das erste Mal, dass dein Bruder es wagte, sich gegen euren Vater zur Wehr zu setzen. Der aber riss sich den Gurt von der Brust und holte aus. In diesem Augenblick schob eure Mutter sich zwischen ihren Gatten und ihren Sohn.« Gonzo senkte den Blick und fuhr sich über die Augen und dann durch die grauen Locken.

Tonios Lippen waren bleich und schmal, seine Lider hatten sich zu schmalen Schlitzen verengt, seine Kaumuskeln bebten. »Erzähl weiter«, flüsterte er. »Was geschah dann?«

»Sie stand einfach nur da und schaute deinem Vater ins Gesicht. Lange. Bis er irgendwann die Hand mit dem Gurt sinken ließ. Du glaubst nicht, wie still der Wald war in diesen Augenblicken. Irgendwann forderte der Herzog deine Mutter auf, aus dem Weg zu gehen. Sie aber dachte gar nicht daran, blieb stehen, wo sie war, und schaute ihm weiter ins Gesicht, schweigend und ohne mit der Wimper zu zucken. Bis dein Vater zurückwich. Ich bilde mir ein, seine Beine und Hände zittern gesehen zu haben. Ob aus Wut oder Angst, vermag ich nicht zu sagen.«

»Aus Angst?« Tonio schnitt eine ungläubige Miene. »Vor meiner Mutter?«

»Der Junguhu sprang deinem Bruder aus den Händen und deiner Mutter auf die Schulter und tat, was deine Mutter schon die ganze Zeit getan hatte: Aus seinen großen, orange glühenden Augen musterte er deinen Vater.«

»Ist das wahr?«, flüsterte Tonio und schüttelte staunend den Kopf. »Ist das wirklich wahr?«

»»Der Vogel gehört mir‹, sagte deine Mutter schließlich mit

ruhiger und fester Stimme. ›Prospero will ihn mir schenken.‹ Sie drehte sich nach Prospero um, lächelte und strich ihm übers Haar. ›Nicht wahr mein Sohn?‹ Dein Bruder nickte, dein Vater aber machte kehrt und hieß die Jäger aufzusitzen und den Heimweg nach Milano anzutreten.«

»Dafür hat Mutter später einen hohen Preis bezahlt«, sagte Tonio mit heiserer und bitterer Stimme.

»Dafür und für viele andere Gelegenheiten, bei denen sie sich eurem Vater und eurem Großvater widersetzte. Einen zu hohen Preis.« Gonzo seufzte, griff nach dem Treppengeländer und nahm die zweite Hälfte des Turmaufstieges in Angriff. »Sie starb zwei Jahre später auf dem Scheiterhaufen. Niemand konnte sie retten. Auch ich nicht. Der Himmel sei mir gnädig.« Gebeugt und langsam nahm er Stufe um Stufe.

»Und der Vater hat nie wieder versucht, den Uhu zu töten?« Tonio überholte den herzoglichen Berater. Leichtfüßig und kerzengerade schritt er vor dem Älteren her, und obwohl er die Treppe jetzt mit dem Rücken voran nahm, geriet er nicht einmal ins Straucheln.

Gonzo schüttelte den Kopf. »Dein Bruder hat die Eule ›Buback‹ genannt. Kannst du dir denken, warum?«

»Das ist der Name eines bösen Waldtrolls. Der Vater hat uns oft Angst gemacht mit diesem Ungeheuer. ›Buback ist ganz nah‹, hat er dann gesagt. ›Hört ihr ihn schnüffeln? Hört ihr ihn knurren? Er wird euch holen und fressen, wenn ihr mir nicht gehorcht.‹«

»Seit jenem Tag unter der Felswand hat dein Bruder keine Angst mehr gehabt. Weder vor dem Waldtroll noch vor eurem Vater. Deswegen hat er den Uhu ›Buback‹ genannt, dem Waldtroll und dem Vater zum Spott. Dein Vater wusste genau, was die Stunde geschlagen hatte – von nun an hatte er keine Macht mehr über Prospero. Und jeder, der ihn und euren Großvater hasste, wusste es auch. Das waren damals fast alle in Milano.«

»Tapferer Prospero.« Tonio schüttelte den Kopf, als könne er noch immer nicht fassen, was er da gehört hatte. »Er war erst dreizehn Jahre alt, als er den Uhu fand.« Er drehte sich um und ging weiter voran.

»Fast vierzehn. Drei Jahre später ließ er euren Großvater töten und euren Vater in Ketten legen. Wahrhaftig, er ist hart wie ein Diamant und hat den Mut eines Berglöwen.«

»Und der Gardist, der dem Vater verraten hatte, was sich unter Prosperos Mantel regte?«

»Der starb kurz nach deiner Mutter. Durch die Hand deines Bruders.«

»Wie?«

»Das willst du nicht wissen.«

Endlich erreichten sie die oberste Ebene des Bergfrieds. Zwei Kerker gab es hier. Einer stand offen, der sollte als Wachraum für die Schwertmänner dienen, die künftig die Gefangene zu bewachen hatten. Stefano und Rico machten sich dort an einer Tischplatte und Holzböcken zu schaffen.

Im zweiten Kerker kauerte die Hexe unter dem Turmfenster. Wie Teer glänzte ihr schwarzes Lockenhaar im einfallenden Licht. Die Ketten, mit denen man ihre Hände an die Wand gefesselt hatte, waren zu kurz, um bis zur Kerkertür zu kriechen, jedoch lang genug, um zu essen und sich an jeder Körperstelle kratzen zu können.

Tonio und Gonzo blieben vor der vergitterten Kerkertür stehen. Tonio zog eine Fackel aus der Wandhalterung, hielt sie hoch und beobachtete die Tunische. *Wie schön sie ist*, dachte er wieder, *wie gefährlich schön.*

Die Gefangene, die sich selbst als Hexe bezeichnet hatte, kniete im Stroh. Sie hatte die Lider zusammengekniffen, bewegte die Lippen, und eine tiefe Falte stand zwischen ihren gerunzelten schwarzen Brauen. Ihr Gesicht wirkte hochkonzentriert. Tonio erschauerte. Er fragte sich, zu wem sie betete.

»Mag schon sein, dass der Name der Herzogin damals über das Tirenomeer hinaus bis an den Schwarzen Strom bekannt geworden war«, sagte Gonzo leise.

Tonio schüttelte ungläubig den Kopf. »Wodurch denn?« Sein Blick wanderte über die Gestalt der Gefangenen.

»Gäste aus Übersee mögen die Kunde von der Weisheit und dem Mut deiner Mutter bis an ferne Küsten und darüber hinaus getragen haben. Nicht wenigen hat sie Glück und Unglück geweissagt.« Gonzo beugte sich näher an Tonios Ohr. »Doch was hat diese Gefangene gemeint, als sie behauptete, Buback würde sie erkennen? ›Genau, wie er eure Mutter erkannt hat‹, hat sie gesagt.«

Tonio winkte ab. »Hexengeschwätz.« Er streckte Gonzo die Rechte hin. »Gib mir das in Gold gerahmte Knochenstück.« Gonzo tat es, und Tonio klopfte damit so lange gegen das Türgitter, bis die Tunische die Augen öffnete und den Kopf hob.

Ihr Blick schien zu brennen, und unwillkürlich wich Tonio von der Kerkertür zurück. Gonzo rührte sich nicht, senkte nur den Kopf. »Warum trägst du dieses Schädelstück mit dir herum, Hexe?«, fragte der Kanzler.

»Rate, kleiner Kanzler, rate, rate.« Sie feixte.

»Freches Hexenluder, du …« Tonio presste die Lippen zusammen, scharf sog er die Luft durch die Nase ein. »Aus wessen Schädel stammt der Knochen, dass du ihn in Gold fassen musstest und wie ein Kleinod an einer Kette getragen hast?«

Ihr stechender Blick drang ihm in Hirn und Herz. »Es ist ein Stück vom Schädel meiner hochverehrten Meisterin, Kanzlerchen, einer Frau, der du niemals das Wasser wirst reichen können.«

Tonio verschlug es die Sprache – vielleicht aus Empörung, vielleicht vor lauter Schrecken, den Schädelknochen einer Hexe in der Hand zu halten; er wusste es selbst nicht. Arm und Hand ausgestreckt, hielt er den in Gold gerahmten Knochen von sich. Ekel überkam ihn.

Coraxa erhob sich, ihre Ketten rasselten. Drei Schritte in der Richtung der beiden Männer und der Kerkertür gelangen ihr, beinahe vier – dann strafften sich ihre Ketten und zwangen sie, stehen zu bleiben. »Schließ auf, Kanzlerchen.« In ihren Augen loderten rot-goldene Flammen. »Komm schon, nimm mir die Ketten ab und gib mir den Schädelknochen, dann kann ich dir eines der Wunder zeigen, die sie mich gelehrt hat.«

Tonios Blick klebte an ihr, alle Kraft wich aus seinen Knochen. Sein Herz geriet ins Stolpern, in seinem plötzlich heißen Kopf schien sein Hirn zu schmelzen. »Aufschließen«, flüsterte er, »schließ ihre Kerkertür auf, Stefano …«

Gonzo, den Blick noch immer gesenkt, um der Frau ja nicht in die Augen schauen zu müssen, warf sich mit seinem ganzen Gewicht gegen Tonio. Der Kleinere und Leichtere geriet ins Straucheln, taumelte gegen die Wand und stürzte. Stefano und Rico stürmten herbei und halfen ihm auf die Beine.

Tonios Kopf kühlte ab, jetzt, wo er dem brennenden Blick der Hexe nicht mehr ausgesetzt war. »Sie wollte mich behexen«, flüsterte er. Er konnte wieder klare Gedanken fassen, sein Herzschlag beruhigte sich. »Sie hat tatsächlich versucht, mich zu verhexen. Es ist ihr Blick! Ihr böser Blick!«

Gonzo schaute ihm in die Augen. Sorge und tiefer Ernst sprachen aus seiner Miene. Er beugte sich zu ihm herunter. »Lass uns gehen, mein Kanzler. Sie ist gefährlich für dich.«

Tonio stieß ihn von sich, zischte einen Fluch und riss sein Schwert aus der Scheide. »Aufschließen!«, befahl er den Schwertmännern. »Aufschließen! Sie muss sterben! Jetzt!«

»Nicht doch!« Gonzo, mit dem Rücken zu Coraxa und ihrem Kerker, hob abwehrend die Arme und schob den Kanzler weg von der Kerkertür zur Treppe hin. »Sie ist die persönliche Gefangene des Herzogs, vergiss das nicht, Tonio.« Mit einer herrischen Geste schickte er die Schwertmänner zurück in den Wachraum. Und an Tonio gewandt sagte er leise: »Wir sollten uns zu keiner unbedachten Handlung hinreißen lassen, Tonio. Sie scheint hochangesehen zu sein beim König von Tunischan.« Er fasste seinen Arm. »Lass uns gehen.«

»Sie ist gefährlich!«, zischte Tonio. »Sie hier in Milano zu wissen, fühlt sich an wie die Nähe des Todes, wie die Gegenwart des Leibhaftigen!«

»Zu spät. Nun ist sie einmal in Milano, wir können es nicht rückgängig machen.«

»Und Prospero hat das Zauberbuch«, flüsterte Tonio. Hin und her gerissen zwischen Hass und Faszination musterte er die Gefangene hinter dem Türgitter, vermied es aber, ihr in die Augen zu schauen. »Lassen wir sie auch nur einen Tag länger am Leben, wird bald nichts mehr so sein, wie es gewesen ist, bevor diese verfluchte Hexe mit ihrem verfluchten Buch zu uns kam.«

»Sie kam nicht zu uns.« Gonzo seufzte. »Wir haben sie hierher gebracht.«

Tonio schleuderte das Knochenstück auf den Steinboden. Er fluchte, er hob den Absatz, er trat zu. Die Hexe riss an ihren Ketten und begann gellend zu schreien. Unter Tonios Tritten zersplitterte das Schädelstück ihrer Meisterin.

»Hinein zu ihr!«, befahl er. »Stecht ihr die Augen aus!«

6

Julia

Ein Luftzug bauschte Julias Blondhaar auf, sie zuckte zusammen. Buback landete auf Prosperos Schultern und faltete die Schwingen. Julia strich sich die Haarsträhnen aus dem bleichen Gesicht; unwillig lugte sie zu dem großen Vogel hinauf. An so vieles hier in Milano hatte sie sich gewöhnt in den drei Jahren ihrer Ehe mit dem Herzog, so vieles lieben gelernt. Nicht jedoch an den Uhu. Würde sie ihn jemals lieben können?

Prospero zog sie an sich, ging über ihren Unmut hinweg. Auf dem Weg zur Treppe lobte er das Wetter, schimpfte über tunische Piraten, machte sich über Tonios weiße Seidenhose lustig, erzählte vom Tod des Gerfalken und schwärmte von den Federn, die er am Morgen beim Gartenteich hatte sammeln lassen. Mitten in seinem Herzen jedoch steckte ein vergifteter Pfeil – die Worte der Tunischen: *Lass mich ziehen, und dein Kind wird leben. Verbrenn mich, und dein Kind wird sterben.*

Woher wusste die Frau, dass Julia schwanger war? Diese Frage wühlte ihn auf, während er an der Seite seiner Gattin lächelnd und plaudernd die Treppe hochstieg. Er hatte es doch selbst erst am Abend zuvor erfahren! Niemand außer ihm wusste es, niemand außer ihm und Julia hätte es dieser Frau sagen können!

Und dennoch wusste sie es.

Lass mich ziehen, und dein Kind wird leben. Verbrenn mich, und dein Kind wird sterben.

Das schwere Buch unter seinem linken Arm wurde noch schwerer. Es war ihm nicht mehr geheuer auf einmal.

Aus dem Augenwinkel beobachtete er seine geliebte Frau,

während sie die Stufen hinaufstiegen. Julia sprach kein Wort. Was sie wohl dachte? Um keinen Preis durfte sie erfahren, was in ihm vorging. Nicht einmal ahnen durfte sie es. Nichts sollte seine geliebte Gattin ängstigen. Sie nicht und das Ungeborene nicht.

Im Obergeschoss bogen sie in die Zimmerflucht ein, über die man zu Julias Gemächern gelangte. Bruno überholte sie und ging voraus. Prospero machte einen Scherz über den großen Hut, den sein Kammerdiener Jesu sich als Sonnenschutz hatte machen lassen. Er spottete über Tonios übertriebenen Respekt vor dem König von Napoli und dessen Wünschen, lobte noch einmal das milde Herbstwetter und stimmte schließlich das neue Lied an, dass Julia seit ein paar Tagen zur Laute sang.

Sie sang nicht mit. »Wer war diese Frau?«, wollte sie stattdessen wissen. Prospero verstummte. »Warum hat sie geblutet? Wer hat sie geschlagen? Warum war ihr Kleid zerrissen?« Sie blieb vor ihrer Tür stehen. Bruno, neben ihr, senkte den Blick.

Prospero ging weiter zur großen Balkontür am Ende der Zimmerflucht. »Eine tunische Gefangene, meine Geliebte, ein Niemand.« *Lass mich ziehen, und dein Kind wird leben. Verbrenn mich, und dein Kind wird sterben.* »Vergiss sie.« Er öffnete die Tür und gurrte leise – Buback schwang sich von seiner Schulter und flog zum verwilderten Teil des Burggartens. Eine große alte Eiche ragte dort aus Birken, Schwarzerlen und Holunder. Der Uhu verschwand in der Eichenkrone. Julia duldete ihn nicht in ihren Gemächern.

»Warum hast du diese Frau geschlagen, Bruno?« Forschend musterte sie den Ersten Leibgardisten des Herzogs.

Der öffnete den Mund, setzte zu einer Antwort an, doch kein vollständiges Wort wollte über seine Lippen. Sein Blick flog unsicher zwischen seiner Herzogin und Prospero hin und her.

»Weil sie nicht aufhören wollte, unsere Burg mit ihrem grässlichen Geschrei zu erfüllen«, antwortete Prospero an Brunos

Stelle. »Bist du denn nicht davon aufgewacht, du Ärmste?« Er schloss die Balkontür und ging zurück zu seiner Frau. »Und weil sie unverschämt und frech gewesen ist.«

Sie betraten Julias Gemächer; Bruno blieb draußen vor der Tür stehen. Prospero legte das schwere Buch auf Julias Schminktisch.

»Leg es nicht dorthin«, bat sie.

»Warum nicht?«

»Es ist mir unheimlich.« Aus großen, ängstlichen Augen betrachtete sie das Sternengeflimmer auf dem Buchdeckel, betrachtete die Pyramide und die Vogelfrau. »Was ist das überhaupt für ein Buch?« Sie rümpfte die Nase und zog die Schultern hoch.

»Irgendein frommes Buch irgendeines tunischen Stammes. Nichts Besonderes, völlig uninteressant.« Prospero nahm es wieder an sich. »Doch bevor es dir Angst macht ...« Er öffnete die Tür und reichte es seinem hünenhaften Leibgardisten. »Habe bitte ein Auge darauf, Bruno.« Noch während er die Tür wieder schloss, schimpfte er im Stillen mit sich selbst. Bestärkte er Julias Furcht nicht noch, indem er das Buch aus dem Zimmer schaffte?

»Meine arme Geliebte.« Er schloss seine Gattin in die Arme. »Das unsägliche Geschrei dieser Frau hat dich erschreckt, nicht wahr? Das tut mir wirklich leid.« Er streichelte ihren Rücken, er flüsterte ihr liebevolle, beruhigende Worte ins Ohr, er küsste ihre Stirn, ihre Augen, ihre Wangen – allein, es nützte nichts: Ihre Rückenmuskeln blieben angespannt, ihre Haltung stocksteif und kerzengerade, ihre Schultern sanken um keine Fingerbreite nach unten.

»Warum hast du das Buch an dich genommen, wenn du es so uninteressant findest?«

»Du weißt doch, wie sehr ich Bücher liebe, mein Herz.«

Julia machte sich von ihm los, ging zum Fenster, sah in den Garten hinunter. »Gonzo hat es ›Zauberbuch‹ genannt.« Sie wandte sich um, lief zum Bett. Auf dem Kissen ruhte ihre Laute, zu der sie morgens gewöhnlich sang. Und neben dem Bett, auf dem Notenpult, lag aufgeschlagen ein Notenheft.

»Das hast du gehört?« Prospero tat erst verblüfft, dann amüsiert. »Er hat eine blühende Fantasie, der gute Gonzo, du kennst ihn doch, mein Herz.«

»Ist sein Verdacht nicht verständlich?« Julia trat erneut zum Fenster, schaute wieder hinaus. »Beim Buch einer Frau, die einen in Gold gerahmten Knochen um den Hals trägt, würde ich auch an ein Zauberbuch denken.«

Lass mich ziehen, und dein Kind wird leben. Verbrenn mich, und dein Kind wird sterben. Bei allen guten Mächten des Universums – woher wusste die Tunische von dem Kind?

Julia machte gleich wieder kehrt, lief zurück zum Bett, blieb wieder stehen, schaute ihm in die Augen. »Sie hat dir etwas zugeflüstert, Prospero. Was hat sie gesagt?« Sie legte die Hand auf den Bauch, ließ sie kreisen.

»Spürst du das Kind?« Prospero schlug einen besorgten Tonfall an.

»Es bewegt sich und strampelt, seit das Geschrei der Gefangenen uns geweckt hat.«

»Armes Kind!« Er trat zu ihr, legte seine neben ihre Hand auf ihren Bauch und schloss die Augen. »Ich spüre nichts.«

»Was hat sie dir ins Ohr geflüstert?«

»Dass der König von Tunischan persönlich sie zum Hafen geleitet habe«, erklärte er gleichmütig, als sei es Selbstverständlichste der Welt. »Bewegt es sich nicht mehr?«

»Es hat sich beruhigt.« Julia schob seine Hand zur Seite. »Diese Frau ist sogar Hofmagierin des tunischen Königs!« Wieder lief sie zum Fenster. »Halte mich bitte nicht zum Narren, Prospero. Was hat sie dir zugeflüstert?«

»Du hast auch gehört, dass sie die Hofmagierin …?«

»Alles habe ich gehört, von Anfang an.« Julia fuhr herum. »Was hat sie dir ins Ohr geflüstert, sag es mir endlich, Prospero!«

»Sie hat um Gnade gefleht.«

»Wirklich?« Julia hörte nun nicht mehr auf, zwischen dem Fenster und dem Himmelbett hin und her zu laufen. »Was hat sie dir angeboten, um ihre Haut zu retten?«

»Nun, eine kleine Kostprobe ihrer Zauberkraft.« Prospero lächelte. Julia durchschaute ihn, er spürte es genau.

»Du lügst.«

»Wirklich nicht, meine Geliebte.« Mit ausgebreiteten Armen ging er auf sie zu, machte eine unschuldige Miene. Sie wich ihm aus. »Die angebliche Hofmagierin des Königs von Tunischan will mir sieben Pappeln im Burggarten wachsen lassen, wenn ich ihr den Scheiterhaufen erspare.« Er lachte, und selbst in seinen eigenen Ohren klang es gezwungen. »Aus dem Nichts will sie Pappeln erschaffen! Wie eine Göttin. Und direkt an der Mauerseite zur Kathedrale hin. Ist das nicht amüsant?«

»Das hat sie gesagt? Das glaube ich nicht.«

»Ich glaube ihr auch nicht.« Er lächelte, nahm seine geliebte Gattin erneut in die Arme, hielt sie fest. »Keiner kann Bäume aus dem Nichts wachsen lassen, nur der Himmelsgott.«

Julia wand sich aus seiner Umarmung. »Das hat sie wirklich gesagt?« Prüfend musterte sie seine Augen, seine Hände, seine Haltung, seinen Mund.

Prospero lächelte tapfer. »So wahr ich hier stehe.« Er winkte ab. »Ein Versprechen aus der Todesangst geboren. Natürlich kann sie es nicht halten.«

Julia setzte ihre Runden zwischen Fenster und Bett fort. »Deine Mutter war eine …« Sie schluckte, suchte nach einem Wort. »… eine Hexe? Du hast mir nie davon erzählt.«

»›Hexe‹!« In einer Geste der Fassungslosigkeit hob Prospero Hände und Blick zur Decke. »Sag doch so etwas nicht, meine

Geliebte!« Er ging hinter ihr her, machte jede Wendung an Fenster und Bett mit. »Du musst nicht alles glauben, was im Volk geplappert wird.«

Zurück am Fenster blieb Julia stehen, schaute ihm in die Augen. Angst nistete in ihren Zügen, Angst und Misstrauen. Was sollte er nur tun? Wie um alles in der Welt sollte er sie beruhigen?

»Diese Gefangene aber hat von deiner Mutter gesprochen wie von ihresgleichen«, sagte sie. »Sie kennt sogar ihren Namen.«

»Meine Mutter hatte nichts zu schaffen mit Frauen dieser Sorte«, beteuerte Prospero. »Sie war eine weise Frau. Sie sah Dinge, die andere nicht sahen, sie hatte Zugang zu Welten, die gemeinen Menschen verschlossen bleiben, doch sie war niemals eine Hexe.«

»Warum hat dein Vater sie dann auf den Scheiterhaufen geschickt? Dein Bruder sagte doch: ›Hexen verbrennen wir.‹«

»Tonio redet manchmal unbedacht daher.« Prospero machte eine wegwerfende Handbewegung. »Und nicht mein Vater, sondern mein Großvater hat unsere Mutter auf den Scheiterhaufen geschickt …«

»Und warum hat dein Vater sie nicht gerettet?«

»… und das nicht etwa, weil er sie für eine Hexe hielt, sondern weil sie ihn einen Tyrannen nannte und aussprach, was das Volk dachte: ›Kein Mörder soll über die Bürger von Milano herrschen.‹ Und weil sie zum Vater sagte: ›Danke ab und übergebe die Herzogskrone einem klügeren und würdigeren Mann: deinem ältesten Sohn.‹«

»Warum hat dein Vater sie nicht gerettet, habe ich gefragt!« Julia wankte durch den Raum bis zum Bett, hielt sich dort am Bettpfosten fest und legte wieder die Rechte auf den Bauch.

»Weil er zu schwach war.« Prospero starrte auf ihre Hand, starrte auf ihren Bauch. Das Kind, das arme Kind! »Und zu betrunken. Und ich hatte noch zu wenig Macht damals.« Er schluckte, ein bitterer Zug flog über seine Miene, seine Stimme geriet heiser. »Außerdem hatten sie mich mit einer Gesandtschaft nach Napoli geschickt, als sie Mutter ermordeten.«

»Am Hof meines Vaters erzählte man sich, du habest deinen Vater vom Thron gestoßen, weil er die Regierungsgeschäfte vernachlässigte und das Reich zugrunde richtete.« Sie kam zum Fenster zurück, blieb neben ihm stehen. »Du selbst hast mir so gut wie nichts darüber erzählt.«

»Das stimmt. Ich erinnere mich ungern an diese Zeiten.« Er betrachtete sie. Wie schön sie war! Er hatte sie auf einem Kriegszug im hohen Norden kennengelernt. An ein Königreich an den steilen Fjorden des Nordmeeres dachte sie, wenn sie *zuhause* sagte. Julia war eine Prinzessin. Der Großvater hatte ihn mit einer Flotte ins Nordmeer hinauf geschickt, um Julias Vater im Kampf gegen barbarische Piraten zu unterstützen. Prospero hatte sie vernichtet. Und Julia erobert.

»Ich hasse es sogar, an diese Zeiten auch nur zu denken«, sagte er. Ein Strahl der Morgensonne ließ Julias goldblondes Haar aufleuchten. »Mein Vater konnte die Regierungsgeschäfte gar nicht vernachlässigen, denn er hat niemals wirklich regiert. Mein Großvater führte das Reich. Auch dann noch, als er den Herzogthron längst für meinen Vater geräumt hatte.«

»Das Volk von Milano habe deinen Großvater gehasst, heißt es.«

»Er war ein Teufel.«

»Du habest ihn mit eigener Hand getötet, heißt es.«

»Leider nicht. Doch ich sah, wie er starb. Gonzo und ich haben den Tyrannen in eine Falle gelockt, der treue Bruno hat ihm das Schwert ins Herz gestoßen.«

»Warum hast du mir all das verschwiegen?« Sie sah zu ihm auf. »Was verschweigst du mir noch, Prospero?«

»Nichts, meine Geliebte.«

Lass mich ziehen, und dein Kind wird leben. Verbrenn mich, und dein Kind wird sterben.

»Wirklich nicht?«

»Ich schwöre es dir.« Julia warf sich an seine Brust, klammerte sich an ihm fest. »Ich habe Angst vor dieser Frau, Prospero. Ihre Schreie haben sich mir ins Herz gebohrt. Das Kind in meinem Bauch fing plötzlich an zu strampeln.«

»Dass du bereits seine Bewegungen spürst.« Staunend legte er wieder seine Hand auf die Wölbung ihres Bauches. »Es ist doch noch so klein.«

»Sie bewegen sich schon früher, sagt meine Zofe. Doch nach fünf Monaten spürt man es, wenn sie groß genug sind. Und unser Kind ist groß genug, es kommt ja in bald vier Monaten schon zur Welt.« Sie wühlte ihr Gesicht in seinen Federmantel. »Ich habe Angst, mein Geliebter.«

»Du musst keine Angst haben.« Er küsste ihre Stirn, streichelte ihre Wangen. Sein Mund war ganz trocken, in seinem Hals schwoll ein Kloß. »Sie liegt in Ketten, ganz oben im Bergfried. Vor der braucht sich keiner zu fürchten.«

»Höre auf deinen Bruder, Prospero – lass diese Frau töten.«

»Das ist nicht so einfach in der derzeitigen politischen Lage, meine Geliebte. König Arbosso von Napoli steht in Friedensverhandlungen mit dem König von Tunischan. Und sollte die Gefangene wirklich dessen Hofmagierin sein, könnten die Verhandlungen scheitern, wenn ich sie töten lasse.« Er fasste ihre Hand, zog sie hinter sich her zum Bett und langte dort nach der Laute. »Komm, lass uns singen, Julia!«

Seufzend nahm sie ihm das Instrument ab. Sie zog einen Stuhl vor den Notenständer, ließ sich darauf nieder, stellte den rechten Fuß auf einen Hocker und stützte die Laute auf den

Schenkel. Mit geschlossenen Augen begann sie die Saiten zu zupfen.

Die Töne und Akkorde berührten Prospero wie streichelnde Finger, drangen ihm wohltuend in die Brust, strömten prickelnd in sein Blut. Düstere Gedanken flogen davon, Angst und Spannung lösten sich auf, Prospero wurde leichter zumute. Er ließ sich auf dem Bett nieder, er lächelte, er atmete tief.

Julia begann zu singen, ihre helle, glockenreine Stimme machte Prosperos Herz ruhig und weit. In der zweiten Strophe stimmte er mit ein. Gemeinsam sangen sie ein Morgenlied aus Napoli, eine alte Hymne auf den Gesang der ersten Amsel, auf das diamantene Funkeln des Morgentaus, auf den leuchtenden Sonnenball, der hinter dem Horizont aufsteigt, um einen neuen Tag mit seinem Licht zu beschenken.

Gonzo, dessen verstorbene Frau aus Napoli stammte, hatte der jungen Herzogin dieses Lied beigebracht, vor ein paar Wochen erst. Seitdem sang sie es beinahe jeden Morgen. Doch die erste Amsel tönte heute nicht halb so jubilierend wie sonst aus Julias Stimme, die Tautropfen glänzten nicht recht in ihrem Lied und die Morgensonne klang nur verhangen aus ihrem Saitenspiel.

Plötzlich wechselte sie Sprache und Tonart, zog den Notenständer heran und sang ein Lied aus ihrer Heimat. Prospero kannte es nicht und musste aufstehen und in Noten und Text schauen, um mitsingen zu können.

Die Melodie klang wehmütig und nach Abschied, und die Liedverse erzählten von einer jungen Fischersfrau, die mit ihrem Kind dem auslaufenden Boot ihres Mannes nachschaut und um seine glückliche Heimkehr betet, während am Horizont dunkle Wolken aufsteigen.

Schreie wurden plötzlich laut. Beide verstummten und lauschten. »Das ist sie«, flüsterte Prospero. Er stürzte zum Fenster und riss es auf. Die spitzen Schreie kamen aus dem Bergfried.

»So schreit kein normaler Mensch!« Julia warf die Laute aufs Bett, rannte zu ihm, fasste ihn am Arm und drehte ihn zu sich um. »Höre auf deinen Bruder, Prospero!« Sie blickte ihm ins Gesicht. »Lass sie verbrennen.« Mit einer Kopfbewegung deutete sie zur Tür. »Und dieses unheimliche Buch gleich mit. Versprich es mir.«

7

Miranda

Nichts ist gewiss, zum ersten Mal fühle ich es. Das große Herz über mir schlägt ungewohnt schnell und ruhelos. Das gütige Wesen, dem es gehört, hat nicht gesungen. Statt seines Morgenlieds hat Geschrei mich geweckt. Statt der lieblichen Klänge, die es sonst herbeizaubert, ist das gütige Wesen tief erschrocken, ist gesprungen, gelaufen, hat atemlos harten und hässlichen Stimmen gelauscht.

Kein Morgenlied? Keine lieblichen Zauberklänge? Könnte es denn sein, dass auch das vertraute Pochen des großen Herzens über mir einmal nicht mehr zu hören sein wird? Zum ersten Mal ahne ich es. Und dann – so viele hässliche Geräusche dort irgendwo, jenseits meiner warmen Geborgenheit? So viel Angst? Ich bin da, ja – doch zum ersten Mal tut es weh, da zu sein.

Jetzt ist das starke Wesen ganz in der Nähe. *Mein Herz*, nennt es das gütige Wesen, *meine Geliebte*. Schlägt das Herz des gütigen Wesens nun ruhiger? O nein. Warum denn nicht?

Ich lausche der vertrauten Stimme des starken Wesens – sie lacht und tönt und lacht und tönt. Doch sie lacht ohne Freude, sie stimmt nicht, sie tönt unwirklich und ohne mir mein Verlangen nach Wärme und Geborgenheit stillen zu können. Warum denn?

Und auch die Stimme des gütigen Wesens, unter dessen großem Herzen ich wachse und blühe – auch sie tönt anders als sonst: härter, fremder, dringender. Und zittert sie nicht auch ein wenig?

O doch, sie zittert. Ich fühle ja die Furcht, die in ihr bebt.

Beider Stimmen klingen nicht nach Lachen und Glück wie sonst. Beider Stimmen tönen fremd, tönen aneinander vorbei, stimmen nicht mehr überein, fließen nicht ineinander wie sonst, schwingen nicht im sonst so warmen und schönen Rhythmus.

Etwas geschieht dort irgendwo, hinter den Häuten, die mich halten, jenseits meiner vertrauten Geborgenheit. Etwas, das ich nicht spüren will.

Wird das ab jetzt öfter geschehen? Bitte nicht!

Könnte es denn möglich sein, dass meine wundervolle Wärme, meine dunkle Geborgenheit einmal ein Ende findet? Dass die lebendigen Häute, die mich halten, einst zerreißen? Könnte es geschehen, dass ich einst fort muss aus diesem warmen Rauschen und Strömen und Klopfen, aus diesem lieben Gurgeln und Plätschern und Murmeln?

Zum ersten Mal fühle ich es: Es könnte geschehen.

Bitte nicht!

Doch was höre ich da? Zauberklänge und die Stimme des gütigen Wesens. Das Morgenlied! Doch noch! Und jetzt auch die Stimme des starken Wesens – sie erklingen miteinander.

Ich lausche. Es tönt anders als sonst, es klingt nach Mühe. Und da! Jetzt ändert sich der Zauberklang, jetzt dringt nur noch die Stimme des gütigen Wesens durch meine dunkle Geborgenheit, und wie viel dunkler sie tönt, wie viel weher.

Und jäh reißt sie ab, und Geschrei zersplittert den Zauberklang ...

8

Das Buch

Im ersten Morgengrauen stieg er zu Coraxa den Bergfried hinauf. Unter seinem Arm klemmte ihr Buch. Das *Zauberbuch*. Der treue Bruno ging mit erhobener Fackel voran. Er schnaufte wie ein Ackergaul, der den Pflug durch den nassen Kartoffelacker zieht. Auf dem Rücken trug der Hüne sein Langschwert. Von Zeit zu Zeit stieß dessen Spitze gegen die Turmwand. Jedes Mal tönte es dann metallen und gespenstisch durchs Halbdunkel; und jedes Mal zuckte Prospero zusammen.

Der Herzog dachte an seine Gattin. Sie hatte noch in tiefem Schlummer gelegen, als er aufgestanden war. Zum Glück war Julia mit gutem Schlaf gesegnet. Und zum Glück besaß er die Fähigkeit, glaubwürdig zu lügen. Jedenfalls war es ihm gestern gelungen, die geliebte Frau einigermaßen zu beruhigen. Trotz der unmenschlichen Schreie aus dem Bergfried.

Die Gefangene sei eine aufgeblasene Matrosenbraut, ihr Buch vollkommen bedeutungslos, ihr hysterisches Geschrei und ihr Glaube, eine Hexe zu sein, Zeichen ihres schlichten Gemütes, und schlotternd vor Angst habe sie um Gnade gebettelt, als sie an seiner Brust gehangen hatte – all das und noch mehr hatte Prospero so lange wiederholt, bis Julia es glauben konnte.

Vielleicht hatte sie es irgendwann auch einfach glauben wollen.

Prospero selbst wusste es besser. *Lass mich ziehen, und dein Kind wird leben. Verbrenn mich, und dein Kind wird sterben.*

Am Turmfenster blieb er stehen und schaute hinaus in den neuen Morgen. Grau von Hochnebel war der Himmel noch.

Nebelbänke lagen über den Flussniederungen im Westen und Osten der Stadt. Die Stromebene im Süden ähnelte einer ozeanischen Waschküche, und im Norden ragte kein einziger Berggipfel aus den tief hängenden Wolken. Wohin Prospero auch schaute, überall spiegelte der Morgen ihm seine Seele wider.

Unten in der Stadt stiegen die ersten Rauchsäulen aus den Kaminen, rollten die ersten Fuhrwerke die Straßen entlang, trieben die ersten Bauern ihr Kleinvieh zum Markt. Von der Kathedrale her dröhnte Glockenschlag, Stare kreisten um ihre Türme.

Die ganze Nacht hatte er kein Auge zugemacht. Wie der Starenschwarm dort um den Doppelturm, so waren seine Gedanken um die Hexe geschwirrt. Vergeblich hatte er sich einzureden versucht, es mit einer dreisten Lügnerin zu tun zu haben – zu tief steckte ihm der Eindruck ihrer Worte in den Gliedern, zu tief hatte er ihr in die Augen geschaut.

War sie wirklich seinetwegen nach Milano gekommen? Und wenn ja – warum? Prospero wollte eine Antwort auf diese Fragen finden. Er *musste* eine Antwort finden.

Er wandte den Blick von den Dächern der Stadt – und schaute in die besorgte Miene seines Ersten Leibgardisten. Der treue Bruno wartete zwei Stufen über ihm. Mit leicht zur Schulter geneigtem Kopf sah er auf den Herzog herunter. Er guckte traurig, fast ein wenig mitleidig. Ahnte er, was in ihm vorging? Spürte es sein im Grunde so weiches, gutmütiges Herz? Wahrscheinlich. Prospero nickte ihm zu und sie gingen weiter. Unter den Fußsohlen spürte der Herzog die Risse in den ausgetretenen Stufen.

Brunos großer Schatten glitt vor ihm her über die groben Steinblöcke der Turmwand, wanderte von Treppenwindung zu Treppenwindung und höher und höher. Stimmen, Flüche, Gelächter und der Lärm klappernder Würfel rückten näher. Und Schritte auf der Wendeltreppe. Nach der nächsten Biegung standen zwei Männer vor ihnen: ein junger Bursche mit schwarzen

Locken und ein korpulenter Weißschopf mit langem Bart und in pelzbesetztem Ledermantel. Josepho, der Medikus, und sein Schüler Felix.

Felix trug die Fackel und eine große Tasche aus schwarzem Leder; er neigte den roten Lockenkopf und grüßte ehrerbietig. Der Medikus jedoch schaute dem Herzog vorwurfsvoll ins Gesicht. »Fieber«, murmelte er, »verdammt hoch.« Er boxte seinem Fackel- und Taschenträger gegen die Schulter, damit der weiterging. Eine Armbrust hing auf dem Rücken des jungen Burschen.

Josepho drängte sich an Bruno vorbei. »Musste das sein?«, raunzte er auf Prosperos Höhe. »Hast schon schlauere Befehle gegeben.« Sprach's und verschwand hinter der nächsten Treppenwindung.

Zwei Atemzüge lang lauschte Prospero den sich entfernenden Schritten nach und versuchte zu verstehen. »Was meint er?«

»Die H-h-hexe«, stotterte Bruno. »Sch-sche-scheint k-k-krank zu sein.«

»So hörte sich's an. Doch was für einen Befehl meint er?« Bruno zuckte ratlos mit den Schultern, und Prospero deutete nach oben. »Weiter.« Schneller als zuvor stiegen sie die letzten dreißig Stufen hinauf. Die Gefangene krank? So krank, dass Tonio den Medikus zu ihr hinauf geschickt hatte? Beklemmung beschlich Prospero; auf einmal war ihm, als stünde ein Unglück bevor. Er dachte an das Ungeborene, und hinter seinem Brustbein brannte es wie Angst.

Endlich erreichten sie die oberste Ebene des Bergfrieds, die beiden Kerker. Im rechten hockten vier Schwertmänner um eine alte Tür, die sie auf zwei Holzböcke gelegt hatten. Sie ließen die Würfel fallen, sprangen auf und grüßten, als sie ihren Herzog und seinen Ersten Leibgardisten erkannten.

Prospero musterte einen nach dem anderen. Gute Männer, mutige Männer, und recht jung bis auf den Leutnant. Der Herzog kannte jeden Schwertmann der Garnison mit Namen; diese da gehörten zu den besonders Furchtlosen. Hatte Stefano Freiwillige für die Bewachung der Hexe gesucht? Der Herzog nickte ihnen zu. Es roch nach Brot, Speck und Pfefferminztee. Den Genuss von Wein während der Dienstzeiten hatte er streng verboten.

Er bedeutete Bruno, in den Kerker der Hexe hineinzuleuchten. Der Hüne hob die Fackel. Coraxa lag ausgestreckt im Stroh. Mit der Rechten hielt sie die Augenpartie bedeckt, die Linke hing schräg gegen die Wand an der Kette. Ihr Busen hob und senkte sich im Rhythmus rascher Atemzüge. Das feuchte Haar klebte ihr im Gesicht, Schweißperlen glänzten auf ihrer Stirn. Ihre Mundwinkel zuckten, ihr Unterkiefer zitterte.

Erst auf den zweiten Blick entdeckte der Herzog das Tuch, mit dem man ihr die Augen verbunden hatte. Es war blutig. Er fuhr herum, musterte die Schwertmänner. »Was ist mit ihr geschehen?«

Die Männer sahen einander betreten an. »Ihr wisst es gar nicht, Eure fürstliche Hoheit?« Ihr Ranghöchster, der Leutnant, erhob sich zögernd. »Wir dachten ...«

»Was ist mit ihr geschehen?!«

»Euer Bruder ..., wir dachten, Ihr selbst hättet den Befehl ...«

»Antworte endlich!«

»Der Kanzler hat befohlen, die Hexe zu blenden.«

Prospero war, als hätte ein Fausthieb ihn getroffen. »Was sagst du da?« Schier versagte ihm die Stimme. Sein Blick flog zwischen dem Leutnant und der Gefangenen hin und her. »Ihr habt ihr die Augen ...« Er schluckte den plötzlich geschwollenen Kloß im Hals herunter. »... zerstochen?«

»Rico und Stefano. Auf Befehl Eures Bruders.«

Prospero wandte sich um. Coraxa hatte den Arm von der blutigen Augenbinde genommen. Ihre Lippen bewegten sich stumm. Er dachte an die Schreie, er dachte an Julia, er dachte an das ungeborene Kind. Und als er an Tonio dachte, packte ihn die nackte Wut. Wie um alles in der Welt hatte sein Bruder es wagen können?!

»Lasst uns allein.« Auch die anderen Schwertmänner erhoben sich nun. Alle drängten sich hinter dem Herzog vorbei und stiegen die Wendeltreppe hinunter. »Auch du, Bruno. Warte zehn Stufen weiter unten auf mich.« Der Hüne gab ihm die Fackel und gehorchte.

Die Schritte der Männer verklangen im Halbdunkel der Wendeltreppe. Prospero lauschte in den Kerker der Hexe. Ihr Atem flog hechelnd, manchmal ging er in stöhnendes Geflüster über. Es klang wie zischendes Geraune aus einem Albtraum.

Er steckte die Fackel in eine Wandhalterung hinter sich. Im Kerker rasselten Ketten. Er trat näher an die Gittertür; unter seinen Sohlen knirschte es.

»Er wird dafür bezahlen.« Die Hexe Coraxa drehte sich stöhnend auf die Seite. Ihr Gesicht hatte die Farbe ausgetrockneten Lehms, Mundwinkel und Nasenflügel zuckten unentwegt. »Und die es getan haben, auch. Sie alle werden wünschen, nie geboren zu sein.« Ihr Unterkiefer bebte, die Finger ihrer Linken waren gespreizt, ihre Rechte hatte sich zur Faust geballt, ihre Stimme klang erstaunlich klar.

Der Herzog schwieg. Was hätte er sagen sollen?

Zur Regierungszeit seines Vaters hatte Prospero so manche Gefangene gesehen, denen man die Augen zerstochen hatte. Diejenigen, die nicht gleich gestorben waren, hatten sich stundenlang schreiend und stöhnend gekrümmt und gewunden; oder sie wimmerten unablässig oder sie lagen in tiefer Bewusstlosigkeit. Und diese Hexe? Sprach von Rache, und das mit klarer Stimme. Dabei litt sie unter unbeschreiblichen Schmerzen, dessen war sich Prospero gewiss. Wie hielt sie die aus?

»Ich wusste, dass du kommen wirst, Herzog von Milano. Wo ist deine Eule?«

Sie war blind und wusste dennoch, dass Buback nicht auf seiner Schulter saß? Wie war das möglich? Der Uhu war noch nicht von der nächtlichen Jagd zurückgekehrt oder schlief in der alten Eiche im Wildgarten. Roch sie seine Abwesenheit?

»Dafür hast du das Buch mitgebracht, nicht wahr?«

Auch das wusste sie also, ohne sehen zu können. »Ja.« Mehr als dieses knappe Wort, verbat er sich zu sagen. Sie zu bedauern oder gar, Tonio offen für seinen eigenmächtigen Befehl zu tadeln, würde sie womöglich an seiner Entschlossenheit und Macht zweifeln lassen. Andererseits musste sie erfahren, dass er nichts mit diesen barbarischen Strafen aus den Zeiten von Vater und Großvater zu schaffen hatte ... Er hatte den Gedanken noch nicht zuende gedacht, da schämte er sich schon dafür. Bewies er ihm nicht endgültig die heimliche Angst, die tief in seiner Brust nagte?

Lass mich ziehen, und dein Kind wird leben. Verbrenn mich, und dein Kind wird sterben ...

Wahrhaftig, er fürchtete dieses verkrüppelte Weib dort im Stroh! Das musste aufhören!

»Wurde ich am Ende zu dir gesandt, damit das Buch zu dir findet, Herzog von Milano?«

Sie sprach mit sich selbst, doch Prospero verstand jedes Wort. Er wich einen Schritt zurück, wieder knirschte es unter seinen Sohlen. Erschrocken hielt er das Buch von sich weg und betrachtete es.

»Du hast mich gefragt, warum ich gekommen bin, Herzog«, sagte sie laut. »Vielleicht ist das die Antwort auf deine Frage: Damit das Buch in deine Hände gelangt.«

»Solltest du recht haben – wer ist es dann, der das Buch in meiner Hand wissen will?« Ein übler Geruch wehte ihm aus ihrem Kerker in die Nase – Harn, Blut und Schweiß.« »Wer hat dich gesandt?«

»Der Himmelsgott? Der Satan? Irgendeine Macht, die grausam und gleichgültig genug ist, mich für meinen Gehorsam mit dem Verlust meines Augenlichts zu belohnen.« Offenbar versuchte sie zu lächeln, denn ihr Gesicht verzerrte sich zu einer grässlichen Fratze. »Ein Plan des Schicksals, der unser Fassungsvermögen übersteigt? Für manche Fragen sind wir zu klein, Herzog. Für die wesentlichen sowieso.«

»Wem gehörte dieses Buch, bevor es in deine Hand gelangte?« Prospero wählte seine Worte mit Bedacht.

»Es gehörte niemals einem Menschen aus Fleisch und Blut, es gehört seit jeher unsrer Kunst.«

»Der Zauberkunst?«

Coraxa stöhnte und flüsterte. Und schwieg.

»Aus irgendeines Menschen Hand musst du es doch erhalten haben.«

»Aus der Hand meiner Meisterin. Sie hat es von ihrem Meister geerbt. Und der von seinem.«

Prospero hob das Buch in den Fackelschein, schaute sich die fremdartigen Zeichen genauer an, die Pyramide, den Spiralnebel, das geflügelte Wesen. Ihm war auf einmal kalt. Was hatte er mit diesem Buch zu schaffen? In seiner Erinnerung suchte er nach einem Augenblick, in dem er seine Mutter mit einem derartigen Buch gesehen hatte. Er suchte vergeblich. »Seit wann ist es in deinem Besitz?«

»Es war nie in meinem Besitz und wird nie in jemandes Besitz sein. Meine Meisterin vertraute es mir vor sieben Jahren an. Kurz vor ihrem Tod.«

»Wenn du recht hast und gekommen bist, um mir dieses Buch zu vererben, müsste dann nicht auch die Stunde deines Todes nahe sein?«

Coraxa stöhnte auf. »Nicht einen Gedanken habe ich bisher daran verschwendet. Aber jetzt, wo du es sagst …?« An einer der Ketten zog sie sich hoch, bis sie aufrecht saß. Sie stöhnte und wimmerte, presste die Fäuste gegen die Schläfen. Zum ersten Mal empfand Prospero Mitleid mit ihr.

»Hilf mir, Herzog.« Sie streckte die Arme zur Kerkertür hin; die Ketten rasselten. »Die Sprüche gegen den Tod stehen im vorletzten Kapitel. Hilf mir!« Sie bog den Kopf in den Nacken, heulte wie eine getretene Hündin. »Um die Rituale vollziehen, um die Sprüche benutzen zu können, brauchst du …«

»Es ist also tatsächlich ein Zauberbuch?«, fiel Prospero ihr ins Wort. Wieder streckte er das Buch so weit von sich weg wie nur möglich. Als würde es stinken.

»Es ist das BUCH DER UNBEGRENZTEN MACHT.«

»Das BUCH DER UNBEGRENZTEN MACHT?« Prospero hob es erneut in den Fackelschein und betrachtete den Buchdeckel und die vier Worte über der blauen Pyramide. »Lautet so sein Titel?«

»O ja – BUCH DER UNBEGRENZTEN MACHT. Das ist sein Titel. Das Buch benutzt eine Geheimsprache. Du musst sie nur entschlüsseln, dann kannst auch du es lesen.«

Prospero drehte das Buch um. »Und die Zeilen auf der Rückseite, was bedeuten die?«

»Eine Verheißung und eine Warnung: ›Gebrauche das BUCH DER UNBEGRENZTEN MACHT in Weisheit und Demut, und du wirst sein wie Gott. Gebrauche es in blinder Gier und mit Hochmut, dann wird es dich in den Staub stürzen und vernichten.‹«

Im Stillen sprach Prospero die Zeilen nach; sie berührten ihn einerseits, empörten ihn jedoch andererseits. »Du wirst sein wie Gott‹ – welch ein Frevel!«, rief er. »Das BUCH DER UNBEGRENZTEN MACHT‹ – wie vermessen das klingt!« Er konnte sich ein bitteres Lachen nicht verkneifen. »Nicht einmal der Himmelsgott hat unbegrenzte Macht, schau dich doch um in der Welt, Coraxa. Und jetzt, wo deine Augen nur noch zwei leere, schmerzende Wundhöhlen sind, zweifelst du da nicht auch an der unbegrenzten Macht deiner Hexenkraft?«

Sie heulte auf und bog Kopf und Oberkörper nach hinten. »Spotte du nur!« Sie schüttelte die Fäuste. »Sterbe ich, wird auch dein Kind nicht am Leben bleiben!« Sie schrie es heraus, doch ihr Geschrei erstarb sofort in Wimmern und Heulen.

Prospero biss die Zähne zusammen und kniff die Lider zu. Wie Frost hauchte es ihn aus ihrem Kerker an.

»Verflucht sei dein Bruder!« Coraxa zischte und fauchte. »Verflucht in alle Ewigkeit! Er hat mein Totem zertreten.« Sie tastete ihren Hals und den Stoff über ihrem Busen ab, als würde sie nach etwas suchen. »Doch selbst, wenn ich es noch hätte, könnte ich mir nicht selbst helfen, Herzog – *du* musst mir helfen.«

»Wie könnte ich das?«

»Schlag das Buch auf! Im vorletzten Kapitel findest du Sprüche und magische Rituale gegen den Tod.«

»Ich bin kein Magier, ich kann nicht einmal diese Schrift lesen.«

»Niemand weiß, wer er ist, noch was er ist, bevor es ihm nicht zugesprochen wird. Und die Geheimschrift wirst du schon enträtseln. Hilf mir!«

»Mein Bruder hat dein Totem zertreten? Was meinst du damit, Coraxa?«

»Ich habe ein geweihtes Schädelstück meiner Meisterin über dem Herzen getragen. Das hat er zertreten, und den Goldrahmen hat er eingesteckt, der verfluchte Hund! Nun ist meine Verbindung zu ihrem Geist zerrissen. Schau doch die Splitter zu deinen Füßen! Nun bin ich machtlos.«

Prospero blickte auf den Steinboden. Tatsächlich – Knochenstücke lagen vor der Kerkertür, viele kleine und einige größere. »Deine Hexenkraft hing von diesem Knochen ab?« Er mochte es nicht glauben.

»Suche die Splitter zusammen, Herzog, ich flehe dich an!« Sie heulte jetzt mehr, als dass sie sprach. »Sammle sie in ein Ledersäckchen und hänge es mir um den Hals!«

»Diese jämmerlichen Knochen erst machen dich zu einer Magierin?«

»Auch sie, ja. Meine Einweihung, das Buch und das geweihte Totem. Die meisten von uns brauchen ein Totem als Ermächtigung, das Buch zu benutzen. Vielleicht gehörst du zu den wenigen, die keines brauchen.«

»Selbst wenn du recht hättest, werde ich dieses Buch nicht benutzen«, erklärte Prospero. »Ich bin kein Magier, und ich werde niemals einer sein.«

»Sei nicht dumm, Prospero von Milano!« Sie kreischte. »Du bist berufen zum Magier! Du bist berufen, deine Feinde in einem einzigen Feuersturm zu vernichten …«

»Hör auf!« Wie einen Schutzschild streckte Prospero das Buch gegen die Kerkertür aus.

»… du bist berufen, gewaltige Städte zu erschaffen, Türme bis zum Himmel zu errichten, Tunnel bis zum Mittelpunkt der Erde zu bohren, zu fliegen, wohin du willst, und das in wenigen Augenblicken. Du bist berufen, zu den Sternen zu fliegen und die Erde in ein Paradies zu verwandeln. Und das alles willst du ausschlagen?«

»Schweig!« Prospero ließ das Buch auf die Knochensplitter fallen. Ganz schwindlig war ihm auf einmal. »Ich will kein Magier sein! Und niemals werde ich in diesem Buch lesen!«

»Du bist der Sohn einer Magierin, ganz gewiss hat Magdalena dich geweiht. Ganz gewiss hat sie dir sogar ein Totem hinterlassen. Du musst es nur finden, musst nur herausfinden, wer du bist. Und du musst es bald tun. Du musst es tun, bevor ich sterbe. Sonst stirbt auch dein Kind.«

»Niemals werde ich dieses Buch benutzen!«

»Du musst, Prospero, du musst und du wirst!«

9

Der Krieg und die Katze

Stefano und Rico führten einen Boten in die Burgkanzlei; der Markgraf der nördlichsten Grenzburg hatte ihn gesandt. »Die Comeroner haben zwei unserer Dörfer verwüstet, die zum Herrschaftsbereich von Milano gehören«, berichtete der Mann, als er vor Tonio stand. »Jetzt schicken sie sich an, gegen die Nordburg zu ziehen.«

Comeroner hießen die räuberischen Bergstämme, die im Gebirge um den Großen See herum siedelten, den Comeron. Sie lebten gewöhnlich von der Jagd und der Fischerei. Von Zeit zu Zeit jedoch fielen sie plündernd ins Reichgebiet ein. Eine Grenzburg allerdings hatten sie schon seit drei Generationen nicht mehr angegriffen.

»Wie viele Krieger?«, wollte Tonio wissen.

»Mehr als fünfhundert«, erklärte der Bote. »Als ich losritt, sah ich Spuren ihrer Späher. Vielleicht belagern sie bereits unsere Burg.«

Tonio befahl Stefano, dem Mann Quartier, Essen und ein Bad zu verschaffen. Dann schrieb er einen Brief an den Herzog, berichtete und empfahl ihm, ein Heer von mindestens tausend Mann zur nördlichen Grenzburg zu schicken. Den Brief überreichte er seinem Sekretär, damit der ihn Prospero überbrachte.

Zwei Wochen zuvor hatte der Herzog ihn wegen der Blendung der Hexe zurechtgewiesen – scharf und in Gegenwart von Dienern und Gardisten. Das hatte Tonio maßlos gekränkt. Seitdem sprachen die Brüder nicht mehr miteinander, tauschten alles Nötige schriftlich per Briefboten aus.

Noch am selben Tag ritten Boten mit einem Marschbefehl des Herzogs in die Grenzburgen und Heerlager von Milano. Im Laufe der Nacht und des folgenden Vormittags sammelte sich bei der Herzogsburg das Heer, mit dem Prospero gegen die Comeroner ziehen wollte: dreihundert Armbrustschützen, fünfhundert Schwertmänner, zweihundert Lanzenträger, zweihundert Panzerreiter, hundert Pferdeknechte und vierzig Fuhrwerke mit Zelten, Waffen, Werkzeugen, Feldküchen und Proviant.

Zwei Tage vor dem Aufbruch nach Norden verließ Tonio am Morgen die Kanzlei, um im Heerlager vor der Burgmauer die Hauptmänner zu begrüßen und gemeinsam mit seinem Bruder die Marschroute und die Kriegsplanung für die ersten Tage des Feldzuges festzulegen. Zwölf Schwertmänner der Burggarnison begleiteten ihn. Unter ihnen Stefano und Rico.

Als er aus dem Ostflügel des Palas in den Burghof trat, sah er seinen Bruder an der Seite Brunos die Burg verlassen. Die Hälfte seiner Leibgarde umgab ihn – zwölf Schwertmänner schritten dem Herzog und Bruno voran, zwölf folgten ihnen. Prospero trug ein Buch unter dem Arm. Auf seiner Schulter saß der Uhu. Manchmal beneidete der Kanzler seinen Bruder um den treuen gefiederten Begleiter.

Obwohl Tor und Burggraben längst hinter ihm lagen, glaubte Tonio das Buch zu erkennen: das Zauberbuch der Hexe. Prospero und seine Gardisten bogen in die breite Straße zur Kathedrale ein und verschwanden aus Tonios Blickfeld.

Missmutig machte der Kanzler sich ebenfalls auf den Weg zum Tor. Seine Schwertmänner folgten ihm schweigend. Nicht mehr lange, und er würde seinem Bruder gegenüberstehen müssen. Die Aussicht behagte ihm nicht.

Die Eingangstür zum Bergfried quietschte, er blickte hinter sich – Josepho, der Medikus, und sein Schüler Felix verließen den Turm. Tonio bedeutete den Schwertmännern, auf die beiden zu warten; er wusste, dass auch Josepho an der Zusammenkunft mit den Hauptleuten teilnehmen würde. Dafür war er dankbar, denn das würde ihm die Begegnung mit seinem Bruder erleichtern. Seit Kindheitstagen war Josepho ihm ein väterlicher Freund.

Der Kanzler rief dem Medikus einen Segensgruß zu, Josepho nickte nur. »Ihr wart bei der verdammten Hexe oben?« Wieder ein Nicken. »Wie geht es ihr?«

»Wird's wohl überleben.«

»Schade.«

»Zähes Luder.«

»Irgendein böser Zauber macht sie so zäh.« Tonio lauerte gespannt auf die Antwort des Medikus, doch Josepho schwieg. Seite an Seite gingen sie zum Burgtor. Es wollte Tonio nicht in den Kopf, dass sein Bruder die Hexe noch immer am Leben ließ. Seit zwei Wochen versuchte er, Josepho, der das Vertrauen und die Hochachtung des Herzogs genoss, für ihre Hinrichtung zu gewinnen. Noch war es ihm nicht gelungen.

»Eine Katze!«, rief plötzlich hinter ihnen Stefano. »Dort am Turmfenster!« Über die Schulter blickte Tonio zurück. Tatsächlich – im Fenster des vierten Turmgeschosses saß eine schwarze Katze und lugte auf die Burgmauer hinunter. Ein schönes, kräftiges Tier mit einer Blesse an der Kehle. Hatte er nicht erst vor ein paar Tagen eine schwarze Katze aus dem Bergfried huschen sehen?

Diese kleinen, halbzahmen Jäger wagten sich selten in die Burg. Unter den vielen Katzen von Milano musste es sich herumgesprochen haben, dass der Herzog ihresgleichen hasste. Wenn man Glück hatte als Katze, erwarteten einen Steinwürfe im Burggarten, wenn man Pech hatte, die scharfen Fänge des entsetzlichen Uhus oder ein Pfeilbolzen. Und wirklich – Felix, der Schüler des Medikus, zog bereits seine Armbrust vom Rücken.

Die schwarze Katze sprang aus dem Turmfenster und landete

irgendwo zwischen den Zinnen. Tonio war sicher, dass sie von dort aus die Burgmauer hinunterklettern und dann durch den Burggraben zur Stadt hinüberschwimmen würde. Er bewunderte jede Katze, die sich nicht einmal von dem breiten Wassergraben davon abhalten ließ, im vogelreichen Burggarten zu jagen.

Sie gingen weiter. Etwa hundert Schritte vor dem Tor entdeckte Rico die schwarze Katze erneut: Neben dem östlichen Torturm kletterte sie auf einer Leiter vom Wehrgang. Felix spannte einen Pfeilbolzen in seine Armbrust, zielte und schoss. Wie ein Stein stürzte die getroffene Katze von der Leiter und prallte neben dem Tor im Staub des Burghofs auf.

»Teuflisch guter Schuss!«, rief Stefano, und die Schwertmänner klatschten dem Medikusschüler Beifall.

»Armes Tier«, murmelte Tonio und schüttelte verdrossen den Kopf. Er teilte Prosperos Abneigung gegen Katzen nicht. Im Gegenteil – er mochte die pelzigen, anschmiegsamen Jäger, hätte sich gern einen gehalten in der Burgkanzlei. Schon wegen der kaum noch beherrschbaren Mäuseplage Winter für Winter.

Sie erreichten das Burgtor, die ersten Schwertmänner gingen an der Katze vorbei; die lag nur drei Schritte neben dem Tor.

»Sie rührt sich!«, rief Stefano auf einmal. »Sie lebt noch!« Und er hatte recht: Die angeschossene Katze krümmte die Schwanzspitze, streckte sich und versuchte, den Kopf zu heben.

»Zäh wie die Hexe, was?«, sagte Tonio.

»Quält sich, das Vieh«, brummte Josepho in seinen Bart. Und an die Schwertmänner gewandt: »Erlöst es. Los!«

Felix und Rico scherten aus der Gruppe aus und gingen zum zuckenden Tier. Felix zog einen Pfeil aus der Gurttasche, Rico zückte sein Schwert.

»Brich der armen Katze das Genick, Rico.« Der Kanzler folgte den beiden und blieb hinter ihnen stehen. »Je schneller sie stirbt, umso weniger muss sie leiden.«

Durch Felix' Beine hindurch sah er dessen Pfeilbolzen aus dem schwarzen Schädel des Tieres ragen. Ein Wunder, dass es noch lebte. Im Stillen verfluchte Tonio seinen Bruder für seinen Katzenhass. Jeder Schwertträger und Schütze in der Burg, der sich beim Herzog beliebt machen wollte – und das wollten fast alle –, trachtete danach, eine zu erwischen und zu töten.

Felix spannte den zweiten Bolzen ein, doch Rico hatte bereits sein Schwert erhoben und schlug zu. Plötzlich fauchte die Katze, krümmte sich zur Seite weg und sprang auf. Ricos Klinge verfehlte sie, fuhr dort in den Dreck, wo das Tier eben noch gelegen hatte, traf nur noch ihre Schwanzspitze.

Die Katze schrie erbärmlich, huschte durch Felix' Beine hindurch und sprang Tonio an. Ehe der Kanzler einmal Luft holen konnte, hing sie ihm schon in Brusthöhe an der goldfarbenen Weste, fauchte bestialisch und spreizte die Krallen der rechten Pfote zum Hieb.

Tonio kreuzte schützend die Hände unter dem Kinn. Die Katze riss ihm ihre Krallen über den Handballen, schnappte nach seinen Fingern und verbiss sich darin. Vergeblich versuchte er, das Tier abzuschütteln und von seiner Brust zu schlagen.

Stefano sprang zu ihm, packte die Katze im Nackenfell und pflückte sie ihm von Brust und Hand. In hohem Bogen wirbelte sie über die Männer hinweg, schlug im Staub vor der Torschwelle auf. Sofort sprang sie hoch und hetzte über die Zugbrücke und ins Buschwerk am Wegrand.

Flüche und Ausrufe des Staunens erhoben sich unter den Männern. »Wieso kann ein Katzenvieh mit einem Bolzen im Hirn springen, beißen und kratzen!?«, rief Stefano.

Tonio war das herzlich gleichgültig, der brennende Schmerz in seiner rechten Hand fesselte seine Aufmerksamkeit. Fluchend betrachtete er die Wunden: Blut quoll aus dem aufgerissenen Handballen und schoss aus den Bisswunden an den Fingern.

»Sieht übel aus.« Josepho begutachtete die Verletzung. »Ausspülen, los! Danach schäle ich die Wunden aus und verpass dir einen Verband.« Er bedeutete seinem Schüler, ihm die Arzttasche zu bringen. Unterdessen lief Tonio zum Brunnen.

»Nicht doch mit Wasser!«, rief Josepho ihm hinterher. »Mit Pisse natürlich!«

Tonio bog zu den Stallungen ab, stellte sich zwischen Pferdekoppel und Hühnerstall hinter einen Baum und entleerte sich über seine blutende Hand. Das brannte wie Feuer. Er biss die Zähne zusammen, verfluchte erst die Katze, dann Felix und Rico, die sie nicht richtig getroffen hatten, und schließlich Prospero, der schuld daran war, dass jeder in der Burg, der eine Waffe halten konnte, auf Katzen schoss.

Die blutende Hand vor sich ausgestreckt, kehrte er zu den Männern zurück. Tonio war alles andere als ein Held, und bange fragte er sich, was Josepho wohl unter dem Ausschälen einer Wunde verstehen mochte. Missmutig betrachtete er die Goldfäden, die nun in Brusthöhe aus seiner Weste hingen. Auch dafür war sein Bruder verantwortlich. Wer sonst?

Als er den Blick hob, sah er den Herzog und seine Gardisten den breiten, gepflasterten Weg von der Kathedrale hochkommen. Kein Buch klemmte mehr unter Prosperos Arm. Wo hatte er das Zauberbuch hingebracht?

Tonio hoffte, dass er es von der großen Brücke in den Fluss geworfen hatte.

~~~

Drei Tage später führten Prospero, Gonzo und Tonio die Streitmacht von Milano durch das Jupitertor nach Norden. Das Heer ritt und marschierte bei trockenem Wetter. Am vierten Tag sah Prospero den Bergfried der nördlichen Grenzburg hinter dem

Wald auf der anderen Seite des Flusstales aufragen. Die Hängebrücke, auf der er mit dem Heer den Fluss überqueren wollte, war zerstört worden. Die Comeroner schienen einen klugen Mann zum Anführer gewählt zu haben.

Er steckte das Fernrohr weg und befahl, Bäume zu fällen und Floße zu bauen. Mit dem ersten schickte er einen Spähtrupp aus zwanzig Schwertmännern und zehn Armbrustschützen über den Fluss. Stefano führte die Späher an. Prospero befahl ihm, zwei Boten mit Nachricht zu schicken, sobald er sich ein Bild von der Lage vor der Grenzburg gemacht hatte.

Er wartete bis zum Mittag des folgenden Tages. Als dann noch immer kein Bote Stefanos am Nordufer des Flusses auftauchte, sandte er einen Spähtrupp aus fünfzig Mann über den Fluss. Die rollten während der Überfahrt ein Tau aus, das man an einem Felsbrocken am Südufer befestigt hatte, und verknoteten es in einem Baum am Nordufer, bevor sie in den Flusswald eindrangen.

Der Herzog befahl, das gesamte Heer über den Fluss zu schaffen und am anderen Ufer ein Feldlager zu befestigen. Seinen Bruder Tonio beauftragte er, die Überfahrt und den Aufbau des Lagers zu planen und zu überwachen.

An vier über den Flusslauf gespannten Seilen ließ der Kanzler vier mit Männern, Tieren und Material beladene Floße hin und her fahren. Am Abend hatten dreihundert Mann, zehn Wagen und knapp fünfzig Pferde übergesetzt. Die ersten Zelte wurden aufgerichtet. Prospero schickte einen Boten an seinen Bruder, damit der die Flussüberquerung für die Nachtruhe unterbrechen ließ.

Mit dem letzten Floß vor Sonnenuntergang kehrten zwei der am Mittag ausgesandten Späher zurück ans Südufer. Sie brachten einen schwer verwundeten Armbrustschützen mit. Er gehörte zu Stefanos Spähtrupp. Ein abgebrochener Pfeil steckte ihm unter dem rechten Schulterblatt. Man brachte ihn zu Prospero und Gonzo.

Gonzo beugte sich über ihn. »Ein comeronischer Pfeil.« Der Armbrustschütze bejahte mit einer erschöpften Geste.

»Wo sind die anderen?«, wollte Prospero wissen.

»In einen Hinterhalt geraten.« Der Mann atmete schwer, röchelte und war kaum zu verstehen. Josepho und sein Schüler drängten sich durch die Menge der Schwertträger heran. Felix drehte den Verletzten auf die Seite und schnitt sein Hemd auf, damit der Medikus die Wunde untersuchen konnte.

»Aber wo sind sie jetzt?« Prospero kniete vor dem röchelnden Schützen nieder und beugte das Ohr an seinen Mund. »Wo stecken Stefano und die anderen?«

»Tot«, flüsterte der Verwundete. »Oder gefangen.«

Prospero erhob sich. Er mochte nicht glauben, was er da eben gehört hatte. Dreißig Mann tot oder gefangen?

»Verdammte Comeroner, machen selten Gefangene.« Josepho setzte das Skalpell an. Der Verletzte stöhnte auf. »Und die lebend in ihre Hände geraten, beneiden ihre toten Kameraden.«

Er zog dem Schützen den Pfeil aus dem Rücken; der Mann schrie erst auf und verlor dann das Bewusstsein. In Josephos Miene las Prospero, dass wenig Hoffnung für den Boten bestand. Er presste die Zähne zusammen; der Zorn auf die Comeroner trieb ihm das Blut ins Gesicht.

»Der zweite Spähtrupp immerhin ist jetzt gewarnt«, sagte Gonzo. »Wenn ich der Anführer der Comeroner wäre, würde ich noch in dieser Nacht unsere dreihundert Mann angreifen, die am anderen Ufer das Feldlager errichten.«

Das sah der Herzog nicht anders. »Tonio soll die Nachtruhe streichen«, sagte Prospero. »Wir müssen die ganze Nacht übersetzen. Im Morgengrauen muss das gesamte Heer kampfbereit am anderen Ufer aufmarschieren.«

»Ich übernehme das«, erklärte Gonzo. »Der Kanzler ist krank. Er hat schon vor zwei Stunden dem Hauptmann der Panzerreiter das Kommando über das Lager am Nordufer übergeben.« Gonzo winkte ein paar Schwertmänner zu sich und lief mit ihnen zu den im Hang lagernden Schwertmännern und Lanzenträgern.

»Tonio ist krank?« Prospero wandte sich an Josepho. »Seit wann? Und warum weiß ich nichts davon?«

»Schwindel, ganz plötzlich.« Josepho nähte die Wunde des bewusstlosen Armbrustschützen zu. »Erst seit zwei Stunden. Und seit einer Stunde Kopfschmerzen. Gefällt mir nicht.«

Begleitet von Bruno und drei Gardisten machte sich Prospero auf den Weg zum Lagerplatz seines Bruders. Der Uhu, der bis dahin auf seiner Schulter gehockt hatte, verschwand in der Nacht.

Die Nachricht von Tonios Erkrankung beunruhigte Prospero. Am Tag vor dem Aufbruch, bei der Beratung mit den Hauptleuten, war ihm sein Bruder noch ausgeruht und bis auf einen Verband am rechten Arm gesund erschienen. Auch während des dreitägigen Marsches hierher an den Fluss war Prospero keinerlei Schwäche an seinem Bruder aufgefallen. Und jetzt zog er sich wegen Schwindel und Kopfschmerzen aus dem Kommando des Feldzuges zurück? Das passte nicht zu Tonio.

Er fand ihn unten am Fluss in einem Unterstand aus Ästen und Decken. Einige Schwertmänner und Diener umgaben die behelfsmäßige Hütte. Prospero ging vor ihr in die Hocke und zog den Regenmantel zur Seite, der den Eingang wie ein Vorhang verdeckte. Sein Bruder lag auf seinem ledernen Mantel und hatte den Kopf auf seinen Sattel gebettet.

»Was ist los mit dir, Tonio?«

»Gar nichts, ich muss nur ein wenig ruhen.« Den verbundenen Arm hatte er unter die Decke gesteckt.

»Josepho sagt, dir sei schwindlig und Kopfschmerzen würden dich plagen.«

»Halb so schlimm.« Mit der Linken winkte Tonio ab. Weil es schon dunkel war, konnte Prospero sein Gesicht nicht richtig erkennen. »Die Knochen tun mir ein bisschen weh, schon seit gestern. Wahrscheinlich eine Erkältung. Geht vorbei.«

Prospero lauschte seiner Stimme – sie klang müde und schwach. Außerdem zitterte sie ein wenig. Und zitterten nicht auch Tonios Beine? »Vielleicht ist es besser, wenn du zurück nach Milano reitest. Ich ordne vier Schwertmänner ab, die dich begleiten.«

»Blödsinn!« Tonio wurde energisch. »Es ist nur eine harmlose Erkältung, glaub mir. Wenn ich eine Nacht ausgeruht habe, geht es mir wieder besser. Gleich morgen Früh steige ich auf ein Floß und fahre zurück ans Nordufer. Will doch dabei sein, wenn wir die Comeroner verprügeln.«

Prospero überlegte hin und her. Er liebte seinen jüngeren Bruder über alles und wollte auf keinen Fall dessen Gesundheit aufs Spiel setzen. Andererseits zögerte er wegen ihres Streites, ihm die Rückkehr nach Milano zu befehlen. Er war zu weit gegangen, als er ihn vor Schwertmännern und Dienern zurechtwies, das wusste er. Er wollte nicht schon wieder seine Befehlsgewalt gebrauchen. »Wie du meinst«, sagte er schließlich. »Gute Nacht.«

Zwei Stunden lang beaufsichtigte Prospero an Gonzos Seite die Übersetzung des Heeres ans Südufer. Dort, vor dem Wald, brannten bereits Dutzende große Feuer zwischen Zelten und Pferdekoppeln. Gegen Mitternacht legte der Herzog sich unter eine Weide, rollte sich in seinen Mantel und schlief ein.

Bruno weckte ihn im ersten Morgengrauen. »T-Tonio ist sch-schwer k-k-krank. Man v-v-versteht ihn k-kaum noch.«

Prospero schlug das Herz in der Kehle. Er sprang auf. Aus

irgendeinem Grunde schoss ihm das Bild der Hexe durch den Kopf. Hinter seinem Ersten Leibgardisten her eilte er zu Tonios Nachtlager. Dort fand er Josepho, Felix und ein paar Diener um seinen Bruder versammelt. Der zitterte am ganzen Körper. Josepho erhob sich und flüsterte: »Sieht schlecht aus.«

Er nahm Bruno die Fackel ab und hielt sie so, dass ihr Schein auf Tonio fiel. Dicht an dicht standen die Schweißperlen auf dessen Gesicht, das kurze schwarze Haar klebte ihm nass vom Schweiß am Schädel, und seine Miene wirkte so starr und unmenschlich, dass Prospero heißer Schrecken durchzuckte.

Er zog den Medikus ein Stück abseits. »Warum grinst er wie eine Dämonenmaske?«

»Kieferklemme.«

»Was?«

»Ein verdammter Krampf. Er kann seinen Kiefer nicht mehr bewegen.«

Prospero musterte den Medikus mit brennendem Blick. Ihm war, als würde Josepho ihm etwas verschweigen. »Hast du eine Erklärung dafür?«

»Eine Katze hat ihn gekratzt und gebissen. Am Tag, bevor wir aufgebrochen sind.«

»Du meinst …« Prospero brach die Stimme.

»Ja. Die Kieferklemme ist typisch.«

Bruno und die Diener schrien plötzlich auf. Prospero und der Medikus fuhren herum – Tonio lag auf der Seite und bog seinen Körper nach hinten durch. Dabei röchelte und stöhnte er wie unter höllischen Schmerzen.

»Er krampft schon«, flüsterte Josepho. »Der große Rückenmuskel.« So weit bog Tonio sich nach hinten, dass sein Hinterkopf schier seine Fersen berührte. Das sah grässlich aus und wider alle Natur. Prospero hatte Angst, die Wirbelsäule seines Bruders könnte brechen. Josepho gab Felix ein Zeichen.

Gemeinsam hielten sie den krampfenden Kanzler fest. Sein Stöhnen und Röcheln ging Prospero durch und durch. Josephos Schüler reichte seinem Meister ein braunes Fläschchen und ein langes Röhrchen aus Stroh. Josepho klemmte es zwischen die Lippen, steckte es in das Fläschchen, saugte daran und führte es dann, ohne es aus dem Mund zu nehmen, in Tonios Nasenloch. Auf diese Weise blies er dem Kranken ein feines Pulver in die Nase.

Endlich erschlaffte Tonios Körper. Josepho wickelte ihm den Verband vom rechten Arm – und zuckte zurück: Hand und Unterarm waren flammend rot. Der Medikus stieß einen Fluch aus. »Das hat er mir nicht gezeigt«, murmelte er. »Weiß der Henker, welches Aas die verdammte Katze gefressen hatte.« Er stand auf, langte nach Prosperos Arm und zog den Herzog zur Seite. »Der Unterarm muss weg.« Prospero starrte ihn erschrocken an. »Geht nicht anders.«

»Du glaubst wirklich, es ist Wundstarrkrampf?«, flüsterte der Herzog.

»Nein. Ich bin sicher.« Josepho nickte seinem Schüler zu. Der holte bereits Skalpelle und eine Knochensäge aus der großen Tasche seines Meisters.

»Du musst ihn retten!« Prospero fasste Josepho bei den Schultern und zog ihn zu sich. »Du musst ihn retten, hörst du?«

Der Medikus zuckte mit den Schultern. »So etwas überleben die Wenigsten.«

»Kannst du denn gar nichts für ihn tun, Josepho?«

»Doch. Ihm den Unterarm abnehmen. Und mit dem Betäubungsmittel seine Qualen lindern.«

10

Josepho

Jemand machte sich an seinem rechten Arm zu schaffen. Tonio blinzelte nach rechts, sah durch seine Tränenschleier hindurch zwei Gesichter, ein junges und ein altes. Jemand steckte ihm etwas ins Nasenloch, jemand blies ihm etwas in die Nase und auf den Gaumen. Ein bitterer Geschmack kroch ihm auf die Zunge, und sein Mund füllte sich mit Speichel. Doch er wagte nicht zu schlucken, zu groß die Angst vor dem nächsten Krampf, der nächsten Schmerzwelle.

Bald zog ihm bleierne Schwere durch Glieder und Brust. Sein von Krämpfen gequälter Leib entspannte sich ein wenig. Endlich schluckte er doch – es gelang ihm, ohne den nächsten Krampf auszulösen. Die bleierne Schwere strömte in sein Gesicht, machte Zunge, Wangen und Lider dick und müde. Sie wälzte sich durch seinen Kopf – die Angst schrumpfte, die Gedankenzuckungen erstarben, sein Bewusstsein glomm nur noch schwach.

Stechender Schmerz schoss ihm jäh vom rechten Arm aus durch den ganzen Körper. Die Angst schwoll wieder zum stampfenden Riesen an, sein Bewusstsein verwandelte sich erneut in einen Gewitterhimmel, den unablässig grelle Blitze zerrissen. Tonio schrie, sein Leib krampfte.

Der Schmerz zersplitterte seinen Geist, und als die Splitter in alle Richtungen davonwirbelten, stand ihm das Bild einer bronzehäutigen Frau vor Augen – sie kreischte, und ihre Augen waren zwei dampfende, überquellende schwarz-rote Teiche.

Dann wieder der Strohhalm in der Nase und bitteres Pulver auf Gaumen und Zunge. Und ein unwiderstehlicher Strudel öffnete sich in Tonios Kopf, der saugte sein Bewusstsein in eine Nacht, die war prallvoll von schwarzer Stille.

Als er wieder daraus auftauchte – nach zwei Stunden? Nach zwei Tagen? – schlugen die Schmerzen erneut in sein Hirn ein, begannen die Krämpfe aufs Neue seinen Leib zu peinigen. Und Tonio wünschte sich den Tod.

Die Krämpfe zerbrachen ihn schier, die Schmerzen erschienen ihm unerträglich. Er wagte kaum zu atmen, denn die geringste Bewegung löste den nächsten Krampf aus, und der würde ihn ganz gewiss ersticken.

Tonios Schmerzen überstiegen seine Vorstellungskraft. Konnte ein Mensch derart entsetzliches Leiden ertragen? Wie lange denn? Jemand steckte ihm etwas ins Nasenloch, jemand blies ihm ein Pulver durch die Nase, bitterer Geschmack breitete sich aus. Wieder bleierne Schwere in Gliedern und Hirn, wieder umfing ihn schwarz und still eine gnädige Nacht.

Die Enttäuschung tat weh, als er irgendwann wieder zu sich kam: Er lebte ja noch immer! Krämpfe fielen erneut über ihn her, verwandelten seine Kaumuskeln in zwei Eisenkugeln, pressten seine Zähne zusammen, bis es knackte, bogen seinen Rücken durch, bis er es splittern hörte. Aus einer anderen Welt drang Josephos Stimme in sein Bewusstsein. Was hatte er ihm zu sagen? Tonio begriff nicht ein Wort des Medikus.

Mach diesem Albtraum ein Ende!, wollte er ihm zurufen. *Nimm deinen Dolch und erlöse mich aus dieser Schmerzenshölle!* Doch statt ihn zu töten, blies Josepho ihm wieder und wieder seine betäubende Essenz in die Nase. Und wieder und wieder musste Tonio aus der gnädigen Nacht auftauchen und erkennen, dass er noch lebte und die Qualen weitergingen.

Einmal, als Josepho ihm das Röhrchen aus dem Nasenloch zog, sah Tonio das vertraute, graubärtige Gesicht noch eine Weile über sich schweben. Die grauen Augen des Medikus füllten sich mit Tränen, sein Unterkiefer bebte, wie bei einem, der Wut oder Trauer oder beides unterdrückte.

In diesem Moment war Tonio sicher, dass der Tod ihn bald erlösen würde.

Er sah dieses trauernde, weinende Gesicht des Medikus noch vor sich, als er längst wieder im Meer der Schmerzen untergetaucht war und die Betäubung sein Bewusstsein aufs Neue zu nächtlich düsteren Orten gestoßen hatte, zu Orten, die er nicht kannte oder die er nicht kennen wollte und vergessen hatte. Zu Orten, die ein ihm unbewusster Teil seines Ichs geschworen hatte, niemals wieder zu betreten.

∾

Gitter, Halbdunkel, Eisentür, feuchte Wände, Ratten, Moder – ein Kerker, was sonst? Er musste hinein. Josepho, dicht neben ihm, nahm seine Hand und zog ihn über die Schwelle.

Was hatten sie hier verloren? Wer flüsterte da in der Dunkelheit? Und warum weinte Josepho? Türangeln quietschten und knarrten, eine schwere, eiserne Tür fiel hinter ihnen zu.

Ein Kerker also. Kannte er ihn? Vielleicht. War er jemals hier gewesen? O ja! Der Kerker der Hexe? Nein. Tonio sah sich um. Nein, gewiss nicht. Er legte den Kopf in den Nacken: ein Gewölbekeller. Er blinzelte in die Dunkelheit. Da kauerte doch eine Frau zwischen Ketten im Stroh! Also doch die Hexe?

Nein, kleiner Tonio, o nein!

Irgendwo über ihm fiel Licht durch ein vergittertes Fenster. Die Öffnung war ein Lichtschacht und nicht größer als ein ausgebreiteter Fußlappen. Das Licht warf seinen und Josephos Schatten auf feuchten, schmutzigen Lehmboden. Eine Ratte huschte durch das Licht zwischen beiden Schatten. Seiner war kaum halb so groß wie der von Josepho.

Stroh raschelte, eine Kette klirrte irgendwo unter dem Lichtschacht, jemand seufzte. Eine Frau? Tonio blinzelte dorthin, wo er das Klirren und Seufzen gehört hatte – dort leuchtete etwas auf: ein langer blonder Haarzopf in einem Lichtstrahl von oben, aus dem Schacht. Dieses Aufleuchten, dieser eine flüchtige Augenblick holte das Licht nun auch in seine Erinnerung zurück, und Tonio wusste auf einmal, zu welchem Ort er zurückgekehrt war.

Er stand neben Josepho im geheimen Kellergewölbe unter der Burgkanzlei. Er war sechs Jahre alt. Die blonde, ausgemergelte Frau im Stroh würde morgen auf dem Scheiterhaufen sterben. Sie war seine Mutter.

Die Hand des Medikus lag schwer auf seiner Schulter. Tonio hob den Kopf und sah ihm ins Gesicht; das war schmal, und der Bart, der es einrahmte, rabenschwarz. Josepho wich seinem Blick aus und wischte sich die Tränen aus den Augen. »Ich habe Tonio mitgebracht«, sagte er mit heiserer Stimme.

»Danke, Geliebter.« Die Stimme der Mutter war die Stimme einer Todkranken. »Komm zu mir, mein geliebtes Söhnchen.«

Josepho schob Tonio voran, und er stolperte durchs Halbdunkel, trat in Stroh, stieß gegen ihren nackten Fuß und sank vor ihr in die Knie. Sie zog ihn an sich, küsste ihn, drückte ihn, fuhr ihm durchs Haar, weinte. Sie stank so schlimm, dass Brechreiz Tonio würgte. »Mein süßer kleiner Sohn«, flüsterte die Mutter. »Ich hab dich so lieb.« Auch aus dem Mund stank sie nach Krankheit und Fäulnis.

Sie schob ihn ein Stück von sich, hielt ihn jedoch fest und blickte zum Medikus hinauf. »Und Prospero?«

»In Napoli.« Josephos tiefe, heisere Stimme. »Alles sauber eingefädelt. Drecksäue, verfluchte!«

Die Mutter entgegnete nichts. Sie zog ihn wieder an sich. »Mein armes Söhnchen.« Sie drückte ihn fester, küsste ihn erneut, sog scharf die Luft durch die Nase ein. Tonio fühlte sich wie ein steifes, nutzloses Ding. Tausend Steine füllten das Innere seines Brustkorbes aus. Er fühlte gar nichts.

Plötzlich schüttelte etwas den Körper der Mutter, und Tonio dachte erst, sie würde ein Lachen unterdrücken. Doch er täuschte sich. Wie gelähmt hing er in ihren Armen, spürte das Beben und Schütteln, atmete den Gestank von Harn, Mäusedreck, Fäulnis, Hunger und Schweiß ein und hörte ihr jämmerliches Weinen.

Bei allen guten Mächten des Universums – wie hatte er diesen Augenblick jemals vergessen können?

Schritte schlurften, es raschelte, und plötzlich kniete Josepho neben ihm. Durch das winzige Kerkerfenster hoch oben unter der Decke fiel das Licht auf sein nasses Gesicht. In seinem schwarzen Bart glitzerte es wie von Tautropfen. Es war das erste Mal, dass Tonio Tränen in einem Männergesicht sah.

Josepho schob ihn ein Stück zur Seite und umarmte die Mutter. »Meine arme Geliebte …« Schluchzen erstickte seine Stimme. Er schnäuzte sich. Dann sagte er leise, aber mit fester Stimme: »Du sollst leben, Magdalena. Höre meinen Plan.«

Sie steckten die Köpfe zusammen, sie flüsterten. Mal sah Tonio nur die Umrisse ihrer Körper, mal flogen Josephos Hände und Arme durch die Lichtstrahlen, die von oben durch den Schacht fielen, mal glitzerten seine Zähne, mal leuchteten die hinter Tränen verschwimmenden dunkelblauen Augen der Mutter auf.

Tonio sank ins Stroh, legte den Kopf in den Schoß der Mutter. Ihr blonder Zopf kitzelte ihn an der Wange. Ihre Ketten klirrten nahe an seinem Ohr, in ihrem Bauch raste ihr Herzschlag, ihren Gestank nahm er kaum noch wahr.

Da lag er, versuchte zu begreifen, und über ihm flüsterten sie. Er verstand nur einzelne Satzfetzen. *Ich werde dich immer lieben, zu gefährlich, ich werde an deiner Stelle sterben* und solche Sachen. Er fühlte den tiefen Ernst ihrer Worte mehr, als dass er ihn wirklich begriff.

Irgendwann strahlte eine Messerklinge in den Lichtbalken aus dem Kerkerfenster auf, irgendwann glitzerte ein kleines, braunes Fläschchen, in dem eine Flüssigkeit hin und her schwappte. Auch einen großen Schlüssel zog Josepho aus seinem Mantel.

Tonio begann sich wieder zu spüren – die Angst kroch ihm durch die Glieder. Die Angst um die Mutter. Er schlang die Arme um ihren Leib, bohrte sein Gesicht in ihr schmutziges, stinkendes Sackleinen und weinte laut.

Sie trösteten ihn, beide, streichelten ihn – die Mutter seinen Rücken, Josepho seinen Kopf. »Wenn ich im Schoß des Himmelgottes liege, werde ich auf jeden deiner Schritte achtgeben«, flüsterte sie ihm ins Ohr, und Josepho flüsterte: »Dein großer Bruder und ich, wir werden dich niemals verlassen.«

Tonio beruhigte sich ein wenig, schluchzte nur noch leise in sich hinein, hörte ihr Flüstern jetzt deutlicher über sich.

»Lass uns gemeinsam fliehen«, flüsterte Josepho. »Ich habe alles vorbereitet. Die Kerkerwächter sind bestochen.«

»Wenn es misslingt, werden sie auch dich töten«, flüsterte die Mutter.

»Lass es uns wenigstens versuchen.«

»Nein. Ich muss meinen Weg bis zum bitteren Ende gehen.«

»Du musst leben.«

»Wer sagt das?«

»Ich will es.« Josepho verneigte sich bis ins Stroh und küsste ihre nackten Füße. »Ich liebe dich.«

»Lebe du weiter.« Sie hob seinen Kopf an und schaute dem Medikus ins Gesicht. »Und sei meinen Söhnen eine sichere Zukunft und ein starker Arm, bis sie sich selbst helfen können.«

Tonio begriff nach und nach, dass die beiden Erwachsenen Leben und Tod verhandelten: Josepho wollte sein Leben wagen, um die Mutter zu retten; und die Mutter war überzeugt, dem Tod nicht ausweichen zu dürfen.

»Mein Tod wird ein Weckruf sein, der das Reich Milano aus der Lethargie reißen wird«, hörte Tonio sie sagen.

»Zu teuer, dieser Weckruf!«, zischte Josepho. »Zu hoch der Preis! Lass uns die Flucht wenigstens versuchen.«

»Und was wird aus den Kindern, wenn es misslingt und wir beide sterben?«

Josepho entgegnete nichts mehr. Eine Zeitlang schwieg er, dann nickte er, dann schlug er die Hände vor das Gesicht und weinte.

Tonio, der Josepho bisher nur als ruhigen, besonnenen Mann kannte, als einen Mann, der in den Schänken und an den Krankenbetten zuhause war und der nur laut lachte, wenn er genügend Wein getrunken hatte oder wenn ein Schwerkranker gesund vom Krankenlager aufstand – Tonio war tief erschüttert vom Anblick des weinenden Medikus.

Die Mutter nahm Josepho in den Arm und küsste ihm die Tränen aus dem Gesicht. Dann schloss sie auch ihn noch einmal in die Arme, küsste ihn und sagte: »Geht jetzt, mein geliebtes Söhnchen.« Sie schob ihn von sich, den Medikus aber hielt sie fest.

»Warte noch«, flüsterte sie. »Nimm dein Messer, schneide mir meinen Zopf ab und gib ihn Prospero. Und grüße und küss ihn von mir.«

Josepho zog seine Klinge aus dem Brustgurt, durchtrennte den Blondzopf und steckte ihn in die Innentasche seines Mantels. Danach ergriff er Tonios Hand, zog ihn aus dem Stroh und zur Kerkertür und klopfte.

Tonio schaute zurück ins Halbdunkel. Im Lichtstrahl aus dem Fensterschacht erkannte er das Lächeln in den Zügen seiner Mutter. Er lächelte nicht, winkte nicht einmal.

Die Wächter öffneten die Kerkertür. Josepho hastete aus Gewölbekeller und Burg. Tonio musste hinter ihm herstolpern. Fest hielt der Medikus seine kleine Hand umschlossen, so fest, dass es wehtat. Doch dieser Schmerz war gar nichts gegen den Schmerz, der in Tonios Brust wühlte: Seinem älteren Bruder Prospero ließ die Mutter ein Andenken zukommen, ihm nicht.

Bilder rauschten durch sein nur noch halb betäubtes Hirn, Erinnerung um Erinnerung. Wie Blitze zuckten sie durch die Dämmerung seines erwachenden Bewusstseins. Irgendwann tauchte auch Gonzo aus Dunkelheit und Schmerz auf, nahm ihn in die Arme und sagte ihm, dass seine Mutter gestorben sei – auf dem Scheiterhaufen, gleich am Morgen, nachdem er sie zum letzten Mal gesehen hatte.

Und irgendwann schwebte wieder Josephos Gesicht über ihm. Seine Augen waren rot geweint, seine Lippen bewegten sich, und Tonio hörte ihn erzählen, dass seine Mutter auf dem Weg in den Tod ihr schwarzes Festtagskleid mit den goldenen Säumen getragen hatte. Und dass er ihr ein schnell wirkendes Gift mit auf ihren letzten Gang gegeben hatte und dass sie schon tot war, als die Flammen das schwarz-goldene Kleid erfassten.

Die Schmerzen kehrten zurück, der nächste Krampf kündigte sich an. In den letzten, schon blassen Bildern sah Tonio sich selbst durch Räume im Ostflügel der Herzogsburg schleichen. Durch die Gemächer des Medikus. Der war mit seiner Tasche zu Gonzos kranker Frau geeilt, und er, Tonio, wusste, wo Josepho den blonden Mutterzopf aufbewahrte.

Ein Andenken für Prospero? Nein. Prospero brauchte kein Andenken, er war ja schon groß. Schon fast sechzehn Jahre alt. Er selbst jedoch war noch klein. *Er* brauchte ein Andenken.

In Josephos Schlafgemach zog er den blonden Mutterzopf unter dem Kopfkissen heraus, steckte ihn unter sein Hemd und lief davon, so schnell er konnte.

Das letzte Erinnerungsbild verblasste, er stolperte, stürzte ins Bodenlose – der nächste Krampf riss ihn erneut in die Schmerzenshölle. Und wieder schwebte Josephos trauernde Miene über ihm, und wieder der Strohhalm, das Pulver, der bittere Geschmack und die schwarze Stille der nächsten gnädigen Nacht.

Und so ging es auf und nieder, hin und her. Die Zeit schrumpfte zu einem einzigen mörderischen Augenblick zusammen, und die Zeit dehnte sich zugleich zu einer endlosen tödlichen Wüste.

Dann kam der Moment, in dem es zu Ende ging. Tonio riss die Augen auf und überließ sich zum letzten Mal Schmerz und Krampf. Er sah Josephos Gesicht über sich schweben, er spürte das Röhrchen in der Nase, schmeckte das Pulver und er wusste: vorbei; die Stunde seines Todes war gekommen.

Er sank endgültig in die gnädige Schwärze der Nacht, sank durch sie hindurch und fand sich auf einer Bahre wieder. Sie trugen ihn zu Grabe, sie versenkten ihn in einer tiefen Grube. Um ihn herum brodelte die Nacht wie schwarzes Blut und schwappte ihm in Mund und Augen. Noch im Versinken hob er die Arme aus der Nacht – der blonde Mutterzopf hing in seinen Händen.

An ihm vorbei blinzelte er zum Rand der Grube hinauf – die Hexe beugte sich über ihn. Ihr Anblick rückte langsam ferner, denn Tonio versank tiefer in der Todesnacht. Nichts Schönes fand er mehr in Coraxas Gesichtszügen, nur Bitterkeit und Hass. Und aus ihren wunden Augenhöhlen loderten Flammen. Schnell ließ er Arme und Hände sinken, um den Mutterzopf vor der Hexe in der brodelnden Nachtschwärze zu verbergen.

Oder hatte sie ihn schon entdeckt? Als er wieder hinaufschaute, um das zu prüfen, kniete statt der Hexe sein Bruder am Rand der Grube. Prospero streckte die Hand nach ihm aus. Tonio versuchte, sie zu ergreifen, doch umsonst: Zu tief war er schon in die schwarze Todesnacht eingesunken, zu fern waren der Grubenrand und Prosperos Hand schon gerückt.

Plötzlich glaubte er, die Stimme der Mutter zu hören. Sah sie ihn kommen? Rief sie ihn schon vom Schoß des Himmelsgottes aus? Er lauschte ihrer Stimme, hörte sie in seine brodelnde Nacht hineinsprechen: »Gib ihn Prospero. Und grüße und küsse ihn von mir.« Er riss den Mutterzopf aus der Todesnacht und schleuderte ihn hinauf zu seinem Bruder. Der fing ihn auf, beugte sich tiefer über den Rand der Grube und ließ den blonden Zopf wie ein Seil zu ihm herab. Tonio ergriff den Zopf, hielt sich fest und hörte auf zu sinken. Und dann spürte er, wie Prospero zog und zog und zog ...

~~~

Der Herzog ließ den Belagerungsring der Comeroner von vier Seiten aus angreifen. Weil zugleich der Markgraf seine Schwertmänner und Panzerreiter zu einem Ausfall aus der Grenzburg führte, gerieten die Krieger der Bergstämme zwischen die Fronten. Über zweihundert von ihnen ließen ihr Leben in den Hängen rund um die Burg, beinahe hundertfünfzig gerieten in Gefangenschaft. Mehr als hundert Kämpfer flohen mit ihrem Anführer in die Berge.

Der Herzog teilte sein Heer in drei Teile und verfolgte sie. Einen Monat lang, bis er die meisten getötet hatte und den Anführer und seine Vertrauten gefangen nehmen konnte. Prospero ließ sie ins größte Fischerdorf der Comeroner bringen, schickte Truppen in sämtliche ihrer Weiler und Bergdörfer und ließ an die viertausend Männer, Frauen und Kinder in jenem Fischerdorf am Ufer des Comerons zusammentreiben. Dort mussten sie zusehen, wie ihr Anführer und seine Vertrauten in Käfige gesperrt und darin im See versenkt wurden.

So war er; so war Prospero, der Herzog von Milano: Was immer er in Angriff nahm, er führte es zuende, und er führte es gründlich zuende.

Von den dreißig Kundschaftern, die er unter Stefanos Kommando über den Grenzfluss geschickt hatte, um den Belagerungsring der Comeroner auszuspähen, überlebten nur zwei: Rico und Stefano. Die herzoglichen Gardisten befreiten sie unter Brunos Führung aus einer Erdgrube im eroberten Feldlager der Cameroner. Beide waren schwer verwundet und nur noch Schatten ihrer selbst.

Rico hatten sie besonders schwer zugesetzt und an einer Stelle seines Leibes verstümmelt, wo man es nicht sah. Er redete jahrelang kein Wort mehr. Und als er seine Sprache wiederfand, fistelte er mit der Stimme eines kleinen Knaben.

Stefano hatten die Comeroner zwar nur die Ohren und das Haupthaar samt Kopfhaut geraubt, doch danach hatten sie ihn mit Honig bestrichen und an vier Pflöcken in einen Ameisenhaufen gefesselt, um ihn zum Reden zu bringen. Auch nach Wochen erkannte Prospero ihn noch nicht wieder.

Den sterbenden Tonio ließ er nach den Kämpfen von Josepho und seinem Schüler Felix nach Milano in die Herzogburg bringen. Die Diener und Schwertmänner des Todgeweihten begleiteten sie. Um diese Zeit warteten die Anführer der Comeroner noch auf ihre Strafe.

Bei seiner Rückkehr begrüßte der Herzog als Erstes Julia. Es ging ihr gut und dem Kind auch. Seine geliebte Frau hatte zugenommen, und ihr Bauch war prächtig angeschwollen. Lange lagen sie einander in den Armen.

Dann suchte er nach Josepho, um ihn nach seinem Bruder zu fragen. Er fand ihn weder in seinen Gemächern noch sonst irgendwo in der Burg. Schließlich traf er ihn im Lazarett, das man in der Kathedrale für die verwundeten Schwertmänner eingerichtet hatte. Der Medikus verzog sein graubärtiges Gesicht zu einem Lächeln, als er seinen Herzog erkannte. Da wusste Prospero, dass sein Bruder lebte.

»Du hast ihn gerettet.« Er schloss Josepho in die Arme. »Danke, mein Freund.«

»Hat sich selbst gerettet.«

»Wie?«

Der Medikus löste sich aus Prosperos stürmischer Umarmung, neigte den Kopf auf die Schulter, musterte ihn, und leiser Spott trat in seine verwitterten Züge. »Brauchst für alles Erklärungen, was?«

»Wo ist er?«

Josepho deutete auf eine Tür neben dem Südportal. »Ist nicht mehr derselbe.«

Prospero eilte hinüber. Man hatte einen der Lagerräume für Tonio ausgeräumt; was man sonst darin aufbewahrte, stand nun neben der Tür: Garderobenständer mit Zeremoniengewändern, Schränke und Regale voller Kerzenleuchter und rituellem Geschirr. Prospero klopfte, und als er keine Reaktion hörte, trat er ein.

Sein Bruder lag auf einem hohen Bett. Er öffnete die Augen und steckte den Armstumpf unter die Decke, als er Prospero erkannte. Tonio war hohlwangig, seine Augen stierten aus tiefen, blutunterlaufenen Höhlen. Seine rechte Gesichtshälfte zuckte.

»Du lebst.« Mit der Stiefelspitze schob Prospero einen Lederhocker ans Bett. »Ich danke dem Himmelsgott.« Auf den zweiten Blick erst erkannte er, dass sein Bruder in einer Art Lehmkuhle ruhte, die man auf dem hohen Bett ausgewalzt hatte. Er wagte nicht zu fragen, warum, und setzte sich. »Ich bin so froh.«

Eine Zeitlang sahen sie einander an. Tonios Augen waren uralt geworden, sein Gesicht wirkte vollkommen ausdruckslos, wenn es nicht gerade zuckte; Prospero ließ sich seinen Schrecken nicht anmerken. Er griff nach der linken Hand des Bruders.

Tonio entzog sie ihm nicht, zog sie sogar auf seine linke Brust und hielt sie dort, über seinem Herzen, fest. So schauten sie und schwiegen und hielten sich an den Händen.

»Ich habe dich gekränkt«, brach Prospero irgendwann das Schweigen. »Es war ein Fehler, dich vor den Ohren der Diener und Schwertmänner zurechtzuweisen. Verzeih mir.«

Tonio nickte. Sein Gesicht zuckte. Nach ein paar Atemzügen sagte er: »Die Hexe lebt.«

Prospero stutzte. Was wollte Tonio ihm mit diesem Satz zu verstehen geben? Er begriff es nicht; doch er musste an Stefano und Rico denken. Und plötzlich stand ihm die geblendete Gefangene vor Augen, und ihre Stimme gellte ihm in den Ohren: *Sie werden sich wünschen, nie geboren zu sein.*

Er spürte, wie ihm das Blut aus dem Gesicht wich, und ihm war auf einmal, als würde der Hocker schwanken, auf dem er saß, und der Boden unter seinen Sohlen beben.

Später erfuhr der Herzog von Josepho, dass die Krämpfe des großen Rückenmuskels Tonio mindestens zwei Wirbel gebrochen hatten. Deswegen hatte er ihn auf die Lehmplatte gebettet. Schon am Grenzfluss oben, um ihn überhaupt auf einen Wagen hieven und zurück zur Burg transportieren zu können.

Tonio sei schwermütig, sagte der Medikus, und würde es vielleicht für immer bleiben. Ob das Zucken jemals aufhören würde, vermochte Josepho nicht zu sagen. Worin er sich jedoch sicher war: Man würde sich an den Anblick eines einarmigen, hinkenden, traurigen und buckligen Kanzlers gewöhnen müssen.

Zwei Monate später immerhin konnte Tonio wieder aufstehen. Er musste sich auf zwei Krücken stützen, um vom Bett zum Tisch zu gelangen. Als der erste Schnee fiel, sah man ihn häufig im Burghof auf seine zwei Stöcke gestützt laufen lernen.

Manchmal beobachtete Prospero ihn von einem Fenster in Julias Gemächern aus, wie er zwischen Bergfried und Burgtor seine vierfüßigen Runden drehte und von Mal zu Mal schneller und sicherer ging. Und manchmal wischte Prospero sich dann eine Träne aus dem Augenwinkel, denn was er da sah, wühlte ihn mächtig auf.

Prospero hatte seinen jüngeren Bruder immer für verweichlicht und wankelmütig gehalten. Er hatte sich getäuscht. Nur ein überaus eigensinniger und willensstarker Mann, der hart gegen sich selbst sein Ziel verfolgte, nur so einer vermochte es, mit Mitte dreißig noch einmal laufen zu lernen.

Eines Januartages, mitten im größten Schneetreiben, bat Tonio den Herzog und den Medikus, ihn zum größeren der beiden Stadtflüsse zu begleiten, zum Ostfluss. Dort lag sein Hausboot vor Anker. Josepho war begeistert, was er gewöhnlich dadurch zum Ausdruck brachte, dass er mit der Faust auf den Tisch oder in seine Handfläche schlug. Diesmal trommelte er mit beiden Fäusten gegen den Türrahmen des Burgportals und stieß danach ein raues, siegessicheres Lachen aus. »Geschafft!«, rief er heiser. »Der kleine Scheißer hat's tatsächlich geschafft!«

Prospero staunte einfach nur. Und fragte sich, was seinen Bruder zum Hafen trieb.

Zu viert machten sie sich also auf den Weg. Bruno ging voran. Viele Menschen waren in Milanos Straßen und Gassen unterwegs; sie genossen das Winterwetter, denn es schneite selten in Milano.

Tonio stützte sich auf nur noch einen Stock. Doch er hinkte stark. Josepho war bester Dinge und grüßte nach links und rechts. Tonio übersah die scheuen Blicke, die ihn von allen Seiten streiften, und grüßte niemanden. Prospero nickte den grüßenden Passanten meist flüchtig zu. Wenn er versuchte, den Arm seines Bruders zu nehmen, um ihn durch eine Schneeverwehung zu führen oder vorbei an einer gefrorenen Pfütze, stieß Tonio seine Hand weg.

»Kann ich allein«, murmelte er.

Eine Stunde brauchten sie für den Weg zum Hafen, den man in einer halben zurücklegte; falls man ihn überhaupt zu Fuß in Angriff nahm. Das kleine Becken war zugefroren. Ihr Großvater hatte es bauen lassen. Das und den Fluss bis zur Mündung in den Großen Strom schiffbar machen zu lassen, war sein Lebenswerk gewesen.

Sie gingen an Bord und unter Deck. In seinem prachtvollen Schlafgemach holte Tonio eine Schatulle aus einer Wandnische. »Wir sind hier, weil ich euch etwas zurückgeben will.« Er öffnete die Schatulle und zog einen langen, blonden Zopf aus einem der Fächer, die nicht mit Gold, Schmuck oder Diamanten gefüllt waren. »Den habe ich dir gestohlen«, sagte er und reichte Josepho den Zopf. »Heute kannst du ihn endlich Prospero geben. Für ihn hat sie sich ihr Haar ja von dir abschneiden lassen.«

Beinahe ehrfürchtig und mit beiden Händen nahm Josepho den Zopf entgegen. Die zitterten, das sah Prospero genau. Die Miene des Medikus war auf einmal hart und kantig, und seine Kaumuskeln bebten. »Von deiner Mutter«, sagte Josepho mit ungewöhnlich heiserer Stimme.« Er küsste den Zopf und wandte sich an Prospero. »Für dich.«

Prospero staunte den Zopf an, suchte nach Worten, fand aber keine; er konnte nur stumm den Kopf schütteln, so fassungslos war er.

»Hab dir nie davon erzählt«, raunzte Josepho. »Ahnte ja, dass Tonio ihn geklaut hatte.« Er zog Tonios Kopf zu sich und küsste ihn auf die Stirn. »Hast mir so verdammt leidgetan, Kleiner.«

»Mein Totem.« Endlich fand Prospero seine Sprache wieder.

»Dein was?« Misstrauisch lugte Tonio zu ihm herüber.

»Nichts.« Prospero blickte auf und schüttelte wieder den Kopf. »Gar nichts.«

In der gleichen Nacht setzten bei Julia die Wehen ein.

11

Miranda

Alles ist anders – das große Herz über mir klopft wild, keine Ruhe mehr um mich herum, keine Stille mehr jenseits der lebendigen Wände, die mich halten. Was geschieht nur? Alles wogt, alles gurgelt und rauscht um mich herum. Alles ist in Aufruhr, alles bewegt sich. Angst und Sehnsucht durchströmen mich, beides zugleich, Sehnsucht und Angst.

Meine schöne warme Geborgenheit – löst sie sich denn auf? Das große Herz über mir wird doch nicht aufhören zu pochen? Das gütige Wesen, in dem ich gewachsen und aufgeblüht bin, wird mich doch nicht verlassen?

Die warmen Häute, die mich einhüllen, pulsieren und reiben an mir. Sie dehnen sich, sie ziehen sich zusammen und dehnen sich wieder. Etwas drückt gegen meinen Kopf, weitet sich nach und nach, öffnet sich langsam. Ein Tor? Etwas will mich hindurch drücken – hinaus aus meiner Geborgenheit, hinaus aus meinem warmen Paradies. Wohin nur?

Ich bin neugierig. Ich habe Angst.

Sehnsucht und Neugier treiben mich vorwärts. Angst drängt mich zurück in meine warme, dunkle Geborgenheit.

Da! Schon wieder pocht das große Herz über mir lauter und schneller. Ich lausche. In mir selbst zittert es, rast es, trommelt und bebt: mein eigenes Herz. Es ist ein Krümel gegen das große, unter dem ich geworden bin, ist nur flüchtiges Geflatter. Die lebendigen Wände, die mich umgeben, zerren an mir, schieben mich, drücken meinen Kopf gegen das enge Tor. Wo führt es hin? Was nur liegt hinter ihm?

Ich will es gar nicht wissen.

Ich will es um jeden Preis erfahren.

Das große Herz über mir schlägt immer schneller, immer lauter. Das gütige Wesen, zu dem ich gehöre, gibt Laute von sich, als sei es mit jenem starken Wesen zusammen, das es liebt. Doch es ruft nicht »Geliebter« wie sonst, und die Laute klingen nach Mühe statt nach Sehnsucht und Verlangen, klingen nach ängstlicher Erwartung statt nach freudiger.

Stimmen raunen, flüstern, murmeln und rufen jenseits meiner Geborgenheit, meines Paradieses. Habe ich sie jemals zuvor gehört? »Nicht pressen!«, ruft die lauteste. »Schneller atmen!«, ruft sie. »Hecheln!« Und eine andere, ruhigere, sagt: »Alles wird gut.«

Wer ruft, flüstert und murmelt da? Ich will es nicht wissen. Wer spricht mit dem gütigen Wesen, zu dem ich gehöre? Ich will es wissen.

Die Stimmen reden und rufen und flüstern und murmeln immer weiter. Ich höre sie, verstehe sie aber nicht, spüre nur, dass ihre Worte mit mir zu tun haben. Und mit dem Tor unter meinem Kopf. Ich spüre: Es ist kleiner als mein Kopf, dieses Tor; ich spüre: Es wird immer weicher und es öffnet sich langsam.

Was geschieht nur? Wozu all die Worte, die Mühe, die Angst? Was geschieht mit dem großen Herzen über mir, was mit den Häuten und lebendigen Wänden, die mich umgeben? Und wozu das Tor? Werde ich aufhören, da zu sein? Wird alle Geborgenheit bald für immer ein Ende haben?

Die Häute und Wände drücken, reiben und ziehen kraftvoller an mir, pressen mich druckvoller gegen das Tor unter meinem Kopf. Es ist doch so klein! Die Stimmen draußen rufen: »Atmen, hecheln, alles wird gut!« Das Tor greift nach mir, umhüllt mich schon ein Stück. Es saugt mich in sich hinein.

Muss ich hindurch? Wohin führt es? Wo hinein werde ich fallen? Ins Licht? Ins Dunkel? Ins Nichts?

Ich will unter dem großen Herzen geborgen bleiben, ich will diese warme Geborgenheit nie, nie vermissen, ich will für immer gehalten bleiben! Aber warum wühlt dann diese Sehnsucht in mir, woher auf einmal dieses wilde Verlangen, *doch* durch das weiche Tor zu schlüpfen?
Das alles macht mir Angst. Ich habe Angst vor dem Jenseits meines süßen Gehaltenseins, Angst, das Pochen des großen Herzens über mir zu verlieren und das gütige Wesen, das doch immer und von Anfang an da war. Und zugleich drängt es mich hinaus aus diesem rätselhaften Tor.
»Jetzt! Jetzt!« Die Stimmen draußen rufen lauter. »Drücken! Ja! Jetzt drücken!«
Ich gleite, ich rutsche, ich stürze, ich dränge nach draußen.
Es plätschert, es gurgelt, es schmatzt – das Tor liegt auf einmal hinter mir, etwas greift nach mir, zieht an mir, dreht mich.
Ich kann sehen!
Ich sehe Haut, Haar, Hände, Schenkel, große Wesen und – Licht!
LICHT! GANZ VIEL LICHT!
Ich blinzle hinein, ich schaue ins Licht, ich sehe die großen Wesen, denen die Stimmen gehören, ich höre sie lachen. Wo ist das gütige Wesen, unter dessen Herzen ich gewachsen bin?
Etwas klatscht auf meinen Rücken – ich schreie, ich atme. Wo ist mein gütiges Wesen?
Ich strecke meine Arme aus, etwas hält mich und lässt mich sinken. Ich sehe Augen, ich sehe ein lachendes, weinendes Gesicht, ich schreie, ich spüre warme, feuchte Haut. Ich höre eine Stimme.
Das gütige Wesen, zu dem ich gehöre, spricht mit mir, und ich fühle die Bedeutung seiner Worte: *Es ist gut, dass du da bist, du bist geliebt, du gehörst zu mir, du bist schön, du bist behütet, du wirst weiter wachsen und aufblühen.*

Das alles fühle ich. Es ist gut, das zu fühlen. Ich wühle mich in Haut, Wärme, Hände und Küsse. Etwas füllt meinen gierigen, sehnsüchtigen, ängstlichen Schlund, etwas Warmes, Weiches; es füllt ihn ganz aus und ich sauge und sauge.

Süß und warm und fett strömt es in mich hinein. Ich schlucke und sauge und schlucke und sauge. Ich höre die Stimme des gütigen Wesens, zu dem ich gehöre. Nein, die Geborgenheit hat kein Ende. Sie fühlt sich nur anders an jetzt. Sie fühlt sich gut an. Ich sauge und sauge und sauge. Ich bin da.

Plötzlich eine fremde Stimme, tief und rau: »Wie soll sie heißen, Prospero?«

Ich höre auf zu saugen, ich fühle: Es geht um mich. Ich lausche.

Und dann beugt sich etwas über mich, das gütige Wesen und der Starke, den es »Geliebter« nennt. Er sagt: »MIRANDA.«

12

Coraxa

Vollkommen aufrecht hockte sie im Stroh – auf ihren nackten Fersen und ohne sich gegen die Kerkerwand zu lehnen. Eine schmutzige Binde bedeckte ihre Augen, ein Mantel aus Lammfell hüllte ihre abgemagerte Gestalt ein. Wer mochte ihr dieses wertvolle Stück geschenkt haben? Prospero sprach die Frage nicht aus.

Sie hatte den Kopf leicht auf die Schulter geneigt, schien aufmerksam zu lauschen. Seinen Atemzügen? Seinem Herzschlag? Den Stimmen der Schwertmänner, die mit Bruno ein paar Treppenwindungen weiter unten warteten? Oder etwa seinen Gedanken?

»Der Uhu begleitet dich?« Sie legte den Kopf in den Nacken, als würde sie ins Gebälk des Turmdaches hinaufblicken. Dort hockte Buback und äugte aus seinen großen, orange glühenden Augen auf die Hexe herab. »Ich spüre seine Nähe.« Schnüffelnd blähte sie die Nasenflügel. »Ich rieche ihn.«

Schweigend und kopfschüttelnd wandte Prospero sich ab. Die Gefangene verblüffte ihn. Immer noch. Am Kerkergitter entlang schritt er bis zur Turmwand. Dort blickte er durch die Fensteröffnung in den Burggarten hinunter. Gonzo, drei Gärtner und Jesu, der Kammerdiener, gingen dort unten von Beet zu Beet, von Hecke zu Hecke. Gonzo und Jesu gaben den Gärtnern Anweisungen für die Bepflanzung der Blumenbeete und die Beschneidung der Bäume. Der Winter war so gut wie vorbei.

»Du bist nicht gekommen, um mir den Tag meiner Verbrennung anzukündigen«, sagte Coraxa.

Ein Spinnennetz füllte die Hälfte des Turmfensters aus. Es schwankte im Wind. An seinem Rand hockte eine Spinne so groß wie Prosperos Daumennagel. Ihr schwarzer Leib war gelb gestreift.

»Nein.« Prospero blickte hinüber zum Burghof. Diener und Schwertmänner schoben und zogen Wagen mit Kisten kreuz und quer über den Hof. Die Vorbereitungen für Mirandas Wiegenfest waren in vollem Gange.

Seit einer Woche wehte Südwind durch Milanos Gassen, der Tag des Frühlingsanfangs stand vor der Tür; selbst im Schatten des Tores war der letzte Schnee geschmolzen. Burg, Garten und Hof wurden geputzt und für das große Fest vorbereitet. Der König von Napoli hatte sich mit großem Gefolge angekündigt.

»Hast du mir das Ledersäckchen mit den Knochensplittern meiner Meisterin mitgebracht?«

Etwas summte aus dem Garten herauf. Eine Schmeißfliege wollte durch das Turmfenster hereinfliegen. Sie blieb im Spinnennetz kleben, strampelte und verfing sich nur noch mehr in den silbrigen Maschen. Die Spinne schoss vom Rand des Netzes heran, fiel über ihre Beute her und wickelte sie blitzschnell in klebrige Fäden ein.

»Ich habe sie auffegen und wegwerfen lassen.« Prospero riss sich vom Anblick des Naturschauspiels los.

»Du hast was ...?« Ihre Stimme erstarb. »Du hast mein zerstörtes Totem weggeworfen?« Sie konnte nur noch flüstern. »Warum hast du solche Angst vor mir?«

»Was redest du da für einen Unsinn!« Prospero wurde laut. Und sofort meinte er wieder, ihre drohende Stimme am Ende der ersten Begegnung zu hören: *Lass mich ziehen, und dein Kind wird leben. Verbrenn mich, und dein Kind wird sterben.*

»Und dein eigenes Totem?«, flüsterte Coraxa. »Hast du gefunden, was Magdalena dir hinterlassen hat?«

Prospero unterdrückte seinen Zorn und schwieg. Der blonde Zopf stand ihm vor Augen; er versuchte, nicht an ihn zu denken. Unmöglich. »Hast du im BUCH DER UNBEGRENZTEN MACHT nachgelesen, wie man Blinden das Augenlicht zurückgibt?«

»Ich habe das Zauberbuch weggeworfen.«

»Das glaube ich dir nicht!«

»Dann lass es bleiben.« Prospero wandte sich vom Fenster ab, ging zurück zur Gittertür. »Ich habe es weggeworfen, weil ich es niemals benutzen werde.«

»Das glaube ich dir nicht, Herzog.« Nicht eine Spur von Unsicherheit schwang in ihrer Stimme. »Und ich sage dir: Du täuschst dich. Du wirst das Buch benutzen. Sehr bald schon. Wie geht es deinem Bruder?«

Prospero antwortete nicht. Er fragte sich, woher sie die Gewissheit nahm, die ihre Stimme so klar und fest klingen ließ. Und er fragte sich, wer ihr den Lammfellmantel gebracht hatte.

»Der Kanzler hat überlebt, habe ich gehört.« Sie stieß ein heiseres Lachen aus. »Der Tod wäre auch zu gnädig gewesen für ihn. Und wie geht es den beiden Drecksäcken, die mir das Augenlicht geraubt haben?«

Prospero schwieg. Und dachte an Rico. Der war verstummt und zu nichts zu gebrauchen. Und Stefano trank morgens schon Wein. Und hörte erst lange nach Sonnenuntergang damit auf; wenn er zu betrunken war, um noch einen Weinbecher halten zu können.

»Man wird dich noch heute Nacht auf ein Schiff bringen«, sagte Prospero.

»Ich kann Milano verlassen?« Ihr Mund verzerrte sich zu einem eckigen Lächeln. »Ich bin frei?«

»Erst einmal wirst du auf ein Schiff gebracht, danach sehen wir weiter.«

»Was soll ich auf einem Schiff, wenn es mich nicht zurück nach Tunisch bringt?« Unwillig runzelte sie die Brauen. »Mein König wartet auf mich!«

»Er muss noch warten.« Prospero zwang sich zur Ruhe. »Auf dem Schiff wirst du es wärmer und trockener haben als hier. Auch stelle ich dir eine Dienerin zur Verfügung, die dir zur Hand geht.«

»Ach! Dem Herzog von Milano liegt auf einmal mein Wohlergehen am Herzen?« Gehässig und schneidend scharf klang ihre raue Stimme jetzt. Und voll beißenden Spotts. »Ich bin gerührt!«

Die Wahrheit war: Coraxa würde es erfahren, wenn Arbosso von Napoli zu Gast war. Und wenn sie hören würde, dass er und sein Hofstaat sich im Burghof und im Garten vergnügten, würde sie so lange schreien, bis es auch der König vernahm. Das wollte Prospero um jeden Preis vermeiden. Also hatte er eine ausgemusterte Kogge in den alten Hafen schleppen und zu einem Kerker umbauen lassen.

»Und wann lässt du mich endgültig frei?« Sie stand auf und ging mit kurzen Schritten auf die Kerkertür und Prospero zu. Bis ihre Ketten sich strafften und sie festhielten.

»Später.« Auch das war gelogen. Der Herzog hatte ihre Verbannung auf eine einsame Insel beschlossen. Ein Zugeständnis an Tonio – sein Bruder verlangte, die Hexe auf dem Scheiterhaufen zu verbrennen. Nichts und niemand konnte Tonio von der Überzeugung abbringen, dass die schwarze Katze, die ihn gebissen und gekratzt hatte, verhext gewesen war. Von der Gefangenen. Von Coraxa. Sie freizulassen, würde sein Bruder als Schlag ins Gesicht empfinden.

»Beantworte mir noch eine Frage«, forderte Prospero die Hexe auf.

»Stelle sie mir, und dann werden wir sehen.«

»Du bist nach Milano und zu mir aufgebrochen, nachdem du am Schwarzen Strom ein Zeichen am Morgenhimmel gesehen hast – richtig?«

»Richtig.«

»Was war das für ein Zeichen?«

»Der Vollmond leuchtete wie ein großes rundes Fenster, hinter dem ein silbriges Licht brannte; wie ein Fenster, durch das ich bis nach Milano blicken konnte«, erzählte Coraxa. »Ich konnte die Kathedrale sehen – über den Türmen der Kathedrale flog eine Vogelfrau.«

»Ein Wesen, wie es auf dem Zauberbuch abgebildet war?« Prosperos Augen wurden schmal.

»Auf dem BUCH DER UNBEGRENZTEN MACHT, ja. Die Vogelfrau flog von der Burg aus über die Türme der Kathedrale hinweg in den Himmel hinauf. Sie hielt etwas an ihre Brust gepresst wie eine Beute. So flatterte sie dem Meer entgegen.«

»Und was trug sie da aus der Burg davon?« Prosperos Mund war ganz trocken auf einmal. »Welche Beute hielt sie fest?«

»Einen Säugling.«

Am Abend saßen sie in der Kanzlei zusammen – der Herzog, sein Berater, sein Kanzler, sein Leibgardist, sein Kammerdiener, sein Mundschenk, sein Koch. Drei Tage noch, dann würde der König mit seinem Gefolge aus Napoli in der Stadt eintreffen. Sein Empfang musste vorbereitet, Mirandas Wiegenfest geplant, die Gastzimmer zugeteilt, der Wein ausgesucht und der Speiseplan erstellt werden. Zudem bestand Tonio auf sorgfältigen Sicherheitsmaßnahmen. Dafür waren er und Bruno verantwortlich.

Prospero hätte es gern gesehen, wenn auch seine geliebte Gattin an den Festvorbereitungen teilgenommen hätte. Doch Julia fühlte sich zunehmend unwohl und müde; seit Tagen ging sie schon bei Sonnenuntergang zu Bett. Auch heute wieder.

Die Herzogin bestand darauf, ihren Säugling selbst zu stillen und zu wickeln, und hatte deswegen seit zwei Monaten keine Nacht mehr durchgeschlafen. Ihre offensichtliche Erschöpfung – sie war bleich, ihr Haar spröde und ihr Gang gebeugt – bereitete dem Herzog mehr Sorge, als er sich eingestehen wollte.

Zwei Stunden saßen und planten die Männer bereits, und der Mundschenk ließ gerade drei Becher mit Weinproben um den Beratungstisch kreisen, als draußen im Hof plötzlich Rufe laut wurden. Weil er sofort die Stimme der Hexe erkannte, sprang Prospero auf, stürzte ans Fenster und öffnete es.

Draußen war es längst dunkel, doch Fackelschein vor dem Bergfried erhellte ein Pferdegespann und einen Planwagen. Prospero erkannte drei Schwertmänner der Burggarnison, die eine Frau auf das Heck der Ladefläche schoben und zerrten. Die Männer fluchten, und die Frau rief:»Miranda! Miranda, wo bist du?!«

»Was hat sie zu schreien?« Tonio drängte sich neben Prospero. »Sie wird uns die ganze Burg aufwecken.«

»Sie kennt den Namen der Prinzessin?« Hinter ihm tönte Gonzos dunkle Stimme.

Vom Palas und allen Burgflügeln her hörte Prospero nun, wie Fenster aufgerissen wurden. Er beugte sich in die Nacht hinaus, spähte zur Seite und zum Hauptgebäude und sah, dass auch in Julias Schlafgemach Licht flackerte. Eine Frage der Zeit, bis sie ihr Fenster öffnete.

Prospero drehte sich nach Bruno um.»Raus, schnell! Sorg dafür, dass man die Hexe knebelt!« Sein Erster Leibgardist stürzte aus dem Ratssaal der Kanzlei.

»Miranda!«, hallte es wieder über den Burghof. »Ich spüre deine Nähe! Ich will dich sehen!«

Coraxas Stimme gellte Prospero in den Ohren und drang ihm ins Mark seines Brustbeins. Er rannte aus dem Saal, sprang ins Obergeschoss hinauf und nahm dort den Verbindungsgang zum Palas. Ohne anzuklopfen stürmte er in Julias Schlafgemach. Mit dem schreienden Kind im Arm stand sie am Fenster. Sie fuhr herum, als sie Prospero eintreten hörte. »Die Hexe lebt immer noch.« Ihre Stimme zitterte. »Wo bringt man sie hin?«

Prospero hastete ans Fenster. Das Gespann mit dem Planwagen rollte bereits über den Burghof und auf das Haupttor zu. Unter dem Fenster schaukelte Bruno zurück in die Kanzlei. Hatte er seinen Auftrag also erledigt. Erleichtert schob Prospero seine Frau mit dem schreienden Mädchen vom Fenster weg und wollte es schließen.

Auf einmal rasselten Ketten auf dem Wagen, und die Heckplane wurde zur Seite gerissen. Langes Haar und ein Gesicht mit Augenbinde erschienen über dem Verschlag. »Hörst du mich, Miranda?« Aus irgendeinem Grund verstummte der Säugling in diesem Augenblick.

Prospero zischte einen Fluch. Wie hatte das Weib sich von seinem Knebel befreien können? Julia drängte sich neben ihn, lehnte sich sogar zum Fenster hinaus. Ausgeschlossen, es jetzt zu schließen.

»Miranda!« Coraxas Stimme gellte durch die Dunkelheit. »Julia? Hörst du mich, Herzogin?«

Prospero packte seine Frau bei den Schultern, versuchte, sie vom Fenster wegzuzerren.

»Willst du das Schicksal deiner Tochter erfahren?!«, rief die Hexe über den Burghof hinweg. »Willst du erfahren, ob sie eine Königin oder eine Hure werden wird? Ich weiß es, ich könnte es dir verraten! Wenn du es erfahren willst ...!«

Ihre Stimme erstarb. Endlich! Jemand riss sie zurück unter die Plane und knebelte sie erneut. Das Fuhrwerk unterquerte das Haupttor und rollte polternd über die Zugbrücke in die Stadt hinein. Prospero drängte Julia weg vom Fenster und schloss es.

Der Säugling begann wieder zu schreien. Julia lief zum Bett, lehnte sich in ihre hoch aufgetürmten Kissen und gab Miranda die Brust. Das Kind verstummte und saugte gierig. Prospero kroch zu seiner Gattin unter die Decke und legte den Arm um sie.

»Es tut mir leid«, sagte er, »die Hexe hat dich sicher erschreckt.«

»Dass sie noch lebt ...« Aus großen, ängstlichen Augen schaute Julia ihn an. Ihr hohlwangiges Gesicht hatte die Farbe frischen Wachses. »Meine Zofen hatten gehört, sie sei schwer erkrankt und schnell gestorben.«

»Sie lebt, wie du gehört hast.« Er streichelte ihre Wange. »Du jedoch siehst krank aus. Wann hat Josepho das letzte Mal nach dir geschaut?«

»Vorgestern. Warum trägt sie eine Augenbinde?«

Prospero kämpfte einen Augenblick mit sich, bevor er ihr die Wahrheit sagte. »Tonio hat sie blenden lassen.«

»Warum ließ er sie nicht gleich töten?« Eine Falte des Unwillens grub sich zwischen ihren blonden Brauen ein. »Und wohin bringt man sie jetzt?«

»Auf eine ausgemusterte Kogge im alten Hafen. Sobald die Frühlingsstürme vorüber sind, wird man sie in die Verbannung bringen.«

»Wohin?«

»Weit weg.«

Prospero betrachtete das Kind. Wie schön es war! Es riss die Augen auf, hörte auf zu saugen und sah zu ihm herauf. Dunkelblau waren Mirandas Augen, so blau wie die ihrer Mutter. Prospero wurde es sehr warm ums Herz.

»Ich bin müde, Geliebter.« Julia drückte dem Baby wieder die Brustwarze ins Mündchen. Miranda trank weiter und schloss die Augen. »Bitte lass uns jetzt allein. Sie wird gleich einschlafen, und ich auch.«

Prospero küsste das Kind ins duftende Haar und seine geliebte Frau auf den Mund. Dann stand er auf und ging zur Tür.

»Prospero?«

Die Hand schon an der Klinke drehte er sich noch einmal um. »Meine Geliebte?«

»Glaubst du, dass diese Frau wirklich von Miranda weiß? Dass sie sogar ihre Zukunft kennt?«

Und wieder glaubte der Herzog, das atemlose Geflüster der Hexe an seinem Ohr zu hören: *Lass mich ziehen, und dein Kind wird leben. Verbrenn mich, und dein Kind wird sterben.*

Seine Gestalt straffte sich, er drückte die Klinke hinunter. »Gar nichts weiß sie.« Er zwang sich zu einem Lächeln. »Gar nichts kennt sie.«

13

Julia

Tausende von Menschen füllten den Burghof, standen auf der Wehrmauer, auf der Zugbrücke und auf dem Weg hinunter zur Kathedrale. Alle schauten sie zum Balkon des Palas hinauf und riefen abwechselnd Arbossos, Prosperos, Julias und Mirandas Namen. Viele schwenkten bunte Tücher, viele winkten herauf.

Prospero nickte erst dem König und seiner Gattin zu, dann Gonzo und Josepho. Die öffneten die beiden Türflügel des Balkonfensters. Seite an Seite traten Herzog und Herzogin auf den Balkon über der Freitreppe. In eine weiße Decke gewickelt hielt die Herzogin den Säugling auf dem rechten Arm. Die Menge jubelte der kleinen Herzogsfamilie und dem Königspaar zu.

Mit der Linken winkte Prospero, mit der Rechten umarmte er Julia. Sie trug den Federmantel, den er ihr zu Mirandas Geburt geschenkt hatte. Prachtvoll sah er aus – ganz in Weiß und Grau gehalten und mit golddurchwirkten schwarzen Säumen, Paletten und Knopfleisten verziert. Darunter trug sie das weinrote Seidenkleid, das er ihr zu ihrem fünfundzwanzigsten Geburtstag hatte machen lassen. Dazu hatte sie die schweren Kreolen angelegt, zwei große, goldene Ohrringe, sein Hochzeitsgeschenk. Federmantel und Kleid standen ihr wunderbar zu den Ohrringen und zu ihrem goldblonden Haar, ihren großen dunkelblauen Augen, fand Prospero.

Der Zustand seiner geliebten Frau allerdings erschien ihm nicht ganz so prächtig an diesem Vormittag – unsicher, erschöpft und ungewöhnlich wortkarg kam sie ihm vor. Bei den Feierlichkeiten in der Kathedrale war sie ins Straucheln geraten, als Prospero mit ihr und dem Kind die Altarstufen zu den Priestern hinaufgestiegen war.

Josepho und Tonio hielten sich an ihrer Seite; der Medikus stützte sie ein wenig. Gut so. Und dennoch ein beunruhigendes Zeichen zugleich. Der König schritt neben dem Herzog zur Balustrade und winkte den Bürgern von Milano zu. Die Königin schob die Prinzessin und den Prinzen an sich und dem König vorbei. Die achtjährige Prinzessin stellte sich auf die Zehenspitzen, der Prinz – vier Jahre jünger und einen Kopf kleiner – ging in die Hocke und bestaunte die Menge durch die steinernen Holme der Balkonbrüstung hindurch.

Die Bürger von Milano wollten nicht aufhören zu jubeln – sie liebten ihren Herzog und ihre Herzogin über alles. Sprechchöre schälten sich aus den Hochrufen. »Miranda, Miranda!«, intonierten sie. »Miranda von Milano!«

Von den Grillfeuern links und rechts des Burghofes stiegen Rauchsäulen auf. Bratenduft lag in der Luft. Julia drängte sich an Prospero, beugte sich an sein Ohr, drückte ihm das Kind an die Brust. »Zeig du sie ihnen«, sagte sie. Sie schien zu zittern, und ein Anflug von Ekel zeichnete ihre Miene. Schon seit sie schwanger war, mochte sie den Geruch von Fleisch nicht mehr leiden.

Prospero nahm das kleine Mädchen, stemmte es über seine Schulter und rief: »Eure Prinzessin! Miranda von Milano!« Die Menge tobte. Das Kind begann zu plärren, der Lärm ängstigte es. Prospero reichte es seiner geliebten Frau zurück und bedeutete dem König, näher an die Brüstung zu treten und seine Rede zu halten.

Der große, massige Mann mit den langen grauen Fransen um den kahlen Schädel strahlte über das ganze Gesicht. Er strahlte erst Prospero an, dann seine Königin, dann seinen Bruder Sebasto, nickte schließlich weiterhin strahlend, schob seine Kinder auseinander und trat zwischen sie an die Balustrade. Fanfaren ertönten, der Jubel des Volkes legte sich nach und nach, Raunen und Tuscheln verebbte, der König von Napoli begann mit seiner Rede.

Julia stützte sich schwer auf Prosperos Arm. Der Herzog nickte Josepho zu, damit er sie zurück in den Audienzsaal führte. Von links stützte Bruno die Herzogin; der Erste herzogliche Leibgardist schnitt eine traurige Miene. Der Zustand seiner Herrin schien ihn gleichfalls zu bekümmern.

Prospero drückte Julia noch einmal, dann gab er sie frei. Er seufzte tief. Ihm war, als habe eine schwere Last sich auf seine Brust gelegt, schon seit den Feierlichkeiten in der Kathedrale. Er bezweifelte, dass Julia den Festtag durchstehen würde.

Unterdessen begrüßte König Arbosso die Bürger von Milano. Er lobte die Schönheit ihrer Stadt, pries ihren Fleiß und ihren verdienten Wohlstand. Er freue sich über die Geburt der Prinzessin, er staune über so viel kindliche Schönheit, er segne ihre Eltern und er sei gewiss, dass der Himmelsgott das Licht seiner Gnade auch künftig über Milano, seinen Herrscher und seine Menschen leuchten lassen werde.

Arbosso von Napoli war fast so hochgewachsen wie Prospero, jedoch doppelt so breit. Er war ein freundlicher, wohlmeinender Mann, der den Frieden genauso liebte wie gutes Essen und guten Wein, und dem das Wohl seiner Untertanen am Herzen lag.

Ganz anders sein jüngerer Bruder Sebasto – hager und kleiner als der König, standen ihm der Hader und die Streitlust schon ins Gesicht geschrieben. Das Schicksal hatte ihn dafür mit einem kranken Magen gestraft. Zwei tiefe Falten zogen sich von seinen Nasenflügeln über seine Mundwinkel bis zu seinem Unterkiefer hinab. Prospero mochte ihn nicht.

Die Königin, eine bereits welkende Schönheit mit tiefschwarzem Haar und bräunlicher Haut, pflegte wenig zu reden, höflich zu lächeln und nichts mehr zu fürchten, als dass ihr Gatte sich danebenbenehmen könnte. Dazu neigte Arbosso vor allem, wenn er zu viel Wein trank. Und das würde sich heute ganz gewiss nicht vermeiden lassen. Prospero freute sich schon. Zum Abschluss seiner angenehm kurzen Rede lud der König die Bürger von Milano auch im Namen Prosperos zum Festmahl ein und gab bekannt, dass er während der langen Schiffsreise hierher nach Milano eine Menge Tiere hatte schlachten lassen: zweihundert Hühner, dreißig Lämmer, zwanzig Hammel, zwanzig Schweine und zehn Ochsen.

Unwillkürlich musste Prospero sich die blutigen Oberdecks der königlichen Galeeren vorstellen. Und er staunte nicht schlecht: Er selbst hatte nicht halb so viel Bratenfleisch zu Mirandas Wiegenfest beigesteuert. Dafür hatte er seinen Weinkeller zur Hälfte leeren lassen.

Unten im Burghof lotsten Diener und Schwertmänner die Leute zu den Tischen, Grillrosten und Weinfässern. Der Herzog und der König kehrten dem jubelnden Volk den Rücken; gegen Abend, wenn Musiker zum Tanz aufspielten, würden sie wieder seine Nähe suchen, sich vielleicht sogar unter die Leute mischen.

Während draußen in Burghof und -garten die letzten Bänke und Stühle für das Festmahl und eine Bühne für das anschließende Theaterstück aufgestellt wurden, schritt die königlich-herzogliche Festgesellschaft zum großen Speisesaal des Burgpalas.

Julia war nirgends zu sehen, auch keine ihrer Zofen; Josepho ebenfalls nicht. Das beunruhigte Prospero. Die beiden vergangenen Wochen waren mit Arbeit ausgefüllt gewesen – Regierungsgeschäfte, Gerichtsverhandlungen, Vorbereitung des königlichen Besuchs –, da war nicht viel Zeit für das eheliche Miteinander geblieben. Wenn er zurückdachte, schien es ihm, als hätte Julia sich ein wenig zurückgezogen. Und hatte nicht oft Licht in ihrem Schlafgemach geflackert, wenn er nachts aufgewacht und zum Nachdenken in den Garten gegangen war?

»Deiner Gattin ist nicht wohl, will mir scheinen?« Auf der Treppe ins Untergeschoss sprach der König ihn an.

»Leider. Seit dem Wochenbett kränkelt sie. Das Stillen und das nächtliche Aufstehen setzen ihr zu.«

»Sie stillt selbst?« Die Königin riss erschrocken Augen und Mund auf.

»Die Herzogin hat darauf bestanden.«

»Unter den Frauen im Norden ist das gang und gäbe«, erklärte Sebasto im Gestus eines Weltmannes. Prospero wusste jedoch, dass er niemals über das Tirenomeer und das Hochgebirge im Norden hinausgekommen war.

Durch eine lange Zimmerflucht erreichten sie den großen Speisesaal. Jesu nahm Prospero den Federmantel ab und hängte ihn an die eigens für ihn vorgesehene Garderobe hinter seinem Stuhl. Gonzo, dessen Sekretär und der Mundschenk dirigierten die Gäste zu den für sie vorgesehenen Plätzen. Prospero saß neben dem König. Julias Stuhl zwischen dem Herzog und Sebasto blieb leer. Kein schöner Anblick.

Wie üblich riss der König das Tischgespräch sofort an sich. Ausführlich beschrieb er den neuen Palastflügel, den er sich in Napoli hatte bauen lassen, schwärmte von den ausländischen Handelsniederlassungen seiner Weinhändler und Tuchmacher und hob die Stimme, als er schließlich auf die Friedensverhandlungen mit dem König von Tunischan zu sprechen kam.

An der Tür zur Küche stand Jesu und lotste die Mundschenke mit den Weinkrügen und die mit Fleischplatten und Suppenschüsseln beladenen Diener und Dienerinnen zu den Tischen.

»Du kannst dich freuen, Herzog von Milano, die Verhandlungen sind weit gediehen.« Arbosso hob seinen Weinkelch und strahlte Prospero an. »Bald werden unsere Kanzler sich auf offener See treffen und einen Waffenstillstand unterzeichnen.« Tonio, auf der anderen Seite der Tafel, gratulierte, und Prospero nickte höflich. »Feindliche Schiffe an unseren Küsten werden bald der Vergangenheit angehören, mein lieber Prospero.« Der König klopfte dem Herzog auf die Schulter und stieß mit ihm an.

»Der nächste Schritt wird dann der Austausch von Botschaftern sein«, verkündete Sebasto; er war nicht nur der Bruder, sondern auch engster Berater des Königs. »Übrigens schreibt uns der König von Tunischan, dass seine Hofmagierin verschollen sei.« Er schaute Prospero ins Gesicht. »Ist dir etwas über eine Magierin zu Ohren gekommen, mein lieber Herzog?«

»Nein.« Aus dem Augenwinkel beobachtete Prospero, wie Tonio den Blick senkte. Die rechte Gesichtshälfte seines Bruders zuckte mächtig heute.

»Eigenartig.« Sebasto wiegte den Kopf und schnitt eine Miene, als sei er in höchster Sorge um eine nahe Verwandte. »Der König von Tunischan schreibt uns nämlich, er persönlich habe die Frau zum Hafen begleitet, von wo aus sie nach Milano aufgebrochen sei. Einige seiner Seeleute glauben, so schreibt er weiter, sie sei bei einem Seegefecht im Tirenomeer ums Leben gekommen. Andere wähnen sie in der Gefangenschaft des Herzogs von Milano. Ist an diesen Gerüchten etwas dran, mein lieber Prospero?«

»Nicht das Geringste.« Prospero hasste es, von Sebasto mit *mein lieber* angesprochen zu werden.

»Dachte ich mir's doch«, sagte der König und streckte dem Mundschenk seinen leeren Becher entgegen. »Kommt, lasst uns trinken.« Er fing einen tadelnden Blick seiner Gattin auf und fügte hinzu. »Und essen natürlich.«

Die Diener, die inzwischen aufgetragen und die Teller der

Gäste gefüllt hatten, zogen sich an die Wände zurück. Prospero stand auf, hob seinen Becher, sprach einen Toast und eröffnete die Tafel. Man prostete sich zu und trank, und bald erfüllte Schmatzen, Besteckklappern und Stimmengewirr den großen Saal.

Felix trat ein und beugte sich von hinten an Prosperos Ohr. Der Herzogin sei übel, flüsterte er, und Josepho habe sie ins Bett geschickt.

»Nach dem Essen und vor dem Theaterstück schaue ich nach ihr«, sagte der Herzog.

»Alles in Ordnung mit der Gattin?«, wollte der König wissen.

»Leider nicht. Unser Medikus ist bei ihr. Er hat ihr Bettruhe verordnet.«

»Wie schade auch«, säuselte die Königin. »Hoffentlich nichts Ernstes.«

»Was muss sie auch selbst stillen!« Der König ließ sich seinen Weinbecher erneut füllen. »Und was soll schon Ernstes sein? Trinken wir auf ihre baldige Genesung!« Sie stießen erneut an. Prospero nippte an seinem Becher, Arbosso leerte seinen.

Sebasto, der neben Julias leerem Platz saß, musterte zum wiederholten Mal Prosperos Mantel hinter sich an der Garderobe. »Dass du dich noch immer mit dieser abenteuerlichen Federkutte verhüllst.« Er rümpfte die Nase. »Selbst deine Gattin trägt inzwischen Gefieder, wie ich gesehen habe.«

Der König lachte dröhnend, was ihm einen missmutigen Blick der Königin eintrug, und Prospero sagte seelenruhig: »Meine Mutter hat mir diesen wertvollen Mantel geschenkt, ich trenne mich nur selten von ihm. Und den für meine Frau habe ich eigenhändig angefertigt. Nur bei den Säumen und den Knopfleisten hat mir mein Diener geholfen. Das Stück ist sehr schön geworden, finde ich.«

»O ja!«, flötete die Königin.

Sebasto spitzte nur die Lippen und wiegte den Kopf, und der König streckte dem Mundschenk den Kelch entgegen.

»Ich finde ihn auch schön«, wisperte eine Kinderstimme neben Prospero. »Wenn ich groß bin, will ich auch so einen Mantel haben.« Prospero senkte überrascht den Kopf – der vierjährige Prinz von Napoli kletterte auf Julias Stuhl. »Wo ist denn deine Eule, Herzog?«

»Wir haben ihm von Buback erzählt«, erklärte der König. »Mussten die Kinder doch vorbereiten, wären uns sonst ja zu Tode erschrocken.« Er warf einen Knochen so gezielt auf die andere Seite der Tafel, dass er in den Weinkelch von Tonios Tischdame fiel. Das erheiterte Arbosso dermaßen, dass er ein donnerndes Gelächter anstimmte. Einige Gäste lächelten mehr oder weniger höflich, Tonio orderte einen neuen Kelch für seine erbleichte Dame, und die Königin beließ es diesmal nicht bei einem strengen Blick, sondern zischte harsch und bohrte dem König den Ellbogen in die Rippen.

»Ich will gern deinen Uhu sehen«, erklärte der Prinz. »Zeigst du ihn mir?«

Prospero betrachtete das Kerlchen. Es hieß Feridan und hatte ein feines Gesichtchen und große dunkle Augen, die wachsam und neugierig in die Welt guckten. Sein langes Haar war blauschwarz, so wie das seines Vaters es einst gewesen war.

Prospero lächelte – anders als die altkluge Prinzessin von Napoli mochte er den kleinen Prinzen. »Buback mag es nicht, wenn viele Menschen und Stimmen um ihn sind, weißt du, Feridan? Deswegen schläft er in der Bibliothek und bewacht meine Bücher.«

»Er kann schlafen und wachen zugleich?«, staunte der Knabe.

»O ja, und vieles mehr. Nach dem Essen zeige ich ihn dir.« Das Kerlchen bedankte sich artig und rutschte vom Stuhl.

Prospero schob seinen Teller von sich – Julias Ab- und Sebastos Anwesenheit hatten ihm den Appetit verdorben. Höflich hörte er den königlichen Beschreibungen seines Gestüts zu, ignorierte Sebastos Kommentare und nickte dem bedauernswerten Tonio auf der anderen Seite der Tafel ermutigend zu.

Wie immer bei solchen Gelegenheiten hatte man dem Kanzler eine schöne Jungfrau aus Arbossos Gefolge zur Seite gesetzt. Anders als sonst jedoch machte Tonio nicht den geringsten Versuch, seiner Tischdame zu gefallen. Im Gegenteil – stumm, krumm, mit zuckendem Gesicht und reichlich verloren hockte er neben der Schönen und sah zu, wie sie ihm seinen Braten aufschnitt.

Der jämmerliche Anblick seines Bruders schnürte Prospero das Herz zusammen.

Bald danach hob er die Tafel auf, lud zu Spiel und Spaziergang im Burggarten ein und zur anschließenden Theateraufführung im Burghof. Er entschuldigte sich und seine erkrankte Gattin, winkte den Prinzen von Napoli zu sich und ließ sich von Jesu in seinen Federmantel helfen. Mit Feridan an der Hand verließ er schließlich den Speisesaal.

Auf der Treppe überholte sie dessen große Schwester, die Prinzessin, und sprang voraus. Auch Sebasto wollte den Uhu sehen. Prospero bedauerte beides. Bruno und zwei seiner Gardisten stapften hinter ihnen her. Den Hünen winkte Prospero mit einer kaum sichtbaren Geste mit in die Bibliothek.

Feridan bestaunte die Unmengen von Büchern in dem kleinen Saal. Mit offenem Mund tippelte er noch an den deckenhohen Regalen vorbei, als seine Schwester längst an der Fensterwand den Kopf in den Nacken legte und zu Buback hinaufgaffte.

»Wie nennst du das?«, fragte der Junge. »Bibiteck?«

»Nenne es Büchergruft, Feridan.« Sebasto war offensichtlich nach Scherzen zumute.

»Ich nenne es Bibliothek«, erklärte Prospero. Er nahm eine

Gießkanne vom mittleren Fensterbrett und begann die Passionsblume zu gießen.

»Bi-bli-o-thek«, sprach der Prinz andächtig nach. »All die Bücher hast du gelesen, Herzog?«

»Sonst stünden sie nicht hier.« Prospero deutete auf sechs Regalfächer an der rechten Schmalseite, in denen seine Lexika standen. »Die Nachschlagewerke benutzt man allerdings nur, wenn man etwas nachlesen muss.«

Feridan wollte wissen, was Nachschlagewerke seien, und der Herzog erklärte es ihm. »Warum haben wir nicht so viele Bücher?«, wandte der Prinz sich an Sebasto.

»Nun, Feridan, ganz einfach.« Sebasto räusperte sich. »Weil Bücher ganz grässliche Staubfänger sind.« Er grinste schief und trat ans Teleskop.

Die Prinzessin blies empört die Backen auf. »Mein Vater besitzt mehr als zehn Mal so viele Bücher wie der Herzog von Milano!«

Prospero lächelte freundlich. »Das freut mich.« Er goss den Rosenstock auf dem rechten Sekretär.

»Komisch, ich habe Vaters viele Bücher noch nie gesehen.« Feridan drehte sich um, und jetzt erst fiel sein Blick auf die Sitzstange zwischen den zwei Mittelfenstern. Sein Blick wanderte nach oben, blieb am Uhu hängen und weitete sich. Laut staunend holte er Luft. »Ist der groß!«

Buback legte den Kopf schief und äugte auf ihn herunter. Seine großen Augen glühten gelb-orange.

»Jagt diese Eule dir die Vögel, aus deren Gefieder du Mäntel schneiderst, mein lieber Prospero?« Sebasto feixte gequält und tat, als würde er durchs Teleskop spähen. Prospero antwortete nicht. Sebasto richtete sich auf, beugte sich am Teleskop vorbei zur Wand und hob die Rechte, um das Spinnennetz dort wegzureißen.

»Bloß nicht!« Prospero sprang zu ihm und wollte seinen Arm festhalten, doch zu spät – das Netz klebte zum Teil an der Wand, zum Teil an den Fingern des Kanzlers von Napoli.

Sebasto wischte sich die Hände an seinem langen Rock ab, hob den Stiefel und trat zu. Es knirschte, und als er den Stiefel hob, glänzte ein feuchter Fleck am Boden: die zertretene Spinne.

»In meiner Burg ist es streng verboten, Spinnennetze zu zerstören und Spinnen zu töten.« Traurig betrachtete Prospero den zermalmten Leib. »Wusstest du das nicht?«

»Du verbietest es, Ungeziefer zu töten?« Sebasto lachte und schnitt eine ungläubige Miene.

»Spinnen sind kein Ungeziefer.« Prospero schaute dem Kanzler von Napoli ins Gesicht. »Sie sind nützlicher als die meisten Menschen. Und schöner sowieso.« Drei Atemzüge lang musterten die Männer einander. Prosperos Blick war kalt. Sebasto misslang ein Grinsen, sein Mundwinkel zuckte.

»Was ist denn das da?« Die Prinzessin, die das Interesse an Buback längst verloren hatte, deutete auf einen Glaskasten, der hinter seiner Ansitzstange an der Wand hing. In ihm lag ein langer blonder Zopf.

»Ein Haarzopf, würde ich sagen.« Prospero lächelte. Und wandte sich dem linken Sekretär zu, um den Dahlien Wasser zu geben.

»Warum liegt der da in dem Kasten?« Die Neugier funkelte in den Augen der Achtjährigen. »Was hat das zu bedeuten?«

»Hast du manchmal Geheimnisse, Prinzessin?«, sagte Prospero, ohne sich nach dem Mädchen umzudrehen.

»O ja!«

»Und kannst du sie für dich behalten?« Prospero stellte die Gießkanne zurück aufs Fensterbrett.

»Natürlich!«

»Siehst du? Ich auch.«

Sie begriff nicht gleich, doch als sie die Bedeutung seiner Worte erfasste, runzelte sie unwillig die Brauen.

»Buback ist sehr schön.« Feridan seufzte. »Doch ich glaube, ich will lieber einen Adler haben, wenn ich einmal König bin.«

Sebasto schmunzelte und betrachtete abwechselnd die Spitzen seiner roten Stiefel und die schmutzigen Zehen des Herzogs. Im Stillen wünschte Prospero dem kleinen Prinzen alles Gute, denn nach allem, was er gehört hatte, arbeitete Sebasto ebenso heimlich wie hartnäckig daran, seinem Bruder auf den Thron von Napoli zu folgen, und das so bald wie möglich.

Er wies Brunos Gardisten an, den Kanzler von Napoli und die Kinder in den Garten zu begleiten. Er selbst hatte es eilig, nach seiner geliebten Frau zu sehen. Bruno wich nicht von seinen Fersen. An der Tür zu Julias Schlafgemach trafen sie Josepho und seinen Schüler Felix.

Der Medikus war gerade im Begriff zu gehen. »Hab ihr was Gutes gegeben.« Er öffnete die Tür noch einmal einen Spalt weit, damit Prospero einen Blick auf die Mutter und das Kind in ihrem Arm werfen konnte. »Zur Beruhigung.«

Beide schliefen. Was für ein wunderschöner Anblick! Wenn Julia nur nicht so bleich und hohlwangig gewesen wäre – statt zu lächeln, presste der Herzog die Lippen zusammen.

Leise schloss er die Tür. »Zur Beruhigung?« Er runzelte die Stirn. »Felix sagte, ihr sei übel. Ist denn in diesem Fall ein Beruhigungsmittel das Richtige?«

»Bei ihr schon«, raunzte Josepho. »Die Nerven. Frag mich nicht.«

Prospero ließ die beiden jüngsten Zofen seiner Frau kommen und wies sie an, vor Julias Tür zu wachen. »Holt mich, sobald sie aufwacht und das Kind stillt«, befahl er ihnen.

Später mischte er sich im Burggarten unter die Leute, spielte Federball mit der Königin und Boccia mit Sebasto, der Prinzessin und den Hauptleuten der königlichen Garde. Das lenkte ihn ein wenig von seinen Sorgen ab, und er gewann jede Partie.

Die Komödie, die das Theaterensemble von Milano am Nachmittag aufführte, verfolgte er mit der königlichen Familie von einem Balkon des Westflügels aus, wo man Logenplätze eingerichtet hatte. Das Volk unten im Burghof amüsierte sich prächtig. Tonio hockte stocksteif, der König schnarchte und Prospero dachte an Julia.

Noch während des Schlussapplauses nickte er bedauernd nach allen Seiten, verließ den Balkon und eilte zum Schlafgemach seiner geliebten Frau. Bruno hatte Mühe ihm zu folgen.

Vor Julias Tür standen zwei leere Stühle. Prospero vermutete die beiden Zofen in ihrem Gemach. Er klopfte, niemand antwortete. Erschrocken stieß er die Tür auf – niemand hielt sich im Raum dahinter auf. Er stürzte zu Mirandas Wiege: Sie war leer.

※

Die Sonne war längst gesunken. Am Abendhimmel brauten sich dunkle Wolken zusammen. Kaum jemand störte sich daran: In Burghof und Garten brannten hundert Feuerkörbe; Musik erfüllte die Dämmerung, viele Paare fanden sich zum Tanz. Und wer nicht tanzte, der spielte, trank, schlemmte, plauderte oder lag bereits betrunken unter irgendeinem Tisch, irgendeinem Busch.

Der Herzog tanzte nicht, spielte nicht, trank nicht. Er sah die Wolkenfront heraufziehen und schwang sich dennoch in den Sattel seines weißen Hengstes. Gefolgt von vier Reitern, galoppierte er über die Zugbrücke und in die abendliche Stadt hinunter. Sein Uhu flog ihm voraus.

Prospero hatte seine Diener und Gardisten ausschwärmen lassen – in sämtliche Flügel der Burg, in die Nebengebäude, unter die nahezu siebentausend Gäste in Burghof und Burggarten. Er hatte ihnen befohlen, nach Julia zu fragen und zu suchen, nach ihr, dem Kind und den beiden jungen Zofen. Die waren genauso spurlos verschwunden wie die Herzogin selbst.

Prospero und seine Reiter preschten an der Kathedrale vorbei und nach Westen, denn dorthin flog der Uhu, dessen scharfen Augen der Herzog vertraute. Josepho, Bruno und zwei Hauptleute der herzoglichen Leibgarde begleiteten ihn. Der Hufschlag ihrer Pferde hallte von den Fassaden wider. Die wenigen Menschen auf den Gassen blieben stehen und schauten ihnen hinterher.

Fast zwei Stunden lang waren Diener und Schwertmänner durch Burg, Garten und Hof gestreift, hatten gesucht, hatten gefragt. Niemand wusste etwas, niemand hatte die Frauen gesehen, niemand etwas von ihnen gehört – niemand, außer dem Betrunkenen, den Felix gegen Abend im Pferdestall fand: Stefano; er schlief zwischen den Pferden im Stroh.

Die Herzogin habe ihm befohlen, einen Wagen zur Ausfahrt fertig zu machen, ja. Natürlich hatte er ihr vier Pferde vor den Wagen gespannt, sie wollte es doch unbedingt. Die Herzogin mit dem Kind und die jungen Zofen seien eingestiegen, und der stumme Rico habe das Gespann durch das kleine Nordtor aus der Burg gelenkt. Wohin? Stefano wusste es nicht.

Prospero ahnte es. Er ließ die wenigen Stunden, die er in den letzten Tagen mit seiner geliebten Frau verbracht hatte, vor seinem inneren Auge vorbeiziehen und lauschte den Worten Julias, an die er sich erinnerte. Sollte sie wirklich dem Ruf der Hexe nachgegeben haben? Sollte sie wirklich zum alten Hafen gefahren sein?

Er wunderte sich nicht, als der Uhu zum neuen Hafen flog und von ihm aus nordwärts, zum alten Hafen, wo die ausgemusterte Kogge lag, die Prospero der Hexe als vorläufigen Kerker bestimmt hatte. Als sie am Flussufer entlangritten, blies ihnen plötzlich eiskalter Wind ins Gesicht. Ein Gewittersturm brach los.

In der Ferne schälten sich die Umrisse der Kogge aus der Dunkelheit, und dann zerriss ein Blitz den schwarzen Himmel. Der erste Donner gleich darauf hörte sich an, als hätte ein himmlischer Titan die Kathedrale mit einem Faustschlag zertrümmert. Prospero erschrak bis ins Mark; eine Frostschicht schien über die Innenseite seines Brustbeins zu wachsen.

Einige Hundert Schritte abseits der Kogge entdeckte er die Silhouette einer Kutsche. Er lenkte seinen Weißen dorthin und sprang aus dem Sattel.

Die Deichsel der Kutsche hing auf dem Boden. Prospero blickte sich um – nirgendwo in der Umgebung bewegte sich ein Pferd, lief ein Mensch. Er riss die Tür der Fahrgastkabine auf und beugte sich hinein; niemand saß auf den Bänken, die Zofen nicht und seine geliebte Frau nicht.

»Wo bist du, Julia?«, flüsterte er. »Wo ist Miranda?« Er zog sich aus dem Innenraum der Kutsche zurück und drückte die Tür zu. Inzwischen waren auch die anderen vier von ihren Pferden gestiegen. Bruno lag neben ihm auf den Knien und lugte unter die Kutsche.

»D-d-die A-a-achse«, stammelte er, als er sich aufrichtete. Da lag der Herzog schon auf dem Bauch und sah es selbst: Die Vorderachse war gebrochen; deswegen also hatten Rico und die Frauen die Kutsche stehen lassen.

»Können die Zofen denn reiten?«, Prospero dachte laut. »Julia kann es. Doch ohne Sattel? Und mit dem Kind?«

Sie sprangen auf die Pferde, galoppierten zurück zum alten Hafen, schwangen sich aus den Sätteln. Josepho lief als Erster auf den Anlegesteg, Prospero hinterher. Leichtfüßig wie ein junger Mann tänzelte der alte Medikus über die Landungsbrücke an Bord der Kogge. Prospero folgte ihm.

Ein Blitz riss das Außendeck mit seinen Treppen, seinem Mast und seinem Heckkastell aus der Nacht. Zwei Schwertmänner stellten sich ihnen mit blanker Klinge in den Weg, wieder krachte ohrenbetäubender Donner vom Himmel. Eine eisige Windböe bauschte Prosperos Federmantel auf. Die Schwertmänner erkannten ihren Herzog und nahmen Haltung an. »War die Herzogin hier?« Prospero rief gegen Sturm und Donner an. Die Schwertmänner nickten. »Mit dem Kind?« Sie schüttelten den Kopf.

An ihnen vorbei rannten der Herzog und der Medikus zum Heckkastell. Prospero zog eine Fackel aus der Wandhalterung, Josepho öffnete die Luke, die ins Unterdeck führte. Sie sprangen die enge Treppe hinunter, entriegelten die Tür zur ehemaligen Kapitänskajüte und rissen sie auf. Prospero streckte die Fackel in die Kajüte.

Zugedeckt mit ihrem Lammfellmantel lag die Hexe auf ihrem Strohsack. »Du kommst spät, Herzog.« Sie wandte nicht einmal den Kopf. »Du bringst meinen Wohltäter mit? Ist denn jemand krank hier auf dem Schiff?« Die Tür zur Nachbarkajüte knarrte, die alte Zofe, die Coraxa bediente und pflegte, kam heraus und lauschte. »Deine Frau ist lange bei mir gewesen«, sagte die Hexe. »Leider hat sie Miranda nicht mitgebracht.«

»Was wollte sie von dir?«

»Das weißt du doch.« Sie lachte trocken auf. »Und glaube mir: Ich habe ihr alles gesagt, was ich über die Zukunft eurer Tochter geschaut habe.« Sie wandte den Kopf ein wenig; statt einer Binde trug sie zwei Augenklappen. »Wann lässt du mich frei?«

Josepho wandte sich an die Zofe: »Wann hat die Herzogin das verdammte Schiff wieder verlassen?«

»Erst vor kurzer Zeit.« Ängstlich lugte die Frau zur Decke – wie Trommelschlag klang es plötzlich von oben.

Prospero stürmte die Stiege hinauf, die uralten Stufen knarrten unter seinen nackten Fußsohlen. Josepho verriegelte die Kajütentür und folgte ihm. Hagelschlag empfing sie auf dem Oberdeck. Sie huschten ins Ruderhaus, wo auch die beiden Schwertmänner Schutz vor dem Hagel gesucht hatten. Durch das schmale Fenster hindurch sah Prospero Eisbälle auf die Planken prallen und zerspringen, die waren so groß wie Hühnereier. Voller Angst dachte er an Julia und das Kind.

Kaum ließ der Hagelschauer nach, stürmte er von Bord. Bruno und die beiden Gardisten hatten mit den Pferden in einem Lagerhaus Schutz vor dem Unwetter gefunden. Prospero und Josepho hetzten durch Platzregen und eiskalte Pfützen. Bei den Männern angekommen stieß der Herzog heisere Eulenrufe aus.

Irgendwann segelte der Uhu herein und ließ sich auf dem Sattel des herzoglichen Schimmels nieder. Prospero gurrte und pfiff so lange, bis Buback seine Scheu vor dem Unwetter überwand und losflog, um in der abendlichen Stadt nach Mutter und Kind zu suchen. Der Herzog stieg aufs Pferd und galoppierte ihm hinterher, so wild, dass Josepho und die Gardisten ihm kaum folgen konnten.

Das Gespann entdeckten sie im Hof eines Gerbers. Der Gerber hatte die vier Pferde in seine Werkstatt gezogen und dort festgebunden. Jetzt legte er Holz in ein Feuer, das unter einem großen Kübel loderte. Buback segelte durch das große Werkstatttor und landete im Sattel des Weißen. Der Gerber sprang erschrocken auf und blickte um sich.

Schnell erkannte er den Herzog, lief in den Regen hinaus und winkte Prospero und seine Begleiter ins Haus. In seiner Küche hockten Rico und die beiden jungen Zofen. Wasserlachen bildeten sich um ihre Hocker, so nass waren sie. Rico heulte.

Die Frau des Gerbers kam mit einem Korb voller Handtücher und Decken aus einem Nebenraum. »Arme Herzogin!« Mit einer Kopfbewegung deutete sie hinter sich. »Hoffentlich hat sie sich nicht den Tod geholt.«

»Wir haben schon Töpfe mit Wasser aufs Feuer gestellt, Eure fürstliche Hoheit«, sagte ihr Mann. »Eure Gattin braucht ein heißes Bad. Die Mädchen auch.«

An der Frau vorbei drängte Prospero sich in einen großen Raum. Neben einem Kachelofen stand Julia und schälte sich aus ihrem nassen Kleid. Auf der Ofenbank stand ein Korb, und in dem lag ein gefiedertes Bündel: Miranda. Julia hatte das Kind in ihren neuen Federmantel gewickelt. Es schlief.

»Meine arme Geliebte.« Prospero lief zu seiner Frau und schloss sie in die Arme. Sie zitterte am ganzen Körper. Er half ihr aus dem nassen Kleid, trocknete sie mit einem Tuch ab, das auf dem Kachelofen lag, und wickelte sie in die vorgewärmten Decken, die ebenfalls auf dem Ofen bereitgelegt waren.

Später saßen sie auf der Ofenbank. Prospero hielt seine geliebte Frau von hinten umschlungen, um sie zusätzlich zu wärmen. Regen klatschte gegen die Fenster, Donner grollte über der Stadt. Der Gerber füllte heißes Wasser in einen Zuber, seine Frau brachte heißen Pfefferminztee. Als Julia endlich aufhören konnte, mit den Zähnen zu klappern, schlürfte sie ihn in kleinen Schlucken. Allmählich ließ auch ihr Zittern nach.

»Sie wird in große Gefahr geraten«, flüsterte sie plötzlich. »Sogar in Todesgefahr, und das nicht nur einmal.«

»Von wem sprichst du, meine Geliebte?«

»Von Miranda. Ein schwerer Weg liegt vor ihr, sie muss weit weg von Milano.«

»Wer sagt das?« Er wusste genau, wer das gesagt hatte, doch es platzte aus ihm heraus.

»Sehr weit weg, und für lange Zeit. Naturgewalten werden sie bedrohen, wilde Tiere werden ihr nach dem Leben trachten, und sie wird selbst leben müssen wie ein Tier …«

»Hör auf!« Er schlang die Arme so fest um Julia, als wollte er ihr die Stimme abdrücken.

»… ein Ungeheuer wird sie jagen, um ihr Gewalt anzutun, sie wird in großer Einsamkeit leben müssen, in einem gewaltigen Sturm wird sich ihr Schicksal schließlich entscheiden …«

»Hör auf!« Er riss seine Frau nach hinten in seinen Arm und zerküsste ihr die Worte auf den Lippen. Der Becher mit dem Tee fiel auf den Boden und zersprang.

Noch in derselben Nacht bekam Julia hohes Fieber. Am Tag darauf begann sie zu husten. Am dritten Tag quälte der Husten sie schon so stark, dass sie in Atemnot geriet. Josepho und sein Schüler wechselten sich an ihrem Krankenlager ab. »Lungenentzündung«, sagte der Medikus. »Besser, du sorgst für eine Amme.«

Prospero ließ eine suchen. Er brachte Miranda selbst in ihr Haus. Die Trennung fiel ihm unendlich schwer, dabei wohnte die Familie der Amme kaum eine halbe Wegstunde entfernt. Als er das Mädchen zum Abschied küsste, musste er weinen.

Am siebten Tag nach Mirandas Wiegenfest und dem Unwetter antwortete Julia nicht mehr, wenn er sie ansprach. Er blickte in ihr spitzes, graues Gesicht und fühlte sich wie ein abgestorbener Baum. Josepho umarmte ihn und zog seinen Kopf an seine breite Brust. Da wusste Prospero, dass er vor dem Bett einer Sterbenden stand.

14

Miranda

Und wieder ist alles anders: Sie ist weg. Ein fremdes Gesicht beugt sich über mich, eine fremde Brust drängt sich in meinen Mund, ein fremder Geschmack strömt über meine Zunge, ein fremder Geruch in meine Nase. Und die Stimme, die mir vorsingt, die so seltsam hoch und tonlos meinen Namen ausspricht? Ich kenne sie nicht. Es ist nicht ihre Stimme. Sie ist weg.

Ein Teil von mir ist weg. Was wird nun?

Der große Starke, der Gefiederte, kommt oft, nimmt mich auf die Arme, trägt mich, wiegt mich, singt mir Lieder. Warum kommt sie nicht mit ihm? Warum weint er, wenn er lächelt? Er heißt Herzog oder Prospero. Er heißt Vater. Manchmal bringen sie mich zu ihm – hinter eine hohe Mauer, in ein prächtiges Bauwerk mit Türmen, Säulen, Balkonen, Erkern und zahllosen Räumen. Er trägt mich dann durch die Zimmer, Gänge und Hallen, durch den Garten, durch den Hof, durch die Ställe. Das macht mich froh.

Der gefiederte Starke spricht mit mir, er summt, er zeigt auf Tiere in den Ställen und auf Tiere in den Bäumen und in dem kleinen Haus am See und sagt Worte wie: Pferd, Meise, Schwein, Amsel, Schaf, Star, Lamm, Stieglitz, Kalb, Uhu.

Das macht mich sehr froh.

Oft, wenn ich auf seinem Arm liege, blicke ich in seine Augen. Die sind sehr grün. Und traurig sind sie. Doch wenn ich tief in sie hineinschaue und sie mich anschauen, dann spür ich's wieder wie zuvor, als sie noch da gewesen ist, dann spür ich wieder: Es ist gut, dass ich da bin. Dann fühle ich: Er liebt mich.

Er wird doch nicht etwa auch verschwinden, wie sie verschwunden ist? Er wird doch hoffentlich bleiben, oder? Für immer bleiben?

Ja. Wenn er mich anschaut und lächelt, wenn Liebe in seinen grünen Augen strahlt, dann fühle ich es: Er wird bleiben.

Und doch – alles ist anders, seit sie weg ist. Eine Leere klingt manchmal in der Stimme des großen Starken, des Gefiederten. Eine Leere dämmert in den Räumen des prächtigen Hauses, wogt im Garten, droht im Himmel, liegt auf seinem Gesicht. Eine Leere gähnt in meiner Brust.

Zweites Buch

Der Magier

1

Der Sturm

Sechzehn Jahre später

Kein Wort kam mehr über die Lippen des Herzogs. Blitze zuckten, Donner krachte, der Bootsmann schrie Befehle, das Schiff stürzte ins nächste Wellental.

»Und dann?!« Feridan brüllte gegen das Tosen des Meeres und das Heulen des Sturmes an. Er griff dem auf einmal verstummten Herzog in den Nacken und schüttelte ihn, als müsste er ihn wecken. »Und dann, Tonio, was geschah dann?!«

»Wir haben sie im Wildgarten unter der alten Eiche beerdigt!« In Tonios Blick flackerte die Angst, seine rechte Gesichtshälfte hörte gar nicht mehr auf zu zucken. »Danach war mein Bruder nicht mehr derselbe.«

Feridan starrte dem Älteren ins nasse Gesicht, versuchte zu begreifen. »Doch wofür will er sich denn rächen, Tonio?!« Axtschläge mischten sich ins Heulen des Sturms und ins wilde Rauschen des Meeres. Feridan konnte die Befehle nicht verstehen, die der Bootsmann brüllte. »Du hast gesagt, dieser Sturm sei Prosperos Rache, doch was ist der Grund dafür? Davon hast du nichts erzählt! Oder war mein Vater etwa schuld am Tod der jungen Herzogin? Oder du? Oder Gonzo?«

»Nein!« Tonio schüttelte heftig den Kopf. »Ich bin noch nicht fertig, hör zu! Zwei Jahre nach dem Tod seiner Frau hat mein Bruder einen Fehler gemacht!« Der Herzog schrie Feridan ins Ohr. »Einen unverzeihlichen Fehler!« Sein Gesicht zuckte, seine Augen tränten. »Er ging in die Kathedrale und …!«

Ein gewaltiges Splittern und Krachen drang in all das Heulen, Brausen und Rauschen; Feridan fielen schier die Ohren zu. Er und der Herzog hoben die Köpfe: Der Großmast neigte sich nach Steuerbord! Der Bootsmann hatte ihn fallen lassen, um dem Sturm ein wenig Angriffsfläche zu nehmen – Mastbaum und Takelage krachten in die Reling, die Mastspitze stürzte samt Krähennest in die aufgewühlte See, das abgeschlagene Ende stieg nach oben und kippte vom Deck.

Das Schiff gab dem Gewicht des Mastes nach und neigte sich stark nach Steuerbord. Wieder schrien Kapitän und Bootsmann Befehle. Feridan sah Matrosen, die Kanonen von Bord schoben, sah Matrosen, die Äxte schwangen. Sie kappten schon den nächsten Mast.

Die massige Gestalt des Vaters erhob sich plötzlich zwischen Reling und Deckaufbauten. Er blickte zu Feridan herüber und winkte und rief. Er lief los und auf das Bugkastell und Feridan zu; vergeblich versuchten Gonzo und der Medikus ihn festzuhalten. Vielleicht wollte er vor dem Tod noch einmal ihm, seinem Sohn, nahe sein, vielleicht sogar mit ihm sterben. Das jedenfalls waren die Gedanken, die Feridan durch den Kopf schossen, als er seinen geliebten Vater heranschaukeln sah.

Er winkte auch und schrie dem König entgegen, dass er sich um Himmels Willen irgendwo festhalten solle; doch natürlich verstand der Vater ihn genauso wenig wie Feridan ihn. Gonzo und Felix, der Medikus, holten ihn ein und zerrten ihn zur mittleren Barkasse. Wollten sie tatsächlich das Beiboot klarmachen?

»Es ist vorbei!«, schrie Tonio schon wieder und deutete backbords auf die brodelnde See hinaus. »So werden auch wir enden!«

Feridans Blick folgte der Richtung, in die der Herzog zeigte – eine Welle stieg hoch und trug den gekappten Großmast nach oben. An ihm klammerten sich sechs oder sieben über Bord gespülte Seeleute fest. »Es ist vorbei, Prinz von Napoli!«

Männer und Mast versanken in einem Wellental. Die nächste Woge spülte ein Fass himmelwärts, an dem sich ebenfalls zwei Menschen festhielten. Feridan glaubte, den Schiffsjungen und den Fähnrich mit der Fistelstimme zu erkennen. Einen Wimpernschlag später stürzten Fass und Männer ins nächste Wellental. Das ging so schnell, dass Feridan zweifelte, sie wirklich gesehen zu haben.

Panik packte ihn, voller Angst schaute er zum Herzog: Tonios Augäpfel zuckten hin und her, sein Unterkiefer wackelte, seine Hakenprothese schlug auf Planken und Seil ein, als hätte er die Kontrolle über sie verloren, und seine rechte Gesichtshälfte wogte wie ein schmutzig-grauer kochender Brei.

In diesem Augenblick glaubte Feridan es auch: vorbei; erst neunzehn Jahre auf der Welt, und schon hieß es wieder Abschied nehmen. Sein Herz schrumpfte zu einem kalten Stein.

Es splitterte und krachte – auch der Kreuzmast neigte sich und stürzte. Backbords schlug er in die Reling ein. Die Fregatte neigte sich, als wollte sie kippen. Viele Seeleute stürzten mitsamt den Geschützen, die sie nach Backbord schoben, in die tobende See. Feridan fühlte sich wie ein kaltes, nutzloses Ding, dass nur noch zum Absterben gut war.

»Feridan!« Plötzlich hörte er seinen Namen. »Feridan!« Er wandte den Kopf und sah seinen Vater gegen die Backbordreling lehnen. Gonzo, Sebasto und der Medikus stützten ihn; oder hielten sie sich an ihm fest? »Verzeih mir, mein Sohn!«, schrie der Vater. »Ich liebe dich! Ich habe dich immer geliebt!«

Ein Schatten fiel auf die Fregatte. König Arbosso riss seinen Blick los von Feridan und starrte steuerbords in den Himmel; auch Sebasto und Gonzo taten das, und ihre Augen und Münder sahen aus wie schwarze Löcher in einer Schneedecke.

Feridan wandte den Kopf in ihre Blickrichtung – dort brach die Nacht an. Er blinzelte in die Dunkelheit, riss die Augen auf, blinzelte wieder und wieder. Bis er begriff: Nicht die Nacht, eine gigantische Welle verdunkelte die Welt – eine Riesenwelle, die zum Himmel hinauf wuchs.

Neben ihm stieß der Herzog einen Schreckensschrei aus. Er hörte auf, mit der Hakenprothese nach Tau und Planken zu schlagen, machte sich los von Feridan und rief: »Leb wohl, Prinz von Napoli! Möge der Himmelsgott dir gnädig sein!« Dann lösten seine Finger sich aus Feridans Mantelärmel, und er rutschte nach Backbord, rutschte und rutschte – und rutschte ins Nichts.

Feridan aber fühlte sich wie gelähmt. Es war ihm unmöglich, den Blick von der Riesenwelle loszureißen; von ihr und von der Gestalt, die auf ihrem Kamm ritt: die Frau! Die weißblonde Frau in dem himmelblauen Kleid, die in der Takelage des Großmastes gesessen hatte!

Die Welle kam näher und mit ihr die Frau. Die Welle stieg höher und mit ihr die Frau. Alle Kraft wich aus Feridans Brust, aus seinen Gliedern, aus seiner Seele. Und jäh brach die gewaltige Woge backbords auf die königliche Fregatte nieder.

Das Letzte, was Feridan hinter einer Regenwand sah, war das Gesicht der Weißblonden – ein knochiges Gesicht, schneeweiß und voller Grimm und Spott zugleich. Wie ein Dämon sah sie aus, wie eine Rachegöttin aus den Sagenbüchern der Vorväter. Nein, das war niemals eine Frau!

Dann war der Augenblick auch schon vorüber; es wurde stockfinster, und eine Kraft griff nach Feridan, der er nichts entgegenzusetzen hatte. Er schluckte Wasser, er stieß gegen splitterndes Holz, und ihm war, als würde er zusammen mit Planken, Latten, Fässern und anderen Menschen durch Wasser und Luft wirbeln.

Er verlor das Bewusstsein.

Als er es wiedererlangte – lange konnte seine Ohnmacht nicht gedauert haben –, stürzte er inmitten von Trümmern in ein Wellental. Er strampelte und ruderte mit den Armen; er schlug ins

Wasser, bekam ein großes Trümmerstück zu fassen und klammerte sich daran fest.

Die nächste Welle schlug über ihm zusammen. Die war nicht halb so groß wie die Riesenwelle, und dennoch stieß ihn die Gewalt ihrer Wassermassen samt dem Trümmerstück, an dem er hing, unter die Meeresoberfläche.

Er tauchte wieder auf, spuckte Wasser aus, hustete und schnappte nach Luft. Nicht weit entfernt hustete ebenfalls jemand. Feridan wischte sich die Augen aus, blinzelte und erkannte Gonzo, den Berater des Herzogs von Milano. Die nächste Welle schlug über ihnen zusammen, und wieder ging es unter Wasser.

Als er erneut auftauchte, sah Feridan den keuchenden und prustenden Gonzo immer noch nicht weit neben sich. Verzweifelt hielt der weiße Lockenkopf sich an einem langen Trümmerstück fest, einem etwa zwölf Fuß langen Relingteil. Schon verdüsterte die nächste Welle die Welt und stieß sie unter Wasser. Wieder tauchten sie auf und schnappten nach Luft, und wieder tauchten sie unter und wieder tauchten sie auf.

So ging das noch geraume Zeit, und nach und nach nur beruhigte sich die See. Bald bäumten die Wellen sich weniger hoch über ihnen auf, die Wellentäler gähnten nicht mehr ganz so abgründig, und Sturm und Regen ließen nach.

Feridan atmete tiefer und gleichmäßiger, sein Herzschlag beruhigte sich ein wenig. Der schwere und gut vierzig Jahre ältere Gonzo jedoch schien am Ende seiner Kräfte: Er pumpte und keuchte, und seine weißen Finger drohten von dem nassen Holz abzurutschen.

Feridan hangelte sich näher zu ihm, löste die Koppel von Gonzos Brustgurt, zog diesen unter dem nassen Mantel des Thronrats heraus und band den erschöpften Mann damit an dem Relingstück fest. Der legte den Kopf auf die ausgestreckten Arme, hustete, keuchte und murmelte unverständliches Zeug.

»Keine Sorge, guter Gonzo, du gehst nicht verloren.« Feridan schob sich weiter auf das Trümmerstück, drehte sich auf den Rücken, breitete die Arme aus, hielt sich an zwei Relingholmen fest. Tief holte er Luft. »Wir beide müssen doch noch ein bisschen leben, oder?«

Gonzo antwortete nicht, hatte nicht genügend Atem für eine Erwiderung. Keuchend und hustend hing er auf der Reling und verdrehte die Augäpfel zum Himmel. Regen klatschte ihm ins breite Gesicht, die weißen Locken klebten ihm nass am wuchtigen Schädel.

Feridan hielt die Balustrade der zertrümmerten Reling fest, als wäre sie das Leben selbst. Aus den nassen Kleidern kroch ihm die Kälte in die Glieder. Die See wiegte ihn und den herzoglichen Rat von Wellental zu Wellenkamm zu Wellental zu Wellenkamm. Jedes Mal, wenn das Relingbruchstück mit ihnen über den nächsten Kamm hinwegglitt, hielt Feridan Ausschau nach der Fregatte. Sie war nirgends mehr zu sehen. Sollte das Schiff wirklich gekentert und gesunken sein?

Auch kein anderes Schiff der kleinen königlichen Flotte konnte er entdecken. Und das Land, das der bedauernswerte Schiffsjunge vom Krähennest aus entdeckt hatte? Feridan spähte in alle Richtungen, suchte die Horizonte mit den Blicken ab. Nichts. Nur Planken, Fässer und Balken sah er hin und wieder, wenn das Trümmerstück einen Wellenkamm durchquerte, und einmal ein leeres Beiboot.

Der Regen ließ nach. Feridan dachte an seinen Vater. Wenn der König nicht zufällig ein Türblatt oder einen Mast erwischt hatte, war er sicher schon ertrunken. Genau wie der arme Tonio und wie Sebasto, Hauptmann Ohrenlos und all die anderen. Unwahrscheinlich, dass er einen von ihnen jemals wiedersehen würde. Was für ein Unglück!

Lange sprach keiner von beiden ein Wort. Der Regen hörte

auf. Wie Treibgut wogten sie in der immer ruhiger werdenden See auf und ab. Der Himmel riss auf, die Sonne zeigte sich, warf Lichtglanz auf Feridans und Gonzos rettendes Trümmerstück. Feridan fror.

Gonzo war es, der das Schweigen irgendwann brach. »Gebe der Himmelsgott, dass eines der anderen Schiffe uns entdeckt. Sonst sind wir verloren.«

»Was nährt deine Hoffnung, dass Sturm und Wellen nicht die gesamte Flotte vernichtet haben?«

»Nichts als meine Gier nach Leben.« Gonzo seufzte bitter. »Wenigstens eine der drei Galeeren wird doch diesen mörderischen Sturm überstanden haben!«

»Glaubst du auch, dass er die Rache des ehemaligen Herzogs gewesen ist?«

»Der Sturm?« Gonzo runzelte die weißen Brauen. »Eine Rache Prosperos?« Er holte Luft für eine Antwort, doch eine Welle überspülte das Relingstück und beide Männer. Gonzo schluckte Wasser und hustete. Feridan klopfte ihm auf den Rücken, bis der herzogliche Rat wieder durchatmen konnte. »Wer sagt so etwas?«

»Herzog Tonio.«

Gonzo wandte den Blick ab, stierte auf die Wasserwüste hinaus und schwieg.

»Er hat mir von der Hexe Coraxa erzählt und von ihrem Zauberbuch«, sagte Feridan. Gonzo erwiderte immer noch nichts.

»Und vom Tod der Herzogin Julia.«

»Schlimme Geschichten.« Gonzo schüttelte den Kopf. »Wirklich schlimme Geschichten sind das.«

»Was ist aus Miranda geworden?«

»Wenn ich's wüsste ...« Gonzo wollte gar nicht mehr aufhören, den Kopf zu schütteln. »Armes Kind.«

»Und was aus der Hexe?«

»Die hat hoffentlich der Fürst der Finsternis gefressen.«

Wich Gonzo aus? Feridan spürte deutlich, dass er mit seinen Fragen an Dingen rührte, die dem herzoglichen Rat wehtaten. Gonzo wollte nicht über die Vergangenheit reden, wie es aussah. Doch Feridan dachte nicht daran, sich dem Willen des Älteren zu beugen.

»Ist Prospero denn auch gestorben, dass sein Bruder Herzog wurde?« Gonzo antwortete wieder nicht. »Bevor Tonio mir erklären konnte, welchen Grund zur Rache sein Bruder haben könnte, kam die Riesenwelle über uns. Hat er Prospero denn vom Herzogsthron gestürzt?«

»Nein, nein.« Gonzo seufzte tief. »So war es nicht.« Er hob den Kopf vom Arm und schaute Feridan ins Gesicht. »Das hätte ich niemals zugelassen.«

»Was aber hast du dann zugelassen?« Feridan ließ nicht locker.

Gonzo wandte den Blick von ihm und starrte stumm aufs Meer hinaus. Ein Schwarm Möwen flatterte in der Ferne. Die schwarzen Wolken hatten sich verzogen. Die Wogen glitzerten im Sonnenlicht. Und da! Ein rötlicher Fleck! Der Lockenkopf des Medikus? Nein, nur ein Lichtspiel in der schäumenden Gischt des Wellenkamms.

»Kurz bevor die Riesenwelle über uns kam, hat dein Vater dich um Verzeihung gebeten«, sagte Gonzo, ohne den Blick von dem fernen Möwenschwarm zu wenden. »Wofür?«

»Er gibt sich die Schuld am Tod meiner Mutter«, sagte Feridan leise. »Aber du lenkst ab: Was hast *du* zugelassen? Warum antwortest du mir nicht, Gonzo?«

Der herzogliche Rat hustete und spuckte aus. »Mir ist kalt.«

»Ich war noch so klein, als ich Prospero kennenlernte. Danach habe ich ihn nie wieder gesehen. An Miranda habe ich gar keine Erinnerung.«

»Du warst vier Jahre alt und sie noch ein Säugling, als ihr mit uns ihr Wiegenfest gefeiert habt.«

»Zuhause in Napoli hat keiner über Prospero gesprochen. Nie! Irgendwann war vom Herzog Tonio die Rede, ganz so, als sei er es schon immer gewesen.«

»Nichts ist immer so gewesen, wie es ist. Und nichts wird immer so bleiben, wie es ist. Und für beides gibt es Gründe. Immer.« Gonzo atmete tief, dann blickte er Feridan wieder ins Gesicht. »Lass gut sein, Prinz. Lass die Geister ruhen.«

»Sein Bruder habe einen schweren Fehler gemacht, hat Tonio erzählt. Er sei in die Kathedrale gegangen. Auch das hat er noch erzählt, doch dann ist die Riesenwelle gekommen. Was hat Prospero für einen Fehler begangen? Erzähl es mir, Gonzo.« Der herzogliche Thronrat wich seinem Blick aus. »Ich habe dich mit deinem Brustgurt an diesem brüchigen Floß hier festgebunden, damit du nicht absäufst, Gonzo. Dafür will ich jetzt von dir hören, was nach dem Tod der Herzogin Julia in Milano geschehen ist. Rede! Los!«

»Sturer Hund, du.« Gonzo seufzte ein paarmal tief, schüttelte wieder und wieder den Kopf und sagte schließlich: »Also gut, Prinz. Dann hör gut zu …«

2

Verlorene Tage

Fünfzehn Jahre zuvor

Da stand sie wieder! Unten im Schilf zwischen Teich und Vogelpavillon. »Komm her, Jesu, schnell!« Prospero winkte seinen Kammerdiener zu sich ans Fenster. »Da! Siehst du sie?« Er deutete durchs offene Fenster zu Julia hinunter. Sie streckte die Hand aus und eine Libelle landete auf ihren Fingern. Wie anmutig das aussah! Und wie ihr goldblondes Haar in der untergehenden Sonne glänzte. »Bei allen guten Mächten des Universums – wie schön sie ist«, flüsterte Prospero, und dann lauter: »Du siehst sie doch auch, nicht wahr, Jesu?«

Aus dem Augenwinkel nahm Prospero die unglückliche Miene des kleinen, buckligen Mannes wahr; die Enttäuschung tat weh. Jesu räusperte sich und sagte: »Euer liebendes Herz ist es, das Euch Eure verstorbene Gattin schauen lässt, mein Herzog, nicht Euer Augenlicht.«

»Schnell!« Prospero schob ihn weg vom Fenster. »Hol mir Bruno! Er soll zu mir ans Fenster kommen.«

Jesu seufzte leise und tat, was sein Herzog verlangte; Prospero schickte ihn nicht zum ersten Mal nach einem Zeugen, der ihm seine Sinnestäuschung bestätigen sollte. Der Kammerdiener schritt also zur Tür, zog einen Flügel auf und bedeutete dem Ersten Leibgardisten mit einer Kopfbewegung, hereinzukommen.

Bruno, der schon ahnte, was ihn erwartete, schaukelte zum Fenster.

»Schnell, Bruno!« Prospero sprang seinem Leibgardisten

drei Schritte entgegen, fasste seinen Arm und zog ihn mit sich ans Fenster. »Schau zum Vogelhaus und sag, ob du auch siehst, was ich sehe!« Er deutete in den herbstlichen Garten hinunter. »Nanu?« Er ließ den Arm wieder sinken. »Wo ist sie denn auf einmal?« Sein Kiefer sank ebenfalls nach unten, seine gerade noch so erwartungsfrohe Miene erschlaffte. »Sie ist nicht mehr da, schade.«

Prospero blinzelte in die Abendsonne, rieb sich den Stoppelbart und fühlte sich auf einmal sehr unsicher. Erblickte denn nur er seine geliebte Frau? Sahen die anderen wirklich nichts dort, wo er Julia gehen, tanzen, liegen oder sitzen sah? Er fragte sich, wie es dann um seinen Geisteszustand bestellt sein musste.

Jesu und Bruno warfen einander verstohlene Blicke zu. Der Kammerdiener räusperte sich. »Es ist höchste Zeit für das Abendessen, mein Herzog. Kanzler, Thronrat und Medikus warten sicher schon.« Er neigte leicht den Kopf. »Darf ich eine Rasur vorschlagen, bevor wir in die Kanzlei gehen?«

Prospero musterte ihn zweifelnd. »Ich bin mit den dreien zum Essen verabredet?«

»Aber ja, mein Herzog!« Jesu staunte ihn an. »Das wisst Ihr doch.« Bruno bestätigte die Behauptung des Kammerdieners mit heftigem Nicken.

Prospero wurde bange – Tonio und Gonzo würden ihn an viel zu viel Arbeit erinnern, die er seit Monaten vor sich her schob. Und ganz bestimmt auch an die Gefangene im alten Hafen. Wie lange war es her, dass er seinem Bruder versprochen hatte, ihre Verbannung anzuordnen? Ein Jahr? Zwei Jahre?

Das Gefühl für Zeit drohte dem Herzog verloren zu gehen. Wenn er sich nicht im Haus der Amme bei Miranda aufhielt oder im Bett lag oder im Wildgarten unter der alten Eiche hockte und Vögel beobachtete, verkroch er sich hier in seiner Bibliothek und wühlte sich in seine geliebten Bücher.

Miranda, die Vögel und seine Bücher – daraus schöpfte er ein wenig Trost. Vor allem mit den Büchern vermochte er seinen Schmerz zeitweise zu betäuben. Selbst neben den Sekretären und unter dem Arbeitstisch stapelten sich die aufgeschlagenen Bücher und Folianten bereits. Vor allem das Studium der Astronomie und der Botanik ließ ihn seine Trauer und seine Sehnsucht nach seiner geliebten Frau immer wieder für Stunden vergessen.

»Ich habe keinen Hunger«, sagte er. »Und rasiert habe ich mich erst vor einer Woche.« Prospero wies zur Tür. »Gehe in die Kanzlei, Jesu, und sag meinem Bruder, dass mir heute Abend nicht nach Gesellschaft zumute ist.«

»Nicht nach Gesellschaft?« Jesu lächelte gezwungen und deutete die nächste Verbeugung an. »Das nützt leider nichts, mein Herzog. Euch ist schon lange nicht mehr nach Gesellschaft, und dennoch bleiben gewisse Pflichten unumgänglich, nicht wahr, mein Herzog?«

»Lass mich gefälligst in Ruhe, Jesu!« Prospero runzelte unwillig die Stirn. Er wandte sich von den Männern ab, stelzte zwischen Bücherstapeln hindurch zu seinem Arbeitstisch an der Fensterwand und beugte sich über eine kleine, rote Holztruhe voller Briefe. »Ich habe keinen Hunger, hast du das nicht verstanden?« Zahllose Bücher und Folianten türmten sich auf dem langen Tisch rund um die Truhe. Überall lagen Pergamentrollen, Notizblöcke und Papierbögen mit Zeichnungen von Pflanzen und Sternbildern. »Geh und sag meinem Bruder Bescheid.«

»Verzeiht, mein Herzog, auch dass Ihr keinen Hunger habt, sollte Euch nicht davon abhalten, zum Abendessen die Kanzlei aufzusuchen.« Jesu sprang an Prospero vorbei und verneigte sich tiefer. »Ich habe den Medikus sagen hören – nehmt es mir nicht übel, wenn ich ihn zitiere – ›Prospero benimmt sich, als gehöre er sich selbst, dabei gehört er doch dem Herzogtum Milano und hat die verdammte Pflicht zu essen und gesund zu werden.«‹

»Du schwindelst, Jesu.« Streng musterte der Herzog seinen Kammerdiener. »Derart lange Sätze sind seit Jahren nicht über Josephos Lippen gekommen.« Er nahm Julias letzten Liebesbrief aus der Truhe und entfaltete ihn.

»Daran merkt ihr nur, wie ernst Euer Medikus die Situation einschätzt, mein Herzog.« Jesu wies auf Prosperos abgemagerte Gestalt und in sein spitzes, hohlwangiges Gesicht. »Man macht sich Sorgen um Euren Gesundheitszustand, mein Herzog, und das völlig zu Recht, wie ich meine.«

»Mir geht es gut.« Abrupt fuhr Prospero herum. Und sah zu dem Glaskasten mit dem Zopf seiner Mutter hinauf. Kein Tag verging, an dem er ihn nicht mindestens einmal betrachtete. Und jedes Mal geriet er ins Grübeln dabei. So wie jetzt.

Wie hatte Coraxa die Schädelplatte ihrer Meisterin genannt? *Totem.* Als *Verbindung zu ihrer Meisterin* hatte sie den Schädelknochen bezeichnet. *Die meisten von uns brauchen ein Totem als Ermächtigung, das Buch zu benutzen.*

Und was hatte sie über den Tod und das BUCH DER UNBEGRENZTEN MACHT gesagt? *Im vorletzten Kapitel findest du Sprüche und magische Rituale gegen den Tod.* Das waren ihre Worte gewesen; Prospero erinnerte sich genau.

Jesu redete längst wieder auf ihn ein, Prospero jedoch hörte nicht mehr zu. Er senkte den Kopf und las Julias Brief; fast zwei Jahre war der alt. Am Jahrestag ihres Todes hatte er die Truhe mit ihren Briefen aus seinem Wandschrank hinter dem großen Wörterbuch geholt. Seitdem las er jeden Tag einige ihrer annähernd zweihundert Liebesbriefe. Wort für Wort tasteten seine Augen den letzten Satz ab, stumm bewegte er die Lippen: *Ein Tag ohne Dich ist ein verlorener Tag.*

Während Jesu mal von links, mal von rechts, mal von hinten

alle guten Gründe wiederholte, die dafür sprachen, endlich in die Kanzlei aufzubrechen und zuvor noch einer Rasur stillzuhalten, ließ Prospero das Pergament sinken und dachte nach. Sollte Jesu recht haben? Sollten es wirklich allein seine Liebe und seine brennende Sehnsucht sein, die ihm wieder und wieder die Gestalt seiner geliebten Frau heraufbeschworen? War sie es in Wahrheit gar nicht leibhaftig? Sah er nur ein Phantom?

Prospero senkte das Kinn auf die Brust und schloss die Augen. Unvorstellbar einerseits, andererseits: Gab es eine andere, eine vernünftige Erklärung?

Schon wenige Wochen nach Julias Tod hatte er sie zum ersten Mal gesehen. Von der Rückseite der Kanzlei aus erblickte er plötzlich eine goldblonde Frau auf der Sommerkoppel bei seinem weißen Hengst. Julia! Er war sofort aus dem Kanzleiflügel der Burg gelaufen. Als er völlig außer Atem die Koppel erreichte, standen dort viele Pferde, doch kein einziger Mensch.

Er seufzte tief. Fleisch und Blut konnten ja nicht wirklich aus dem Totenreich zurückkehren. Oder doch? Nein, ausgeschlossen, und in einem Winkel seines Hirns war Prospero sich dessen sicher. Dazu kam: In keinem Buch seiner großen Bibliothek hatte der Herzog auch nur den leisesten Hinweis auf ein Phänomen dieser Art gefunden.

Doch wenn er sie dann erblickte, die Geliebte, wenn er sie die Treppe heraufkommen, im Bad liegen oder vor Mirandas leerer Wiege stehen sah, dann erschien sie ihm so wirklich wie sein eigener Leib. So wirklich wie Miranda oder Buback oder Jesu. Oder der immer gegenwärtige Bruno. Dann zählte nur noch, dass sie endlich wieder da war.

Ach, wären seine Liebe und Sehnsucht doch noch tausendmal stärker! Wären sie doch so stark, dass sie Julia festhalten könnten, wenn sie ihm erschien, so stark, dass sie ihn nie mehr verlassen müsste!

»Hört Ihr mir überhaupt noch zu, mein Herzog?« Jesu schaute prüfend zu ihm herauf.

Prospero hatte gar nicht gemerkt, dass der kleine, bucklige Diener verstummt war. »Ich glaube nicht.« Er schaute wieder hinauf zum Glaskasten mit dem blonden Zopf und dachte an seine Mutter. Auch sie hatte er oft gesehen nach ihrem Tod. Im Garten, in der Stadt, in der Burg, jahrelang. Auch sie war nicht geblieben.

Vom Mutterzopf wanderte sein Blick zur Sitzstange des Uhus hinüber. Buback äugte streng auf ihn herunter. Prospero schüttelte sich. Wo war er eigentlich? Er schaute sich um. In seiner Bibliothek! Natürlich.

Sein Blick fiel auf den Rosenstock. Der trug nur noch zwei Blüten. Blütenblätter lagen auf Folianten, die den Topf umgaben. Die Dahlien sahen krank und verloren aus inmitten der zahllosen aufgeschlagenen Bücher. Dafür hatte die Passionsblume neue Blüten getrieben. Prospero holte die Gießkanne von der mittleren Fensterbank und begann, seinen Zimmerblumen Wasser zu geben.

Auf einmal stand Bruno vor ihm. Seine traurige Miene griff Prospero ans Herz. »W-w-wer n-n-nicht isst, sch-sch-stirbt.« Sein Erster Leibgardist legte ihm die großen Hände auf die Schultern. »Bitte.«

Über ihnen breitete Buback die Schwingen aus. Er flog herab und landete auf Prosperos linker Schulter. Der Herzog seufzte wie unter einer großen Last. »Ich habe Tonio tatsächlich schon länger nicht gesehen«, sagte er schließlich. Grüblerische Falten zerfurchten nun sein eingefallenes Gesicht.

»Fast zwei Wochen lang nicht, mein Herzog.«

»Ist das wirklich wahr, Jesu?« Prospero guckte seinen Kammerdiener ungläubig an. Er goss die Pflanzen, stellte die Gießkanne weg und rieb sich den rötlichen Stoppelbart. »Nun, dann wird es wohl angemessen sein, die Verabredung mit ihm und den anderen Herren nicht zu versäumen. Ich muss ja nicht unbedingt etwas essen.«

Bruno atmete auf, und Jesu strahlte Prospero an. »Und vorher werde ich dich noch schnell rasieren, mein Herzog.«

Prospero winkte ab. »Das reicht morgen noch.«

～

Sie hatten nicht für Julia aufdecken lassen – weder Besteck noch Glas noch Teller. Sogar ihren Stuhl hatten sie weggeräumt. Prospero sah es gleich nach der Begrüßung. Drei Atemzüge lang starrte er die leere Stelle neben seinem Platz an und mochte es nicht glauben. Von Anfang an hatte er verlangt, dass man weiter für seine geliebte Frau aufdecken lasse. Bis jetzt hatten sich alle daran gehalten. Und nun dies.

Endlich setzte er sich. Die drei Männer und der Mundschenk guckten schnell woanders hin. Keine Frage kam über Prosperos Lippen, kein Vorwurf, keine Klage. *Ein Tag ohne Dich ist ein verlorener Tag.*

Der Mundschenk füllte die Weinbecher, zwei Diener trugen Speisen auf. Jesu füllte ihnen die Teller – es gab eine Rinderbrühe vorweg und als Hauptgang Rotbarsch auf Weißbrot mit Fenchelgemüse. Prospero rührte schon die Suppe nicht an.

Jesu schwärmte vom schönen Herbstwetter und schob seinem Herzog die Suppe direkt unter die Nase. Gonzo erzählte mit besorgter Miene von einigen Familien der Stadt, die Anklage gegen Nachbarn, Verwandte oder Geschäftspartner erhoben hatten und nun ständig Beschwerdebriefe schrieben, weil der Herzog die Verhandlung ihres Falles wieder und wieder verschob.

»Führe du die Prozesse, Tonio«, sagte Prospero. »Wozu habe ich dir die Vollmacht erteilt?«

»Die Leute bestehen darauf, dass du persönlich über ihre Klagen zu Gericht sitzt«, sagte Tonio, ohne von seiner Suppe aufzublicken. »Und sie haben recht, denn du bist ihr Herzog.«
»Es sind Depeschen aus Napoli eingetroffen.« Gonzo blieb bei seinem halb besorgten, halb vorwurfsvollen Tonfall, den er von Anfang an angeschlagen hatte. »Es geht um den Friedensvertrag mit Tunischan. Der König wünscht deinen schriftlichen Kommentar zum Vertragstext.« Beinahe flehend schaute Gonzo seinem Herzog ins Gesicht. »Und das ist bei Weitem nicht alles, was auf den Sekretären der Kanzlei wartet. Viel zu viele Arbeiten sind seit Monaten liegen geblieben.« Er fuhr sich mit der Rechten durch die dichten, grauen Locken. Wahrscheinlich hätte er sich lieber die Haare gerauft.

»Ich bitte dich, Prospero – besinne dich.« Tonio zog die Brauen hoch und musterte seinen Bruder mit großem Ernst. »Es geht nicht an, dass du dich in Kummer und Bücher vergräbst und darüber Milanos Staatsangelegenheiten vergisst.«

»Studiert ihr den Vertrag und verfasst eine Stellungnahme«, sagte Prospero. Julias fehlender Stuhl und der leere Platz neben ihm machten ihn traurig wie lange nicht mehr. »Ich unterschreibe sie und klebe mein Siegel drauf.« Ob sie wieder in Liebe vereinigt wären, wenn er selbst stürbe? Irgendwo in einem Totenreich? Oder im Reich des Himmelsgottes gar? Die Priester behaupteten das. Aber was würde dann aus Miranda werden? Das arme Kind!

»Ich habe mir die Depeschen schon einmal angeschaut.« Tonio klopfte mit der Hakenprothese auf den Tisch. »Beide Könige wollen den Frieden zwischen Napoli und Tunischan besiegeln, indem sie ihre Kinder miteinander verheiraten. Keine schlechte Idee, wenn ihr mich fragt. Außerdem lädt Arbosso schon zur Friedensfeier in Napoli ein – nächsten Sommer nach der Weizenernte.«

»Die Rotznase muss schon heiraten?« Überrascht blickte nun auch Josepho von seinem Suppenteller auf. »Ist doch höchstens neun?«

»Sie wird zehn«, sagte Tonio mürrisch. Prospero entdeckte graue Strähnen im dunklen Haar seines Bruders. Auch war es schütterer geworden in letzter Zeit. »Und der Prinz von Tunischan hat jüngst seinen ersten Geburtstag gefeiert. Natürlich werden sie erst heiraten, wenn der Knabe alt genug ist.«

»Die Königin hat Arbosso vor dem gesamten Kabinett eine Szene gemacht, als sie von diesem Vertragspassus hörte«, erzählte Gonzo. »Doch der König ließ sich nicht mehr umstimmen. Nach dem Streit soll die Königin sich tagelang in ihre Gemächer eingeschlossen und keine Nahrung mehr zu sich genommen haben.« Gonzo seufzte. »Arme kleine Prinzessin.«

Prospero dachte an Julias Brief. *Ein Tag ohne Dich ist ein verlorener Tag.* Er starrte in die Suppe und sah seine geliebte Frau wieder im Schilf stehen und die Hand nach der Libelle ausstrecken. Wie lieblich sie ausgesehen hatte! Und wie anmutig. Er wünschte, er wäre bei ihr; er wünschte, er wäre tot.

»Wenn der Prinz ins heiratsfähige Alter kommt, kann Arbossos Tochter froh sein, wenn sie noch gebärfähig ist«, sagte der Medikus. Er wandte sich an Prospero. »Deine verdammte Suppe wird kalt.«

»Ich habe keinen Hunger.«

Die Männer sahen einander an. Eine Zeitlang schwiegen alle. Prospero stierte in seine Suppe, die anderen drei löffelten ihre. Aus den Augenwinkeln sah der Herzog, wie Gonzo und der Medikus seinem Bruder zunickten.

Tonio legte den Löffel weg, räusperte sich und ergriff das Wort. »Hör mir zu, Prospero. Wir alle sind todtraurig über Julias Tod, und dein Schmerz geht uns sehr zu Herzen. Als dein Bruder verstehe ich deine Trauer. Auch habe ich großes Verständnis dafür, dass du Trost in deinen Büchern und deinen Studien suchst. Doch als Kanzler von Milano muss ich dir sagen: Anderthalb Jahre sind genug!« Er schlug mit seiner Hakenprothese auf den Tisch. »Du bist nicht nur der trauernde Witwer, nicht nur der vom Schicksalsschlag geprügelte Ehegatte – du bist auch der Herzog von Milano! Es ist deine Pflicht, dem Herzogtum zu dienen. Ganz gleich, wie unglücklich du bist.«

Prospero schaute seinem Bruder in die Augen. Wie er sich nach seiner Krankheit ins Leben zurückgekämpft hatte! Dafür bewunderte er ihn. Doch hatte der Kampf gegen die tödliche Krankheit tiefe Spuren in Tonios Gesicht hinterlassen: Seine braunen Augen wirkten dunkler und kälter als früher; um sie und den Mund lag ein bitterer Zug; er lachte selten, und seine Mundwinkel wanderten mehr und mehr nach unten. Ob er Prospero die zugefügte Demütigung wirklich verziehen hatte? Wie auch immer: Wenn einer das Recht hatte, ihn zur Vernunft und Selbstbeherrschung zu rufen, dann Tonio. Der wusste, was Leiden bedeutete. Von Liebe allerdings hatte er keine Ahnung.

»Fang an, deine verdammte Pflicht zu tun, und iss vorher deine verdammte Suppe«, raunzte der Medikus.

»Ich habe keinen Appetit.« Prospero schob die Suppenschüssel von sich.

»Wirst krank werden und verrecken, wenn du nichts isst.« Josepho warf seinen Löffel in seinen leeren Teller. Prospero zuckte zusammen von dem Klirren. »Siehst jetzt schon aus wie eine Vogelscheuche.«

Prospero musterte auch ihn. Und dachte an den Zopf, den die Mutter ihm vor so vielen Jahren geheißen hatte abzuschneiden. Für ihn, ihren Sohn. Obwohl Josepho jünger war als Gonzo, sah der korpulente Medikus älter aus als dieser; das machten der lange weiße Bart und das vollkommen weiße Haupthaar. Vor knapp fünfundzwanzig Jahren, als Prospero den Herzogsthron eroberte, war Josepho noch schwarzhaarig und von drahtiger Gestalt gewesen.

Seine Mutter sollte ihn bedingungslos geliebt haben. Man munkelte, er sei während ihrer gesamten Ehe mit Prosperos Vater ihr Geliebter gewesen. Der Herzog wünschte, er hätte einen Vater wie Josepho gehabt.

»Bitte, lieber Herzog.« Gonzo hob flehend die gefalteten Hände. »Wir werden dich unterstützen, so gut wir können, doch wir brauchen dich. Lass uns nicht länger im Stich. Lass Milano nicht länger im Stich.«

Prospero betrachtete nun seinen treuen Thronrat. Was für ein aufrichtiger Mann! Er meinte ernst, was er sagte, und seine Worte gingen Prospero zu Herzen. Er versuchte, sich an die Zeit zu erinnern, in der Gonzos Frau gestorben war. Lange her. Seitdem trug der Thronrat Schwarz. Doch er hatte schon wenige Tage nach ihrem Tod wieder seine Aufgaben erledigt.

»Also gut«, sagte Prospero. »Aber nur unter einer Bedingung: Ihr lasst einen Stuhl hier rechts von mir hinstellen und deckt auch für Julia auf.«

Tonio und Gonzo schauten den Medikus an. Der nickte dem Mundschenk zu. Kurz darauf brachte ein Diener einen Stuhl und der Mundschenk ein Gedeck für Julia.

»Danke.« Prospero zog seine Suppenschüssel heran und begann, die Brühe zu löffeln.

Seine Tischgenossen zeigten sich erleichtert. Tonio plauderte über dies und das, und Gonzo erzählte von den Geburten und Eheschließungen in bekannten Familien Milanos. Josepho brummte nur hin und wieder. Prospero spürte, wie der Medikus ihn beobachtete.

Er stocherte noch in seinem Fisch herum, als Tonio den Teller schon von sich schob und mit seiner Hakenprothese die Serviette heranzog. »Eine Sache brennt mir unter den Nägeln«, sagte er und gab dem Mundschenk ein Zeichen. »Die Hexe. Wir haben vereinbart, sie auf eine einsame Insel zu schaffen. Schon viel zu lange her. Ich habe jetzt den Befehl in Schriftform fassen lassen, der ihr Schicksal besiegelt. Du brauchst nur noch Unterschrift und Siegel druntersetzen.«

Der Mundschenk brachte ein Tablett mit Tinte, Feder, Siegelwachs, Sandschale und brennender Kerze und eine Pergamentrolle an die Tafel und legte es neben Tonios Platz. Der Kanzler schob beides über den Tisch zu Prospero.

Schweigend aß der seinen Teller zur Hälfte leer. Danach griff er nach seinem Weinkelch und lehnte sich zurück. »Ich werde darüber nachdenken.«

»Was gibt es darüber noch nachzudenken?« Eine steile Falte des Unwillens grub sich zwischen Tonios Brauen ein. »Die Sache ist beschlossen.«

Prospero stellte seinen Kelch ab und stand auf. »Lasst mir noch ein wenig Zeit.« Er nickte jedem Einzelnen zu und verließ den kleinen Speisesaal.

Hinter Bruno her lief er zur Treppe. Nach ein paar Schritten machte er kehrt, schlich zurück zur Saaltür und lauschte. Eine Zeitlang hörte er gar nichts. Irgendwann dann Gonzos Stimme: »Was sollen wir bloß tun?«

»Wird niemals unterschreiben.« Prospero erkannte Josephos Stimme. »Hängt irgendwie an der verdammten Hexe. Fragt mich nicht.«

Und Tonio sagte: »Wir müssen handeln.«

3

Coraxa

Prospero erzählte von einem Uhu, einem Stieglitzpaar und einer Elster. Die Elster hatte es auf das Gelege der Stieglitze abgesehen, der Uhu verjagte sie, und die Stieglitze bedankten sich mit einem Lied. Doch als der erste kleine Stieglitz geschlüpft war, kehrte die Elster zurück, und das mit großem Appetit auf Eier und Jungvögel. Da fraß der Uhu die Räuberin und rettete dem Stieglitzpaar Eier und Junge.

Miranda stand zwischen Prosperos Knien, hielt sich an ihnen fest und sah zu ihm herauf. Ihre großen Augen waren dunkelblau wie die Augen ihrer Mutter, ihr dichter Lockenschopf so goldblond wie deren Haar. Auch in ihrem feinen Gesichtchen erkannte Prospero bereits Julias Züge.

Seit fünf Monaten konnte sie laufen, seit einem sprach sie erste Worte und Halbsätze. Manchmal, wenn in Prosperos Geschichten der Uhu auftauchte – und das tat er oft –, deutete sie zum Kachelofen hinauf, auf dem Buback hockte, und sagte »Huhu«. Die Großeule drehte dann den Kopf hin und her und spähte aus ihren gelblich-roten Augen auf Miranda herab; und zwar ziemlich wohlwollend, wie der Herzog fand.

Ein anderes Mal erzählte er eine Geschichte von der schönen Mama Julia. Die badete ihr Kind, zog es hübsch an und zeigte ihm die große Welt. Sie begann im Garten, beschrieb dort die Blumen und Vögel und nannte ihre Namen.

Miranda machte große Augen und fragte: »Mama Juja?«

Prospero nahm sie sofort hoch und drückte sie an sich. So sah sie seine Tränen nicht. »Majuja?«, wisperte sie an seinem Ohr.

»Majuja?« Hin und her gerissen von Glück und Trauer wiegte der Herzog seine Tochter. Von Glück, weil Miranda »Mama« gesagt hatte, von Trauer, weil sie nach Julia fragte; nach jemandem, der so weit weg war, wie ein Mensch nur sein konnte.

Je mehr Geschichten Prospero erzählte, desto größer wurde Mirandas Hunger danach. Jeden Abend musste Prospero ihr mindestens drei erzählen. Es bedeutete ihm viel, mit ihr zusammen zu sein. Selbst wenn Miranda nicht alles verstand, so würde sie doch seine Nähe, sein Gesicht und seine Stimme in ihr Herz aufnehmen. Und die Zärtlichkeit und Liebe, die darin schwangen.

Vogelgeschichten hörte sie am liebsten. Und die Geschichten von der schönen und klugen Mama Julia. Doch von ihr erzählte Prospero nur, wenn er einigermaßen gefasst war und sicher, beim Erzählen nicht in Tränen auszubrechen. Er wollte seine Tochter nicht mit seiner Trauer belasten.

Später, nachdem die Amme sie gestillt hatte, wickelte sie Miranda in frische Windeln. Dabei fragte sie das Kind, ob Papa Prospero ihr wieder schöne Geschichten erzählt habe. Miranda lächelte und zeigte auf ihn.

Die Amme verließ die Kammer, und der Herzog legte sein Töchterchen in ihr Bettchen und küsste es. Miranda strahlte ihn an und sagte etwas, das wie »Baba Bospo« klang. Schnell beugte er sich noch einmal über sie, um seine Tränen zu verbergen. Er küsste ihre Wange und war selig vor Glück. Sie lachte und brabbelte voller Freude: »Babospo, Babospo, Babospo.«

Danach sang er ihr die Lieder vor, die Julia ihm beigebracht hatte. Wie jeden Abend sang er so lange, bis Miranda schlief. Und wie immer kniete er dann noch eine Weile vor dem schlafenden Kind, sog seinen Duft ein, lauschte seinen Atemzügen und betrachtete sein niedliches Gesichtchen. Und floss über vor Liebe.

Zugleich schnürte es ihm das Herz zusammen – dieses süße

Kind würde ohne Mutter groß werden müssen. Ohne Julia. Er verbarg das Gesicht in den Händen und weinte nun hemmungslos.

Bevor er ging, hieß er Jesu und Bruno den Korb ins Haus bringen, den er für die Amme und ihre Familie hatte vorbereiten lassen – Brot, Gemüse, Weizen, Früchte und Wein. Einmal in der Woche brachte er diese Gaben mit, meistens sonntags. Und immer legte er, wie jetzt auch, ein paar Silbermünzen dazu.

Die Amme und ihr Mann – sie gehörten zu den ärmsten Leuten in Milano – bekamen leuchtende Augen und bedankten sich überschwänglich.

»Ich habe *euch* zu danken«, sagte Prospero. »Es ist unbezahlbar, was ihr für mein Kind tut und für mich.« Er holte tief Luft, atmete gegen die Enge in seiner Brust an und fügte mit brüchiger Stimme hinzu: »Und für meine Frau.«

Draußen war schon die Nacht angebrochen. Prospero und seine beiden Begleiter kletterten auf ihre Pferde und ritten davon. Buback flog in die Dunkelheit voraus – nicht zurück zur Burg, sondern nach Westen; als wüsste er, wohin es den Herzog als Nächstes trieb.

Am alten Hafen ließ der Uhu sich auf der Galionsfigur der Kogge nieder. Die Männer machten ihre Pferde an der Landungsbrücke fest. Jesu blieb bei den Tieren, Bruno trug die beiden Kisten mit der Verpflegung für die Wachen und die Hexe und ihre Zofen an Bord. Tonio hatte die Betreuung der Hexe auf den Schultern von vier erfahrenen alten Frauen verteilt. Alle sechs Stunden lösten sie einander ab.

Einer Kiste entnahm Prospero ein Wachstuchbündel und eine Amphore Wein. Er zog eine Fackel aus der Ruderhauswand und stieg allein unter Deck.

An der ehemaligen Kapitänskajüte hatte Tonio die alte Holztür durch eine eiserne Gittertür austauschen lassen. Davor saß auf einem Hocker eine der Zofen, die Coraxa betreuten, und las aus einem Buch.

»Was liest du da vor?«, fragte Prospero die Alte.

»Sieh an, der Herzog erinnert sich meiner!«, kam es aus der vergitterten Kajüte.

»Ein Buch über die Geschichte Milanos, Eure fürstliche Hoheit«, sagte die Zofe.

»Ich will doch wenigstens ein bisschen was erfahren über das Herzogtum, das mich so lange gefangen hält.« Wie meist klang die Stimme der Hexe kraftvoll und selbstbewusst. »Wie willst du das eigentlich deinem König erklären? Ich hab gehört, dass er gerade Frieden mit meinem König schließt.«

Prospero ging nicht auf sie ein. »Ich habe dir etwas zu essen und ein wenig Wein mitgebracht.« Mit einer Kopfbewegung bedeutete Prospero der Zofe, die Gittertür zu öffnen. Sie gehorchte. Der Herzog ging zur Hexe hinein und steckte die Fackel in eine Wandhalterung. In den Lammfellmantel gehüllt saß Coraxa mit gekreuzten Beinen auf ihrer Koje. Am Tisch entkorkte Prospero die Amphore und wickelte das Bündel aus dem Wachstuch.

»Wein, Brot, Fleisch und ein paar Früchte.« Auf einen Wink des Herzogs kam die Zofe herein, füllte einen Becher und richtete die Speisen auf zwei Blechtellern an.

»Lieber wäre es mir, du hättest mir mein Totem mitgebracht.« Coraxa stand auf, tastete sich an der Koje entlang zum Tisch und setzte sich. »Oder das Buch. Doch du hast ja beides wegwerfen lassen, nicht wahr?«

Ihre Finger glitten über die Speisen und den Weinbecher. Statt der beiden Augenklappen trug sie inzwischen eine dunkelrote Augenmaske, die man ihr mit einem dünnen Lederband um den Kopf gebunden hatte. Ihre drahtige Lockenpracht umgab ihren Kopf und ihr kantiges Gesicht wie eine große schwarze Wolke.

»Oben gibt es auch für dich etwas zu essen«, wandte Prospero sich an die Zofe. »Lass uns allein.« Die Frau nickte und ging, und der Herzog setzte sich an die Schmalseite des Kajütentisches; so weit weg von der Hexe, wie es in der kleinen Kammer möglich war.

»Wann lässt du mich zurück nach Tunischan bringen?« Coraxa nahm den Weinbecher und trank. »Mein König vermisst mich sicher schon.«

»Bald.« Sie sah fahl aus, doch nicht mehr ganz so dürr wie bei seinem letzten Besuch. Ihr Lammfellmantel war von zahllosen Flecken besudelt. Prospero hatte Josepho im Verdacht, ihr das teure Stück geschenkt zu haben. Der Medikus gab sich zwar derb und einsilbig, doch er hatte ein sehr weiches Herz.

»Du willst etwas von mir, nicht wahr, Herzog von Milano? Sonst hättest du dich nicht an Bord meines Kerkers bemüht.« Die Hexe biss in einen großen, roten Apfel. »Schon gar nicht mit all den leckeren Geschenken im Gepäck.«

»Stimmt«, räumte Prospero unumwunden ein. »Ich will mehr über deine Hexenkunst erfahren.« Er betrachtete ihre sehnigen Hände, ihre ausgeprägten Wangenknochen und ihre hohe Stirn. Er hielt Coraxa für eine gefährliche Gegnerin, die ihm ebenbürtig war. »Oder genauer: Ich will mehr über das Zauberbuch erfahren.«

»Das BUCH DER UNBEGRENZTEN MACHT?« Sie hörte auf zu kauen, neigte den Kopf und schien in seine Richtung zu lauschen. »Hättest es nicht wegwerfen sollen, Herzog Prospero!« Sie biss wieder in den Apfel und sprach mit vollem Mund weiter. »Du ahnst ja nicht, was du dann alles erfahren hättest! Jetzt ist es zu spät.«

»Du hast einmal angedeutet, in den letzten Kapiteln enthielte dein Zauberbuch ›Sprüche gegen den Tod‹. Ich glaube, so hast du es ausgedrückt.«

»Warum interessiert dich das?« Trotz der Maske entging

Prospero nicht das Misstrauen in ihren Zügen. »Du hast doch nicht etwa das Totem gefunden, das deine Mutter dir hinterlassen hat?« Das klang beinahe spöttisch.

»Meine Mutter war keine Hexe!« Prospero wurde lauter, als er beabsichtigt hatte. »Und ich bin kein Magier. Warum also sollte sie mir ein Totem hinterlassen haben?«

»Manche von uns wissen selbst in deinem Alter noch nicht, was sie sind.« Die Hexe aß hastig und mit großem Appetit, wie es schien. »Unsere Mütter jedoch ahnen es meist schon, kurz nachdem sie uns geboren haben.«

Gegen seinen Willen lauschte Prospero ihren Worten nach. Was wollte sie ihm damit sagen? Er schob die Frage zur Seite und räusperte sich. »Hast du schon einmal erlebt, dass eine Hexe oder ein Hexer mit solchen Zaubersprüchen dem Tod die Stirn geboten hat?« Prospero wählte seine Worte mit Bedacht. »Warst du schon einmal Zeugin eines solchen Wunders?«

Coraxa lachte trocken. »Wenn du wüsstest, was ich schon alles gesehen habe!«

»Also hast du es erlebt!« Eine fiebrige Erregung ergriff den Herzog. »Also kannst du persönlich die Wirksamkeit dieser ›Sprüche gegen den Tod‹ bezeugen!«

»Man hat meine Meisterin auch zu Schwerkranken gerufen, selbstverständlich. Zu jungen Menschen zumeist. Zu Kranken, nach denen der Tod viel zu früh gegriffen hatte, und lange, bevor ihre Zeit erfüllt war.« Sie ließ den halb gegessenen Apfel sinken. Ihre Miene glättete sich, fast schien es, als lächle sie. »Und ich habe mit eigenen Augen gesehen, wie meine Meisterin an diesen Sterbenden, die zu keiner Bewegung, keinem klaren Gedanken mehr fähig waren, ihre Kunst ausübte. Und ja, ich habe gesehen, wie sie danach Hand in Hand mit den Todgeweihten das Sterbezimmer verließ, um sie ihrer Familie und ihrem Dorf als Gesunde zurückzugeben.«

Wie gebannt hatte Prospero ihr gelauscht. Sein Herz schlug plötzlich schneller. »Kannst auch du so etwas tun, Coraxa?« Seine Stimme klang ungewöhnlich heiser auf einmal. »Beherrschst auch du die Kunst der Zauberei so perfekt, dass du wie deine Meisterin Sterbende heilen könntest?« Er schluckte verstohlen, versuchte, sich seine Erregung nicht anmerken zu lassen. »Hast du es gar schon einmal getan?«

Sie schwieg eine Zeitlang. Schließlich biss sie wieder in den Apfel und kaute weiter. »Was willst du von mir, Herzog?«, fragte sie mit vollem Mund.

»Kannst du es oder kannst du es nicht?«

»Ich bin eine Magierin, hast du das vergessen?«

»Und hast du es auch getan?«

»Was für eine Frage!« Sie lachte verächtlich. »Ich bin die Hofmagierin des Königs von Tunischan.«

Prospero musterte ihr kantiges Gesicht. Ein harter und bitterer Zug lag um ihren großen Mund. »Und konnte deine Meisterin selbst solche Menschen ins Leben zurückholen, die längst gestorben waren?« Seine Stimme klang immer heiserer; er vermochte kaum noch, seine innere Erregung zu verbergen. »Konnte sie mit der Magie des BUCHS DER UNBEGRENZTEN MACHT Tote erwecken?«

Wieder ließ die Hexe den Apfel sinken und schwieg. Dachte sie nach? Versuchte sie gar, seine Gedanken zu lesen? Prospero traute ihr alles zu. »Du hast das BUCH DER UNBEGRENZTEN MACHT gar nicht weggeworfen«, murmelte sie schließlich.

»Konnte deine Meisterin das oder konnte sie es nicht?«

»Du denkst an deine Frau, nicht wahr?«

»Gleichgültig, an was ich denke!« Ungeduldig fuchtelte Prospero mit den Händen »Verleiht das BUCH DER UNBEGRENZTEN MACHT Herrschaft über den Tod, wenn er längst eingetreten ist – das allein will ich von dir wissen.«

»Der Tod hat die absolute Macht«, sagte Coraxa nach kurzem Nachdenken. »Doch manchmal kann unsere Kunst ihn dennoch besiegen.«

»Wie?« Er schlug mit der Faust auf den Tisch. »Sag's mir!«

»Du Narr!« Sie schleuderte den Apfelrest nach ihm und verfehlte ihn nur knapp. »Hättest du das BUCH DER UNBEGRENZTEN MACHT nicht weggeworfen, könntest du es dort nachlesen! Wann lässt du mich endlich frei?«

～

In dieser Nacht träumte Prospero von seiner Mutter. Im Traum folgte er ihr auf einer schmalen Treppe, die vom Kellergewölbe unter der Kanzlei sehr steil nach unten führte. Er wunderte sich, denn er kannte im Kellergewölbe nur Treppen, die nach oben führten.

Die schmale und steile Treppe schien endlos, die Stufen fühlten sich kühl an unter seinen Fußsohlen. Düsteres Licht flirrte von irgendwoher. Eine feierliche Stimmung herrschte. Er ging ein paar Stufen hinter seiner Mutter und konnte ihr Gesicht nicht sehen. Doch an ihrer schwarzen Festtagstunika mit den goldenen Säumen, an ihrer drahtigen Gestalt und ihrem langen, blonden Zopf hatte er sie sofort erkannt. Und an den nackten Füßen unter dem goldenen Saum ihrer Tunika. Wie er selbst ging auch sie barfuß. Immer.

»Ich bin so froh, dass du wieder da bist«, sagte er. Seine Mutter antwortete nicht, drehte sich nicht einmal nach ihm um. Unbeirrt schritt sie voran. Prospero fühlte, dass er ihr überallhin folgen würde. Selbst in die höllischen Abgründe des Finsterfürsten.

Die Treppe mündete endlich in eine gewaltige Höhle; der Burghof hätte hineingepasst, so groß war sie. Flirrendes, dunkel-violettes Licht lag auf den schwarzen Höhlenwänden. Oder waren gar nicht die Felswände schwarz? Stammte die Schwärze aus dem unheimlichen Licht selbst? Prospero versuchte es zu ergründen, spähte zur Felskuppel hinauf, blinzelte ins düster-violette Geflimmer.

Angst und bange wurde ihm auf einmal. Doch er widerstand dem Drang umzukehren, folgte weiter der Mutter. Die durchquerte ohne Eile die große Höhle und strebte der Öffnung einer kleineren Höhle entgegen. Sie ging in immer gleicher Geschwindigkeit, und ihr langer blonder Zopf pendelte bei jedem Schritt über ihren Rücken.

Prospero blinzelte nach allen Seiten. Es gab mehrere kleinere Höhleneingänge in der Felswand, sieben zählte er insgesamt. Alle waren ungefähr gleich groß, und aus jedem strahlte Licht in einer anderen Farbe. Aus einem grellgelb, aus einem anderen orangefarben, aus dem nächsten rot, aus dem nächsten blau und so fort. Allein in dem Höhleneingang, dem seine Mutter entgegenging, leuchtete kein Licht. Der war vollkommen schwarz.

Da verschwand die Mutter auch schon in der Schwärze. Prospero tauchte gleich hinter ihr in die Dunkelheit ein. Doch schon nach wenigen Schritten merkte er, dass es keineswegs vollkommen dunkel um ihn war; vielmehr blieb das düster-violette Licht aus der Haupthöhle auch hier allgegenwärtig. Auf der Suche nach der Lichtquelle wanderte Prosperos Blick über glatte Basaltwände und eine gewölbte Decke.

Wieder und wieder öffneten sich Seitengänge, und seine Mutter bog in einen ab. Prospero begriff, dass sie durch ein Labyrinth wanderten. Der Boden unter seinen Fußsohlen fühlte sich wärmer an als noch vorhin auf der Treppe. Bald vernahm er Stimmen von fern, viele Stimmen. Sie hörten sich an wie das Geraune und Getuschel eines großen Chores.

Die Mutter bog in die nächste Abzweigung ab, dann gleich wieder in eine und nach kurzer Zeit in die nächste. Niemals verlangsamte sie ihren Schritt, niemals beschleunigte sie ihn. Und ihr langer blonder Zopf pendelte in immer gleichem Rhythmus über ihren Rücken.

Sie bog in den nächsten Gang ein und gleich darauf wieder in einen. Der felsige Boden unter Prosperos Fußsohlen wurde immer wärmer. Der Chor der Stimmen schwoll allmählich an. Prosperos Angst wuchs, denn er fragte sich, wie er nach all den Abzweigungen jemals den Rückweg finden sollte.

Das flirrende Düsterlicht wurde intensiver, und plötzlich traten sie aus dem Gang in eine Höhle. Die war nur etwa halb so groß wie die erste, die sie nach der Treppe durchquert hatten. Ein kreisrunder See von ungefähr dreihundert Fuß Durchmesser breitete sich in ihr aus. Seine Wasseroberfläche leuchtete düster-violett und tiefrot. Das Raunen und Tuscheln und Murmeln des Stimmenchores hallte über ihm von der kuppelförmigen Felsendecke wider.

Seine Mutter ging auf den See zu, Prospero selbst jedoch zögerte. Das unheimliche Leuchten des Wassers gefiel ihm nicht, die kreisrunde Form des Sees beunruhigte ihn aus irgendeinem Grund. Die Mutter aber kniete am Ufer nieder und beugte sich über das leuchtende Gewässer. Ihre Fußsohlen waren schwarz von Schmutz, ihr langer Zopf rutschte ihr von der Schulter und ins Wasser.

Mit vorsichtigen Schritten näherte sich Prospero der Mutter. Ihr Zopf straffte sich, als würde im See ein Fisch oder sonst ein Tier danach schnappen. Sie beugte sich tiefer über die Wasseroberfläche. Deren farbiges Geflimmer hüllte ihr Haar und ihren knienden Körper ein wie ein Totengewand.

An ihr vorbei schritt Prospero langsam am Ufer entlang. Der raue Steinboden unter seinen Füßen war heiß. Er fragte sich, wie es möglich war, dass dieses düster-violette und an manchen Stellen dunkelrote Licht des Sees das gesamte Labyrinth erleuchten konnte und die große Höhle davor und sogar noch die Treppe, die zu ihr herabführte.

Plötzlich wurde ihm klar, dass all die Stimmen aus der Tiefe des Sees heraufdrangen und sich über ihm an der Felsendecke brachen. Heißer Schrecken fuhr ihm in die Glieder. Er blieb stehen, lauschte erst, um sich zu vergewissern, und beugte sich dann vorsichtig über das Wasser. Am Grund des Sees, unter flirrenden violetten und roten Lichtschleiern, wimmelte es von Menschen.

Prospero stand wie festgewachsen. Das Tuscheln, Raunen und Murmeln des Stimmenchores schwoll zu gellendem Geschrei an. Im Menschengetümmel am Seegrund schrien alle, drängten alle zu einer Stelle hin, schlug jeder nach jedem, und wer konnte, stieß den anderen nieder.

Da, wo sie hinwollten, hing ein langer blonder Zopf herab. Die ersten griffen danach; Prospero erkannte seinen Großvater. Und jäh verstand er: Flirren und Flimmern hatten ihm Wasser vorgegaukelt. Doch er stand an keinem See – er stand am Eingang eines kreisrunden Schachtes, der in die Unterwelt hinabführte. Er stand am Eingang des Totenreiches! Diese Einsicht durchzuckte Prospero wie unerwarteter Schmerz.

Erschrocken bis ins Mark wollte er zurückweichen, doch es wollte ihm einfach nicht gelingen, den Blick von seinem Großvater abzuwenden. Mit beiden Händen packte der Tyrann jetzt den Zopf. Neben ihm tauchte Prosperos Vater auf und griff ebenfalls zu. Beide stießen die herandrängenden Menschen weg, andere trampelten sie nieder. Und da, unter ihren Füßen, lag da nicht eine Frau mit goldblondem Haar?

»Julia!«, schrie er und sah zu seiner Mutter hin. »Zieh bloß den Vater und den Großvater nicht herauf!« Er machte kehrt und rannte am Rand des Schachtes zurück zur Mutter. »Julia musst du heraufziehen, nicht sie!«

Die Mutter hob den Blick und schaute ihm entgegen. Das

düster-violette Licht flirrte auf ihrem maskierten Gesicht. Prospero blieb stehen, als wäre er gegen ein unsichtbares Hindernis gelaufen – die Hexe Coraxa kniete da am Eingang zur Unterwelt und zog am blonden Zopf wie an einem Rettungsseil.

Plötzlich hörte er Julias Stimme aus all dem Geschrei heraus. »Mein Geliebter!«, rief sie. Prospero blickte in den Schacht, den er für einen See gehalten hatte. Umhüllt und bedeckt von dunkelroten und düster-violetten Lichtschlieren drängte seine geliebte Gattin sich zwischen seinen Vater und seinen Großvater. »Zieh mich herauf, mein Geliebter!«

Prospero rannte los, wollte sich auf die Hexe stürzen, wollte ihr den Zopf entreißen, um Julia aus der Unterwelt heraufzuziehen. Doch auf einmal war ihm, als müsse er durch Teer waten. So sehr er sich auch mühte, er kam nicht voran. Die Hexe feixte böse, und irgendwo tief unter dem düsteren Licht rief Julia nach ihm. »Hol mich zu dir herauf, mein Geliebter!«

Prospero riss die Augen auf und starrte in die Finsternis. Sein Herz war ein rasender Paukenklöppel und das Innere seiner Brust die Pauke. Julias Stimme füllte das Schlafgemach aus. Oder seinen Kopf? Er lauschte. Jemand atmete neben ihm. Er fuhr hoch, blickte auf sein Kissen, glaubte, Umrisse eines Menschen zu sehen. »Julia!« Er wollte sie umarmen, griff ins Leere.

Niemand atmete neben ihm. Er war allein.

Er langte nach dem Nachthemd auf dem Kopfkissen neben seinem eigenen Kissen. Julias Nachthemd. Er presste es auf sein Gesicht, sog seinen Duft ein.

So verharrte er viele Atemzüge lang und ließ die Traumbilder an sich vorüberziehen. Die Mutter, das Festtagskleid, der Zopf, der Lichtsee über der Unterwelt – was hatte das alles zu bedeuten? Was hatte die Hexe mit dem Mutterzopf zu schaffen? Was sein Vater und sein Großvater mit seiner geliebten Julia?

Draußen ging der Mond auf. Durch die Fenster zum Burghof

sickerte mattes silbriges Licht in Prosperos Schlafgemach; in Julias Schlafgemach. Seit ihrem Tod schlief er nur noch hier. Hier, wo sie miteinander in so vielen unvergesslichen Stunden die Liebe gefeiert hatten. Hier, in diesem Bett, in dem sie Miranda gezeugt hatten. Er drückte ihr Nachthemd gegen sein Herz.

Eine Zeitlang lag er mit geschlossenen Lidern und roch ihren Duft, schmeckte ihre Haut, spürte ihren Schoß und hielt ihr schönes Bild vor seinem inneren Auge fest. So lange, bis der Traum ihren Duft, ihren Geschmack und ihr Bild verdrängte.

Wieder stieg er hinter seiner Mutter her die Treppe hinunter, die es nicht gab. Wieder das Labyrinth, wieder der pendelnde Zopf, wieder sein Vater und sein Großvater und Julias Schreie aus der Unterwelt. *Hol mich zu dir herauf, mein Geliebter!*

Wie ein Buch, das er aufblätterte, öffnete sich ihm nach und nach die Bedeutung des Traumes. Seine Botschaft erschien ihm auf einmal von schlichter Klarheit.

Prospero wandte den Kopf zum linken Pfosten des Betthimmels. Dort schimmerten die Silberfäden einer Kordel im Mondlicht. Als Julia noch hier schlief, führte die Kordel durch die Decke und hinter den Deckenpaneelen bis in die Zofenkammer nebenan. Dort war eine kleine Glocke an ihr befestigt. Mit Prosperos Umzug in Julias Schlafgemach war auch sein Erster Kammerdiener Jesu umgezogen – ins Zofenzimmer. Prospero zog an der Kordel.

Bald hörte er nebenan die Kammertür knarren, danach Schritte. Er stand auf, ging ans Fenster und blickte in die Mondnacht hinaus. Die Türme der Kathedrale glänzten im Mondlicht; ihre Schatten fielen auf den breiten Weg und auf die Dächer der Häuser, die ihn säumten.

Hinter ihm öffnete sich die Tür, Lichtschein erhellte das Schlafgemach, Jesu kam herein. »Ihr seid auf, mein Herzog? Ist Euch nicht wohl?«

»Alles ist gut, Jesu. Nimm die Schüssel aus dem Waschtisch, gehe und hole mir kaltes Wasser. Und danach wecke Bruno und schicke ihn zu mir. Ich brauche ihn.«

»Beim Herz des Himmelsgottes!« Jesu schlug die Hände zusammen. »Es sind noch mindestens vier Stunden bis Sonnenaufgang!«

»Tu, was ich dir sage.« Prospero nahm seinem Kammerdiener die Öllampe ab und stellte sie auf den Tisch. »Und bring mir meinen ledernen Rucksack aus der Bibliothek.«

»Ihr wollt doch nicht etwa in die Nacht hinaus, mein Herzog? Ein strenger Nordwind bläst seit gestern Abend.«

»Hole kaltes Wasser!« Prospero wurde lauter. »Mach schon!« Er deutete zur Tür.

~~~

Jesu hatte recht – eisiger Nordwind blies. Die Luft roch nach Schnee. Sollte der Winter in diesem Jahr tatsächlich schon Mitte Oktober anbrechen? Prospero schloss den letzten Haken seines Federmantels und zog sich die Fellklappen seiner Ledermütze über die Ohren.

Über den breiten Weg gingen sie in die Stadt hinunter. Bruno schaukelte voran. Beide trugen sie Fackeln. Das Gewicht seines fast leeren Rucksacks spürte Prospero kaum.

Kein Mensch war auf dem nächtlichen Marktplatz vor der Kathedrale zu sehen, keine Schritte hallten aus den Gassen und hinter keinem Fenster flackerte schon Licht. Prospero vermutete, dass Jesu am Fenster seiner Schlafkammer stand und ihnen hinterherschaute. Ein Schatten glitt lautlos über sie hinweg und segelte voraus zur Kathedrale. Buback.

Sie überquerten den Marktplatz, gingen am Hauptportal vorbei und an der Fassade der Kathedrale entlang bis zum Ostportal. Stützpfeiler, Türme und Mauerwerk der Kathedrale glänzten weiß im Mondlicht. Die Wasserspeier und die Skulpturen auf den Simsen und neben den Erkern kamen Prospero vor wie lebendige Wesen einer anderen Welt. Sie schienen jeden ihrer Schritte zu beobachten.

Als Herzog besaß er einen Schlüssel zum Ostportal und schloss es auf. Das Knarren des Portalflügels hallte über den Platz. Der Schein ihrer Fackeln fiel ins Seitenschiff. Hinter ihnen verschloss Prospero die Tür wieder.

Sie machten sich auf den Weg zum Chorraum. Fackelschein glitt über Seitenkapellen, Altäre, Säulen, Gemälde und Skulpturen. Das sichere Gefühl, mit Bruno nicht allein zu sein, beschlich Prospero. Das ging ihm oft so, wenn er nachts hierherkam, um seine Mutter zu besuchen. Und wie zur Bestätigung raschelte und scharrte es aus der Dunkelheit des Hauptschiffes.

Im Chorraum stiegen sie zum Hochaltar hinauf. Dahinter öffnete Bruno die beiden eisernen Bodenklappen; sie lagen zur Hälfte unter dem Altartisch. Das Quietschen ihrer Scharniere hallte aus der dunklen Kathedrale zurück.

Prospero hielt die Fackel über die Stiege, die zu den Grüften hinabführte. Eine Maus und zwei Skorpione huschten durch ihren Schein. Bruno stieg zuerst hinab. Das Schwert auf seinem Rücken stieß gegen das Geländer. Metallen hallte es durch das Kirchenschiff. Prospero hielt sich dicht hinter seinem Ersten Leibgardisten.

Unten angekommen, nahmen sie den Hauptgang. Der Schein ihrer Fackeln riss Sarkophage aus der Dunkelheit, fiel auf Stapel von Steinblöcken, enthüllte Reliefs und Inschriften auf gegen die Wand lehnenden Grabplatten und erleuchtete übereinanderliegende Nischen. Schädel und Skelette lagen darin.

Hier unten ruhten die Gebeine fast aller, die jemals die Geschicke Milanos gelenkt hatten. Hier bestattete man Herzöge,

Feldherren, Kanzler, Hohepriester. Und mit ihnen ihre Gattinnen oder früh verstorbenen Kinder. Auch Prosperos Großvater und Vater hatte man in einer dieser Grüfte zur letzten Ruhe gebettet. Prospero wusste genau in welchen, doch sein Schritt stockte nicht einmal, als er an ihren Grabstätten vorüberging.

Vor dem Sarkophag seiner Mutter blieb er endlich stehen. Er nahm Bruno die Fackel ab, damit dieser den Marmordeckel beiseiteschieben konnte. Der Hüne musste sich nur ein einziges Mal gegen die Platte stemmen, schon gab sie nach und rutschte mit einem groben Knirschen zur Seite.

Prospero reichte Bruno beide Fackeln, damit der ihm in den Sarkophag hineinleuchtete. Ihr Lichtschein fiel auf ein kleines Bündel, das in ein ehemals weißes Leintuch gewickelt war. Darin hatte man die sterblichen Überreste der Mutter gewickelt – Asche, Schädel und ein paar Knochen.

Prospero betrachtete den jämmerlichen Haufen. Er war keine Elle breit und höchstens drei Fuß lang. Wie ein Stich fuhr es ihm durch den Brustkorb.

Die Leichen seines Vaters und seines Großvater sahen ganz gewiss anders aus. Doch ein Mensch, den man auf dem Scheiterhaufen verbrannt hatte, ließ sich nicht einbalsamieren und mumifizieren.

Vater und Großvater hatten die verkohlte Leiche der Mutter vor der Südmauer auf dem Gräberfeld der Namenlosen verscharren lassen. Erst nach dem Tod seines Großvaters und der Einkerkerung seines Vaters hatte Prospero ausgraben lassen, was übrig geblieben war von der armen Mutter. Der gute Gonzo hatte heimlich ihre Grabstelle markiert.

Prospero beugte sich tiefer über den Sarkophag und langte hinein. Er brauchte nicht lange, bis er tastete, was er suchte. Er holte es heraus, klemmte es unter den Arm und nahm Bruno wieder die Fackeln ab. Sein Leibgardist schob die Marmorplatte zurück über den steinernen Sarg und ließ sich dann die Fackeln zurückgeben.

Prospero legte auf den Sarkophag, was er aus ihm herausgenommen hatte, einen in Sacktuch gewickelten Packen. Er schälte ihn aus dem Tuch, seine Hände zitterten ein wenig. Endlich lag offen vor ihm, was er begehrte: Goldene Sterne glitzerten im Licht der Fackeln. Prospero fuhr mit der Hand über die Pyramide, die Vogelfrau und den Schriftzug des Titels.

»Das BUCH DER UNBEGRENZTEN MACHT«, murmelte er leise. Er setzte den Ledertornister ab und öffnete ihn. Ein langer blonder Zopf lag darin. Prospero steckte das Buch dazu, verschloss den Tornister und schnallte ihn sich auf den Rücken.

Sie stiegen aus den Grüften in den Chorraum hinauf, gingen den Weg zurück durch die Kathedrale und schließlich durch das Ostportal wieder in die kalte Nacht hinaus. Der Herzog spürte das Gewicht des Rucksackes. Er fühlte sich so schwer an, als würden zehn Bücher in ihm stecken.

4

Miranda

Bleibt denn gar nichts, wie es ist? Babospo hat sich verändert. Babospo wird immer dünner. Babospo kommt nicht mehr jeden Abend. Zu kalt, sagt er, zu viel Schnee. Und wenn er kommt, will er nur noch eine einzige Geschichte erzählen. Allerhöchstens zwei. Und wenn er erzählt, redet er schneller als früher – hastig, fahrig, angespannt.

Besonders schlimm: Seine grünen Augen leuchten nicht mehr, wenn er mich beim Erzählen anschaut.

Er ist bei mir, schon, doch zugleich ist er nicht bei mir. Wo ist er?

Er erzählt mir eine Geschichte, schon, doch zugleich erzählt er sich selbst etwas. Ganz im Stillen, tief in seinem Kopf. Was erzählt er sich da? Ich würde es gern wissen.

Wenn er mich in die Arme nimmt, merke ich: Er riecht auch anders als sonst. Schlechter. Manchmal, aus dem Mund, sogar sehr schlecht. Hoffentlich ist er nicht krank.

Unter seinem Lederhemd trägt er eine Kette, die er früher nicht getragen hat: einen langen blonden Haarzopf. Den hat er mit zwei Goldketten zusammengeflochten. Eine Goldzopfkette? Sie gefällt mir nicht.

Wenn er mir vorsingt, soll ich ganz schnell einschlafen. Das sagt er nicht, das spüre ich. Ich will aber nicht ganz schnell einschlafen, ich will seinen Liedern lauschen, bis mein Herz anschwillt und ganz rund wird vor lauter Freude. Doch je länger ich mit offenen Augen lausche, desto ungeduldiger wird Babospo.

Er schimpft nicht, er mahnt nicht, er sagt nichts, doch ich

spüre seine Ungeduld. Ich sehe sie seinen Händen, ich höre sie seiner Stimme an. Und seinen Fußzehen, die sich ständig krümmen. Und natürlich erkenne ich Babospos Ungeduld auch in seinem angespannten Gesicht.

Was geschieht mit ihm? Was verändert sich da? Muss sich denn wirklich schon wieder etwas verändern? Bitte nicht!

Gestern hat Babospo schon nach der ersten Geschichte die liebe Frau gerufen, damit sie mich in frische Windeln wickelt; die liebe Frau, die nicht Majuja ist. Da habe ich an seinem Bein gerüttelt und geschimpft, bis er doch noch eine Geschichte erzählt hat. Viel zu schnell hat er jedoch erzählt, und zu kurz war die Geschichte auch.

Als sie zu Ende war, habe ich wieder gerüttelt. Doch Babospo hat keine Geschichte mehr erzählen wollen. Da habe ich geschrien und mit dem Fuß auf den Boden gestampft. Er hat die Augen verdreht, die Nase zusammengekniffen und ganz laut eingeatmet. Und dann doch noch eine Geschichte erzählt.

Dafür hat er später nur zwei Lieder gesungen.

Manchmal leuchten seine Augen doch noch – wenn er von der schönen Majuja erzählt. Früher sind Babospos Augen nass geworden, wenn er von ihr erzählt hat. Früher waren seine Geschichten von Majuja viel länger.

Babospo wird besonders ungeduldig, wenn er Geschichten erzählt, in denen Majuja vorkommt. Mit seinem Mund erzählt er die Geschichte, mit seinen Händen und seinem Blick sagt er: *Ich muss gleich wieder gehen.*

Doch wohin muss er gehen?

Seit heute weiß ich es – zu einem Buch muss er gehen.

Heute nämlich haben sie mich wieder einmal mit dem Schlitten durch den Schnee gefahren und zu Babospo gebracht, hinter die hohe Mauer in sein prächtiges Bauwerk. Dort werde ich auch bald wohnen, sagen sie. Wenn ich keine Milch mehr von der lieben Frau trinken brauche; von der lieben Frau, die nicht Majuja ist. Ich freu mich drauf; dann kann Babospo nicht mehr weggehen. Dann muss er mir Geschichten erzählen, wann immer ich will. Ich denke daran und werde froh.

Das kleinste Kind von der Frau, die nicht Majuja ist, haben sie mitgenommen. Damit ich mit ihm spielen kann. Ich würde aber viel lieber mit Babospo spielen. Und Geschichten von ihm hören. Und Lieder. Doch Babospo sitzt an einem Tisch und beugt sich über ein Buch. Er nennt es »Lesen«, was er da tut.

Huhu ist auch da. Er hockt auf seiner hohen Sitzstange und lässt seine lustigen Augen leuchten. Orange und gelb. Ich habe ihn gern, den Huhu.

Das kleinste Kind der lieben Frau, die nicht Majuja ist, und ich sind ungefähr gleich klein. Es kann noch nicht laufen, ich schon.

Ein Riese, der nicht richtig sprechen kann, hat Babospos Bücher zusammengeschoben, ein hohes Gitterding in Babospos großem Zimmer aufgestellt und uns hineingesetzt.

Ich würde gern zu dem grünen Baum mit den weiß-blauen Blüten gehen und mir das Spinnennetz dahinter genauer anschauen. Und die große Spinne darin. Das geht nun nicht. Ich würde auch gern ganz viele Bücher aus den Regalen ziehen und einen Turm daraus bauen. Das geht nun auch nicht.

Das Gitterding reicht mir bis unter das Kinn. Ich gucke zu Babospo und rufe seinen Namen: »Babospo!« Er antwortet nicht, dreht sich nicht einmal nach mir um.

Ich kann seinen Rücken sehen, ein Ohr von ihm und ein Stück von seinem Gesicht. Babospo blickt auf von diesem Buch, greift in eine Schüssel, holt grünes Kraut heraus und steckt es in den Mund. Zu mir guckt er nicht. Hat er mich vergessen? Er kaut das Kraut und beugt sich wieder über das Buch.

Es gefällt mir nicht.

Ich schaue weiter zu ihm – seine Lippen bewegen sich. Ich höre ihn Worte murmeln, die ich nicht verstehe; er kritzelt auf lauter Zettel. Er greift zu einem Becher und trinkt.

Jetzt macht er die Augen zu und legt den Kopf in den Nacken; er murmelt die unverständlichen Worte wieder und wieder, als fürchte er, sie sonst zu vergessen. Und was macht er da für seltsame Bewegungen mit seinen Händen?

Jetzt beugt er sich wieder über das Buch, kritzelt wieder auf einen Zettel und murmelt wieder, deutlicher, lauter; ich verstehe trotzdem nicht, was er sagt, denn solche Worte habe ich noch nie gehört. Und jetzt sehe ich seine grünen Augen – sie leuchten.

Sie leuchten? Ein Buch bringt seine Augen zum Leuchten? Und mir Geschichten zu erzählen nicht?

Nun weiß ich Bescheid: Davon also erzählt er sich tief in seinem Kopf, wenn er bei mir ist. Von diesem Buch. Dorthin zieht es ihn, wenn seine Hände, seine Zehen und sein Blick sagen: *Ich muss gleich wieder gehen.* Zu diesem Buch. Zum *lesen*.

Mag ich dieses Buch? Nein. Hasse ich dieses Buch? Ich glaube schon.

Ich rüttele an dem Gitterding. Babospo hört es nicht. Ich hänge den Arm heraus und versuche, das Bein auf den hohen Rand des Gitterdings zu legen. Babospo merkt es nicht. Er hat nur Augen für die Wand zwischen dem grünen Baum mit den weiß-blauen Blüten und Huhus Stange. Und er murmelt immer lauter.

Das kleinste Kind der lieben Frau, die nicht Majuja ist, hockt neben mir, greift nach den Gitterstäben, rüttelt ebenfalls daran und brabbelt meinen Namen. Es will aus dem Gitterding herausklettern. Das will ich auch. Mein Fuß liegt schon auf der Gitteroberkante.

Doch bin ich schon groß genug, um drüber hinweg zu klettern? Vielleicht, wenn ich auf das kleinste Kind der lieben Frau steige, die nicht Majuja ist.

Babospo macht wieder die Augen zu. Ich klettere auf das kleinste Kind der lieben Frau, die nicht Majuja ist. Babospo legt wieder den Kopf in den Nacken. Das kleinste Kind der lieben Frau, die nicht Majuja ist, fällt um und plärrt. Babospo hört es nicht, er murmelt. Ich steige auf die Brust des kleinsten Kindes der lieben Frau, die nicht Majuja ist. Babospo murmelt lauter, seine Stimme kommt mir fremd vor auf einmal. Ich liege auf der Oberkante des Gitterdings – noch einen kleinen Ruck muss ich mir geben, dann falle ich auf die andere Seite.

Babospo senkt den Kopf und öffnet die Augen. Da ist etwas an der Wand zwischen Huhus Stange und dem grünen Baum mit den weiß-blauen Blüten. Babospo hört auf zu murmeln. Da scheint ein Licht an der Wand, ein lustiges Licht – es zittert und leuchtet wie das Feuer im Ofen der lieben Frau, die nicht Majuja ist.

Babospo springt auf, und ich lasse mich von der Oberkante des Gitterdings auf die Bücher fallen, die davor liegen. Na also.

Huhu sträubt sein Gefieder, macht *Huhu, huhu!* und fliegt von seiner Stange auf Babospos Schulter. Babospo steht so still wie der Schneemann, den die großen Kinder der lieben Frau, die nicht Majuja ist, vor ihrem Haus gebaut haben. Was ist los mit ihm? Er muss doch das Licht sehen! Freut er sich denn nicht darüber?

Nein. Babospo freut sich nicht, das sehe ich ihm an. Babospo ist erschrocken.

Ich stehe auf. Muss man denn erschrecken vor dem Licht an der Wand? Es tanzt doch recht lustig. Ich will es anfassen, also klettere ich über die Bücher und stapfe zum grünen Baum mit den weiß-blauen Blüten hin.

Das tanzende Licht leuchtet nicht rötlich, weiß oder gelb wie das Feuer im Ofen der lieben Frau, die nicht Majuja ist, es leuchtet dunkelrot und violett, und es zittert und glitzert und flirrt. Muss man denn Angst vor ihm haben, dass Babospo so ganz und gar still steht, nicht einmal mehr murmelt?

Ich laufe an Babospo vorbei, ich halte mich am Topf mit dem grünen Baum fest, ich erschrecke – seine großen Blätter hängen vertrocknet herunter, seine schönen weiß-blauen Blüten sind ganz und gar verwelkt.

Ich habe Angst.

Ich muss weinen.

5

Licht

Immer, wenn Prospero die Worte des Spruches wiederholte, stellte er sich vor, dass Julia hinter dem Passionsblumenstock und dem Sekretär vor der weißen Wand stand. Er stellte sich ihr Lächeln vor, eingerahmt von ihrem goldblonden Haar, stellte sich ihre anmutige Gestalt in ihrem weinroten Seidenkleid vor, stellte sich vor, wie er sie atmen hörte. Bald konnte er gar nicht mehr zur Wand schauen, ohne sie dort zu sehen.

Das BUCH DER UNBEGRENZTEN MACHT lag vor ihm auf dem großen Arbeitstisch – aufgeschlagen bei den letzten Kapiteln; denen mit den Sprüchen und Ritualen gegen den Tod. Die Kinder spielten im Laufstall schräg hinter ihm. Prospero hatte es abgelehnt, sie den Zofen zu überlassen. Er liebte es, Miranda in seiner Nähe zu wissen, das tat ihm gut und stärkte seinen Lebensmut. Und heute studierte er die Kunst der Magie ja nur, hatte sich nur ein paar Übungen vorgenommen; heute wollte er noch nicht Ernst machen mit der Anrufung der Lebenskraft.

Allerdings fesselte ihn seine Studie so sehr, dass er die beiden Kleinen kaum wahrnahm. Ihr Quäken und Brabbeln hörte er nur wie von fern. Rief Miranda seinen Namen? Schon möglich, später würde er sich um sie kümmern. Jetzt beschlagnahmten die magischen Übungen seine gesamte Aufmerksamkeit.

Die magischen Übungen: eine bestimmte Haltung der Arme und Hände, bestimmte Bewegungen der Finger, eine vertiefte Atmung, die Konzentration die Geistes, das deutliche und fordernde Aussprechen des Spruches, mit dem man gegen die Pforten der Unterwelt klopfen konnte.

Diese magischen Sprüche auswendig zu lernen, hatte nur ein Bruchteil der Zeit in Anspruch genommen, die es Prospero gekostet hatte, sie zu entziffern und zu übersetzen. Das BUCH DER UNBEGRENZTEN MACHT hatten seine Verfasser tatsächlich in einer Geheimschrift verfasst.

Der Herzog war in monatelanger Arbeit auf insgesamt drei Verschlüsselungssysteme gestoßen, mit denen sich die Geheimschrift in drei gängige Sprachen der bekannten Welt übertragen ließ. Welch kluger Geist musste dieses Buch erschaffen haben!

Er griff in die Schale mit der Petersilie, steckte sich ein paar klein geschnittene Stängel in den Mund und kaute darauf herum. Das hatte Josepho ihm gegen den Mundgeruch empfohlen. Mundgeruch ließ sich kaum vermeiden, wenn man fastete, und Prospero rührte bereits seit zwölf Tagen keine Speisen mehr an.

Auch das Fasten gehörte zu den magischen Übungen.

Er langte nach seinem Trinkbecher, nahm einen Schluck Zitronenwasser – das half ebenfalls gegen den Hungergeruch – und spülte die zerkaute Petersilie hinunter.

Noch einen Blick zur Wand zwischen Bubacks Stange und dem Passionsblumenstock. Es gelang Prospero immer schneller, seinen Geist auf Julias Gestalt und Gesicht zu konzentrieren und ihr Bild heraufzubeschwören. Manchmal glaubte er sogar, ihren Duft in der Nase und auf dem Gaumen zu spüren. Wunderbar!

Hinter ihm quäkte ein Kind. Später. Er hob die Hände vor die Brust und schloss sie langsam, bis die Fingerbeeren sich berührten. Eine Übung, weiter nichts. Er legte den Kopf in den Nacken, schloss die Augen und begann aufs Neue den Spruch zu murmeln, mit dem ein Meister der Magie die Kraft des Lebens gegen den Tod aufrufen konnte.

Eine magische Übung zunächst, eine Studie eben, noch lange kein ernsthafter Versuch, gegen die Pforten der Unterwelt zu klopfen. Doch beherrschte er das Ritual nicht schon beinahe perfekt? Jedenfalls dessen Durchführung – die Wirksamkeit des magischen Rituals wollte er in den nächsten Tagen erproben. Vielleicht unten im Garten, vielleicht oben unter dem Dach des Bergfrieds. Auf alle Fälle musste er allein sein dazu.

Die Worte flossen ihm bald wie von selbst über die Lippen. Ganz leicht wurde ihm zumute, und Hochstimmung beflügelte ihn unerwartet. Ob es ihm gelingen würde, Miranda schon zu ihrem zweiten Geburtstag ihre Mutter zu schenken? Und sich selbst seine geliebte Gattin?

Ihm war auf einmal, als würden die Worte des Buches seine Stimme zum Klingen bringen und seine Lippen bewegen. Eine Kraft, die er nie zuvor gespürt hatte, berührte ihn. Die Worte des Spruches machten seine Stimme immer kräftiger und lauter.

Jäh war etwas gegenwärtig, etwas Fremdes. Ein Frosthauch wehte Prospero durch Federmantel und Lederhemd. Er riss die Augen auf, starrte in einen flirrenden Lichtfleck. Seine Lippen bewegten sich wie von selbst. Das Licht flimmerte an der Wand hinter dem Passionsstock, dort, wo eben noch Julias Bild geleuchtet hatte. Es wuchs und versprühte tiefrote und düsterviolette Strahlen.

Heißer Schrecken durchzuckte Prospero, er sprang auf. Das düstere Licht aus seinem Traum – genauso hatte es geflimmert und gestrahlt!

Buback stieß einen Warnruf aus, ein Luftzug fuhr dem Herzog ins Haar, der Uhu landete auf seiner Schulter. Prospero starrte in das rätselhafte Licht und rang um seine Fassung. Was geschah da? Er wagte nicht zu atmen, vermochte nicht, sich zu rühren, stand wie festgefroren am Arbeitstisch. Es war doch nur eine magische Übung? Beherrschte er das Ritual denn schon so gut, dass es Wirkung zeigte? Tatsächlich: Das Licht verdichtete sich, begann zu pulsieren, aus seinem Inneren schälten sich die Umrisse einer Gestalt ...

Plötzlich bewegte sich etwas am Rande seines rechten Blickfeldes – ein Kind! Gütiger Himmelsgott, die Kinder! Prospero hatte sie völlig vergessen! Unverzeihlich. Er hatte nur üben wollen, und jetzt dieses Licht und diese Umrisse einer menschlichen Gestalt!

Miranda tapste über die Bücher auf das unheimliche Licht zu, hielt sich am Rand des Pflanzentopfes fest, betrachtete den Passionsblumenstock – und fing an laut zu weinen.

Die Lähmung fiel von Prospero ab, das Licht an der Wand erlosch. Zwei Schritte und er stand hinter dem weinenden Kind, hob es hoch, drückte es an seine Brust und küsste es.

»Brauchst doch nicht zu weinen, mein Herzchen, Babospo ist doch bei dir.« Miranda weinte lauter und deutete zur Wand. Hatte sie das Licht etwa auch gesehen? Buback war längst zur äußersten Fensterbank geflogen.

»Nur ein Licht, mein Kleines, nur ein Strahl der Abendsonne.« Er streichelte sie, ging zum Fenster und ließ den Uhu hinaus. Dunkle Wolken bedeckten den Abendhimmel. »Das war wirklich nur ein Strahl des Mondlichtes, mein Geliebtes.«

Prospero schritt auf und ab, küsste die weinende Miranda, stimmte ein Lied an, schielte zur Wand. Das Licht war wahrhaftig erloschen, dem Himmelsgott sei Dank! Doch nun weinte auch der kleine Sohn der Amme, stand am Laufgitter und plärrte nach seiner Mutter.

Prospero rief nach Bruno und Jesu. »Lasst den Schlitten anspannen!«, befahl er. »Wir bringen die Kinder nach Hause.«

Miranda beruhigte sich nach und nach, wollte jedoch gar nicht mehr aufhören zur Wand hinter dem Blumenstock zu zeigen. Gewissensbisse plagten Prospero – niemals hätte er die Anrufung der Lebenskraft gegen den Tod in Gegenwart der Kinder üben dürfen. Doch wie hätte er ahnen sollen, dass schon die Übung des Rituals eine derartige Wirkung entfalten würde?

Zugleich empfand er Genugtuung und Freude. *Du bist ein Magier*, schoss es ihm durch den Kopf, *du bist tatsächlich ein Magier.*

Zwei junge Zofen kamen herein und zogen die Kinder an. Prospero trug Miranda in den Burghof zum Schlitten, eine der Zofen den Jungen. Es schneite, das lenkte die Kinder ab. Miranda vergaß das Licht, riss den Mund auf und schnappte nach Schneeflocken. Der Junge tat es ihr nach.

Im Haus der Amme dann die übliche Gute-Nacht-Zeremonie: Essen, Geschichten, Windeln und Lieder. Anders als an viel zu vielen Abenden der vergangenen Wochen ließ Prospero sich diesmal wieder viel Zeit. Die Geschichten, die er aus dem Stegreif erfand, und Julias Lieder taten seinem Gemüt gut und beruhigten seine aufgewühlten Nerven ein wenig.

Wirklich vergessen konnte er das unheimliche Licht jedoch nicht. Als er vor dem Bettchen seiner schlafenden Tochter kniete, stand es ihm wieder deutlich vor Augen. Wie kam das Licht aus seinem Traum in seine Bibliothek?

Die ganze Zeit fragte er sich das, auch als er schweigend neben der jungen Zofe auf der Rückbank des Schlittens saß. Bruno hockte auf dem Kutschbock; der alte Gardist an seiner Seite lenkte das Pferdegespann zurück in die Burg. Es war längst dunkel.

Statt in Julias Schlafgemach ging Prospero noch einmal in die Bibliothek. Bruno begleitete ihn. Vor der Tür zögerte der Herzog einen Atemzug lang, bevor er einen Flügel aufzog. Er bat Bruno, mit der Fackel voranzugehen. Das Herz klopfte ihm bis zum Hals, als er hinter seinem Leibgardisten her in seine Bibliothek trat. Wie ein fremder Raum kam sie ihm vor. Es gruselte Prospero sogar ein wenig, und er ärgerte sich über sich selbst.

Du bist ein Magier, ermutigte er sich im Stillen, *du bist wirklich ein Magier und hast keinen Grund, dich vor irgendetwas zu fürchten.*

Kein fremdes Licht erleuchtete die Bibliothek, nur Brunos Fackel. Mit knappen Gesten wies der Herzog seinen Ersten Leibgardisten an, die Leuchter an der Fensterwand zu entzünden. Er selbst ging zum Blumenstock und Bubacks Ansitz und betrachtete aufmerksam die Wand dahinter. Sie sah so weiß aus wie immer.

Sein Blick fiel auf das Spinnennetz zwischen Pflanzentopf und Fensterbrett – wieso konnte er die große Spinne nirgends entdecken? Er ließ sich Brunos Fackel geben, hielt sie über das Netz, betrachtete es aufmerksam, und endlich sah er das Tier.

Es lag am Boden unter dem Netz und rührte sich nicht.

»Oh, oh«, seufzte plötzlich neben ihm sein Erster Leibgardist. Hatte er die tote Spinne ebenfalls entdeckt? Prospero schaute ihm ins Gesicht; Bruno konnte die Spinne gar nicht sehen, er stand ja einen Schritt hinter Prospero. Dennoch wirkte er verblüfft; er deutete auf den Passionsstock und sagte immer nur: »Oh, oh ...«

Prospero hob die Fackel – die großen Blätter der Pflanze hingen schlaff und gelblich herab, sämtliche Blüten waren verwelkt. Er streckte die Fackel nach rechts – ihr Schein fiel auf einen verwelkten Rosenstock. Er streckte sie zum linken Sekretär hin – auch die Dahlie war vertrocknet.

Ihm wurde auf einmal schwindlig, und das Zimmer begann sich zu drehen. Prospero hielt sich am Sekretär fest und beleuchtete das Spinnennetz zwischen dem Teleskopstativ und Bubacks Ansitz: Die Spinne dort hockte mitten im Netz. Er berührte sie mit dem Zeigefinger, sie bewegte sich nicht. Tot.

Täuschte er sich oder bebte der Boden unter seinen Fußsohlen? Prospero schob den Hünen zur Seite und wankte mit der Fackel von Spinnennetz zu Spinnennetz.

Keine einzige Spinne lebte mehr in seiner Bibliothek.

6

Tote Tauben

Vor den Fenstern der Hauptkanzlei sangen die Vögel. Tonio blickte auf den Burghof hinunter. Schmelzwasser tropfte vom Dach, eine große Pfütze dehnte sich zwischen dem Gartentor und dem Bergfried aus. Nur in den schattigen Winkeln zwischen Wehrmauer und Bergfried und an den Tortürmen lag noch ein wenig Schnee. Das schöne Licht der Frühlingssonne schimmerte auf den Dächern der Stadt, auf grünenden Beeten und auf knospenden Bäumen.

Den Weg in Tonios Gemüt hatte es noch nicht gefunden; der Kanzler dachte an seinen Bruder; düstere Gedanken waren das. Würde Prospero jemals wieder richtig gesund werden? Würde er jemals wieder der Herzog von Milano werden, so wie er ihn kannte? Tonio hegte Zweifel. Bohrende Zweifel.

Außerdem schmerzte sein rechter Unterarm. Das verdross den Kanzler, denn ein Stück Eibenholz und ein Haken aus Eisen taten gewöhnlich nicht weh. Doch der Phantomschmerz plagte ihn in letzter Zeit an jedem neuen Tag und erinnerte ihn daran, dass er etwas verloren hatte seit jenem verhängnisvollen Katzenbiss; mehr verloren hatte als nur den rechten Unterarm.

Unten im Burghof ritt eine Schar Jäger auf das Burgtor zu. Der Falkner trug einen Adler auf dem Handschuh. Schwertmänner öffneten das Tor, die Jäger ritten aus der Burg. Ihr Anblick stimmte Tonio traurig – vor wenigen Wochen noch wäre es undenkbar gewesen, dass die Jäger ohne ihren Herzog auf die Jagd ritten.

Der Kanzler wandte sich vom Fenster ab. Grübelnd beobachtete er Gonzo, den Ersten Thronrat. Der saß am großen, runden Tisch und studierte die neuste Depesche aus Napoli. Wie so oft, wenn er sich konzentrierte, fuhr er sich dabei wieder und wieder durch den grauen Lockenschopf.

Mit finsterem Blick starrte Tonio auf seine Hakenprothese. Prospero mochte offiziell Herzog von Milano genannt werden, doch die Regierungsarbeit erledigten er, Tonio, und der gute Gonzo. Wie lange sollte das noch so weitergehen?

Manchmal, wenn er daran dachte, dass er im Grunde – mit Gonzos Hilfe – die Last des Herzogtums allein trug, während Prospero sich seinen sogenannten Studien widmete und in seiner Trauer suhlte, schoss es ihm wie ein Stich durchs Herz und stieg ihm bitter wie Galle die Kehle hinauf und bis auf die Zunge. In solchen Augenblicken erinnerte er sich, wie ihn sein Bruder vor fast zwei Jahren vor vielen Schwertmännern und Dienern wegen der Hexe zurechtgewiesen hatte; weil er sie hatte blenden lassen. Wie einen kleinen Gärtnerjungen hatte Prospero ihn damals zusammengestaucht und gedemütigt.

Auch die Stunde vor mehr als zwei Jahren in der Bibliothek fiel ihm dann wieder ein, als Prospero wegen seines Verhaltens den Tunischen gegenüber in Zorn geraten war. Dabei hatten Gonzo und er weiter nichts als die Friedensverhandlungen des Königs im Auge gehabt, als sie die feindlichen Schiffe nicht verfolgen und die tunischen Gefangenen mit Milde behandeln ließen.

Und jäh standen ihm in solchen Momenten der Bitterkeit alle anderen Erlebnisse vor Augen, in denen Prospero ihn hatte spüren lassen, dass er, Tonio, nur der Kanzler und jüngere Bruder, dass er kleiner, geringer und unbedeutender war.

Er hob den Haken auf Augenhöhe. Verfluchte Prothese! War im Grunde Prospero nicht auch schuld an seiner Erkrankung und diesem elenden Haken hier? Hätte sein Bruder an jenem verhängnisvollen Morgen auf ihn gehört und das Hexenweib noch am selben Tag auf den Scheiterhaufen geschickt, hätte es niemals die verhexte Katze auf ihn hetzen können …

Es klopfte. »Herein!«, rief Tonio. Josepho öffnete die Tür. »Endlich!«

Gonzo ließ die königliche Depesche sinken, lehnte sich zurück und schaute dem Medikus gespannt entgegen.

»Komm schon.« Der Kanzler wies auf einen der gepolsterten Lehnstühle am runden Tisch. »Wie steht es um ihn?« Der Medikus bedeutete seinem Schüler, draußen bei den Schreibern und Sekretären des Kämmerers zu bleiben. Dann erst schloss er die Tür, nickte Kanzler und Thronrat zu und ließ sich auf einen Lehnstuhl am runden Tisch fallen. »Besser. Viel besser.«

Er spähte zur Weinkaraffe im Wandbüfett. Gonzo bemerkte es, erhob sich und holte das Gefäß und drei Becher an den Tisch. »Erzähl doch, Josepho. Du warst lange bei ihm. Was hast du für einen Eindruck von unserem armen Herzog?« Er schenkte Weißwein ein – sich selbst einen kleinen Schluck, dem Kanzler den halben Becher voll, dem Medikus bis an den Becherrand.

»Mirandas Geburtstagsfest hat ihm gutgetan.« Josepho hob den Becher, prostete dem Kanzler und Gonzo zu und trank. Die anderen beiden nippten nur an ihrem Wein. Der Medikus rümpfte die Nase. »Was für eine warme Brühe!« Er knallte den Becher auf den Tisch. »Habt ihr keinen kühleren?«

»Nimmt mein Bruder regelmäßige Mahlzeiten zu sich?«, wollte Tonio wissen. Josepho nickte.

Gonzo stand erneut auf, öffnete die Tür und rief einen Diener herbei. Dem befahl er, frischen Weißwein aus dem Keller zu holen.

»Bist du sicher, Josepho?«

Der Medikus nickte. »Hat zugenommen. Sein Händedruck fühlt sich kräftiger an. Wird schon.«

Zugenommen hatte auch Josepho, fand der Kanzler. Seine Alterskorpulenz ging allmählich in Fettleibigkeit über. Und wirkte sein Gesicht nicht auch seltsam aufgeschwemmt?

»Er ist also nicht mehr bettlägerig?« Gonzo setzte sich.

Der Medikus schüttelte den Kopf. »Seit dem Geburtstag der Kleinen nicht mehr. Nur nachmittags schläft er ein, zwei Stunden. Gut so.«

Zu Beginn des letzten Wintermonats war der Herzog Prospero von Milano zitternd in seiner Bibliothek zusammengebrochen. Und das nur, weil ein paar Topfpflanzen verwelkt waren, die er wohl über längere Zeit nicht gegossen hatte. Und weil er ein paar tote Spinnen gefunden hatte. Zum Glück war Bruno bei ihm gewesen, als es geschah.

Die Nerven, hatte der Medikus gesagt.

Tonio fragte sich ernsthaft, ob einer noch zum Herzog taugte, der wegen verwelkter Blumen und toter Spinnen zusammenbrach. Er hütete sich jedoch, derartige Zweifel vor Josephos oder Gonzos Ohren auch nur anzudeuten.

Wochenlang hatte Prospero danach mit Fieber im Bett gelegen. Sie hatten um sein Leben gebangt. An manchen Tagen und Nächten mussten Josepho und Felix sich an seinem Krankenlager abwechseln. Seit dem Burgfest anlässlich des zweiten Geburtstages der Prinzessin ging es nun jedoch also wieder aufwärts mit ihm.

»Hat er dir verraten, warum er gefastet hat?«, fragte Gonzo.

»Für die verdammte Gesundheit.« Der Medikus zuckte mit den Schultern. »Sagt er. Glaub's ihm nicht.«

»Was glaubst denn du, warum er's getan hat, Josepho?« Tonio musterte den Medikus aufmerksam. Was über Josephos Lippen kam, spiegelte nur einen Bruchteil dessen wider, was hinter seiner breiten Stirn vor sich ging; das wusste Tonio.

»Hat ein Ziel, der Mann«, sagte Josepho. »Will irgendwas erreichen, um jeden Preis. Fragt mich nicht. Hat mit der Hexe zu tun. Und dem verdammten Buch.«

»Sobald der Fluss eisfrei ist, schleppen wir die alte Kogge in den Strom hinunter!« Tonio schlug mit der Hakenprothese auf den Tisch. »Die Tunische muss endlich weg!«

»Hat er dir das Buch überlassen?«, fragte Gonzo. Josepho schüttelte den Kopf.

»Ich habe ein ganz schlechtes Gefühl, wenn ich an das Zauberbuch denke.« Tonio fragte sich manchmal, ob seine Mutter jemals so ein Buch besessen hatte. »Wenn er seine Zeit mit diesem Machwerk verschwendet, ist er verloren.«

»Weißt du, wo er es aufbewahrt?«, wandte Gonzo sich an den Medikus. Josepho zuckte mit den Schultern. Der Thronrat seufzte. »Dann müssen wir Bruno oder Jesu fragen. Die wissen es bestimmt. Die wissen auch, ob er sich damit beschäftigt.«

»Bruno würde sich eher die Zunge abbeißen, als ein Geheimnis seines geliebten Herzogs zu verraten.« Tonio drehte seinen Weinbecher zwischen den Fingern und betrachtete ihn nachdenklich. »Jesu vielleicht schon. Wenn man es geschickt anstellt …« Er hob den Blick und wandte sich an den Medikus. »Und du bist ganz sicher, dass er regelmäßig isst?« Josepho nickte.

»Zum Glück gedeiht Miranda prächtig«, sagte Gonzo. »Sie wird vor dem Sommer noch abgestillt, habe ich gehört. Dann kann sie endlich in die Burg umsiedeln. Ihre ständige Nähe wird Balsam sein für Prosperos Seele.«

Josepho nickte heftig und wollte gar nicht mehr aufhören damit.

Es klopfte, ein Diener mit Bechern und einem Krug frischen Weins trat ein. Er teilte die Becher aus und schenkte ein. Mit den gebrauchten Bechern und dem warmen Wein auf dem Tablett verließ er die Hauptkanzlei.

»Plagen ihn noch Erscheinungen?«, fragte Gonzo. »Glaubt er noch, seine Frau zu sehen?«

»Nein.« Der Medikus nahm einen Schluck Wein. »Sagt er.«

»Du misstraust ihm, nicht wahr?«, hakte Tonio nach. Der Medikus zuckte nur mit den Schultern. Nach Tonios Geschmack tat er das ein wenig zu oft, wenn es um Prospero ging. »Erscheinungen würden mich nicht beunruhigen.« Mit der Hakenprothese zog Tonio seinen Weinbecher heran. »Ich habe unsere tote Mutter auch schon gesehen. Zuletzt, als ich vor zwei Jahren so krank war.«

»Weil ich dir Rauschmittel verpasst habe.« Josepho setzte den Becher an und trank mit tiefen Zügen.

»Weit mehr beunruhigt mich dieses Buch.« Mit grübelnder und missmutiger Miene starrte Tonio in seinen Wein. »Und das Hexenweib sowieso. Es muss weg. So schnell wie möglich. Soll es doch auf einer öden Insel verrecken!«

»Wird der Herzog denn im Spätsommer nach Napoli reisen können?« Gonzo hob die Depesche hoch. »Der König fragt danach. Arbosso will wissen, wie groß das Gefolge sein wird, mit dem Prospero zu reisen gedenkt.«

»Fragt ihn selbst.« Der Medikus griff zum Krug und schenkte sich Wein nach. Er trank viel in den letzten Monaten; das machte Tonio Sorgen. Der Tod der Herzogin und Prosperos Zustand hatten Josepho mächtig zugesetzt.

»Ich werde ihn fragen.« Mit einer Geste forderte Tonio Gonzo auf, ihm die Depesche zu geben. »Und werde dann dem König persönlich antworten.«

Gonzo zog erstaunt die Brauen hoch, überließ dem Kanzler jedoch das Pergament. Normalerweise vermied es Tonio, die Korrespondenz der Kanzlei selbst zu erledigen. Er schrieb nicht gern mit der linken Hand.

»Morgen will Prospero zum ersten Mal wieder Gericht hal-

ten.« Josepho setzte seinen Becher ab. »Und übermorgen an der Thronratsitzung hier in der Kanzlei teilnehmen.«
»Der Himmelsgott gebe, dass es so sei!« Tonio sog scharf die Luft durch die Nase ein. »Ich glaube es erst, wenn ich ihn wieder seine Aufgaben erfüllen sehe!« Er griff nach seinem Weinbecher.
»Morgen schon will er Gericht halten?« Gonzo konnte es kaum glauben. »Wirklich? Das klingt ja, als würde er bald wieder der Alte sein.«
»Klingt wenigstens so, ja.« Josepho hob seinen Becher. »Auf unseren Herzog.«
Sie tranken.

~~~

Kühler Nachtwind zerwühlte seinen Federmantel. Es duftete nach Bärlauch, Harz und Eichenrinde. Manchmal knarrte und ächzte über ihm in der Eichenkrone ein Ast unter einer Windböe. Im Unterholz rund um den Stamm raschelte es von Zeit zu Zeit. Mäuse oder Blindschleichen, vermutete Prospero, oder beides. Drei Steinwürfe entfernt quakten Frösche im Gartenteich. Eine Nachtigall tirilierte irgendwo an der Nordmauer. Und am Südrand des kleinen Gehölzes brach ein Ast unter einem Schritt.

Bruno wahrscheinlich; auf seine Begleitung hatte Prospero nicht verzichten wollen. Der treue Leibgardist patrouillierte am Süd- und Westrand des nächtlichen Wildgartens. Unter keinen Umständen konnte der Herzog Zeugen gebrauchen. Im Norden und Osten begrenzte die Wehrmauer das kleine, wildwuchernde Gehölz.

Hier überließ der Herzog die Natur seit Jahren sich selbst. Er liebte diesen Teil des Burggartens mehr als den kultivierten Teil mit all seinen Beeten, Springbrunnen, Rasenflächen und Zierhecken rund um den Teich. Hierher zog er sich oft zurück –

unter die alte Eiche, ans Grab seiner geliebten Gattin. Seit ihrem Tod beinahe jeden zweiten Tag.

Das wilde Gehölz war so dicht, dass man von außen nicht hineinschauen konnte. Deswegen hatte der Herzog diesen Ort für seinen zweiten magischen Beschwörungsversuch ausgesucht. Für seinen ersten ernsthaften.

Er zog die Beine an, schlang die Arme um die Knie und lehnte den Hinterkopf gegen den Eichenstamm. Der fühlte sich stark und unüberwindlich an. Vor ihm, unter dem blühenden Bärlauch, lag Julias Grab. Er schloss die Augen, murmelte einen Kraftspruch, tastete mit dem Geist nach dem uralten Baum und spürte seiner Stärke und Unbeugsamkeit nach. So lange, bis er die Kraft der Eiche in Kopf und Rücken strömen spürte. Das tat gut.

Nach seiner Genesung hatte er über einigen Gerichtstagen den Vorsitz geführt. Etwa zwei Wochen lang versäumte er kein Arbeitsessen mit dem Kämmerer und dem Kanzler, ließ keine Versammlung des Thronrates aus, las jede Depesche aus dem Ausland und ließ sich geduldig die täglichen Berichte des Baumeisters und des Stadtmarschalls vortragen.

Danach konnte er der Sehnsucht nach Julia nicht länger widerstehen. Ihr nicht und der Anziehungskraft des Buches nicht. Bald beschlagnahmten die magischen Studien wieder seine gesamte Aufmerksamkeit, seine Kraft und seine Zeit, und er hielt immer seltener Gerichtstage ab, ging immer seltener zu Arbeitsessen, Ratssitzungen und Berichtsstunden. Und seit einem Monat hielt er sich wieder völlig fern von allen Regierungsgeschäften.

Josepho ermahnte ihn deswegen hin und wieder, Gonzo flehte manchmal noch, und Tonio wies ihn scharf zurecht, wann immer sie einander begegneten. Dabei hatte Prospero seinem Bruder alle Vollmachten ausgestellt, die Regierungsgeschäfte des Herzogtums zu führen.

»Habt noch etwas Geduld mit mir«, pflegte der Herzog seine

Hofbeamten zu vertrösten. »Meine Studien neigen sich dem Ende zu. Bald stehe ich euch und Milano wieder mit ganzer Kraft zur Verfügung.«

Tonio musste sich beugen, was blieb ihm anderes übrig? Schließlich war er, Prospero, der Herzog und Tonio nur der Kanzler. Leider bestand sein Bruder energisch darauf, die Hexe endlich in die Verbannung zu schicken. Regelmäßig gerieten sie ihretwegen in Streit. Doch Prospero weigerte sich. Noch. Wusste er denn, ob die Hexe Miranda nicht auch aus der Ferne Leid zufügen konnte? So, wie sie Tonio Leid zugefügt hatte. Und Stefano und Rico.

Inzwischen traute er Tonio zu, die Hexe hinter seinem Rücken töten zu lassen. Deswegen hatte er Bruno angewiesen, acht Leibgardisten abzustellen, damit sie in zwei Schichten die alte Kogge und den Zugang zu Coraxa im Auge behielten. Nicht um Coraxa zu bewachen, sondern um sie zu beschützen. Prospero fürchtete, sie würde sich rächen, falls jemand es wagte sie anzugreifen; sich rächen an Miranda.

Dass er die Kunst der Magie studierte, wusste natürlich niemand. Und so sollte es auch bleiben. Bruno ahnte möglicherweise etwas, Jesu vielleicht auch. Doch auf seinen Ersten Leibgardisten und seinen Obersten Kammerdiener konnte Prospero sich verlassen: Was immer sie auch beobachten mochten, sie würden es für sich behalten.

Er fror ein wenig. Tagsüber hatte die Luft schon nach Sommer gerochen, doch die Nächte waren noch kalt. Oder lag es am Hunger? Prospero fastete bereits den siebten Tag. Ob sie es schon gemerkt hatten? Besonders Tonio beobachtete ihn mit Adleraugen.

Das BUCH DER UNBEGRENZTEN MACHT empfahl die Anrufung der Lebenskraft gegen den Tod erst ab dem siebten Fastentag. Prospero bewegte murmelnd die Lippen.

Das Buch lag gut versteckt in der Burg. Wozu hätte er es mit in den Garten nehmen sollen? Seit so vielen Monaten studierte er schon darin, und an die hundert magischen Besprechungen und Rituale beherrschte er inzwischen auswendig: die Anrufung der Eichenkraft, die Sturm- und Hagelsprüche, die Anrufung des Orions, die Beschwörung des Wassers, des Feuers und der Luft, die Schlangen- und Vogelsprüche und vor allem die Besprechung der menschlichen Willenskraft.

Die rituellen Worte, die Prospero heute Nacht brauchen würde, waren die allerersten, die er gelernt hatte: die Anrufung der Lebenskraft gegen den Tod.

Der Mond ging auf und warf sein silbriges Licht über die weiße Blütenpracht des Bärlauchs unter der Eichenkrone. Prospero erhob sich. Er begann wie immer und beschwor Julias Bild vor seinem inneren Auge herauf. So lange, bis er ihre Gestalt und ihr Lächeln auch mit geöffneten Augen im düsteren Gehölz erkennen konnte.

Sein Herz klopfte ein wenig, doch er war gut vorbereitet. Noch einmal würde der Schrecken ihn nicht überwältigen. Vorsichtshalber hatte er sich drei magische Sprüche angeeignet, mit denen ein Magier seine Sitzung abbrechen konnte, falls er die Kontrolle über seine Zauberkräfte verlor.

Prospero zog die Kette mit dem Mutterzopf aus Hemd und Mantel, küsste ihn und drückte ihn an die Stirn. So stand er eine Zeitlang und sammelte sich. So lange, bis kein Gedanke, den er nicht denken wollte, seinen Geist mehr zerstreute, kein Bild, das er nicht aufgerufen hatte, keine Empfindung, die er nicht gesucht hatte.

Sein Geist verwandelte sich in einen gespannten Kriegsbogen, seine Gedanken und Empfindungen in den Pfeil, den er abschießen wollte. Er ließ den Mutterzopf los, streckte die Arme aus und öffnete die Handflächen zu Mond und Nachthimmel hin.

Dann begann er die Anrufung der Lebenskraft gegen den Tod zu murmeln. Er legte die Fingerbeeren zusammen. Sein Gemurmel wurde lauter, deutlicher, wurde allmählich zu einer energischen Beschwörung.

Seit seiner ersten, missglückten Erfahrung mit diesem Ritual hatte er die Eingangskapitel des BUCHES DER UNBEGRENZTEN MACHT gründlich gelesen. In ihnen führten die Verfasser den Schüler der Magie in deren Grundlagen ein: Konzentration, Geistesruhe, Willenskraft, Gedankenkontrolle. Prospero hatte dazugelernt; diesmal wartete er auf den entscheidenden Augenblick – auf den Moment, in dem er sich selbst vergaß und nicht mehr er die Worte und das Ritual benutzte, sondern die Worte und das Ritual ihn.

Und dann war es so weit: Seine Worte gewannen ein unerklärliches Eigenleben. Nicht mehr er, sondern die Anrufung der Lebenskraft bewegte seine Lippen, seine Zunge und seine Stimmbänder. Prospero wurde zum Werkzeug magischer Kräfte, die stärker waren als er. Sie erfüllten seinen Geist und seinen Körper; sie flossen durch ihn hindurch, und die Hochstimmung stellte sich wieder ein. Wie ein spielendes Kind fühlte er sich auf einmal, wie ein Kind, das sich selbst vergaß und verlor in seinem Spiel. So, dass es hinterher kaum noch zu sagen vermochte, was geschehen war.

Ein flirrendes Licht strahlte im Buschwerk über dem Unterholz auf, etwa zwanzig Schritte entfernt. Dort, wo Prosperos Geist Julias Bild festhielt. Das verschwamm nun allmählich mit dem Licht. Der Lichtfleck wurde größer, das Leuchten intensiver. Wahrhaftig – die Anrufung gelang!

Prospero achtete nicht auf seine zitternden Hände, nicht auf die plötzlich hinter seinem Brustbein auflodernde Angst; er richtete seine Aufmerksamkeit ganz und gar auf das Licht. Und dann geschah es: Dunkelrote und violette Lichtschlieren verdichteten sich zu den Umrissen einer menschlichen Gestalt, einer Frau.

Prospero klopfte das Herz in der Kehle vor Angst, und zugleich hätte er jubeln mögen vor Freude. Die Frau nahm deutlichere Züge an, ihr Haar war blond, ihre Gestalt anmutig und schön. Im Geiste schrie Prospero Julias Namen.

Die Frau trat aus dem Licht, hob den Kopf, sah ihn an, lächelte. Wie schön sie war! Sie trug ein hellblaues Kleid, das umfloss und umwogte die Formen ihres Leibes wie ein zarter, blauer Dunstschleier. Ihre schmalen Füße waren nackt und weiß, ihre Arme, Hände und Finger sehnig und feingliedrig.

Sie schritt auf ihn zu, streckte die Arme nach ihm aus, und ein spöttischer Zug mischte sich in ihr Lächeln.

»Julia!«, entfuhr es Prospero.

Doch was geschah da mit ihrem Haar? Nicht goldblond, sondern weißblond war es auf einmal! Die Weißblonde drehte sich um sich selbst, tanzte weiter auf ihn zu, tanzte bereits auf Julias Grab, und auf einmal veränderte sich auch ihr Gesicht – nicht anmutig und lieblich erschien es dem Herzog jetzt, sondern knochig, schneeweiß und voller Grimm und Hohn zugleich.

Wie ein Dämon sah die Weißblonde aus, wie eine Rachegöttin aus den Sagenbüchern der Vorväter. Das war nicht Julia! Niemals!

»Weiche!« Prospero kämpfte seine Panik nieder, rief sich die Bannungsformeln ins Gedächtnis. »Bei der ewigen Dunkelheit hinter dem Großen Wagen – sei gebannt!« Wie mit Speeren stieß er mit ausgestreckten Armen und je zwei ausgestreckten Fingern nach der zurückweichenden Erscheinung. »Beim Herz der Sonne und dem ewigen Lebenslicht – sei verschlungen! Beim Schwanz des Skorpions – sei durchdüstert und gelöscht!«

Das weißblonde Wesen verschwand im Lichtfleck, der Lichtfleck verblich und erlosch.

Schwer atmend starrte Prospero in die Dunkelheit. Rechts und links von ihm schlugen Gegenstände im Bärlauch auf. Das Herz pochte ihm in den Schläfen. Seine Knie zitterten, der Schweiß strömte ihm von der Stirn und unter den Kleidern über den Rücken.

»Ich habe einen Fehler gemacht«, flüsterte er. »Ich muss irgendeinen Fehler gemacht haben ...«

Ein schier unüberwindliches Verlangen nach menschlicher Gesellschaft überkam ihn. Er wandte sich nach Süden, wollte in den kultivierten Teil des Gartens laufen. »Bruno!«, rief er. Sein Fuß stieß gegen etwas Weiches. Erschrocken blieb er stehen und ging in die Hocke. Er streckte die Rechte aus, tastete nach allen Seiten, tastete Gefieder.

Rasche Schritte näherten sich, Fackelschein glitt heran. Bruno! »Dem Himmelsgott sei Dank«, flüsterte Prospero. Seine Nerven schienen zu flattern, das Innere seiner Brust fühlte sich an, als würde ein Pflug aus Eis darin pflügen.

Bruno stotterte irgendetwas, das Prospero nicht verstand. Das Licht seiner Fackel fiel auf eine tote Waldtaube. Prospero zuckte zurück und griff, als er sich abstützen wollte, in einen zweiten noch warmen Taubenkadaver. Drei Schritte neben Brunos Stiefeln lagen zwei tote Fledermäuse. Und sämtliche Bärlauchblüten waren verwelkt.

7

Angst

»Ich wusste es!« Sie hob den Kopf, als gäbe es hinter ihrer roten Maske noch Augen, mit denen sie ihn hätte mustern können. »Einer wie du wirft das Buch nicht weg! Nicht Magdalenas Sohn!« Um ihren Mund, ihre Nase und Wangenknochen spielte ein kaltes Lächeln, kalt und triumphierend – Prospero erkannte das, obwohl es da keinen Blick mehr gab, in dem er hätte lesen können. »Ich habe es von Anfang an gewusst!«

Sie stopfte Käse, Brot und Weintrauben in sich hinein, kaute lachend und spülte die Bissen mit Wein hinunter; er hatte ihr einen Korb mit Lebensmitteln und Wein mitgebracht. Bestechung? Hexenlohn? Wahrscheinlich. Die Zofe hatte die Speisen auf Tellern angerichtet und war danach an Deck gegangen.

»Ich habe es von Anfang an gewusst!« Ständig wiederholte sie das, während sie abwechselnd in den Käse- und in den Traubenteller griff. »Der Sohn Magdalenas schmeißt dieses Buch nicht weg. Ich wusste es einfach.«

Prospero schwieg und ließ sie ihren Triumph auskosten, was sollte er auch tun? Ein doppelter Triumph: Zum einen hatte er gestehen müssen, dass er das BUCH DER UNBEGRENZTEN MACHT noch besaß, sie also Recht behalten hatte, zum anderen waren seine ersten Schritte in der Kunst der Magie kläglich gescheitert. Es war ihm schwer gefallen, ihr davon zu erzählen.

Tage- und nächtelang hatte der Herzog mit sich gerungen, bevor er sich endlich überwinden konnte, zu ihr auf die Kogge zu gehen. Die Fragen, die ihm unter den Nägeln brannten, konnte ja nur sie beantworten. Ein Traum hatte den Ausschlag gegeben: Coraxa war in seine Bibliothek eingetreten, hatte Julia hinter sich her gezogen und sie ihm übergeben, wie man ein Geschenk überreicht.

In der vergangenen Nacht war das gewesen. Jetzt, am frühen Morgen, saß er schon in ihrer Kerkerkajüte. Buback hatte er auf dem Oberdeck bei Bruno gelassen.

Die Hexe aß gierig und mit Heißhunger. Sie stürzte den Wein hinunter und trank, als ihr Becher leer war, aus der Amphore. Ob Tonio den Befehl gegeben hatte, ihre Essensrationen zu kürzen? Prospero hatte schon länger den Verdacht, dass sein Bruder die Hexe verhungern lassen wollte.

Er wartete geduldig. Bis sie aufhörte zu triumphieren, zu lachen und ihre Eingebung zu preisen. Nach und nach gewann ihr Appetit die Oberhand über ihre Genugtuung, und Coraxa aß und trank schweigend.

»Was war das, was mir da erschienen ist?«, fragte Prospero sie dann.

»Ein Elf? Ein schwarzer Engel? Ein Kobold?« Sie sammelte die letzten Weinbeeren vom Teller auf. »Nenne mir jedes Wort deiner Beschwörung und beschreibe mir noch einmal ganz genau das, was du anfangs für eine Frau gehalten hast. Vielleicht kann ich deine Frage dann beantworten.«

Der Herzog sammelte sich, rief die Bilder der Erinnerung auf und wiederholte die Worte, die er sieben Tage zuvor an Julias Grab ausgesprochen hatte; er kannte sie ja auswendig. Bis in alle Einzelheiten beschrieb er zum zweiten Mal, was er danach gesehen hatte. Auch die Gesten des Rituals wiederholte er.

»Ein Elf«, sagte die Hexe daraufhin. »Du hast einen Elf aus der Anderwelt gerufen.« Sie sagte das, ohne lange nachzudenken, und begründete ihre Behauptung nicht.

»Was habe ich falsch gemacht?« Es verletzte seinen Stolz, ihr diese Frage stellen zu müssen, doch es ging um Julia. »Was hätte ich anders machen sollen?«

Coraxa stieß ein gehässiges Lachen aus. »Wozu die Lebenszeit deiner Mutter nicht mehr reichte, das soll ich jetzt erledigen, ja? An ihrer Stelle soll ich deine Lehrerin sein, ja?« Und wieder warf sie den Kopf in den Nacken und lachte gehässig. »Wann lässt du mich frei, Herzog von Milano?«

»Wenn Julia aus der Unterwelt zurückgekehrt ist.«

»Bis dahin will ich ein Pfand, dann helfe ich dir.«

»Ich habe vier Schwertmänner zu deinem Schutz abgestellt. Das muss reichen.«

»Zu meinem Schutz?« Sie runzelte die Stirn.

»Es gibt einflussreiche Männer hier in Milano, die würden dich lieber heute als morgen auf dem Scheiterhaufen sehen.«

»Dein Bruder, ich weiß schon.«

»Ihm würde es auch genügen, wenn man ihm deinen Kopf brächte. Doch alle acht Stunden werden diese vier von vier ausgeruhten Schwertmännern abgelöst, und alle sind mir treu ergeben. Dein Leben ist sicher.«

»Ich will Miranda als Pfand.«

»Nein!« Wie ein Messer ging ihm ihre Forderung durchs Herz. »Niemals!«

»Bring deine Tochter mit, Herzog, dann werde ich dir erklären, wie genau du vorgehen musst, wenn du die heilige Kraft des Lebens gegen die Finsternis des Todes aufrufen willst.« Sie beugte sich weit über den Tisch und zischte: »Bring sie mir, und ich bring dir deine Frau aus dem Totenreich zurück.«

»Nein.«

Sie neigte den Kopf auf die Schulter und schwieg. Prospero fragte sich, welche Teufelei sie nun wohl wieder hinter ihrer hohen Stirn ausbrütete. Oder versuchte sie gar, seine Gedanken zu lesen? Im Geiste beschwor er das Bild einer goldenen Kugel he-

rauf, stellte sich vor, er würde hineinschlüpfen und zitierte im Stillen einen Spruch gegen magischen Zugriff auf seine Gedanken und Gefühle. Der Herzog hatte das BUCH DER UNBEGRENZTEN MACHT inzwischen sehr gründlich studiert.
»Dann verlange ich wenigstens ein Kleidungsstück von ihr.« Die Stimme der Hexe klirrte vor Kälte. »Den Federmantel, den du deiner Frau zur Geburt ihrer Tochter gemacht hast. Bring ihn mit.«
»Woher weißt du davon?« Prospero ließ sich seinen Schrecken nicht anmerken.
»Bring ihn mir mit.«
»Sie trägt ihn nicht, er ist ihr noch viel zu groß.«
»Doch sie deckt sich damit zu und wickelt sich darin ein. Bring ihn mir.«
Prospero verschlug es die Sprache. Auch das wusste sie? Er war erschüttert. Die Worte, die ihm Coraxa vor mehr als zwei Jahren ins Ohr gezischt hatte, schossen ihm durch den Kopf: *Lass mich ziehen, und dein Kind wird leben. Verbrenn mich, und dein Kind wird sterben.* Er machte sich nichts vor – sie wusste, dass er sie nicht freilassen würde. Und sie brauchte etwas, das Miranda am Körper trug, um einen tödlichen Zauber gegen sie zu entfesseln.

Der Herzog stand auf, nahm Korb und Weinamphore, verließ wortlos die Kerkerkajüte und schloss die Gittertür. Auf der schmalen Stiege zum Oberdeck hörte er sie rufen. »Komm zurück, Prospero!« Er zögerte; damit hatte er nicht gerechnet. »Komm schon, Herzog von Milano.«

Er machte kehrt und trat vor die Gittertür. »Was gibt's noch?«
»Mir reicht dein Wort.«
»Dann sag mir, was ich falsch gemacht habe.«
»Du musst ein Lebewesen mitnehmen«, erklärte sie mit mürrischer Stimme. »Ein unschuldiges möglichst. Ein Lamm,

ein Kalb, ein Fohlen – was weiß ich. Mit einem Weihespruch übereignest du es dem Tod. Ist ein fließendes Gewässer in der Nähe, gelingt es besser. Und dann musst du den Spruch anders betonen, weitere hinzufügen und andere Handzeichen setzen.« Sie machte und sprach ihm beides vor. »Und vor allem: Es darf niemals in der Nähe eines Grabes geschehen. Der nächste Tote darf nicht näher als in höchstens sieben Meilen Entfernung bestattet sein.«

⌇

Tonio hinkte aus der Kanzlei über den Burghof. Josephos Schüler begleitete ihn. Den hatte der Medikus geschickt, um den Kanzler zu sich in den Garten zu bitten. Tonio konnte sich nicht erinnern, seit den Tagen seiner Kindheit jemals wieder mit Josepho im Sommergarten gesessen zu haben.

»Ungewöhnlich.« Er hinkte neben Felix her; sein Rücken schmerzte und seit Neustem seine Hüfte. »Mach nicht so schnell. Was will dein Meister von mir?«

»Es geht um den Ersten Kammerdiener, mehr weiß ich auch nicht.« Sie traten in die Arkaden ein, die zwischen Bergfried und Wandelhallen in den Garten führten.

»Und warum ausgerechnet unten im Burggarten?«

Der Schüler des Medikus zuckte mit den Schultern. »Vielleicht will er den milden Juliabend mit Euch genießen.«

»So, meinst du.«

Am Gartensee vorbei führte Felix ihn zu den Rhododendronsträuchern, hinter denen die Gartenlauben standen. Tonio kannte Josepho sehr gut – der Sinn für milde Sommerabende war ihm schon vor vielen Jahren verloren gegangen. Vermutlich hatte er den Ort gewählt, um vor heimlichen Lauschern sicher zu sein. Ging es womöglich um Prospero?

Josepho und der Kammerdiener saßen in der hinteren Laube. Sie wirkten angespannt, vor allem Jesu. Der von Josepho gewählte Platz bestätigte Tonios Verdacht, denn von dieser Laube aus hatte man nach allen Seiten freien Blick.

Er setzte sich zu ihnen. Eine Karaffe mit Rotwein stand auf dem Tisch, beide Männer hatten Weinbecher vor sich stehen. Jesu war bleich, hielt den Kopf gesenkt und sah aus, als hätte man ihn verprügelt.

Auf einen Blick seines Meisters hin zog Felix sich an den Teich zurück. »Fühlt sich elend.« Mit einer Kopfbewegung deutete Josepho auf den Kammerdiener. »Hat dir was zu sagen.«

Tonio richtete seinen Blick auf Jesu. »Nun?« Mit einem Anflug von Genugtuung registrierte er einmal mehr, dass der Buckel des kleinen Mannes erheblich größer war als sein eigener.

»Sprich.«

»Es ist wegen Bruno.« Endlich hob der Kammerdiener den Blick. Der dürre Mann wirkte unruhig und ängstlich. »Neulich, als wir von Mirandas Amme zurückkehrten, hab ich ihm geholfen, Pferd und Wagen in die Stallung zu schaffen. Es war schon dunkel. Als wir den Stall verlassen wollten, kehrte die letzte Fledermaus zurück und ist über uns hinweggeflattert. Da stieß Bruno einen Schrei aus, fiel auf die Knie und barg seinen Kopf in den Armen. Und weinte.«

»Weinte?« Tonio glaubte, sich verhört zu haben.

»Ganz fürchterlich.« Jesu schluckte. »Vor lauter Angst.«

Der Kanzler wechselte einen verstohlenen Blick mit Josepho. Von dem hünenhaften Stotterer hatte man schon manches gehört. Nie jedoch, dass er schreckhaft oder gar ein Angsthase sei. »Weiter.«

»Vor ein paar Nächten bin ich kurz nach Mitternacht aufgewacht, weil jemand in meiner Kammer redete. Ich habe den Lampendocht hochgedreht, und wer liegt in Felle und Decken gewickelt neben meinem Bett? Bruno. Er hat gefuchtelt und gestöhnt. ›Weg‹, hat er gerufen, ›kein Licht, weg hier, weg!‹«

»Ohne zu stottern«, bemerkte Josepho. Über den Rand seines Weinbechers hinweg beobachtete er den Kammerdiener.

»Und dann?«, fragte Tonio.

»Ich hab ihn geweckt und gefragt, was er in meiner Kammer verloren hat. Bruno hat gezittert und gesagt, dass ihn schon seit ein paar Wochen Albträume plagen und dass er Angst hat, allein zu schlafen.«

Aus schmalen Augen musterte der Kanzler den kleinen Kammerdiener. Er versuchte sich einen weinenden, zitternden Bruno vorzustellen. Es gelang ihm nicht. »Wirklich?«

»Beim Herz des Himmelsgottes – jedes Wort ist wahr!« Jesu nickte heftig. »Und seitdem schläft Bruno jede Nacht bei mir. Und jede Nacht weckt er mich, weil er schlimme Träume hat, weil er schreien und um sich schlagen muss.«

Tonio lehnte sich zurück und schaute zum Teich hinüber. Josepho schenkte sich und dem Kammerdiener Rotwein nach. »Trink, Jesu. Siehst aus, als bräuchtest du's.« Das bucklige Männlein nickte und trank hastig.

»Was glaubst du, Jesu?«, fragte Tonio, ohne den Blick von den Schwänen auf dem Teich zu wenden. »Woran könnte es liegen, dass Bruno plötzlich so ängstlich ist und so schlecht träumt?«

Der Kammerdiener schaute erst zu Josepho, dann zum Kanzler und schließlich in seinen Weinbecher. Er nahm noch einen Schluck und flüsterte endlich: »Am Herzog.«

»Am Herzog?« Tonio riss sich vom Anblick der Schwäne los, hob die Brauen und schaute dem Kammerdiener ins hohlwangige Gesicht. »Wie kommst du denn darauf?«

»Bruno ruft ihn oft im Traum. ›Weg mit dem Buch, mein Herzog‹, sagt er manchmal. Und: ›Weg von dem Licht, mein Herzog.‹«

»Welches Buch mag er meinen?«, fragte Tonio vorsichtig. Dabei wusste er genau, von welchem Buch die Rede war.

»Das von der Hexe.« Jesu stierte in seinen Becher. Seine Kaumuskeln bebten. »Ich glaub', der Herzog macht schlimme Sachen damit.«

Tonio blickte wieder zum Gartensee hin. Er dachte an seine Mutter. Und er dachte an die Depesche, die er in der Woche zuvor mit einem Boten an den König von Napoli geschickt hatte. Seitdem schlief er schlecht. Wegen der vertraulichen Zeilen über Prospero, die er – nur für Arbossos Augen bestimmt – dem Schreiben angefügt hatte. Wenn das stimmte, was der Kammerdiener da erzählte …

Die Schwäne schlugen mit den Schwingen, erhoben sich eine Handbreite über das Wasser und klatschten mit den Schwingenspitzen und den breiten Schwimmfüßen auf die Wasseroberfläche. Halb liefen, halb flogen sie auf dem See. Endlich erhoben sich die schweren Vögel und flogen über die Arkaden und die Wehrmauer hinweg in Richtung Stadt davon.

Wenn das stimmte, was der Kammerdiener da erzählte, dann waren Prosperos Tage womöglich gezählt.

»Wo hat er das verdammte Buch versteckt?«, wollte Josepho wissen. »Weißt du's?« Jesu nickte. »Dann los, zeig's uns.«

Der bucklige Kammerdiener leerte seinen Wein, stand auf und trottete zum Wintergarten. Josepho und Tonio folgten ihm. Kurz darauf betraten sie die Bibliothek des Herzogs. Prospero war erst eine halbe Stunde zuvor in Begleitung Brunos zum Haus der Amme aufgebrochen; die Männer mussten nicht fürchten, von ihm überrascht zu werden.

Jesu ging zur Bücherwand auf der linken Schmalseite des großen Raums, stellte sich auf die Zehenspitzen und deutete auf einen dicken, braunen Buchrücken. »Das Brutverhalten des Uhus«, las Tonio vor. Er zog das Buch aus dem Regal. Der

Buchblock rutschte aus dem Einband, Josepho fing ihn gerade noch auf, bevor er am Boden aufschlagen konnte.

»Kein Buchblock, ein ganzes Buch.« Der Medikus betrachtete den schwarzen Einband, den Sternennebel darauf, die Vogelfrau, die blaue, durchsichtige Pyramide mit der goldenen Mondsichel.

»Das Zauberbuch.« Tonio nahm es ihm ab. Mit der Hakenhand stützte er es, mit der Linken blätterte er darin herum. »Eine Geheimsprache wahrscheinlich.« Sollte Prospero tatsächlich mit einem Zauberbuch experimentieren? *Dann sind seine Tage in der Tat gezählt*, dachte Tonio.

»Und jetzt?«, fragte der Medikus mit brüchiger Stimme.

Statt zu antworten, schaute Tonio sich in der Bibliothek seines Bruders um. In der langen Bücherwand entdeckte er einige Regalreihen, in der viele Bücher längs über die stehenden Bücher gelegt waren. Er ging hin, nahm eines heraus, kam zurück und reichte es dem Medikus.

»Ganz sicher?«

Tonio nickte und Josepho legte das Buch in den Einband des Werkes über das Brutverhalten des Uhus und stellte es zurück ins Regal. Das Zauberbuch steckte der Kanzler unter seinen langen roten Gehrock und klemmte es dort unter die Linke. Dann legte er dem Kammerdiener die Rechte auf die Schulter und sah ihm tief in die Augen. »Du hast nichts gesehen und nichts gehört. Du schweigst wie ein Grab.« Das bleiche Männlein nickte hastig.

Sie verließen Prosperos Bibliothek. Vor den Gemächern der toten Herzogin trennten sie sich von Jesu.

»Glaubst du, wir können uns auf ihn verlassen?«, fragte der Medikus leise, als Jesus Schritte sich entfernt hatten.

»Zweifelst du?« Tonio schüttelte den Kopf. »Ich nicht. Dadurch, dass er sich uns anvertraut hat, hat er Prospero die Loyalität gekündigt. Er kann nicht mehr zurück.«

Sie überquerten den Burghof. Tonio wollte zurück in die Kanzlei, Josepho zu seinem Wein. Plötzlich blieb der Medikus stehen. »Muss dir was sagen, Tonio.«

Der Kanzler runzelte die Brauen und stand ebenfalls still. »Was ist los?«

»Deine Mutter hat ein ähnliches Buch besessen.«

8

Der Fürst

Siebter Fastentag, Prospero war bereit. Er hatte die Anweisungen der Hexe aufgezeichnet, er hatte geübt, er hatte wieder Tag und Nacht im BUCH DER UNBEGRENZTEN MACHT studiert, er hatte ein Jungtier beschafft, er hatte sorgfältig den Ort ausgesucht, an dem es geschehen sollte. Jetzt ritt er durchs Jupitertor aus der abendlichen Stadt hinaus und flussaufwärts nach Norden. Buback flog voraus.

Das Lamm hatte der Herzog am Sattel seines Weißen festgebunden. Es hüpfte neben dem Schimmel her und mähte erbärmlich. Armes Tierchen. Fürchtete es den Uhu? Oder spürte es, was ihm bevorstand? Jesu hatte es auf Prosperos Anweisung hin auf dem Markt gekauft. Und nicht gefragt, was er damit vorhatte.

Sein Erster Kammerdiener wirkte ein wenig fahrig und verschlossen in letzter Zeit. Schlimmer noch Bruno – der Hüne schien dem Herzog regelrecht krank zu sein. Aus irgendeinem Grund schlief er neuerdings in Jesus Kammer. Albträume plagten ihn angeblich, und angeblich hielt er es nicht mehr allein in der Dunkelheit aus.

Unvorstellbar eigentlich; doch genau das war es, was Jesu erzählte.

Prospero fiel es schwer, seinem Kammerdiener zu glauben. Dennoch plagte ihn sein Gewissen wegen Bruno. Er hatte den Hünen in der Burg gelassen und ihm befohlen sich auszuruhen. Der Herzog vermutete, dass sein treuer Leibgardist mehr von seinen magischen Ritualen mitbekommen hatte, als gut für ihn war.

Höchste Zeit also für die letzte magische Sitzung, die entscheidende. Ab morgen sollte Schluss sein mit der Magie. Ganz bestimmt. Heute nämlich würde er Julia aus der Unterwelt heraufbeschwören. Zweifel verbot er sich.

Ein mit Steinen beladener Lastkahn trieb auf dem Fluss vorbei nach Süden Richtung Stadt. Die Flussschiffer winkten, doch Prospero erwiderte den Gruß nicht. Niemand konnte ihn erkennen in seinem langen, grauen Kapuzenmantel: Er hatte seinen Federmantel in der Burg gelassen und seinen Weißen mit einer grauen Pferdedecke verhüllt. Buback war zum Glück schon weit voraus.

Äußerlich wirkte der Herzog wie ein Großbauer, der auf dem Markt von Milano ein Lamm gekauft hatte und nun gemächlich zurück zu seinem Gehöft trabte. Innerlich bebte er vor fiebriger Erregung und musste unentwegt gegen die Enge in der Brust anatmen; Prospero hatte einen Kloß im Hals, sein Herz schlug schnell und tief im Bauch, und seine Knie fühlten sich erschreckend weich an. Zugleich jedoch erfüllten ihn Vorfreude und eine große Zuversicht.

An der Flussbrücke bog er nach Osten ab und ritt in den Wald hinein. Das letzte Gehöft Milanos lag nun schon mehr als sieben Meilen hinter ihm. Die Kühle des Waldes kroch ihm unter den Kapuzenmantel. Manchmal sah er Bubacks Silhouette von einer Baumkrone zur nächsten segeln. Eine knappe Meile weiter erkannte er die Überreste zweier Kohlemeiler zwischen den Bäumen. Seit vier Jahren wurde hier keine Holzkohle mehr hergestellt.

Prospero ließ den Weg hinter sich und lenkte den Weißen ins Unterholz hinein. Er konnte jetzt nur noch langsam traben, denn das Lamm versank immer wieder zwischen dem Bruchholz oder verfing sich im Gestrüpp. Jedes Mal wartete der Herzog geduldig, bis es sich befreit hatte. Die Schatten der Buchen wurden länger und länger. Jeden Moment würde die Sonne untergehen; eine kühle Abendbrise wehte bereits.

Auf der Lichtung, bei der größten der Köhlerhütten, hielt er den Schimmel an und stieg ab. Er hatte seinen Falkner und den alten Köhler nach einem Friedhof in der Umgebung gefragt; beide Männer kannten die Gegend wie ihre Vorratskammern und beide hatten ihm versichert: Weit und breit gab es keinen.

Der Herzog band den Weißen an der Vordachstütze der alten Hütte fest und löste den Strick des kläglich blökenden Lammes vom Sattel. Das gelang erst beim zweiten Versuch, denn seine Hände zitterten vor Erregung. Er ging in die Hocke, sah dem verstörten Tier in die weit aufgerissenen Augen und kraulte sein weiches Kopffell. Auch das Lamm zitterte. Und wich vor Prosperos Hand zurück. »Es tut mir leid«, sagte der Herzog heiser. »Doch es muss sein.«

Er stand auf und blickte sich um. Auf der anderen Seite der Meilerruinen, keine hundert Schritte vor dem Waldrand, erhob sich zwischen vier Birken ein mehr als mannshoher Findling, wie man ihn häufig zwischen Milano und dem Gebirge fand. Davor lagen ein paar kleinere Findlinge, die den Köhlern vermutlich als Hocker gedient hatten. Dorthin führte Prospero das Lamm. Er glaubte zu wanken, und seine Knie fühlten sich an, als wären sie mit heißer Butter gefüllt. Die Grasbüschel unter seinen Fußsohlen waren feucht.

Das Lamm bockte, zerrte an seinem Halsstrick, blökte immer lauter und erbärmlicher. Rief es nach seiner Mutter? Spürte es die Nähe des Todes? Mitleid schnürte Prospero das Herz zusammen.

Er dachte an Miranda. Morgen würde sie in die Burg umziehen. Und ihrer Mutter um den Hals fallen können. Lohnte es sich nicht, für diese glückliche Stunde das Leben eines unschuldigen Lammes zu opfern? O doch, das lohnte sich.

Und schon in wenigen Stunden würde er selbst seine geliebte Gattin wieder umarmen können. Jeden Zweifel an dieser Überzeugung unterdrückte der Herzog mit aller Macht. *Je größer die eigene innere Überzeugung des Magiers oder der Magierin, desto gewisser die Wirksamkeit seiner oder ihrer Magie* – so stand es im BUCH DER UNBEGRENZTEN MACHT geschrieben.

Prospero band das Lamm an einer Birke fest, legte ihm die Hände auf den Kopf und sprach den Weihespruch. Es verstummte unter seinen Worten, schien zu lauschen. Danach nahm er neben ihm auf einem der Steine Platz. Mittlerweile bebte er am ganzen Körper. Genau wie das Lamm; das begann sofort wieder zu blöken und wollte gar nicht mehr aufhören damit.

Inzwischen war die Dämmerung eingebrochen. Im Wald verstummten nach und nach die Singvögel. Ein Waldkauz schrie von irgendwoher. Ein Dachs knurrte und fauchte ganz in der Nähe; es hörte sich an wie das Husten eines Sterbenden. Der Herzog wartete auf die Dunkelheit.

Nach und nach verschwanden die Frühsommerfarben aus den Wipfeln, aus dem Himmel, aus dem Waldrand. Das Gras ergraute, die letzten Schatten erloschen. Das Lamm, ermüdet vom langen Weg und vom Blöken, gab endlich Ruhe. Es legte sich nieder und kauerte sich am Fuß des großen Findlings im Gras zusammen. Seine Flanke bebte, seine Läufe zuckten. Zu allen Seiten wuchs nun die Stille.

Der Mond ging auf und tauchte Lichtung, Hütten und Meiler in einen warmen Lichtschimmer. Lautlos und dicht über dem Boden der Lichtung segelte Buback heran und über Prospero hinweg. Ein Luftzug fuhr dem Herzog unter die Kapuze und ins Haar. Der Uhu landete irgendwo hinter ihm in einer der Birken; Laub raschelte. Auf der anderen Seite der Lichtung stand plötzlich ein Hirsch zwischen den Köhlerhütten.

Prospero atmete tiefer, atmete bewusst in den Bauch. Er zog

die Kette mit dem Zopf seiner Mutter aus dem Hemd und küsste sie. Tief atmete er ein und aus, küsste wieder und wieder den Zopf und begann murmelnd, die Lebenskraft zu beschwören. Er konzentrierte sich auf seine geliebte Gattin, auf ihren Geruch, ihre Stimme, ihre anmutigen Bewegungen. Wieder und wieder unterbrach er seine Beschwörung, um ihren Namen auszusprechen, laut und mit fester Stimme. Wieder und wieder schloss er die Augen, um sich ihre Gestalt, ihr Gesicht, ihre Glieder so lebendig wie möglich vorzustellen. Bis es ihm gelang, ihr Bild auch mit geöffneten Augen zwischen sich und dem Meiler festzuhalten: Julia, wie sie leibte und lebte! Julia mit ihrem blonden Haar, Julia in ihrem weinroten Seidenkleid!

Prospero ließ den Zopf los, erhob sich, richtete sich breitbeinig und mit leicht gebeugten Knien vor dem Findling auf. Erneut intonierte er die magischen Sprüche gegen den Tod und streckte beide Arme und die geöffneten Hände Julias Bild entgegen. Drüben, bei den Köhlerhütten, warf der Hirsch sich herum und sprang in den Wald.

Prosperos Murmeln wurde lauter.

»Lebe, lebe, komm zurück!

Lass die Toten hinter dir …«

Noch sprach er leise, doch immer deutlicher. Seine Stimme gewann an Kraft. Das Lamm hob ruckartig den Kopf, sprang auf und fing an, mit dünnem Stimmchen zu mähen. In einer der Birkenkronen raschelte es, dann stieß Buback einen Warnruf aus und flog in den Wald hinein.

Bald strömten Prospero die Worte wie von selbst aus der Kehle, und wie bei seinen ersten beiden Versuchen stellte sich das Gefühl von Leichtigkeit und Freude ein. Er fasste das fantasierte Bild seiner geliebten Gattin ins Auge und rief:

»Lebe, Julia, kehre wieder,
lass die Toten hinter dir!

Entsteig dem Nichts, dem Staub der Asche,
sei lebendig, strahle auf!«
Seine Stimme wurde fester, tönte bald gebieterisch über die dunkle Lichtung. Eine Kraft, die größer war als er selbst, erfüllte seine Kehle mit ihrem Leben, bewegte seine Lippen, brachte seine Worte hervor. Erst begann Julias Bild zu leuchten und zu pulsieren, dann lösten sich ihre Umrisse in dunkel-violettem und tiefrotem Licht auf. Diesmal erschrak Prospero nicht, diesmal war er gefasst auf das düstere Geflimmer aus der Unterwelt, auf das Leuchten der Todespforte. Tief atmete er ein und aus und rief mit noch lauterer Stimme die Lebenskraft gegen den Tod auf:

»Öffne dich, verschloss'ne Pforte!
Fühl des Lebens Herrscherfaust
gegen deinen Riegel pochen!
Todesrachen tu dich auf!«

Eine kalte Böe fuhr ihm unter die Kapuze. Das Lamm sprang hin und her, zerrte an seinem Strick und blökte sich heiser. Das Licht pulsierte, wuchs zur Größe eines Tores heran, weitete sich, leuchtete, pulsierte, tauchte Meiler, Lichtung, Hütten und die Buchen und Birken des Waldrandes in flirrendes Licht. Prosperos befehlende Stimme hallte über Lichtung und Wald.

»Gib heraus, was du verschlungen!
Bring zurück mir deinen Raub!
Beug dich, falle, sei bezwungen!«

Prospero ballte die Fäuste. Nicht der geringste Zweifel nagte an ihm. Ungeahnte Klarheit erfüllte seinen Geist und eine wunderbare Gewissheit. Immer lauter tönte seine Stimme. Seine Beschwörungen ausrufend stapfte er der düster leuchtenden Lichtpforte entgegen; die gewaltige Kraft seiner Stimme beflügelte ihn.

Ein Windstoß riss ihm die Kapuze vom Kopf. Er achtete

nicht darauf, rief den unbeugsamen Willen der Lebenskraft an, schleuderte der Todespforte die magischen Sprüche gegen das Nichts entgegen, rief sie in das unheimliche Licht hinein – und endlich, endlich sah er die Umrisse einer menschlichen Gestalt darin auftauchen; sie trug ein rotes Kleid. Das Lamm verstummte jäh. Blitze zuckten plötzlich über den Nachthimmel, Donner krachte wie Paukenschlag.

»Kehre wieder, Julia!
Nichts und Staub lass hinter dir!
Folg dem Licht und meiner Stimme!
Komm ins Leben, komm zu mir!«

Wieder riss ein Blitz die Lichtung samt Meilern und Hütten aus der Dunkelheit, beinahe gleichzeitig schlug die Faust des Donners gegen die Erde. Der Waldboden bebte.

Die Gestalt trat aus dem leuchtenden Tor, das Licht hörte auf zu pulsieren, leuchtete nun weniger hell. Sturmböen heulten, zerrten an Mantel und Haar, zu allen Seiten rauschte das Laub in den Baumkronen. Prospero aber schnürte es plötzlich die Kehle zu; er verstummte jäh und stand still.

Die Gestalt kam auf ihn zu, das Licht hinter ihr erlosch. Gras raschelte unter ihren Füßen, Zweige splitterten unter ihren Schritten. Prospero griff nach dem Mutterzopf und wich erschrocken zurück.

Es war nicht Julia.

»Weiche …« Prospero taumelte rückwärts, stolperte über das tote Lamm. Warum schwankten die Hütten? Warum bebte der Waldboden? *Wer* schritt da auf ihn zu?

ES WAR NICHT JULIA!

»Bei der ewigen Dunkelheit hinter dem Großen Wagen …« Prospero hatte Mühe, sich auf den Beinen zu halten. Tiefer Schrecken machte seine Stimme erst brüchig, dann tonlos. »… sei gebannt!« Er stieß mit dem Rücken gegen den Findling;

selbst der bebte. »Beim Herz der Sonne«, flüsterte Prospero und starrte das Wesen in dem roten Kleid an. Dicht vor ihm blieb es stehen. Eisige Kälte ging von ihm aus.

Nein, das war nicht Julia.

Zusammengelegte dunkle Schwingen ragten hinter den Schultern des Wesens auf. Es hatte ein menschliches, kantiges Gesicht mit vogelartigen Zügen. Beinahe wie ein Totenschädel, dem man weißes Leinen über Stirn, Wangenknochen und Kinn gespannt hatte, sah es aus, und tiefrot und dunkel-violett leuchtete es aus seinen Augenhöhlen.

Es war das Gesicht einer Frau, schon, und zugleich auch das Gesicht eines Raubvogels. Prospero blinzelte durch den einsetzenden Regen. Ja, auch der Leib der Kreatur war der Leib einer Frau – im Mondlicht konnte Prospero deutlich die weiblichen Formen unter dem zarten und roten Gewand des Wesens erkennen – zugleich jedoch war es der drahtige, muskulöse Leib eines jungen Burschen.

»Beim Herz der Sonne und dem ewigen Lebenslicht«, flüsterte Prospero. »Sei verschlungen ...«

»Nein.« Die Stimme des entsetzlichen Wesens tönte hart und metallen durch die Dunkelheit. »Nichts verschlingt mich mehr.« Sturm und Donner übertönte diese Stimme mit Leichtigkeit. »Nichts und niemand!«

Wie der Wurf einer Klinge prallten die Worte gegen den Findling und Prosperos Brust. Die Eiseskälte, die das Wesen ausstrahlte, drang in Prosperos Glieder ein, in seine Knochen, in sein Herz. Er zitterte plötzlich wieder und senkte den Blick. Links schaute ein schneeweißer sehniger Fuß unter dem Saum des roten Gewandes heraus, rechts eine schwarze Vogelklaue.

Es kostete den Herzog seine ganze Kraft, die Kontrolle über seinen bebenden Unterkiefer und seine schlotternden Knie zurückzugewinnen. Kaum gelang es ihm, sich der Bannsprüche zu erinnern. »Weiche«, flüsterte er. Das Wasser quoll ihm aus den Augen, er konnte nichts dagegen tun. »Beim Herz der Sonne, weiche …« Seine Stimme erstarb. Es blitzte und donnerte, Hagelschlag ging auf die Lichtung nieder, prasselte auf Prosperos Scheitel, Schultern und Rücken.

»Nein!«, fauchte das entsetzliche Wesen. Ein Nein wie ein Axthieb. »Gehen wir.« Es drehte sich um und schritt in die Lichtung hinein. Als es merkte, dass Prospero ihm nicht folgte, blieb es stehen und blickte über die Schulter zurück. Seine Augen funkelten gespenstisch hinter den Regenschleiern, rot und violett. »Folge mir!«

Prospero straffte seine Gestalt, schöpfte Atem und rief: »Ich bin Prospero, der Herzog von Milano!« Er schrie gegen Sturm und Donner an. »Ich folge niemandem! Ich gehe, wohin ich will!« Die Kehle tat ihm weh, so laut musste er brüllen.

»Und ich bin Taifunos, der Fürst des siebten Kreises der Unterwelt.« Der Geflügelte musste nicht schreien – kristallklar zerschnitt seine Stimme Donnergrollen, Hagelschlag und Regenprasseln. »Gehen wir, Prospero, Herzog von Milano.«

Ein Blitz zerriss den Himmel. Die Haut des Geflügelten strahlte auf wie weißes Porzellan, sein gefiederartiges Haupthaar und seine Schwingen wie schwarzer Marmor.

Prospero atmete tief ein, sammelte alle Kraft für sein Nein – doch dann fiel sein Blick auf die Vogelklaue des Fürsten aus der Unterwelt: Neben seinem weißen Menschenfuß bohrte sie sich ins nasse Gras und funkelte schwarz im Licht des nächsten Blitzes. Der Anblick erschütterte Prospero bis ins Mark. Alle Kraft wich aus seinen Gliedern.

»Wohin denn?« Nur ein Krächzen kam noch über seine Lippen.

»Zu deiner Tochter. Ich werde sie mit hinunter nehmen in die Unterwelt. Dafür schicke ich dir dein Weib herauf.«

»Nein!« All seinen Schrecken, seine Angst und sein Entsetzen schrie Prospero dem Unheimlichen entgegen. »Niemals!« Die Erde bebte so stark, dass er den Halt verlor und entlang des Findlings auf den Boden rutschte.

»Es gibt kein Zurück mehr, Prospero, Herzog von Milano. Nicht für mich und nicht für dich.« Der Entsetzliche winkte ihn hinter sich her und ging weiter. Eine Sturmböe zerwühlte das schwarze Gefieder seiner Schwingen. »Steh auf und folge mir.« Wieder ein Blitz, wieder Donnerschlag. »Los!«

Gegen seinen Willen musste Prospero sich aus dem nassen Gras stemmen, gegen seinen Willen die Beine bewegen. Durch Hagelschlag und Regen folgte er dem Entsetzlichen.

9

Gewittersturm

Tonio zog die Öllampe heran und las die Depesche zum dritten Mal. Mit seinem Haken fuhr er die entscheidenden Zeilen nach. Stumm bewegte er die Lippen, und seine Augen wurden schmaler mit jedem Satz, den er las. Als er fertig war, lehnte er sich in seinen Lehnstuhl zurück und hob den Blick. Vor dem Fenster der Hauptkanzlei riss ein Blitz den Bergfried aus der Dunkelheit. Es donnerte.

Stefano und Rico schauten den Kanzler erwartungsvoll an. Der Bote aus Napoli nicht – der sah nur müde und hungrig aus. Ein langer Weg lag hinter ihm. Tonio nickte ihm zu. Und dann, an Rico gewandt: »Bringe den Boten des Königs in den Rittersaal. Er soll Wein und ein kräftiges Mal erhalten. Und danach ein Bad und ein Quartier im Burgpalas.«

Der große Schwertmann nickte stumm. Sein grobschlächtiges Gesicht sah fahl und teigig aus. Die Miene des Boten aus Napoli entspannte sich; er lächelte erleichtert und verneigte sich. Beide wandten sich der Tür zu, Tonio sah ihnen hinterher.

Der hochgewachsene Rico ging leicht gebeugt seit dem Krieg gegen die Comeroner; als hätte er nicht genügend Kraft, neben seinem Schicksal auch noch das Gewicht seines großen Körpers zu tragen. Bei jedem Schritt pendelten seine Arme so schlaff neben seinem kräftigen und langen Leib, als würden sie nicht zu ihm gehören.

Angeblich hatte Rico kein Wort mehr gesprochen, seit man ihn aus der Kriegsgefangenschaft befreit hatte. Der Kanzler erkundigte sich hin und wieder bei seinem Hauptmann nach dem jungen Schwertmann. Rico sei ein wenig wunderlich und scheu geworden, hieß es dann immer, doch wirkliche Klagen hörte Tonio nie.

Die Kanzleitür fiel hinter den Männern zu, und Tonio wandte sich an Stefano:»Und du gehe zum Herzog. Sage ihm, dass der König von Napoli einen Boten geschickt habe und es wichtige Neuigkeiten gebe. Er möge gleich zu mir kommen.« Stefano bestätigte den Befehl und verließ die Kanzlei. Auch ihm schaute Tonio hinterher. Der Schwertmann war dem Wein verfallen seit seiner Gefangenschaft bei den Comeronern. Doch heute Abend ging er aufrecht und zielstrebig – keine Unsicherheit beim Griff nach der Türklinke, kein unkontrolliertes Schulterzucken. Die verwüstete Schädelschwarte hatte er wie meist mit einem schwarzen, im Nacken verknoteten Tuch verhüllt.

Ein gewaltiger Donnerschlag ließ Tonio zusammenzucken. Er langte nach der Depesche, stand auf und schlurfte zum Fenster. Blitze zerrissen den Himmel über Milano, Hagel prasselte auf einmal auf den Burghof nieder. Die Bäume im Hof und jenseits der Wehrmauer schüttelten sich im Sturm.

Seltsam – bei Sonnenuntergang hatte sich noch ein Schönwetterhimmel über der Stadt gewölbt.

Plötzlich bebte der Fußboden unter Tonios Sohlen, die Fensterscheiben klirrten, und im Wandbüfett schlugen die Karaffen und Becher gegeneinander. Der Kanzler erschrak – ein Erdbeben? Er schielte zur Tür, stützte sich aber auf das Fensterbrett, statt sein Heil in der Flucht zu suchen. Erdbeben gab es immer wieder – in den Bergen im Süden und manchmal auch im Hochgebirge im Norden. Doch in der Stromebene? Atemlos lauschte er und versuchte sich zu erinnern.

Nichts klirrte mehr, der Fußboden blieb ruhig. Einbildung? Oder eine Orkanböe? Jedenfalls war es vorbei, und Tonio atmete auf. Er entrollte das Pergament und las die entscheidenden Passagen zum vierten Mal. Sie enthielten zwei Befehle des Königs: Die Hexe Coraxa sei sofort freizulassen und unter dem Geleitschutz einer kleinen Flotte nach Tunischan zu ihrem König zu bringen. Und Prospero, der Herzog von Milano, habe sich unverzüglich auf ein Schiff zu begeben und nach Napoli zu segeln. Dort habe er sich vor König Arbosso wegen des Verdachts der Hexerei und des Studiums der Magie zu rechtfertigen.

Der Kanzler ließ das Pergament sinken und schaute in den Hagel- und Gewittersturm hinaus. *Wegen des Verdachts der Hexerei und des Studiums der Magie ...*

Das konnte Prosperos Ende bedeuten. Der Gedanke erschreckte Tonio, und das Gewissen schlug ihn. Dem König in seinem letzten Schreiben von der tunischen Gefangenen berichtet zu haben, bereute er nicht. Endlich würde die Stadt die Hexe loswerden. Doch war es richtig gewesen, ihr Zauberbuch zu erwähnen? Und anzudeuten, dass Prospero es studierte und damit experimentierte? Gleichgültig! Für Reue war es jetzt sowieso zu spät.

»Entscheidend ist doch nur eines«, sagte er leise zu sich selbst. »Dass Milano so schnell wie möglich wieder einen Herzog bekommt, der diesen Titel verdient.«

Sollte sein Bruder umkehren von seinen dunklen Machenschaften und Gnade vor den Augen des Königs finden, würde der Herzog von Milano selbstverständlich heißen wie bisher: Prospero. Sollte der König seinen Bruder jedoch absetzen und bestrafen – diese Möglichkeit hatte Tonio in seinem Schreiben als wünschenswert angedeutet –, sollten Prosperos Tage also wirklich gezählt sein, dann würde eben ein anderer Herzog von Milano werden.

Viele Männer, die dafür in Frage kämen, gab es nicht; eigentlich nur einen: ihn, Tonio.

Eine Bewegung am Burgtor riss seine Aufmerksamkeit zurück in die Gegenwart. Die Wächter hatten die Zugbrücke heruntergelassen und öffneten jetzt das Tor. Ein Blitz tauchte Gemäuer und Tortürme in gleißendes Licht.

Ein Reiter preschte in den Hof, ein auffallend großer Mann; sein Mantel flatterte im Sturm. Tonio blinzelte durch Hagel- und Regenschleier – Bruno! Er stutzte. Prosperos Erster Leibgardist war ohne seinen Herzog unterwegs?

Es klopfte. »Komm rein, Stefano.«

Der Schwertmann trat ein. »Der Herzog ist nirgends zu finden. Sein Kammerdiener sagt, er sei schon am späten Nachmittag ausgeritten. Soll ich einen Boten zur Amme der Prinzessin schicken? Wahrscheinlich bereitet er dort den Umzug seiner Tochter vor.«

»Später vielleicht.« Mit einer Kopfbewegung deutete Tonio zum Fenster. »Sein Erster Gardist ist gerade in den Burghof geritten. Der weiß sicher, wo der Herzog sich aufhält.«

Der Kanzler rief seinen Diener und ließ sich in Lederharnisch, Mantel und Stiefel helfen. Er setzte seinen Helm auf, gürtete sich mit seinem teuren Schwert und hinkte wenig später hinter Stefano her durch den Verbindungsbau zum Palas. In dessen Eingangshalle trafen sie Bruno. Der stapfte gerade die Treppe zum Obergeschoss hinauf und zog eine Spur von Nässe hinter sich her.

»Wo ist der Herzog?«, rief Tonio.

»I-ich w-w-weiß n-n-nicht.« Bruno fuchtelte mit der Rechten und deutete stotternd Richtung Norden. Er wirkte erregt, und im Fackelschein, der hinter ihm an der Hallenwand flackerte, sah sein breites Gesicht fahl aus und tief erschrocken.

»Sprich langsamer!« Tonio zügelte seine Ungeduld und versuchte, aus Brunos Gestotter schlau zu werden. »Atme durch.« Bruno gehorchte. »Langsamer, noch einmal. Und jetzt Wort für Wort!«

Bruno blies geräuschvoll die Luft aus – nahm Anlauf und

berichtete. Zwar nicht ohne zu stottern, doch erheblich ruhiger und flüssiger als eben noch.

Flussschiffer hätten Prospero in den Wald reiten sehen, erfuhr der Kanzler; der Herzog habe ein Lamm mit sich geführt und sei in einen grauen Kapuzenmantel gehüllt gewesen, doch an seiner aufrechten Gestalt und seinen nackten Füßen hätten die Männer ihn dennoch erkannt. Weil er, Bruno, das nicht hatte glauben mögen, war er kurz vor dem Gewittersturm aus der Hafenschenke aufgebrochen, in der er mit den Flussschiffern gesprochen hatte; da er den Herzog bei seiner Tochter nicht gefunden hatte, suche er nun in der Burg nach ihm.

»Ein Lamm?« Tonio schabte sich das Kinn. »Im Wald?« Sofort musste er an das Zauberbuch denken. Was sollte seinen Bruder mit einem Lamm in den Wald außerhalb der Stadt treiben, wenn nicht sein verfluchtes Studium der Magie? »Gehe und hole mir den Medikus«, befahl er Stefano.

Prosperos Leibgardisten schickte er zurück in den Stall, um die Pferde zu satteln. Er selbst hinkte grübelnd in der Eingangshalle hin und her. Prospero allein im Wald? Nur mit einem Lamm? Und getarnt, damit man ihn nicht erkannte? Was beim gütigen Himmelsgott hatte das zu bedeuten?

Draußen vor dem Palas heulte ein Orkan. Blitze zuckten, und fast im selben Moment polterte gewaltiger Donner über die Stadt. Erschrocken blieb Tonio stehen – der Lärm über der Burg hörte sich an, als würden hundert Wagenladungen Steine auf einmal über Milano ausgeleert.

Plötzlich krachte es urweltlich, und der Hammerschlag eines Titanen schien die Burg zu treffen. Tonio war, als würde der Boden unter seinen Füßen sich aufbäumen. Er wankte, er taumelte, er versuchte vergeblich, sich an einem Holm des Treppengeländers festzuklammern. Haltlos stürzte er auf die Hallenfliesen und schlug sich schmerzhaft den Kopf an.

Ein gebogenes Kupferpaneel löste sich aus der Kuppeldecke und krachte wenige Schritte neben dem Kanzler auf den Boden. Zwei Gemälde, ein ausgestopfter Auerhahn und ein ausgestopftes Habichtpaar fielen von der Hallenwand auf die Treppe. Gelähmt vor Schrecken und Angst lag Tonio auf der Seite und versuchte zu begreifen.

Aus dem Obergeschoss näherten sich viele Schritte. »Ein Erdbeben!« Männer und Frauen sprangen die Treppe herunter. »Rette sich, wer kann!«, rief jemand. Tonio hob den Kopf – Zofen, Diener und Schwertmänner hasteten herab und eilten zum Hallenportal.

Jesu entdeckte den Kanzler, winkte einen Schwertmann hinter sich her und lief zu ihm. Sie halfen Tonio auf die Beine, führten ihn zum Portal und nach draußen auf den Burghof. Der Sturm peitschte dem Kanzler Regen ins Gesicht. Wenigstens hagelte es nicht mehr.

»Das ist er!«, keuchte Jesu dicht an Tonios Ohr. »Es hat seit Generationen kein Erdbeben mehr in Milano gegeben! Das hat er heraufbeschworen!« Prosperos Kammerdiener war außer sich vor Angst und Schrecken. »Verfluchtes Buch! Und ich hab ihm auch noch das Lamm besorgt ...«

Tonio verstand nur die Hälfte – und begriff doch ganz genau. »Blödsinn«, flüsterte er. »Es hat immer mal Erdbeben hier gegeben.« Als würde er sich selbst nicht glauben, kreisten seine Gedanken um seinen Bruder und das Zauberbuch. »Du hast ihm das Lamm gekauft?«

Jesu antwortete nicht. Mit vielen anderen flüchteten sie vor dem Regen unter die alte Linde hinter den Ställen. Gackernd liefen Hühner umher, ihr Holzstall lag in Trümmern. Auch Schweine rannten ängstlich quiekend über den Burghof. Der Erdstoß hatte die Tür an ihrem Stall aus den Angeln gehoben.

Der Donner grollte jetzt nur noch von fern; der Gewittersturm ließ nach, der Regen nicht. Tonio ließ Stefano und seine Schwertmänner kommen. Josepho und Felix waren bei ihnen. Tonio berichtete dem Medikus mit knappen Worten von der Depesche aus Napoli und was er von Bruno erfahren hatte. Der herzogliche Leibgardist und zwei Stallknechte brachten die gesattelten Pferde unter den alten Baum. »Zum Jupitertor!«, rief Tonio. Bruno befahl er, in der Burg zu bleiben, und Stefano hielt er am Ärmel fest, bevor der sein Pferd besteigen konnte. Der Schwertmann roch stark nach Wein. »Ich sorg dafür, dass man dich ein drittes Mal zum Hauptmann befördert«, flüsterte er ihm zu. »Vorausgesetzt, du gehorchst meinem Befehl und stellst dich, wenn es sein muss, gegen den Herzog.«

Stefano sah ihn verblüfft an. Er kniff die Augen zusammen, als müsste er sich vergewissern, wer vor ihm stand. Schließlich aber nickte er. Zwischen ihm und Josepho ritt der Kanzler aus dem Burghof. Der Regen ließ nach. Trotz der Dunkelheit erkannte Tonio im Vorüberreiten zusammengestürzte Häuser am Straßenrand.

Gerade wollten sie in die alte Handelsstraße nach Norden abbiegen, da rannte eine kleine Schar Männer und Frauen ihnen entgegen – Zofen, die der blinden Hexe zur Hand gingen, und Schwertmänner, die sie bewachten. Die Leute standen unter Schock, und kaum einer brachte ein vernünftiges Wort heraus. Eine Flutwelle habe den alten Hafen überspült, berichtete ein Schwertmann, den Stefano mit ein paar Ohrfeigen zur Besinnung und zum Reden brachte. Und vorher sei der Herzog an Bord der Kogge gegangen. Ein Fremder habe ihn begleitet.

»Zum alten Hafen!«, schrie Tonio. Er und seine Reiter preschten los. Statt zum Jupitertor galoppierten sie nun nach Westen. Schon von Weitem sah der Kanzler den Feuerschein am Nachthimmel. Und als der alte Hafen endlich in Sicht kam, fuhr ihm der Schrecken in alle Glieder: Die Kogge brannte lichterloh.

10

Coraxa

Keine weiteren Erdstöße folgten. Der Gewittersturm zog nach Osten ab, der Platzregen aber prasselte eher noch heftiger auf die Flusslandschaft nieder. Schwer von Nässe klebten Prospero die Kleider am Leib, dem Weißen strömte das Wasser in ununterbrochenen Rinnsalen aus Mähne und Pferdedecke. Bis weit über die Fesseln watete der Hengst durch das Hochwasser. Der Entsetzliche hielt die Zügel des Tieres und schritt stumm neben ihm her. Der Platzregen schien ihm nichts anzuhaben; er bewegte sich, als würde er über dem Wasser schweben. War diese grässliche Gestalt womöglich doch nur eine böse Erscheinung? Oder ging wirklich ein leibhaftiges Wesen dort unten neben ihm her durch Regen und Nacht? So oft der Herzog auch zu dem geflügelten Wesen hinunterblinzelte, er vermochte keine letztgültige Antwort auf diese quälenden Frage zu finden.

Der Fluss war weit über die Ufer getreten, in seiner Mitte wälzten sich schaumig-schlammige Wogen der Stadt entgegen. Es rauschte und brauste und gurgelte, und Prospero ahnte die reißende Strömung mehr, als dass er sie sah. Er fragte sich, woher all die Wassermassen sich plötzlich ergossen. Hatte sich denn neben dem Himmel auch die Erde aufgetan?

Prospero griff nach dem Mutterzopf unter seinem nassen Kapuzenmantel, schloss die Faust um ihn, drückte das Regenwasser heraus.»Mutter«, kam es flüsternd über seine Lippen,»hilf mir«, und im selben Augenblick schämte er sich dafür. War er denn ein kleiner Knabe oder war er der Herzog von Milano und ein Magier?

Der Entsetzliche hatte es nicht gehört; jedenfalls hob er nicht den Blick, um zu Prospero heraufzuschauen. Der Herzog hielt den Zopf der Mutter fest, magische Sprüche aus dem BUCH DER UNBEGRENZTEN MACHT blitzten ihm durch den Kopf. Die wenigen, die er festhalten konnte, zitierte er stumm und so gut es ihm in seiner Verwirrung gelang. Der Weg führte weg vom Fluss und hin zum Jupitertor.

Mit aller Willenskraft, die aufzubieten er noch fähig war, versuchte Prospero, die Herrschaft über sein inneres Chaos zu erringen, über seine aufgewühlten Gedanken und Gefühle. Und wahrhaftig: Es gelang ihm. Mit jeder Pferdelänge, die sie sich der Stadt näherten, gewann der Herzog ein Stück innerer Sicherheit und Stärke zurück. Seine panischen Empfindungen legten sich, sein Kopf wurde kühler, und er vermochte wieder, klare Gedanken zu fassen.

Vor allem diesen hier: Unter keinen Umständen würde er den Entsetzlichen zu Miranda führen! Um keinen Preis der Welt! Lieber würde er sterben.

War er nicht ein unbeugsamer Krieger im Grunde seines Herzens? War er nicht hart wie ein Diamant? Hatte er nicht das BUCH DER UNBEGRENZTEN MACHT studiert? War er nicht ein Magier? Prospero beschloss, um das Leben seiner Tochter und sein eigenes zu kämpfen, bis auch der letzte Funken Hoffnung in seiner Brust erlosch.

Zunächst einmal rief er sich die magischen Schutzsprüche in Erinnerung, mit denen er seinen Geist gegen den Zugriff eines Magiers oder einer Hexe verschließen konnte. Er sagte die Worte im Stillen auf, während in seiner Vorstellung eine goldene Kugel sich aufblähte, in die er hineinschlüpfte.

Tatsächlich schien dieser einfache magische Bann auch gegen den Entsetzlichen zu wirken, der sich als Fürst der Unterwelt vorgestellt hatte, denn Prospero wurde leichter zumute. Hatte er eben noch geglaubt, gar nicht anders zu können, als den Entsetzlichen zum Haus der Amme zu führen, so fühlte er sich jetzt auf einmal frei, sich selbst aus eigenem Willen ein Ziel zu setzen. Der alte Hafen! Die Hexe! Wenn es irgendwo in dieser Stadt Beistand gegen den Entsetzlichen gab, dann bei ihr.

Der Entsetzliche schien das Erstarken seines Willens und seine Entscheidung nicht zu bemerken – aus rot glühenden Augen spähte er zur nahen Stadtmauer und glitt durch das Wasser auf dem überschwemmten Fahrweg dahin, als würde ein Floß ihn tragen. Prospero vermied es, die Schwingen und das Vogelbein anzuschauen. Auch jeden Gedanken, der seine Angst aufs Neue entfachen konnte, verbot er sich.

Je näher das Jupitertor rückte, desto mehr ärgerte der Herzog sich über sich selbst: Wie hatte er sich nur dermaßen von dieser Erscheinung erschrecken lassen können? Von einem Wesen, das doch allein durch *seine* magische Kraft zur irdischen Existenz gelangt war. Sollte es ihm, dem Magier, da nicht auch möglich sein, es durch bloße Magie und Willenskraft wieder in Nichts aufzulösen? Es wieder dorthin zu verbannen, woher es gekommen war?

Ganz sicher war der Herzog sich nicht, zu unheimlich erschien ihm der Geflügelte, zu neu und ungeheuerlich die Erlebnisse dieser Nacht. Besser also, er suchte sich Hilfe – Coraxas Hilfe. Was würde der blinden Hexe anderes übrig bleiben, als seinen noch so jungen magischen Kräften mit ihren erfahrenen Hexenkünsten beizustehen, wenn auf einmal ein feindseliger Fürst der Unterwelt in ihrer Kajüte auftauchte?

Kurz vor dem Jupitertor lenkte Prospero seinen Weißen nach Westen und entlang der Stadtmauer zum Fluss hin. Am Hafentor stieg er aus dem Sattel und führte den Schimmel hindurch und zu den Lagerhallen und Bootshäusern am alten Hafen; das Wasser reichte ihm bis zu den Knien. Orkan und Platzregen hatten offensichtlich auch die ufernahen Stadtviertel überschwemmt. Der Entsetzliche folgte ihm, ohne Fragen zu stellen. Er schien sich des Herzogs so vollkommen sicher zu sein wie ein Jäger seines längst erlegten Hirsches.

Trotz des Starkregens erkannte Prospero bald die Umrisse der alten Kogge. Sie schaukelte in der starken Strömung auf und ab. Hundert Schritte vor dem Flussufer band er seinen Weißen an einem Trommelkran fest, dessen Rad zu einem Drittel unter Wasser stand. Dann watete er der Anlegestelle entgegen.

»Wohin führst du mich?« Scharf und metallen zerschnitt die Stimme des Entsetzlichen die Stille und so unerwartet, dass Prospero zusammenzuckte.

»Zu meiner Tochter.« Der Herzog deutete zu den Konturen der Kogge. »Miranda lebt auf diesem Schiff.« Sie näherten sich dem überfluteten Liegeplatz. Männer saßen dort in einem schwankenden Boot und riefen in die Dunkelheit; wahrscheinlich die Bewaffneten, die Bruno zum Schutz der Hexe abgestellt hatte, und wahrscheinlich sprachen sie mit den Wächtern auf dem Schiff.

»Wer ist das?«, wollte der Entsetzliche wissen.

»Waffenknechte, die mir mit ihrem Leben für die Sicherheit meiner Tochter bürgen. Fürchtest du sie?«

»Ich habe niemanden zu fürchten«, erklärte der Entsetzliche in einer Ruhe und Bestimmtheit, die Prospero sofort wieder in Zweifel stürzten. Würden die Hexe und er diesen Fürsten der Unterwelt denn tatsächlich besiegen können?

Die Schwertmänner vor der Anlegestelle erkannten und grüßten ihren Herzog. Dann aber fielen ihre Blicke auf den Entsetzlichen hinter Prospero, und Schreckensrufe entfuhren ihnen. Sie kletterten aus dem Boot, sprangen durchs Wasser und flohen in Richtung Stadt.

An ihrem Boot vorbei näherte Prospero sich der Kogge. Bald

reichten die Wogen dem Herzog bis zu den Hüften. Er wagte nicht, sich nach dem Entsetzlichen umzudrehen. Ob er über dem Wasser schwebte?

Wegen der Überflutung ragte nur das bordnahe Ende der Landungsbrücke noch aus dem Fluss. Prospero tastete sich mit den Fußspitzen über die Holzplanken voran. Selbst hier am Ufer war die Strömung des Hochwassers so stark, dass seine Hände unwillkürlich nach Halt suchten. Endlich gelang es ihm, den Brüstungsholm der Landungsbrücke zu fassen. An ihm zog er sich dem Deck der alten Kogge entgegen. Das Wasser reichte ihm bald nur noch bis knapp unter die Knie.

»Warum verschließt du deinen Geist vor mir?«, fragte plötzlich der Entsetzliche hinter ihm.

»Ich will nicht, dass irgendjemand in meinen Gedanken liest wie in einem aufgeschlagenen Buch.«

»Du hast mir deinen Geist zu öffnen, Prospero von Milano!«, herrschte der Entsetzliche ihn an.

Der Herzog antwortete nicht. Er packte die Brüstung fester, watete schneller durch die Strömung. An Deck hörten und sahen jetzt die beiden Wächter und einige Zofen den Entsetzlichen. Sie schrien auf und flohen zum Bug des Schiffes.

»Hörst du nicht meinen Befehl, Prospero von Milano?«, fauchte der Geflügelte hinter ihm.

»Ich bin ein Herzog und ein Magier, wahrhaftig!« Endlich sprang Prospero an Bord. »Du hast mir nichts zu befehlen!« Er rannte los, riss die Luke ins Unterdeck auf und hinter sich wieder zu, schlidderte die Treppe hinab und stürzte an die Gittertür vor Coraxas Kajüte.

Zwei Fackeln brannten darin. Die Hexe stand zwischen Tisch und Koje; als hätte sie auf ihn gewartet.

Er blickte zurück – oberhalb der schmalen Treppe zog jemand die Luke auf. Prospero hörte spitze Frauenschreie und viele

Schritte auf den Deckplanken. Die beiden Schwertmänner und die Zofen flohen von Bord.

Oben bückte sich der Entsetzliche durch die Außenluke herein. Seine Augen glühten rot, die weiße Haut seines Raubvogelgesichtes leuchtete, als würde fahles Feuer in seinem Schädel brennen. Prospero schlug den Riegel der Gittertür zurück, riss sie auf und stürzte zur Hexe hinein. »Du musst mir helfen!«, zischte er.

»So?« Coraxa stand vollkommen reglos. »Muss ich das?«

»Ich bin deiner Anleitung gefolgt.« Er sprang zu ihr, blickte zur Kajütentür, lauschte – keine Spur mehr von dem Entsetzlichen, nicht das leiseste Geräusch auf der Treppe. »Jedes Wort, das du mir vorgesprochen hast, jede Geste, die du mir vorgemacht hast – alles habe ich genau so getan, wie du es mir gezeigt hast.« Auf der Schwelle der Kajüte erschien der Entsetzliche nun doch, und Prospero wich bis zur Koje zurück. »Doch nicht meine Frau kam aus dem Totenreich herauf, sondern das da!« Er deutete auf den Entsetzlichen.

Coraxa lachte laut. »Niemals ist irgendjemand aus dem Totenreich zurückgekehrt, Prospero von Milano!« Ohne sich nach ihm umzuschauen, langte sie hinter sich und ergriff sein Handgelenk. Ihre Finger fühlten sich heiß an, ihr Griff hart und schmerzhaft. »Willkommen, Taifunos, mein treuer Diener!«, rief sie dem Entsetzlichen zu. »Der Herzog von Milano hat mich blenden lassen, der Herzog von Milano hat mir die Freiheit versprochen und sein Versprechen gebrochen. Nun leihe du mir dein Augenlicht, Fürst der Unterwelt, und verschaffe du mir die Freiheit!«

Mit diesen Worten fuhr sie herum, ein Dolch funkelte plötzlich in ihrer Rechten. Sie riss Prospero zu sich und stach nach seinem Hals. Blitzschnell bückte der Herzog sich zur Seite, sodass die Klinge ihm zwischen linker Schulter und Schlüsselbein ins Fleisch fuhr. Er schrie auf vor Schmerzen.

Coraxa hielt den Dolchgriff fest, versuchte, die Klinge aus Prosperos Leib zu reißen. Der packte die Hexe am Kragen ihres Lammfellmantels, um sie zu Boden zu reißen, doch sie drehte sich weg von ihm, und Prospero hielt nur noch den Mantel zwischen den Fingern. Er krümmte sich unter einem scharfen Schmerz, fuhr wieder hoch und sah die Hexe drei Schritte vor sich stehen – vollkommen nackt und die blutige Dolchklinge zum nächsten Stoß erhoben. Hinter ihrer roten Maske glühte es rot. Drei Schritte hinter ihr verharrte der Entsetzliche reglos auf der Kajütenschwelle. Das Gefieder seiner schwarzen Schwingen zitterte, seine Augen waren dunkle Höhlen.

Die Hexe sprang Prospero an, und die Wucht ihres Anpralls schleuderte ihn gegen die Koje. Er riss den Arm hoch, um ihren Dolchstoß abzuwehren. Doch sie stieß mit so viel Kraft zu, dass sein Arm nachgab und die Klingenspitze in seine Kopfhaut fuhr und dort abglitt.

Sie fauchte, stemmte ihren nackten Leib gegen ihn, drückte ihn auf die Koje hinab, hob den Dolch zum nächsten Stoß. Prospero umklammerte ihr Handgelenk, doch so fest er es auch halten mochte – die Klingenspitze senkte sich Stück für Stück seinem rechten Auge entgegen.

Aus dem Augenwinkel sah er den Entsetzlichen wie festgewachsen auf der Schwelle zur Kajüte stehen, sah dessen schwarze Augenhöhlen und begriff jäh: Die Hexe schaute durch seine Augen, kämpfte mit seiner Kraft!

Und da fiel es ihm wie eine schwarze Binde von den Augen: Coraxa hatte ihn von Anfang an betrogen! Sie hatte ihn magische Worte und Zeichen gelehrt, die von Anfang nur eines bewirken sollten: den Entsetzlichen aus der Unterwelt rufen, Taifunos, ihren dämonischen Diener.

Wie hatte er nur so einfältig sein können, der Hexe zu glauben? Wie hatte er nur dermaßen blind in die Falle tappen können?

Vor lauter Selbstmitleid, vor lauter Sehnsucht nach Julia! Scham und Verzweiflung packten Prospero. Seine Kraft erlahmte nach und nach, die Dolchklinge schwebte dicht über seinem Augapfel. Er spürte, wie ihm das Blut aus seiner Kopfwunde warm in den Nacken, über die Schläfe und ins Ohr floss.

»Zuerst hast du deine Frau verloren!«, zischte Coraxa. »Als Nächstes sollst du dein Augenlicht verlieren. Danach dein Leben und dann Miranda!«

Den Namen seiner Tochter aus dem von Hass verzerrten Mund der Hexe zu hören weckte Prosperos letzte Kraftreserven – Mirandas Name und die Angst um sie –, er schrie auf, bog den Kopf zur Seite und riss Coraxas Rechte samt Dolchklinge an seinem Gesicht vorbei in die Matratze der Koje. Er rammte ihr den Ellenbogen gegen die Schläfe, schlug ihr mit der Faust auf den Kopf, riss ihren bronzehäutigen Leib auf den Rücken herum und warf sich auf sie.

Die Hexe schlang ihm die nackten Beine um die Hüften und hielt ihn fest. Ihre Schenkel waren hart wie Eisen, und Prospero fühlte sich, als wäre sein Unterleib in eine gewaltige Schraubzwinge geraten. Schon hielt sie wieder den Dolch in der Faust, schon holte sie wieder aus und schwang die Klinge wie einen Säbel gegen Prosperos Gesicht.

Der Herzog fuhr hoch, der Dolch sauste dicht an seinen Augen vorbei. Prospero wollte sich von ihr wälzen, wollte fliehen, doch die Hexe hielt ihn mit den Beinen umklammert, zog ihn zu sich hinunter und holte erneut mit der Klinge aus.

Er stemmte sich mit aller Gewalt gegen die Kraft ihrer Beine, doch näher und näher zwang sie ihn zu sich. Er stemmte sich mit beiden Armen gegen die Kajütenwand neben der Koje, hing zwei Atemzüge lang über Coraxa, ließ sich schließlich auf sie fallen, um ihrem Dolchstoß auszuweichen. Die Klingenspitze fuhr in sein Schulterblatt.

Die Hexe griff in sein Haar, presste ihre Lippen auf seinen Mund und biss zu. Zugleich holte sie zum tödlichen Stoß aus. Prospero verdrehte die Augäpfel und schielte zur Fackel über dem Kopfende der Koje hinauf. Er richtete seine gesammelte Aufmerksamkeit auf die Flamme, seine gesamte Willenskraft. Stumm formte sein Geist einen magischen Spruch, den er in seiner Vorstellung dem Flammenschein entgegenschleuderte. Die Fackel sprang aus der Wandhalterung und stürzte auf ihn und die Hexe herab. Sie prallte auf seinen Kopf und fiel dann in Coraxas Haar, das wie ein schwarzer, drahtiger Schleier über dem Kissen lag. Anders als Prosperos nasses Haar fingen ihre krausen Locken sofort Feuer.

Im nächsten Moment gaben Zähne und Lippen der Hexe ihn frei, auch die Umklammerung ihrer Schenkel löste sich. Sie schlug um sich und schrie, denn ein Kranz aus Flammen umgab ihren Kopf.

Prospero richtete sich auf, packte ihre ziellos rudernde Messerhand, hielt sie fest und drückte ihr Hand und Dolch ins Gesicht. Sie schrie lauter. Triumph und grimmige Freude erfüllten Prospero, als er spürte, wie die Kraft aus der Hexe wich. Er griff hinter sich nach ihrer Decke, presste sie auf ihr Gesicht und stemmte sich mit seinem ganzen Gewicht dagegen.

Die Hexe fuchtelte und strampelte und trat nach ihm, doch Prospero wich zur Seite aus und hielt die Decke über ihrem Kopf fest, bis auch sie lichterloh brannte und die Flammen nach Wand, Koje und seinem Arm leckten. Da erst ließ er los, sprang von der Koje und fuhr herum.

Der Entsetzliche stürzte auf ihn zu. »Weiche!« Prospero streckte ihm die Arme entgegen. »Bei der ewigen Dunkelheit hinter dem Großen Wagen – sei gebannt!« Er schrie die Bannungsformeln heraus, er brüllte sie wie einer, der genau wusste, dass es um sein Leben ging. Der Entsetzliche stand still, seine

Augen glühten rot. Er hob die Arme und streckte sie nach ihm aus. Seine Finger glänzten wie schwarze Krallen.

»Beim Herz der Sonne und dem ewigen Lebenslicht – sei verschlungen!«

Der Entsetzliche duckte sich, wollte sich auf ihn stürzen – plötzlich ein Luftzug, und ein großer Vogel schoss in die Kajüte. Seine Fänge fuhren dem Entsetzlichen durch das schwarze Schädelgefieder, die Wucht des Aufpralls stürzte ihn auf die Kajütenplanken.

Der Herzog sprang über ihn hinweg und floh aus dem Hexenkerker. Buback flatterte an ihm vorbei, über die Stufen hinweg und hinauf durch die Luke in die Nacht. Prospero verriegelte die Gittertür. Die Kajüte war voller Rauch. Der Entsetzliche stemmte sich hoch und stürzte zur brennenden Koje. »Beim Schwanz des Skorpions!«, brüllte Prospero durchs Gitter hindurch. »Sei durchdüstert und ausgelöscht!«

Er stolperte die Treppe hinauf und durch die Luke aufs Oberdeck; er verriegelte auch sie. Dann stürzte er an die Reling. Regen klatschte ihm auf den blutenden Kopf, auf den blutenden Rücken, gegen die blutende Schulter. Er schwang sich über die Balustrade und sprang in die reißende Strömung.

11

Der Hexer

Der Medikus beugte sich über ihn. Er reinigte die entzündete Wunde im Rücken und trug anschließend Heilsalbe auf. Sein Schüler Felix legte Prospero einen neuen Verband an. »Was soll das?« Prospero hob das Bein hoch und ließ es wieder ins Stroh fallen. Eine Fußkette klirrte.

»Hast schon klügere Fragen gestellt.« Josepho zog den Kopfverband von Prosperos kahlem Schädel ab und betupfte die Wunde mit einer Tinktur. Prospero verzog das Gesicht, denn die Essenz brannte scheußlich.

Sie hatten ihm das Haupthaar abrasiert, um die lange Schnittwunde nähen zu können. Das hatte Gonzo ihm erzählt. Prospero selbst wusste nichts davon, er hatte zwei Wochen lang im Fieberkoma gelegen.

Er verdrehte die Augen, spähte erst zum Kerkerfenster hinauf, dann ins Gestühl des Turmdaches. Vor dem Fenstergitter zitterte ein Spinnennetz im Wind, im Dachgestühl hockte Buback und äugte aus gelb-orange glühenden Augen auf ihn herab. Der Uhu verließ Prospero nur, wenn der Hunger ihn zur Jagd durch das gitterlose Fenster im Dachstuhl in die Nacht hinaus trieb.

»Wie kommt Tonio dazu, mich in meiner eigenen Burg in Ketten zu legen?« Prosperos Stimme klang kraftlos und heiser. Er war erst den zweiten Tag fieberfrei. Noch hatte er nicht begriffen, was geschehen war und in welch aussichtsloser Lage er sich befand.

»Frag ihn selbst.« Mit einer herrischen Geste befahl der Medikus seinem Schüler, einen frischen Kopfverband anzulegen.

»Will noch heute zu dir heraufsteigen.« Er wickelte den Verband von Schulter und Arm ab.

»Wie geht es Miranda?«

»Wir haben sie in Julias Gemach einquartiert. Fragt jeden Tag nach dir.« Josepho drückte den Eiter aus der entzündeten Wunde zwischen Schlüsselbein und Schulter.

Der Schmerz ließ Prospero erst zusammenzucken, dann aufstöhnen. »Ich will sie sehen«, ächzte er.

»Morgen früh reitet dein Bruder an den Hafen. Dann bringe ich sie zu dir herauf.« Josepho nickte seinem Schüler zu, damit der den Eiter in einer Schale auffing. Wieder drückte er zu, kräftiger und länger diesmal.

»Hat Tonio etwa befohlen, sie von mir fernzuhalten?« Prospero biss stöhnend die Zähne zusammen. Der Schmerz raubte ihm schier die Besinnung.

»Je früher sie sich an ein Leben ohne dich gewöhnt, umso besser – sagt dein Bruder.«

Wie ein Stich fuhr es Prospero durchs Herz. Der Medikus spülte die Wunde mit Salzwasser aus, Felix drückte die Schale in seinen Brustmuskel, um das blutige Spülwasser aufzufangen. Prospero schrie laut auf, doch nicht wegen des Wundschmerzes.

»Was hat Tonio am Hafen zu tun?«, fragte er später und mit gepresster Stimme, als Felix ihm die Schulter verband. »Kommt Besuch?«

»Die Hexe verabschieden.« Josepho stand schon an der Gittertür und musterte ihn aus bitterer und harter Miene. »Und die Flotte, die sie nach Tunischan eskortieren wird.«

»Die Hexe lebt?« Prospero riss die Augen auf.

»Brandwunden, vor allem am verdammten Schädel. Haben sie aber nicht umgebracht. Leider.«

»Wo habt ihr sie gefunden?«

»Am Flussufer, ganz in deiner Nähe.«

»War jemand bei ihr?«
Der Medikus musterte ihn aus schmalen Augen. »Sollte denn jemand bei ihr gewesen sein?«
Prospero antwortete nicht. Er schloss die Augen, biss die Zähne zusammen und stöhnte.
»Ohne Angst und Schmerzen wird niemand zum Magier, nicht einmal zum Menschen«, sagte Josepho mit todernster Miene.
»Willst du mich verspotten?«
»Das hat deine Mutter manchmal gesagt.« Der Medikus nickte ihm zu und verließ den Kerker.
Schritte näherten sich auf der Turmtreppe. Felix verklebte den Verband sorgfältig. Danach half er Prospero in ein frisches Leinenhemd und in den Federmantel. Den hatte Gonzo ihm am Vortag mitgebracht. Felix stand auf und verneigte sich. Tiefer als sonst. Rico schloss hinter ihm ab. Vor seinem Meister her stieg der junge Rotschopf die Stufen hinab.

Prospero lauschte ihren Schritten auf der Wendeltreppe. Stimmen wurden laut, weiter unten im Turm. Prospero erkannte die seines Bruders. Josepho stritt mit ihm. Offenbar war er anderer Meinung als Tonio. Vergeblich versuchte Prospero, Worte und Halbsätze herauszuhören.

Seufzend ließ er sich ins Stroh sinken; unendlich erschöpft fühlte er sich. Wie unzählige Male zuvor, seit er aus dem Fieberkoma erwacht war, versuchte er sich zu erinnern: Er hatte sich über die Reling gestürzt, halb in Todesangst, halb im Taumel des Triumphes, weil er die Hexe besiegt und den Fürsten der Unterwelt abgeschüttelt hatte. Er war durch die reißende Strömung geschwommen, eine Woge hatte ihn gegen die Kaimauer geworfen. Der Rest war Dunkelheit.

Er betastete seinen Kopfverband. Wenigstens hatte Rico ihm die Hände nicht anketten lassen. Er dachte an die Hexe, und

Scham und Wut erfüllten ihn – wie leicht es ihr gefallen war, ihn in die Falle zu locken! Hass auf sie loderte in ihm auf.

Dass sie das Feuer überlebt hatte! Was für eine Ungerechtigkeit, was für ein Jammer! Und jetzt ließ Tonio sie frei? Prospero knirschte mit den Zähnen.

Von dem Entsetzlichen schien Josepho nichts zu wissen. Oder ahnte er etwas? Die Schwertmänner und Zofen hatten ihn sicher beschrieben.

Prospero hob den Kopf und begegnete Ricos Blick. Mit drei anderen Schwertmännern hockte er im Nachbarkerker um einen Tisch und spielte Karten. Die Stimmen auf der Wendeltreppe waren längst verstummt. Eine Gestalt tauchte am Treppenabsatz auf, lehnte sich schwer atmend gegen die Turmwand und verschnaufte. Tonio.

»Ich verlange …« Prosperos Stimme versagte. Er stemmte sich hoch und setzte noch einmal zum Sprechen an. »Ich verlange, dass mir sofort die Fußketten abgenommen werden. Ich verlange, zu Miranda und in meine Gemächer gebracht zu werden!«

»Du hast nichts mehr zu verlangen.« Tonio hinkte zur Kerkertür, griff in seinen roten Mantel und zog ein zusammengerolltes Pergament heraus. Das steckte er zwischen den Gitterstäben hindurch und warf es in die Zelle. »Lies das.«

»Du lässt die Hexe frei?« Prospero musste sich auf dem Bauch ausstrecken, um die Pergamentrolle mit der Fußkette an seinem Bein zu erreichen. »Du verabschiedest sie morgen am Hafen, wie man einen Staatsgast verabschiedet?« Seine ganze Verachtung legte er in seine Worte. »Sie hat dich zum buckligen Krüppel gemacht, Tonio!«

»Wer seine Niederlagen nicht akzeptiert, lernt nichts aus ihnen.« Tonio guckte ihn traurig an. »Arbosso verlangt, dass wir sie mit einer kleinen Flotte zurück nach Tunisch eskortieren.«

»Und was verlangt er noch, der fette Schwachkopf?« Prospero schloss die Faust um das Pergament und kroch zurück ins Stroh.

»Deine Absetzung als Herzog. Doch lies selbst.«

Prospero entrollte die Depesche aus Napoli. Sie war kurz und trug das Siegel des Königs. Arbosso warf ihm Vernachlässigung der Staatsgeschäfte vor, klagte ihn der Hexerei an, ordnete einen Prozess gegen ihn an, erklärte ihn für abgesetzt und bestimmte Tonio zum neuen Herzog von Milano.

Prospero wurde übel. Er ließ das Pergament sinken und schloss die Augen. Schmerzen zerwühlten seinen Kopf, seine Schulter, seinen Rücken. Er riss die Augen auf und hob den Blick – Tonios Gestalt verschwamm hinter dem Gitter.

»Wer war der Fremde bei dir?«, fragte sein Bruder. Prospero antwortete nicht. »Die Zofen und Schwertmänner haben ihn gesehen. Angeblich hatte er Flügel. Wer war das?«

»Abgesetzt«, murmelte Prospero. »Einfach abgesetzt.«

»*Einfach?* Das trifft es nun wirklich nicht.« Tonios Stimme klang, wie seine Miene aussah: hart und vorwurfsvoll. »Zwei Dutzend Häuser hat das Erdbeben in Milano zerstört. Über dreißig Menschen sind gestorben. Sie mussten mit ihrem Leben für deine magischen Experimente bezahlen.« Er schaute Prospero ins Gesicht und sog scharf die Luft durch die Nase ein. »Wer war dieser Fremde?«

»Du also wirst nun bald Herzog von Milano sein.« Das war Prosperos Antwort. Mehr nicht. »Und was wird aus mir?«

»Hexen verbrennen wir«, sagte Tonio. »Und Hexer auch.« Er wandte sich ab und stieg die Turmtreppe hinunter.

Prospero ließ sich auf den Rücken fallen und starrte ins Gebälk des Turmdaches hinauf. Im anderen Kerker knallten sie die Karten auf den Tisch; Tonios Schritte verklangen; Buback schwang sich aus dem Dachstuhl und landete neben Prosperos Kopf im Stroh.

Zwei Dutzend Häuser, über dreißig Tote, die Hexe würde morgen nach Tunischan aufbrechen, Miranda fragte jeden Tag nach ihm, Tonio würde Herzog von Milano sein und Julia für immer im Totenreich bleiben.

Die Augen quollen Prospero über, er drehte sich auf den Bauch, griff nach der Zopfkette und weinte ins Stroh.

Buback schlug mit den Schwingen und stieß Warnrufe aus: *Wuahä, wuahä!*, und immer wieder *Wuahä, wuahä!* So lange, bis die Dämmerung einbrach und er den Weg ins Freie suchte.

Die halbe Nacht lang lag Prospero wach. Er weinte, er verfluchte sich. Brennende Scham erfüllte ihn. Er küsste den Zopf seiner Mutter und murmelte sämtliche magischen Sprüche, an die er sich erinnerte. Die andere Hälfte der Nacht verbrachte er in unruhigem Schlaf und mit schweren Träumen.

In ihnen ging er mit dem entsetzlichen Taifunos durch eine brennende Stadt; in ihnen rang er mit der nackten Hexe, sprang er zu seiner Mutter ins Feuer, trug er die schreiende Miranda und das BUCH DER UNBEGRENZTEN MACHT auf ein Schiff, das kurz darauf in stürmischen Fluten versank.

Die ersten Strahlen der Morgensonne weckten ihn. Buback hockte wieder über ihm im Gebälk des Turmdaches, neigte den buschigen Schädel und äugte auf ihn herab. Prospero fühlte sich, als hätte er im Mühlrad einer Wassermühle geschlafen – festgebunden und von reißender Strömung ins Wasser gerissen, in die Luft gestoßen und wieder zurück in die Fluten getaucht.

Er stemmte sich hoch, schleppte sich zum Turmfenster und betrachtete die große Spinne im Netz, das dort hing. Sie saugte eine Biene aus. Ihr zuzuschauen, beruhigte Prospero ein wenig.

Sein Blick fiel durch das Spinnennetz hindurch nach Westen und zum Hafen. Fünf Schiffe liefen dort mit geblähten Segeln aus und glitten nach Süden dem Strom zu. Eines trug die Hexe.

Prospero trat einen Schritt zurück. Er hob die Arme und beschwor laut die Kräfte des Wassers, des Feuers und der Luft. Im Nachbarkerker fuhren Rico und die anderen Wächter aus dem Schlaf hoch.

Prospero aber verfluchte Coraxa und ihr Schiff. »Niemals sollst du in Tunischan ankommen!«, rief er. »Niemals wieder den Boden deiner Heimat betreten!«

12

Miranda

Lärm vor der Tür meines Zimmers, ich reiße die Augen auf. Jemand ruft, jemand schimpft, jemand stottert, und dann hört es sich an, als würde jemand zu Boden stürzen. Ich setze mich im Bett auf und lausche.

Die Tür wird aufgestoßen, Fackelschein fällt ins Schlafgemach. Meine Zofen fahren aus dem Schlaf hoch, seufzen erschrocken. Der Bucklige mit der bleichen Haut steht auf einmal zwischen ihren Betten und redet auf sie ein. Und vor meinem Bett steht der Riese, der nicht richtig sprechen kann. Ich fürchte mich nicht.

Der Riese macht ein entschlossenes Gesicht, und er stottert etwas, das ich nur wegen seiner Gesten verstehe. Ich greife nach meiner Federdecke und stehe auf. Eine Zofe zieht mich an, die andere stopft meine Kleider, meine Haarbürste, mein Spielzeug in einen großen Korb. Sie sind in großer Eile.

Der Riese wickelt mich in meinen großen Federmantel, setzt mich auf seine Schulter, trägt mich in den Gang hinaus. Der Bucklige und eine Zofe schleppen den Korb mit meinen Sachen. Wieder einmal ändert sich alles, ich spüre es. Doch ich fürchte mich nicht.

Der Riese trägt mich die Treppe hinunter, durch die Halle, in den Burghof zum Stall. Die Nacht ist mild. Im Stall setzt er mich auf sein Pferd. Werden sie mich zu ihm bringen? Zu dem Starken, dem Gefiederten, zu Babospo?

Sie packen meinen Korb auf einen Wagen. Sie stellen Kleiderbündel, Säcke, Truhen und Fässer hinzu und spannen Pferde davor. Auch der Dicke mit dem weißen Bart und den traurigen Augen ist auf einmal im Stall. Er steigt mit dem Buckligen auf den Kutschbock. Sie binden ein weißes Pferd hinter dem Wagen an. Das weiße Pferd meines Babospos. Ich freue mich.

Sie fahren aus dem Stall, aus dem Burghof, durch das Burgtor, an der Kathedrale vorbei in die Stadt. Der Riese und ich reiten voraus. Er hält mich vor sich auf dem Sattel fest.

Ich fürchte mich nicht, denn ich weiß, wohin sie mich bringen werden. Ich fürchte mich nicht, im Gegenteil – ich freue mich und denke: Endlich ist es so weit. Sie werden mich zu ihm bringen, zu meinem geliebten Babospo, ich weiß es. Ich habe es immer gewusst.

Ich habe es gewusst, seit die liebe Frau, die nicht Majuja ist, mich in die Burg gebracht hat und der starke Gefiederte nicht da gewesen ist, mein Babospo.

Ich habe es gewusst, seit der mit den traurigen Augen und sein Rotkopf mich in den Turm hinaufgebracht haben und ich in die kranken Augen meines Babospos geguckt habe. »Ich habe dich lieb«, hat er gesagt.

Ich habe es gewusst, seit sie mich am Morgen meines dritten Geburtstages durch den Schnee getragen und zum zweiten Mal zu ihm in den Turm hinaufgebracht haben. »Ich werde nicht sterben«, hat mein Babospo gesagt, »keine Angst, Prinzessin, ich werde dich nicht verlassen. Ich kämpfe für dich.«

Seitdem haben sie mich wieder und wieder heimlich zu ihm in den Turm hinaufgetragen, zuletzt an meinem vierten Geburtstag. Und jetzt ist es so weit – jetzt werde ich bald für immer bei ihm sein. Bei meinem Babospo.

Wir reiten durch die Stadt. Sie heißt Milano. Ich werde sie vergessen. Wir reiten zum Fluss. Ich weiß nicht, wie er heißt. Ich werde ihn vergessen.

Der Wagen rollt hinter uns her. Schiffe liegen im Flusshafen.

Der Riese, der nicht richtig sprechen kann, steigt aus dem Sattel, hebt mich vom Pferd. Die anderen laden den Wagen ab.

Der Riese, der nicht sprechen kann, setzt mich wieder auf seine Schulter; er weiß, wie gern ich das habe. Er läuft über einen Steg, der an Bord eines kleinen Schiffes führt und der schwankt unter seinem großen schweren Leib.

Der Riese nimmt mich von der Schulter, bückt sich durch eine kleine Tür, trägt mich eine schmale Treppe hinunter in den Bauch des kleinen Schiffes.

Der Riese duckt sich in einen Raum, in dem eine Fackel an der Wand flackert. Dort steht mein geliebter und gefiederter Babospo und streckt die Arme nach mir aus.

Ich lache laut und springe hinein. Und mein starker Babospo hält mich so fest, als wolle er mich nie wieder loslassen.

Drittes Buch
Der Verbannte

1

Nach dem Sturm

Zwölf Jahre später

Wie ein Leintuch im Wind wogte die See unter nahezu wolkenlosem Himmel. Sanfter wiegten die Wellen jetzt die beiden Männer auf ihrem rettenden Trümmerstück. Gonzo hing reglos auf der zersplitterten Reling und stierte in die endlose Wasserwüste. Kein weiteres Wort kam über seine Lippen. Das Licht der Mittagssonne glitzerte auf den Wellenkämmen. Die See war so friedlich, der Himmel so blau, und eine verblüffend milde Brise wehte. Hatte es jemals einen Seesturm gegeben? Einen Sturm von Bildern und Gefühlen hatte es ohne Zweifel gegeben – in Feridans Herz und Kopf. Gut zwei Stunden lang hatte der herzogliche Thronrat von den Ereignissen in Milano erzählt, die vor mehr als dreizehn Jahren zu Herzog Tonios Thronbesteigung geführt hatten. Nun schwieg Gonzo erschöpft.

Aufgewühlt von seinem Bericht wartete der junge Feridan auf Erklärungen, auf Antworten, auf eine Fortsetzung. Ein Kleinkind segelt mit dem Vater in eine ungewisse Zukunft? Was wurde aus ihnen? Und konnte es wirklich wahr sein, dass ein kluger Herzog sich der Magie hingab? So viele Fragen schossen Feridan durch den Kopf. Doch da kam nichts mehr.

Keine hundert Fuß entfernt zerteilte eine große Rückenflosse den Wellenkamm. Feridan nahm das helle glänzende Dreieck kaum wahr, so sehr stand er noch im Bann von Gonzos Bericht. Der ehemalige Herzog von Milano ein Hexer? Der Zauberei angeklagt durch seinen eigenen Bruder? Zum Tode auf dem Scheiterhaufen verurteilt durch Feridans Vater, König Arbosso von Napoli? Das war mehr, als der junge Prinz fassen konnte.

»Ich glaube nicht an Magie«, sagte er, um Gonzo herauszufordern. »Was du da erzählst, klingt nach einer dieser Geschichten, mit denen die einfachen Leute sich am Herdfeuer gegenseitig Angst einjagen.«

Der herzogliche Thronrat stierte in die Wasserwüste; und antwortete mit keinem Wort.

Feridan legte den nassen Kopf auf seinen nassen Ärmel. Wie ruhig und friedlich die See auf einmal war. Hatte sie nicht vor kaum drei Stunden ein Kriegsschiff mit mehr als vierzig Mann Besatzung verschlungen? Der Prinz dachte an seinen Vater und seinen Onkel. Trieben sie auch mit einem Trümmerstück in dieser endlosen Wasserwüste? Oder war die See längst zu ihrem Grab geworden?

»Vater, Vater!« Feridans Augen füllten sich mit Tränen. »Was, wenn er tot ist? Beim Himmelsgott, ich spüre es: Mein Vater und mein Onkel sind ertrunken!«

»Die Glücklichen«, murmelte Gonzo. »Dann hätten sie schon hinter sich, was uns noch bevorsteht.«

Wieder eine Rückenflosse – diesmal in der Wellenfurche neben dem Relingstück. Diesmal sah Feridan sie sofort, und der Schrecken fuhr ihm mächtig in die Glieder. Er wischte sich das Wasser aus den Augen. Ein Hai? Ob Gonzo den ebenfalls gesehen hatte? Durch Gischt und Wasserschleier hindurch blinzelte Feridan zu dem Älteren hinüber. Nein, gar nichts hatte der Thronrat gesehen. Mit müder und kummervoller Miene blickte er in eine Ferne, die nur er kannte.

Plötzlich stiegen drei Atemfontänen aus dem Wasser, gar nicht weit entfernt, und im nächsten Moment schnellten drei Delfine aus den Wogen. Mit offenem Mund und aus großen Augen bestaunte Feridan die Tiere und den weiten Bogen, mit dem sie den Wellenkamm übersprangen. Sie tauchten ein, schossen erneut aus dem Meer, tauchten wieder ein, tauchten wieder auf und tanzten von Woge zu Woge.

»Wie schön!«, entfuhr es dem jungen Prinzen. Sein Herz schlug schneller, und er schöpfte Hoffnung. »Ein gutes Omen!« Er langte nach dem Arm des verstummten Thronrats. »Glaubst du nicht auch, Gonzo?«

Der zuckte zusammen. »Was sagst du?« Aus müden Augen stierte er Feridan an. »Was soll ein gutes Omen sein?«

»Die Delfine! Hast du sie nicht gesehen?«

Nein, hatte er nicht. Wo mochte sein Geist weilen? Welcher Kummer beschlagnahmte die Gedanken des Thronrates? Hatte sein Bericht ihn denn dermaßen erschöpft, dass er blind war für den schönen Tanz der Delfine? Da! Wieder sprangen sie hoch! Und gleich darauf noch einmal zwei, und dann fünf nebeneinander und so gleichförmig, als würde ein einziges Tier sich vierfach spiegeln.

Gonzo wandte den großen Schädel und blickte zu ihnen hin, verzog aber keine Miene. Sein Blick blieb leer, sein breites Gesicht trübsinnig.

Ganz gewiss hatte es ihn erschöpft, von jenen unglücklichen Zeiten und den schlimmen Ereignissen in Milano zu berichten, doch vor allem hatte es ihn erschüttert und traurig gemacht. Beides merkte der junge Prinz ihm deutlich an.

»Ich höre zum ersten Mal von all diesen Dingen«, sagte Feridan einer Eingebung folgend. »Und du hast zum ersten Mal davon erzählt. Habe ich recht?«

»Ich habe schon viel zu oft davon gesprochen«, antwortete Gonzo mit schleppender Stimme. »Zu den Wänden meiner Gemächer, zu den Bäumen des Flusswaldes, zu den Schreckensgestalten, die meine Albträume heimsuchen.« Vor ihnen stiegen vier Delfine aus den Wogen, hinter ihnen drei. »Zu einem Menschen noch nie.« Gonzo schüttelte müde den Kopf. »In Milano selbst hat keiner mehr Prospero je erwähnt, jedenfalls nicht am Hof des Herzogs. Sein Schiff wurde aus dem Hafen geschleppt, und danach war es, als hätte es ihn und die mit ihm gingen, niemals gegeben.«

»Und Coraxa? Hat sie Milano jemals wieder besucht?« Gonzo schüttelte müde den Kopf. »Die Hexe ist tot. Die kleine Flotte, die sie nach Tunischan bringen sollte, geriet in einen Seesturm und sank.«

»Alle fünf Schiffe?«, rief Feridan erschrocken.

»Alle fünf Schiffe.« Gonzo nickte traurig. »Nur dreizehn Seeleute haben sich in einer Barkasse retten können. Die brachten die Nachricht nach Milano.«

»Und was ist aus diesem angeblichen Zauberbuch geworden?«

»Josepho hat es Herzog Tonio gestohlen und in seiner Medikustasche mit an Bord geschmuggelt.«

»Der Medikus ist mit in die Verbannung gegangen?« Feridan duckte sich, denn ein Schwarm Möwen segelte dicht über sie hinweg.

»Er hat Magdalena einmal versprochen, ihre Söhne auf ihren Lebenswegen zu begleiten und zu beschützen, sollte sie vor ihm sterben. Und nach dem Urteilsspruch aus Napoli ist Prospero dem Medikus schutzbedürftiger vorgekommen als Tonio. Also ging er mit ihm in die Verbannung.«

»Und wie kam es, dass Prospero der Scheiterhaufen erspart blieb?« Feridans Blick fiel auf Gonzos Hände – die waren bleich wie die Hände eines Toten. Eine Frage der Zeit, bis sie vom nassen Holz abrutschten. Dann würde nur noch der Brustgurt den schweren alten Mann auf der schaukelnden Reling festhalten.

»Geschah es ohne Wissen meines Vaters?«

»Wäre es nach Tonio gegangen, wäre Prospero noch im selben

Monat auf dem Scheiterhaufen gestorben, in dem die Flotte mit der Hexe auslief.« Gonzo verstummte, denn die Delfine stiegen jetzt so dicht vor ihrem rettenden Trümmerstück aus dem Meer, dass beide Männer erschraken. Eine Woge überspülte die zersplitterte Reling und klatschte ihnen in die Gesichter. Gonzo schluckte Wasser und musste husten.

Feridan klopfte ihm auf den Rücken und wartete, bis der Thronrat wieder bei Stimme war. »Mein Vater hat Prospero also begnadigt?«, fragte er dann.

Gonzo nickte. »Zwei Jahre lang stand sein Schicksal auf des Messers Schneide. Bis ich nach Napoli gereist bin und um Gnade für ihn gebeten habe. Ich erinnerte Arbosso an all das, was Tonios Bruder für Milano getan hat. Mit Engelszungen habe ich geredet, habe deinem Vater Mirandas Leid beschrieben und geschildert, wie sehr die Leute von Milano ihren Herzog Prospero liebten.« Der Thronrat wurde immer kurzatmiger, seine Stimme immer schwächer. »Er hat mir die Depesche mit der Begnadigung mit nach Milano gegeben. Ich bin mir bis heute nicht sicher, ob Tonio erleichtert war, nachdem er sie gelesen hatte.«

»Dass man ein Kleinkind mit in die Verbannung schickt …« Feridan schüttelte den Kopf. »Kaum zu glauben.«

»Das geschah ganz und gar gegen Tonios Willen.« Gonzo schüttelte sich das Wasser aus dem Haar. »Das geschah auch gegen den Willen deines Vaters.«

»Wie war es dann möglich?« Feridan zuckte zusammen, denn etwas streifte unter Wasser an seinen Beinen entlang. Ein Delfin?

»Tonio wollte Miranda und Prospero trennen, das Kind sollte in einem Flusstal im Hochgebirge bei Bergbauern aufwachsen. Miranda sollte ihre Herkunft vergessen und niemals erfahren, dass sie die Tochter eines Herzogs ist.«

»Das arme Mädchen.« Feridan merkte, dass Gonzo am ganzen Körper zitterte. »Der arme Vater. Und wie ist es gekommen, dass sie dann doch nicht getrennt wurden?«

»Das ist allein Brunos Treue zu verdanken.« Der nächste Hustenanfall schüttelte den Thronrat. Er vermochte nur noch zu krächzen, als er fortfuhr: »Prospero schrieb verzweifelte Briefe an seinen Bruder, flehte ihn zwei Jahre lang an, dafür zu sorgen, dass er nach seiner Frau nicht auch noch seine Tochter verlieren musste, und das Mädchen nach seiner Mutter nicht auch noch den Vater. Ich habe seine Briefe gelesen, Tonio nicht.«

»Ist er denn so ein harter Mann, der Herzog von Milano?«

»Das Leben hat ihn hart gemacht. Du hast ja inzwischen erfahren, was er zu leiden hatte.« Gonzo schnappte nach Luft und versuchte vergeblich, sich ein Stück weiter auf das Trümmerstück zu ziehen. Den Thronrat verließen die Kräfte, und Feridan konnte die Augen nicht länger davor verschließen, dass der alte Mann nicht mehr lange durchhalten würde.

»Hat sein Leibgardist das Kind denn aus Tonios Obhut geraubt?«, fragte er.

»Mit Hilfe des Kammerdieners Jesu, ja.« Der alte Thronrat flüsterte nur noch. »Mit einem Brief, den Josepho geschrieben und mit dem Siegel des Herzogs gezeichnet hatte, konnten sie die Ammen und die Torwächter hinters Licht führen. Und am Ende noch den Kapitän der Galeere, die Prosperos altes Schiff über den Strom und aufs Tirenomeer geschleppt hat.«

Wieder spürte Feridan eine Berührung unter Wasser; und diesmal war er ganz sicher – ein Delfin. Eine hohe Welle rollte heran, erfasste das Trümmerstück mit den beiden Schiffbrüchigen und trug sie so weit in die Höhe, dass Feridan einen Atemzug lang Land erkennen konnte.

»Die Insel!«, rief er. »Wir treiben darauf zu!« Schon sackten die Männer und ihr rettendes Trümmerstück wieder ins Wellental, und statt Land sah der Prinz jetzt nur wieder Wogen und Gischt.

»Wie weit entfernt noch?« Gonzos Stimme brach.

»Zwei Meilen? Drei?« Feridan schob sich von dem zerbrochenen Relingstück, hielt es mit ausgestreckten Armen fest und begann, kräftige Schwimmbewegungen mit den Beinen zu machen. »Schwer zu sagen.«

»Ob ich so lange noch durchhalte?« Gonzo keuchte und hustete. Auch er strampelte ein wenig mit den Beinen, doch seine Bewegungen erlahmten rasch.

»Wir schaffen das«, sagte Feridan, obwohl er sich keineswegs sicher war. »Ist denn dieser Bruno auch mit an Bord gegangen?«, fragte er, um den Thronrat abzulenken.

Gonzo nickte. »Und nicht mit leeren Händen, der Himmelsgott weiß es! Kisten mit Werkzeug und Waffen hat dieser stotternde Hüne aufs Schiff geschmuggelt: eine Armbrust, Pfeilbolzen, Pfeilspitzen, ein paar Schwerter, viele Messer, dazu Sägen, Hämmer, Tauwerk. Sogar Pferde hat er an Bord geschafft, darunter Prosperos weißen Hengst. Ohne ihn ...« Gonzo zuckte zusammen, unterbrach sich und stieß einen Schreckensruf aus. »Etwas hat meine Beine berührt!« Erschrocken starrte er Feridan an. »Die Delfine werden doch nicht nach uns schnappen?«

Das Relingstück bewegte sich auf einmal; es stieg fast eine Handbreite weit aus dem Wasser. Feridan hielt den Atem an. Rückenflossen durchstießen zwischen den Holmen der zerbrochenen Reling die Meeresoberfläche, Atemfontänen stiegen auf der anderen Seite des Trümmerstücks auf und mischten sich mit der Gischt. Feridan spürte eine Strömung an den Beinen, und ihm war, als würde die Reling nun schneller durch die Wogen treiben als zuvor.

»Sie tragen uns«, flüsterte er. »Bei allen guten Mächten des Universums – kann das denn wahr sein? Die Delfine schleppen unser jämmerliches Floß ab!« Der Prinz gab seine Schwimmbewegungen auf und blickte wie verzückt auf die Rückenflossen und die Rücken der beiden Delfine unter der Reling. »Der Himmelsgott möge sie segnen!«

»Fragt sich nur, wohin sie uns schleppen«, krächzte ängstlich der Thronrat. »Ich will nicht im Magen eines Delfins enden.«

»Delfine fressen keine Menschen.« Feridan stemmte sich wieder auf die Reling hinauf, sodass nur noch seine Beine im Wasser hingen. Hätte er eine der beiden Rückenflossen berühren wollen, hätte er nur den Arm auszustrecken brauchen. »Es sind gute Wesen. Sieh doch – sie schleppen uns ab! Das glaubt uns keiner.«

»Doch wohin schleppen sie uns?« Gonzo jammerte mit weinerlicher Stimme. »In einen frühen Tod, fürchte ich.«

»Wenn einer ein Recht hätte, darüber zu jammern, dann wohl eher ich.« Feridan lachte, Zuversicht und Heiterkeit erfüllten ihn plötzlich. »Du hast doch schon fast siebzig Sommer gesehen, ich jedoch noch nicht einmal zwanzig! Aber wir werden nicht sterben, ich spüre es. Vertraue dem Leben, guter Gonzo! Vertraue den guten Mächten des Universums.«

Gonzo antwortete nicht. Er seufzte nur tief, hustete und spuckte aus. Feridan dachte an seinen Vater, der nur wenig jünger war als der Thronrat des Herzogs von Milano. Ob der Vater auch so viel Glück haben würde wie er und Gonzo? Ob auch ihn eine gnädige Fügung der See entreißen würde? Feridan konnte sich das kaum vorstellen. Er ließ den Kopf auf den Arm fallen und biss hinein.

Wenige Atemzüge später trug eine hohe Welle sie abermals nach oben; Feridan riss die Augen auf.

»Die Insel!«, rief der ängstliche Thronrat. »Sie ist ganz nah! Schau dir den Strand an, Feridan – nicht einmal eine Meile weit entfernt!«

Das täuschte, doch Feridan widersprach dem Älteren nicht.

Wuchs dessen Zuversicht, wuchs auch die Wahrscheinlichkeit, dass seine Kräfte ausreichten. Der Prinz rutschte wieder vom Trümmerstück herunter und fuhr mit seinen Schwimmbewegungen fort. Er wollte leben, um jeden Preis leben, und er war wild entschlossen, den Strand jener Insel zu erreichen. Der rückte bald so nahe, dass keine Wellenkämme ihn mehr verdecken konnten. »Und was für ein Strand!« Feridan klopfte dem Älteren auf die Schulter. »Weiß und endlos lang!« Eine solche Euphorie packte den jungen Prinzen, dass er sich eng an den Thronrat drückte, ihn umarmte und voller Übermut dessen graue Locken zerwühlte. »Weg mit der Angst, Gonzo, weg mit den Todesgedanken! Wir sind gerettet!«

Jetzt hörten auch Gonzos Augen nicht mehr auf zu leuchten. Zum ersten Mal, seit die Riesenwelle sie von Bord des königlichen Kriegsschiffes gefegt hatte, sah Feridan ihn lächeln und Lebenswillen in seinen Zügen aufblitzen.

Da erhob sich auf einmal etwas Dunkles vor ihnen aus der Brandung, Feridan dachte zunächst an den Rücken eines großen Fisches. Die Rückenflossen der Delfine tauchten unter, das Trümmerstück senkte sich, eine Woge überspülte die Männer. Im nächsten Augenblick scheuerte die Reling über Gestein, und Feridans Knie stieß gegen Fels. Dann schlug die nächste Welle über den Männern zusammen, und nichts bewegte sich mehr.

Sie waren auf einem Riff gestrandet.

Feridan spähte zum Ufer. Höchstens vier Speerwürfe entfernt rollte die Brandung auf den Strand. Kein Problem für einen guten Schwimmer wie ihn, doch für den Thronrat war diese Strecke ohne das Trümmerstück nicht zu bewältigen.

»Sei unbesorgt, Gonzo.« Feridan schob sich von der Reling. »Ich kriege unser gesegnetes Floß schon wieder flott.« Er schwamm um den kleinen Felsrücken herum, rüttelte an dem Holz, drückte hier, schob da und schaffte es schließlich, die Reling aus ihrer Verkeilung mit dem Riff zu heben. Eine Woge trug sie seitlich weg – Feridan langte nach dem Holz, rutschte jedoch ab.

»He, warte!« Feridan stemmte die Füße gegen den Fels, stieß sich ab und hechtete Gonzo hinterher. Doch so sehr er sich auch streckte, er verfehlte das Holz und griff ins Wasser. Die nächste Woge zog das Trümmerstück noch ein Stück weiter aufs Meer hinaus. Aus ängstlich aufgerissenen Augen schaute Gonzo zurück zu ihm – und entfernte sich nach und nach.

»Lenke unser Floß zu mir!« Feridan schrie und schwamm dem abtreibenden Gonzo hinterher. »Benutz die Beine!« Er schrie sich die Kehle heiser, doch der Thronrat war zu ungelenk und zu erschöpft, um das Relingstück in eine andere Richtung zu bewegen.

Irgendetwas rief Gonzo noch, doch es ging im Rauschen der Brandung unter, und Feridan verstand kein Wort. Der Prinz deutete zur Küste hin und gab dem immer weiter abtreibenden Gonzo zu verstehen, dass er darauf vertrauen sollte, irgendwann von der Brandung an den Strand gespült zu werden. Und dass sie einander schon finden würden.

Feridan selbst warf sich herum und schwamm dem Ufer zu. Stiefel und Kleider waren schwer von Wasser und zerrten an ihm. Er biss die Zähne zusammen und schwamm mit aller Kraft. Bald fühlte er Grund unter den Sohlen.

Er hob den Blick und hielt den Atem an: Am Strand stand jemand und blickte zu ihm aufs Wasser heraus. Feridan wurde bewusst, dass er unbewaffnet war. Er musterte die Gestalt genauer: eine Frau; reglos stand sie genau dort, wo er gleich aus der Brandung steigen würde. Er konnte keine Waffe an ihr entdecken und schwamm erleichtert weiter; wenigstens würde er nicht kämpfen müssen.

Als er das nächste Mal aufsah, trennten ihn noch knapp zwanzig Schritte von der Frau. Ihr blaues Kleid wehte in der Nachmittagsbrise. Und als er sich kaum zehn Schritte vor ihr aus der Brandung aufrichtete, sah er, dass sie weißblondes Haar hatte.

Eine Eisklaue schloss sich um sein Herz, und er stand wie festgefroren. Die Frau, die da auf ihn wartete – er kannte sie! Es war dieselbe, die kurz vor dem Sturm auf der Takelage getanzt hatte! Und es war überhaupt keine Frau. Es war das Wesen, das die Riesenwelle geritten hatte, es war ein Dämon, eine Rachegöttin!

ES WAR ETWAS, DAS ES NICHT GAB!

Feridan wagte nicht weiterzugehen. Kein klarer Gedanke wollte ihm in seiner Panik gelingen. Er blieb stehen und sah dem Wesen ins knochige, schneeweiße Gesicht.

Das Wesen musterte ihn prüfend. »Hat er Angst?« Ein spöttisches Lächeln spielte um die schmalen, farblosen Lippen. »Völlig zu Recht hat er Angst. Nur Schwachköpfe fürchten Ariel nicht.«

»Ariel?« Feridan gehorchte die Stimme kaum. »Wer bist du?«

»Ariel sind wir.« Das Wesen winkte ihn zu sich. »Er muss jetzt aus dem Wasser steigen. Holt sich sonst noch den Tod.«

Feridan blickte hinter sich und aufs Meer hinaus. Gonzo und seine Reling waren nur noch ein dunkler Fleck auf den Wellen.

»Keine Sorge um den guten Gonzo«, sagte das fremde Wesen, das sich als *Ariel* vorgestellt hatte. »Wird es schaffen.« Er winkte energischer. »Heraus aus dem Wasser mit ihm!«

»Du kennst den Thronrat von Milano?« Vor lauter Verblüffung watete Feridan durch die Brandung und zu dem Wesen hin. »Woher?«

»Der Meister hat von ihm erzählt.« Ariel drehte sich um und winkte den jungen Prinzen hinter sich her. »Er kommt mit uns, los.«

»Der Meister?« Feridan stapfte durch den Sand; das Wasser tropfte ihm aus Haar und Kleidern. »Welcher Meister?« Er folgte dem Weißblonden so kraftlos, als hätte der ihm seinen Willen geraubt.

»Der Meister.« Ariel stieg eine Düne hinauf. Oben wehte eine kühle Brise. Feridan erschauerte und begann zu frieren. »Er war noch ein kleiner Knabe, als der Meister ihm seine Bücher und seinen Uhu zeigte.«

»Du kennst Prospero?« Feridan blieb stehen und staunte die zierliche Gestalt in dem blauen Gewand an.

»Natürlich kennt der Meister uns.« Ariel deutete auf ein Seil, das zwischen zwei hohen Sträuchern ausgespannt im Wind zitterte. »Er muss sich ausziehen, wir trocknen seine Sachen.«

»Ausziehen?« Wer entkleidete sich denn vor einem Fremden? Plötzlich schlugen Flammen aus einem Holzstoß wenige Schritte unter Feridan in einer Kuhle. Erschrocken wich er zurück.

»Her mit den Kleidern«, verlangte Ariel. »Die Stiefel stellt er neben das Feuer, und sich selbst setzt er neben die Stiefel. Los, los!«

Ohne sich weitere Gedanken zu machen, schälte sich Feridan aus seinen nassen Kleidern und reichte sie dem Wesen hinüber. Als es zu dem Seil ging, um sie daran aufzuhängen, fiel dem Prinzen auf, dass es keine Spuren im Sand hinterließ. Er starrte auf die bleichen Füße des Fremden – die sanken nicht ein im Sand. Feridans Mund wurde trocken, ein Kloß schwoll in seinem Hals.

»Was guckt er so blöde?« Ariel drehte sich nach ihm um und musterte ihn unwillig. »Ans Feuer mit ihm, Marsch!«

Feridan schluckte ein paarmal. Wie willenlos stieg er dann in die Kuhle hinunter und ließ sich neben den Flammen nieder.

»Haben sie ihm erzählt, was geschehen ist in Milano, bevor dieser Krüppel Herzog wurde?« Eben noch auf dem Hügel, stand Ariel nun plötzlich hinter ihm und breitete eine grobe, graue Wolldecke über seinen Schultern aus.

Feridan nickte. Woher bloß hatte der seltsame Fremde auf einmal die Decke genommen?

»Und will er auch wissen, was danach geschah?« Ariel ließ sich auf der anderen Seite des Feuers nieder. »Hier auf der Insel, meine ich. Nicht in Milano. Wir könnten es ihm erzählen. Bis sie kommen wird, bleibt Zeit genug.« Er betrachtete Feridans zitternden und mit der Decke notdürftig verhüllten Leib und kicherte wie ein verspieltes Kind, das einen Streich aushekte. »Er muss hoffen, dass seine Sachen trocken sind, bevor sie kommt.«

»Wer kommt?«, flüsterte Feridan. Ihm wurde allmählich wieder wärmer.

»Sie. Sollen wir erzählen oder sollen wir nicht erzählen – was ist jetzt?«

Feridan schaute Ariel ins bleiche, knochige Gesicht. Das Wesen hatte rote Augen. Außer einer weißen Ratte hatte er noch kein Lebewesen mit solchen Augen gesehen. Ihm wurde übel. Er zog die Schultern hoch, denn eine Gänsehaut nach der anderen perlte ihm über Nacken, Oberarme und Rücken. Wer um alles in der Welt war dieser Unheimliche?

»Hat es ihm die Sprache verschlagen?« Ariel richtete sich auf und musterte ihn spöttisch. »Erzählen wir oder erzählen wir nicht?«

Feridan nickte und wusste kaum, dass er es tat.

»Also gut, dann erzählen wir jetzt. Und er hört gut zu.« Über Flammen und Rauch hinweg sah Ariel ihn an. Seine roten Augen funkelten. »Fünf Schiffe haben sich dieser Insel mit geblähten Segeln genähert, auf der Südseite. Vier drehten ab, das fünfte hatte weder Segel noch Masten. Es trieb eine Weile wie führerlos vor der Küste. Irgendwann ruderte seine Besatzung es dem Strand entgegen. Bis es auf Grund lief ...«

2

Die Insel

Zwölf Jahre zuvor

Erst knirschte es unter Prosperos Fußsohlen, dann ächzten und knarrten die Planken, und dann ging ein Ruck durch den Rumpf der alten Galeere. Prospero musste sich an Mirandas Koje festhalten, um nicht gegen die Kajütenwand zu stürzen.

»Was war das, Babospo?« Aus großen, glänzenden Fieberaugen schaute Miranda zu ihm herauf. »Warum fährt das Schiff nicht weiter?« Ihr Gesichtchen war hohlwangig und bleich.

»Wir sind auf Grund gelaufen.« Prospero stürzte zum Kajütenfenster.

»Auf was für einen Grund?« Miranda zirpte wie ein ängstlicher junger Vogel. »Ist das schlimm, auf einen Grund zu laufen?«

»Nein, mein Herzchen.« Prospero spähte hinaus. Die Flut setzte gerade ein. Im Osten stieg die Morgensonne in den Himmel. Etwa tausend Fuß entfernt rollte die Brandung auf einen Sandstrand. Nur wenige Dutzend Fuß weiter stieg ein Waldhang an. Hinter zahlreichen bewaldeten Hügelketten erhob sich ein Hochgebirge. Einige seiner Schneegipfel leuchteten im Licht der Morgensonne, als würden sie brennen.

»Mit ›Grund‹ meine ich eine Sandbank. Wir liegen vor einer Insel.«

»Vor einer Insel? Das ist doch gut, oder?«

»Ja.« Prospero ging zurück zur Koje, setzte sich auf den Hocker neben ihr und griff nach der Hand seiner Tochter. Die fühlte sich heiß und trocken an. »Mit der Pinasse werden wir übersetzen. Du kannst dich freuen, Herzchen – bald wirst du warmen Sand unter den Füßen spüren, wirst Beeren und Pilze essen, vielleicht sogar frisches Fleisch.« Er streichelte ihre heiße Wange und lächelte. »Und ich werde dir einen schönen Vogel fangen und zähmen.«

Er klang zuversichtlicher, als er sich fühlte. Dem kranken Kind Mut machen – etwas anderes kam jetzt überhaupt nicht in Frage. Seit dem Tod ihrer Zofe, der einzigen Frau an Bord, lag Miranda mit einer Lungenentzündung in der Koje und fieberte. Schon seit beinahe einem Monat.

»Ich will kein Fleisch essen.« Miranda warf den Kopf hin und her. »Was ist eine Pinasse, Babospo?«

»Sie haben uns gnädigerweise ein kleines Beiboot zurückgelassen, als sie gestern zurück zum Flaggschiff ruderten.«

Prospero sprach von den zwanzig Schwertmännern und Seeleuten die der Kommandeur der kleinen Begleitflotte zu ihm auf die alte Galeere geschickt hatte. Die Männer hatten die Masten gekappt und die Schleppkette zum Flaggschiff gelöst. Im Unterdeck zerschlugen sie die meisten Riemen. Bevor sie gingen, rollten sie sämtliches Segeltuch zusammen und luden es in ihre Barkasse.

Gründliche Arbeit. Die hatte er seinem Bruder zu verdanken. Und dem König von Napoli. Jeden denkbaren Rückweg nach Milano schnitten sie ihm ab. Ein Wunder, dass sie ihm die Pinasse gelassen hatten. Bitterkeit stieg in ihm hoch.

»Die Seeleute nennen so ein kleines Beiboot ›Pinasse‹, weil es aus Pinienholz gebaut ist.«

»Pinasse«, wiederholte Miranda langsam. »Gibt es auf der Insel auch Pinien, Babospo?«

»Ich weiß es nicht, mein Herzchen.«

»Sag nicht ›Herzchen‹, ich bin nicht mehr so klein, wie du

denkst, ich werde bald fünf. Gibt es denn eine Stadt wie Milano auf der Insel?«

»Das glaube ich kaum, mein Herz. Es gibt nicht einmal Menschen auf ihr.«

»Aber Tiere, oder?«

»Bestimmt. Und wer weiß: Vielleicht werden wir noch froh sein, mit Tieren und nicht mit Menschen zusammenzuleben.« Prospero dachte erneut an Tonio und den König, und der tägliche Zorn flammte in ihm hoch. Grübelnd blickte er zum Sichtfenster hin. Wenigstens wölbte ein blauer Himmel sich über den bewaldeten Hügeln. Hoffentlich ließ der Winter noch so lange auf sich warten, bis sie ein paar Hütten gebaut hatten. Und danach?

Gedankenverloren streichelte er Mirandas fiebrige Hand. Danach würden sie sich auf ein karges Leben im Urwald einrichten und wie barbarische Jäger und Sammler von der Hand in den Mund leben müssen. Was sollte aus dem armen Kind werden in dieser Wildnis? Würde es überhaupt jemals wieder gesund werden? Die böse Weissagung der Hexe über seine Tochter fiel ihm ein; Prospero erschauerte und biss die Zähne zusammen.

»Du musst dir keine Sorgen machen, Babospo«, sagte Miranda plötzlich. »Wir schaffen das schon. Du hast doch mich und Bruno und Buback. Was kann dir schon zustoßen?« Sie streckte die Arme nach ihm aus, und Prospero zog sie hoch zu sich und umarmte sie; sehr schnell, damit sie die Tränen der Rührung nicht sah, die ihm in die Augen stiegen.

»Und Jesu und Josepho sind auch noch da«, piepste ihm Miranda ins Ohr. »Josepho ist so ein kluger und lieber Mann, wenn er nicht zu viel Wein getrunken hat.«

»Natürlich schaffen wir es, mein Herz.« Prospero zwang seiner Stimme einen heiteren Klang auf. »Wir werden Abenteuer erleben und es uns so schön wie möglich machen auf dieser Insel.« Er hielt sie fest und wiegte ihren Oberkörper hin und her. »Und ich werde Bruno bitten, dir eine Baumhütte zu bauen.«

»Aber Bruno kann doch auf keinen Baum klettern, Babospo! Dazu ist er doch viel zu groß und zu schwer!« Ein Hustenanfall schüttelte sie. Sie löste sich aus seiner Umarmung und sank zurück in ihr Kissen. »Er würde ja hinunterstürzen und sich wehtun.« Miranda krächzte wie ein junger Rabe. »Das musst du schon selbst machen, Babospo.«

»Du hast recht.« Prospero seufzte tief und lächelte. »Dann muss ich dir wohl die Baumhütte bauen. Vielleicht hilft mir Jesu – er ist klein und flink. Oder Josepho ...«

»Bloß nicht, Babospo! Der fällt erst recht vom Baum, wenn er nicht von zu viel Wein betrunken ist.«

Es klopfte, und sofort wurde die Tür aufgestoßen. Miranda schlug sich die Hand auf den Mund, denn der Medikus stand auf der Schwelle.

»Betrunken?« Er schlurfte zur Koje und stellte seine Tasche auf dem Hocker ab, den Prospero ihm freimachte. »Wer?«

»Du«, sagte Miranda. »Von zu viel Wein. Deshalb wirst du vom Baum fallen.«

»Schlafe eher selten auf Bäumen.« Josepho holte ein Hörrohr aus der Tasche.

Seine ungewohnt gebeugte Haltung war Prospero schon in Milano aufgefallen. Das rote Gesicht, die triefenden Augen, den fetten Bauch und die etwas verwaschene Sprache hatte der Medikus hingegen erst im Laufe der langen Seereise entwickelt.

»Wir müssen aber auf einen Baum klettern, wir wollen nämlich eine Baumhütte bauen. Nicht wahr, Babospo?« Prospero nickte stumm; und dankbar, sein Kind auf andere Gedanken gebracht zu haben. »Wenn du ein paar Tage lang keinen Wein trinkst, Josepho, darfst du uns helfen.«

»Werde drüber nachdenken.« Der Medikus legte den Unterarm auf Mirandas Stirn und verzog das bärtige Gesicht. »Will das verdammte Fieber denn gar nicht sinken?«

»Muss ich sterben, Josepho?« Aus großen, glänzenden Blauaugen schaute Miranda zum Medikus herauf, und Prospero ging ihre Frage wie ein Stich durchs Herz. »Ich will doch noch ein bisschen in der Baumhütte wohnen. Ich will noch einem gezähmten Vogel das Sprechen beibringen. Und ich will das Lied hören, das ihr mir zu meinem fünften Geburtstag singen müsst.«

»Geburtstag hast du erst am Ende des Winters.« Prospero bezwang die Angst und die Beklemmung, die ihn plötzlich angefallen hatten. »Und der hat noch nicht einmal begonnen.«

»Kann mir gestohlen bleiben, der verdammte Winter.« Josepho schob Miranda das Hemdchen bis zur Schulter hinauf und steckte sich das dünne Ende des Hörrohrs in die Ohrmuschel. »Ich helf dir mit der Baumhütte; morgen ist das letzte Weinfass leer.« Er setzte Miranda das Hörrohr auf die Brust und fügte flüsternd hinzu: »Und dann bleibt mir gar nichts anderes übrig, als mich und mein verdammtes Leben nüchtern zu ertragen.« Und wieder laut: »Mund auf! Tief einatmen, und noch tiefer.«

»Du hast dir dieses Leben selbst gewählt«, murmelte Prospero, »also trage es wie ein Mann.« Er schlüpfte in seinen bunten Federmantel, stülpte eine schwarze, mit roten Hahnenfedern geschmückte Lederkappe über den Kopf, warf seiner Tochter einen Handkuss zu und ging zur Tür. Josephos vorwurfsvoller Blick verfolgte ihn. Prospero tat, als sähe er es nicht. Er verließ die Kajüte und stieg zum Oberdeck hinauf.

Zwei Fässer Wein hatte Josepho heimlich an Bord schaffen lassen. Zwei Fässer Wein hatte er während der Fahrt geleert. Nahezu allein und in nicht einmal hundert Tagen. Ob er die von einer auf die andere Stunde erzwungene Enthaltsamkeit überleben würde? Immerhin trank er schon seit Julias Tod viel zu viel Wein.

Auf dem Außendeck schleppten Bruno und Jesu Kisten, Säcke und Körbe aus dem Laderaum und packten sie in ein grobes Netz. Mit einem Flaschenzug wollten sie Ausrüstung und Proviant in die Pinasse hinunterkurbeln. Kreuz und quer auf den Planken verstreut lagen die Rundhölzer der Takelage herum, die Spiere. Auch die mussten an Land gebracht werden; die brauchbaren sollten in den geplanten Hütten verbaut, die zerbrochenen verfeuert werden.

Prospero stieg über sie hinweg und ins Bugkastell hinauf. Auf dem Kopf der Galionsfigur – einer Meerjungfrau – hockte Buback und kröpfte eine Möwe. Erleichterung entspannte Prosperos Miene zu einem Lächeln. Er hatte den treuen Vogel seit Tagen nicht gesehen. Ein Windstoß wehte Flaumfedern ins Kastell. Prospero setzte sein Fernrohr an und besah sich die Küstenlandschaft genauer.

Der Strandstreifen war nicht viel breiter als höchstens hundertfünfzig Fuß. Hinter einem niedrigen Dünenkamm begann gleich der Wald. Fast ausschließlich Laubwald, so weit Prospero sehen konnte; er bedeckte die vielen Hügelketten, die von der Küste aus zum Gebirge hin anstiegen. Die Schneegipfel des Bergmassivs, das hinter ihnen aufragte, glänzten noch immer rötlich in der Morgensonne.

Prospero fragte sich, wie die Landschaft jenseits des Gebirges aussehen mochte. Ob es einen See dort gab? Als sie sich am Vortag den Inseln von Westen her näherten, hatte er mit dem Fernrohr eine Küste betrachtet, die flacher war als diese hier. Auch eine Flussmündung hatte er dort entdeckt. Doch der Hochgebirgszug verlief von West nach Ost und trennte die Südküste wie eine Barriere vom größeren Teil der Insel ab.

Prospero richtete das Fernrohr auf den nahen Wald und suchte dessen Rand nach einer Schneise ab. Was sie unbedingt brauchten, um den ersten Winter zu überstehen, war Trinkwasser. Er musste lange suchen. Die schmale Schneise, die er schließlich entdeckte, öffnete sich von den Bäumen und dem Buschwerk aus in gewellte Dünen, die bis in die Brandung hineinreichten. Angeschwemmter Sand. Prospero setzte das Fernrohr ab. Er hatte die Mündung eines Flusses oder eines Baches entdeckt. »Dem Himmelsgott sei Dank«, murmelte er.

Er wandte sich ab und stieg aufs Deck hinunter. Die beiden Männer hatten mittlerweile das Netz in die Pinasse hinabgelassen. Jesu verteilte die Ladung zwischen den vier Ruderbänken. Prospero winkte ihm zu. »Denke an die Ruderer! Drei von uns müssen noch Platz zwischen der Ladung finden!« Jesu nickte.

Prospero hatte ihm verziehen, dass er Tonio das BUCH DER UNBEGRENZTEN MACHT ausgeliefert hatte. Es war aus Sorge um Bruno und ihn, dem Herzog, geschehen, das wusste er. Außerdem hatte der Kammerdiener Bruno schließlich gezeigt, wo Tonio das Buch versteckt gehalten hatte. Nein, nicht das arme bucklige Männlein hatte seinen Zorn verdient, sondern einzig sein Bruder Tonio, der Jesu zum Verrat gezwungen hatte.

Prospero wandte sich dem Heckkastell zu. Drei Pferde lagen oder standen dort in Stroh und Mist – der Weiße, eine schwarze Stute und ein Fohlen. Sie sahen erbärmlich aus; wer wollte, konnte ihre Rippen zählen. Die anderen drei Pferde waren vor drei Wochen in den Herbststürmen über Bord gegangen; kurz danach, in der wildesten Sturmnacht, war das Fohlen zur Welt gekommen.

Prospero hatte es Miranda geschenkt. Sie nannte den kleinen gescheckten Hengst »Steiner«. Niemand wusste, wie das Kind auf diesen Namen gekommen war.

Bruno stieg aus dem Laderaum herauf. Er trug eine Baumsäge und schulterte eine Axt und ein langes Brecheisen. »Mit der zweiten Fahrt müssen wir die Pferde an Land rudern.« Prospero deutete zum Heckkastell. »Die Tiere brauchen dringend Wasser und frisches Gras. Eine Meile weiter östlich habe ich eine Flussmündung entdeckt. Dort dürfte beides zu finden sein.«

Bruno nickte und hob Säge und Axt. »W-w-wo ff-f-fange ich an?«

»Schaffe zuerst die Spiere in die Pinasse, damit es wieder Platz gibt an Deck. Danach lass uns die beiden Kastelle abtragen. Aus den Rundhölzern, Brettern und Balken müssten wir mindestens zwei Hütten und einen Stall bauen können.« Prospero nahm den Sack mit dem letzten Hafer von einem Haken am Ruderhaus und einen Trinkwasserschlauch von der Reling. »Ich helfe dir nachher.«

Er stieg zum Heckkastell hinauf, fütterte und tränkte die Pferde und redete ihnen gut zu. Das Fohlen würde nicht mehr lange leben, wenn die Stute nicht bald frisches Wasser und Gras bekam. Da würde auch die stärkste Magie nicht mehr helfen. Schon jetzt gab das Muttertier zu wenig Milch. Prospero wollte den Tod des kleinen Hengstes um jeden Preis verhindern. Miranda würde den Verlust nicht verschmerzen.

Auf die Heckreling gestützt blickte er auf das Tirenomeer hinaus. Ruhige See erstreckte sich bis zum Westhorizont. Gestern hatten sie hier gestanden, als die vier Schiffe der Begleitflotte sich mit geblähten Segeln entfernten. Prospero hatte die Seeleute und Schwertmänner nicht verflucht. Sein Zorn galt allein Tonio und Arbosso. Der eine hatte ihn angeklagt und gestürzt, der andere sein Todesurteil gefällt. Verräter! Die unerwartete Begnadigung hatte er allein dem guten Gonzo zu verdanken.

Doch auch seinen Bruder, den Kanzler, und Arbosso, den König von Napoli, hatte Prospero nicht verflucht. Dann hätte er ja dem Reich Milano Böses wünschen müssen. Dazu liebte er es zu sehr. Aber er hatte ihnen Rache geschworen. Beiden. Und irgendwann würde seine Stunde kommen. Daran zweifelte er nicht.

Bruno und Josepho hatten sich noch am Abend hinter die beiden Riemen im Zwischendeck gesetzt, die der Kommandeur ihnen gelassen hatte, und die alte Galeere ein Stück in Richtung Insel gerudert; später Bruno und Jesu. Kurz nach Sonnenaufgang dann die Sandbank. Ein Riff wäre schlimmer gewesen.

Lange stand Prospero an der Heckreling und blickte über das Tirenomeer zum Horizont. Die Strommündung lag hundert Tagesreisen entfernt von dieser Insel, Milano noch ein paar Tage mehr. Unerreichbar.

Selbst wenn der Kommandeur die Masten nicht gekappt und das Segeltuch an Bord gelassen hätte, wäre die Stadt unerreichbar geblieben. Wie sollte man eine alte Galeere mit vier Mann über das Tirenomeer steuern? Und selbst, wenn sie mehr Männer und dazu noch Masten und Takellage gehabt und sie die Flucht gewagt hätten und sie gelingen würde – was würde an der Küste Milanos auf einen wie ihn warten? Auf einen, den man der Hexerei angeklagt hatte? Gefangenschaft und Scheiterhaufen.

»Bei Nacht habt ihr mich aufs Schiff geschleppt, heimlich, wie einen Verbrecher.« Prospero spuckte ins Meer und griff nach dem Mutterzopf an seinem Hals. »In Ketten habt ihr mich legen lassen, meine Heimat habt ihr mir und meiner Tochter geraubt. Dafür werdet ihr bezahlen. Du, Tonio, und du, König Fettsack von Napoli! Das schwöre ich euch.«

Nicht zum ersten Mal tat er diesen Schwur, und nicht zum ersten Mal stand ihm hinterher seine geliebte Frau vor Augen. Julia! Und gleich nach ihr sah er das rot maskierte Gesicht der Hexe vor sich. Und hinter ihr die geflügelte Gestalt mit dem Raubvogelgesicht; den Entsetzlichen! Prospero erschauderte und schüttelte sich. Würde er das Bild des Dämonen je wieder loswerden?

Hinter ihm wurden Schritte laut und rissen ihn aus seinen düsteren Gedanken. Er drehte sich um – Josepho schlurfte heran und stieg zu ihm und den Pferden ins Heckkastell hinauf. »Hör auf zu grübeln. Taten sind gefragt, ich brauch Heilkräuter.« Der Weiße stieß dem Medikus die Nüstern in die Halsbeuge, Josepho streichelte seinen Hals.

»Für Miranda?«

Josepho nickte. »Die Lunge hört sich besser an heute, ist aber noch nicht frei. Kein Spaß, so eine hartnäckige Lungenentzündung. Kräuter müssen her.«

»Wird mein Kind überleben?«

»Wenn ich auf der verdammten Insel meine Kräuter finde, vielleicht.« Josepho zuckte mit den Schultern. »Und wenn ich die Hälfte meines letzten Weines für einen Auszug opfere, ziemlich sicher.«

»Was brauchst du?« Prospero trat zu ihm und dem Weißen und streichelte die andere Halsseite seines Schimmels.

»Viel Holz, ein Feuer, einen Topf, einen Krug Wein und mindestens drei der folgenden Pflanzen: Tollkirschen, wilde Zwiebeln, wilden Knoblauch, Meerrettich, Kapuzinerkresse. Nicht schlecht wäre auch frische Weidenrinde. Und ganz wichtig: Bienenharz oder wenigstens Honig.«

Prospero nickte. »Es sollte mich wundern, wenn sich das meiste davon nicht im Küstenwald finden ließe.«

Alle diese Pflanzen, die Josepho genannt hatte, und ihre Wirkungsweisen kannte er, denn im BUCH DER UNBEGRENZTEN MACHT gab es zwei reich bebilderte Kapitel über Heilpflanzen. Während der letzten hundert Tage hatte Prospero Zeit gehabt, jedes Kapitel gründlich zu studieren.

»Sobald wir die Pferde an Land gebracht haben, schicke ich Jesu und Bruno auf die Suche nach deinen Heilpflanzen und nach einem Bienenvolk«, versprach er.

»Suche lieber selbst. Kümmert ihr euch um das verdammte Feuer.« Josepho musterte Prospero über die Nüstern des Weißen hinweg und senkte die Stimme. »Hast natürlich recht: Hab mir dies Leben selbst gewählt. Doch den Tod deiner Mutter habe ich mir nicht ausgesucht. Dein Vater und dein Großvater haben den verbrochen.«

»Du hast sie als Geliebte gewählt, also musst du auch die Folgen tragen.«

»Die Liebe wählst du nicht, die Liebe wählt dich. Weißt du doch.« Der Medikus griff über die Nüstern des Weißen hinweg nach Prosperos Halskette und streichelte den blonden Zopf. Sein rotes, verwittertes Gesicht nahm einen zärtlichen Zug an. »Und wird nicht selbst das Leben, das man wählt, einem manchmal zur Qual?« Josepho sprach jetzt sehr leise. »Der Tod deiner Frau hat es mir nicht leichter gemacht. Ich fühlte mich wie in jene schlimmen Tage zurückgestoßen, in denen ich meine geliebte Magdalena verloren habe.«

»Trage dein Schicksal wie ein Mann, statt ihm davonzulaufen wie ein besoffener Narr.«

Josepho ließ den Zopf los und zog seine Hand zurück. »Wie edel, mich daran zu erinnern!« Bitterkeit trat in seine Züge, zugleich blitzte böser Spott in seinem Blick auf. »Und was ist mit dir? Wolltest dir den Verlust deiner Gattin mit einem Zauberbuch erleichtern! Wo ist der Unterschied zwischen Magie und Wein? Mit beidem betäubt man sich Willen und Geist.«

»Falsch!« Prospero packte ihn am Pelzkragen seines Ledermantels und zog seinen Kopf über die Nüstern des Weißen bis fast an seine Stirn. Der Medikus roch nach Wein. »Die Magie schärft den Geist und stählt den Willen.«

»Bin gespannt auf den Beweis.« Josepho schüttelte Prosperos Arm ab. »Glaubst du, ich bin deinetwegen mit aufs Schiff gegangen? Tonio in seiner Einfalt und Gutmütigkeit stand mir immer näher als du mit deiner hochfahrenden Art und deinem kalten Verstand. Ich bin hier, weil du die Hilfe deiner Mutter jetzt dringender brauchst als dein Bruder. Und weil ich ihr versprochen hab, sie euch zu ersetzen, sollt' ich sie überleben. Hab sie leider überlebt.« Prospero schaute dem Medikus in die trüben Augen. So viel hatte Josepho während der ganzen Seereise nicht gesprochen. So viel auf einmal hatte er Josepho überhaupt noch nie reden hören. Er nickte langsam und fragte: »Kennen wir uns?«

»Fürchte, wir werden uns noch kennenlernen auf dieser verdammten Insel.« Josepho drehte sich um und stieg die Stufen zum Deck hinunter. »Ich habe Miranda in den Schlaf gesungen. Jetzt fahre ich mit Bruno und dir hinüber und suche meine Kräuter gegen die verdammte Lungenentzündung zusammen.«

3

Bienen

Später hockte Prospero im Bug der Pinasse und zog die Riemen durch die Wogen. Wegen all der Lasten, die Bruno und Jesu im kleinen Boot verstaut hatten, fand er kaum Platz für seine Beine. Die Pinasse hatte mächtig Tiefgang, und von Zeit zu Zeit schwappte Wasser herein.

Der Strand rückte näher, schon drang der Duft des Küstenwaldes Prospero in die Nase. Das Licht der Vormittagssonne leuchtete im bunten Herbstlaub der Baumkronen. Auf dem Rücken, in seinem Hirschlederrucksack, trug Prospero das BUCH DER UNBEGRENZTEN MACHT. Er trennte sich nur selten davon. Coraxas Buch war ihm so vertraut inzwischen, als wäre es ein Stück von ihm. Die Hälfte seiner siebzig Kapitel konnte er bereits auswendig.

Das Rauschen der Brandung schwoll an. Vor Prospero, auf der mittleren Ruderbank, arbeitete Bruno gegen die Wellen und die Strömung der Ebbe. Der Hüne hatte sich eine Kiste auf die Oberschenkel gestellt, um Platz für seine Beine zu gewinnen. Sein breiter Rücken verdeckte den Blick auf Josepho, der auf der Heckbank ruderte. Die Männer schwiegen, das Wasser plätscherte unter ihren Ruderschlägen. Jesu war bei Miranda auf der Galeere geblieben und bereitete den Abbruch des Bugkastells vor.

Dankbarkeit für die Gefährten erfüllte Prospero auf einmal. Wie viele Jahre Bruno ihm nun schon die Treue hielt! Und nun hatte er ihn, seinen Herzog, in eine Verbannung begleitet, die seinen Tod bedeuten konnte.

Und Jesu? Den kleinen bucklign Mann hatte Prospero als Halbwüchsigen vor dem tödlichen Hass eines ganzen Dorfes gerettet. Wegen seines missgestalteten Leibes hatten die Bergbewohner ihm die Schuld für eine Schlammlawine gegeben. Seitdem, seit mehr als zwanzig Jahren, diente Jesu ihm als Kammerdiener. Und nun trieb seine Dankbarkeit ihn mit Prospero in die Wildnis dieser abgelegenen Insel. Und in ein ungewisses Schicksal.

Die Riemenblätter schleiften bald über den Grund. Bruno und Josepho stiegen aus dem Beiboot und schoben es durch die Brandung. Prospero schaute dem Medikus ins rote Gesicht. Ja, auch ihm gegenüber empfand er tiefe Dankbarkeit. Hätte Josepho nicht in Milano bleiben und das Versprechen dennoch einhalten können, das er der Mutter gegeben hatte? Stattdessen hatte er sich ihm aus freien Stücken angeschlossen, seinem Herzog und Magdalenas Sohn. Er, der herzogliche Medikus, der wohlhabende und angesehene Bürger Milanos, der schon weit über sechzig Sommer gesehen hatte. Hatte er sich nicht einen ruhigen Lebensabend verdient?

Prospero liebte Josepho nicht so, wie er Bruno liebte. Er vertraute ihm nicht so rückhaltlos, wie er Jesu vertraute. Doch er schätzte seine Ehrlichkeit; und natürlich seine Heilkunst. Und er achtete ihn hoch, weil er seiner Mutter ein treuer Liebesgefährte gewesen und neben Tonio das einzig noch verbliebene Band zu ihr war. Dass der Medikus so hart mit ihm ins Gericht ging, nahm Prospero ihm nicht übel. Denn hatte Josepho im Grunde nicht recht?

Prospero schwang sich ebenfalls über die Bootskante und half den anderen beiden, die schwere Pinasse an den Strand zu schieben. Sie ließ sich nur mühsam durch die Brandung bewegen. Prospero spürte Schlamm und Muscheln unter den Fußsohlen. Wie gut!

Er machte sich nichts vor: Josepho hatte recht – statt sich der Trauer um Julia zu stellen, hatte er sich in die Magie geflüchtet. Hatte Kräfte beschworen, die stärker waren als er. Hatte sich auf einen Zweikampf eingelassen, den er nur verlieren konnte. Während sie stöhnten und fluchten und das Boot Fuß um Fuß aus der Brandung stemmten, fragte er sich, ob er diese Kräfte heute beherrschen würde. Ob er mit dem, was er inzwischen gelernt hatte, den Zweikampf mit der Hexe heute gewinnen würde?

Überflüssige Fragen – er war ein Verbannter. Bis auf sein Leben, seine Tochter und drei Vertraute hatte er alles verloren, was ein Mann verlieren konnte. Was nützten ihm jetzt noch seine magischen Künste?

Prospero dachte an seine geliebte Frau, an seine quälende Sehnsucht nach ihr und an seine Blindheit der Hexe gegenüber. Wie leicht hatte er es der durchtriebenen Coraxa gemacht, ihn zu betrügen! Heiß stieg die Scham in ihm hoch.

Weg mit der Erinnerung! Schnell vergessen, nur nicht mehr daran denken!

Die Pinasse saß im nassen Sand fest. Sie ließen sie los, ließen sich erst einmal in den Sand fallen und schöpften neuen Atem.

Nach einer kleinen Ruhezeit schleppten sie die Ladung gemeinsam zu den nahen Dünen und lagerten die Kisten, Körbe und Säcke in einer Sandmulde zwischen zwei Dünenkämmen. Viermal musste jeder zwischen der Pinasse und den Dünen hin und her laufen.

Prospero und Bruno gürteten sich mit ihren Schwertern und schulterten je eine Armbrust. Der Medikus steckte sich ein Messer in den Gurt und nahm eine Sichel aus einer Kiste. Einen gusseisernen Topf und einen prallen Schlauch Wein drückte er Bruno in die Hand, sich selbst warf er zwei Ledersäcke über die Schulter. Seite an Seite machten sie sich auf die Suche nach der

Schneise, die Prospero von der Galeere aus im Küstenwald entdeckt hatte.

Aus dem nahen Wald drang Vogelgezwitscher. Es tat gut, endlich einmal wieder andere Vogelstimmen zu hören als die der ständig zeternden Möwen. Und es tat gut, erst Sand und dann Gras unter den Fußsohlen zu spüren. Viel zu lange hatte Prospero über raues und geteertes Holz laufen müssen, das den halben Tag lang schwankte.

Tatsächlich fanden sie einen kleinen Fluss. Der war seicht, und die Fische darin glitzerten silbrig in der Vormittagssonne. Zwischen den Weiden am anderen Ufer bog sich hohes Gras im Wind. Josepho watete hinüber, zückte ein Messer und schälte Rinde von einem der Bäume.

»Hier bauen wir unser Winterlager auf«, entschied Prospero. »Durch die Flussmündung können wir Pferde, Kisten und Bauholz bis hierher rudern.«

Sie zogen sich aus, wateten in den Fluss, tranken sich satt und ließen sich rücklings ins Wasser fallen. Prospero schloss die Augen, streckte sich aus und gab sich der Kühle des über ihn hinweg fließenden Wassers hin. Mit einem Lächeln auf den Lippen genoss er den vielstimmigen Vogelgesang aus dem nahen Wald.

»Wilde Zwiebeln!« Von fern drang irgendwann Josephos jubelnde Stimme zu ihnen. »Kapuzinerkresse! Los, Feuer machen! Steine in die Flammen und den Topf drauf!«

Prospero und Bruno wuschen ihre Kleider und hängten sie an tief hängenden Ästen der Birkenkronen in den milden Wind. Nackt machten sie sich auf die Suche nach Holz und Steinen.

Vor Gefangenschaft, Todesurteil und Verbannung hätte Prospero sich niemals vorstellen können, seinem Leibgardisten oder einem Diener jemals ohne Kleider gegenüberzutreten. Doch was unterschied denn einen dem Untergang geweihten Herzog noch von einem dem Untergang geweihten Diener? Das gemeinsame

Schicksal unterwarf ihn und Bruno demselben Joch: dem Kampf ums Überleben.

Oberhalb der Uferböschung errichtete der nackte Hüne eine Feuerstelle. Als der Medikus mit seinem prall gefüllten Ledersack durch den Fluss watete, loderten schon die Flammen auf. Josepho leerte den halben Schlauch Wein in den Topf. Im Fluss wusch er seine wilden Zwiebeln, die Weidenrinde und die Kresse. Danach breitete er seine Schätze im Gras aus. Voll stolzer Freude betrachtete er sie.

»Die Hälfte der Zwiebeln nimm mit zurück aufs Schiff«, wies er Prospero an. »Dünste sie mit Zucker und Wein, lass den Saft abkühlen, und gib Miranda jede Stunde einen Löffel voll davon. Aus den warmen Zwiebeln machst du ihr einen Brustwickel.«

Prospero hörte geduldig zu, obwohl er das Rezept aus seinem Lehrbuch der Magie kannte. »Und du, Josepho? Gehst du nicht mit zurück auf die Galeere?«

»Mich nehmt ihr mit, wenn ihr die Pferde hierher gebracht habt.« Josepho schnitt die wilden Zwiebeln und die Rinde in den Wein und warf die Brunnenkresse dazu. »Habe Bienen gesehen. Irgendwo am Waldrand muss es ein Bienenvolk geben. Ich werd's finden, versprochen.« Beinahe euphorisch wirkte der Medikus. Er deutete auf den Topf. »Lass den Wein aufkochen, dann an den Rand des Feuers mit dem Topf. Das verdammte Zeug muss ein paar Stunden vor sich hin köcheln. Wenn es ähnlich dick wie Sirup ist, in einen sauberen Weinschlauch damit. Miranda kriegt alle sechs Stunden einen halben Becher voll davon.«

Josepho legte den Kopf in den Nacken, entkorkte seinen halb leeren Schlauch und hielt den Ausguss über seinen offenen Mund. Ein rotes Rinnsal plätscherte ihm in den Schlund. Er schluckte und seufzte zufrieden. »Bis nachher!« Endlich verkorkte er den Schlauch, winkte und watete wieder in den Fluss hinein.»Vielleicht haben die Vögel sogar noch ein paar Tollkirschen übrig gelassen!«

Prospero schlüpfte nackt in seinen Federmantel und legte Holz nach. Sie liefen an den Strand zur Pinasse und ruderten zurück zum Schiff. Bruno, der seinen Lodenmantel mitgewaschen hatte, blieb vollständig nackt. Nie zuvor hatte Prospero einen derart behaarten und muskulösen Männerleib gesehen. Würde einer aus Milano oder Napoli ihn und Bruno ohne Kleider sehen, würde er wohl den Hünen für den Anführer halten und nicht ihn, den Herzog.

Miranda schlief noch. Prospero erklärte Jesu, wie er Zwiebelsaft und -wickel zuzubereiten hatte. Danach half er Bruno mit den Pferden. Das Fohlen und die allzu schwache Stute befestigten sie an Riemen und ließen sie mit dem Flaschenzug in die Pinasse hinab. Dem Weißen redete Prospero solange gut zu, bis der Hengst den Sprung ins Meer wagte. Seine Kraft reichte noch, um an die Küste zu schwimmen.

Prospero und Bruno ruderten in die Flussmündung hinein und bis zur Feuerstelle. Der Weiße folgte ihnen, stieg in die Uferböschung, als der Fluss seinen langen Beinen zu seicht wurde. Dort schüttelte er das Wasser aus dem Fell und fing sofort an zu weiden.

Sie banden die Tiere im hohen Gras an den Birken fest, legten Holz nach und ruderten wieder zum Schiff. Als sie zwei Stunden später mit Kisten und Rundhölzern zurückkehrten, war der Wein mit den Zwiebeln, der Kresse und den Rindenstücken schon zu einem sämigen Sud eingekocht. Prospero hatte einen gespülten Weinschlauch und einen Schöpflöffel aus der Kombüse der alten Galeere mitgebracht. Während er einen Teil des Heilsudes in den Schlauch füllte, stand Bruno im Uferwasser und spähte hinüber zu den Weiden und Büschen, zwischen denen der Medikus vor bald vier Stunden verschwunden war.

»Mach dir keine Sorgen«, sagte Prospero. »Ich kenne Josepho: Einer wie er folgt den Bienen so lange, bis sie ihn zu ihrem Stock geführt haben.« Sie legten Holz nach, zogen ihre inzwischen getrockneten Kleider an und kehrten abermals zur Galeere zurück.

Als sie eine Stunde später mit der nächsten Ladung Holz den Fluss heraufruderten, neigte der Tag sich bereits. Prospero und Bruno sahen die Pferde friedlich in der Uferböschung weiden, sahen einen dünnen Dampfschleier sich über dem Kochtopf kräuseln, sahen Rauch aus dem verglühenden Holz aufsteigen und sahen einen Schwarm grüner Finken tschilpend aus den Birken flattern und in den Wald davonfliegen.

Josepho sahen sie nicht.

Diesmal standen der Magierherzog und sein Gardist Seite an Seite im Uferwasser und spähten stumm zu den Bäumen und Büschen hinüber, hinter denen der Medikus in den Wald eingedrungen war. »Sechs Stunden«, murmelte Prospero. »Das gefällt mir nicht. Wo mag er bleiben?« Er schaute zu dem Hünen hinauf – Bruno machte ein Gesicht, als wäre jemand gestorben.

Sie luden das Boot aus, deckten Holz, Säcke, Kisten und Körbe mit Zweigen und Gras ab und überquerten den Fluss. Am anderen Ufer blieb Prospero stehen und lauschte: Nicht eine einzige Vogelstimme ertönte mehr aus dem Wald. Dabei ging es bereits auf den Abend zu. Zu Hause, in den Wäldern Milanos, stimmten die heimischen Vögel um diese Zeit ihren Abschiedsgesang auf die bald untergehende Sonne an. Jedenfalls an milden Tagen wie diesem.

Prospero wurde es eng in der Brust. Mit einer Kopfbewegung bedeutete er Bruno voranzugehen. Sein Gardist verstand sich weitaus besser auf die Kunst des Spurenlesens als er.

Sie ließen Uferböschung und Weiden hinter sich, folgten Josephos Fährte im niedergetretenen Gras und drangen in den

Wald ein. Abgebrochene Zweige und Stiefelspuren im weichen Waldboden führten sie auf einen Wildpfad, den der Medikus offenbar genommen hatte.

Ihm folgten sie etwa eine halbe Meile nach Nordosten in den Waldhang hinein. Sie mussten über entwurzelte Bäume hinwegsteigen oder sich unter den Stämmen hindurchbücken. Bruno bewegte sich verblüffend lautlos, sein Langschwert schaukelte bei jedem seiner Schritte hin und her.

Ein Summen ließ Prospero irgendwann aufhorchen – er blieb stehen, hielt Bruno am Ärmel fest und lauschte.

»B-B-Bienen«, sagte der Hüne leise.

»Vielleicht auch Wespen oder Hornissen«, flüsterte Prospero. »Folgen wir dem Gesumme.«

Sie schlichen tiefer in den Waldhang hinein. Vor allem Eichen und Buchen standen hier. Uralte Bäume, unter deren weit ausladenden Kronen der Wald wie ein hoher und ausgedehnter Saal wirkte. Zwischen den knorrigen Baumriesen wuchsen Birken hier und da.

Das Summen wurde lauter. Plötzlich ging Bruno in die Hocke – als er sich wieder aufrichtete, hielt er einen der Ledersäcke in der Hand, die Josepho mitgenommen hatte. Prospero betrachtete ihn aus schmalen Augen; seine Sorge um den Medikus verwandelte sich jäh in Angst.

Er legte den Kopf in den Nacken. Sie standen unter der Krone einer mächtigen Eiche. Zehn Fuß über ihnen schwirrten summende Bienen vor einer Baumhöhle.

»Ein Bienenstock«, murmelte Prospero.

Bruno ging schon wieder in die Hocke. Er fand niedergetretenes Gras, ein Stück aufgewühlten Waldbodens und schließlich Josephos Messer. Es lag unter seinem zweiten Ledersack; der war halb mit Tollkirschen und wildem Knoblauch gefüllt.

Schließlich entdeckten sie Schleifspuren. Die führten weg

vom Ledersack in den Waldhang hinein. Abdrücke von mindestens vierzehn Fußsohlen verliefen neben ihnen.

Bruno zeigte auf eine Stelle im Farn, stotterte, brachte jedoch kein verständliches Wort über die Lippen. Prospero kniete neben ihm nieder, sein Blick folgte der Richtung, in die der stammelnde Hüne zeigte. Ein Lichtbalken der Abendsonne versank dort in einem niedergetretenen Farnfeld und ließ Spinnennetze und winzige Mücken aufschimmern. Und kleine dunkelrote Tropfen. Blut.

4

Miranda

Sie haben Honig in die Medizin gerührt, trotzdem schmeckt sie bitter. Ich kann sie nicht leiden, ich will sie nicht schlucken. Das ist Bruno gleichgültig. Seine riesige Hand umschließt mein Kinn und meine Wangen und drückt meinen Mund auf. Ich spüre den Holzlöffel zwischen den Zähnen und die bittere Medizin auf der Zunge. Bruno hält mir die Nase zu, und ich muss schlucken.

Ich hasse Bruno.

Ich kann kaum stehen, ich kann nicht gehen, die schmale Treppe kommt mir steil vor, viel zu steil für mich. Bruno muss mich aus dem Bett heben, muss mich aus der Kajüte nach oben tragen. Ich drücke mich an seine Brust wie an eine weiche und gewölbte Wand.

Er ist so stark, ich habe ihn so gern.

Bruno will mir etwas sagen, es geht um Babospo. Bruno stottert und stammelt, und endlich stolpern ein paar Worte über seine wulstigen Lippen. *Wir werden deinem Vater hinterherwinken*, will er mir sagen.

Oben steht Babospo an der offenen Reling, nimmt mich von Brunos Brust, schließt mich in die Arme und küsst mich. Es ist noch nicht richtig hell.

»Wohin gehst du?«
»Hinüber auf die Insel.«
»Allein?«
»Mit Jesu. Er wartet schon in der Pinasse unten.«

»Aber es ist doch noch so früh.«

»Bis wir den Strand erreichen, geht die Sonne auf.« Babospo drückt mich wieder gegen Brunos Brust, und lange, dicke Arme schließen sich um mich. Bruno tritt an die Reling, Babospo steigt an einer Leiter aus Seilen und Hölzern zu Jesu in die Pinasse hinunter.

Nichts liegt im Boot außer einem Schwert und einer Armbrust. Das gefällt mir nicht. »Was macht ihr auf der Insel?«

»Josepho suchen«, ruft Babospo herauf. »Er hat sich im Wald verlaufen.«

Das stimmt nicht, ich spüre es. Doch ich frage nicht nach, denn ich habe die Angst in Babospos Blick gesehen und in seiner Stimme gehört. Ich kann gut sehen, und ich kann gut hören. Aber ich frage ihn lieber nichts mehr. Er braucht nicht zu wissen, dass ich von seiner Angst weiß. Sonst kriegt er noch mehr Angst – Angst davor, dass ich Angst kriegen könnte. Und das will ich nicht.

Babospo und Jesu stoßen sich von der Bordwand ab und rudern los. Der Streifen zwischen Himmel und Meer sieht aus wie ein schmaler Fluss aus Milch. Ein großer Vogel segelt tief über die Wellen dahin und schwingt sich auf Babospos Schultern. Buback. Er wird meinen Babospo beschützen.

Am Abend zuvor sind Bruno und Babospo erst nach Sonnenuntergang zurück aufs Schiff gekommen. Sie haben Steiner und seine Eltern wieder an Bord gebracht. Und danach noch die vielen Kisten, Säcke und Körbe, die schon auf der Insel lagen. ›Wer den Medikus wegnimmt, nimmt auch Pferde und Gepäck weg‹, hat Babospo gesagt.

Als er sich über meine Koje beugte, um mir gute Nacht zu sagen, da habe ich schon gespürt, dass er Sorgen hat. Und Angst. Ich habe es in seinen schönen grünen Augen gesehen. Und gerochen habe ich es auch. Ich kann gut riechen.

Zweimal bin ich aufgewacht in der Nacht, weil er mir ein warmes feuchtes Kissen auf die Brust gelegt hat. Das hat nicht gut gerochen; Babospo hat es *Zwiebelwickel* genannt. Auch die bittere Medizin hat er mir in den Mund gestopft. Oft. Viermal, achtmal, zwölfmal. Weiter kann ich noch nicht zählen.

Danach hat er sich an den kleinen Kajütentisch gesetzt und über sein Buch gebeugt. Er hat die Öllampe herangezogen, er hat sich die Schläfen gerieben, er hat gemurmelt und ganz streng auf die Worte des Buches geguckt; als würden sie ihm viel Arbeit machen. Über seinem Gemurmel bin ich immer wieder eingeschlafen.

Ich glaube, er liebt das Buch beinahe so sehr wie mich. Er verbringt jedenfalls genauso so viel Zeit mit dem Buch wie mit mir.

Ich kann es nicht leiden. Das Buch, meine ich.

Die Pinasse ist nur noch ein dunkler Fleck auf den Wellen. Babospo und Jesu sind Zwerge, die darin versinken. Die Luft ist noch kühl, und ich muss husten.

»Bring sie hinunter in die Kajüte und lege ihr einen Zwiebelwickel auf die Brust!«, ruft Babospo vom Boot aus. Ich kann ihn kaum verstehen, so weit weg ist er schon.

»Ich will nicht.« Ich muss schreien. »Ich will winken.« Und ich winke und huste.

Bruno drückt mich ganz fest an die große, warme Wand seiner Brust und schließt seinen Mantel um mich. Bruno gehorcht Babospo nicht, er gehorcht mir. Ich habe ihn so gern.

Ich winke und winke. Vielleicht sieht es Babospo ja, vielleicht winkt er ja zurück. Ich kann es nicht erkennen. »Beschütze ihn, du liebe, liebe Majuja«, bete ich und falte die Hände unter Brunos Mantel. »Pass gut auf ihn auf, und bringe ihn heil zurück zu mir.«

Majuja gibt es wirklich, nicht nur in Babospos Geschichten.

Das weiß ich schon lange. Sie ist immer da, wie der Himmelsgott immer da ist. Majuja ist wie der Himmelsgott, nur viel stärker und lieber. Sie ist das Herz dieser großen, großen Welt.

Ich drücke mich in die weichen Wölbungen von Brunos Brust. Sie ist so viel größer als meine; wie die schwarzen hohen Berge in der Ferne größer sind als Bruno. Seine Brust ist die Brust eines Riesen. Ich drücke mein Ohr an sie. Sein Herz klopft langsam und laut. Als würde jemand auf eine Pauke schlagen. Sein Herz ist das Herz eines Riesen.

»Warum hat Babospo solche Angst um Josepho?«, will ich wissen. »Wenn er sich nur im Wald verlaufen hat, braucht Babospo ihn einfach nur zu suchen. Und wenn Babospo ihn gefunden hat, führt er ihn aus dem Wald hinaus und fertig.«

Bruno stottert und stammelt, und es dauert, bis er endlich richtige Worte zustande bringt. Sie klingen wie *Schläge*, *Blut* und *gefangen*.

»Armer Josepho!« Sie klingen so sehr nach Angst und Nacht, dass ich weinen muss. »Aber warum habt ihr ihn denn nicht schon gestern Abend gesucht?«

Wieder Gestammel und Wortgestolper. Es ist schon zu dunkel gewesen, will Bruno mir sagen. Ich bitte Majuja, den armen Josepho zu retten.

»Ich will die Medizin trinken, die Josepho nur für mich gemacht hat. Und ich will einen stinkenden Wickel haben.« Bruno nickt und winkt. Und ich winke auch. Der kühle Wind trocknet meine Tränen.

Am Strand sieht es aus, als würde ein kleiner schmaler Schatten durch den Schaum der Brandung gleiten. Die Pinasse. Das Wort hab ich mir gut gemerkt. Ich erkenne zwei Punkte, die entfernen sich von der Brandung und der Pinasse. Das müssen Babospo und Jesu sein. Auf einer Düne bleiben sie stehen.

Die Milch zwischen Himmel und Erde ist inzwischen rot

geworden. Die hohen Berge sind nicht mehr schwarz, sondern dunkelgrün, und ihre Schneegipfel – das Wort hat Jesu mir beigebracht –, die Schneegipfel leuchten jetzt rot. Als würden sie brennen. Das sieht schön aus. Licht fließt über das Meer, über den Wald, über den Strand. Viel deutlicher kann ich meinen Babospo nun erkennen. Wie gut! Warum aber hebt er die Arme zum Himmel? Plötzlich ein Schrei, der Wind trägt ihn zu mir her. Und wieder ein Schrei, weit weg am Strand, und dann ein Schrei, der gar nicht mehr aufhören will.

»Babospo?« Der Schrecken schüttelt mich, ich muss schluchzen. »Schreit mein Babospo da?« Bruno nickt. »Aber warum denn nur?« Ich greife nach seinen riesigen, kalten Ohren und ziehe seinen Kopf so weit herunter, dass ich ihn anschauen kann. Seine Augen so groß, sein Gesicht so bleich und seine untere Lippe so zittrig! »Warum schreit er, Bruno, warum?«

Wortgestammel, Wortgestolper, und ich erfahre: Mein Babospo zaubert.

»Was?«

Er zaubert. Bruno deutet zur Insel. Licht überschwemmt Hügel, Wald, Dünen und Strand. Der obere Sonnenrand hat sich in die rote Milch des Himmels geschoben und beleuchtet alles, was ist. Überall aus dem Wald steigen Wolken, die glitzern im Morgenlicht, glitzern schwarz und gelb und rot und blau. Sie schweben nach oben, sie fließen zu einer einzigen glitzernden, schwirrenden, flirrenden, bunten Wolke zusammen.

Es ist keine Wolke, es sind Vögel. Hundertmal mehr, als ich zählen kann. Tausend mal mehr.

Bruno deutet in den Himmel über uns. Der ist wieder dunkel auf einmal. Und er rauscht und pfeift und sirrt. Möwen fliegen über uns hinweg und zum Strand. Ich staune zu ihnen hinauf. Es sind hundertmal mehr, als ich zählen kann. Tausendmal mehr.

5

Vögel

Mitten im Fluss blieb Jesu wieder stehen und starrte in den Himmel. Der war dunkel von Vögeln. Und erfüllt von ihrem Tschilpen, Pfeifen, Zwitschern, Sirren und Schreien. Wie Fächer aus Rauch falteten sich gewaltige Schwärme von Finken, Sperlingen, Meisen und Staren auf, bildeten Spiralen, kippten nach links, zogen sich zu schwarzen Wolken zusammen, schwirrten auseinander, kippten nach rechts. Darunter kreisten Möwen, Häher, Krähen und andere Rabenvögel, dazwischen flatterten Papageien, Brauntölpel und Seeschwalben, darüber kreisten Bussarde, Milane, Sperber und Geier.

Der kleine Mann stand mit zitternden Knien und starrte. Sein Unterkiefer bebte. Prospero, der schon am anderen Ufer wartete, fürchtete, die große Armbrust auf Jesus buckligen Rücken könnte den Kammerdiener jeden Moment ins Wasser herunterziehen. Die vielen toten Fische, die an ihm vorbei trieben, bemerkte Jesu zum Glück nicht. Sie hätten ihn wohl endgültig um seine Fassung gebracht.

Prospero hatte die Wirkung des magischen Aktes auf seinen Diener unterschätzt. Er machte kehrt, watete durch einen Schwarm kleiner Fischkadaver zurück in die Flussmitte und nahm ihn bei der Rechten. »Es ist schwer für dich, mein treuer Jesu, ich weiß schon. Aber du musst dich dran gewöhnen.« Er zog ihn zum anderen Ufer. »Komm jetzt.«

»Das wart Ihr, mein Herzog«, flüsterte der Kammerdiener. »Ihr habt diese seltsamen Worte geschrien, und dann sind plötzlich Vögel aus allen Himmelsrichtungen herbeigeflogen.«

Prospero verstand den anderen kaum, so laut lärmten die Vögel. Er zog Jesu zwischen die Büsche und dem Waldrand entgegen. Sie kamen an einer verdorrten Weide vorbei, die gestern noch gelbes Herbstlaub getragen hatte; auch die beiden Holundersträucher hinter ihr waren abgestorben. Jesu fiel das gar nicht auf. Das waren nicht die ersten toten Pflanzen auf dem Weg von den Dünen hierher. Doch auch die am anderen Flussufer hatte Jesu zum Glück nicht bemerkt – die lärmenden Vogelschwärme am Himmel beschlagnahmten seine Aufmerksamkeit ganz und gar. Wie mochte es Miranda und Bruno beim Anblick der wie aus dem Nichts aufgetauchten Vogelschwärme ergangen sein? Und wie beim Anblick der toten Meerestiere auf den Wellen? Prospero war sicher, dass der magische Akt auch dem Meer Lebenskraft entzogen hatte. Wie ein Magier dergleichen vermeiden konnte, hatte er noch nicht herausgefunden. Im ganzen BUCH DER UNBEGRENZTEN MACHT schien es keinen einzigen Hinweis darauf zu geben. Vielleicht ließ es sich auch gar nicht vermeiden, vielleicht gehörte es zu einem gelungenen magischen Akt dazu wie die Asche zum Feuer.

»Beim Herz des Himmelsgottes, Ihr habt sie gerufen, mein Herzog, nicht wahr?« Jesu blieb schon wieder stehen. »Beim gütigen Herz des Himmelsgottes – was seid Ihr für ein Mann?«

Weit unterhalb der zahllosen Vögel segelte Buback über Gestrüpp und Farn und schwang sich in eine Eiche am Waldrand.

»Genug davon!« Prospero fuhr herum und herrschte seinen Kammerdiener an. »Beruhige dich endlich!« Jesu verstummte, und Prospero packte abermals seinen Arm und zog ihn in den Wald hinein. »Hast du gedacht, sie würden mich aus Versehen auf dem Scheiterhaufen verbrennen wollen? Ja, Jesu – du bist mit deinem Herzog in die Verbannung gegangen, aber zugleich mit einem Magier. Ich konnte es selbst kaum fassen, als ich erkennen musste, dass ich einer bin.«

Hätte er Bruno statt Jesu mit auf die Suche nach Josepho genommen, würde er jetzt wohl gar nicht mehr vorankommen. Bruno würde zitternd unter einem Busch liegen und heulen. So robust der große Körper des Hünen war, so verletzlich war sein Geist.

Buback hatte die Eiche verlassen und segelte vor ihnen von Baum zu Baum. Überall raschelten die Kronen und schwebte buntes Laub herab, weil wieder ein Vogelschwarm sich in einer Eiche oder eine Buche niedergelassen hatte oder weil wieder einer aufgeflattert war, um Prospero zu folgen. Jesu hinter ihm flüsterte Gebete.

Prospero ließ seine Hand los und drehte sich nach ihm um. »Geht's wieder?«

Der bucklige Diener nickte aschfahl.

»Hier haben wir den Ledersack mit den Tollkirschen und dem Knoblauch gefunden.« Prospero deutete zu dem Bienenstock hinauf. »Bruno hat die Hälfte des Honigs und des Harzes mitgenommen.« Er wies in Richtung Farn. »Hier haben wir die Blutstropfen entdeckt. Und nicht weit davon Josephos Messer.«

Einen Atemzug lang flammte der tägliche Zorn in ihm hoch. Nicht auf die Unbekannten, die den Medikus überfallen hatten, sondern auf Tonio und Arbosso. Hätten sie ihn nicht in die Verbannung geschickt, hätte Josepho nicht bluten müssen.

Er winkte den anderen hinter sich her, stieg den Hang hinauf, folgte dem Geschrei der Möwen und Bubacks lautlosem Flug. Bereits gestern Abend, nach der Rückkehr auf die Galeere, hatte er den Uhu in den Wald geschickt. Dass Buback noch während der Nacht zurückgekehrt war und nun so zielstrebig vorausflog, konnte nur eines bedeuten: Er hatte Josepho entdeckt.

Der Waldhang war steil und lag voller Bruchholz und abgestorbener Bäume. Jesu geriet schnell in Luftnot und ächzte und keuchte. Er tat Prospero leid. Doch er hatte nicht allein auf die Suche nach dem verschleppten Josepho gehen wollen. Zwei Paar Augen sahen mehr als eines.

»Du trägst eine Armbrust und einen Gurt voller Pfeilbolzen mit dir, Jesu, und ein scharfes Messer hast du auch dabei.« Prospero klopfte gegen seine Schwertscheide. »Ich trage ein Schwert und einen Dolch. Doch unsere stärkste Waffe ist meine Magie.« Über die Schulter blickte er hinter sich: Der bleiche Jesu hielt ängstlich nach den Vögeln Ausschau. »Nicht mit meinem Schwert und deiner Armbrust, Jesu, nur mit meiner Magie können wir den Medikus retten. Falls er noch lebt. Verstehst du das?«

»Ja doch, fürstliche Hoheit.« Jesus zitternder Stimme war deutlich anzuhören, dass er kein Wort verstand.

»Und meine magischen Künste werden uns auch helfen, in der Wildnis dieser Insel zu überleben. Vertrau mir, Jesu.«

»Ja doch, fürstliche Hoheit.« Jesu flüsterte keuchend.

Weit oben, auf dem Kamm des Waldhanges, wartete Buback in der Krone einer entwurzelten Buche. Sie mussten Wurzelkratern und umgestürzten Bäumen ausweichen, um zu ihm zu gelangen. Der Wildpfad, den Josephos Häscher genommen hatten, war im dichten Unterholz nur schwer zu erkennen.

Kaum erreichten sie den Kamm, breitete der Uhu seine Schwingen aus und flog die sanft abfallende Böschung hinunter. Ein Bach floss dort, und von ihm aus stieg der nächste Hang steil an. Der Saal des Waldes und der Himmel darüber hallten von tausendfachem Flügelschlag und von Gezwitscher, Krächzen, Pfeifen und Möwenschreien wider.

Die nächste Anhöhe war felsiger und ihr Unterholz weniger hoch. Dennoch verlor sich der Wildpfad in einem ausgedehnten Farnfeld. Sie stießen auf eine Erdspalte, und ein silbriges Glitzern im Moos auf ihrem Grund erregte Prosperos Aufmerksamkeit. Er folgte einer Schneise im Farn, die in die breite Erdspalte hinunter führte, und bückte sich nach dem glänzenden Ding.

»Ein Knopf von Josephos Ledermantel!« Wegen des Vogellärms hob er seine Stimme. Er streckte den silbernen Knopf nach oben, damit sein Diener ihn betrachten konnte. »Wenn er ihn absichtlich abgerissen und hier fallengelassen hat, dann ist er zumindest nicht lebensgefährlich verletzt!«

»Der Medikus wollte uns auf den Weg aufmerksam machen!« Auch Jesu musste rufen, um seine Stimme gegen Vogelgeschrei und Flügelrauschen durchzusetzen. »›Geht hier entlang‹, wollte er uns mit diesem Knopf sagen.«

Prospero nickte. »Wer auch immer unseren Medikus überfallen und verschleppt hat – er ist durch diese Erdspalte gelaufen.« Er winkte Jesu zu sich herunter. »Also tun wir das auch.«

Die Spalte schien durch ein Erdbeben entstanden zu sein, vermutete Prospero, und zwar vor langer Zeit schon, denn mehr als mannshohe Birken und Buchen wuchsen darin. Sie folgten ihr; nach und nach verbreiterte sie sich zu einem Graben. Der Vogellärm über ihnen und um sie herum ließ nicht nach.

»Kannst du überhaupt mit einer Armbrust umgehen?«, brach Prospero irgendwann das Schweigen.

»Bruno hat mir gezeigt, wie man sie spannt und wie man damit schießt, fürstliche Hoheit.« Jesu klang ein wenig zuversichtlicher. »Ob ich jedoch treffen würde?«

»Übung macht den Meister, Jesu. Sollte es nötig werden, schießt du einfach, so gut du kannst. Lieber schießt du daneben, als dass du es gar nicht versuchst. Mit jedem Schuss wirst du besser werden, glaube mir. Das ist wie in der Magie – man braucht Erfahrung und Zutrauen zu sich selbst.«

Prospero traute seinen magischen Künsten inzwischen; obwohl er sie noch nicht oft benutzt hatte. Durch falsche magische

Beschwörung den Entsetzlichen aus der Unterwelt gerufen zu haben, hatte ihn schwer erschüttert. Lieber wandte er die Entdeckung seiner magischen Kraft und die neu erlernte Kunst der Magie zurückhaltend an, als noch einmal einen Fehler zu riskieren, der ihn das Leben kosten konnte.

Die Nachricht vom Tod der Hexe hatte er wie seinen Ritterschlag als Magier empfunden. Verwundet, erschöpft, in Ketten und voller Verzweiflung hatte er das hinterlistige Weib vom Kerker des Bergfrieds aus verflucht und die Gewalten der Natur gegen sie beschworen. Und was geschah? Coraxas Schiff geriet samt seiner Begleitflotte in *seinen* Seesturm und ging mit Mann und Maus unter.

Seit er davon erfahren hatte, beflügelte ihn die Gewissheit, wie seine Mutter über magische Kräfte zu verfügen. Das Studium des BUCHS DER UNBEGRENZTEN MACHT hatte ihn die Kunst gelehrt, diese Kräfte in seiner Seele zu wecken und sie anzuwenden.

Sicher – sie waren schwer zu beherrschen, diese Kräfte; für diese Einsicht hatte er viel Lehrgeld bezahlen müssen. Doch war die gelungene Beschwörung der Vögel nicht der Beweis dafür, dass er auf einem guten Weg war?

Weil er seinen magischen Kräften vertraute, hatte er Jesu mit auf die Insel genommen und nicht Bruno. Eine gute Entscheidung. Nur dem starken und kampferprobten Hünen konnte er Miranda anvertrauen; hätte er sie bei dem kleinen und buckligen Kammerdiener zurücklassen müssen, würde die Sorge um sie ihn nun auf Schritt und Tritt begleiten und seinen Geist ablenken.

Die Erdspalte wurde wieder schmaler, ihre felsigen Wände höher. Bald liefen sie durch eine kleine Schlucht, die den bewaldeten Hügel spaltete. Der zunehmend steinigere Weg führte steil abwärts und am Fuß des Hanges um einen Felsrücken herum.

Plötzlich war es Prospero, als hörte er eine Stimme rufen. Er stand still. »Hast du das auch gehört, Jesu?« Sein Diener schüttelte den Kopf und schaute ihn fragend an. Prospero lauschte aufmerksamer. Sollte er sich getäuscht haben? Nein. »Da ist es wieder – jemand ruft um Hilfe!«

»Ich höre das Geschrei der Vögel, mein Herzog, und das Rauschen ihrer Schwingen.« Jesu blickte ratlos zu den Baumkronen hinauf. »Sonst höre ich gar nichts.«

Sie gingen weiter, liefen schneller. Prospero war sicher, sich nicht getäuscht zu haben. Und wirklich: Sie kamen den Hilferufen näher. Prospero stand erneut still, legte den Kopf in den Nacken und spähte zum Felsrücken hinauf. »Es kommt von dort oben.« Er zog Jesu zu sich und deutete die Felswand hinauf. »Hörst du es jetzt?«

»Nein, fürstliche Hoheit.« Der kleine Mann schnitt eine schuldbewusste und zugleich ängstliche Miene. Wahrscheinlich fürchtete er die nächste magische Überraschung. »Ich höre wirklich nur das Geschrei und Rauschen der Vögel.«

Prospero schüttelte unwillig den Kopf. Sollte er tatsächlich einer Sinnestäuschung erlegen sein?

Sie setzten ihren Weg fort. Die Vogelschwärme flatterten außerhalb der Schlucht von Baumkrone zu Baumkrone und veranstalteten einen ohrenbetäubenden Lärm. Die Möwen, Krähen und Greifvögel kreisten über den Wipfeln. Papageien, Häher und Sperber begleiteten die Männer von Busch zu Busch durch die Schlucht.

Auf der anderen Seite des Felsrückens wurde die Erdspalte flacher, stieg allmählich an und lief schließlich im Unterholz aus. Prospero schützte die Augen vor den flirrenden Lichtbalken der Morgensonne und blinzelte zum Felsen hinauf. Trotz des Geschreis und Geflatters waren die Hilferufe nicht zu überhören.

»Ich bin mir ganz sicher – dort oben ruft jemand!« Er deutete zu einem großen Plateau hinauf, das sich in etwa sechzig Fuß Höhe unter dem säulenartigen Felsgipfel ausdehnte. »Das musst du doch auch hören!« Streng sah er seinen Diener an. Der schüttelte nur traurig den Kopf. Am Rand des Plateaus, auf der Felskante, saß mit gesträubtem Gefieder der Uhu und stieß einen Warnruf aus. Auf dem Plateau selbst stand eine gewaltige Eiche. Ganz grau sah die aus, und kein einziges Laubblatt hing in ihrer toten Krone.

»Es kommt von dort oben«, sagte Prospero. »Ganz gewiss. Irgendjemand ruft dort um Hilfe. Vielleicht in der Eichenkrone?«

»Ich höre nur Eure Eule rufen, mein Herzog.«

»Es ist ein Warnruf, Jesu. Also muss es dort oben irgendetwas geben, das Buback beunruhigt.« Er blickte dem Diener forschend ins ängstliche Gesicht. »Ich frage mich wirklich, warum nur ich die Hilferufe vernehme.«

Jesu schluckte und schaute ängstlich nach allen Seiten. Schweißperlen glänzten auf seiner Stirn. »Mir wird ganz unheimlich zumute, mein Herzog.« Er hakte sich bei Prospero unter und wollte ihn mit sich ziehen. »Lasst uns schnell weitergehen.«

Am Rand des Felsplateaus schlug Buback mit den Schwingen und stieß einen Warnruf nach dem anderen aus. *Wuahä, wuahä!*, und immer wieder *Wuahä, wuahä!* Der Uhu schwang sich vom Fels, stürzte wie ein Stein dem Waldboden entgegen, breitete erst drei Fuß über Prospero die Flügel aus und schoss dicht über dem Unterholz den Hang hinauf und in den gewaltigen Wurzelstock einer umgestürzten Buche.

Der Luftwirbel, den er verursachte, fegte Prospero die Lederkappe vom Kopf. Er bückte sich danach, und noch während er sich wieder aufrichtete, sah er die pelzigen Gestalten – unweit des Wurzelstockes standen sie entlang des umgestürzten Buchenstammes. Sie waren groß und breitschultrig und zu siebt.

Sie trugen Keulen, Steinäxte und lange Stangen mit Steinspitzen. Einer hielt einen Bumerang in der haarigen Faust. Sie rührten sich nicht. Vier beobachteten die lärmenden Vögel in den Baumkronen, drei lauerten herüber zu Prospero und seinem Diener.

Prospero griff nach seinem Schwertknauf, ließ die Klinge aber stecken.

»Wir sind verloren«, flüsterte neben ihm Jesu. Er zitterte plötzlich wie ein Fiebernder, den der Schüttelfrost überwältigte. »Es sind zu viele.« Sein Blick ging zum Felsrücken, und als Prospero ihm folgte, sah er auch dort sieben pelzige Gestalten stehen.

Ein kalter Windhauch schien in seinen Nacken zu wehen, und er drehte sich um – sieben pelzbedeckte Gestalten traten aus der Schlucht, alle mit Keulen, Bumerangs, Steinäxten und Spießen mit steinernen Spitzen bewaffnet. Einige beobachteten die Papageien und Häher in den Büschen links und rechts, andere hatten nur Augen für Prospero und seinen Begleiter.

Die Angst packte nun auch Prospero. Nie zuvor hatte er derartige Kreaturen gesehen. Waren es große Affen? Dafür standen sie zu aufrecht. Und seit wann benutzten Affen Beile und Bumerangs? Waren es wilde Menschen, die sich ganz und gar in Felle gehüllt hatten? In schwarze, braune, gelbliche und rötliche Felle – die meisten kurzhaarig, einige mit langem und lockigem Fellhaar wie Schafe mit Winterwolle.

Die Beine der meisten waren krumm, ihre Arme lang, ihre Ohren ragten groß und schmal über ihre wuchtigen Schädel hinaus. Auch die Köpfe waren bis auf Wangen, Stirn und Nase ganz mit Pelz überzogen. Ihre Gesichter wirkten zwar menschlich, erinnerten jedoch mit ihren vorspringenden Nasen- und Mundpartien zugleich an die Gesichter von Hunden.

Prospero betrachtete sie genauer, und dann sah er es: Diese wilden Wesen dort kleideten sich keineswegs in Felle – die gehörten vielmehr zu ihren Leibern, so wie seine Haut zu Prosperos Leib gehörte.

»Was wollt ihr von uns?«, rief er. Keiner der hundegesichtigen Wildmenschen rührte sich. Wahrscheinlich verstanden sie ihn gar nicht. »Wir suchen unseren Gefährten! Gebt ihn uns zurück! Danach mag jeder seiner Wege ziehen!«
Einer der Hundgesichtigen hob seinen Bumerang und schleuderte ihn in die Luft. Das Krummholz schoss zwischen den Bäumen hindurch, stieg über die Kronen und senkte sich sirrend auf die beiden Männer herab.

»Zerbrich!«, brüllte Prospero, stieß Jesu ins Unterholz und streckte der wirbelnden Waffe den Arm entgegen. Der Bumerang knallte gegen einen Buchenstamm und zerbrach.

Wie ein Knurren und Fauchen ging es durch die Reihen der Pelzigen. Sie hoben ihre Keulen, Äxte und Spieße und sprangen von drei Seiten auf die beiden Männer zu.

Prospero riss die Hände hoch, legte den Kopf in den Nacken und stieß einen langgezogenen Schrei aus, der an den Ruf eines Kranichs erinnerte; sein Echo hallte durch den Wald. »Mir seid ihr zu Willen!«, rief er, und dann wieder der langgezogene Schrei.

Erst hallte anschwellendes Vogelgekrächze aus der Schlucht, kurz darauf flatterten Dutzende von Vögeln aus ihr und stürzten sich in die Rücken der Pelzigen, die von dort aus Prospero und seinen Diener angreifen wollten: Elstern, Sperber, Papageien, Krähen und Häher. Schwarzes, weißes, braunes und buntes Gefieder hüllte die sieben wilden Menschen vor der Schlucht ein, hackende Schnäbel, schlagende Flügel, kratzende Klauen; nicht einmal die Steinspitzen an ihren langen Stangen sah man mehr. Aus dem Gewimmel flatternder Vogelleiber drang ihr Kreischen, Fauchen und Brüllen. Das fuhr Prospero durch Mark und Bein.

Den anderen vierzehn erging es nicht besser: Die sieben Pelzigen beim Buchenstamm wälzten sich kreischend am Boden und schlugen nach Sperlingen, Finken und Meisen, die sie einhüllten wie tanzende Knäuel aus Federn und Schnäbeln. Die sieben Wilden am Fels drückten sich gegen die Steilwand, wehrten sich mit ihren Äxten, Keulen und Krummhölzern gegen herabstoßende Möwen. Schnell waren auch sie ganz und gar vom Schwarz-Weiß der Schwingen, Leiber und Köpfe bedeckt. Ihr panisches Gebrüll war kaum zu ertragen, und Jesu bohrte die Stirn in den Waldboden und hielt sich die Ohren zu. Ein paar Atemzüge lang fühlte auch Prospero sich wie gelähmt.

Doch schnell überwand er seinen eigenen Schrecken vor so viel wirksamer Magie und rief: »Mir dient ihr Vögel jetzt statt eurer Natur! Mir, Prospero, dem Magier!« Dann zog er sein Schwert, bückte sich nach Jesu und riss ihn auf die Beine.

Steif vor Entsetzen starrte der Bedauernswerte auf die sich krümmenden und von zappelndem Gefieder eingehüllten Leiber. Einige lagen schon reglos, und ihr Blut floss über Bruchholz und Moos und tropfte von Blaubeerkraut und Farnhalmen.

»Schau nicht hin!« Prospero zog den verstörten Mann hinter sich her und den nächsten Hang hinauf. Sie hetzten an Wurzelkratern vorbei, sprangen über Bruchholz, kletterten über umgestürzte Baumstämme. Buback flog voraus.

Fauchen, Kreischen und Gebrüll hinter ihnen erstarb nach und nach. Endlich erreichten sie den nächsten Kamm. Über die Schulter blickte der Magier zurück: Blind und von Schmerzen und Entsetzen halb betäubt taumelten oder krochen ein paar wilde Menschen zwischen ihren toten Gefährten herum. Die Sperlinge und Finken hackten unerbittlich auf sie ein. Andere taumelten der Schlucht entgegen oder am Felsrücken entlang. Möwen, Krähen und Papageien stießen auf sie nieder.

Prospero hielt Jesus Hand fest, zwang den Buckligen, ihm zu folgen, zog ihn wieder auf die Beine, wenn er stürzte. So hetzten sie den Waldhang hinauf. Oben angekommen, lehnten sie gegen eine Eiche und schöpften Atem. Jesu zitterte noch immer, in seinem Blick flackerte Todesangst.

Prospero schloss den kleinen Mann in die Arme, zog ihn an seine Brust und wiegte ihn wie ein Kind. »Fürchte dich nicht, mein treuer Jesu.« Seine Hand kreiste streichelnd über den buckligen Rücken. »Du hast nichts zu befürchten, hörst du, was ich sage?« Jesu nickte und begann leise zu schluchzen.

Das Zwitschern, Krächzen, Tschilpen und Schreien in den Baumkronen und darüber hatte ein wenig nachgelassen. Viele der Vögel, die Prosperos Willen gehorchen mussten, bekämpften unten am Felsen noch immer die wilden Menschen.

»Ohne meine Magie hätten diese hundegesichtigen Kreaturen uns das Gleiche angetan wie Josepho – sie hätten uns verwundet und verschleppt. Vielleicht hätten sie uns sogar getötet.« Sein Diener nickte und schluchzte heftiger. »Freu dich also über meine magischen Kräfte, mein treuer Jesu. Sie sollen auch künftig unsere wirksamste Waffe sein. Und du stehst unter ihrem Schutz.«

Jesu beruhigte sich allmählich und wischte sich schließlich die Augen aus. Mit einer Mischung aus Dankbarkeit und Ehrfurcht blinzelte er zu seinem Herzog herauf. »Weiter«, sagte Prospero und winkte ihn hinter sich her. Sein Schwert behielt er in der Rechten.

Über einen abschüssigen Hang gelangten sie auf eine kleine, felsige Ebene. Nur wenige Bäume und Büsche wuchsen hier. Der Blick in den Himmel war nun weitgehend frei, und sie konnten die gewaltigen Vogelschwärme sehen, die sie begleiteten, die kreisenden Greifvögel, die hin und her schießenden Möwen und Krähen.

Der Vogellärm nahm wieder zu; offenbar kehrten die Vögel nach und nach vom Kampfplatz zurück. Prospero hegte keinerlei

Zweifel daran, dass sie nur tote Pelzige dort zurückgelassen hatten. Tiefe Genugtuung erfüllte ihn, und er glaubte seine Kräfte wachsen zu fühlen.

Sie liefen auf eine einzelne Eiche zu. Die war halb verdorrt, und Prospero musste an die abgestorbene Eiche denken, die er kurz vor dem Angriff der Pelzigen oben auf dem Felsplateau gesehen hatte. Der rätselhafte Hilferuf gellte ihm noch in den Ohren; der Hilferuf, den Jesu nicht gehört hatte.

Und plötzlich, wie durch eine Eingebung, leuchtete ihm der Grund dafür ein: Die Stimme hatte in seinem Kopf um Hilfe gerufen! Nur dort! Kein Schall hatte sie durch bewegte Luft an sein Ohr getragen, sondern ein Gedanke direkt in seinen Geist! Doch wessen Gedanke?

Unter der Eiche zwang Jesu seinen Herzog stehen zu bleiben. Der Diener stellte sich auf die Zehenspitzen, um ihm ins Ohr zu rufen, denn der Vogellärm ließ kein normales Gespräch mehr zu. »Ihr Lager kann nicht weit sein!«, rief er. »Das waren gewiss Kundschafter, mein Herzog! Vielleicht sogar Wachposten.« Er deutete in den Himmel. »Das Vogelgeschrei wird die im Lager warnen.«

»Du hast recht.« Prospero reichte ihm sein Schwert und trat aus dem Schatten der Eichenkrone. Der Himmel war dunkel von Vögeln. Er hob beide Arme, schaute in das allgegenwärtige Flattern, Schwirren und Rauschen hinauf, holte tief Luft und stimmte einen hohen Summton an. Den ließ er anschwellen und noch höher steigen, so hoch, dass er beinahe dem Ruf eines Bussards glich.

Endlich ließ er den hohen Ton ausklingen, atmete tief und rief: »Mir seid ihr zu Willen! Mir, Prospero, dem Magier! Stille gebiete ich euch! Stille will ich! Jetzt!«

Schlagartig verstummte alles Tschilpen, Zwitschern, Pfeifen und Krächzen. Nur das Rauschen, Sirren und Schwirren zigtausender Vogelschwingen war noch zu hören. Und ein fernes, donnerndes Brausen, das Prospero vorher nicht wahrgenommen hatte. Über die felsige Ebene hinweg blickte er in die Richtung, aus der er das Tosen hörte. Auf einer Felssäule sah er Buback sitzen.

»Ein Fluss«, sagte Jesu. »Ein Wasserfall.«

Prospero nickte. »Gehen wir weiter.« Sie liefen an der Felssäule vorüber, auf der Buback ein Kaninchen kröpfte. Sobald sie den Uhu erreichten, ließ er seine Beute liegen und flog ihnen wieder voraus.

Sie folgten ihm durch ein Geröllfeld. Nichts als Gras, Disteln und vereinzeltes Brombeergestrüpp wuchs hier. Das Brausen rückte näher. Nur ein kleiner Vogelschwarm und vereinzelte Greife zeigten sich noch am Himmel. Doch Prospero wusste, dass die Vögel in seiner Nähe blieben.

Ein Pfad im Fels führte zu einem steilen Abhang. Von dort öffnete sich der Ausblick auf einen kleinen Gebirgsfluss. Prospero nahm an, dass es derselbe Fluss war, an dessen Mündung er und Bruno gestern gebadet und ihre Kleider gewaschen hatten.

Sie folgten einem ausgetretenen Pfad, gelangten in einen Wald und schließlich ans Flussufer. Die Wassermassen des Gebirgsflusses stürzten etwa drei Steinwürfe entfernt ins Flussbett. Wenige Schritte vor dem Wasserfall führte eine Art Hängebrücke über das Gewässer. Vier mit Keulen und Bumerangs bewaffnete Wildmenschen bewachten sie. Prospero sah Buback über den Wasserfall hinweg in die Felsenformationen am anderen Ufer schweben.

»Wir müssen über den Fluss«, flüsterte er.

Im Schutz des Waldrandes schlichen sie zur Brücke. Dem ausgetretenen Pfad, dem sie folgten, sah man an, dass er täglich und von vielen Lebewesen benutzt wurde. Sie duckten sich ins hohe Gras und gingen hinter einem Brombeerstrauch in Deckung. Von dort aus beobachteten sie die Brücke.

Zwei der pelzigen Wächter standen auf ihr, die anderen beiden am diesseitigen Ufer. Prospero legte den Kopf in den Nacken und spähte in den Himmel hinauf. Er richtete seine Aufmerksamkeit auf einige der Greifvögel, die hoch über dem Wasserfall kreisten. Dann stieß er den Kranichruf aus und murmelte eine Beschwörung.

Die vier Wächter hörten den Schrei natürlich; sie richteten sich jäh auf und lauerten zur Brombeerhecke herüber. Die beiden vor der Brücke setzten sich in Bewegung. Einer hob seinen Spieß, der andere seine Steinaxt. So stürmten sie auf die Hecke zu.

In den Bäumen über der Brombeerhecke raschelte es. Ein gutes Dutzend Bussarde stieß auf die Pelzigen hinab. Die Greife rissen ihnen die Fänge über die pelzigen Schädel, prallten gegen ihre Brustkörbe und stießen sie zu Boden. Sofort stürzten weitere Greifvögel aus dem Himmel und ließen sich auf die strampelnden und um sich schlagenden Wildmenschen fallen.

Die beiden auf der Brücke wollten ihren Gefährten zu Hilfe eilen, doch kaum ließen sie den schwankenden Steg hinter sich, fielen zwei Geier sie an. Wie Steine waren die Großvögel aus dem Himmel gestürzt und stießen mit solcher Wucht auf die pelzigen Wachposten nieder, dass einer sofort über das Steilufer in den Fluss stürzte. Der zweite verlor unter den kräftigen Schnabelhieben das Bewusstsein. Vielleicht hatte der Aufprall des Vogels ihm auch das Genick gebrochen.

Prospero und Jesu warteten, bis keiner der Wächter sich mehr rührte. Dann sprangen sie auf und an den kröpfenden Greifen vorbei auf die Brücke und setzten über sie hinweg.

Sie gelangten in einen felsigen Hohlweg und über ihn auf eine Anhöhe, die mit Birken, Farn, Beerenhecken und Ginster bewachsen war. Da und dort entdeckte Prospero ein paar Eiben. Trommelschlag lag auf einmal in der Luft und Stimmengewirr wie von fernem Sprechgesang.

»Das Lager der Hundegesichter.« Jesu deutete auf Rauchsäulen, die auf der anderen Seite der Anhöhe in den Himmel stiegen.»Wir haben es gefunden.«

6

Das Kind

Das Gehämmer Dutzender Pauken- und Trommelklöppel dröhnte aus dem Felsenkessel. Dazu das rhythmische Stampfen Tausender Tänzer und ihr dumpfer Sprechgesang. Prospero glaubte in den Abgrund der Hölle zu schauen. Der Felsenkessel war annähernd kreisrund, hundertfünfzig Fuß tief und oben weit über tausend Fuß breit. Die Hälfte seiner Wand war sehr steil, und Strickleitern und Taue mit dicken Knoten verbanden den Kesselgrund mit den vielen Höhleneingängen in der Felswand. Die andere Hälfte führte terrassenartig zum Kesselgrund hinunter. Der durchmaß höchstens fünfhundert Fuß.

Auf den ersten Blick hielt Prospero Felsenkessel und Terrassen für ein Bauwerk. Der zweite Blick jedoch belehrte ihn eines Besseren: Er schaute in einen uralten Krater, den die Natur erschaffen hatte. Vielleicht durch einen Vulkan, vielleicht durch ein Erdbeben, vielleicht auch durch den Einschlag eines Meteoriten.

Die Mittagssonne beschien kaum die Hälfte der Kesselwand. Auf einem Felstisch im Kesselgrund brannte ein Feuer. Um den Felstisch herum hockten oder standen die Trommler und Paukenschläger. Über ihnen beleuchteten zahlreiche Fackeln Hunderte von Höhleneingängen und die unteren Terrassen. Auf denen tanzten und grölten tausend Pelzige und mehr. Auch in den Höhleneingängen der Steilwand tanzten und grölten sie. Auf dem Kesselgrund selbst zählte Prospero neben den etwa dreißig Trommlern und Paukenschlägern ungefähr siebzig andere Hundegesichtige. Zehn standen auf einer schiefen Treppe vor dem

Felstisch, als würden sie auf etwas warten. Die anderen tanzten um den Felstisch mit dem Feuer herum. Ihre Pelze schimmerten rötlich im Licht der Flammen.

Prospero und sein Diener lagen dicht an der Felskante auf der Terrassenseite des Kraters. Niedrige, verkrüppelte Eiben gewährten ihnen Deckung. In einer hockte Buback. Links von Prospero führten in den Fels gehauene Stufen zur obersten Terrasse hinunter.

Der dröhnende Lärm quälte den armen Jesu so sehr, dass er sich die Finger in die Ohren gesteckt hatte. Sein Blick sprach Bände: *Wann verschwinden wir endlich wieder von hier?*

Getrommel, Gegröle und Gestampfe waren wirklich kaum zu ertragen. Prospero sah sich um und entdeckte Harz am Stamm einer Eibe. Er pulte es ab, rollte den halbwegs weichen Brocken so lange zwischen Daumen und Fingern, bis er die Form eines Stäbchens hatte. Das teilte er und steckte sich beide Teile in die Ohren. Viel half es nicht, doch wenigstens dämpfte das Harz den Höllenlärm auf ein erträgliches Maß herunter.

Prospero zog sein Fernrohr aus der Innentasche seines Federmantels und richtete es auf die Reihen der pelzigen Tänzer, soweit sie in seinem Blickfeld lagen. Aufmerksam glitt sein Blick über die Menge. Als er die Tanzenden an Felstisch und Feuer genauer betrachtete, bemerkte er, dass sowohl ihr Körperfell als auch ihre Gesichter feucht und rot glänzten. Irgendeine rituelle Bemalung?

Während er noch darüber nachdachte, ließ er das Fernrohr weiter wandern, und für einen Moment stockte ihm der Atem: In den Flammen entdeckte Prospero die Konturen eines menschlichen Körpers; der krümmte sich, richtete sich auf und fiel gleich darauf in sich zusammen. Vom Rande des Felsblocks tropfte Blut. Prospero versuchte, sich seinen Schrecken nicht anmerken zu lassen, vergeblich.

»Was ist mit Euch, mein Herzog?«, sagte Jesu neben ihm. »Warum seid Ihr auf einmal so bleich?«

Statt zu antworten, richtete Prospero das Fernrohr auf die zehn Hundegesichtigen auf der schiefen Treppe vor Feuer und Felsentisch. Die tanzten nicht, wiegten sich lediglich ein wenig zum Rhythmus von Trommeln, Pauken und Sprechgesang. Ihre Pelze waren grau oder von grauen oder weißen Strähnen durchzogen. In den Fäusten der meisten entdeckte Prospero steinerne Äxte und Messer mit blutigen Klingen.

Zwei waren unbewaffnet. Die standen auf der mittleren Stufe der aus unbehauenen Steinquadern aufgeschichteten Treppe. Zwischen sich hielten sie einen länglichen Korb aus grob geflochtenen Ruten. Darin sah Prospero zunächst nur ein schwarzes Fell. Es bewegte sich.

Er stellte das Fernrohr schärfer und sah noch einmal genauer hin: Ein Kopf lugte auf einer Seite des Korbes unter dem schwarzen Fell hervor, ein hellhäutiger, unbehaarter Kopf und ein menschliches Gesicht. Ein Kleinkind? Jedenfalls strampelte da ein lebendiges Wesen unter dem Fell.

»So redet doch, fürstliche Hoheit!« Jesu nahm einen Finger aus dem Ohr und guckte seinen Herzog flehend an. »Was geht dort unten am Feuer vor sich?«

»Ich kann's nicht recht erkennen«, sagte Prospero leise. »Josepho sehe ich jedenfalls nirgends.«

Nur einen Atemzug später entdeckte er vier pelzlose Gestalten. Menschen. Alles Männer und alle gefesselt. Sie knieten etwa zwanzig Schritte abseits des Felstisches im Geröll; drei mit gesenkten Köpfen. Neben jedem der Männer stand ein Hundegesichtiger mit einer Keule in der Faust. An Halsstricken hielten sie die Männer fest.

Das Gesicht des Mannes, der sein Haupt aufrecht hielt, kannte Prospero – das des ehemaligen Hofmedikus von Milano.

»Josepho!«, entfuhr es ihm. »Ich sehe ihn!« Er setzte das Fernrohr ab, reichte es seinem Diener und zeigte ihm, wohin er es richten musste.

Während Jesu das Fernrohr zögerlich ans rechte Auge hob, fragte sich Prospero, was dort unten nur geschah. Eine Art Opferfest? Prosperos Mund war auf einmal sehr trocken. Die mit den grauen, weißen und gescheckten Pelzen schienen ihm alte Wildmenschen zu sein, uralte zum Teil. Wahrscheinlich eine Art Führungskaste unter den Hundegesichtigen. Und der Korb? Und das Kind? Welche Rolle spielte das bei dem Opferfest? Falls es überhaupt ein Opferfest war.

Allein der Gedanke an die Möglichkeit schnürte Prospero das Herz zusammen. Sollten Josepho und die anderen drei Männer dort unten etwa getötet werden?

»Ich sehe Josepho nirgends, mein Herzog«, flüsterte Jesu neben ihm. »Ich kann gar nichts erkennen.«

»Natürlich nicht.« Prospero nahm seinem Diener das Fernrohr aus den zitternden Händen. »Man muss so ein Gerät schon still halten, wenn man mit ihm etwas beobachten will.« Er setzte das Fernrohr ans Auge und richtete es auf die alten Hundegesichtigen auf der Treppe. Einer winkte und riss den schnauzenartigen Mund auf; er schien etwas zu rufen. Daraufhin zerrten zwei der Keulenträger an den Stricken ihrer Gefangenen. Sie schleiften sie zum Felstisch und zwangen sie, auf den Knien hinter ihnen her zu rutschen. Einen davon erkannte Prospero jetzt: Es war ein alter, weißbärtiger Kapitän der herzoglichen Flotte aus Milano.

Erst vor der Treppe machten die Pelzigen halt und rissen die Männer auf die Beine und dann hinter sich her bis zur mittleren Stufe. Zwei Axtträger und zwei Messerträger folgten ihnen. Prospero hielt den Atem an.

Vor den Unbewaffneten mit dem Korb und dem Kind stießen

die Pelzigen die gefesselten Männer auf die Stufe hinunter und zwangen sie, sich zu verneigen. Beide mussten sich vor dem Korb so tief auf den Stein hinunter beugen, dass ihre Gesichter den Fels berührten. Weil der alte Kapitän sich sträubte, stellte sein Peiniger ihm den pelzigen Fuß in den Nacken.

Nach dem erzwungenen Kniefall zerrten die Hundegesichter beide Männer zum Feuer hinauf. Dort griffen die Axtträger in deren Haar und holten mit ihren steinernen Klingen zum Hieb aus. Gestampfe, Gegröle und Trommelschlag schwollen an.

Prospero setzte das Fernrohr ab. »Schau mich an, Jesu!« Sein Diener reagierte nicht. Wie gebannt stierte er in den Felsenkessel hinunter. »Du sollst mich anschauen! Hörst du nicht?« Prospero ergriff das Kinn seines Dieners, drehte seinen Kopf zu sich hin und sah ihm in die tränenden und weit aufgerissenen Augen.

»Sie haben sie erschlagen«, flüsterte Jesu. »Sie opfern sie irgendeinem Gott ...« Seine Stimme erstarb.

»Als Nächste sind Josepho und der neben ihm an der Reihe.« Prospero hielt Jesus Kinn fest und blickte wieder hinunter in den Felsenkessel. Die Tänzer drängten sich um den Felsentisch. Sie langten in das dampfende Blut der eben Geschlachteten und schmierten sich mit bloßen Händen die Pelze damit ein.

»Wie sollen wir unseren Medikus retten, Jesu? Sag es mir!«

»Ihr müsst ... Ihr müsst die Vögel rufen.« Jesu flüsterte stammelnd.

»Ich bin mir nicht sicher«, sagte Prospero heiser, »die Vögel wissen vielleicht nicht zwischen den Wildmenschen und Josepho und seinem Leidensgenossen zu unterscheiden.«

»Ihr müsst die Vögel rufen, mein Herzog.« Jesus Kopf zuckte, doch Prospero hielt ihn noch immer fest. »Ihr müsst ...«

Ohne ihn loszulassen betrachtete Prospero ein Spinnennetz, das er im Geäst der Eibe entdeckt hatte. Der braune Leib der Spinne war so groß wie der Nagel seines kleinen Fingers. Das schwarze Kreuz auf ihrem Rücken erschien ihm ungewöhnlich groß. Ein böses Omen? Die Spinne saß still in der Mitte ihres großes Netzes und erbebte und schwankte mit ihm im Rhythmus des dröhnenden Lärms aus dem Felsenkessel. Endlich gab Prospero das Kinn seines Kammerdieners frei. Er erhob sich und trat aus der Deckung der Eibe. Unten, am Kesselgrund, stampften die Tänzer mit den blutigen Pelzen wieder um den Felsentisch herum. Die Leichen des alten Kapitäns und seines Leidensgenossen hatten die Hundegesichter inzwischen ins Feuer geworfen. Einige schleppten Holz herbei und warfen es ebenfalls in die Flammen. Auf den Terrassen und in den Höhleneingängen tanzten und grölten sie unentwegt und in gleichbleibender Lautstärke. Und auch die Paukenschläger und Trommler schienen überhaupt nie müde zu werden.

Prosperos Blick suchte und fand Josephos weißen Schopf. Er setzte das Fernrohr an und spähte zu ihm hinunter. Noch immer hielt er den Kopf aufrecht. So unbeugsam, wie er es sein ganzes unglückliches Leben lang gewesen war. Mit der Schulter stieß er seinen jüngeren Leidensgenossen an und redete auf ihn ein. Prospero traute seinen Augen nicht, denn fast sah es aus, als lachte der Medikus. Was bei allen guten Mächten des Universums geschah da? Versuchte Josepho angesichts des unausweichlichen Todes, dem anderen Trost zu spenden?

»Das würde dir ähnlich sehen«, murmelte Prospero. Er setzte das Fernrohr ab und steckte es unter den Federmantel. »Das würde dir so verdammt ähnlich sehen.«

Er dachte an seine Mutter, als er den Kopf in den Nacken legte und die Arme zum Himmel hob. Sie wäre sicher sehr zufrieden mit ihm, würde man ihr im Totenreich berichten, was er zu tun im Begriff war. Bis in die Todesstunde hatte sie Josepho geliebt.

»Mutter«, murmelte Prospero und griff nach der Halskette mit ihrem Zopf. »Meine geliebte Mutter.« Aus dem Augenwinkel sah er, wie sein Diener sich beide Hände auf den Mund presste.

Vier Bussarde und sechs Milane kreisten über dem Felsenkessel am Himmel. Prospero fasste die drei schwarzen Flecken hoch über ihnen ins Auge; das konnten nur Geier sein. Er spitzte die Lippen und ahmte das Geräusch des Windes nach.

Sein Blick senkte sich und wanderte über Felswände, Buschwerk, Bäume und Felsgipfel. Ja, sie waren alle da: Elstern, Raben, Möwen, Häher, Tölpel, Sperlinge, Finken, alle. Überall warteten sie auf sein Wort – auf Ästen, auf Wipfeln, in Felsnischen, zwischen Geröll, im gelblichen Gras, auf Felsvorsprüngen. Und weitaus mehr noch – da war Prospero sich ganz sicher – warteten jenseits des Gebirgsflusses auf seinen Befehl.

Unten im Felskessel zerrten die Hundegesichtigen mit den Keulen an den Halsfesseln von Josepho und seinem Leidensgefährten, einem drahtigen Mann mit langen schwarzen Locken. Sie wollten die Männer zwingen, auf den Knien oder auf dem Bauch zum Felstisch und zum Opferfeuer zu kriechen. Josepho jedoch warf den Kopf nach hinten, um seinen Peiniger am Halsstrick festzuhalten. Der strauchelte, und Josepho sprang auf. Sein Leidensgefährte versuchte das gar nicht erst, denn Josephos Wächter schlug mit der Keule nach dem störrischen Medikus.

Prospero formte die Hände zu einem Trichter und legte sie an den Mund. Er summte, schnalzte mit der Zunge, wisperte, zirpte, zwitscherte, pfiff. Blaumeisen schwirrten herbei, ließen sich zwitschernd auf seinen Schultern und seiner Kappe nieder und rund um ihn herum im Geröll. Ein Sperlingsschwarm landete in den Eiben; Jesu schrie auf vor Schrecken.

Prospero atmete tief ein und aus und wieder ein und aus und noch einmal. Dann stieß er Schreie aus, so spitz und so durchdringend wie ein Bussard. Schließlich streckte er die Arme zum Himmel und stimmte den Kranichruf an.

Die fernen schwarzen Flecken verwandelten sich nach und nach in die Flugsilhouetten von Gänsegeiern, und es schraubten sich nicht nur drei dieser Großvögel aus dem Himmel zur Erde herunter, sondern sieben. Und mindestens fünfzig Bussarde, Sperber, Falken und Milane kreisten jetzt über dem Felskessel. Nach und nach mischten sich Möwen, Tölpel, Raben, Elstern und Häher unter die Greife.

»Mir seid zu Willen!« Prospero stieg in die schiefe Treppe, die in den Felsenkessel hinunterführte. Darin war es auf einmal so düster wie in einem verrußten Ofen, in dem die letzte Glut ein paar Funken versprüht. »Mir, Prospero, dem Magier!« Laut rufend stieg er die Stufen hinab.

Der Sprechgesang im Felsenkessel ebbte ab und geriet ins Stocken. Das Stampfen der Tänzer hörte sich auf einmal an wie abziehendes Donnergrollen. Pauken und Trommeln verloren ihren Rhythmus. »Stille, wenn ich Stille gebiete!«, rief Prospero. »Gesang, wenn ich Gesang gebiete! Flug, wenn ich Flug gebiete! Tod, wenn ich Tod gebiete!«

Das Rauschen unzähligen Flügelschlags überlagerte längst den verebbenden Lärm aus dem Felsenkessel. Und nun erhoben sich aus allen Himmelsrichtungen Vogelschreie – das Kreischen der Möwen, das Zetern der Papageien, das Krähen der Raben, das gellende Pfeifen der Greife, das sich überschlagende Krächzen der Elstern. Prospero erreichte die oberste Terrasse, sein Herz klopfte wie verrückt. Buback landete auf seiner Schulter.

Die meisten Wildmenschen rührten sich nicht mehr und starrten zu ihm herauf. Wie eine Wolke aus Federn umgaben Sperlinge und Meisen den Magier. Er nahm die Stufen zur nächsten Terrasse. Hier standen die ersten Tänzer. Aus weit aufgerissenen Augen und mit offenen Mäulern starrten sie abwechselnd zu ihm und in den von Vögeln düsteren Himmel. Das tausendfache Geflatter und Geschrei über ihrem Lager im

Felsenkessel mussten sie wohl für das drohende Gericht ihrer Götter halten; und ihn, Prospero, für eine Erscheinung aus dem Jenseits. Ihre Ältesten dort unten an Felsentisch und Feuer taten das hoffentlich auch.

Aus den Augenwinkeln beobachtete er die immer hektischer zurückweichenden Wildmenschen. Ihre Lust auf Tanz und Sprechgesang war ihnen endgültig vergangen, hatte sich in schieres Entsetzen verwandelt. Die ersten begannen zu rennen. Rund um Feuer und Felstisch starrten die Hundegesichtigen hoch zu ihm. Noch schienen sie nicht recht fassen zu können, was geschah. Doch Tänzer, Trommler und Paukenschläger bewegten sich bereits rückwärts auf die Steilwand zu; einige langten schon nach einer Strickleiter oder einem Knotentau.

Prosperos Blick suchte Josephos weißen Schopf und Bart in der Menge der Pelzigen; er war leicht zu entdecken. Auch der Medikus und sein Leidensgenosse blickten zu ihm herauf. An seinem Federkleid und rötlichem Haar hatte Josepho seinen ehemaligen Herzog gewiss längst erkannt.

Prospero erreichte die nächste, die vorletzte Felsterrasse. Wie ein Schutzschild umschwirrten ihn Blaumeisen, Sperlinge, Grünfinken, Stieglitze und sogar ein paar Amseln. Eine rauschhafte Stimmung ergriff ihn, das Hochgefühl grenzenloser Macht. Zehntausend Vögel gehorchten ihm aufs Wort – wer wollte ihm noch Widerstand leisten?

Er fragte sich, ob er in ähnlicher Weise auch andere Tiere beherrschen konnte. Und reichte seine magische Kraft aus, um selbst Menschen seinen Willen aufzuzwingen? Reichte sie vielleicht sogar, um gefahrlos nach Milano zurückkehren und Tonio vom Herzogthron stoßen zu können?

Links und rechts von ihm wogte die Menge der Pelzigen von ihm weg. Dumpfes Gebrüll erhob sich auf einmal, hysterisches Jaulen und Blöken. Panik brach aus.

Die Wildmenschen rannten jetzt alle auf einmal den Höhleneingängen zu, die auch hier, auf der Terrassenseite des Felsenkessels, zahlreich in den Wänden gähnten. Jeder dachte nur noch daran, möglichst schnell aus der Nähe dieser unheimlichen Erscheinung im Federkleid zu gelangen, möglichst schnell den vogelschwarzen Himmel hinter sich zu lassen. Keiner achtete mehr auf den anderen, viele Pelzige stießen ihre Stammesgenossen zur Seite. Prospero sah unzählige Wildmenschen stolpern, stürzen und unter die Füße der panischen Menge geraten.

Auf der letzten Terrasse wagte es eine Schar besonders verwegener Hundegesichter, sich ihm in den Weg zu stellen. Etwas mehr als zehn von ihnen versperrten Prospero den Zugang zur Treppe hinab zum Kesselgrund. Sie fauchten und schwangen ihre Steinäxte und Keulen. Ihre doppelte Angriffsreihe rückte ihm entgegen.

Angst und Schrecken fuhren Prospero in die Glieder, doch ihm blieb keine Zeit zum Nachdenken – nur wenig Schritte trennten ihn noch von den wilden Kämpfern. Er blies die Backen auf, ahmte den Wind nach und hob die Arme – einen Atemzug später schwirrten die kleinen Vögel, die gerade noch um ihn herumgeflogen waren, unter die zehn Wildmenschen. Bald hüllte ein Knäuel aus grau-buntem Gefieder die Hundegesichtigen ein, ein Gewimmel aus schlagenden Flügeln, hackenden Schnäbeln und kratzenden Krallen.

Von oben stießen Habichte und Sperber auf die Angreifer nieder, landeten auf ihren Pelzschädeln und hackten nach ihren Augen und Nasen, zerfurchten ihre Stirnen und Wangen. Brüllend wandten sich die Hundegesichtigen zur Flucht.

Die meisten von ihnen stürzten unter den Flügelschlägen und Schnabelhieben der Vögel und waren verloren. Nur zweien gelang es, sich bis zur Treppe zu retten und in den Kesselgrund hinunter zu flüchten. Greife und Sperlinge verfolgten sie.

Die Wildmenschen auf den Terrassen und unten beim Felstisch hatten den gescheiterten Vorstoß ihrer Stammesgenossen und den Angriff der Vögel natürlich beobachtet, und nun gab es auch unter ihnen kein Halten mehr: Selbst die Grau- und Weißpelzigen suchten jetzt ihr Heil in der Flucht.

Josepho und sein Gefährte standen verlassen vor dem Felsentisch mit dem Feuer. Kein Keulenträger kümmerte sich mehr um sie, alle trachteten nur noch danach, ihren Pelz zu retten. Prospero stieg die Treppe hinunter, pulte die Harzpfropfen aus den Ohren und lief zu ihnen.

In der Steilwand hingen Hunderte Wildmenschen an den Strickleitern und Knotentauen und versuchten die Höhlen zu erreichen. Vor deren Eingängen herrschte mörderisches Gedränge und Gewimmel.

Prosperos Blick fiel auf ein Felsentor zwischen den Terrassen und der Steilwand, das er bisher noch nicht entdeckt hatte. Davor gab es das meiste Gedränge. Die Hundegesichtigen stapften und krochen dort übereinander her, um aus dem Felsenkessel zu gelangen. Kreischen, Jaulen und dumpfes Gebrüll hallten zwischen Terrassenwand und Steilwand hin und her.

Kaum erreichte Prospero den Medikus und den anderen Gefangenen, ließ er die magischen Zügel fahren, die er den Vögeln angelegt hatte. Während er die beiden Männer von ihren Fesseln befreite, stießen Abertausende Vögel auf die Pelzigen herab. Wem die Flucht nicht gelang, dem wurde der Felsenkessel zum Grab.

Prospero wollte Josepho umarmen. Der blutete aus einer großen Platzwunde über dem Ohr und wehrte Prosperos Geste ab.

Der Schwarzhaarige an Josephos Seite stürzte nieder, küsste Prospero die nackten Füße und bedankte sich unter Tränen für die Rettung. An seinem Akzent erkannte Prospero einen Bürger Milanos. Als der sich endlich wieder beruhigen konnte, richtete

er sich auf den Knien auf und stürzte in die nächste Fassungslosigkeit: Mit gefalteten Händen und ungläubiger Miene starrte er auf das entsetzliche Schauspiel, das ihn umgab.
»Schlächterpack!« Josepho spuckte aus. »Haben's nicht besser verdient!« Und an Prospero gewandt: »Mühsam, dem verdammten Tod ins Auge zu glotzen! Hab's geschafft. Umsonst – deinetwegen muss ich's nun irgendwann noch mal tun.«

7

Göttersohn

Im Laufschritt überquerten sie die schwankende Hängebrücke unter dem Wasserfall. Es ging Prospero wie den anderen: Keiner wollte länger als unbedingt nötig im Felsenkessel der Wildmenschen bleiben, an diesem entsetzlichen Ort des Todes. Jeden verlangte danach, so schnell wie möglich so viele Meilen wie möglich zwischen sich und dem Albtraum zu bringen, den jeder auf seine Weise erlebt hatte.

»Die Hundskerle sind gefährlich und rachsüchtig«, rief Josephos Leidensgefährte, der kein Geheimnis aus seiner Angst vor den Wildmenschen machte. Er hieß Polino und war Bootsmann auf dem Schiff des alten Kapitäns gewesen. »Sie werden nicht eher ruhen, bis wir alle tot sind. Alle, sag ich.« Ständig blickte er hinter sich und zu den Felsen hinauf.

Der kaum Dreißigjährige hatte darauf bestanden die Nachhut zu übernehmen und darum gebeten, Jesus Armbrust und Pfeilbolzen tragen zu dürfen. Er sei ein sicherer Schütze, hatte er behauptet. Jesu, noch immer sprachlos und aschfahl, war froh, die schwere Waffe loszuwerden. Das Massaker im Felsenkessel schien Prosperos sowieso schon tief erschütterten Diener die Sprache endgültig verschlagen zu haben.

Tausende Vögel hockten noch bei ihrem grausigen Mal über den Leibern der Wildmenschen. Tausende jedoch zerstreuten sich bereits in alle Himmelsrichtungen. Am Himmel konnte man die abziehenden Schwärme sehen und trotz des brausenden Wasserfalls ihr Geschrei und das Rauschen ihrer Flügel hören. Prospero hatte sie aus seinem magischen Joch entlassen.

Noch verlangten weder der Medikus noch sein Leidensgefährte nach einer Erklärung für das plötzliche Auftauchen der Vogelscharen und für das Gemetzel, das sie unter den Hundegesichtigen angerichtet hatten. Beiden steckte der Todesschrecken noch in allen Gliedern, und beide beherrschte die Erleichterung, noch einmal davongekommen zu sein.

Prospero fühlte sich erschöpft; so leicht es ihm gefallen war, seine magischen Kräfte freizusetzen, so ausgelaugt fühlte er sich jetzt. Nachdem sie den Wasserfall passiert hatten, zwischen den zerfleischten Leichen der sechs Wächter, drehte er sich nach Polino um. »Rachsüchtig, sagst du? Die überlebenden Hundsgesichter werden jetzt gewiss andere Sorgen haben. Die sind viel zu verstört, um an Rache zu denken.«

»Ich kenne sie, Herzog, glaubt mir das. Je schlimmer du sie verwundest, desto bedingungsloser greifen sie an.«

Polino und Jesu blieben bei Prospero stehen. Der aschfahle und noch immer zitternde Diener vermied es, die halb aufgefressenen Leichen der Wächter anzuschauen. Josepho dagegen ging von einem Toten zum anderen und betrachtete jeden ganz genau. Seine Platzwunde blutete noch immer stark. Vor einem toten Wildmenschen bückte er sich nach dessen Axt, löste den Lederriemen, mit dem die Steinklinge im gespaltenen Stiel befestigt war, und ging mit Riemen und Klinge zum Waldrand. Dort begann er, Rinde von einer Weide zu schälen.

»Ich empfehle Euch auch, nicht den Weg durch den Wald zu nehmen, fürstliche Hoheit.« Polino sprach mit hoher Stimme und wie einer, der es sehr eilig hatte. »Viel zu gefährlich!«

Prospero musterte den Mann aufmerksam. Der Bootsmann wirkte immer noch stark erregt, und noch immer stand ihm die Todesangst ins Gesicht geschrieben. Polino lief barfuß wie er selbst, trug zerrissene Leinenhosen und eine schmutzige und zerschlissene Jacke über bloßem Oberkörper. Schlecht verheilte

Narben, die noch nicht sehr alt sein konnten, zogen sich quer über seine Brust. Seine langen Locken verdeckten hässliche Narben auf seiner Stirn und seinen Wangen.

»Der Uferweg ist kürzer und sicherer. Glaubt mir das, Herzog – ich kenne beide Wege. Unter dem Waldboden verbinden zahllose unterirdische Gänge verborgene Erdhöhlen, in denen viele Hundskerle hausen. Ehe du recht guckst, tauchen sie aus irgendeinem Loch vor dir auf, und dann gnade dir der Himmelsgott: Sie rennen schneller als der schnellste Läufer Milanos.«

Plötzlich ein Luftzug, und Buback landete auf Prosperos Schulter. Polino schrie auf, wich zurück und kreuzte schützend die Arme über dem Kopf. Ungläubig blinzelte er zu dem Uhu hinauf. Der beäugte ihn streng aus seinen großen, orange-gelb glühenden Augen.

»Du brauchst keine Angst vor Buback zu haben«, sagte Prospero. »Er gehört zu mir.« Er vertraute den Worten des Bootsmannes und entschied, dem Lauf des Gebirgsflusses auf dem schmalen Uferweg nach Süden zu folgen. Wie am Vormittag den Weg über die Waldhänge zu nehmen wäre ihm sowieso zu gefährlich erschienen.

Josepho trat neben ihn. Er drückte sich ein Rindenstück gegen seine Platzwunde und reichte Prospero den Lederriemen. »Festbinden.«

Prospero wickelte ihm den langen Riemen um den Weißschopf, bis die Rinde festsaß. Danach übernahm er die Spitze der kleinen Kolonne und lief vor dem Medikus her den Uferweg hinunter. Seine Beine fühlten sich schwer an, sein Kopf schmerzte. Er trieb die anderen zur Eile an. Das brausende Donnern des Wasserfalls blieb hinter ihnen zurück.

»Du sagst, du hättest die Wildmenschen kennengelernt«, rief er irgendwann über die Schulter zurück. »Erzähl uns davon, Polino.«

»Wir waren mit fünf Schiffen nach Tunisch unterwegs, sollten die Hofmagierin des Königs von Tunischan dort abliefern, eine gefährliche Hexe. Weiß der Deibel, was Euren Bruder geritten hat, dieses Hexenweib freizulassen! Und ihm dann auch noch eine Begleitflotte zur Seite zu stellen, stellt euch das mal vor! Eine Begleitflotte aus fünf Schiffen, sag ich!«

Obwohl Prospero nach vorn auf den schmalen Uferweg schaute, konnte er förmlich hören, wie der Bootsmann sich an den Kopf griff. Er unterbrach dessen Wortschwall nicht und ließ ihn erzählen; vielleicht würde das den Mann ein wenig beruhigen. Also erzählte Polino, was Prospero längst wusste: vom Seesturm und vom Untergang der kleinen Flotte.

»Wir konnten uns mit der Barkasse unserer Fregatte retten – ich, mein armer Kapitän, mein Steuermann, zwölf weitere Seeleute und acht Schwertmänner. Dem Himmelsgott sei Dank und Ehre! Alle anderen soffen ab und starben. Dem Himmelsgott sei's geklagt!«

»Ganz sicher, dass eure Barkasse als einziges Rettungsboot dem Seesturm entkam?«, fragte Josepho lauernd.

»Ganz sicher! Ich könnte es schwören. Hab doch mit eigenen Augen gesehen, wie all die schönen Fregatten kenterten und untergingen.«

Die im Brustton der Überzeugung vorgetragenen Worte des Bootsmanns beunruhigten Prospero. »Eine Barkasse hat es bis nach Milano geschafft«, warf er ein. »So haben wir vom Untergang der Flotte erfahren.« Hatte Polino womöglich noch weitere Rettungsboote übersehen?

»Ach! Ist das wirklich wahr?« Polino staunte. »Dem Himmelsgott sei Lob und Ehre! War vielleicht mein Schwager Marcellino unter den Geretteten?« Er zählte noch ein gutes Dutzend weiterer Namen von Verwandten und Freunden auf und wollte wissen, ob sie am Leben waren.

»Dein Schwager hat's gepackt«, sagte Josepho, der als Medikus sämtliche Seeleute aus der in Milano angekommenen Barkasse kannte, weil er sie untersucht und behandelt hatte. »Dein Cousin und dein Freund auch. Die anderen Namen sagen mir nichts.«

Polino brach wieder in Lobpreisungen des Himmelsgottes aus; er konnte sich kaum beruhigen, erkundigte sich, wann die Barkasse Milano erreicht hatte, in welchem Gesundheitszustand die Geretteten gewesen waren und was sie berichtet hatten. Josepho zählte mit knappen Worten das Wenige auf, das er wusste.

»Du wolltest uns schildern, wie du die Hundegesichtigen kennengelernt hast.« Prospero drehte sich nach Polino um. Der Mann trug die gespannte Armbrust vor der Brust und guckte schon wieder hinter sich. »Fahre endlich fort.«

»Selbstverständlich, mein Herzog. Wir landeten also an der Küste der Hundskopfinsel, ich, mein armer Kapitän, mein Steuermann, zehn weitere Seeleute und sechs …«

»Hundskopfinsel?«, fiel Josepho ihm ins Wort.

»So hat mein Steuermann die Insel genannt, als wir's mit den Hundskerlen zu tun kriegten. Beim ersten Mal waren's nur sieben, Kundschafter schätze ich. Dir fährt erst mal der Schreck in die Knochen, wenn so ein haariger Bursche mit Hundefratze plötzlich vor dir steht, das kann ich euch schwören. Ging euch sicher ähnlich, jedenfalls hat mein Steuermann sofort zugeschlagen, weil, der Hundskerl wollte ihm sein Fernrohr klauen. Mein Steuermann hat ziemlich fest zuhauen können, das dürft ihr mir glauben, der Hundskerl lag sofort flach, keinen Mucks hat der mehr gemacht. Also haben die anderen Hundskerle ihn an Armen und Beinen gepackt und sind auf und davon und haben nur ein paar Zähne ihres Genossen zurückgelassen.«

Weil er plötzlich schwieg, warf Prospero einen Blick über die Schulter. Der Bootsmann hatte sich umgedreht und schaute schon wieder zurück. Mit der Armbrust zielte er auf den Waldrand. Hatte er ein verdächtiges Geräusch gehört? Jesu, vor ihm, trottete mit gesenktem Kopf vor sich hin.

»Weiter!«, verlangte Prospero. »Was geschah danach.«

»Wenige Stunden später kamen die Hundskerle zurück, mit einem hundert Mann großen Rudel und ihren verfluchten Keulen, Äxten und Spießen. Die meisten von uns starben noch in derselben Nacht. Nur mir, meinem armen Kapitän, meinem Steuermann und sechs anderen Kameraden ist die Flucht gelungen. Zwei Jahre lang irrten wir im Wald herum, lebten von Pilzen, Beeren, Vogeleiern und rohem Fleisch. Zwei Jahre lang haben sie uns verfolgt, bis ins Hochgebirge hinein, zwei Jahre lang, sag ich, und das meine ich mit ›rachsüchtig‹. Oben im Gebirge dann, kurz vor dem Pueblo, haben sie uns schließlich doch geschnappt. Vier haben sie gleich am nächsten Tag bei einem Fest ihrem Gott geopfert. Schrecklich, ich schwör's euch. Vier starben heute, bevor die Vögel kamen. Und nach meinem armen Kapitän und dem Steuermann sollten Josepho und ich dran glauben ...« Seine Stimme brach. »... und trotzdem leb ich noch. Beim gütigen Himmelsgott, ich lebe ja noch!« Er schluchzte und begann, laut zu weinen.

»Seine Nerven liegen blank«, raunte der Medikus. »Haben ihm übel mitgespielt, die verdammten Hundskerle.«

Prospero nickte und ließ dem Bootsmann Zeit sich auszuheulen. Der Pfad führte jetzt steil bergab und sehr dicht am Gebirgsfluss entlang. Der stürzte zwanzig Fuß unter ihnen zwischen großen Felsbrocken dahin und von Wasserfall zu Wasserfall. Einen Fehltritt nach links konnte man sich nicht erlauben. Rechts ragte etwa dreißig Fuß hoch eine Steilwand auf. Der Waldrand lag über dem Pfad am Rand der Felswand.

Bleierne Schwere erfüllte Prosperos Glieder, die Kopfschmerzen quälten ihn, und die Furcht, sich nicht mehr lange aufrecht halten zu können, befiel ihn. Nirgendwo im BUCH DER UN-

BEGRENZTEN MACHT hatte er gelesen, dass ein magischer Akt den Magier derart erschöpfen konnte.

Er deutete in die Luft und stieß einen Eulenruf aus. Buback schwang sich von seiner Schulter und flog voraus. Der große Vogel war dem ausgelaugten Magier einfach zu schwer geworden.

Irgendwo hinter ihm schniefte Polino und spuckte ein paar Mal aus. »Entschuldigung, mein Herzog«, schluchzte er. »Hatte nicht viel zu lachen die letzte Zeit.«

»Schon in Ordnung«, raunzte der Medikus. »Von was für einem Pueblo redest du?«

»So eine halb aus dem Boden gestampfte und halb aus dem Fels gehauene Festung. Ziemlich groß, hundert Tore, tausend Gänge. Hätten wir sie erreicht, würden alle noch …«

»Wo liegt die Festung?«

»Auf einer Hochebene im Gebirge, am Fuß eines Schneegipfels. Hätten wir nur einen Tag mehr Vorsprung gehabt …«

»Wie weit?«

»Zehn Tagesmärsche. Vielleicht auch zwölf.«

»Woher wusstet ihr von dieser Festung?« Prospero warf einen flüchtigen Blick zurück. Polino wischte sich Rotz und Tränen aus dem Gesicht.

»Mein armer Kapitän hat eine alte Karte besessen, da war die Insel eingezeichnet. Und auf ihr die Festung.«

»Wo ist diese Karte?«

»Die haben die Hundskerle verbrannt. Gleich im Feuer des ersten Opferfestes. Das haben sie gefeiert, weil sie uns und unser Gepäck erbeutet hatten: Rum, Wein, Waffen, Werkzeug. Der Deibel soll sie holen!«

»Und was haben sie heute gefeiert?«, wollte Prospero wissen.

»Eure Ankunft, mein Herzog.«

Prospero fuhr herum und blieb stehen. »Was sagst du da?! Das musst du mir erklären.«

»Ich verstehe doch das Kauderwelsch dieser Hundskerle nicht, fürstliche Hoheit!« Polino zuckte mit den Schultern. »Ich hab nur kapiert, dass sie auf ein Schiff warteten, das einen Herrscher zur Hundskopfinsel bringen sollte. Und dass ihr Gott den Kopf dieses Herrschers verlangt hat. Und seine Tochter.«

»Was erzählst du denn da für einen Unsinn?« Prospero stand wie vom Donner gerührt. »Wie sollten diese Wildmenschen denn auf so einen Gedanken kommen?«

»Fragt mich nicht, mein Herzog.« Polino hob ratlos Armbrust und Arm. »Es hat wohl mit einer Weissagung zu tun. Sie glauben, dass dieser Herrscher ein Feind des Gottessohnes sein wird. Der Steuermann hat das gesagt, der verstand ein paar Brocken von ihrem Kauderwelsch.«

»Des ›Gottessohnes‹?« Prospero begriff nun überhaupt nichts mehr. »Bei allen Geheimnissen des Universums – was für ein Gottessohn denn?«

»Das Kind. Habt Ihr es nicht gesehen, mein Herzog? Es lag in einem Korb. Mein armer Kapitän und der Steuermann haben ihm huldigen müssen auf dem Weg in den Tod.«

»Das Erste, was sie weggeschleppt haben, als die Vögel auftauchten«, sagte Josepho. »Der Korb mit dem Balg.«

»Ich habe den Korb gesehen, durchs Fernrohr. Etwas wie ein kleines Kind strampelte unter einem schwarzen Fell.« Prospero sah die Korbträger, das schwarze Fell und den Kinderkopf wieder deutlich vor sich. »Hast du das Kind denn von Nahem gesehen, Josepho?«

»Kurz nur. Eine Missgeburt. Fratze wie ein Habicht, Rücken wie ein frisch geschlüpfter Geier.«

Fassungslos sah Prospero dem Medikus ins Gesicht und versuchte zu verstehen, was er gerade gesagt hatte.

»Hat mich nur entfernt an ein Kind erinnert.« Josepho zuckte mit den Schultern.

»Das Grab seines Vaters liegt auf halbem Weg zur Hochebene«, sagte Polino.

»Ich dachte, der Balg sei ein Göttersohn?« Josepho drehte sich nach dem Bootsmann um. Pelz und Leder seines Mantels waren ganz und gar mit seinem Blut verschmiert.

»So hab ich's verstanden.« Polino nickte eifrig. »Der Steuermann hat's gesagt.«

»Schwachsinn!« Josepho winkte unwillig ab. »Jemand, der ein Grab braucht, ist kein Gott. Gehen wir weiter. Ich hab Hunger und Durst und muss ein paar Tage lang schlafen.«

Prospero wandte sich wieder nach vorn und folgte weiter dem Uferweg. Ein Karussell von Gedanken und Empfindungen drehte sich in seinem schmerzenden Kopf. Das Grab eines Gottes? Der Medikus hatte recht: Niemand konnte so etwas ernsthaft glauben! Und wie sollte Polino davon wissen oder auch nur gerüchteweise davon gehört haben, wenn er die Sprache der Wildmenschen nicht verstand? Von seinem Steuermann, der sich eingebildet hatte, ein paar Worte der fremden Laute deuten zu können?

Josephos Beschreibung des Kindes allerdings erschreckte Prospero: *Eine Fratze wie ein Habicht und ein Rücken wie ein frisch geschlüpfter Geier.* Noch während er dem Medikus zugehört hatte, war ihm heiß und kalt geworden, und der Entsetzliche mit seinem Raubvogelgesicht hatte ihm plötzlich vor Augen gestanden.

Das Wildwasser unter ihm in der Schlucht strömte inzwischen etwas ruhiger und in einem breiteren Bett. Prosperos Fußsohlen brannten, seine Schenkel und Knie taten weh. Zum Glück führte der Weg nicht mehr ganz so steil talwärts wie zu Beginn ihres Marsches. Tief sog er die Luft ein. Die roch bereits nach Meer.

Ähnlich wie Josephos Beschreibung des Kindes erschreckte Prospero die Erzählung von jener Weissagung: Die Hundegesichtigen hatten auf das Schiff eines Herrschers gewartet? Sollten ihn im Auftrag ihres angeblichen Gottes sogar töten? Sollten seine Tochter rauben? Lächerlich einerseits. Wahrscheinlich hatten die kranken Nerven des Bootsmannes ihm einen Streich gespielt. Prospero dachte an dessen Narben. Hatte Josepho nicht angedeutet, dass die Wildmenschen ihn schwer misshandelt hatten? Wahrscheinlich hatte er im Fieberwahn ein Märchen aus Kindertagen mit dem Blaffen und Knurren seiner Peiniger vermischt.

Andererseits jedoch hatte der Zufall es gewollt, dass nun tatsächlich ein Herrscher mit seiner Tochter auf dieser abgelegenen Insel gestrandet war. Der Gedanke bereitete Prospero Übelkeit. Er schob ihn zur Seite. Märchen, Fieberwahn und Zufall – mehr steckte nicht dahinter. Mehr *konnte* nicht dahinterstecken!

Eine Zeitlang folgten sie schweigend dem Flusslauf. Prospero biss die Zähne zusammen, unterdrückte den Schmerz in den Beinen und gab sich Mühe, nicht zu wanken. Der Fluss wurde immer breiter, und sein Wasser floss immer ruhiger dahin. Links und rechts der Steilufer lichtete sich nach und nach der Wald. Sand löste allmählich den felsigen Boden ab.

Als er wieder einmal hinter sich blickte, liefen Jesu und Polino gut hundert Fuß hinter ihnen. Sie sprachen miteinander. Wahrscheinlich wollte Polino von dem Kammerdiener wissen, wie ein Mann Zehntausenden von Vögeln gebieten konnte. Josepho schienen solche Fragen gleichgültig zu sein. Müde und stumm trottete er hinter Prospero her.

»Gleich kommt die Mündung!«, rief irgendwann von hinten der Bootsmann. »Ich höre schon die Brandung rauschen!«

Er hatte recht, auch Prospero vernahm das stetige Rollen der anlaufenden Wellen. Wenig später sah er die Flussmündung und das Meer. Und die Barkasse, mit der Polino auf der Insel gelandet war. Auf ihrem Bootsrand hockte Buback.

Kaum erreichten sie das Flussufer, rissen Josepho und Polino sich die Kleider vom Leib und sprangen ins Wasser. Sie suhlten sich, tranken und streckten sich aus. Prospero und Jesu stiegen in die alte Barkasse und untersuchten sie sorgfältig. Moos bedeckte die Ruderbänke, doch es stand kein Wasser im Rumpf. Nur sechs Riemen fanden sie noch zwischen den zwölf Ruderbänken.

»Ob wir Kraft genug haben werden, sie ins tiefere Wasser zu schieben?« In Jesus Miene las Prospero den Zweifel. Doch an was würde er heute nicht zweifeln, der arme Mann?

»Wir versuchen es wenigstens«, sagte Prospero und legte ihm die Hand auf die Schulter. »Dann sparen wir uns den Weg über den Sandstrand. Josepho und der Bootsmann können kaum noch laufen.« Er selbst genauso wenig, doch das verschwieg er.

»Natürlich kann ich noch laufen.« Durch den Fluss watete Josepho zu ihnen. »Schließlich wartet auf der alten Galeere noch ein Rest Wein auf mich. Und meine Koje.« Er schlüpfte wieder in seinen verdreckten Ledermantel.

Prospero schlug auf den Bootsrand. »Wir sollten die Barkasse im Frühling seetüchtig machen. Baumstämme für neue Masten gibt's genug auf diesem Eiland.«

»Und wohin dann?«, fragte Josepho spöttisch. »Nach Milano in Ketten und Bergfried?«

Prospero sah dem Medikus an, welchen Halbsatz der sich verkniff: *auf den Scheiterhaufen?*

»Erst einmal an einen Ort, an dem zivilisierte Menschen leben«, entgegnete er so ruhig, als würde nicht ein Funken Zorn in ihm brennen.

»Zivilisierte Menschen haben uns sämtliches Segeltuch weggenommen, das weißt du doch, Prospero.«

»Dann müssen wir uns eben etwas einfallen lassen. Wir haben ja den ganzen Winter Zeit zum Nachdenken.«

Es kostete sie alle Kraft, das große Beiboot in die Mitte des seichten Flusses zu schieben. Als es endlich gelungen war, kletterten sie hinein und griffen nach den Riemen; jedenfalls Prospero, Jesu und der Bootsmann. Der verletzte Medikus streckte sich im Heck der Barkasse aus. Er hatte keine Kraft mehr zu rudern.

Prospero ging es nicht viel besser. Jeder Zug an den Riemen fiel ihm unendlich schwer, jedes erneute Vorbeugen, um Schwung für den nächsten zu holen. Die Genugtuung über so viel gelungene Magie am zurückliegenden Tag verblasste angesichts der Erschöpfung, mit der er dafür bezahlen musste.

In der Abenddämmerung kam endlich das gestrandete Schiff in Sicht. Und der Strand, an dem Jesu und er die Pinasse zurückgelassen hatten. Obwohl Prospero am Ende seiner Kräfte war, bestand er darauf, zu ihr in die Brandung zu rudern. Viel zu gefährlich, sie auch nur eine Nacht lang den Wildmenschen als Raubgut anzubieten. Die große Barkasse war schwer zu rudern mit nur vier Mann. Die kleinere Pinasse aufzugeben kam für Prospero deshalb nicht in Frage.

Polino stieg ins Wasser, zog das Beiboot in den Fluss und band es an der Barkasse fest. Danach ging es weiter durch die Abenddämmerung und der alten Galeere entgegen. Buback schwang sich vom Bootsrand und flog voraus. Josepho kletterte zu Prospero in den Bug und setzte sich hinter ihn. »Das mit den Vögeln war Hexerei, schätze ich«, sagte er leise.

»Nenne es, wie du willst.« Prospero richtete den Blick auf das näher rückende Schiff und suchte die Reling nach Miranda ab.

»Deine Mutter brachte Ähnliches zustande.«

»Woher weißt du das?«

»Standen uns nicht ganz fern.« Josepho lächelte bitter.

»Bist du einmal dabei gewesen, als sie …?« Prospero sprach nicht weiter, denn der Bootsmann drehte sich nach ihnen um.

»Wenn sie wollte, füllte ein Raum sich mit Ratten. Oder mit

Skorpionen.« Josephos Stimme raunte dicht an Prosperos Ohr. »Wenn sie wollte, brach aus heiterem Himmel Hagelsturm los. Danach lag allerdings totes Vieh im Stall oder ein paar tote Tauben fielen vom Dach.«

Was der Medikus andeutete, überraschte Prospero nicht. »Es ist ein Austausch«, sagte er. »Kraft gegen Kraft, Leben gegen Leben.« An der Reling der alten Galeere entdeckte er endlich die hünenhafte Gestalt seines Gardisten. Miranda saß auf seiner Schulter und winkte. »Die eigentliche Kunst der Magie besteht darin, diesen Austausch in Gang zu setzen.« Prospero ließ die Riemen los und winkte zurück. »Und zu beherrschen.«

»Von jetzt auf nun all diese Vogelschwärme!« Aus dem Augenwinkel sah Prospero, dass der Medikus wie fassungslos den Kopf schüttelte. »Wie aus dem Nichts gerufen! Wollte es erst nicht glauben.«

»Nein, ich rufe keine Vögel aus dem Nichts.« Prospero griff wieder nach den Riemen; kaum tausend Fuß noch bis zur alten Galeere. Tausend Fuß bis zu Miranda. »Ich banne sie mit Lebenskraft und ziehe die Kraft an anderen Stellen der Welt ab. Frag mich nicht. Ich kann es einfach, und es geht. Das Buch hilft mir, es willentlich zu tun und in gezielter Weise.«

»Kraft also, Lebenskraft. Na Glückwunsch.«

»Steckt das Universum nicht voller Kraft?« Prospero dachte laut. »Ist es nicht ein unendlicher Kraftspeicher? Und ist nicht jeder Vogel, jede Pflanze, jeder Wurm, jeder Mensch, jeder Sturm auch und jedes Erdbeben ein Ausdruck dieser Kraft? Magie ist wie ein Steigrohr in die Tiefen dieser Kraft, in ihr Herz.«

»Aha.« Josepho spuckte über den Bootsrand. »Kommt mir alles irgendwie bekannt vor.«

Miranda winkte noch immer. Schon konnte er sie rufen hören: »Babospo! Endlich, Babospo! Und Josepho ist auch wieder da! Juhuu!«

Die Wellen schaukelten Fische jeder Größe hin und her. Tote Fische. Viele tote Fische. Mit einer Kopfbewegung deutete Josepho auf die Kadaver und grinste trostlos. »Denen ist dein Steigrohr ins Herz des Universums nicht gut bekommen, scheint mir.«
»Ein Austausch wie gesagt«, erwiderte Prospero. »Kraft gegen Kraft.«
»Senk dein Steigrohr das nächste Mal in die Sonne«, sagte Josepho. »Oder in einen Wirbelsturm auf der anderen Seite der Erde von mir aus.«
»Noch habe ich nicht herausgefunden, wie das geht.« Den leisen Spott in Josephos Stimme überhörte Prospero. »Ich wundere mich, dass Mutter ihre magischen Kräfte nicht gegen den Vater oder wenigstens gegen den Großvater eingesetzt hat.«
Er dachte an Tonio und den König. Wie sollten sie einem Widerstand leisten, der einen Fürsten der Unterwelt heraufbeschwören konnte? Einem, der Tausenden Vögel zu gebieten vermochte?
Josepho musterte ihn von der Seite – misstrauisch und fast ein wenig erschrocken. Doch auch das blendete Prospero aus.
Sie erreichten die Bordwand. Miranda jubelte, und Bruno warf die Strickleiter und ein Tau herab. Polino vertäute die Barkasse. An der Strickleiter ließ Prospero dem Medikus den Vortritt.
Der packte sie mit der Linken, mit der Rechten aber griff er Prospero in den Nacken und zog ihn zu sich. »Vorsicht, mein Freund«, raunte er ihm zu. »In deinem Blick lese ich deine Gedanken. Gefährliche Gedanken. Füg dich in dein Schicksal, und sei froh, dass du nicht wie deine Mutter im Feuer enden musstest.«

8

Winter

Mitten auf dem Fluss trabten sie durch den Schnee. Eisblauer Himmel wölbte sich über dem Wald. Die Atemfahnen der Pferde stiegen auf wie Dampf aus kochendem Wasser. Der Fluss war seit Wochen zugefroren, und das Eis reichte weit in die Mündung hinaus. Die Büsche an den Ufern und das Geäst der Bäume beugten sich unter der Schneelast. Unter den Pferdehufen knirschte der Schnee und knackte das Eis.

»Ich kann es auch ohne Sattel, Babospo, habe ich es dir nicht gesagt?« Mirandas rotes Gesicht strahlte, in ihren dunkelblauen Augen leuchtete tiefe Freude. Die kaum Fünfjährige hatte sich in den Kopf gesetzt, ihren jungen Hengst ohne Sattel zu reiten – und hatte es innerhalb weniger Tage gelernt. Prospero war mächtig stolz auf seine Tochter.

Der Winter war viel früher über die Hundskopfinsel hereingebrochen, als er erwartet hatte. Und viel härter. An einem kühlen Spätherbsttag hatten sie noch Körbe und Kisten mit Beeren, Pilzen, Kräutern, Salzfisch, Wildfleisch und Brennholz in die Laderäume geschleppt, am nächsten Morgen war alles weiß gewesen: der Wald, die Dünen, der Strand, das Schiff. Die hohen Berge sowieso.

Als die Waldhänge links und rechts anstiegen, hielt Prospero den Weißen an und lenkte ihn herum. »Genug für heute, reiten wir zurück zu den anderen.«

»Ich will aber tiefer in den Winterwald hineinreiten, bis zu den Bergen will ich!« Eine Falte des Unwillens grub sich zwischen Mirandas blonden Brauen ein.

»Ein anderes Mal.« Prospero griff nach Steiners Zügel und zog ihn herum und ein Stück neben sich her. Bis sie aufhörte zu schimpfen.
»Wann?«, wollte sie wissen.
»Schauen wir mal.«
»Nächste Woche! An meinem Geburtstag. Versprochen?«
»Na gut.« Sie ritten zurück in Richtung Flussmündung. Prospero verstand seine Tochter gut. Nicht, dass sie sich über Langeweile beklagt hätte, doch ihr Bewegungsspielraum war viel zu eng für eine fast Fünfjährige. Die alte Galeere, der Strand, die Dünen, der Fluss und ein Waldstreifen von nicht einmal zweihundert Schritten. Das war es. Zu wenig Auslauf für ein hellwaches Kind, zu wenige Anregungen.

Sicher – die Männer kümmerten sich rührend um sie: Jesu hatte ihr Schachfiguren geschnitzt und brachte ihr das Spiel bei; Polino hatte eine kleine Armbrust gebaut und schoss mit ihr auf eine Zielscheibe, die er an der Balustrade des Bugkastells aufgehängt hatte; Bruno half ihr, auf Bäume zu klettern, erklärte ihr stotternd, welches Tier welche Fährten im Wald hinterließ, und übte mit ihr, einen Speer in ein Ziel zu werfen; Josepho unterrichtete sie in Mathematik, lehrte sie Pflanzen und Kräuter unterscheiden und benennen und erzählte ihr Geschichten – wahre Geschichten – aus alten und uralten Zeiten; und Prospero brachte ihr Lesen und Schreiben bei und das Spiel auf Laute und Flöte.

Der gute Gonzo hatte dafür gesorgt, dass Julias Noten und Instrumente mit an Bord gekommen waren. Prospero segnete ihn beinahe täglich dafür.

Bis zum ersten Schnee hatte das Mädchen unablässig darum gebettelt, tiefer in die bewaldeten Hügel vordringen zu dürfen. Sie habe keine Angst, beschwor sie die Männer an manchen Tagen, ihre Majuja beschütze sie doch. Prospero aber war hart geblieben.

Zum einen wollte ihm die Geschichte von dem angeblichen Gott nicht aus dem Kopf gehen, der befohlen haben sollte, den neu angekommenen Herrscher zu töten und seine Tochter zu rauben. Zum anderen wusste er die Hundegesichtigen in Strandnähe: Eine Woche vor Wintereinbruch hatte er mit Bruno eine Meile jenseits der Dünen zwei kerzengerade Bäume gefunden und geschlagen; überall ringsum fanden sie Spuren von Spähern der Wildmenschen.

Miranda gegenüber verschwieg er das. Noch.

Kurz vor der Flussmündung standen Jesu und Polino um das Loch, das sie seit Tagen eisfrei hielten, und angelten. Neben ihnen lag ein gutes Dutzend Fische auf dem Eis. »Sehr gut!«, lobte Prospero. Miranda aber rümpfte die Nase.

Sie weigerte sich, Fleisch von Tieren zu essen. Nicht einmal zu Fischen oder Krebsen hatte ihr Vater sie bis jetzt überreden können. Allenfalls Muscheln durften auf ihren Teller, doch die waren in einem Winter wie diesem schwer zu finden.

Sie brachten Pferde und Fische zur Barkasse. Bruno bewachte das Boot. Er half, die Tiere an Bord zu schaffen. Drei Stapel Brennholz und ein halbes Dutzend Eimer voller Schnee hatte er bereits ins Heck geladen. Und einen Korb mit ein paar Muscheln.

Über die vereisten Baumstämme, die Bruno und Polino sprossenartig in Sand und Schnee gelegt hatten, schoben sie die Barkasse in die Brandung, kletterten hinein und ruderten hinüber zum Schiff. Backbords machten sie neben der Pinasse fest. Dort schaukelten auch die beiden Baumstämme in den Wellen, die Bruno und Prospero geschlagen hatten.

Taue verbanden die geschälten Stämme mit der Ankertrosse. Einer sollte einmal als Segelmast in der Barkasse aufgerichtet werden; sobald sie Stoff für Segeltuch gefunden hatten. Das jedenfalls plante Prospero. Der andere sollte als Ersatzmast neben der Barkasse befestigt werden, bevor sie zurück nach Milano in See stechen würden. Auch das plante Prospero.

Seit er Josepho und Polino aus der Gewalt der Wildmenschen gerettet hatte, fühlte er sich stark. Beinahe unbesiegbar fühlte der Magier sich.

An Bord duftete es nach gebratenem Fleisch und frisch gebackenem Brot. Josepho hatte gekocht. Das tat meistens er. Für den Winter würde das Mehl noch reichen. Und zum Glück hatte Gonzo in Milano genügend Fässer mit Salz an Bord schaffen lassen. Die Vorräte davon würden noch für gut zwei Jahre genügen, um Fisch und Fleisch haltbar zu machen. Doch so lange wollte Prospero nicht auf der Hundskopfinsel bleiben.

Während des Essens stritt er wieder einmal mit Miranda, weil sie kein Fleisch essen wollte. Geduldiges Zureden half genauso wenig wie strenge Ermahnung. Jesu und Polino unterstützten ihn nach Kräften.

Sie würde niemals groß und stark werden, wenn sie kein Fleisch äße, behauptete Polino. Sie sei bereits groß und stark genug, hielt Miranda ihm entgegen.

Sie würde dumm werden und nicht richtig denken können, wenn sie kein Fleisch äße, erklärte Jesu. Miranda fragte ihn, wie er dann derart dummes Zeug reden könne, wo *er* doch so viel Fleisch verzehre.

Prospero reagierte auf solche Frechheiten wie immer lediglich mit tadelnden Blicken. Im Grunde gefielen ihm die Antworten seiner Tochter.

Josepho beteiligte sich nicht an diesem Streit. Das tat er nie. Wie sonst auch, warf er Prospero nur einen gleichmütigen Blick zu. *Was regst du dich auf,* sagte der. *Warte doch einfach, bis sie anfängt zu hungern. Dann wird sie von ganz allein Fleisch und Fisch essen.*

Noch aber sah es aus, als würden Brot, Kräuter, getrocknete

Pilze und eingekochte Beeren ausreichen, um Mirandas Hunger zu stillen. Jedenfalls wirkte sie sehr zufrieden, als Prospero ihr später eine Gutenachtgeschichte erzählte.

〜

Eine Woche später feierten sie Mirandas fünften Geburtstag. Prospero weckte sie mit einem nordischen Geburtstagslied, das Julia ihm beigebracht hatte. Dazu zupfte Josepho Julias Laute. Miranda erwachte und strahlte Vater und Medikus an. Sie setzte sich in der Koje auf und sang die letzten beiden Strophen mit. Es gelang Prospero, das Lied bis zum Ende zu bringen, ohne eine einzige Träne zu vergießen. Er war stolz auf sich.

Zum Geburtstagsfrühstück hatte Josepho Getreidefladen mit Honig und eingekochten Blaubeeren gebacken. Das Fett für solches Backwerk pflegte er aus geschlachteten Tölpeln oder Enten zu gewinnen; davon wusste Miranda nichts und schmeckte es auch diesmal nicht. Sie stopfte die heißen Fladen in sich hinein, strahlte die Männer an und erzählte mit vollen Backen, dass sie heute bis zur siebten Hügelkette in den Küstenwald hineinreiten und nach der Heimkehr Jesu endlich einmal im Schach schlagen wollte. Prosperos Kammerdiener war der Einzige, der es übers Herz brachte, Miranda nicht gewinnen zu lassen.

Nach dem Frühstück ließen sie die Pferde mit dem Flaschenzug in die Barkasse hinunter, eine nicht gerade mühelose Veranstaltung. Sie ruderten zur Flussmündung hinüber und machten das große Boot zwischen den Weiden fest. Bruno prüfte die Festigkeit des Eises. Es hielt und würde wahrscheinlich bis in den März hinein halten.

Der Gardist ruderte die Barkasse ein Stück aufs Meer hinaus, wo er auf ihre Rückkehr warten würde. Prospero wagte nicht, das große Beiboot unbewacht am Ufer zurückzulassen.

Er setzte Miranda auf Steiner. Über einer Hose und einem langärmligen Kleid aus ungefärbter Wolle trug sie einen Mantel aus Eselsleder. Beides wurde ihr allmählich zu klein. Ihre kniehohen Stiefel waren aus Filz und hatten Korksohlen. Prospero warf ihr den grau-weißen Federmantel mit den schwarzen, golddurchwirkten Säumen, Paletten und Knopfleisten über, den er ihrer Mutter zu ihrer Geburt hatte machen lassen. Er hüllte sie darin ein wie in eine Decke. Danach trat er ein paar Schritte zurück und betrachtete sie lächelnd. Wie ein Körperteil des schwarz-weiß gescheckten Hengstes sah sie jetzt aus, wie ein Höcker.

»Bin ich schön, Babospo?«, fragte Miranda.

»Oh ja, meine Tochter. Du bist schön.« Sprach's und schwang sich auf den Weißen.

Josepho ritt die schwarze Stute, die Miranda immer nur *Mutter* nannte. Jesu, mit der Armbrust auf dem Rücken, stieg hinter Prospero auf den Weißen; der Schimmel war stark genug, auch zwei Reiter zu tragen. Miranda auf Steiner nahmen sie in die Mitte. Aus einem behäbigen Trott lenkte Miranda ihren gescheckten jungen Hengst in einen leichten Trab. Möwen kreischten über ihnen.

Polino lief voraus. Der Bootsmann war ein begnadeter Läufer und konnte zwanzig Meilen im Laufschritt zurücklegen, ohne müde zu werden. Außerdem hatte Prospero festgestellt, dass er die schärfsten Augen von allen hatte; abgesehen von Miranda. Auch schien es, als mache seine Angst und innere Unruhe Polino überdurchschnittlich wachsam. Manchmal kam Prospero der Bootsmann vor wie ein Reh, das keinen Atemzug lang weiden konnte, ohne aufzublicken.

Die verschneiten Waldhänge rechts und links des Flusses stiegen an, Felswände voller Eiszapfen bildeten das Steilufer. Bald lag die erste Hügelkette hinter ihnen. Möwen kreisten über ihnen oder flatterten neben ihnen her. Alle außer Miranda wussten, wer sie gerufen hatte. Prospero hoffte, die lauten Vögel würden Wildmenschen, die ihnen auflauern könnten, ihre mörderische Erfahrung aus dem letzten Herbst in Erinnerung rufen.

»Steiner ist ein ungewöhnlicher Name für ein Pferd«, sagte Polino, als er irgendwann auf gleicher Höhe mit den Pferden lief. »Ein ziemlich seltsamer sogar, findest du nicht, Miranda?«

»Nein, Polino. Steiner ist der richtige Name für mein Pferd.« Sie beugte sich über die helle Mähne des jungen Hengstes und umarmte seinen Hals. »Alles verändert sich, weißt du? Ständig. Steine aber bleiben immer gleich.«

Der Bootsmann sperrte Mund und Augen auf; keine weitere Frage wollte ihm einfallen. Auch die anderen sagten kein Wort. Prospero und Josepho wechselten verstohlene Blicke. Josepho zog die Brauen hoch und lächelte wehmütig. Prospero wich seinem Blick aus und senkte den Kopf. Was seine Tochter da gerade gesagt hatte, schnürte ihm das Herz zusammen. Und verschlug ihm die Sprache.

Kurz nach der zweiten Hügelkette hielt Miranda auf einmal ihren Hengst an. Sie streifte die Kapuze des Federmantels vom Blondschopf, spähte in den Winterwald hinein und lauschte schweigend.

»Was ist los?«, fragte Jesu ängstlich.

»Habt ihr nicht gehört? Da ruft jemand.«

Jetzt lauschten alle.

»Tatsächlich«, rief Polino. »Eine Hirschkuh!« Er deutete zum Ostufer hin in den Wald. »Irgendwo dort.«

»Reiten wir weiter.« Prospero trieb den Weißen an.

»Nein, Babospo. Hörst du nicht, wie die arme Hirschmutter jammert?« Miranda lenkte ihr Pferd zum Ostufer. »Wir müssen ihr helfen!«

Prospero hob zu einem strengen Widerspruch an, doch ein

Blick Josephos brachte ihn sofort wieder zum Schweigen. »Miranda hat Geburtstag«, sagte der Medikus, »also bestimmt sie den Weg, und wir folgen.«

Das sah Prospero anders, doch er schwieg und ritt Miranda und Josepho hinterher vom Eis und in den Wald hinein. Polino war schon weit vorausgelaufen. Die Hirschkuh blökte erbärmlich.

Ein paar Schritte vor dem Tier blieb der Bootsmann stehen. »Eine Schlinge hat sie erwischt!«, rief er. »Ihr Kalb ist schon erfroren. Oder verhungert. Oder beides.«

Miranda schälte sich aus dem Federmantel und rutschte von Steiners Rücken in den Schnee. Sie sprang zum steif gefrorenen Kalb, beugte sich über den Kadaver, tastete ihn ab. »Armes Hirschkind.« Sie stand auf, streichelte den Hals der Hirschkuh und hätte sie sicher umarmt, wenn sie groß genug gewesen wäre. »Arme Mutter.« An die Flanke des Tieres gelehnt weinte sie ein bisschen. Die Hirschkuh ließ sich alles gefallen, wich nicht eine Handbreite zurück.

»Vermutlich selbst schon halb erfroren.« Josepho ging vor ihren Hinterläufen in die Hocke. »Kein Entkommen, kein Futter. Kein Futter, keine Milch. Nicht mal Kraft genug, die verdammte Schlinge zu zerbeißen hat sie mehr. Wird bald eingehen.« Er drehte sich um, spähte erst zur Armbrust auf Jesus Rücken, dann zu Polino. »Gib ihr den Gnadenschuss.«

»Nein!«, rief Miranda. »Wir nehmen sie mit.«

Josephos, Jesus und Polinos Blicke richteten sich auf Prospero. »Wir nehmen sie mit«, hörte der sich sagen.

Möwen ließen sich rund um das tote Kalb im Schnee nieder. Eine begann zu picken. Miranda bestand darauf, den Kadaver mit Astwerk und Schnee zu bedecken. Obwohl das vollkommen zwecklos war, taten die Männer, was sie verlangte. Danach banden sie der stark geschwächten Hirschkuh die Läufe zusammen und befestigten das Tier auf dem Weißen. Prospero und Jesu gingen zu Fuß zurück. Mirandas dankbare Blicke machten Prospero unendlich glücklich.

Auf halbem Weg hielt Jesu ihn am Ärmel seines Federmantels fest und deutete in den Schnee: Spuren führten vom Ostufer zum Westufer hinüber, Fußabdrücke von Lebewesen, die aufrecht auf zwei Beinen liefen. Kein Zweifel: Sieben Hundegesichtige hatten hier den Fluss überquert.

»Wer ist hier langgegangen, Babospo?«, wollte Miranda wissen.

»Dieselben, die der Hirschkuh die Schlinge ausgelegt haben. Sie sind auch unsere Feinde, mein Herz. Wir müssen uns sehr in Acht nehmen vor ihnen.«

»Wie heißen sie, und wie sehen sie aus?«, wollte das Mädchen wissen. Josepho erklärte es ihr.

In der ersten Dämmerung hievten sie die Pferde und die Hirschkuh mit dem Flaschenzug an Bord. Im kleinen Laderaum bereitete Miranda ihr ein Lager aus Sackstoff und Stroh und fütterte sie mit Heu, Kastanien und Eicheln.

»Vielleicht gibt sie noch Milch«, sagte Josepho, als Prospero am Abend bei ihm in der Kajüte saß. Fünf Kerzen brannten an einem Tischleuchter. »Und vielleicht können wir Miranda dazu bringen, die Hirschmilch zu trinken.«

Im kleinen Laderaum hörten sie das Mädchen schimpfen. Es saß dort mit Jesu neben der Hirschkuh bei der zweiten Schachpartie. Selbst an ihrem Geburtstag wollte der Kammerdiener sie nicht gewinnen lassen. »Noch einmal!«, hörten sie sie rufen.

»Willst du das Tier melken?« Prospero runzelte die Stirn. »Oder soll meine Tochter etwa an seinen Zitzen saugen wie ein Kalb?«

»Warum nicht?« Josepho zuckte mit den Schultern und goss heißes Wasser in zwei Becher. In den Wochen nach seinem letzten Schluck Wein war er sehr krank gewesen, hatte gezittert, gefiebert und Dinge gesehen, die es nicht gab. Einen Monat lang hatte er seine Kajüte nur verlassen, um Wasser zu trinken und sich zu entleeren. Er hatte stark abgenommen in diesen Wochen. »Der Winter neigt sich, ich spür's«, sagte er und nippte an seinem Becher. »Vorschlag: Nach der Schneeschmelze ziehen wir hinauf in die Hochebene und gucken uns die Festung an.«

Prospero nickte. »Vielleicht finden wir Stoff dort und können ein Segel zusammennähen. Einige Spiere unserer Takelage habe ich im großen Laderaum lagern lassen.«

Josepho beugte sich über den Tisch und sah Prospero in die Augen. »Schlag dir das endlich aus dem Kopf.«

»Nein. Wenn ich könnte, würde ich die Insel lieber heute als morgen verlassen.« Prospero seufzte. »Doch das geht leider nicht. Also muss ich mich um eine Möglichkeit kümmern, sie wenigstens morgen verlassen zu können.«

»Schlag dir das aus dem Kopf, sag ich.«

»Mein Kind wird nicht in dieser Wildnis groß werden!« Zum Rhythmus seiner Worte tippte Prospero mit dem Zeigefinger auf die Tischplatte.

»Es wird!« Josepho schlug mit der Faust auf den Tisch. »Glückwunsch übrigens zur Geburt deiner Tochter. Sie ist ein kluges und starkes Mädchen. Vor allem um ihretwegen sollten wir bald den Weg zur Hochebene wagen. Im Pueblo werden wir eine Bleibe finden, die sicherer ist als das verdammte Schiff und der Strand.«

»Wenn wir dort keinen Stoff finden, müssen wir wildes Leinen suchen und anpflanzen. Oder wilden Hanf. Und einen Webstuhl bauen.«

»Und wenn wir dann eines lieblichen Tages im schönen Hafen von Milano vor Anker gegangen sind, soll der große Kraftaustausch stattfinden, ja?« Josepho blitzte Prospero wütend an.

»Dann zeigt der mächtige Magier sein Steigrohr vor und lässt seinen kleinen Bruder vor den Augen seines armen Töchterchens mit Blitz und Hagel vom Thron jagen und töten, ja? Und danach macht er die Rache perfekt und reißt sich auch noch die Königskrone von Napoli unter den Nagel! Richtig?«

Prospero hielt dem bitter-spöttischen Blick des Medikus stand und antwortete nicht. Josepho aber winkte müde ab und lehnte sich zurück. »Du müsstest eigentlich tot sein, Magier, vergiss das nicht. Dein Leben ist gestundete Zeit, weiter nichts. Und wenn wir eine wärmere und bequemere Behausung als dieses verdammte Schiff fänden, wäre das mehr, als wir hoffen können. Abgesehen vielleicht von dem Wunder, auf wilden Wein zu stoßen, aus dem sich ein Rebstock züchten lässt. Dann bauen wir eine Weinkelterei statt eines Webstuhls. Und machen uns einen schönen Lebensabend.«

Prospero musterte ihn über den Rand seines Bechers hinweg. »Bist du fertig?« Josepho nickte. »Wenn du nur in halben Sätzen redest und das nur einmal am Tag, gefällst du mir besser.«

Wütende Schreie aus dem Laderaum ließen sie aufhorchen. Miranda beschimpfte Jesu. Der hatte schon wieder gewonnen.

Tage später kam milder Südwestwind auf. Schnee und Eis schmolzen rasch dahin. Sie packten zusammen, was sie für die Expedition zur Hochebene brauchten, und legten den Tag des Aufbruchs fest. Als es so weit war, standen am Vorabend Hunderte Wildmenschen am Strand. Reglos blickten sie zur alten Galeere herüber.

»Und jetzt, großer Magier?«, fragte Josepho.

»Wir gehen trotzdem«, entschied Prospero. »Gleich morgen nach Sonnenaufgang.«

Noch in derselben Nacht rief er gewaltige Schwärme von Möwen, Raben, Seeschwalben und Tölpeln zusammen. Doch die Sonne ging auf, ohne dass irgendjemand sie zu Gesicht bekam – es blieb stockdunkel, und ein Unwetter brach los. Die fünf Männer und das Mädchen blieben an Bord.

Sie brachen auch in den Tagen danach nicht zu ihrer geplanten Expedition auf: Beide Flüsse traten über die Ufer und führten wochenlang Hochwasser. Der Frühling ging vorüber, und der Küstenwald stand bis jenseits der dritten Hügelkette unter Wasser; der Strand verwandelte sich in ein ausgedehntes Schlammloch. Der Sommer begann mit Regen und Hochwasser und endete mit Gewitterstürmen.

Prospero verschob den Aufbruch zur Hochebene auf das nächste Frühjahr. Die Männer ölten Werkzeug und Waffen ein, wuschen und stopften ihre Kleider und Decken und legten Vorräte für den Winter an.

Prospero kamen das Unwetter, die lange Regenzeit und das Hochwasser nicht geheuer vor. Er erinnerte sich an die Weissagung, die nach Polinos Erzählung unter den Hundegesichtigen kursierte: an die Geschichte von dem neu auf die Insel gekommenen Herrscher, dessen Tod angeblich irgendein Gott beschlossen hatte; und von dessen Tochter, die jener Gott angeblich geraubt wissen wollte. Und er dachte an das Grab jenes angeblichen Gottes, von dem der Bootsmann erzählt hatte. Sollte am Ende ein böser Zauber ihren Aufbruch zur Hochebene und zur Festung verhindert haben?

Er versuchte, diesen Gedanken als kindische Ausgeburt seiner angespannten Nerven abzutun, doch er ließ Prospero nicht mehr los. Bis in den Schlaf verfolgte er ihn. Schließlich ließ Prospero sich das angebliche Göttergrab und den Weg dorthin von Polino beschreiben. Er beschloss, es im nächsten Frühjahr auf dem Weg zur Hochebene zu besuchen.

Der Winter brach früh ein und verlief ähnlich heftig wie im Jahr zuvor. Als er sich endlich neigte, feierten sie Mirandas sechsten Geburtstag. Prospero schenkte ihr einen Dolch, den der gute Gonzo aus Julias Nachlass in das Schiff der Verbannten gerettet hatte.

Und dann wurde es Frühling. Milde Luft statt Regengüsse, strahlend blauer Himmel statt Hochwasser. Prospero und Josepho legten den Tag des Aufbruchs fest.

9

Grabmal

Dreimal ruderten sie die Pinasse zwischen Galeere und Strand hin und her, dann standen Menschen und Tiere abmarschbereit. Nicht ein Hundegesichtiger zeigte sich – weder am Vorabend noch jetzt, kurz nach Sonnenaufgang.

Tölpel, Krähen, Möwen und Seeschwalben kreisten über Schiff, Beiboot, Dünen und Wald, hockten auf dem Bugkastell der alten Galeere, im Sand und in Baumkronen oder stritten sich in der Brandung um tote Fische. Nicht viele, höchstens tausend insgesamt. Prospero hatte dazugelernt: Er wollte Kraft sparen. Die Wildmenschen würden auch bei seiner Drohung mit nur tausend Vögeln verstehen, was ihnen blühte, wenn sie es wagten, die Expedition anzugreifen.

Der Medikus führte die mit Körben und Säcken behangene Stute zu den Dünen. Jesu führte den Weißen am Zügel; der trug die Kisten mit dem Werkzeug und den Waffen. Miranda hatte die Hirschkuh an ihren Hengst gebunden und mit ihrem persönlichen Hab und Gut beladen: Federmantel, Decken, Filzstiefel, Schachspiel, Schreibzeug, Noten und Instrumente. Das Wildtier bockte nicht und zerrte nicht an seinem Strick. Friedlich trottete es neben Steiner her.

Inzwischen hatten sich alle an die zahme Hirschkuh gewöhnt, doch während der Wochen nach Mirandas fünftem Geburtstag war das Staunen über ihre rasche Zähmung noch groß gewesen. Keiner der Männer konnte sich recht erklären, wie Miranda das Tier dazu brachte, ihr aus der Hand zu fressen und auf einen Namen zu hören: *Amme-Rot*.

Prospero vermutete, dass die Hirschkuh seine Tochter als ihr Junges betrachtete. Wie ein Hirschkalb nämlich hatte Miranda wochenlang Milch aus den Zitzen des Tieres gesaugt. Und war ihm kaum von der Seite gewichen. Er, der in seiner Tochter noch immer die Prinzessin von Milano sah, hätte das gern verhindert. Doch Miranda etwas zu verbieten führte regelmäßig zu zermürbenden Streitereien; und die zermürbten nicht etwa Miranda, sondern ihn, ihren Vater. Also beschränkte Prospero sich mit Verboten auf Gelegenheiten, wo ihm das Wohl seines Kindes keine andere Wahl ließ. So widerstand er zum Beispiel seit Wochen ihrem Betteln, allein am viele Meilen langen Strand entlangreiten zu dürfen. Im Grunde liebte er Mirandas ausgeprägten Eigensinn; dieser Wesenszug erinnerte ihn an Julia.

Der Expeditionstross verschwand hinter den Dünen. Prospero und Bruno legten Waffen, Kleider und Schmuck ab und warfen alles hinter sich in den Sand. Die Brandung spülte ein paar tote Fische und Krebse an.

Prospero schaute auf sie herab und erschauderte bei dem Gedanken, die Entfesselung seiner Magie könnte einem Menschen Lebenskraft entziehen, der dem Ort des magischen Aktes zu nahe kam. Manchmal lag er nächtelang wach und grübelte, wie ein Magier so ein Unglück verhindern konnte. Bis jetzt hatte er auch im BUCH DER UNBEGRENZTEN MACHT noch keine Antwort gefunden.

Die Männer schoben die Pinasse in die Gischt, stiegen hinein und ruderten zurück zur alten Galeere. Bei der letzten Ebbe hatte Prospero das Schiff mit beiden Ankern in der Sandbank, auf der sie festsaß, festmachen lassen. Seit einem Jahr schon hingen die beiden Maststämme auf halber Höhe der Bordwand.

Sie vertäuten das wertvolle Beiboot mit der Barkasse und schwammen dann zurück zum Strand und zogen sich an. Der

Magier ließ sich Zeit damit. Als Bruno sich sein Langschwert auf den Rücken gegürtet hatte, hieß er ihn vorauszugehen. Wenn irgend möglich, versuchte Prospero, während seiner magischen Akte allein zu sein – wer wusste denn, von wem sein magisches Steigrohr sich die notwendige Lebensenergie als Nächstes holen würde?

Er legte sich die Kette mit dem Zopf seiner Mutter um den Hals, gürtete sich sein Schwert um Brust und Hüfte und schnallte zuletzt den Rucksack mit dem Buch über den Federmantel auf den Rücken. Dann sah er sich nach Bruno um; der stapfte bereits die Dünen hinauf.

Prospero fasste die alte Galeere ins Auge, hob langsam die Arme, sammelte sich und richtete seine Willenskraft auf das Schiff. Dann murmelte er einen Bannspruch. »Versperrt, verriegelt und verschlossen …« Er legte einen magischen Kreis rund um die Galeere und die Beiboote. Nach Polinos Auskunft scheuten die Hundegesichtigen zwar das Meer, doch Prospero wollte kein Risiko eingehen.

»… jedem Wesen unzugänglich,
jedem Menschen, jedem Tier.
Versperrt, verriegelt und verschlossen.
Bis der Meister selbst erscheint
und den Bannkreis wieder löst.«

Der Magier atmete tief durch und ließ die Arme sinken. Wie ein schwarzes hölzernes Tier ruhte die alte Galeere tausend Fuß entfernt im Meer. Die Sandbank lag etwa sieben Fuß unterhalb der Wasseroberfläche und war vom Strand aus selbst bei Ebbe kaum mit bloßem Auge zu erkennen. Backbords schaukelten die beiden Beiboote in den Wellen.

Ab sofort würde niemand sich den Booten und der Galeere weiter als bis auf dreihundert Fuß nähern können. So lange nicht, bis er, Prospero, den magischen Bannkreis wieder aufhob.

Er bückte sich in die Brandung, las zwischen den toten Fischen und pickenden Möwen ein paar Muscheln für Miranda zusammen und blickte danach ein letztes Mal zum Schiff hin.

»Bis bald«, sagte er, winkte und wandte sich den Dünen zu.

Prospero war fest entschlossen, schon bald an diesen Strand zurückzukehren. Wenn möglich mit genügend Segeltuch für die Takelage der Barkasse. Sollte er kein Tuch finden und sollte sich erweisen, dass nirgendwo auf dieser Insel Hanf oder Flachs wuchs, dann würden sie eben rudern. Und wenn Josepho sich weigerte, nach Milano zu rudern, dann würde er eben einem Dutzend Wildmenschen mit magischer Kraft seinen Willen aufzwingen und sie an die Ruderbänke fesseln.

Nichts war mehr unmöglich. Oder?

Prospero stieg die Dünen hinauf. Der Sand unter seinen Fußsohlen fühlte sich kühl an. Die anderen warteten am Waldrand auf ihn. Miranda winkte.

~

Zwölf Hügelketten lagen zwischen der Küste und der Hochebene. Polino schwor, sich ganz genau an diese Zahl zu erinnern: zwölf. Nach der sechsten deutete er von einem Flusstal aus zu einer felsigen Anhöhe hinauf. »Dort oben«, sagte er.

»Was ist dort oben?« Prospero spähte zu den Felstürmen hinauf, die auf der Anhöhe aus dem Wald ragten.

»Das Göttergrab.«

»So nahe?« Jesu wirkte erschrocken. Prospero kam es vor, als wollte sein Diener nichts mehr zu tun haben mit Magie und angeblichen Göttern. Doch auch für ihn selbst kam Polinos Ankündigung überraschend. So nahe an der Küste lag das Göttergrab also? Gerade erst war die Sonne über dem dritten Tag ihrer Expedition aufgegangen.

»Worauf wartest du?«, raunzte Josepho in Prosperos Richtung. »Wolltest das verdammte Grab doch unbedingt sehen. Ich warte hier unten, bis ihr zurückkommt.«

»Es liegt auf dem Weg zur Hochebene«, erklärte der Bootsmann. »Wir müssen uns nicht trennen.«

»Dann los.« Prospero deutete auf den Pfad, der in Serpentinen den Waldhang hinaufführte. »Bring uns hin.«

Polino ging voran. Hinter ihm her führte Prospero den Weißen bergauf. Ihm folgte Jesu vor Miranda auf Steiner und mit der Hirschkuh. Josepho, mit der bepackten Stute am Zügel, und Bruno stapften am Ende der kleinen Kolonne in den Wald hinein. Das Rauschen des Gebirgsflusses blieb hinter ihnen zurück.

Polino erzählte von den Tagen, in denen er mit seinem Kapitän und seinem Steuermann diesen Weg gegangen war, und wie sicher sie gewesen waren, den Hundskerlen zu entkommen und in der Bergfestung auf der Hochebene Zuflucht zu finden. Je länger er redete, desto rettungsloser verfiel er seinem üblichen Wortschwall.

Jesu murmelte manchmal vor sich hin. Vielleicht betete er, vielleicht unterhielt er sich mit der Hirschkuh, neben der er dahin trottete. Prospero machte sich seit Monaten Sorgen um den Geisteszustand seines Kammerdieners.

Josepho sagte irgendwann: »Sprich mir nach, Bruno. ›Willst du den Himmelsgott zum Lachen bringen, mache einen Plan.‹ Jetzt du.«

Der Hüne am Schluss der Kolonne machte sich stotternd ans Werk. »W-w-willst d-d-du d-d-den Hi-hi-himmelsgott ...«

»Genug!«, rief der Medikus. Miranda kicherte in die hohle Hand. »Atme tief durch, Bruno.« Josepho machte es vor, und sie atmeten geräuschvoll, tief und im selben Rhythmus. »Und jetzt sprich den Satz erst einmal in Gedanken. Ich sag's dir noch mal langsam vor: ›Willst du den Himmelsgott zum Lachen bringen, mache einen Plan.‹ Jetzt du im Stillen und genauso langsam.« Er wartete ein wenig, befahl Bruno, Luft zu holen und rief: »Und jetzt laut!«

»Willst d-d-du den Himmelsgott zzzzum Lachen b-bringen ...« Bruno unterbrach sich und seufzte. Miranda summte ein Lied, um nicht kichern zu müssen. Sie fand es lustig, wenn Bruno stotterte. Dass er darunter leiden könnte, war ihr nie in den Sinn gekommen.

An ihrem sechsten Geburtstag hatte Bruno den Medikus gebeten, ihn von seinem Stottern zu heilen. Prospero nahm an, dass er sich vor Miranda schämte. Seitdem übten sie täglich. Auch seit dem Aufbruch vor drei Tagen. Prospero bezweifelte, dass es etwas nützte. Er konnte sich seinen Leibgardisten gar nicht anders vorstellen als stotternd. Wollte es auch gar nicht.

Buback hockte auf einer der vier Kisten, die Prospero dem Weißen zu beiden Seiten an den Sattel gehängt hatte. Unter halb geschlossenen Lidern äugte der Uhu zwischen die Stämme und ins Unterholz. Manchmal, wenn die Möwen über ihm in allzu lautes Kreischen ausbrachen oder ein ganzer Schwarm Krähen auf einmal aus einer Baumkrone stieg, fuhr sein Kopf ruckartig herum oder nach oben. Irgendwann, als kaum noch hundert Schritte sie von der ersten Felssäule trennten, schlug er mit den Flügeln und stieß einen Warnruf aus.

Polino blieb stehen und drehte sich nach ihm um. »Eure Eule spürt die Nähe des Gottes, mein Herzog«, flüsterte er. »Er spürt sie, sag ich.«

»Er hat dich furzen hören, sag ich!«, rief Josepho von hinten. »Geh schon weiter.«

Der Bootsmann wandte den Kopf und blickte in den Wald und den weiter ansteigenden Pfad hinein. Und dann gleich wieder zurück zu Buback. Seltsam zögerlich kam er Prospero vor, auch zuckte es verdächtig in seinem Gesicht. Doch er gehorchte.

Im Weitergehen zog er sich die große Armbrust von der Schulter und tastete seinen Brustgurt nach Pfeilbolzen ab.

Eine angespannte Stimmung lag auf einmal über den sechs Menschen und fünf Tieren. Polino schwatzte nicht mehr, Miranda summte nicht mehr, Jesu murmelte nicht mehr, Josepho rezitierte keine schlauen Sätze mehr, und Bruno stotterte nicht mehr gegen sein Gestotter an. Die plötzliche Stille bedrückte Prospero. Er spähte aufmerksam zu beiden Seiten des Serpentinenpfades in den Wald hinein. Nichts Beunruhigendes fiel ihm auf, und dennoch plagte ihn das Gefühl, beobachtet zu werden. Der Bootsmann blieb schon wieder stehen. Er stemmte seine Armbrust in den Waldboden, spannte sie und legte einen Pfeilbolzen ein. Dann ging er weiter.

Prospero blickte sich nach den anderen um. Jesu bewegte stumm die Lippen und hielt das Kurzschwert in der Faust, mit dem er sich auf Josephos Geheiß hin gegürtet hatte. Prospero bezweifelte, dass er damit umgehen konnte.

Bruno trug seine blanke Langklinge auf der Schulter, der Medikus lauerte misstrauisch in den Wald, und Miranda hielt ihren Dolch in der kleinen Faust. Der Gedanke, sie könnte vom Pferd und in die Klinge stürzen, erschreckte Prospero, und es lag ihm auf der Zunge, ihr zu befehlen, den Dolch wegzustecken. Doch er ließ es bleiben; eher würde er über seine eigenen Füße stolpern, als dass Miranda von ihrem Hengst stürzte.

Der Warnruf Bubacks und die Unruhe der anderen hatten auch ihn innerlich aufgescheucht. Sein Geist spürte dem Flug der Vogelschwärme nach. Er murmelte Beschwörungen und zog Krähen, Möwen, Seeschwalben und Tölpel um die Kolonne herum zusammen. Flügelschlag rauschte bald lauter, ein ganzer Chor von Krähen krächzte auf einmal in unmittelbarer Nähe, und das Kreischen der Möwen und Seeschwalben klang durchdringender.

Sie erreichten die erste Felssäule. Buback breitete die Schwingen aus und flog hinauf zu ihrer Spitze. Das Gelände wurde flacher, nach der zweiten Felssäule lichtete sich der Wald, und als sie die dritte Felssäule hinter sich ließen, ragte plötzlich eine Pyramide vor ihnen auf. Prospero blieb so abrupt stehen, als wäre er gegen ein unsichtbares Hindernis geprallt.

»Was beim gütigen Herz des Himmelsgottes ist das?!«, entfuhr es Jesu.

»Das Grab des Gottes«, sagte Polino.

»Wer hat dieses Bauwerk errichtet?« Josepho ließ die Zügel der Stute fallen und schritt am Bootsmann vorbei auf die Pyramide zu. Ihr Anblick machte ihn neugierig, sonst nichts. Prospero schloss sich ihm an.

»Die Hundskerle haben das gebaut.« In der Deckung ihrer Rücken näherte auch Polino sich dem Grabmal.

»Schau nur, Babospo!«, rief Miranda. »Schau dir nur dieses schreckliche Bild an!«

Die Pyramide hatte drei Seiten und war nicht besonders hoch, höchstens dreißig Fuß. Die Ecksteine waren blau gefärbt, und das von der Pyramidenspitze bis hinunter zu ihrem Fundament. Eine aus Stein gehauene und gelb gefärbte Mondsichel saß auf ihrer Spitze. Auf der Fläche, in der ihr Eingang lag, prangte das Bildnis einer geflügelten Frau.

Wahrhaftig, ein schreckliches Bild! Und es weckte schreckliche Erinnerungen.

Das Gesicht der Frau hatte habichtartige Züge und rote Augen. Sie trug ein rotes Kleid und breitete schwarze Schwingen aus. Ihre Glieder waren weiß – bis auf den linken Fuß, der überhaupt kein menschlicher Fuß war, sondern eine schwarze Vogelklaue. Sie ragte unter dem Saum des roten Gewandes heraus, ganz so, als würde die Geflügelte sie eben anheben und spreizen, um Beute zu schlagen.

Prospero stand wie festgewachsen. Sein Blick saugte sich an dem Bildnis fest. Seine Kniegelenke fühlten sich weich und heiß an, und etwas Eiskaltes füllte seine Brust. Kein klarer Gedanke wollte ihm mehr gelingen. »Hätte nie für möglich gehalten, dass dieses Pack derartige Bauwerke zustande kriegt.« Josepho bestaunte die Pyramide und kraulte sich den weißen Bart dabei. »Sie haben das Grabmal nach Anweisungen des Gottes errichtet.« Polino wirkte seltsam kleinlaut.
»Ein toter Gott gibt Anweisungen?« Josepho lachte laut. »Doppelter Schwachsinn!« Ihn ließ die Gegenwart des Grabmals und des Toten darin vollkommen kalt. »Woher kenne ich bloß dieses verdammte Bild?« Der Medikus stieg die drei Stufen hinab, die zum Eingang der Pyramide führten – eine kleine Holztür, kaum mannshoch. »Wird wohl abgeschlossen sein.« Er drückte die Klinke herunter und stieß mit dem Handballen dagegen – prompt sprang sie auf. »Glückwunsch!« Der Medikus blickte zu Prospero herauf. »Hat's dir die Sprache verschlagen?« Prospero zuckte zusammen. Er riss sich los vom Anblick des geflügelten Wesens und starrte in die Dunkelheit hinter der Pyramidentür. Einen Augenblick lang war er versucht, das BUCH DER UNBEGRENZTEN MACHT aus seinem Rucksack zu holen und Josepho das Bild auf der Vorderseite zu zeigen. Er ließ es bleiben. Stattdessen wandte er sich an die anderen drei. »Eine Fackel, Bruno! Ihr wartet mit Miranda hier vor dem Grabmal. Bleibt wachsam. Josepho und ich gehen hinein.«

»Ich gehe mit.« Miranda rutschte von Steiner.

»Kommt nicht in Frage.«

»Ich will aber!«

Während Prospero sich mit seiner Tochter stritt, zog Bruno ein Bündel aus einem Sack, der auf dem Rücken des Weißen befestigt war. Es enthielt neben zwei Fackeln ein Büschel getrockneter und mit Heu vermischter Brennnesseln, ein kleines Brett mit einer Kuhle in der Mitte, einen kurzen und geraden Stab aus Lindenholz, eine dicke Weidenrute und eine lange Faser Fichtenwurzel. Mit ihr spannte der Hüne die biegsame Rute zu einem Drillholz. Danach streute er zwei Prisen getrocknete Brennnesseln in die Vertiefung des Brettchens, drückte den Lindenholzstab hinein, setzte die Rute mit der Wurzelfaser an und begann mit raschen, ruckartigen Bewegungen des Drillholzes, den Stab in der Brettkuhle hin und her zu drehen. Bald kräuselte sich Rauch aus der Vertiefung im Brett. Bruno nahm es vorsichtig hoch und blies das glühende und qualmende Kraut in die getrockneten Nesseln und das Heu. Er pustete in das Büschel, bis es brannte. Dann entzündete er mit ihm die Fackelköpfe und brachte sie Prospero und dem Medikus.

Prospero hatte Miranda inzwischen streng zurechtgewiesen. Unter keinen Umständen wollte er sie mit in das Grab nehmen. Wusste er denn, was sie in der Pyramide erwartete? Schmollend fügte sich das Kind schließlich seinem Befehl. Es verschränkte die Arme vor der Brust und drehte ihm den Rücken zu.

Bevor er Josepho in die Dunkelheit hinter der Pyramidentür folgte, spähte Prospero noch einmal in den Himmel und zum Waldrand. Buback saß inzwischen auf der Felssäule, die dem Gottesgrab am nächsten stand. Er rührte sich nicht, ließ auch keinen Warnruf mehr hören.

Prospero griff nach dem Mutterzopf an seiner Halskette und murmelte vor sich hin. Rauschen und Krächzen erhob sich, und aus den Bäumen zwischen den Felssäulen stiegen Krähen, Seeschwalben, Tölpel und Möwen auf und ließen sich rund um die Pyramide nieder. Jesu äugte unglücklich nach links und rechts.

»Keine Sorge«, sagte Prospero. »Ihr seid behütet.« Dann drehte er sich um und stieg hinter dem Medikus her die enge Treppe in die Gruft unter der Pyramide hinab.

10

Caliban

Die Felsentürme sehen schön aus, sie erinnern mich an die Türme der Kathedrale von Milano. Nein, die habe ich nicht vergessen. Auf dem vorderen Felsturm sitzt Buback. Sogar von hier unten aus kann ich seine Feueraugen glühen sehen. Könnte ich neben ihm sitzen, würde ich über sechs Hügelketten hinweg bis zum Meer gucken können. Ich würde unseren Strand sehen und könnte der alten Galeere zuwinken. Schade, dass ich nicht fliegen kann.

»Es ist nicht in Ordnung, dass er mich nicht mit in die Pyramide genommen hat, findest du nicht, Amme-Rot?« Wir laufen durch den Schatten des Felsturmes. Meine Freundin, die Hirschkuh, hat Hunger. »Ein Kind sollte so viel Neues sehen wie nur möglich. Ein Kind muss doch dazulernen, oder? Vor allem, wenn es schon so groß ist wie ich.«

Bruno stapft hinter uns her. Er hat sein langes Schwert aus der Rückenscheide gezogen. Ich weiß nicht, was er schon wieder zu grinsen hat.

Holunder heißen die hohen Büsche zwischen den Felssäulen, das weiß ich von Josepho. Ein richtiges Holunderwäldchen wächst hier; wie gut könnte man sich darin verstecken. Leider blüht es noch nicht. Dafür wächst hohes Gras vor den Sträuchern. Amme-Rot beginnt sofort zu weiden. Auf das Gras hat sie es von Anfang an abgesehen gehabt, ich kenn sie doch.

Ich binde sie im Holunder fest und setze mich auf einen Stein. Der ist kalt; macht nichts. Bruno steht vor mir und sieht selbst aus wie eine kleine Felsäule. »Babospo tut so, als wäre er noch immer ein Herzog, nicht wahr? Er tut, als müssten alle genau das tun, was er will. Findest du nicht, Bruno? Und findest du das richtig?«

Bruno lacht nur blöd. Als würde er nicht begreifen, was ich gesagt habe. Schade. Er stößt sein Schwert in den Boden, hebt die Rechte und gibt mir ein paar Zeichen. *Ich bin gleich wieder bei dir*, soll das heißen. Dann verschwindet er hinter der Felssäule, auf der Buback sitzt. Bald höre ich es rauschen und plätschern.

Ein Kind steht plötzlich neben Amme-Rot und guckt mich an. Ein Kind? Ich kann es kaum glauben. »Wer bist du denn?« Ich freu mich so – es gibt also doch noch andere Kinder auf dieser Insel!

Das Kind ist ein Junge, glaube ich, und ungefähr so groß wie ich. Sehr gut! Und es ist ganz und gar in einen langen schwarzen Pelzmantel gehüllt, nur die Hände und das Gesicht gucken heraus. Ein komisches Gesicht, aber das macht nichts.

Ich steh auf und geh zu ihm. »Wie heißt du?« Der Junge schaut mich an und sagt nichts. Ich habe noch nie einen Menschen oder ein Tier mit roten Augen gesehen. Aber ich kenne ja auch nur wenige Menschen und Tiere. Der Junge dreht sich zum Holunderstrauch um und winkt mich hinter sich her. Er will spielen. Sehr gut!

Wir wühlen uns durch das Holunderwäldchen, bücken uns unter dicken Ästen hindurch, kriechen durchs feuchte Gras und springen den Waldhang hinunter. Wir spielen, dass wir Hirsche sind, dass der Wald uns allein gehört und dass wir schneller laufen können als jedes andere Lebewesen auf dieser schönen Insel.

Hinter mir, irgendwo oben am Kamm, ruft Bruno nach mir. Er stottert nicht, kriegt auf Anhieb meinen Namen über die Lippen. Toll! »Ich komme gleich wieder!«, schreie ich im Laufen. Das Echo meiner Stimme hallt durch den Wald. Das klingt lustig.

Der Junge bleibt stehen. »Wer ruft da?« Er spricht komisch – so rau, so tief und hinter fast geschlossenen Zähnen. Kaut er auf etwas herum?

»Bruno. Normalerweise kann er nicht richtig sprechen. Doch er ist groß und stark und sehr lieb. Ich heiße Miranda. Und du?«

»Caliban.«

»Ein schöner Name.« Eine Haarsträhne ist aus Calibans Pelzkapuze gerutscht – lang und schwarz und lockig. Wie gern würde ich sein ganzes Haar sehen. »Wir sind Hirsche, nicht wahr?« Ich strecke den Arm nach seiner Kapuze aus, will sie ihm vom Kopf ziehen.

Er wehrt meine Hand ab und weicht zurück. »Caliban ist ein Hirsch, und du bist ein Jäger.« Er rennt weiter.

Ich hinterher. »Ich will aber keine Jägerin sein! Ich will eine Hirschkuh sein!«

Vom Flussufer aus springt er von Stein zu Stein auf die andere Seite. Ich hinterher. Es geht steil den Hang hinauf. »Ich bin eine Hirschkuh und werde dich fangen, mein Hirschbock. Und dann spielen wir Pferd und machen ein Wettrennen!«

Es geht den nächsten Hang hinunter und kreuz und quer durch den Wald. Über Moos und Teppiche von Blaubeerkraut hinweg, vorbei an Holunder und Haselnuss, durch Farn und hohes Gras hindurch. Die Stämme der hohen Bäume fliegen nur so an mir vorüber. Es ist wunderbar zu laufen und zu laufen und zu laufen! Es ist wunderbar, die Beine und die Füße zu spüren, es ist lustig, das Herz ganz schnell in der Brust und im Bauch klopfen zu hören.

Endlich hole ich den Jungen ein und halte ihn fest. »Ich bin schneller als du.«

»Vielleicht wollte Caliban ja, dass du ihn einholst?« Er keucht, er ist außer Atem, auf seiner sehr schmalen Stirn glänzt Schweiß. Und er spricht wirklich komisch, finde ich.

»Das sagst du nur, weil du nicht zugeben willst, dass du nicht so schnell rennen kannst wie ich.« Ich muss auch ein bisschen keuchen, aber nicht so wie Caliban. Und immer muss ich seine schwarze Haarsträhne angucken. Niemals habe ich solche komischen Haare gesehen. Ich betrachte sie genau. »Darf ich sie anfassen?«

»Nein.« Wieder weicht er zurück. »Niemand ist so schnell wie Caliban.« Er steigt den nächsten Waldhang hinauf. »Komm mit, Caliban zeig dir etwas, das du noch nie gesehen hast.«

»Was?« Ich laufe neben ihm her. »Was willst du mir denn zeigen?« Er legt den Finger auf den Mund, sagt kein Wort mehr.

Auf der anderen Seite des Hanges schleichen wir zu einem Bach hinunter. Caliban geht in die Hocke, ich auch. Wie Enten watscheln wir über Moos, Blaubeerkraut und Bärlauchblätter. Caliban legt sich auf den Bauch, ich auch. Wir sind jetzt wilde Katzen und pirschen uns an eine umgestürzte Eiche heran.

Auf der anderen Seite ihres Stammes wölbt sich ein kleiner Erdhügel aus dem Waldboden. Was wird Caliban mir dort zeigen? Beim Himmelsgott – ich bin so gespannt!

Wir kriechen unter dem Eichenstamm hindurch und den Erdhügel hinauf. Oben angekommen blicke ich in eine Kuhle hinunter und auf ein großes und vier kleine Tiere. Sie haben rotes Fell, große Ohren und lange, buschige Schwänze.

Füchse. Bruno hat mich neulich aufs Burgkastell gewinkt, als ein Fuchs am Strand entlangspaziert ist. Deshalb kenne ich solche Tiere. Junge Füchse habe ich jedoch noch nie gesehen.

»Ihr seid wunderschön!«, sage ich. Caliban legt den Finger auf den Mund, und sein komisches Gesicht wird noch strenger, als es sowieso schon aussieht. Ruckzuck sind die jungen Füchse in einem Loch verschwunden, ihre Mutter legt die Ohren an, sträubt das Schwanzfell, bleckt die Zähne und knurrt zu uns herauf.

»Wunderschön seid ihr!« Ich klettere zu ihr hinunter und gehe vor ihr in die Hocke. »Ich heiße Miranda. Du brauchst keine Angst vor mir zu haben.« Ich strecke der Füchsin den Arm entgegen, damit sie besser an mir riechen kann. »Meine Freundin ist eine Hirschkuh und heißt Amme-Rot, mein Freund ist ein Pferdemann und heißt Steiner. Und wie heißt du?«

Die Füchsin richtet ihre Ohren auf, fletscht nicht länger die Zähne, beschnüffelt meinen Arm. »Ich weiß, wie ich dich nennen werde – Schnüffeli.« Schnüffeli streicht um mich herum und beriecht mich von allen Seiten. »Deine Kinder sind besonders schön, noch schöner als du. Darf ich sie noch einmal sehen?«

Die Füchsin streckt sich neben dem Loch aus, in das ihre Kinder geschlüpft sind. »Komm doch herunter zu uns, Caliban!« Doch der Junge liegt nicht mehr oben auf dem Erdhaufen. Die Füchsin bellt heiser, und nacheinander schlüpfen ihre Kinder aus dem Loch. Sie drängen sich um mich, beschnüffeln mich, lecken an meinen Fingern.

»Darf ich sie streicheln?« Schnüffeli legt den Kopf auf die Vorderläufe und blinzelt zu mir herauf. Ich darf. Ihre Kinder fühlen sich weich und samtig an. Ihre kleinen Herzen schlagen schnell, ihre Zungen hängen lustig aus den Mäulchen. Sie schnappen nach mir, wollen spielen, wollen sich balgen.

Auf einmal springt die Füchsin auf und bellt einmal kurz und laut. Blitzschnell huschen ihre Kinder an ihr vorbei und ins Erdloch zurück. Caliban steht drei Schritte weiter im Unterholz und beobachtet uns. Nicht nur streng sieht sein komisches Gesicht jetzt aus, sondern böse. Richtig böse.

»Was ist los mit dir, Caliban? Warum guckst du, wie ein Habicht guckt?« Zum ersten Mal achte ich auf seine nackten Füße. Einer davon ist gar kein Menschenfuß, sondern ein schwarzer Vogelfuß. Mein Herz stolpert, ich springe auf.

Caliban streift die Kapuze seines schwarzen Mantels vom Kopf. Sein Haar fällt ihm auf die Schulter bis weit über die

Brust. Es ist schwarz, es ist sehr lockig, es sieht aus, als wäre es aus vielen verbogenen Eisenfäden.

Caliban sagt etwas, das ich nicht verstehe. Es klingt wie ein Fauchen. Dann dreht er sich um und geht in den Wald. Ich gucke seine Vogelklaue unter dem Saum des langen schwarzen Mantels an. Sie ist hässlich, so hässlich!

Auf einmal kommen ihm Männer entgegen, gehen an ihm vorbei, kommen auf Schnüffeli und mich zu. Sind es wirklich Männer? Ihre Haut ist ganz pelzig, sie sehen aus wie die Wesen, von denen Babospo sagt, dass sie *unsere Feinde* sind. Und hat Polino sie nicht *Hundskerle* genannt?

Das sind Hundskerle, genau! Ich kriege Angst, die meine Brust eng macht.

Zwei Hundskerle tragen Äxte aus Holz und Stein, andere tragen Keulen, lange Stangen und solche Sachen. Einer trägt ein Netz aus Wurzelfasern. Ich stehe wie festgewachsen. Schnüffeli knurrt und faucht.

Der mit dem Netz kommt näher und näher. Er riecht schlecht und brummt etwas, das ich nicht verstehe. Ich will ihn anschreien, doch ich habe zu viel Angst, um überhaupt nur zu atmen. Er hebt sein Netz.

11

Sarkophag

Schweigend stiegen sie Stufe um Stufe nach unten. Stille umfing sie. *Wie schnell das Jahr vergangen ist*, dachte Prospero. Wie eine Woche erschien ihm plötzlich die Zeit zwischen dem letzten Frühling und diesem. Er hob die Fackel, sein nackter Fuß tastete nach der nächsten Stufe. Hatte er wirklich eine sechsjährige Tochter? War es nicht erst gestern gewesen, dass sie gemeinsam an ihrem fünften Geburtstag in den winterlichen Flusswald hinausgeritten waren?

Er setzte den Fuß auf die nächste Stufe und glaubte plötzlich, den Ruck zu spüren, der durch die alte Galeere ging, als sie vor anderthalb Jahren auf die Sandbank auflief. Und beim nächsten Schritt fühlte er den Hass in sich hochflammen, den er empfunden hatte, als sie ihn vor zwei Jahren im alten Hafen von Milano in den kleinen Laderaum der Galeere sperrten. Im Weitergehen sah er sich gefesselt und von Stefano und Rico bewacht unter der Plane eines Ochsenwagens sitzen. Mitten in der Nacht hatten sie ihn zum alten Hafen gebracht. Wie einen Verbrecher.

Immer weiter stieg er hinter dem Medikus her in jene Gruft hinunter, in der angeblich ein toter Gott ruhte. Der Lichtschein ihrer Fackeln glitt über schroffe Wände, drang tiefer in die stille Dunkelheit ein. Nahm denn diese Treppe überhaupt kein Ende?

Mit der nächsten Stufe stieg die nächste Erinnerung in ihm hoch: Im Kerker des Bergfrieds lag er angekettet auf dem Bauch und versuchte, die kleine Hand seiner Tochter zu berühren; Miranda stand auf der anderen Seite der Gittertür und weinte. Es war der Tag ihres vierten Geburtstags.

Der nächste Schritt, das nächste Bild: Josepho mit Miranda vor seiner Kerkertür. Auch an ihrem dritten Geburtstag hatte der Medikus sie schon zu ihm in den Turm heraufgebracht. Hatte er ihm jemals genug dafür gedankt?

Auf der nächsten Stufe besuchte ihn Tonio zum ersten Mal im Kerker. Und gleichzeitig zum letzten Mal. Prospero sah die abweisende Miene seines Bruders deutlich vor sich, und in seinen Ohren gellte Tonios gleichgültige Stimme: *Hexen verbrennen wir, und Hexer auch.*

Welch niederträchtiger Verrat! Prospero biss sich auf die Lippen, um seinen Hass nicht laut hinausschreien zu müssen. Was bei allen Zerstörungskräften des Universums war damals in seinen Bruder gefahren?

Stufe um Stufe folgte Prospero dem Medikus in die dunkle Gruft hinunter, und zugleich war ihm, als würde er Jahr um Jahr in die vergangenen Zeiten seines Lebens hinabsteigen. Gab es das überhaupt: vergangene Zeiten?

Auf der nächsten Stufe glaubte er plötzlich wieder zu spüren, wie der nackte Leib der Hexe sich an ihn klammerte, sah die Klinge in ihrer Faust, hörte ihr gehässiges Fauchen. Sie hatte ihn töten wollen! Und beinahe wäre es ihr gelungen.

Das Bild des Entsetzlichen stand ihm vor Augen – seine Vogelklaue, seine schwarzen Schwingen, sein Greifengesicht –, und Blitze rissen die Silhouetten von Meilern und Köhlerhütten aus der Nacht; sogar den Donner glaubte Prospero zu hören.

Auf der nächsten Stufe leuchtete das unheimliche Licht an der Wand der Bibliothek, und Schrecken über tote Spinnen und verdorrte Pflanzen sprang ihn an.

Dann war ihm, als würde er seiner Mutter wieder zum Eingang in die Unterwelt zu folgen, und plötzlich stand er mit dem Medikus an einem Bett und blickte auf seine sterbende Frau hinunter ...

Prospero stand still. Alles drehte sich. Julia! Ihr Name, ihr Bild, ihr Duft füllten sein Hirn aus, sprengten schier seine Brust. Seine Beine wollten ihm einfach nicht mehr gehorchen. Mit der Schulter lehnte er sich gegen die kalte Wand. Er sah sich mit Julia im Arm am Ofen des Gerbers sitzen. Er stand mit ihr und der neugeborenen Miranda neben König Arbosso auf dem Balkon und winkte dem Volk zu; er sah sie in die Bibliothek eintreten und fing sie auf, als sie glücklich lachend in seine Arme sprang; er hörte sie sagen: *Mein Geliebter! Ich habe eine wundervolle Nachricht! Stell dir vor, wir bekommen ein Kind* ...

Wie gründlich hatte er die Trauer wieder und wieder in die Kellergewölbe seines Bewusstseins verjagt, seit sie ihn im Bergfried in Ketten gelegt hatten! Wie stumm und kalt war es in seiner Brust geworden! Prospero knickte in den Knien ein, ließ sich auf der Treppe nieder, legte die Fackel auf der Stufe unter sich ab. Er verbarg das Gesicht in den Händen.

War die Vergangenheit wirklich jemals vergangen? Konnte sie wirklich jemals vergehen, es sei denn mit dem Tod? VERGANGENHEIT – log das Wort denn nicht? War nicht alles, was ein Mensch erlebt und getan hatte, jederzeit gegenwärtig? Und was hatte er nicht alles erlebt und getan seit jener Stunde, als Julia ihm eröffnet hatte, dass sie ein Kind bekamen!

Und was hatte er nicht alles verloren! Und in so kurzer Zeit. Der Schmerz flammte ihm durch Mark und Bein; zwei Atemzüge lang glaubte Prospero, sich auflösen zu müssen.

Ohne Angst und Schmerzen wird niemand zum Magier – war das die Stimme seiner Mutter, die ihm das auf einmal zuraunte? Oder war es Josephos Stimme? »Ohne Angst und Schmerzen wird niemand zum Magier«, flüsterte er, »nicht einmal zum Menschen.«

»Was ist los mit dir, Prospero?« Das nun war wirklich Josepho. Prospero nahm die Hände nicht vom Gesicht, um ihm seine

Tränen nicht zu zeigen. »Geht's noch?« Er hörte, wie der Medikus kehrt machte und wieder herauf zu ihm stieg. Fackelschein fiel auf ihn.

Prospero nickte. »Mir ist nur ein wenig schwindlig geworden.« Er ließ die Hände sinken. »Muss an der schlechten Luft hier unten liegen.« Er griff nach seiner Fackel und erhob sich mit gesenktem Blick. Mit dem Handrücken wischte er sich verstohlen die Augen aus.

»Schlechte Luft?« Josepho hob den Kopf und schnüffelte ein wenig. »Nun ja, parfümiert haben sie ihren toten Gott jedenfalls nicht.« Er hob die Fackel über Prospero und musterte ihn prüfend. »Wir kehren um. Siehst elend aus.«

»Kommt nicht in Frage.« Prospero deutete in die Dunkelheit unterhalb der letzten Stufen. »Ich will das Göttergrab sehen.«

Josepho zog nur die Brauen hoch. Dann drehte er sich um und ging weiter. Niemand, außer Gonzo, kannte den ehemaligen Herzog länger als der Medikus: Was Prospero sich einmal in den Kopf gesetzt hatte, verfolgte er so lange, bis es erreicht war.

Die Treppe machte einen Bogen. »Schätze, wir sind jetzt mindestens dreißig Fuß unter der Erdoberfläche«, sagte Josepho. Der Schein seiner Fackel fiel auf Geröll und schroffe Felswände. »Eine verdammte Höhle!« Er machte einen Schritt von der letzten Stufe, und Prospero hörte Steine unter Stiefelsohlen knirschen. Vorsichtig tastete auch er sich von der letzten Stufe in das Geröll hinab, das den Höhlenboden bedeckte.

Sie hoben die Fackeln und drehten sich um sich selbst. Die Höhle war an ihrer höchsten Stelle gut zwanzig Fuß hoch, an ihrer breitesten durchmaß sie etwa fünfzig Fuß. Ihre zerklüfteten Wände glänzten feucht. In ihrer Mitte ruhte auf einem Sockel aus aufgeschichteten Steinblöcken ein Sarg aus ungeschälten Birkenstämmchen.

»Sie haben den Höhlenzugang mit einer Treppe ausgebaut

und die Pyramide darüber errichtet.« Mit erhobener Fackel näherte Prospero sich der Totenkiste. Scharfkantige Steine bohrten sich in seine Fußsohlen. »Ein erheblicher Aufwand für Menschenartige, die nicht einmal Lendenschurze tragen.« Wie der Sarg bestand auch sein Deckel aus Birkenstämmchen. Die hatten sie mit Wurzelfasern zusammengebunden. Die Kunst des Schmiedens hatten die Hundegesichtigen noch nicht entdeckt; das hatte Prospero bereits den steinernen Klingen ihrer Äxte und Speere angesehen.

Er rüttelte an dem Sargdeckel, beugte sich herunter und beleuchtete die Schlingen und Knoten, mit denen die Wildmenschen ihn am Sarg befestigt hatten.

»Holen wir Bruno«, schlug Josepho vor. »Der greift einmal hin, dann ist die Kiste offen.«

»Der beschützt Miranda. Halte bitte mal die Fackel.« Prospero reichte sie dem Medikus und zog seinen Dolch. »Richte den Fackelschein auf die Schlingen. Genau so.« Prospero ging in die Hocke und setzte die Klinge an.

»Wenn ich ein toter Gott wäre, wollte ich nicht von Menschen beglotzt werden.« Den Medikus überkam anscheinend einer seiner redseligen Augenblicke. »Weiß gar nicht, ob ich seine verdammte Leiche überhaupt sehen will. So ein toter Gott ist sicher ein entmutigender Anblick.«

»Es wird dir nichts anderes übrigbleiben – du musst mir die Fackeln halten, wenn ich gleich den Sargdeckel abnehme.« Die Wurzelfasern waren hart, und Prospero musste kräftig säbeln, um sie zu zerschneiden. An jeder der langen Sargseiten hatten die Hundegesichtigen vier Schlingen verknotet. »Du kannst natürlich die Augen schließen, wenn du willst.«

»Dazu wiederum bin ich viel zu neugierig. Ich will den Toten sehen, für den die Hundskerle derart viel Mühe, Kraft und Zeit geopfert haben. Muss ja ein ganz Wichtiger sein.«

Prospero ging um den Sarg herum und begann die vier Faserschnüre auf der anderen Seite aufzuschneiden. Gleich bei der ersten rutschte ihm die Klinge ab, und er schnitt sich in den Handballen. Schimpfend setzte er die Klinge erneut an. Der Zorn half ihm, sie mit dem ersten Schnitt zu durchtrennen. Er achtete nicht auf seine blutende Schnittwunde.

Die Schmerz- und Trauerwoge, die ihn auf der steilen Treppe überflutet hatte, steckte ihm noch in allen Gliedern. Lag es an diesem unheimlichen Ort, dass die Dämme so jäh gebrochen waren, die ihn sonst vor seiner Erinnerung beschützten? Seine Zunge und sein Gaumen waren trocken, seine Finger feucht von Schweiß, das Herz klopfte ihm in der Kehle. Und übel war ihm auch.

»Kann es sein, dass du aufgeregt bist?« Josepho musterte ihn prüfend.

Prospero saugte die blutende Wunde aus, antwortete nicht, säbelte weiter. Endlich sprang auch die letzte Faserschlinge auf. Prospero stand auf, steckte den Dolch ein und leckte noch einmal das Blut von seinem Handballen.

»Ich hebe jetzt den Sargdeckel ab, Medikus. Wenn du wirklich keinen toten Gott sehen willst, musst du jetzt die Augen schließen.« Mit der Rechten griff er über das Totenbehältnis, hob den Deckel ab und lehnte ihn gegen das steinerne Podest.

Josepho beugte sich über den offenen Sarg und hob die Fackeln. Scharf sog er die Luft durch die Nase ein; aschfahl wurde er. Prospero starrte auf die mumifizierte Leiche. Der Boden schwankte unter seinen Fußsohlen. Er musste sich am Podest festhalten; Brechreiz würgte ihn.

»Kein Gott«, brach der Medikus irgendwann das Schweigen. »Eine verdammte Göttin.«

Die Haut der Leiche war runzlig und dunkelbraun. Ein Dolch lag neben ihrem haarlosen Schädel. Ihre Lider waren geschlossen, ihre knochigen Hände auf der Brust übereinander gelegt. Rund um die Leiche hatten die Wildmenschen Blumen drapiert, die längst verdorrt waren. Und nicht nur Blumen: Der Fackelschein brach sich in unzähligen bunten Halbedelsteinen jeder Größe, die zwischen den vertrockneten Blüten aufstrahlten: Mondsteine, Karneole, Bernsteine, Jaspisse, Lapislazuli, Malachite, Rosenquarz. Wie ein Heiligenschein umgaben sie den kahlen Schädel der Toten.

Josepho strich über den Lammfellmantel, in dem die Leiche steckte. »Du hast schon richtig vermutet – ich war es, der ihn ihr geschenkt hat.«

Prospero starrte in das mumifizierte Gesicht und kämpfte gegen Brechreiz und Schwindel. Noch immer wollte kein Wort über seine farblosen Lippen kommen.

»Sie hat mir leidgetan, weißt du? Und auf eine Art habe ich sie bewundert: Ihre Leidensfähigkeit, ihren eisernen Willen.« Josepho zuckte mit den Schultern. »Seltsam – es überrascht mich nicht einmal besonders, sie hier zu finden.«

Prospero, dem es vollkommen anders ging, schluckte. »Wo ist ihr Haar?« Der Schädel der toten Hexe war kahl, die schwarze, drahtige Mähne fehlte.

»Sie haben sie skalpiert.« Josepho reichte Prospero eine Fackel und fuhr mit dem Finger um die Schädelkalotte der Toten herum und bis in ihren Nacken hinunter. »Als sie schon tot war. Sonst wäre die Schnittstelle nicht so glatt.« Er griff nach dem Dolch, der neben dem Schädel lag. »Wahrscheinlich hiermit.«

»Ein Totem.« Prospero legte die Hand auf seine Brust und spürte die Ausbeulung des Mutterzopfes unter dem Hemdleder. »Irgendjemand hat jetzt ein Totem.«

»Was?« Josepho runzelte die weißen Brauen.

»Nichts.« Prospero machte eine wegwerfende Handbewegung. »Wie lange mag sie schon tot sein? Was meinst du?«

»Drei Jahre? Vier?« Der Medikus zuckte wieder mit den Schultern. »Schwer zu sagen.«

»Dann hätte sie den Seesturm nicht lange überlebt.«

»Lange genug, um die Hundskerle von ihrer Göttlichkeit zu überzeugen.«

»Da hast du recht.« Prospero fühlte sich zurückversetzt in die Stunde im Bergfried, als er am Turmfenster stand und ihr Schiff auslaufen sah. Und die vier Begleitschiffe. Drei Elemente hatte er gegen sie beschworen: das Wasser, das Feuer und die Luft. Sein Fluch hat viele Menschen getötet. Nur sie nicht. Jedenfalls nicht sofort. Wer wusste schon, wie viel Unheil sie noch hatte anrichten können, bevor sie starb?

Von oben drang das Geräusch der knarrenden Tür zu ihnen in die Höhle herunter. Prospero horchte auf, denn jemand rief seinen Namen. Er ging zur Treppe. »Was gibt es?«

»Bruno ist weg!«, schrie Polino von oben.

»Was?!« Prosperos Gestalt straffte sich. »Und Miranda?« Keine Antwort. Oben tuschelten sie. Prospero nahm drei Stufen auf einmal. »Wo ist Miranda?«

»Verschwunden! Spurlos!«

12

Maskenkind

Ich bin ein Baum, ich bin ein Stein – ich kann mich nicht bewegen. Der Hundskerl wird sein Netz über mich werfen, und dann?

Die Füchsin ist kein Baum und kein Stein, sie kann sich bewegen – sie springt den Hundskerl mit dem Netz an und schnappt nach seiner Wade. Er faucht und schlägt nach ihr. Sie hat sich in seiner Wade verbissen, lässt nicht locker. Ein anderer Hundskerl zielt mit seiner Steinspitzenstange nach ihr.

»Pass auf!« Endlich platzen mir Worte aus der Kehle, endlich kann ich mich wieder bewegen. »Pass auf, Schnüffeli!«

Ich springe an dem Netzkerl vorbei, ich werfe mich zwischen den Beinen eines Axtkerls hindurch ins Unterholz. Ein Keulenkerl bückt sich nach mir – ich springe auf und schmeiße ihm eine Handvoll Waldboden und altes Laub ins Gesicht.

Ein anderer Axtkerl versucht mich zu greifen, ich schlage einen Haken. Der nächste Keulenkerl langt nach mir – ich ducke mich unter seiner haarigen Pranke weg, schlage den nächsten Haken und renne den Waldhang hinunter.

Ein umgestürzter Baum – ich krabble unter dem Stamm hindurch. Dafür sind sie zu groß, die Hundskerle. Dann ein Wurzelloch voller Wasser – ich springe darüber hinweg. Dann ein Farnfeld – ich renne hindurch.

Eine dornige Brombeerhecke erhebt sich plötzlich vor mir, dreimal so groß wie ich selbst; ich will unter ihr hindurchkriechen – da höre ich hinter mir wütendes Geschrei und einen Lärm, als würde Holz gegen Eisen hämmern.

Ich schaue hinauf zum Fuchsbau – Bruno! Er lässt sein langes Schwert kreisen, haut auf die Hundskerle ein, die von allen Seiten mit Keulen, Äxten und spitzen Stangen auf ihn losgehen.

»Beschütze ihn, liebe Majuja.« Meine Lippen zittern, ich stammele. Es sieht so schrecklich aus, wie sie auf Bruno einhauen, und noch entsetzlicher sieht es aus, wie seine lange Klinge unter ihnen wütet: Hundskerle stürzen getroffen zu Boden, Hundskerle taumeln getroffen ins Unterholz, Hundskerlen fliegen die Köpfe davon.

»Beschütze den tapferen Bruno, den lieben!« Ich stammele, ich flüstere, ich zittere. »Ich will nicht, dass er stirbt wie du, meine geliebte Majuja!«

Ich werfe mich auf den Boden, krieche unter der Dornenhecke hindurch. Auf der anderen Seite springe ich auf, renne weiter. Die nächste Hecke, der nächste umgestürzte Stamm, das nächste Farnfeld und schließlich ein kleiner Bach – ich laufe durch sein Wasser; in der Flussmitte reicht es mir bis zu den Knien.

Am anderen Ufer springt plötzlich wieder die Füchsin vor mir her. Sie schlägt Haken, wechselt die Richtung, läuft so schnell, dass ich kaum folgen kann.

Der Wald wird dichter, das Unterholz tiefer; ich komme nur noch langsam voran. Schnüffeli steht auf einem großen Stein, blickt sich nach mir um, wartet auf mich.

Über Blaubeersträucher, Bruchholz und einen Ameisenhügel hinweg springe ich zu ihr. Ich muss große Schritte machen. Als ich bei ihrem Stein ankomme, läuft sie schon wieder durch Farn und Ginster einen Wildpfad entlang. Der schlängelt sich zwischen Felsbrocken und Brombeerhecken hindurch.

Schnüffelis buschiger Schwanz verschwindet zwischen Buschwerk und Farn. »Warte auf mich!« Plötzlich springt einer hinter einem Felsblock hervor und versperrt mir den Weg. Er trägt eine rote Augenmaske, und sein Haar ist sehr schwarz, sehr lang und sehr lockig.

Caliban.

Ich komme nicht an ihm vorbei. Obwohl seine Arme und Hände an ihm herabhängen, habe ich das Gefühl, er greift nach mir. Es fühlt sich an, als würde er in meinen Kopf hineinfassen.

Ich schreie. Ich schreie ganz laut. Ich schreie: »Geh weg!« Ich schreie: »Majuja!« Ich schreie: »Schnüffeli, hilf mir!« In meinem Kopf drückt eine unsichtbare Faust meine Gedanken zusammen. Warum kann ich mich nicht mehr bewegen?

Caliban steht ganz still. Ist sein Gesicht aus Stein? Der Wind bauscht seinen Mantel auf, spielt mit seinem langen Haar. Hinter den Schlitzen seiner roten Maske kann ich seine Augen glitzern sehen. Es sind böse Augen, ich darf nicht in sie hineinschauen.

Ich gucke auf seine Schulter. Jetzt kann ich mich wieder bewegen, jetzt sind meine Gedanken wieder frei. Ein Ast liegt neben dem Wildpfad im Blaubeerkraut. Ich bück mich danach, greif ihn mir.

Caliban ruft etwas – es klingt wie Knurren und Fauchen – und springt zu mir hin. Noch nie habe ich jemanden geschlagen, doch jetzt tue ich's – weil ich Angst habe, weil ich weg will von diesem Maskenkind. Ich schlage ihm den Ast ins Gesicht.

Er brüllt, hält den Ast fest, wir kämpfen. Ich darf ihm nicht in die Augen gucken, dann bin ich stärker als er. Also gucke ich nur auf den Ast in unseren Fäusten. Ich zerre daran, zerkratze dem Maskenkind seine Hand, sein Gesicht.

Auf einmal lässt er den Ast los und brüllt noch lauter – aber nicht, weil ich ihn gekratzt habe, sondern weil die Füchsin ihn beißt. Schnüffeli hat ihn von hinten angesprungen, hängt an seiner Vogelklaue, gibt sie nicht mehr frei.

Plötzlich springt ein zweiter Fuchs aus dem Ginster und Caliban an die Brust. Er taumelt rückwärts, stürzt, schlägt mit dem Kopf gegen den Felsblock, hinter dem er sich versteckt hatte.

Ich springe an ihm vorbei, drehe mich noch einmal nach ihm um – er liegt im Gestrüpp, als würde er schlafen. Zwei Füchse stehen neben ihm. Sie fauchen, fletschen die Zähne, sträuben ihr Rückenfell. Große Füchse sind das, keiner von beiden sieht aus, wie Schnüffeli aussieht.

Calibans langes Haar ist ihm auf die Schulter gerutscht. Schwarze Flaumfedern bedecken seinen Kopf von der Stirn bis zum Ohr und bis in den Nacken. Ich erschrecke. Das lange, schwarze Haar mit den vielen, vielen Locken gehört gar nicht ihm. Es ist auf eine dunkle lederne Kappe genäht, die er auf dem Kopf trägt.

Wie unheimlich, wie hässlich! Ich dreh mich weg, laufe weiter, laufe den Wildpfad zu einem Bach hinunter.

Wieder springt ein Fuchs vor mir her. Es ist Schnüffeli, ich erkenne sie. Die beiden anderen, die mir gegen Caliban geholfen haben, sind Fuchsmänner gewesen.

Ich folge der Füchsin hinunter zum Bach, ich folge ihr den nächsten Waldhang hinauf. Felsen ragen hier aus dem Unterholz. Ich folge Schnüffeli hinter einen Ginsterstrauch, ich krieche hinter ihr her in eine kleine Höhle.

Die Füchsin hechelt, ich auch. Wir liegen eng aneinander gedrückt. Ihr Herz schlägt noch schneller als meins. Draußen im Wald hören wir dumpfes Gebrüll. Hundskerle steigen den Waldhang herauf, stapfen rechts und links an unserer Höhle vorbei. Ihr dumpfes Gebrüll rückt in die Ferne, wird leiser und leiser.

Haben wir es geschafft? »Danke, Schnüffeli.« Ich lege den Arm um die Füchsin. Wie warm sie sich anfühlt. »Danke, danke, danke.«

Draußen im Wald wird es düster, der Abend kommt. Ich bin

so müde. Ich denke an Bruno. Ob Majuja ihn gerettet hat? Dann wird er mich überall suchen.

Ich denke an Babospo. Er wird sich viele, viele Sorgen machen. Der Arme. Ich mach die Augen zu. Ich habe ihn so lieb. Alles ist dunkel, alles ist still. Im Traum kann ich fliegen. Ich bin eine Eule und sitze neben Buback auf der Felssäule. Wir gucken über sechs Hügelketten bis zu unserem Strand. Jemand schwimmt durch die Wellen zur alten Galeere. Ich kann ihn kaum erkennen, doch ich weiß, dass es Caliban ist. Böser Caliban! Er klettert in die Pinasse und von dort an der Bordwand hinauf. Er will das Schiff kaputt machen. Natürlich, was sonst? ER WILL DAS SCHIFF KAPUTT MACHEN! Und die Barkasse auch, mit der Babospo zurück nach Milano segeln will, wenn er Segeltuch findet. Ich rufe nach Babospo. Doch er antwortet nicht. Also breite ich meine Flügel aus und fliege los. Ich fliege über sechs Hügelketten hinweg zum Strand. Ich fliege zur alten Galeere, ich stürze mich auf Caliban ...

Etwas Feuchtes berührt mich im Gesicht, ich öffne die Augen – Schnüffeli stupst mir ihre Nase gegen die Wange. Der Mond scheint in unsere Höhle. Mein Mund ist ganz trocken, mein Bauch tut weh. Ich habe Hunger und Durst.

Die Füchsin schlüpft aus der Höhle, wartet im Ginster, dreht sich nach mir um. Ich soll ihr folgen. Also gut – ich krieche aus der Höhle und richte mich vor dem Ginster auf. Die Bäume sind Türme mit viel zu großen Dächern, die Büsche und Steine sind schlafende Tiere. Ein kühler Wind weht, bläst durch meinen Wollmantel, ich friere.

Schnüffeli läuft los, ich hinterher. Ich kann sie gut sehen im Mondlicht. Sie will mich an einen Ort führen, an dem ich sicher bin, ganz bestimmt; und vielleicht gibt es dort auch zu essen und zu trinken.

Sie läuft ein Stück, bleibt stehen und wartet auch mich, läuft weiter, wenn ich bei ihr ankomme, bleibt wieder stehen, wenn ich langsamer laufe als sie. Sie will nicht, dass ich sie verliere. Liebe, liebe Schnüffeli!

Wir laufen einen Hang hinunter, ein Bach rauscht. Ich knie mich ins Gras und trinke. Wir laufen einen Hang hinauf, der Mond bleibt immer an derselben Stelle, auch noch auf dem nächsten Waldhang. Ich verstehe das nicht.

Die Füchsin bleibt stehen, legt die Ohren an. Ich knie neben ihr im Moos nieder und spähe in dieselbe Richtung wie sie.

Ein Feuer brennt unten am Hang, Gestalten sitzen darum. Ich weiß, dass es Hundskerle sind, ich spüre es, ich höre es – der Nachtwind weht ihre hässlichen Stimmen zu uns herüber. Sie klingen dumpf, sie klingen, als würden die Hundskerle gleichzeitig essen und sprechen.

Schnüffeli schleicht nun mehr, als dass sie läuft. Ständig hebt sie schnüffelnd die lange Schnauze, ständig richtet sie die Ohren auf. *Wir müssen sehr vorsichtig sein*, will sie mir sagen.

Ich rutsche auf den Knien oder krieche auf allen vieren. Ich kann sehr leise sein, wenn ich will.

Unser Pfad wird steiniger, steigt schließlich steil an. Mondlicht liegt auf Felswänden. Der Pfad führt unter einem Steilhang entlang und dicht an der Felskante über einer Schlucht vorbei. Ich weiß nicht, wie tief sie ist, kann nicht bis zu ihrem Grund schauen. Dorthin reicht das Mondlicht nicht. Doch die Füchsin bewegt sich wie eine, die diesen Weg gut kennt. Ich vertraue ihr.

Jemand brüllt auf der anderen Seite des Abgrunds, das Echo seiner dumpfen Stimme bricht sich unter mir in der Schlucht und über mir in der Steilwand. Etwas sirrt durch die Luft, etwas prallt über Schnüffeli gegen die Wand und fällt herunter. Eine lange Stange mit einer Steinspitze.

Schnüffeli läuft los, ich hinterher. Das Gebrüll hört nicht auf, wird sogar lauter. Ich springe über die lange Stange. Sind die Hundskerle etwa hinter uns?

Wir laufen über einen flachen, felsigen Ort, etwas Großes, Unheimliches ragt vor uns auf – ein Baum. Er hat keine Blätter. Im Mondlicht sieht er aus wie ein nackter Riese, der sich aus einer anderen Welt hierher verlaufen hat. Armer Riese! An seinen Beinen wächst ein Busch, doppelt so groß wie ich. Schnüffeli flitzt hinein, ich krieche hinein. Mein Kopf stößt gegen den Baumstamm. Wo ist die Füchsin? Irgendwo hinter mir stapfen sie durchs Geröll, knurren und fauchen. Die Hundskerle sind da.

Ein Loch gähnt im Baumstamm, mein Kopf passt hindurch, also muss alles andere von mir auch hindurch in den hohlen Stamm hineinpassen.

Meine Stirn berührt warmes Fell, meine Hand tastet Schnüffelis Schnauze. Ich bin im Stamm des toten Baumes, im Körper des armen Riesen. Die Hundskerle aber sind draußen, ihre Köpfe passen niemals durch das Loch!

Ich setze mich auf, versuche leise zu atmen, bin ganz still. Draußen stapfen sie um den alten Baum herum, knurren, fauchen und brüllen. Ich schließe die Augen, ich falte die Hände.

Danke, Majuja, danke, danke, danke ...

»Ist sie eine Hexe?«, fragt eine Stimme von irgendwoher.

Ich lege den Finger auf die Lippen, mache *pssst*. Schnüffeli steckt ihren lieben Kopf zwischen meinen Bauch und meine Schenkel. »Danke, Schnüffeli«, murmle ich. »Danke, danke, danke ...«

Draußen raschelt es, Äste brechen – die Hundskerle zerschlagen den Busch. Gleich werden sie das Loch im Stamm entdecken. Sollen sie doch.

»Will sie mir nicht antworten?« Schon wieder die Stimme. »Wir wollen wissen, ob sie zaubern kann.«

Wieder lege ich den Finger auf die Lippen, doch auf einmal spüre ich, dass nur ich die Stimme hören kann – sie spricht nur in meinem Kopf.

»Vielleicht«, flüstere ich. »Aber eine Hexe bin ich nicht.« Stimmt das überhaupt? Ich weiß gar nicht, was das ist, eine *Hexe*. Also füge ich hinzu: »Glaube ich.«

»Wie schade, wie schade. Nur eine, die zaubern kann, vermag uns zu erlösen.«

»Erlösen?«

»Wir sind gefangen in diesem Baum, eingesperrt durch einen Fesselzauber. Nur eine Hexe oder ein Zauberer kann ihn lösen.«

»Bist du viele?«

»Wir sind viele und einer, ja, ja. Schade, schade, dass sie nicht zaubern kann. Wer ist sie?«

»Miranda.«

»Wessen Kind ist sie?«

»Majujas und Babospos Kind. Wer bist du?«

»Wir sind Ariel.«

13

Ariel

Stundenlang durchkämmten sie die Waldhänge und das Flusstal, folgten jeder Spur. Buback kreiste über den Hügeln und hielt Ausschau nach den beiden Vermissten. Prospero hatte sich völlig verausgabt und mehr als zehntausend Vögel aus allen Himmelsrichtungen in der Umgebung des Grabmals zusammengezogen. Maßlos erschöpft fühlte er sich hinterher, doch die Angst um seine Tochter machte ihn hellwach und hielt ihn aufrecht.

Als die Sonne ihren Zenit schon überschritten hatte, stieß der Uhu über den Wipfeln seinen Warnruf aus. Der Bootsmann und der Kammerdiener folgten seinem Flug bis zu einem Fuchsbau. Dort stießen die Männer auf Bruno.

Prospero hörte ihre aufgeregten Rufe und folgte ihren Stimmen. Mit klopfendem Herzen hetzte er durch den Wald. Abertausende Vögel flatterten über ihm von Krone zu Krone. Die Angst um Miranda brannte wie eine tiefe, entzündete Wunde hinter seinem Brustbein.

Sein Leibgardist lehnte in einer Erdkuhle gegen eine Lehmwand und streckte Arme und Beine von sich. Sein langes Schwert lag neben ihm; von der Parierstange bis zur Spitze klebte Blut an der Klinge. Auch Bruno selbst blutete aus zahllosen Wunden. Sein linkes Auge war zugeschwollen, sein linkes Ohr fehlte, sein Haar war ein glänzender schwarz-roter Lappen. Er atmete schwer, doch wenigstens atmete er und war bei Bewusstsein.

In einem Umkreis von zwanzig Fuß rund um die Kuhle – dem Eingang zu einem Fuchsbau – zählten Jesu und Polino acht tote

Wildmenschen. Die Hälfte von ihnen mit gespaltenem, die andere Hälfte ohne Schädel. Etwa genauso viele blutige Fährten führten weg von der Erdkuhle.

»Bei allen guten Mächten des Universums ...« Prospero brach die Stimme, als er neben Bruno auf die Knie sank. Aschfahl sah sein Gardist aus, große Schweißperlen glänzten auf seiner Stirn. Prospero löste die Feldflasche von seinem Gurt, stützte Brunos Kopf mit der Linken und gab ihm zu trinken. Der Schweiß in seinem Nacken fühlte sich kalt an. Der verwundete Hüne trank gierig.

»Lauf zur Pyramide!«, wandte der Magier sich an Polino. »Josepho muss kommen!« Und leiser: »Er muss schnell kommen.« Der Bootsmann lief los. »Bringt alles mit hierher!«, rief Prospero ihm nach. »Die Tiere, das Gepäck, alles!«

Er nahm die Flasche von Brunos trockenen Lippen. Der Hüne keuchte und ließ sich zurück gegen die Lehmwand sinken. Gern hätte Prospero ihn nach Miranda gefragt, doch Bruno derart geschlagen zu sehen – mit seinen vielen blutenden Wunden, seinem kalten Schweiß, seiner fahlen Haut, seinen kraftlos hingestreckten Gliedern – all das sehen zu müssen, verschlug ihm schlicht die Sprache.

Der blutende Hüne hob die Linke so langsam, als kostete es ihn unendliche Mühe, die Erdanziehungskraft zu überwinden. Er deutete auf einen umgestürzten Baum etwa zweihundert Schritte entfernt weiter unten im Waldhang.

»Miranda?«, fragte Prospero. Bruno schloss die Lider und öffnete sie wieder. »Du hast sie zu diesem Stamm laufen sehen?« Bruno schloss die Lider und öffnete sie wieder. »Und zu dieser Hecke dort unten?« Bruno schloss die Lider und öffnete sie wieder.

Prospero drückte seine Hand. »Treuer Bruno.« Er stand auf, wandte sich an Jesu. »Der Medikus muss gleich hier sein. Er soll

alles für Bruno tun, was möglich ist, sag ihm das. Ich folge Mirandas Fährte. Bleib hier beim Fuchsbau, bis ich zurück bin.« Er lief hangabwärts und auf den umgestürzten Baum zu. Über ihm rauschten, kreischten und krähten die Vögel.
»Wartet, mein Herzog!« Prospero blickte zurück – Jesu lief hinter ihm her. »Wartet! Ihr könnt doch nicht ganz allein in diese Wildnis eindringen! Ich werde Euch begleiten.« Prospero wartete, bis sein Diener vor ihm stand. Dann blickte er ihm in die Augen. Und erkannte seine Angst. Nur bei ihm, Prospero, fühlte Jesu sich noch sicher; nur unter dem Schutz seiner magischen Kräfte, vor denen ihm doch so sehr grauste.
Prospero legte ihm die Hand auf die Schulter. »Bruno braucht dich jetzt, mein treuer Jesu. Ich muss mich vor niemandem fürchten – ich habe Buback und meine Vögel.« Jesu schluckte und schluckte; flehend schaute er zu ihm herauf. »Steh du Bruno bei.« Prospero blieb hart. »Es sind vielleicht seine letzten Stunden. Da braucht er einen wie dich an seiner Seite.« Er deutete zur Erdkuhle. »Geh zu ihm!«
Mit hängenden Schultern schlich der Diener zurück zum Hünen. Prospero wandte sich ab, lief weiter dem umgestürzten Baum entgegen. Er kletterte über den Stamm, fand umgeknicktes Gras und Abdrücke eines kleinen Fußes im Moos. Dieser Fährte folgte er.
»Mein Herzog!«, rief eine tiefe und heisere Stimme oben im Waldhang. Prospero fuhr herum. Schwankend und auf sein Schwert und Jesu gestützt stand Bruno in der Erdkuhle. »Miranda ist unter der Brombeerhecke dort unten hindurchgekrochen! Eine Füchsin lief ihr voraus!«
Prospero stand wie vom Donner gerührt. Nicht einmal nicken konnte er vor lauter Fassungslosigkeit. Er drehte sich einfach um und lief weiter. Kletterte über den umgestürzten Baum, zog sein Schwert, bahnte sich einen Weg durch die Brombeerhecken.

Bruno hatte nicht gestottert.

Der Herzog stolperte durch dichtes Unterholz, nahm niedergetretenes Gestrüpp wahr, fand ein blondes Haar in Blaubeersträuchern und entdeckte geknickte Farnwedel. Buback landete auf seiner Schulter.

BRUNO HATTE NICHT GESTOTTERT!

Die Erschütterung trieb ihm die Tränen in die Augen. Er wischte sie aus und blinzelte, um wieder klar sehen zu können. Tatsächlich fand er wenig später eine Fuchsfährte und gleich darauf wieder kleine, menschliche Fußspuren auf einem Wildpfad.

»Flieg.« Er schaute dem Uhu in die rot-orange glühenden Augen und stieß einen Eulenlaut aus. »Such mir Miranda.«

Buhu, drang es aus der Kehle des Uhus, *buhu*. Er schwang sich von Prosperos Schulter zu den Baumkronen hinauf und über die Wipfel hinweg in den Himmel. »Hilf mir, der richtigen Fährte zu folgen!« Vogelschwärme und Möwen wichen der Großeule aus. Buback segelte aus Prosperos Blickfeld.

Der bückte sich wieder ins Unterholz und suchte nach Spuren seiner Tochter und der Füchsin. Das Tier war offensichtlich dem Wildpfad gefolgt und Miranda dem Tier. Eigenartig!

Eine Zeitlang vermochte Prospero der Fährte mühelos zu folgen. Doch bald, jenseits eines Baches, brauchte er Stunden, bis er wieder ein blondes Haar in einem Eichbusch und im Moos unter Buchenschösslingen den Fußabdruck seiner Tochter fand.

Bis in die Dämmerung hinein verfolgte er die Fährte, bis Spuren von Wildmenschen sie kreuzten. Prospero starrte den unförmigen Fußabdruck eines Hundegesichtigen neben der Spur seiner Tochter an. Das Herz klopfte ihm in den Ohren.

Dann verglühte das Abendlicht in den Wipfeln und auf den Felsgipfeln, und es wurde schnell dunkel. Vergeblich, weiter nach Haaren, Fuchslosung, Fußabdrücken und abgeknickten Halmen Ausschau zu halten.

In einem Hang ließ Prospero sich auf einem der Felsbrocken nieder, von denen es hier im Wald nur so wimmelte. Die Fährte der Wildmenschen neben der seiner Tochter zu sehen, raubte ihm jeden Mut. Was nützten ihm jetzt noch seine magischen Kräfte? Jetzt, wo Miranda den Hundegesichtigen in die Hände gefallen war?

Ein paarmal stieß er den Lockruf des Uhus aus, um Buback zu rufen. Doch die Nacht schritt voran, ohne dass die Großeule sich zeigte. Kein Vogellärm war mehr zu hören. Wahrscheinlich hatten sich Möwen, Krähen, Seeschwalben und all die Sperlinge, Finken und Meisen zum Schlafen in die Baumkronen verkrochen. Nachts war mit diesen Vögeln nichts anzufangen.

Prospero verfiel in düstere Grübeleien.

Seiner Tochter war etwas zugestoßen, er glaubte, es sicher zu fühlen. Die Wildmenschen hatten sie eingefangen. Und sollte sein Gefühl ihn nicht trügen, sollte Miranda verletzt oder gar tot sein, dann standen die Schuldigen für Prospero fest: Tonio und Arbosso. Hass und Trauer und Angst zugleich zerwühlten seine Brust. »Mein armes Kind«, flüsterte er. »Ich bringe euch um«, murmelte er, »so wahr ich Prospero, der Magier bin, werde ich euch töten.« Und dann wieder: »Mein armes, armes Kind.«

Ihm war, als hätte eine Riesenschlange sich auf ihn fallen lassen, die ihren gewaltigen Leib nun in vielen Schlingen um seine Brust und seinen Hals wickelte und ihn würgte.

Irgendwann bauschte ein Luftzug seinen Federmantel und sein Haar auf, er schreckte aus seinen finsteren Gedanken hoch. Buback saß nicht weit von ihm auf dem untersten Ast einer Eiche. Seine Augen glühten.

»Hast du sie gefunden?« Prospero sprang auf, sein Herz machte einen Sprung. Buback aber schwang sich von der Eiche und in den nächtlichen Wald hinein. Prospero lief hinterher. Jetzt erst merkte er, dass längst der Mond aufgegangen war.

Dicht über dem Waldboden schwebte der Uhu schräg den Waldhang hinauf. Auf dem Kamm oben wartete er auf einem Fels. Atemlos kam Prospero bei ihm an. Auf dem gegenüberliegenden Waldhang entdeckte er Flammenschein. Ein Lagerfeuer der Hundegesichtigen? Weder hörte er Stimmen, noch sah er Umrisse von Wildmenschen am Feuer sitzen.

Buback breitete die Schwingen aus und flog weiter. Er wartete nun in immer kürzeren Abständen, denn Prospero hatte Mühe ihm zu folgen. Erst recht, als es wenig später steil bergauf ging. Der Boden war felsig, eine Wand aus Stein glänzte im Mondlicht, und neben dem Pfad ging es steil nach unten. Eine Schlucht!

War er nicht mit Jesu diesem Abgrund gefolgt, als sie vor zwei Jahren den Medikus suchten? Auf einmal wusste er, welchen Teil des Küstenwaldes er gerade durchquerte. So wunderte es ihn nicht, als der steile Anstieg sanft auslief und in ein kleines Hochplateau unterhalb einer Felswand mündete. Er erkannte die abgestorbene Eiche auf den ersten Blick wieder. Die Wildmenschen um sie herum jedoch erst, als Buback einen Warnruf ausstieß: *Wuahä, wuahä!* Es tönte aus der Krone des toten Baums, und immer wieder: *Wuahä, wuahä!* Hielten sich denn so viele Hundegesichter hier oben auf?

Prospero öffnete seinen Federmantel und zog sein Schwert. Zu allen Seiten spähte er in die Mondnacht. Die Umrisse von vier Wildmenschen lösten sich aus dem Schatten des Eichenstammes und des Busches davor. Sie trugen Äxte und Keulen. Auch von links, von der Felswand her, pirschten sich drei pelzige Gestalten heran. Wie immer waren sie zu siebt. Sie würden ihn angreifen, ohne Zweifel.

Über die Schulter blickte Prospero hinter sich; der Weg zurück schien frei. Doch seine Tochter hielt sich irgendwo hier oben auf, sonst hätte Buback ihn nicht hergeführt. Seine zehntausend Vögel nützten ihm gar nichts in dieser Dunkelheit. Sie brauchten das Tageslicht, um die Hundegesichtigen bekämpfen zu können. Dasselbe schienen die Angreifer zu denken. Immer näher rückten sie heran. Prospero hob das Schwert. Er dachte an den armen Bruno.

Kaum sechs Schritte trennten ihn noch von den ersten drei Wildmenschen. Einer stemmte seinen Speer über die Schulter. Prospero murmelte eine Beschwörung und stieß Eulenrufe aus. *Duugug, duugug,* machte er, *Duugug, duugug.* Dumpf tönte sein Echo durch den Wald. *Duugug, duugug.*

Von der Eiche her rauschte es heran, Flügelschlag näherte sich, ein Schatten schoss von hinten auf den Speerwerfer zu. Im Vorbeiflug schlug Buback ihm die Fänge in den Kopfpelz und riss ihn auf. Schmerzgebrüll erhob sich, der Speer polterte ins Geröll.

Ist er da? Eine Stimme tönte plötzlich in Prosperos Kopf. *Ist er endlich zurückgekommen, um uns zu helfen? Seine Tochter ist bei uns im Baum, Miranda.*

Es blieb Prospero keine Zeit, sich seiner Verwirrung auch nur einen Atemzug lang zu überlassen, denn um ihn herum brüllten die Hundegesichtigen auf wie aus einer Kehle. Dutzende Schatten schossen auf einmal kreuz und quer über das Felsplateau, Schatten mit großer Flügelspannweite: Waldkäuze, Schleiereulen, Uhus, Waldohreulen.

Vögel der Nacht fielen die Wildmenschen an, setzten sich in ihren Nacken und auf ihren Schultern fest, bohrten ihnen die Fänge ins Fleisch, zerrissen ihnen die Kehlen, die Kopfhaut, das Gesicht.

Einem Hundegesichtigen, der brüllend an ihm vorbeitaumeln wollte, schlug Prospero den Kopf ab. Einem anderen, der mit seiner Keule nach einem Uhu schlug, stieß er das Schwert in die Brust. Einen dritten, dem zwei Steinkäuze im Nacken saßen, trieb er mit Schwerthieben über die Kante der Steilwand. Kreischend stürzte der Wildmensch in die Schlucht. Die Steinkäuze aber ließen ab von ihm, schwangen sich zurück auf das Plateau, griffen den nächsten Hundegesichtigen an.

Nach kurzer Zeit war alles vorbei. Prospero entließ die Eulen in den nächtlichen Wald, Buback schwang sich wieder in die tote Eiche, und keiner der hundegesichtigen Angreifer rührte sich mehr. Prospero stützte sich auf sein Schwert, schöpfte Atem und lauschte in die Dunkelheit. »Miranda? Bist du hier?«

»Babospo!« Ihre Stimme drang aus dem Eichenstamm. Prospero lief hin. Im Buschwerk auf dem Stamm raschelte es, ein kleiner Körper schob sich aus dem Geäst, sprang auf und rannte Prospero entgegen. »Babospo! Mein Babospo!«

Prospero ließ das Schwert umkippen, streckte die Arme nach Miranda aus und fiel auf die Knie. Das Mädchen stürzte an seine Brust und schlang die Arme um seinen Nacken. Prospero hielt sie fest, und beide weinten vor Freude und Erleichterung. So knieten sie eine Zeitlang in Gras und Geröll, bis der Mond den Schatten der abgestorbenen Eiche auf sie warf.

Prospero hörte das Laub des Busches rascheln und blickte auf. Ein Fuchs kroch unter dem Geäst heraus, lief durch das Mondlicht und huschte an Prospero vorbei auf den Pfad, den er gekommen war. »War das die Füchsin, die dich durch den ganzen Wald bis hierher geführt hat?«

»Ja.« Miranda schob sich ein Stück weg von ihm und staunte ihn an. »Woher weißt du von Schnüffeli, Babospo?«

»Bruno sagte, dass eine Füchsin vor dir hergelaufen ist.«

»Bruno lebt also?« Sie strahlte.

»Ich hoffe, dass er noch lebt.« Prospero schaute sie sehr ernst an. »Sie haben ihn übel zugerichtet.« Er strich ihr über das Blondhaar; das schimmerte im Mondlicht. »Irgendetwas wohnt in dem hohlen Baum, nicht wahr?« Mit einer Kopfbewegung deutete er zur Eiche.

»Ariel. Er ist viele, sagt er.«

»Du hast ihn gesehen?«

»Nur gehört. Er hat in meinem Kopf gesprochen.«

Prospero nahm Mirandas Hand und erhob sich. »Ariel! Hast du mich gerufen?«

Ja, ihn! Es stimmte – die Stimme tönte in Prosperos Kopf. Genau wie der Hilferuf vor zwei Jahren, als er mit Jesu unten in der Schlucht hier vorbeiging. *Einen Magier, wie wir ihn uns seit vier Jahren herbeiwünschen, haben wir gerufen.*

»Wer bist du, Ariel? Oder *was* bist du?«

Wir sind Ariel – ein Luftelf und viele Geister und Kobolde, die uns dienen.

»Komm heraus aus deinem toten Baum, Ariel! Zeig dich uns!«

Wenn wir könnten, wenn wir nur könnten ... Wie ein Seufzen ging es durch Prosperos Geist. *Leider sind wir gefangen in dieser Eiche. Ein Hexenbann hält uns fest.*

»Wer hat dich in den toten Baum gebannt?«

Die Hexe Coraxa. Wir haben uns geweigert, ihr zu dienen. Da hat sie uns in diese Eiche gebannt. Ohne einen Zauber, der ihren Bann löst, müssen wir für ewige Zeiten in ihr hausen.

»Coraxa ist tot. Ich habe heute Morgen ihr Grab gefunden und ihre Leiche gesehen.«

Eine gute Nachricht. Doch ihr Sohn lebt.

»Ihr Sohn?« Prospero horchte auf. Und dachte sofort an das kindliche Wesen, das er zwei Jahre zuvor in jenem Felsenkessel gesehen hatte, in jenem Korb. Polino, der Bootsmann, hatte es »Göttersohn« genannt.

Wir sprechen von Caliban. Er ist noch gefährlicher als seine Mutter. Und er wächst schneller als andere Kinder. Viel schneller. Er wird bald mächtig genug sein, jedes Wesen dieser Insel zu beherrschen. Die Hündischen verehren ihn bereits wie einen Gott und gehorchen ihm aufs Wort.

Miranda zog an Prosperos Hand. »Mit dem hab ich gespielt.« Flüsternd sah sie zu ihm herauf. »Caliban hat mich von der Pyramide weg zu den Hundskerlen gelockt.« Sie erzählte, was geschehen war. Auch von Calibans roter Augenmaske und seiner Kappe mit dem langen Schwarzhaar erzählte sie. »Caliban ist wirklich böse, Babospo, er wollte mir wehtun.«

Der gute Magier möge uns hier heraushelfen, flehte die Stimme in Prosperos Kopf, *wir bitten ihn inständig.*

Die Nachricht, dass Coraxa einen Sohn hatte, erschütterte Prospero. War sie denn schwanger gewesen, als er mit ihr rang? Und wer mochte der Vater dieses Caliban sein? Wenn der Knabe Coraxas Skalp und ihre Augenmaske trug, konnte das nur bedeuten, dass er seiner Mutter als Hexer nachfolgte und dass Maske und Haar ihm als Totem dienten. Prospero starrte in den Mondschein; er war fassungslos. Erwuchs ihm denn ein weiterer Feind, ein Ebenbürtiger gar auf dieser Insel?

»Sag was zu Ariel, Babospo.« Miranda zog an seiner Hand. Vernahm ihr Geist die Stimme also tatsächlich ebenfalls? Das verwirrte Prospero noch mehr. »Du musst ihm eine Antwort geben, Babospo.«

Er atmete tief. »Ja, ich werde dich befreien, Ariel«, rief er in die Mondnacht. Miranda ließ ihn los und klatschte in die Hände. »Ich werde den Zauber lösen, der dich an die Eiche bindet. Doch nur unter einer Bedingung – du musst mir eine Zeitlang dienen.«

Wieder zog das tiefe Seufzen durch Prosperos Hirn. *Sind sie nicht alle gleich? Wollen haben, haben, haben. Wollen Macht und Macht und noch einmal Macht. Armseliges Pack. Können niemals genug kriegen.*

»Was sagst du da?« Prosperos Augen wurden sehr schmal. Hatte er sich verhört?

Und wie lange sollen wir ihm dienen?, tönte es in seinem Kopf, *Was stellt er sich vor, der große Magier?*

»Bis ich denen gegenüberstehe, die mich auf den Scheiterhaufen schicken wollten«, erklärte Prospero mit fester Stimme. »Solange, bis ich denen in die Augen schauen kann, die mich und mein armes Töchterchen auf diese Insel verbannt haben, so lange will ich dein Herr und Meister sein.«
Nichts als ein Seufzen in seinem Kopf war die Antwort. Miranda zog wieder an Prosperos Hand. »Das gefällt ihm nicht«, flüsterte sie. »Und mir auch nicht. Kannst du ihn nicht befreien, ohne dass er dir etwas dafür geben muss?«
Mit einer herrischen Geste gebot Prospero seiner Tochter zu schweigen. »Ich warte auf deine Antwort, Ariel!« Wieder nur ein tiefes Seufzen.
»Ich weiß nicht, was du hast, Babospo«, flüsterte Miranda. »Mir gefällt es auf der Hundskopfinsel.«
Prospero winkte ungeduldig ab. »Gehen wir.« Er drehte sich um, griff nach Mirandas Hand und zog sie hinter sich her auf den Pfad, der vom Felsplateau hinab in den Waldhang führte. Buback landete auf seiner Schulter.

Er mag warten!, tönte es durch seinen Kopf. *Wir sind einverstanden. Bis er denen in die Augen blickt, die ihn auf diese Insel gelockt haben, wollen wir ihm dienen.*

Prospero fuhr herum. »Schwöre es bei den Mächten des Großen Wagens!«

Wir schwören es bei den Mächten des Großen Wagens und bei den Elfenkönigen der Anderwelt! Er ist unser Meister, und wir sind sein Diener, bis er seinem Bruder und seinem König in die Augen schaut.

Prospero ging zurück zur Eiche. Erst als er drei Schritte vor ihr stand, ließ er Mirandas Hand los. Er tat die letzten Schritte, legte die Handflächen auf den toten Eichenstamm und richtete seine gesamte Aufmerksamkeit auf den Geist, der darin gefangen war. Bald spürte er ihn so deutlich, als würde er in eine heiße, sprudelnde Quelle eintauchen. Er murmelte die magischen

Sprüche, mit denen ein Hexenbann sich lösen ließ. Er murmelte und raunte und redete und rief mit jedem Satz lauter:
»Beim Herz der Sonne und dem ew'gen Lebenslichte –
brich, du böser Bann der schwarzen Hexe!
Hexenriegel löse dich! Hexenkerker springe auf!
Heraus aus Nacht und Ketten, Luftgeist!
Zeig deinem Meister dich! Sei frei!«

Das Echo seiner Stimme hallte noch aus dem Wald zurück, da sah Prospero schon eine Gestalt aus dem Schatten der toten Eiche treten. Er stieß sich vom Baumstamm ab und betrachtete sie.

Auf den ersten Blick glaubte er, vor einer Frau zu stehen, denn sie war klein und zierlich. Doch Ariels Gesicht – obschon es auch nicht männlich wirkte – hatte keine weiblichen Züge. Eher wirkte es wie das Gesicht eines Halbwüchsigen. Nur dass zahllose feine Furchen es durchzogen und ihm so einen beinahe greisenhaften und ernsten Ausdruck verliehen. Lediglich um die Augen herum – uralte, glühende Augen wie Bubacks – spielte ein spöttischer Zug.

»Der Meister ruft, und wir sind da«, sagte er mit sehr klarer und heller Stimme. »Er befiehlt, und wir gehorchen. Sonst sieht niemand uns, nur er. Es sei denn, wir wollen, dass einer uns sieht.« Ariel richtete seinen Blick auf die staunende Miranda. »Und seine Tochter wird uns immer sehen können. Denn Mirandas Geist lebt nahe der Schwelle zur Anderwelt.«

Prospero musste ein paarmal schlucken und mächtig durchatmen, bevor er seine Sprache wiederfand. »Gut so, Ariel. Führe uns durch die Nacht zu unseren Gefährten.«

∼

Lauter Funken glitzerten rechts und links des Wildpfades im Unterholz. Ihnen folgten Prospero und Miranda. Ariel schien sich in Licht aufgelöst zu haben. Im Morgengrauen sank Miranda ins Unterholz und schlief ein. Prospero stemmte sie hoch und setzte sie auf seine Schulter.

Während er seine Tochter durch den wilden Wald trug, rief er sich jene Kapitel aus dem BUCH DER UNBEGRENZTEN MACHT ins Gedächtnis, die sich um Kräuterkunde und Heilzauber drehten. Bruno würde seine Hilfe brauchen.

Mit Sonnenaufgang erlosch das Geglitzer im Unterholz. Prospero lehnte mit der Brust gegen einen umgestürzten Baumstamm. Maßlos erschöpft fühlte er sich, seine Beine schmerzten, ebenso sein Rücken. Er konnte nicht mehr.

Die Baumstämme, das Laubgrün, das Braun des Gehölzes und ein Lichtschein – alles verschwamm ihm vor den Augen. Er blinzelte ein paarmal, dann sah er das Licht deutlicher. Keine zweihundert Fuß über ihm im Hang loderten die Flammen eines kleinen Lagerfeuers. Drei Männer schliefen rund herum. Ein vierter saß aufrecht davor. Josepho.

Prospero ließ Miranda auf den Baumstamm hinunter; sie wachte auf und stöhnte. Er kletterte über den Stamm, nahm sie in die Arme und trug sie den Hang hinauf zum Feuer und zu den Gefährten. Dort setzte er sie neben dem Medikus ab.

»Bei allen guten Mächten des Universums!« Josepho streckte die Arme nach dem Mädchen aus, zog es an sich und drückte es. »Magdalenas Enkelin lebt! Wenigstens das bleibt mir erspart!«

Prospero schaute ihm ins verheulte Gesicht und versuchte zu verstehen. Sein Blick ging schließlich am Medikus vorbei zu dem Hünen. Jemand hatte Bruno nicht nur den Kopf verbunden, sondern auch das Kinn mit Stofffetzen hochgebunden. Seine gewaltigen Hände waren noch blutig und lagen gefaltet auf seiner Brust. Anders als bei den anderen beiden Schläfern, bei Jesu und Polino, hob und senkte sich sein mächtiger Brustkasten nicht.

»Wo bestatten wir ihn?«, flüsterte Josepho.

»Was?« Miranda stemmte sich aus seiner Umarmung und spähte zu dem scheinbar Schlafenden. »Bruno«, flüsterte sie. Sie sprang auf, lief zum Hünen und warf sich auf ihn. »Mein Bruno!«, schrie sie. Polino und Jesu fuhren aus dem Schlaf. »Mein armer Bruno, und ich bin schuld!« Miranda heulte und schrie. »Mein armer Bruno! Ich hab dich doch so lieb!«

14

Sand

Drei Jahre später

Wie schnell doch der Sommer dem Frühling folgt und der Winter dem Herbst, und schon ist es wieder Frühling. Und wieder Sommer und Herbst und Winter. Und nichts bleibt, wie es gewesen ist. Warum muss sich immer alles ändern? »Das Leben ist wie ein Fluss«, hat Babospo neulich gesagt. Ich glaube, an meinem neunten Geburtstag ist das gewesen. »Alles fließt. Alles *muss* fließen. Was nicht mehr fließt, was sich nicht mehr verändert, ist schon tot.«

Nicht mein Lieblingssatz von Babospo, doch seit er ihn gesagt hat, denke ich viel über seine Worte nach. Überhaupt denke ich viel nach seit Brunos Tod. Zu viel, sagt Josepho.

Wir haben alles gepackt. Steiner, Mutter und der Weiße stehen bereit. Und Amme-Rot auch. Das Segeltuch liegt zusammengerollt auf einem Torflügel, den Polino und Jesu aus der inneren Festungsmauer ausgebaut haben.

Das Segeltuch ist Babospos größter Schatz in diesen Tagen; neben seinem Zauberbuch und mir.

Die Männer haben Achsen aus Speerschäften unter dem Torflügel befestigt. Auf die Achsen haben sie Räder gesteckt, die sie von großen Rundhölzern abgesägt haben. Die Rundhölzer sind früher einmal Segelmasten gewesen. Wir haben sie in einer Höhle der alten Piratenfestung gefunden. In derselben Höhle hat das Segeltuch gelegen.

Babospo treibt zur Eile an. In sieben Tagen will er den Strand der Südküste erreichen. Und die alte Galeere und die Beiboote. Bis der Sommer anfängt, will er unbedingt die Takelage für die Barkasse gebaut, den Mast aufgerichtet und das Segeltuch an den Spieren befestigt haben.

Niemand zweifelt daran, dass uns das gelingen wird. Alles, was Babospo sich vornimmt, gelingt ihm. Manchmal finde ich das langweilig.

Babospo ist guter Dinge. Er freut sich auf die Arbeit an der Takelage. Und er freut sich darauf, nach Hause zu kommen, nach Milano. Doch erst einmal müssen wir ja den Strand erreichen. Und da werden Caliban und seine Hundskerle sicher etwas dagegen haben. Aus irgendeinem Grund wollen sie uns vernichten. Vielleicht, weil ich Caliban einen Ast ins Gesicht geschlagen habe. Oder weil ich schneller habe rennen können als er.

Ich glaube, Babospo kann es nicht erwarten, Onkel Tonio und König Arbosso dafür zu bestrafen, dass sie ihm die Herzogskrone weggenommen und ihn auf die Hundskopfinsel verbannt haben. Ich bin ziemlich sicher, dass er sie töten will.

Das gefällt mir nicht.

Und Josepho gefällt es auch nicht.

Trotzdem sind alle in Aufbruchsstimmung. Selbst Jesu strahlt über das ganze Gesicht. Und Polino erzählt pausenlos Geschichten, die ich schon hundertmal gehört habe. Die Morgensonne liegt auf den Felswänden und auf den Kuppeldächern der Festung. Sogar in manche Höhlen scheint sie hinein.

Am Innentor der Festung lehne ich mich noch einmal gegen den Balken des Türsturzes. Josepho nimmt das Stück Kohle, das seit drei Jahren neben dem Tor in der Wandnische liegt, und zieht es knapp über meinem Kopf von einer Seite des Balkens zur anderen. Gemeinsam betrachten wir den Strich. Er liegt nur knapp über dem von meinem neunten Geburtstag, doch mehr als eine Handbreite über dem von meinem siebten.

Danach verlassen wir die Festung. Babospo murmelt vor sich hin. Ich glaube, er spricht mit Ariel; nicht immer zeigt der Elf sich mir. Ich glaube, Babospo schickt ihn als Kundschafter voraus. Das zu wissen beruhigt mich.

An einem Fluss entlang wandern wir über die Hochebene. Ein letztes Mal drehe ich mich nach der Piratenfestung um. Hinter der hohen Mauer steigen ihre Lehmkuppeln zur Felswand hinauf. Die letzte Reihe bis zu den ersten Höhlen. Wie ein Wespennest sieht die Festung von Weitem aus.

Gegen Abend erreichen wir den Abstieg ins erste Tal. Über eine Felskante stürzt hier der Fluss in die Tiefe. Etwas abseits des Wasserfalls, wo das Donnern und Rauschen der Wassermassen nicht ganz so laut lärmt, schlagen wir unser Lager auf. Josepho hält die erste Wache.

Ein einziges Mal nur haben Caliban und seine Hundskerle sich auf die Hochebene heraufgetraut. Mit beinahe tausend Kämpfern sind sie tagelang gegen die hohen Mauern der Piratenfestung angerannt. Caliban haben sie in einer Sänfte in die Schlacht getragen. Er hat viel größer und kräftiger ausgesehen als noch vor ein paar Jahren. Und er hat weder mit Schwert noch mit Armbrust oder Speer gekämpft. Womit dann, habe ich Babospo gefragt. Seine Antwort: Mit den magischen Kräften, die er von seiner Mutter geerbt hat.

Und tatsächlich haben Blitze aus heiterem Himmel in die Festung eingeschlagen. Ein Erdbeben hat sie und die Felsen hinter ihr durchgeschüttelt, und Steinlawinen sind auf die Lehmkuppeln niedergeprasselt und haben viele kaputt gemacht.

Babospo aber hat unzählige Krähen, Geier und Adler gegen die Rotten der Hundskerle zusammengerufen. Und Hagelkörner, groß wie meine Fäuste, hat er auf sie niedergehen lassen. Erdspalten hat er zwischen ihnen aufgerissen, und Hunderte sind hineingestürzt. Caliban leider nicht.

In der letzten Nacht schließlich hat Babospo Ariel ins Kriegslager der Hundskerle geschickt. Er und seine Diener aus der anderen Welt sind als Flammen und Orkanböen durch die Reihen unserer Feinde gerast und haben ein Geheule und Gebrüll veranstaltet, dass es auch uns in der Festung eiskalt den Rücken herunterlief.

Noch vor Sonnenaufgang sind Caliban und seine Hundskerle zurück in die Küstenwälder geflohen. Und haben sich seitdem nie mehr vor der Piratenfestung blicken lassen.

Nach Sonnenaufgang steigen wir hinunter ins Vorgebirge. Drei Hügelketten lassen wir hinter uns an diesem zweiten Reisetag. Dann wird wieder das Nachtlager aufgeschlagen, und jeder muss zwei Stunden lang Wache halten. Auch ich. Das habe ich verlangt.

Babospo lässt Buback neben mir wachen, neben den anderen nicht, und er denkt, ich merke es nicht. Ich merke es aber wohl, doch es stört mich nicht.

Ein Reisetag gleicht dem anderen: Bis zum Abend wandern wir, dann wird das Nachtlager aufgeschlagen. Wir essen, wir schlafen, nach Sonnenaufgang ziehen wir weiter.

Am vierten Tag wandern wir an der Pyramide vorbei, unter der die Hexe Coraxa begraben liegt. Ja, ich kenne ihre Geschichte inzwischen. Ihre und Babospos. Jedenfalls glaube ich, sie zu kennen. Schon möglich, dass Babospo mir manches verschwiegen hat.

Coraxa ist tot, ihr Sohn Caliban lebt. Babospo lebt, seine Tochter lebt auch. Seine Tochter, das bin ich.

Ich frage mich manchmal, wer Calibans Vater sein mag.

Am Nachmittag erreichen wir den Fuchsbau und machen Halt an Brunos Grab. Wir stehen vor dem mit Steinen bedeckten Erdhügel, schweigen und trauern. Ich muss sehr weinen. Jesu auch.

Oft, wenn ich an Bruno denke, muss ich weinen. Ich hätte Caliban nicht in den Wald folgen dürfen. Ich hab's aber getan. Und Bruno hat mich gesucht. Und ist den Hundskerlen in die Arme gelaufen. Und ist gestorben.

Bin ich nicht schuld an seinem Tod?

Ich wische mir die Tränen ab und frage mich, ob es wirklich schon drei Sommer her ist, dass wir Bruno hier, vor Schnüffelis Fuchsbau, begraben haben. Mir kommt es vor, als sei es gestern gewesen.

Drei Tage später dann: der Fluss, die Dünen, unser Strand.

Es herrscht Ebbe. Wir stehen in der Brandung und blicken zur Sandbank hinaus. Die alte Galeere liegt auf der Steuerbordseite. Sie ist zerbrochen. Sie sieht aus wie ein toter schwarzer Wal. Von der Barkasse ist nichts zu sehen. Von der Pinasse auch nicht.

»Ein Sturm«, sagt Josepho mit hohler Stimme. »Hier hat ein verdammter Sturm getobt.«

Sonst sagt niemand etwas.

Josepho lässt sich in den Sand fallen und streckt sich auf dem Rücken aus. Polino und Jesu schlurfen zu den Dünen und werfen sich dort zu Boden. Alle sind furchtbar enttäuscht. Alle, außer mir.

Babospo steht in der Brandung wie ein vom Unwetter verwüstetes Grabmal. Steht stocksteif. Und guckt zur Sandbank hinaus. Zum Gerippe der alten Galeere.

Vielleicht kann man Zelte aus dem Segeltuch machen, denke ich, *dann könnten wir hier am Strand wohnen. Das wäre viel schöner, als in dieser kalten Festung zu hausen.*

Ich gehe zu Babospo, nehme seine Hand, will ihn trösten. »Willst du den Himmelsgott zum Lachen bringen, dann mache einen Plan«, sage ich. Babospo fährt herum, entreißt mir seine Hand und schlägt mir ins Gesicht.

Steiner wiehert, Amme-Rot blökt, Buback macht *Wuahä, wuahä!*, und ich taumele rückwärts und stürze in die Brandung.

Die Männer sitzen plötzlich kerzengerade; Jesu und Polino hinten bei den Dünen, Josepho nicht weit von mir am Strand. Ihre erschrockenen Blicke fliegen zwischen mir und Babospo hin und her. Ich liege in den Wellen und halte mir die brennende Wange.

Schaue ich zu meinen Vater hinauf oder zu einem Fremden?

Seine Miene ist hart und kantig und kalt. Er starrt schon wieder zum Schiffswrack hinüber. Das Herz hüpft mir in der Brust herum wie ein eingesperrtes Fohlen. Hat mein Vater mich eben wirklich geschlagen? Ich kann es nicht glauben.

Ich lass den Kopf ins Wasser sinken. Wie betäubt fühle ich mich, kann nicht einmal weinen. Die Brandung schwappt mir über das Gesicht.

Ich wälze mich aus ihr heraus und in den nassen Sand. Dort richte ich mich auf den Knien auf und beginne zu graben und zu formen. Aus dem nassen Sand errichte ich einen Haufen und forme ihn, bis er der Hochebene und sein Rand der Piratenfestung ähnelt.

Ich errichte eine Kathedrale aus feuchtem Sand, danach eine Burg, eine Galeere, eine Barkasse, ein Zelt. Alles aus Sand. Auch ein Pferd forme ich, einen starken Mann, der Bruno ähnelt, eine Frau, die Majuja gleicht. Alles aus Sand.

Irgendwann bin ich fertig. Ich knie vor meiner Welt aus Sand, lasse meine sandigen Hände auf die Schenkel sinken, warte auf die Flut.

Zum ersten Mal seit langer Zeit bewegt sich Babospo. In seinem Gesicht zuckt es. Er bereut, dass er mich geschlagen hat, ich sehe es ihm an.

Er dreht sich um und betrachtet, was ich gebaut habe. Er

kommt näher und schaut sich alles ganz genau an: die Festung, die Kathedrale, die Burg, die Schiffe, den Mann, die Frau. Dann kommt die Flut. Und die Brandung spült alles hinweg.

Viertes Buch

Der Mensch

1

Nach dem Sturm

Sieben Jahre später

Flammen loderten zwischen Feridan und dem unheimlichen Erzähler. Das glühende Holz knisterte. Wie viele Stunden brannte das Feuer nun schon? Feridan hätte es nicht sagen können. So gebannt lauschte er der Erzählung des Weißblonden, dass ihm jedes Gefühl für Zeit abhandengekommen war.

Der ehemalige Herzog Prospero, seine Tochter Miranda und der Medikus Josepho – was hatte er schon von ihnen gewusst? Jesu, Polino, Buback und der arme Bruno – er hatte sie ja gar nicht oder nur flüchtig gekannt! Doch auf einmal fühlte er sich ihnen so nahe, als würde er mit ihnen im selben Burgflügel leben und ihnen Tag für Tag begegnen.

Stunde um Stunde stieg der Rauchschleier zwischen ihm und dem Wesen auf, das sich Ariel nannte. Das erzählte und erzählte, und Feridan tauchte in Gesichtern, Landschaften und Gefühlen unter. Manchmal, wenn der rätselhafte Erzähler auf der anderen Seite des Feuers eine Pause machte, fragte der Prinz sich, ob er das alles womöglich nur träumte: das Feuer, den Unheimlichen und wovon der sprach.

Hatte dieser Ariel überhaupt jemals Holz nachgelegt? Dann musste er es heimlich getan haben, denn Feridan hatte es nicht bemerkt. Die Flammen jedenfalls loderten noch genauso hoch wie am Anfang, als Ariel sich zu ihm ans Feuer gesetzt und mit den Geschichten begonnen hatte. Wer bei allen guten Mächten des Universums war dieses seltsame Wesen?

»… bis zum Herbst blieben sie an der Küste«, erzählte es. »Mit dem ersten kalten Wind zogen sie dann wieder zur Hochebene hinauf.« Ariel kicherte, und es klang ein wenig gehässig in Feridans Ohren. »Bei Schnee und Eis verkriecht sich das Menschenpack dann doch gern hinter schützenden Mauern und zündet Feuer an wie dieses hier. Ist ihm eigentlich noch warm genug?«

Feridan nickte stumm. Noch immer konnte er nicht fassen, dass derselbe, der am Morgen noch auf der Takelage und während des Sturms auf dem Wellenkamm getanzt hatte, ihm nun gegenüber am Feuer hockte und erzählte. Und das schon seit so vielen Stunden. Vielleicht war wirklich alles nur ein Traum.

»So hielten sie es dann Jahr für Jahr«, fuhr Ariel fort. »Im Frühjahr zogen sie hinunter an die Küste, im Herbst zurück auf die Hochebene und in die Festung hinauf. Fünf Jahre lang. Miranda hat darauf bestanden, sie mochte die Festung nicht besonders.« Ariel erhob sich. »Bis zum Frühjahr vor zwei Jahren ging das so. Dann war es vorbei damit.«

»Warum?« Feridan sah den Weißblonden fragend an. »Was geschah vor zwei Jahren?«

Über die Flammen hinweg und durch den Rauch hindurch musterte der andere ihn auf eine Weise, wie man ein unbekanntes Tier mustert; oder einen Pilz, von dem man nicht weiß, ob er genießbar oder giftig ist. Nicht die Spur von Spott blitzte noch in seiner bleichen Miene auf, traurig und ernst guckte Ariel nun.

»Das will er nicht wissen«, sagte er schließlich. »Und wir wollen es lieber nicht erzählen. Es würde dem Meister kaum gefallen. Der ist ein anderer geworden seit dem vorletzten Frühjahr.«

»Doch, ich will es wissen.« Angst befiel Feridan. Angst und Sorge um die Menschen, von denen der Weißblonde erzählt hatte; Menschen, die er, der Prinz von Napoli, kaum oder gar nicht kannte. Doch ohne zu erfahren, wie es ihnen weiterhin ergangen war, würde er keine Ruhe finden. Das erstaunte ihn selbst. »Erzähl es mir, ich bitte dich, Ariel.«

»So ist es, das Menschenpack.« Der spöttische Zug kehrte in die bleiche Miene des merkwürdigen Wesens zurück. »Immer versessen darauf, Neues zu erfahren. Immer gierig, sich am Schicksal anderer zu ergötzen.«

»Ich will mich nicht ergötzen!« Feridan widersprach heftig. »Ich wünsche so sehr, Miranda und ihrem Vater möge es glücklich ergangen sein! Und den anderen auch. Doch ich will alles erfahren, auch wenn es schrecklich ist.«

»Weil er ein neugieriger Naseweis ist.« Ariel winkte ab. »Am besten, er vergisst es. Es ist sowieso alles vorbei.« Er blickte in den wolkenlosen Himmel und dann auf das ruhige Meer hinaus. »Der Sturm ist vorbei.« Dass er so unvermittelt das Thema wechselte, behagte Feridan nicht. »Doch nichts wird nach diesem Sturm mehr so sein, wie es gewesen ist.«

»Aber warum denn?«

»Warum wohl, was glaubt er?«

Feridan wusste nicht, was er antworten sollte; er zuckte nur ratlos mit den Schultern.

»Denke er doch endlich einmal nach – glaubt er etwa, der Sturm sei rein zufällig losgebrochen? Glaubt er etwa, jener herrliche Wellengigant habe aus Versehen die Fregatte des Königs umgeworfen? Hat er uns nicht auf der Takelage und dem Giganten tanzen sehen?«

»*Du* hast das Schiff kentern lassen!«, entfuhr es Feridan. »*Du* hast den Sturm und die Riesenwelle geschickt!«

»Ein Kluger ist er!« Ariel kicherte. »Ein ganz ein Kluger. Und dennoch und dennoch – nur fast richtig. Der Meister hat den Sturm auf sie losgelassen. Wir haben ihn nur ein wenig gelenkt, nur ein wenig dafür gesorgt, dass unser wildes Seestürmchen auch genau das bewirkt, was der Meister sich in den Kopf gesetzt hat. Dazu hat er uns ja zu ihnen aufs Meer hinaus geschickt.«

»Aber was dann?« Feridan versuchte Ariels Worten zu folgen. In Gedanken hing er jedoch mehr an dem, was der andere verschwieg – an den geheim gehaltenen Ereignissen des vorletzten Frühjahrs –, als an dem, was er gerade erzählte; und irgendwie hatte er den Faden verloren. »Ich verstehe nicht ganz, was du mir sagen willst.«

»Weil er nicht zuhört!« Ariel guckte streng und stemmte die bleichen Fäuste in die Hüften. »Der Meister hat den Sturm geschickt, haben wir erzählt! Und das nicht aus Versehen, haben wir gesagt! Er will denen in die Augen schauen, die ihn auf die Hundskopfinsel verbannt haben.«

»Hundskopfinsel?« Das Durcheinander in Feridans Kopf wuchs an. Immerhin fielen ihm die Worte des Herzogs Tonio von Milano ein: *Das ist nicht einfach nur ein Seesturm, das ist* er, hatte der gesagt, als der Sturm losbrach. *Jetzt rächt er sich!*

»Du meinst wirklich, Prospero hat den Sturm auf unser Schiff gehetzt, um den König und den Herzog zu vernichten?«

»Ist er so dumm oder tut er nur so?« Grimmig schaute Ariel ihm ins Gesicht. »Könnte er ihnen dann noch in die Augen gucken?«

Feridan schüttelte stumm den Kopf; wie ein einfältiger Knabe kam er sich vor.

»Ist er abgesoffen und vernichtet, oder sitzt er hier bei uns am Feuer und wärmt seine Knochen?«

»Ich verstehe: Dein Meister hat den Sturm auf uns gehetzt, um meinen Vater und Herzog Tonio zu sich auf die Insel zu holen. Richtig?«

»Richtig.«

Das hieße ja, dass sein Vater noch lebte! Feridan schöpfte

Hoffnung. »Der Magier will seinem Bruder und meinem Vater also in die Augen gucken, wenn er Rache übt. Richtig?«
»Wenn alle aus dem Menschenpack so langsam denken wie er, wundert uns das Durcheinander in der Menschenwelt nicht mehr.«
»Weil er die Wirkung seiner Rache erleben will!« Die Einsicht erstickte Feridans aufkeimende Hoffnung sofort wieder.
»Was für ein grausamer Mann! Er will ihnen in die Augen schauen, während sie durch seine Hand sterben? Willst du mir das sagen?«
»Er tötet sie, oder er lässt es bleiben.« Ariel winkte ab. »Uns vollkommen gleichgültig. Hauptsache, sein Bruder und dein Vater begegnen dem Meister. Mag das Menschenpack sich dann schlagen wie es will – sobald der Meister ihnen in die Augen geschaut hat, sind wir frei.« Er pfiff durch die Zähne und warf die Arme in die Luft. »Dann sind wir weg!«

Feridan starrte in die Flammen; sie brannten nun allmählich doch herunter. Das Durcheinander in seinem Kopf ordnete sich nach und nach. Zumindest verstand er endlich, was dieses eigenartige Wesen ihm sagen wollte: Prospero habe den Sturm losbrechen lassen, um den Herzog und den König in seine Gewalt zu bekommen. Ob Feridan das glauben konnte, war eine ganz andere Frage.

Weil der Unheimliche einen Schritt vom Feuer weg tat, fürchtete Feridan, er könnte gehen, könnte aufhören zu erzählen. Doch der Prinz wollte mehr erfahren; vor allem wollte er hören, was sich im Frühjahr vor zwei Jahren auf dieser Insel abgespielt hatte. Er suchte nach Fragen, um Ariel zum Bleiben zu bewegen.

»Woran ist diese angebliche ...« Feridan fuchtelte mit der Rechten und suchte nach Worten; etwas in ihm sträubte sich, das Wort *Hexe* in den Mund zu nehmen. »... diese blinde Frau aus Tunischan gestorben?«

»Diese blinde Frau aus Tunisch‹ – wie hübsch er sich auszudrücken weiß!« Ariel kicherte vergnügt. Doch übergangslos wurde seine Miene wieder ernst. »Sie war nicht einfach nur blind – des Meisters Bruder hat ihr die Augen ausstechen lassen. Hat er dem Mann, mit dem er auf den Wellen trieb, nicht zugehört?«

»Gonzo?« Obwohl Tonio und der Thronrat ihm von Magie, Hexen und Zauberbüchern erzählt und nun auch Ariel geradezu Atemberaubendes darüber berichtet hatte, vermochte Feridan noch immer nicht recht, an Hexerei, magische Künste und dergleichen zu glauben. All das gruselige Zeug, mit dem die einfachen Leute es liebten, sich gegenseitig Angst einzujagen, alles Unvernünftige und angeblich Unerklärliche war ihm zuwider, und er wollte so wenig wie möglich damit zu tun haben. Das Schicksal der Verbannten dagegen, das ging ihm nahe. Darüber wollte er mehr erfahren.

»Und woran die Hexe gestorben ist, will er auch noch wissen, unser neugieriger Fratz«, fuhr Ariel fort. »Nein, er hat uns wirklich nicht zugehört!« Er streckte die Arme zum Himmel aus. »Wozu reden wir überhaupt noch mit denen vom Menschenpack?« Ariel schaute ihm wieder ins Gesicht, seine roten Augen funkelten streng. »Sie ist natürlich an der Magie des Meisters gestorben!«

»Sicher doch.« Behutsam hakte Feridan nach. »Aber du hast angedeutet, dass sie auf der Insel gestorben sei und nicht im Seesturm.«

»Der Seesturm hat den Kreuzmast des Hexenschiffes abgebrochen. Der stürzende Kreuzmast hat seine Takelage auf die Hexe geworfen. Die Takelage hat der Hexe den Rücken gebrochen. Der gebrochene Rücken hat sie gelähmt. Die Lähmung hat ihr eine Entzündung der Lungen beschert. Die Lungenentzündung hat sie getötet. Also hat des Meisters Fluch die Hexe getötet, denn der hat den Seesturm verursacht.« Ariel schüttelte ungläubig den Kopf und sagte wie zu sich selbst: »So ist es, das Menschenpack. Treibt geheime Künste und kann sich doch selbst nicht helfen, wenn es drauf ankommt. So ist es, und so bleibt es, das Menschenpack.«

»Und ihr Sohn Caliban?«

»Nichts als Ärger hat er gemacht, der Hexensohn. Haben's auf Miranda abgesehen, der Hexensohn und sein schlimmer Vater. Großes Unglück haben sie über den Meister gebracht. Arme Jungfrau, armer Meister!«

»Sein Vater?« Feridan staunte ihn an. Bisher war noch von keinem Vater dieses mysteriösen Calibans die Rede gewesen. Oder hatte er schon wieder etwas überhört?

»Sein Vater, ja.« Ariel kicherte. »Jedes halbwegs tierische und menschliche Wesen hat einen Vater, stelle er sich das einmal vor!« Nicht nur einen spöttischen, sondern sogar einen gehässigen Tonfall schlug der Weißblonde nun an. »Die Fragen gehen ihm wohl nie aus, was? Aber uns die Antworten, wahrhaftig.« Er wandte sich ab und machte Anstalten, die Kuhle hinaufzustapfen.

»Warte, Ariel! Gehe noch nicht weg!«

Über die Schulter schaute der Weißblonde zurück. Seine kantige Miene war missmutig und streng.

»Ich will nicht allein in dieser Einöde bleiben.«

»Er wird bald genug Gesellschaft haben. Vielleicht mehr als ihm lieb ist.«

»Gewiss doch, ich werde Prospero, den Magier, suchen und ihm irgendwann gegenüberstehen. Und seiner Tochter und den anderen auch.«

»Wenn er sich da mal nicht täuscht.«

»Was?« Feridan erschrak. »Ich werde niemandem begegnen auf dieser Insel?« Er suchte nach Worten. »Sind sie denn alle tot?«

»Er wird niemals lernen zuzuhören. Haben wir ihm nicht gesagt, dass der Meister den Sturm auf sie gehetzt hat? Haben wir ihm nicht gesagt, dass er es getan hat, um seinem Bruder und dem König in die Augen zu schauen?«

»Aber ja doch ...«

»Und kann ein toter Meister einen Sturm auf sie hetzen? Kann ein toter Meister noch irgendjemandem in die Augen sehen wollen?«

»Nein, gewiss nicht, aber ...«

»Na, dann wird wenigstens der Meister wohl noch am Leben sein, oder?«

»Prospero hat die schlimmen Ereignisse des vorletzten Frühlings also überlebt?«

Ariel senkte den Blick und guckte ins Feuer. Die Flammen spiegelten sich in seinen roten Augen. Ein Anflug von Trauer flog über seine Züge. »Das hat er wohl, nicht wahr?« Er hob den Kopf. »Und wir sind froh, dass er noch am Leben ist. Denn hätte er bereits den Weg allen Menschenpacks gehen müssen, würden wir niemals frei sein können. Für immer müssten wir dienen und dienen und dienen.« Angewidert rümpfte er die Nase. »Auch noch seinem Leichnam und seinem Geist.«

»Bring mich zu ihm«, bat Feridan, »ich will ihm gegenübertreten und um Gnade für meinen Vater bitten.«

»Suche er ihn doch selbst. Wir haben zu tun.«

»Also gut, dann werde ich Prospero auf eigene Faust aufspüren.« Fieberhaft suchte Feridan nach Worten. Um jeden Preis wollte er den angeblichen Luftelf dazu bringen, von dem Unglück zu erzählen, das Prospero zwei Jahre zuvor zugestoßen war. »Aber wenn ich ihm dann gegenübertrete, sollte ich wissen, was ihm im vorletzten Frühjahr widerfahren ist. Damit ich die richtigen Worte finde.«

»Die richtigen Worte wofür?« Ariel kam tatsächlich zurück ans Feuer.

»Die richtigen Worte, um ihm anzubieten, dass ich nach meinem Vater suche.« Feridan spürte, dass er auf dem richtigen Weg war. »Genau, ich werde ihm anbieten, meinen Vater und Herzog Tonio zu suchen und sie zu ihm zu führen.«
»Dazu braucht der Meister einen wie ihn nicht. Und wir brauchen ihn auch nicht. Wir werden seinen Vater schon finden. Und den Bruder des Meisters auch. Alle werden wir sie finden, alle werden wir vor ihn stellen, damit er sie richten kann.«
»Wenn ich es tue, wird es schneller gehen. Mein Vater wird mir ohne Zögern und schneller folgen als dir. Und der Herzog auch. Und du wirst schneller deine geliebte Freiheit erhalten.«
»Er ist neugierig, weiter nichts.« Ariel winkte ab, setzte sich aber wieder auf die andere Seite des Feuers. »Doch wir wollen ihm seine Neugier stillen. Warum nicht?«

Die Flammen schlugen höher, dabei hatte Feridan nicht gesehen, dass Ariel Holz nachgelegt hätte. Der Unheimliche jenseits des Feuers machte ihm Angst. Gab es womöglich doch so etwas wie Luftelfen – was auch immer das sein mochte? War er womöglich doch einer?

»Höre er also besser zu als vorhin, ja?«

Feridan nickte eifrig.

»Zwei Jahre ist es her, haben wir gesagt. Mit den ersten warmen Tagen sind sie aus der Hochebene herabgestiegen: der Meister, seine Tochter, der Medikus, der Kammerdiener, der Bootsmann. Und natürlich ist auch diese große Eule dabei gewesen. Sie sind ja unzertrennlich, die Eule und der Meister. Wie jedes Jahr haben sie also die Zelte aufgeschlagen, die Hütten errichtet und an der Flussmündung die Koppel für die mittlerweile zwölf Pferde. Der Meister hat sich wie meist in sein Zauberbuch vergraben. Vielleicht hat er auch Pergamentbögen vollgekritzelt, wie er es in den letzten Jahren gern gut. Und die anderen haben gefischt, nach Beeren gesucht oder sich an den Armbrüsten geübt.«

»Sie hatten mehrere Armbrüste?«

»Dieser Bootsmann ist ein ganz ein Geschickter gewesen. Aus Eisen, Holz und Tiersehnen hat er eine zweite gebaut, eine sehr gute sogar. Der Meister hat ihm ein Pferd dafür gegeben …«

»Seinen Weißen?«

»Wird er wohl geduldig sein!« Ariel wurde laut. »Er soll uns einfach nur zuhören. Natürlich nicht seinen Weißen! Aber sein Weißer und die Stute haben vielleicht noch mehr Fohlen gezeugt? Eine ganze Pferdeherde besaßen der Meister und Miranda inzwischen. Eines hat der Meister dem Bootsmann für die Armbrust gegeben und die seiner Tochter zum dreizehnten Geburtstag geschenkt. An ihr hat sie sich geübt, als sie kamen …«

»Als wer kam …?

»Vorwitziges Menschenpack!« Ariel machte eine herrische Geste. »Wird er wohl schweigen und hören?« Streng musterte er Feridan durch die Flammen hindurch. »Die Hündischen natürlich! Auf einmal traten sie aus dem Wald, liefen über die Dünen, verteilten sich am ganzen Strand. Hunderte. Caliban führte sie an; ein halber Mensch nur, aber ein ganzer Hexer inzwischen. Dieser Caliban also trat vor und ging auf den Meister zu. Und dann nahm das Unglück seinen Lauf …«

2

Frieden

Zwei Jahre zuvor

Der Südwind trug Lautenklang in sein offenes Zelt hinein. Und das Knallen der Pfeilbolzen, wenn sie in die Zielscheibe einschlugen. Hin und wieder riss ihn Mirandas Jubelgeschrei aus der Erforschung seiner Erinnerung, dann blickte Prospero von seiner Chronik auf und lächelte ein wenig. Sie hatte wieder ins Schwarze getroffen. Manchmal, sehr selten allerdings, jubelte auch Jesu, und fast zeitgleich gellte dann Mirandas Wutschrei über den Strand.

In der Kunst des Schachspiels gewann der Kammerdiener noch immer weitaus öfter gegen Miranda als sie gegen ihn. In der Kunst des Armbrustschießens war sie ihm inzwischen weit voraus.

Das allein musste noch nicht als Meisterleistung gelten, das wusste Prospero; Jesu schoss noch immer miserabel. Allerdings handhabte Miranda ihre Armbrust inzwischen sogar besser als Polino die seine. Und den Bootsmann hatte Prospero immer für einen echten Meisterschützen gehalten. Bis er neulich, kurz nach ihrem fünfzehnten Geburtstag, sein erstes Wettschießen gegen Miranda verloren hatte. Keiner hatte das für möglich gehalten. Am allerwenigsten der Bootsmann selbst.

Seit seiner Niederlage ließ Polino sich auf kein Wettschießen mit Miranda mehr ein. Auf einem Floß hatte er heute gleich nach Sonnenaufgang zur Flussmündung hinüber gestakt, um nach den Fischreusen dort zu sehen. Und nach den Pferden.

Wieder ein Jubelschrei des Mädchens, und Josepho, der auf den Dünen die Laute zupfte, schlug in die Saiten und stimmte eine Art Siegeshymne an. Prospero unterbrach seine Notizen, blätterte etwa hundert Seiten voraus bis zur Chronik des laufenden Jahres und notierte seinen Eindruck von dem Wettschießen vor seinem Studierzelt. Danach blätterte er zurück bis zur *Chronik einer Verbannung* – so nannte er den Teil, an dem er gerade arbeitete –, tauchte die Feder ins Tintenfass und beendete den Absatz, bei dem ihn Mirandas Jubelschrei unterbrochen hatte.

Der Foliant mit den leeren Pergamentbögen war ihm vor die Füße gefallen, als sie drei Jahre zuvor die Höhlen, Kellerräume und Erdlöcher der Piratenfestung noch einmal gründlich nach Waffen und Werkzeug durchsucht hatten. Polino hatte eine Baumaxt aus einer Wandnische gezogen; und mit ihr, ganz aus Versehen, eine Kupferkiste. Die stürzte zwischen ihm und Prospero auf den Boden, sprang auf und offenbarte einen Inhalt, den der Magier seitdem wie einen Goldschatz hütete: ein Dutzend Federn, zwei Tintenfässer und an die fünfhundert Bögen unbeschriebenes Pergament.

Der Plan für die Chronik reifte in den Nächten nach diesem überraschenden Fund. Noch im selben Winter fing Prospero an zu schreiben. Seit Frühlingsbeginn saß er am dritten Teil, an der *Chronik einer Verbannung*, in dem er die Zeit von Julias Tod bis zum Fund der Pergamentbögen behandeln wollte. Weit war er noch nicht gekommen.

Im ersten Teil, der *Chronik einer Tyrannei*, hatte er die Herrschaftszeit seines Großvaters und seines Vaters bis zum Tod seiner Mutter geschildert. Im zweiten Teil, der *Chronik einer glücklichen Herrschaft*, berichtete er von seiner eigenen Zeit als Herzog von Milano bis zu Mirandas Geburt.

Die fortlaufenden Ereignisse der Gegenwart erzählte er in

dem Teil, den er *Inselchronik* nannte, und den er vor drei Jahren etwa in der Mitte des Folianten begonnen hatte.

Am Vortag hatte er der Chronik seine ersten Versuche als Magier anvertraut. Zur Stunde, als der Krieg gegen Caliban entbrannte, versuchte er sich gerade daran zu erinnern, wie alt die Prinzessin von Napoli damals gewesen war und wie alt der Prinz von Tunischan, mit dem ihr Vater, der König Arbosso, sie verheiraten wollte.

Über sich, auf dem Zeltdach, hörte er Buback mit den Flügeln schlagen und einen Warnruf ausstoßen. *Wuahä, wuahä!*, tönte es. Dann herrschte auf einmal Stille draußen vor dem Zelt. Kein Lautenklang mehr, kein Gelächter, kein Knallen einschlagender Pfeilbolzen, kein wütender Wortwechsel. Prospero setzte die Feder ab und lauschte.

Schwingenschlag – Buback flog davon. In die Brandung mischte sich ein Geräusch, als würde Sand unter tausend Fußsohlen knirschen. Dann schrie Josepho seinen Namen. »Prospero! Komm raus!«

Prospero steckte die Feder ins Tintenfass und stürzte aus dem Zelt. Augenblicklich stockte ihm der Atem: Wildmenschen stapften über den Strand – Hunderte, Tausende. Wie eine schwarz-braune, pelzige Flut wälzte sich ihre Menge von den Dünen und kesselte die Zelte und die Hütten nach Osten und Westen hin ein, und das schon bis in die Brandung hinein.

Josepho, mit der Laute in der Linken, wankte rückwärts von den Dünen her auf das Meer und auf Prosperos Zelt zu. Miranda und Jesu wichen im Laufschritt vor den Reihen der Hundegesichtigen zurück. Prospero murmelte einen magischen Spruch und stimmte den Ruf des Kranichs an. Die Menge der Wildmenschen stand still. Wie ein Hufeisen umgab sie die Menschen und ihre Zelte.

»Wehe!«, rief ein langhaariger und maskierter Mann in einem Lammfellmantel. Er trat aus der ersten Reihe der Hundegesichtigen und winkte zwei Axtträger hinter sich her. Die schleppten den gefesselten und geknebelten Polino mit sich. Einer hob seine Steinaxt zum Schlag. Prospero verstummte sofort. Eine große, stark blutende Wunde klaffte im Scheitel des Bootsmannes. Auch aus Nase und Ohren blutete er, doch er atmete.

»Ein einziger Vogel zeigt sich am Himmel, und der hier stirbt!« Der Mann im Lammfellmantel rollte das R und sprach, als hätte er Steine im Mund. Seine Stimme klang sehr rau und sehr tief; manche Silben hörten sich an, als würde morsches Holz in seiner Kehle brechen.

Er trug eine rote Augenmaske, die Prospero gut kannte. Viel zu gut. Auch in der schwarzen, drahtigen Mähne des Mannes erkannte Prospero sofort die Lockenpracht der Hexe Coraxa wieder.

Es war ihr Sohn Caliban, der jetzt zehn Schritte vor ihm stehen blieb.

Prospero spähte nach Calibans Füßen, doch der Saum seines Lammfellmantels reichte weit über die Waden, und er trug Fellschuhe, sodass man die Vogelklaue nicht erkennen konnte, von der Miranda vor Jahren berichtet hatte.

»Caliban gebietet über all die wilden Krieger hier«, erklärte der Hexensohn und breitete die Arme zu den Reihen der Wildmenschen hin aus. »Calibans Mutter hat Caliban die Herrschaft über sie gegeben.«

Prospero ließ seinen Blick über die Menge der Hundegesichtigen wandern. Keiner, der nicht eine Steinaxt, eine Keule oder wenigstens einen Bumerang in der pelzigen Faust hielt. Steinspitzen unzähliger Speere ragten aus ihrer Menge. Ohne Zweifel war jeder einzelne der Wildmenschen zum Angriff bereit.

Prosperos angespannter Geist tastete nach den Vögeln, die er gerufen hatte. Er musste versuchen, sie so schnell auf den Hexensohn und die beiden Axtträger herabstoßen zu lassen, dass sie gar keine Gelegenheit mehr erhielten, ihre Waffen gegen den Bootsmann zu erheben. Im Stillen rezitierte der Magier die nötigen Beschwörungen. Warum hörte er die Möwen nicht längst schreien? In Gedanken rief er nach Ariel.

Aus dem Augenwinkel sah er Miranda und Jesu hundert Schritte schräg hinter sich in der Brandung stehen. Beider Armbrust war gespannt. Dass Miranda schwimmen konnte, wusste Prospero. Er hatte es ihr selbst beigebracht. Doch ob auch Jesu sich über Wasser halten konnte? Prospero hatte ihn nie danach gefragt.

Josepho stand neben ihm still. »Sie meinen es ernst.« Als wollte er sie schützen, legte er die Laute in den Schatten des Zeltes. »Worauf warten sie noch?«

Das fragte Prospero sich ebenfalls. Er fasste den Hexensohn ins Auge, wollte Zeit gewinnen, bis endlich die Vögel kamen. »Und vor dir hat deine Mutter Coraxa die wilden Kerle beherrscht?«

Im Stillen und mit wachsender Unruhe lauerte Prospero auf den Flügelschlag und das Geschrei der Vogelschwärme, die er gerufen hatte. Doch nicht eine einzige Möwe hörte er kreischen, nicht eine einzige Krähe krächzen. Als er erneut hinter sich lugte, sah er dafür den Luftelf zwischen Miranda und Jesu stehen.

»Sonst hätten sie ihr kaum das Grabmal errichtet.« Calibans schmales Habichtsgesicht war kantig, der Blick seiner roten Augen feindselig. »Zwei Jahre Bauzeit hat es sie gekostet, und ihr habt es aufgebrochen und geschändet. Caliban ist sehr böse deswegen. Und sein Vater ist es auch.«

Calibans tiefe und raue Stimme klang fest, und er wirkte auf verstörende Weise selbstbewusst. Prospero hatte ihn noch nie so nahe vor sich gesehen. Als ihn seine Wildmenschen vor sechs oder sieben Jahren in einer Sänfte vor die Mauern der Festung getragen hatten, war er noch deutlich kleiner gewesen. Seitdem hatte Prospero ihn nur zwei oder drei Mal von Weitem erblickt; wenn die Hundegesichtigen im Wald oder an der Flussmündung wieder einmal einen Angriff gewagt hatten.

Jedes Mal hatte Prospero erfolgreich seine magischen Kräfte gegen sie entfesseln können, und jedes Mal mussten sie mit blutigen Nasen abziehen. Fühlte Caliban sich nun etwa stark genug für eine siegreiche Schlacht gegen ihn und die Seinen?

»Etwas fummelt in meinem Schädel herum«, raunte Josepho neben dem Magier. »Hexenkräfte. Er ist ein verdammter Hexer.«

»Nicht in seine Augenschlitze schauen!«, zischte Prospero. »Caliban versucht, dir seinen Willen aufzuzwingen.« Er lugte hinter sich zu Miranda. Sie tuschelte mit Jesu. Wahrscheinlich warnte sie ihn ebenfalls davor, den Blick des Maskenmannes zu erwidern. Als Kind hatte sie ja schon Erfahrung mit der magischen, den Willen lähmenden Kraft Calibans gemacht. Und sie gleich durchschaut. Mit derselben Fähigkeit hatte schon Calibans Mutter versucht, die Menschen zu beeinflussen. Bis Tonio ihr die Augen ausstechen ließ.

Ariel entdeckte Prospero einige Schritte hinter Miranda und dem Kammerdiener. Es sah aus, als würde der Luftgeist auf den Wellen laufen. Ihn in unmittelbarer Nähe zu wissen, beruhigte den Magier ein wenig.

Prospero wandte sich wieder dem Hexensohn zu. »Was willst du, Sohn Coraxas?« Er erschrak vor seiner eigenen Stimme, denn sie klang heiser und unsicher. Warum bei allen guten Mächten des Universums zeigten sich keine Vogelschwärme am Himmel? Wo blieben die sonst so verlässlichen Möwen, Krähen, Seeschwalben, Elstern und Häher?

»Caliban bietet dir Frieden an.« Die tiefe Stimme des Hexensohns klang, als würde er aus einer Gletscherhöhle heraus sprechen. Er hatte die Gestalt und den Bartwuchs eines Dreißigjährigen und war doch mindestens zwei Jahre jünger als Miranda. Wieder lugte Prospero nach seinen Stiefeln. Das Fell des linken schien ihm nur schlaff um den auffällig dünnen Knöchel zu hängen. Caliban verschränkte die Arme vor der Brust. Aufrecht und mit erhobenem Kopf stand er neben seinen beiden Axtträgern und dem bedauernswerten Bootsmann. Ich weiche nicht, bis ich meinen Willen bekomme, schien seine Haltung zu sagen.

So vieles an dem Hexensohn erinnerte Prospero an Taifunos, den Fürsten des siebten Kreises der Unterwelt. Es kostete ihn alle Selbstbeherrschung, seinen Brechreiz und das Gliederzittern zu unterdrücken. Sollte etwa der Entsetzliche dieses von Hass erfüllte Wesen dort gezeugt haben? Auf der alten Kogge? Bevor er zurück in sein finsteres Reich gefahren war?

So musste es gewesen sein! Und wie eine schwarze Binde fiel es Prospero von den Augen: Der Dämonenfürst hatte der Hexe das Kind gezeugt und so auch ihre magischen Kräfte erneuert, die sie durch den Verlust ihres Totems ja teilweise eingebüßt hatte. Das würde auch ihre Macht über die Wildmenschen erklären!

Eisiger Schrecken wollte den Magier lähmen. Mit aller Macht seines Willens stemmte er sich dagegen, versuchte, seine Aufmerksamkeit ganz und gar auf seinen Feind zu richten.

»Liegen wir denn im Krieg miteinander?«, sagte er mit gespielter Ruhe. Er gab es auf, im Geist nach den Vögeln zu rufen. Eine Kraft, die er nicht kannte, blockierte seinen magischen Zugriff auf ihre Schwärme. Calibans magische Kraft? Der Gedanke machte ihn fassungslos.

Ob Ariel ihm eine Hilfe sein würde gegen den Hexensohn? Prospero wusste, dass der Luftelf Caliban ähnlich fürchtete wie dessen Mutter. Er wollte kein zweites Mal in einen toten Baum gesperrt werden. Andererseits hatte er geholfen, den Kampf an der Festung zu gewinnen, und fürchterlich unter den Hundegesichtigen gewütet. Vielleicht würde er es ein zweites Mal tun. Der Magier rief sich eine andere Beschwörungsformel in Erinnerung, rezitierte sie im Geist und richtete seine Willenskraft auf die Brandung und das Meer.

»Lediglich Waffenstillstand herrscht, seitdem Caliban seine Krieger das letzte Mal in den Kampf gegen dich schickte. Inzwischen hat Caliban viel geübt. Diesmal werden er und seine Krieger das Schlachtfeld nicht sieglos verlassen, Sohn der Magdalena.« Rot glühten die Augen hinter den Maskenschlitzen.

Es tat Prospero weh, den Namen seiner Mutter aus dem kleinen, hässlichen Mund des feindseligen Hexensohns zu hören. Josepho schien ähnlich zu empfinden, denn seine Gestalt straffte sich.

»Gerade hast du noch von Frieden gesprochen!«, rief der Medikus. »Und im nächsten Satz drohst du mit der Schlacht?«

»Caliban will in der Tat Frieden schließen«, schnarrte der Hexensohn.

»Dann sei es so.« Prospero versuchte seine Stimme fest und ruhig klingen zu lassen, doch es gelang ihm nicht. Und der andere spürte seine wachsende Panik. »Ich gewähre dir Frieden.« Sein Geist schrie stumm in die Brandung hinein. »Geh also hin in Frieden mit deinen wilden Kämpfern.«

»Sehr gut, das hört Caliban gern. Doch Caliban verlangt ein Friedenspfand.« Siedend heiß fuhr Prospero der Schrecken in die Glieder; er wusste genau, was jetzt geschehen würde. Und wirklich – Caliban deutete auf Miranda. »Caliban will sie!«

Wie gelähmt stand der Magier. Was sollte er tun, was sollte er sagen? Er wandte den Kopf ein wenig, schaute verzweifelt auf Brandung und Meer. Miranda stand breitbeinig und mit gespannter Armbrust. Ariel sprang in den Wellen auf und ab, und die Flut stieg; doch sonst tat sich gar nichts.

Die Angst schnürte Prospero die Kehle zu. Sollte denn der Hexensohn ihn bereits überflügeln an magischer Kraft? Alles in Prospero sträubte sich gegen diesen Gedanken.

»Höre mir gut zu, Caliban«, tönte auf einmal Mirandas Stimme von der Brandung her. »Man kann mich nicht einfach diesem oder jenem wie ein Pfand überlassen. Ich bin nicht irgendein Ding, ich bin ein Mensch. Und ich gehöre erst einmal nur mir selbst. Und danach dem, dem ich gehören will, falls ich jemals beschließe, mir einen Mann zu nehmen. Dir jedoch, Caliban, und das merke dir gut: Dir werde ich niemals gehören.«

Die klaren Worte seiner Tochter erstaunten Prospero sehr. Er kannte sie, ja, und er wusste, dass sie eigensinnig und furchtlos war. Aber so wie jetzt hatte er sie noch nie sprechen hören.

»Weißt du noch, wie du Caliban geschlagen hast?« Der Hexensohn gab seinen Wildmenschen ein Zeichen, das Prospero nicht recht deuten konnte. Danach schritt er Miranda und der Brandung entgegen. Jesu wich zurück und stürzte rücklings in die Wellen. Ariel aber rührte sich nicht.

»Hast du es vergessen, Miranda? Mit einem Ast hast du Caliban ins Gesicht geschlagen! Die Füchse hast du auf Caliban gehetzt!« Miranda riss die gespannte Armbrust hoch. »Caliban wird das niemals vergessen!«

Der Hexensohn blieb stehen und fuhr herum. »Ich will sie!« Die roten Augen hinter den Schlitzen seiner Maske funkelten. »Sie sei Calibans Friedenspfand! Und dir, Sohn Magdalenas, rät Caliban um deiner selbst willen: Gib sie Caliban! Denn bald wird Calibans Vater Caliban die Herrschaft über die gesamte Insel verleihen. Und dann nimmt Caliban sie sich sowieso mit Gewalt!« Der Hexensohn drehte sich wieder um und schritt weiter auf Miranda zu.

»Wer ist dein Vater?«, rief Josepho.

Doch der Unheimliche antwortete nicht, setzte seinen Weg zielstrebig fort. Jesu kroch tiefer in die Brandung hinein. Sein Gewimmer übertönte schon deren Brausen. Ariel konnte Prospero nirgends mehr zwischen den Wellen erkennen.

»Tu was, großer Magier«, raunte Josepho. »Tu endlich was, oder wir sind verloren.«

Miranda stemmte ihre Armbrust gegen die Schulter und schoss. Ein Fauchen und Knurren ging durch die Menge der Wildmenschen. Jäh blieb Caliban stehen. Prospero hielt den Atem an.

Ganz steif ragte der Hexensohn aus dem Sand. Er senkte den Kopf und blickte an sich hinunter. Langsam drehte er sich nach Prospero und Josepho um. Zwischen den Knopfleisten seines Lammfellmantels ragte ein Pfeilbolzen aus seinem Brustbein.

Drei Atemzüge lang hörte Prospero nur das Rauschen der Brandung. Ansonsten herrschte Totenstille. Die meisten Hundegesichtigen waren ein Stück in die Knie gegangen. Sie duckten sich wie zum Sprung und warteten wohl auf einen Befehl ihres Hexers. Der aber brach unvermittelt in dumpfes Gebrüll aus, griff nach dem Pfeilbolzen in seiner Brust und zerrte daran.

Prospero traute seinen Augen nicht: Caliban brüllte mit weit aufgerissenem Mund, zerrte und rüttelte an dem tödlichen Geschoss in seinem Brustbein und riss es sich schließlich aus dem Leib. Er fuhr herum und schleuderte es nach Miranda. Die zielte schon wieder mit der neu gespannten Armbrust auf ihn. Ohne auch nur im Geringsten zu taumeln stürmte der Hexensohn auf sie zu.

Prospero zischte einen magischen Spruch, und Caliban prallte zurück, als wäre er gegen eine Wand gelaufen. Rücklings stürzte er in den Sand.

Im selben Moment ging ein Knurren und Fauchen durch die

Reihen der Wildmenschen. Bei denen in der Brandung begann es und fuhr von ihnen aus wie eine brausende Sturmbö von beiden meerseitigen Enden des Belagerungshalbkreises durch ihre Reihen. Viele von ihnen bewegten sich auf und ab, als versuchten sie nach etwas zu treten, das sich um sie herum am Boden tummelte. Andere schlugen mit Äxten und Keulen um sich, und wieder andere stachen mit ihren Steinspeeren rings um ihre Füße in den Sand. Prospero wusste nicht, was geschah.

Walrösser erhoben sich auf einmal aus den Wellen und robbten durch die Brandung. Verblüfft schaute Prospero nach links und rechts, und bei jedem Hingucken sah er neue Kolosse sich aus dem Meer stemmen. Sie fegten ganze Reihen der Wildmenschen mit ihren Schwanzflossen um oder wälzten ihre massigen Körper über sie hinweg. Zwischen den Meeresgiganten sprangen Seelöwen aus der Brandung, schaukelten an den Strand, schnappten und schlugen nach den Hundegesichtigen.

Die wehrten sich anfangs zwar, doch weil viele sich zur Flucht wandten und die Reihen hinter ihnen mit sich rissen und die vor ihnen niedertrampelten, brach schnell Panik aus. Und jetzt, als die Angriffsreihen der Wildmenschen zurückwichen und gegen die Dünen brandeten, jetzt erst erkannte Prospero den Grund ihrer anfänglichen Unruhe: Krebse hatten sich in ihre pelzigen Zehen verbissen, Hummer ihre Scheren in ihre Fellwaden geschlagen und Seeschlangen sich um ihre Schenkel gewunden.

Bald sank auch den furchtlosesten unter den Wildmenschen der Mut, und die letzten Standhaften wandten sich zur Flucht. In ihrer Nachhut auch der Hexensohn. Neben dem blutenden Polino machte er Halt, bückte sich nach einer Keule und schlug dem Bootsmann den Schädel ein.

Prospero fehlte die Kraft ihn aufzuhalten, und Josepho wagte es nicht. Caliban rannte die Dünen hinauf.

Auf dem Kamm wandte der Hexensohn sich noch einmal um und brüllte: »Sieben Tage Zeit gibt Caliban dir! Dann kommt er zurück! Du wirst Caliban deine Tochter geben oder mit ihr und deinen Gefährten sterben! Sieben Tage, Sohn Magdalenas! In sieben Tagen wird Caliban auch deinen Meereszauber bannen können!« Er drehte sich um, sprang die Rückseite der Dünen hinunter und rannte in den Wald.

»Ariel!« Prospero rief nach dem Luftelf. Wie aus dem Nichts tauchte der vor ihm auf. »Hinterher! Zerstreue sie in alle Himmelsrichtungen! Bring Verwirrung unter sie, wo du kannst. Jage sie in ihre Erdhöhlen!« Und Ariel lief los.

Als Prospero noch einmal hinschaute, jagten auf einmal Dutzende kleiner Kobolde, Hunderte winziger geflügelter Wesen und Tausende von glühenden Lichtpunkten die Dünen hinauf und über ihren Kamm hinweg ins Gehölz.

Prospero atmete schwer. Das Herz schlug ihm in den Schläfen. Er blickte um sich – überall bedeckten sterbende oder tote Wildmenschen den Strand. Dazwischen verletzte Walrosse, erschlagene Seelöwen und zertretene und zerstochene Krebse, Hummer und Seeschlangen.

Unzählige Meerestiere aber krochen oder robbten zurück in die Brandung. Mit leuchtenden Augen verfolgte der Magier das atemberaubende Naturschauspiel. Nie zuvor hatte er derartiges gesehen.

Hatte denn wirklich seine Magie all die Krebse, Seelöwen, Hummer und Walrosse aus den Tiefen des Meeres gerufen? Oder hatte Ariel nachgeholfen? Gleichgültig – die Begeisterung riss den Magier zu lautem Gelächter hin.

Er lachte, bis er seine Tochter entdeckte. Zwischen all den abziehenden Meerestieren kniete Miranda in der Brandung – und weinte laut.

Prospero ging zu ihr. Er watete durch die Wellen, watete

durch unzählige tote Fische und Möwen hindurch. Vor Miranda sank er in die Knie. Er zog sie an sich und umarmte sie.

»Es ist vorbei, mein Herz. Ich habe sie verjagt. Alles wird gut, musst nicht weinen.« Miranda bohrte die Stirn in seine Halsbeuge und weinte noch lauter. »Du hast nichts zu befürchten, mein Kind.« Prospero hielt ihren zuckenden Oberkörper fest, streichelte ihren Rücken, küsste ihren Scheitel und redete ihr gut zu.

Während er das tat, wanderte sein Blick über Brandung und Wellen – überall tote Fische, tote Möwen, tote Seeschwalben, tote Brauntölpel. »Es ist vorbei, Miranda, alles ist gut …«

Prosperos Stimme brach. Etwas, das größer war als ein Tölpel, ein Dorsch oder ein Seehecht, trieb in der Brandung. Dicht über dem Sand schaukelte es in den Wellen.

Jesu.

Die Brandung wiegte seinen zierlichen, auf dem Rücken liegenden Leib. Mit ausgebreiteten Armen sank er dem nahen Sandgrund entgegen. Seine Augen waren weit geöffnet.

3

Familie

Jesu und Polino sind tot. Bin ich je so traurig gewesen wie in den Nächten danach? Ja. Vor sechs Jahren, nach Brunos Tod. Und ganz gewiss, als ich ein Baby war und Majuja verloren habe. Doch daran erinnere ich mich nicht.

Werde ich jemals wieder eine Schachfigur anrühren können? Meine Armbrust werde ich wohl anfassen müssen, selbst wenn ich beim Schießen um Polino weinen werde. Caliban wird zurückkommen, und ich werde mich wehren.

Ich hasse Caliban. Ich hasse ihn so sehr, dass ich ihm den Tod wünsche. Und sollte ich selbst diejenige sein, die mir diesen Wunsch erfüllt – ich werde mich nicht dagegen sträuben.

Wir haben das Lager am Strand abgebrochen. Zu viele tote Hundskerle. Zu viele Seelöwenkadaver. Zu viele Kampfspuren.

Unsere Sachen haben wir auf sieben Pferde gebunden, auf zwei unsere beiden Toten. Auf den anderen drei Pferden sind wir geritten, auf Steiner, Mutter und dem Weißen. Amme-Rot trägt die Körbe und Bündel mit meinen Sachen.

Zwei Tage nach der schrecklichen Stunde am Strand haben wir Jesu und Polino vor dem alten Fuchsbau begraben, neben Bruno. Sind wir nicht alle wie eine Familie? Babospo, Josepho, ich und die drei Toten? Wir werden immer wie eine Familie sein. Und Buback und Amme-Rot und die Pferde gehören auch dazu.

Nie wieder will ich einen aus meiner Familie begraben müssen!

Wir übernachten auf einer hoch gelegenen Lichtung. Von hier aus hat man eine gute Sicht auf die Waldhänge links und rechts. Jedenfalls tagsüber. Jetzt ist es dunkel; jetzt sieht man nichts, wenn man nicht Buback ist.

Nicht einmal der Mond scheint. Nur ein kleines Feuer verstreut ein wenig Licht. Ariel hält Wache. Vielleicht sitzt er neben Buback auf einem Baum. Vielleicht hat er sich in den Schwarm Glühwürmchen verwandelt, den ich zwischen den Büschen am Rand der Lichtung tanzen sehe.

Ariel gehört nicht zu unserer Familie. Ariel bleibt für sich. Er zeigt sich nur, wenn Babospo ihn ruft. Haben Polino und Jesu überhaupt gewusst, dass es ihn gibt? Josepho weiß es, redet aber nicht über ihn.

Ariel mag Babospo nicht besonders. Das spüre ich. Er fiebert der Stunde entgegen, in der Babospo ihn freilassen muss. Ich glaube, Ariel mag überhaupt keine Menschen. Außer mich. Stundenlang hat er am Strand gesessen oder im Festungshof oder im Fenster meiner Kammer dort und sah mir beim Reiten, Schießen, Bildhauen und Musizieren zu.

Ich mag ihn auch. Gern wäre ich wie er. Dann könnte ich fliegen, mich in Tiere verwandeln oder durch unbekannte Welten wandern und die Höfe der Elfenkönige besuchen.

Ich kann nicht einschlafen. Die Toten sitzen um die moosige Stelle, über die ich meine Decken ausgebreitet habe. Bruno, Jesu, Polino und Majuja. Ich frage mich, ob Schnüffeli noch lebt. Oder ihre Kinder. Der Fuchsbau, an dem wir unsere halbe Familie begraben haben, ist verlassen.

Babospo und Josepho sitzen am Feuer und reden. Zuerst sprechen sie leise, flüstern fast nur. Ich verstehe kaum die Hälfte. Später reden sie ein wenig lauter. Wahrscheinlich glauben sie, dass ich eingeschlafen bin. Ich lausche. Ich kann jetzt jedes Wort verstehen. Ich höre meinen Namen.

»Hüte deinen Geist«, höre ich Josepho sagen. »Bist's Miranda schuldig.«

»Wie meinst du das?«, höre ich Babospo fragen.

»Neigst zum Hochmut, großer Magier. Eines Tages wird er dich zu Fall bringen. Geschähe dir recht. Doch für Miranda wär's eine Katastrophe.«

Ihre Stimmen klingen kraftlos, ihre Gesichter wirken müde im Schein der Flammen. Babospos noch müder als Josephos. Das ist immer so, wenn er zaubert. Die Magie kostet Babospo jedes Mal viel zu viel Kraft.

»Du glaubst, ich überschätze mich?«, höre ich ihn fragen.

»Hast du heute Vögel gesehen, als es drauf ankam?«

»Dafür habe ich Seelöwen, Hummer und Walrosse gesehen.«

»Hast du die gerufen, großer Meister? Oder hat dein verdammter Elfenknecht sie für uns in den Kampf geschickt?«

Sie schweigen eine Zeitlang. Es kommt mir vor, als wüsste Babospo die Antwort selbst nicht. Ich sehe, wie er in die Flammen blinzelt. Er kommt mir alt vor heute Nacht. Beinahe noch älter als der Medikus.

»Manchmal frage ich mich, wie mein Leben verlaufen wäre, wenn du nicht nur der Geliebte meiner Mutter, sondern auch mein Vater gewesen wärst.«

Ich horche auf – die Großmutter war die Geliebte des Medikus? Warum erzählt man mir das nicht? So etwas Entscheidendes muss eine Enkelin doch von ihrer Großmutter wissen! Wo doch ihr Geliebter zu meiner Familie gehört!

»Dann wärst du jetzt nicht Prospero, der Magier. Müsstest nicht hier auf dieser Insel hausen. Wärst ein ganz anderer.«

»Manchmal wünsche ich mir, ein anderer zu sein.«

»Schwachsinn. Wer sein Leben nicht annimmt, dem geht es verloren.«

»Bist du mir nicht ein wenig wie ein Vater?«

»Schon möglich.« Ich sehe den Medikus müde lächeln. »So oft, wie wir streiten?«

»Warum hat sie den Vater und nicht dich geheiratet? Ich habe mich das oft gefragt, Josepho.«

»Weißt du nicht, dass die besten und stärksten Frauen dazu neigen, auf die idiotischsten Männer reinzufallen?«

Ich bin jetzt hellwach. Niemand hat mir je von meinem Großvater erzählt. Ein Idiot ist er gewesen? Vorsichtig drehe ich mich auf den Rücken und lausche aufmerksam. Kein Wort darf ich verpassen.

»Der Großvater soll die treibende Kraft hinter der Hochzeit gewesen sein«, höre ich Babospo sagen. »Stimmt das?«

»Dein Großvater hat alles eingesetzt, was er hatte, damit Magdalena seinen Sohn heiratet: Geld, Macht, Schwertmänner. Sogar Ländereien hat er ihrem Vater geschenkt. Der war ein armer Graf und hat sich nur zu gern überreden lassen, seine Tochter mit dem Sohn eines mächtigen und reichen Herzogs zu verheiraten.«

»Aber warum hat der Großvater diesen Aufwand betrieben?«

»Er kannte seinen Sohn – deinen Vater. Er wusste, dass er ein charakterloser Schwachkopf ist. Er wusste genau, dass sein Herzogtum vor die Hunde geht ohne eine starke Frau an der Seite dieses Waschlappens.«

»So siehst du das?«

»So war das.«

Wieder versinken die Männer in Schweigen. Ich kann ihre Traurigkeit spüren. Ob das Herzogtum unter Onkel Tonio auch vor die Hunde geht? Noch nie habe ich mir eine solche Frage gestellt. Milano ist so weit weg von hier. Ich kenne es nicht. Mein Zuhause ist die Insel.

»Was geht in dir vor, großer Magier?«, bricht der Medikus irgendwann das Schweigen. »Wie sind deine Pläne?«

»Erinnerst du dich an jene Depesche aus Napoli, in der Arbosso ankündigte, seine Tochter dem Sohn des Königs von Tunischan zur Frau zu geben?«

»Ich bin kein seniler Greis, Prospero, mein Gedächtnis funktioniert noch. Mit der Hochzeit wollte der verdammte Fettsack den Friedensvertrag mit den Tunischen besiegeln. Seine Tochter ist acht oder neun gewesen, und der Prinz von Tunischan hat noch in die Windeln geschissen.«

»Inzwischen müsste er im heiratsfähigen Alter sein.«

»Warum interessiert dich das?«

»Weil die Seeroute nach Tunisch in der Nähe der Hundskopfinsel vorbeiführt.«

Josepho antwortet nicht gleich, und als er dann antwortet, klingt er so streng und vorwurfsvoll, dass ich den Atem anhalte.

»Gib endlich Ruhe, Prospero!«

»Nicht so laut«, flüstert Babospo. »Miranda wacht sonst auf.«

»Versöhn dich endlich mit deinem Leben!« Ich höre Josepho zischen. »Du hast nur dieses eine! Weg mit der verdammten Rachelust!«

»Hast du nie den Wunsch empfunden, an meinem Vater Vergeltung zu üben, Josepho?«

»Das hast du für mich auf deine Weise getan.«

»Ich bereue es nicht. Und auch an Tonio und Arbosso werde ich mich rächen, ohne es zu bereuen.«

»Verdammter Sturkopf.« Ich höre Josepho ins Feuer spucken; es zischt. »Das Leben ändert sich ständig, und die Politik sowieso. Kann mir nicht vorstellen, dass der Friedensvertrag zwischen Milano und Tunischan gehalten hat. Und selbst wenn: Du wirst niemals herausfinden, wann die Hochzeit gefeiert wird. Vergiss es, ich will davon nichts mehr hören. Erzähle mir lieber, wie du Caliban und seinen Rotten entkommen willst, großer Meister. Auf Magie versteht der Dreckskerl sich inzwischen ja genauso gut wie du. Höre also meinen Vorschlag: Wir hauen ab. So weit wie möglich. Am besten bis zur Nordküste der Insel.«

»Nein!« Es platzt förmlich aus Babospo heraus, dieses Nein.

»Dann lass hören, bin gespannt.«

»Ariel hat gesehen, dass Caliban ins Grab seiner Mutter geflüchtet ist.«

»Will wohl neue Kraft schöpfen, der verdammte Dreckskerl. Ein Grund mehr abzuhauen.«

»Ich werde ihn dort stellen.«

»Was?«

»Nicht so laut, Josepho. Sonst wacht Miranda auf.«

»Der Hexensohn ist genauso stark wie du!«, höre ich den Medikus zischen. »Kapierst du das nicht? Er wird dich umbringen. Mit wem soll ich dann streiten?«

»Diesmal bin ich vorbereitet. Ich werde ihn stellen. Gleich nach Sonnenaufgang breche ich auf zur Pyramide. Allein.«

»Na dann viel Spaß.« Josepho rollt sich in seine Decke. »Jetzt könnte ich einen Schluck Wein gebrauchen. Einen ganzen Krug Wein könnt' ich jetzt brauchen!«

Schließt der Medikus die Augen? Ich glaube nicht, dass er jetzt noch schlafen kann.

Babospo kann ebenfalls nicht schlafen. Er legt Holz nach, holt sein Zauberbuch aus dem Rucksack und schlägt es auf.

Auch ich kann nicht schlafen. Babospo will allein zu Caliban gehen? Will allein mit ihm kämpfen? Habe ich das wirklich richtig verstanden?

Die Angst springt mich an wie ein großes, schwarzes Tier, setzt sich auf meine Brust, macht mir das Atmen schwer.

Babospo will ganz allein gegen den Hexensohn kämpfen? Das geht nicht! Das geht überhaupt nicht!

Ich überlege hin und her und spiele mit dem Gedanken aufzustehen, zu ihm zu gehen und ihn zu bitten, mich mitzunehmen. Er würde es mir glatt abschlagen, ganz bestimmt. Also lasse ich es bleiben.

Lange liege ich wach. Die ganze Zeit brennt das Feuer. Die ganze Zeit sitzt mein Vater über dem aufgeschlagenen Zauberbuch. Stumm bewegt er die Lippen. Manchmal wiegt er den Oberkörper hin und her.

Ich glaube, das Buch macht einsam. Ich glaube, Magie macht einsam.

4

Unterwerfung

Das Feuer war heruntergebrannt, der Morgen graute. Prospero schlug das Buch zu und steckte es in seinen Rucksack. Ein kühler Wind wehte durch den noch dunklen Wald. Der Magier knöpfte seinen Federmantel zu und gürtete sein Schwert. Ein letzter Blick noch auf Miranda und Josepho – beide schliefen tief und fest. Würde er sie jemals wiedersehen? Ein Zittern durchfuhr seinen Körper, und die Frage bohrte sich in seine Brust wie ein Schmerz.

Am Rande der Lichtung band er den Weißen von der Birke los. Die anderen Pferde beäugten ihn neugierig. Aus insgesamt zwölf Tieren bestand die kleine Herde inzwischen. Prospero tätschelte Mutter über die Nüstern und strich Steiner über den Hals. Dann ging er.

Über einen Wildpfad führte er seinen Weißen hangabwärts nach Norden. Unten überquerte er den Bach, kniete am anderen Ufer nieder und füllte seine Feldflasche. Er trank sie halb leer, füllte sie erneut und stieg dann in den Sattel.

Über ihm rauschte es leise – ein vertrautes Geräusch; so vertraut wie der Luftzug, der ihm gleich darauf durchs Haar fuhr. Buback landete auf seiner linken Schulter und begrüßte den Magier mit einem glucksenden *Duugug, duugug.*

Prospero stieß einen ähnlichen Ruf aus, um dem Uhu zu sagen, dass er sich über seine Ankunft freute. Danach trieb er den Schimmel in den Hang hinein. Bald fand er den Wildpfad, den sie gewöhnlich nahmen, wenn sie von der Hochebene an die Südküste zogen oder umgekehrt.

Er folgte dem inzwischen zum Weg ausgetretenen Pfad bergauf und bergab, wie er es aus so vielen Jahren schon kannte. Eine Hügelkette folgte der anderen, ein Flusstal dem nächsten. Manchmal, wenn er durch den Küstenwald ritt, staunte er, wie vertraut ihm diese Landschaft im Laufe der Zeit geworden war und wie blass dagegen seine Erinnerung an Milano mit seinen Gassen und Fassaden. Auch an diesem Morgen ging es ihm so.

Zu Fuß brauchten sie gewöhnlich drei bis vier Tage vom Strand bis zum Grabmal, von Brunos Grab aus nicht einmal einen halben. Prospero hoffte, um die Mittagszeit die Pyramide zu erreichen.

In einem engen Tal legte er nach zwei Stunden eine Rast ein. Den Weißen ließ er an dem Bach saufen, der durch die Senke strömte. Auch er trank von dessen Wasser und füllte seine Feldflasche damit auf.

Seit dem Kampf am Strand aß Prospero nichts mehr. Am ersten Tag hatte ihm die Trauer den Magen verschlossen. An den Tagen danach fastete er aus freien Stücken, um sich auf den Kampf mit Caliban vorzubereiten.

Bevor er wieder in den Sattel stieg, rief er nach Ariel. Eine halbe Stunde ruhte er im Farn aus, dann stand der Luftelf vor ihm. »Was wünscht der Meister?«

»Sieh zu, dass du zum Grabmahl der Hexe kommst. Gib mir so schnell wie möglich Bescheid, ob Caliban sich noch dort aufhält. Und falls er sich bewachen lässt, zähle die Hundegesichtigen, die bei ihm sind.«

»Immer hat er es eilig, der Meister, nicht wahr? Doch wir werden tun, was wir können.« Ariel wandte sich ab und verschwand im Unterholz. Prospero stieg in den Sattel und trieb den Weißen den nächsten Berghang hinauf.

Bald lag die fünfte Hügelkette hinter ihm, noch höchstens eine Wegstunde bis zur Anhöhe mit der Pyramide. Je näher er ihr kam, desto mehr wuchs seine Gewissheit, das Richtige zu tun.

Sollte er etwa untätig warten, bis der Hexensohn sich stark genug für den nächsten Überfall fühlte? Sollte er warten, bis Calibans Wildmenschenrotten ihn und die Seinen wieder umzingelten? Denn das stand fest: In wenigen Tagen würde der Hexensohn sich erneut vor ihm aufblasen und Miranda verlangen. Es reichte. Schlimm genug, dass Jesu und Polino tot waren. Es mussten nicht auch noch er oder Josepho sterben. Oder Miranda womöglich. Allein der Gedanke, ihr könnte etwas zustoßen, schnürte ihm das Herz zusammen.

Ja, es war richtig, dem Hexensohn zuvorzukommen. Es war richtig, das Gesetz des Handelns selbst in die Hand zu nehmen und den Kampf zu eröffnen.

Bald erreichte er die Stelle, von der aus es in Serpentinen zur Pyramide hinaufging. Ariel lag am Rand des Pfades in Moos und Blaubeerkraut. Er hatte die Arme unter seinem weißblonden Kopf verschränkt und blickte in die Krone einer Eiche, deren Äste über ihm herabhingen. Den Magier beachtete er gar nicht.

Prospero hielt den Weißen an und stieg aus dem Sattel.

»Und?« Ariel deutete stumm ins Eichenlaub hinauf. Der Magier legte den Kopf in den Nacken: Vögel pickten zwischen den Zweigen einer Mistel herum, die nahe am Eichenstamm im Geäst wucherte. Ihre Köpfe leuchteten rot und weiß aus dem Mistellaub, die Ansätze ihrer Schwingen gelb.

»Stieglitze.« Prospero ging das Herz auf.

»Stieglitze künden von Leiden, Blut und Tod«, erklärte der Luftelf.

»Stieglitze stehen für den Mut, auch durch Dornen zu gehen, um am Leben zu bleiben.« Vergeblich versuchte Prospero sich zu erinnern, wann er zuletzt Stieglitze beobachtet hatte.

»Der Hexensohn ist oben.« Ariel schaute ihm ins Gesicht.

»Manchmal drinnen in der Gruft, meistens draußen zwischen den Felssäulen.«

»Allein?«

»Sieben Hündische sind bei ihm.«

Prospero nickte. »Halte dich in meiner Nähe. Vielleicht werde ich dich brauchen.«

»Lieber nicht.« Ariel beobachtete wieder die Vögel. »Hexendes Menschenpack ist uns zuwider.«

Prospero tat, als hörte er es nicht. Er stieg in den Sattel und lenkte seinen Schimmel auf den Serpentinenpfad. Während er in den Hang ritt, erinnerte er sich eines Momentes, in dem er in Milano von seinem Bibliotheksfenster aus ein Stieglitzpaar im Burggarten beobachtet hatte. War das nicht an dem Tag gewesen, als eine glückliche Julia ihm eröffnete, dass sie schwanger war? Und zugleich der Tag, an dem er zum ersten Mal von der Hexe hörte?

Das Herz wurde ihm schwer, und eine tiefe Wehmut ergriff ihn. Julia! Plötzlich schien sie ihm ganz nahe zu sein. Eine Zeitlang glaubte er tatsächlich, ihre Gestalt vor sich auf dem Serpentinenpfad schreiten zu sehen. Sogar ihr Duft stieg ihm in die Nase. Er seufzte tief.

Bald ragte die erste Felssäule vor ihm auf. Das Gelände wurde flacher. Prospero schob die schmerzliche Erinnerung an seine geliebte Frau zur Seite. Ein wichtiger Kampf stand ihm bevor; seine gesammelte Aufmerksamkeit war jetzt gefordert, und nichts durfte ihn ablenken.

Er beschwor das Bild des Hexenssohns vor sein inneres Auge und begann sie zu murmeln, die magischen Formeln, die er sich am nächtlichen Feuer noch einmal eingeprägt hatte. Buback breitete die Schwingen aus und flog hinauf zum Gipfel der ersten Felssäule. Pferdelänge um Pferdelänge blieb sie hinter Prospero zurück.

Die zweite rückte näher, der Wald lichtete sich, und die Pyramide wurde sichtbar. An der dritten Felssäule hielt der Magier seinen Weißen an. Von hier aus konnte er das Gelände rund um das Grabmal überblicken. Keine dreihundert Schritte trennten ihn mehr vom Eingang in die Pyramide. Caliban entdeckte er nirgends; auch keinen seiner Wildmenschen. Hielt er sich also in der Gruft bei der Leiche seiner Mutter auf? Was mochte er dort tun? Prospero atmete einige Male tief durch, sammelte sich und richtete seine Aufmerksamkeit ganz und gar auf das Grabmal.

Sein Geist tastete nach einem anderen Geist, tastete sich durch Stein und Boden. In all den Jahren hatte er gelernt, die Gegenwart eines fremden Bewusstseins zu erfühlen, ohne dass er seinen Träger sehen musste. Und wahrhaftig: Nur wenig später berührte sein Geist den des Hexensohnes. Der fühlte sich an wie ein Topf voll kochenden Wassers – brodelnd und heiß. Prospero musste sich beherrschen, um nicht sofort zurückzuzucken.

Er griff nach seinem Mutterzopf. *Ich bin hier.* In Gedanken betonte er jedes Wort. *Komme herauf und stell dich mir, dem Sohn der Magdalena.*

Zum ersten Mal nannte er sich selbst so: Sohn der Magdalena. Er dachte an seine Mutter, und Stolz und Freude strömten ihm warm und prickelnd durch Glieder und Brust. Die guten Gefühle stärkten seinen Mut.

Er wiederholte den magischen Ruf an Caliban und trieb den Weißen ein paar Schritte weiter der Pyramide entgegen. Prospero begann zu summen und zu zischen, richtete die Finger beider Hände auf den Erdboden rechts und links des Pferdes, begann die Sprüche für die Unterirdischen zu murmeln, die er sich eingeprägt hatte. Nach und nach ließ er seine Stimme anschwellen und rief die Beschwörungsformel so laut und deutlich, dass sein Echo ihm die herrischen Worte aus dem Wald zurücktrug.

Wildmenschen sprangen plötzlich aus dem Waldrand am anderen Ende der Lichtung. Sie stapften heran, knurrten und fauchten, schwangen Äxte und Keulen. Einer holte aus und schleuderte seinen Bumerang. Prospero fasste das wirbelnde Wurfholz ins Auge und ließ es an der Pyramide zersplittern. Die Hundegesichtigen standen still, zögerten einen Atemzug lang; zwei duckten sich sogar, als bekämen sie es mit der Angst zu tun. Doch dann stimmte einer dumpfes Gebrüll an, und die anderen fielen mit ein, schwangen ihre Waffen und rückten weiter gegen den Magier vor.

Jene unerklärliche Kraft, die größer war als er selbst, berührte Prospero von einem Augenblick auf den anderen. Die Kraft, nach der er süchtig war inzwischen, ohne die er sich sein Leben nicht mehr denken konnte – sie verband sich mit seinen eigenen Kräften, setzte sie frei.

Und wieder geschah es wie schon bei seinem ersten magischen Versuch und wie so oft danach: Die Worte strömten ihm wie von selbst über die Lippen, und ihm wurde wunderbar leicht zumute. Nichts schien ihm unmöglich zu sein in diesen Augenblicken, nichts und niemand würde ihn aufhalten können.

Kleine Erdhügel bildeten sich rund um die vorrückenden Wildmenschen. Sie blieben stehen und starrten zu Boden. Dort wimmelte es auf einmal von Mäusen und Maulwürfen. Die reckten sich an ihnen hoch, krallten sich in ihrem Pelz fest, verbissen sich darin. Von allen Seiten und in großen Sprüngen hetzten quiekend Ratten herbei und stürzten sich auf die pelzigen Krieger. Deren Knurren steigerte sich zu Gebrüll und Gekreische; die ersten gingen bereits zu Boden.

Dann geschah, was Prospero längst erwartet hatte: Das Pyramidentor krachte auf, und Caliban sprang heraus. Ihm folgten noch einmal sieben Hundegesichtige; hatte Ariel sich also verzählt. Der Hexensohn bellte eine ganze Kaskade von Sätzen heraus, die wie Zaubersprüche klangen. Augenblicklich züngelten Flammen aus dem Boden und erfassten Mäuse, Ratten und Maulwürfe. Die Tiere stoben auseinander und huschten zwischen Grasbüschel und Gestrüpp.

Gleich drei Krieger des Hexensohnes schleuderten ihre Bumerangs. Einen ließ Prospero gegen die Pyramide wirbeln und an ihr zerschellen, dem zweiten konnte er ausweichen, der dritte streifte seine linke Schulter. Er schrie auf vor Schmerzen und stürzte aus dem Sattel. Wie wegblasen war jedes Hochgefühl, und als er dann noch die Flammenwand auf sich zu rasen sah, vertrieb der Schrecken jeden Rest von Zuversicht aus seinem Herzen.

Die Wildmenschen aber stürmten brüllend, fauchend und knurrend der Flammenwand hinterher und auf ihn zu. Speere und wirbelnde Äxte flogen heran. Der Weiße wieherte und stieg vor den Flammen auf den Hinterläufen hoch. Ein Speer prallte gegen seine Brust, eine Axt traf seine Stirn, und als er zur Seite hin auf den Boden niederbrach, krachte ein zweiter Speer gegen seine Flanken.

Schmerz und Entsetzen lähmten Prosperos Willen, banden seine Aufmerksamkeit und ließen seine magische Kraft zusammenbrechen. Der Boden bebte wie von Hufschlag. Hinter der Flammenwand sah er die Hundegesichtigen heranstürmen. In ihrer letzten Reihe erkannte er Caliban, der seine wilden Krieger antrieb. Kaum hundert Schritte trennten den Magier noch von drei Keulenschwingern an der Spitze der Angreifer.

Und noch etwas sah er hinter Flammenwand, Hundegesichtigen und Hexensohn: Pferde.

Pferde? Er hatte keine Pferde gerufen! Es lebten gar keine Wildpferde im Küstenwald, die er hätte rufen können!

Und dennoch holten drei Pferde die Hundegesichtigen ein. Auf dem mittleren saß tief über die helle Mähne seines Tieres gebeugt ein blondes Mädchen. Es ritt erst den überraschten Hexensohn nieder, dann zwei Wildmenschen in der Reihe vor ihm. Die Pferde an der Seite der Reiterin galoppierten mitten hinein in die Rotte der stürmenden Krieger. Und wen sie nicht niedertrampelten, den rissen die Pferde zu Boden, die der Reiterin folgten.

Die drei Axtschwinger in der Sturmspitze hörten den Hufschlag und das Gebrüll ihrer Gefährten hinter sich. Sie blieben stehen und fuhren herum. Doch es gelang ihnen nicht einmal mehr, mit ihren Steinäxten zum Schlag auszuholen, so schnell gerieten sie unter die Hufe der Pferdeherde.

Prospero traute seinen Augen nicht: Miranda auf Steiner führte sie an! In gestrecktem Galopp preschte sie durch die Rotte der Wildmenschen. Ihr blondes Langhaar flatterte im Wind, ihr weiß-grauer Federmantel wehte hinter ihr her.

Vor der Flammenwand lenkte sie ihren Hengst zur Seite und ritt eine enge Schleife. Auf dem Rücken trug sie ihre Armbrust. Die Herde folgte ihr, und zum zweiten Mal galoppierten zehn Pferde über den Hexensohn und seine Hundegesichtigen hinweg.

Der Magier verschwendete keine Zeit, um nach Erklärungen für das ungeheuerliche Spektakel zu suchen, das sich seinem zweifelnden Blick darbot – immer noch am Boden liegend raffte er seine magischen Kräfte zusammen und beschwor eine Orkanböe aus dem Mittagshimmel herab. Auf einmal rauschte und heulte es in der Luft über der Lichtung, und dann raste ein Sturmwind mit solcher Gewalt über die Flammenwand hinweg, dass er das Feuer nicht anfachte, sondern von einem Augenblick auf den anderen erstickte.

Der erschöpfte Magier hob den Kopf. Hinter den Rauchschwaden erkannte er Füchse. Zwanzig und mehr Tiere hatten sich in die Beine der Hundegesichtigen verbissen oder schnappten nach ihren Armen oder hingen ihnen bereits an den Kehlen.

Füchse? Prospero atmete schwer und stemmte sich hoch. Er hatte keine Füchse gerufen. Miranda? Er zog sein Schwert. Sein linker Arm hing schlaff herunter, stechender Schmerz zerwühlte seine linke Schulter. Durch verbranntes Gras, über Ratten- und Mäusekadaver hinweg und an toten oder verletzten Wildmenschen vorbei schritt er zu Caliban. Der Hexensohn krümmte sich wimmernd und weinend in seinem Blut.

Der Magier riss ihm die Maske vom Gesicht. Calibans rote Augen waren trübe und nass, er blutete aus Mund und Nase. Blutende Platzwunden, die ihm Pferdehufe zugefügt hatten, klafften auf seiner Stirn. Sein rechter Arm hing merkwürdig verkrümmt im verkohlten Gras.

Er schrie jämmerlich, als Prospero ihm den Lammfellmantel vom Leib zerrte. Der Magier achtete nicht darauf, zerrte ihm auch die Kappe mit dem Hexenhaar vom Kopf. Er zuckte zurück: Schwarze Flaumfedern bedeckten Calibans Schädel. Prosperos Augen verengten sich zu Schlitzen.

Als wollte er sich selbst quälen mit der Gewissheit, einen Halbdämon vor sich zu haben, zog er dem Wimmernden die Fellstiefel aus. Und tatsächlich: Caliban strampelte mit einem nackten menschlichen Fuß und spreizte eine schwarze Vogelklaue.

Prospero trat dem Hexensohn in die Rippen, bis der sich auf den Bauch drehte – schwarze Flügelstummel zitterten an seinen Schulterblättern. Miranda, die sie von Weitem sah, stieß einen Schrei aus. In Prosperos Hals schwoll ein Kloß.

Gab es überhaupt noch einen Zweifel? Nein, keinen – diese Kreatur war nicht nur der Sohn einer Hexe, sie war auch der Sohn eines Fürsten der Unterwelt.

Umgeben von der kleinen Pferdeherde saß Miranda etwas

abseits auf ihrem gescheckten Hengst. Sie hielt die gespannte Armbrust gegen die Schulter gestemmt. Ihrer vorwurfsvollen Miene sah Prospero an, dass sie die grobe Art missbilligte, mit der er den Hexensohn behandelte.

»Weißt du, was er dir angetan hätte?« Prospero war wütend. »Geschändet hätte er dich! Tag und Nacht geschändet!«

Miranda antwortete nicht, guckte um keine Spur gnädiger.

Prospero setzte dem Hexensohn die Schwertspitze an die Kehle und zwang ihn, sich wieder auf den Rücken zu drehen. Caliban schluchzte und zitterte. Seine Augäpfel zuckten, blutiger Sabber triefte aus seinem Mund.

»Sieh mir in die Augen!«, herrschte Prospero ihn an. »Spüre die Faust meines Willens in deinem Geist! Und höre meine Worte!« Er hob die Stimme und rief: »Beim Licht aller Sterne des Orions – dir sei künftig die Kraft der Magie verwehrt! Beim Herz der Sonne – gebannt sei dein Wille, gefesselt dein Geist! Mir dienst du ab heute – Prospero dem Magier!«

~~

Dicke Regentropfen klatschen auf den Kadaver des Weißen, erst vereinzelt, dann in immer kürzeren Abständen. Innerhalb weniger Augenblicke hatte der Himmel sich zugezogen. Prospero starrte auf seinen Schimmel. In seinem Gesicht vermischte sich der Regen mit seinen Tränen. Seine Tochter hielt ihn von hinten umschlungen und drückte sich an ihn. Grelle Blitze zerrissen den schwarzen Himmel, der Donner krachte und rollte über den Wald wie kosmischer Steinschlag. Ein Platzregen brach los.

Die Steinspeere der Hundegesichtigen hatten lediglich das weiße Fell des Hengstes geritzt. Auch die Steinaxt hätte ihn niemals töten können. Einzig und allein Prosperos Magie hatte ihn das Leben gekostet.

Hagel setzte ein, zerschlug die verdorrten Baumkronen und Holunderbüsche, zerdrosch Gras und Gestrüpp. Prospero und Miranda trieben die Pferde in den Schutz überhängender Felswände, schoben den gefesselten Caliban und vier überlebende Wildmenschen in eine Höhle. Auch sie selbst suchten darin Zuflucht.

Ein Unwetter brach los, wie Prospero es in all den Jahren auf der Hundskopfinsel noch nie erlebt hatte. Blitze schlugen in Bäume ein, Orkanböen rissen ganze Schneisen in den Hügelwald, Hagelschlag und Platzregen lösten Lawinen und Erdrutsche aus.

Der Magier und seine Tochter begannen um ihr Leben zu fürchten. Prospero errichtete einen magischen Schutzwall rund um ihre Felssäule und die Höhle darin. Die ganze Nacht über taten sie kein Auge zu. Nicht einmal die maßlose Erschöpfung verschaffte Prospero ein wenig Schlaf. Ängstlich knieten er und Miranda im Höhleneingang und schauten ins Unwetter hinaus.

Gegen Morgen erbebte der Höhlenboden unter ihnen. Ein Erdstoß riss Vater und Tochter von den Beinen. Draußen krachte und polterte es, als würde eine der Felssäulen zusammenbrechen. Die Wildmenschen jammerten und heulten ununterbrochen; Caliban dagegen lag reglos und stumm.

Kurz vor Sonnenaufgang trat plötzlich Stille ein. Kein Donner rollte mehr, kein Sturm rauschte durch die Bäume, weder Hagel noch Regen prasselten gegen den Fels. Wie aus dem Nichts war das Unwetter losgebrochen, wie ins Nichts brach es ab.

Mit Calibans Hilfe trug Prospero den Hundegesichtigen eine Botschaft an ihre Ältesten auf und schickte sie aus der Höhle und in den Wald. Auch sie selbst verließen ihre nächtliche Zuflucht, zerrten den an Händen gefesselten Hexensohn hinter sich her, stapften durch Schlamm und Morast, wateten durch Pfützen zu den Pferden.

Jedes Mal, wenn Prospero Calibans Spuren im Schlamm sah, perlten ihm kalte Schauer über Nacken und Rücken. Der Abdruck eines menschlichen Fußes neben dem einer Vogelklaue – ein grässlicher Anblick! Auch Miranda schüttelte sich.

Die meisten Pferde waren tot – erschlagen von Blitzen und Hagel. Nur Steiner, Mutter und eine trächtige Stute hatten die Unwetternacht überlebt. Und hoffentlich der junge Hengst, den Miranda im Nachtlager bei Josepho gelassen hatte.

Die Pyramide war nur noch ein Trümmerhaufen. Rauch stieg aus der Ruine auf.

5

Huldigung

Sieben Tage später auf dem Felsplateau vor der toten Eiche: Viele Tausend Wildmenschen huldigten Prospero. Von überall her pilgerten sie zur abgestorbenen Eiche hinauf oder in den Wald auf der anderen Seite der Schlucht. Sie kamen in großen Scharen aus ihrem Felsenkessel; sie krochen aus ihren Erdlöchern; sie wanderten in kleinen Rotten von vielen Meilen entfernten Höhlen und Siedlungen bis in den Küstenwald hinunter, um auf dem Felsplateau bei der toten Eiche ihrem neuen Gott die Ehre zu geben.

Prospero hockte leicht erhöht auf einem Felsvorsprung über dem Plateau. Manchmal nickte er den Pelzigen zu, hin und wieder winkte er auch würdevoll. Caliban, unter ihm, lag meistens auf den Knien, manchmal auch auf dem Bauch.

Die Hundegesichtigen zogen den kleinen Pfad herauf, bestaunten ihren unterwürfigen Göttersohn mit seinem Kopfverband und seinem geschienten Arm und verneigten sich vor Prospero, dem neuen Herrscher des Küstenwaldes. Über einen natürlichen Felssteg auf der Ostseite des Plateaus stiegen sie dann wieder hinunter in den Wald.

Oder sie zogen langsam und in nicht enden wollenden Kolonnen auf der anderen Seite der Schlucht vorbei und huldigten Prospero von dort aus. Die meisten verbeugten sich stumm, einige brachen auch in laute Lobpreisungen aus.

In der Krone der abgestorbenen Eiche hockte der Uhu. Aus orange-gelb glühenden Augen beäugte er das Kommen und Gehen auf dem Plateau und im Wald jenseits der Schlucht.

In einem Feuer, in der Mitte des Felsplateaus, verglühten die Überreste von Calibans Totem – der roten Maske und des Haares seiner Mutter. Vorsichtshalber hatte Prospero auch den Lammfellmantel ins Feuer geworfen.

Josepho fand das völlig überflüssig. Überhaupt konnte er der ganzen Zeremonie wenig abgewinnen. »Willst du nach dem Herzog und dem Magier nun auch noch den Gott geben?«, hatte er mit bitterem Spott gefragt.

Prospero jedoch hatte sich nicht beirren lassen. Er hielt die Huldigungszeremonie für unverzichtbar, um ein für alle Mal Ruhe vor den Hundegesichtigen zu haben.

Anders als dem Medikus leuchtete Miranda das Vorgehen ihres Vaters ein. Sie fand es sogar ausgesprochen klug. Nur hätte er nach ihrem Geschmack weniger grob mit dem Hexensohn umgehen müssen. Miranda machte kein Geheimnis daraus, dass ihr Caliban leidtat.

»Hast du vergessen, was er Bruno angetan hat?«, hatte Prospero sie gefragt, als sie nicht aufhören wollte, grimmig dreinzublicken oder sogar abschätzig zu schnauben, wenn er Caliban zu grob anfasste. »Und Polino und Jesu?«

»Wie könnte ich?« Eisig hatte ihre Stimme geklungen und so selbstbewusst wie die einer jungen Frau. War sie nicht gestern noch ein Kind gewesen? »Doch die werden ja nicht wieder lebendig, nur weil du Caliban misshandelst. Du hast doch auch ein Herz in der Brust – oder bist du neuerdings ein Unmensch?«

Prospero gab keine Antwort.

Sieben Tage waren seit dem Unwetter vergangen. Seine Spuren konnte man kaum übersehen: Vom Sturm entwurzelte oder vom Blitzschlag gespaltene Bäume lagen überall im Wald; Geröll von abgegangenen Steinlawinen häufte sich auf dem Plateau; durch die Schlucht strömte ein kleiner Fluss; überall im Wald traf man auf verschlammte Furchen, die Sturzbäche durch den Waldboden gezogen hatten; und rund um die abgestorbene Eiche lagen morsche Äste und Zweige.

Der Strom der Wildmenschen riss nicht ab. Wieder und wieder richtete Caliban sich auf, deutete zu Prospero herauf und warf sich danach gleich wieder auf den Boden. Prosperos magische Fessel um seinen Geist saß fest. Er hatte von dem Hexensohn verlangt, dass er seine Unterwerfung durch Gesten und Worte demonstrierte. Auch der dümmste Hundegesichtige sollte begreifen, dass die Zeit der Hexe und ihres Sohnes vorüber war.

In der Menge jenseits der Schlucht entdeckte Prospero plötzlich einen blonden Pelz. Er stutzte und sah genauer hin. Blondes Frauenhaar war das, kein Wildmenschenpelz! Und wirklich: Zwei Wimpernschläge lang sah er ein bleiches Frauengesicht. Wie konnte das sein?

Unwillkürlich blickte er zum Eichenstamm, vor dem Miranda hockte. Seine Tochter saß neben Josepho, konnte sich also nicht gleichzeitig auf der anderen Seite der Schlucht aufhalten.

Prospero schaute wieder in die Menge der Pelzigen im Wald und noch aufmerksamer diesmal – nein, nirgendwo mehr ein Menschenkopf mit blondem Haar.

»Hast du den Blondschopf drüben in der Menge gesehen?«, fragte er Ariel, der neben ihm in einer Felsnische kauerte. »Da ist eine blonde Frau vorbeigegangen.«

»Wir haben nur Hündische gesehen«, versicherte Ariel. »Seine Sinne täuschen ihn. Und ist es ein Wunder nach allem, was er in den letzten zwei Wochen erleben musste? Sein Geist ist müde.«

Schweigend ließ Prospero seinen Blick noch einmal über die Wildmenschen jenseits der Schlucht wandern. Nirgendwo auch nur die Spur eines Blondpelzes. Wahrscheinlich hatte der Luftelf recht: eine Sinnestäuschung. Tatsächlich fühlte er sich maßlos erschöpft, seit er Caliban vor dem Grabmal seiner Mutter unterworfen hatte. Er winkte einer Schar Hundegesichtiger zu, die unter ihm den Hexensohn bestaunten und sich vor ihm, dem Magier, verbeugten.

Caliban war nackt wie die Hundegesichtigen auch, nur hatte er keinen Pelz wie sie. Deswegen fing er an zu zittern, als die erste kühle Abendbrise wehte. Prospero fand das angemessen. Miranda jedoch stand von ihrem Platz neben Josepho auf, kam herbei und warf dem nackten Halbmenschen eine Decke über. Zornig blickte sie zu Prospero herauf.

Der runzelte missmutig die Stirn. Der stumme Tadel seiner Tochter gefiel ihm nicht. Der Hexensohn jedoch schmachtete sie dankbar an und wickelte sich in die Decke ein.

Den ganzen Tag lang dauerte die Huldigungs-Prozession. Prospero fühlte sich ein wenig in seine Glanzzeit als Herzog zurückversetzt. An seinen Geburtstagen oder auch zu Thronjubiläen waren seine Untertanen in ähnlichen Massen unter dem Palasbalkon vorbeigepilgert, um ihm ihre Verehrung zu bezeugen. Noch in der Abenddämmerung zogen die Kolonnen der Wildmenschen unter seinem Felssitz und auf der anderen Schluchtseite vorüber und huldigten ihm.

»Das gefällt ihm, nicht wahr?«, bemerkte irgendwann Ariel und kicherte. »Das ist so ganz nach seinem Geschmack.«

»Es gefällt mir jedenfalls deutlich besser, als von diesen wilden Kerlen erschlagen oder erstochen zu werden.«

»Das verstehen wir natürlich gut. Und beinahe hätten sie es ja getan. Wäre seine Tochter nicht so ein eigenwilliges Geschöpf, er wäre nicht mehr am Leben.«

»Du hättest mir also nicht geholfen?«

»Aber ganz gewiss doch, verehrter Meister – wenn er uns zu Hilfe gerufen hätte.«

Geistesabwesend winkte Prospero einer großen Rotte Wildmenschen zu, die unter seinem Felssitz an Caliban vorübertrottete und sich vor dem Magier verneigte. »Wenn du mir nur auf ausdrücklichen Zuruf dienst, sollte ich dich vielleicht doch wieder in die Eiche verbannen.«

»Bitte nicht, verehrter Meister!« Ariel hob abwehrend die Hände; eine überraschend menschliche Geste für einen Luftelf, fand Prospero. »Hätten wir gar keinen anderen Ausweg mehr gesehen, hätten wir selbstverständlich auch ohne seinen Ruf eingegriffen. Das ist gewiss. Doch wir haben ja gewusst, dass seine tapfere Tochter mit den Pferden bereitsteht.«

»Du bist eingeweiht gewesen?«

»Das nicht gerade, verehrter Meister. Doch wir aus der Anderwelt wissen immer ein wenig mehr als das Menschenpack.«

Die Dämmerung brach ein, Miranda legte Holz nach, die Flammen schlugen wieder höher. Jedes einzelne Totem Calibans war inzwischen zu Asche zerfallen. Prospero bemerkte es mit grimmiger Genugtuung.

Nur noch vereinzelt stiegen nun kleinere Rotten von Hundegesichtigen zum Plateau herauf und verbeugten sich vor dem Magier. Caliban lag inzwischen auf der Seite, hatte die Knie angezogen und sich die Decke über den gefiederten Schädel gerafft. Er schnarchte.

Nachdem die letzten Wildmenschen vom Felsplateau zurück in den Wald gestiegen waren, tauchten drei Graupelze unter Prosperos Felssitz auf; einer war sogar vollständig weiß. Sie verneigten sich, schüttelten ihre Schädel über den schlafenden Hexensohn, brummten und gestikulierten.

»Was wollen die, Ariel? Was meinst du?«

»Das sind die Ältesten der Hündischen.« Der Luftgeist kicherte. »Sehen sie nicht hübsch aus? Sie warten auf deine Befehle.«

»Findest du einen Stein in deiner Felsnische?«

Ariel tastete hinter sich und reichte dem Magier einen daumenlangen Felssplitter. Prospero warf ihn auf Caliban. Der schreckte hoch, glotzte aus erschrockenen Rotaugen zu ihm herauf und beeilte sich, eine Verbeugung nach der anderen zu zelebrieren.

»Übersetze!«, herrschte Prospero ihn an und dann an die Weißpelze gewandt und in beinahe feierlichem Tonfall: »In die Angelegenheiten eurer Sippen und Stämme mische ich mich nicht ein. Bekämpft euch jedoch nicht untereinander. Bekämpft auch keine Fremden mehr, die zufällig an den Küsten eurer Insel stranden. Pflegt den Wald, die Flussufer und die Küste. Jagd nicht mehr Wild, als ihr essen könnt. Und nun gehet hin in Frieden.«

Caliban übersetzte Wort für Wort. Seiner Haltung, seinen Gesten und seiner Miene sah Prospero an, dass er nicht betrog. Die Graupelze verneigten sich und stiegen in den abendlichen Wald hinunter.

Josepho und Miranda nahmen am Feuer Platz. »Komm her, Caliban.« Prosperos Tochter winkte auch den Hexensohn zur Feuerstelle. »Hier hast du es warm, hier kannst du besser schlafen.«

Der Hexensohn stand auf, schlurfte zum Feuer und kauerte sich dort im zertretenen Gras nieder. Prospero beobachtete es mit verdrossener Miene.

Der Medikus schälte Julias Laute aus einem Ledersack, stimmte sie und begann die Saiten zu zupfen. Miranda sang ein Lied. Sofort erkannte Prospero die Verse und die Melodie: Es war eines der nordischen Abendlieder, die Julia ihm beigebracht und die er oft im Haus der Amme an Mirandas Wiege gesungen hatte. Ihm wurde ganz weh ums Herz.

Eine Zeitlang hörte er zu und dachte an Milano, an den Burggarten, an den Hafen, an die Kathedrale, an die Gassen der Stadt. Und er dachte an Julia. Als Heimweh und Sehnsucht übermächtig wurden, räusperte er sich und wandte sich an Ariel.

»Ich habe einen Auftrag für dich«, raunte er ihm zu. »Er geht mir seit Wochen nicht aus dem Kopf.«

»Wir hören.«

»Ich schreibe an einer Chronik und ordne meine Erinnerungen.«

»Wir wissen es.«

»Dabei ist mir wieder eingefallen, dass der König von Napoli seine Tochter mit dem Prinzen von Tunischan verheiraten wollte. Die Ehe sollte einen Friedensvertrag besiegeln. Allerdings ist es bald sechzehn Jahre her, dass Arbosso von Napoli diese Absicht geäußert hat.«

»Solange Menschenpack am Leben ist, hegt es Absichten. Von Sonnenaufgang bis Sonnenuntergang, den lieben langen Tag. Und am nächsten wieder andere.«

»Sicher. Doch manchmal haben menschliche Absichten ja auch Bestand.«

»So wie Friedensverträge?« Ariel kicherte. »Also bis zum übernächsten Tag?«

»Werd nicht zynisch, das mag ich nicht.« Prospero musterte den Luftgeist streng. Der presste die Hand vor den Mund und versuchte vergeblich, sein Gekicher zu unterdrücken. »Menschliche Absichten können auch beständig, edel und von Liebe bestimmt sein. Besonders wenn es um die eigenen Kinder geht.«

»Edel und von Liebe bestimmt?« Ariel hielt sich den Bauch vor Kichern.

»Was ist daran so lustig?« Prospero wurde wütend.

»Wir fragen uns gerade, wie edel einer sein und wie brennend er seine Tochter lieben muss, wenn er einen Säugling als Gatten für sie aussucht.«

»Du weißt Bescheid?« Prospero staunte den Luftelf an. »Aber woher?«

»In der Anderwelt spricht man viel über die Angelegenheiten

des Menschenpacks. Und amüsiert sich gern darüber. Besonders, was die Anführer des Menschenpacks betrifft, sind wir in der Anderwelt meistens gut unterrichtet.«

Prospero musterte den Luftelf missmutig. Der spöttische, geradezu abfällige Unterton, mit dem er über die Menschen sprach, gefiel ihm gar nicht. Doch er unterdrückte seine Wut.

»Wenn das so ist, müsste es eigentlich ein Leichtes für dich sein herauszufinden, ob der Friedensvertrag zwischen Napoli und Tunischan noch in Kraft und ob König Arbosso immer noch Willens ist, seine Tochter mit dem Prinzen von Tunischan zu verheiraten.«

»Er sagt es – es ist uns ein Leichtes. Doch warum will er das wissen?«

»Und es müsste dir genauso ein Leichtes sein, den Hochzeitstermin zu erfahren. Richtig?«

»Auch das sollte uns ein Leichtes sein. Doch warum fragt er nach all dem?«

»Ist das so schwer zu verstehen? Wenn die Hexe und der Bootsmann auf dem Weg nach Tunischan auf dieser Insel hier gestrandet sind, dann muss die Seeroute nach Tunisch ganz in der Nähe vorbeiführen. Richtig?«

»Richtig.«

»Dann müsste König Arbosso diese Route ebenfalls nehmen, wenn er zur Hochzeit seiner Tochter nach Tunisch segelt oder wenn er von ihr zurückkehrt. Richtig?«

»Richtig. Und er hofft, den König bei dieser Gelegenheit hierher auf die Hundskopfinsel locken zu können, um ihm in die Augen zu schauen?«

»Um mich zu rächen. An ihm und an meinem Bruder Tonio.«

»Wenn er schon nicht zur Rache ausfahren kann, dann müssen sie halt zu ihm kommen, um sich ihre Rache abzuholen. Sehr gut.« Ariel kicherte schon wieder. »Aber was macht ihn so gewiss, dass sein Bruder zur Hochzeit der Prinzessin von Napoli fahren wird?«

»Er wird«, sagte Prospero im Brustton der Überzeugung. »Falls die Hochzeit stattfindet, wird Tonio zu ihr in die Hauptstadt von Tunischan reisen. König Arbosso und seine Familie sind zu meiner Hochzeit nach Milano gereist. Sie sind sogar zu Mirandas Wiegenfest nach Milano gekommen. Das ist so üblich in unseren Familien. Wie lange brauchst du bis nach Tunisch?«

»Einen Augenblick nur. Tore zwischen der Anderwelt und dieser Welt gibt es überall. Auf dem Großen Kontinent sogar mehr als anderswo.«

»Dann mach dich gleich morgen auf den Weg und finde heraus, ob die Vermählung stattfinden wird und wenn ja, wann sie stattfinden wird.«

6

Magdalena

Die Brandung rollte über seine Knie, sein Geschlecht, seinen Bauch, seine Brust und endlich über sein Gesicht. Eiskalt war das Meer noch, denn der zweite Frühlingsmonat hatte gerade erst begonnen. Prospero genoss die Kälte – vor allem seinem Kopf tat sie wohl. Der schmerzte und fühlte sich heiß an. Der Magier lag knapp tausend Fuß östlich der Flussmündung in der Brandung. Nicht weit hinter sich hörte er Josepho mit Caliban sprechen. Der Sklave übersetzte die Worte des Medikus für die Wildmenschen. Eine Rotte aus dem nahen Küstenwald hatte sich angeboten, dem Magier Hütten zu bauen. Prospero hatte nichts dagegen. Die Blockhütten sollten am Flussufer entstehen, und Josepho erklärte den Hundegesichtigen gerade seine Baupläne.

Nach Calibans Unterwerfung und dem Friedensschluss mit den Wildmenschen hatten der Magier und der Medikus beschlossen, den Sommer nun doch an der Südküste zu verbringen.

Die Flut hatte längst eingesetzt, die Brandung zog sich inzwischen nicht weiter als bis zu seinem Bauch zurück. Die Kälte drang in seine zerschürfte Haut ein, in seine wunde Brust, in seine geprellte Schulter. Fünfzehn Tage waren vergangen seit der Unterwerfung Calibans. Die Erschöpfung von viel zu vielen magischen Kraftakten und Kämpfen steckte Prospero noch immer in allen Knochen. Er fühlte sich, als wären Hirn, Herz und Nerven entzündet. Er fühlte sich ausgebrannt und leer.

Dennoch hatte er beschlossen, auf die Hochebene und zur Festung zu reiten. In den Lagerräumen dort hatte Polino im vorletzten Winter zwei Kisten mit Nägeln entdeckt. Jetzt wurden sie gebraucht, denn Josepho bestand darauf, dass die Holzstämme seiner Blockhäuser gebunden *und* genagelt wurden. Prospero war einverstanden. Er bestand lediglich darauf, dass sie noch am Vormittag aufbrachen und so schnell wie möglich hierher an die Südküste zurückkehrten, denn jeden Tag konnte Ariel aus Tunisch zurückkehren. Und wer wusste denn, welche Nachrichten er brachte? Sollte in der Hauptstadt von Tunischan tatsächlich in absehbarer Zeit Hochzeit gefeiert werden, wollte Prospero die Südküste nicht mehr verlassen. Da kamen ihm die Blockhütten gerade recht.

Eine große Welle schwappte über ihn hinweg. Er schloss die Augen und genoss es, die Kälte in die Stirn, die Schläfen und die Augäpfel eindringen zu fühlen. Eine Zeitlang lag er so, bis über die Nasenspitze von Wasser und Gischt bedeckt. Die Brandung spielte mit seinem Haar und mit dem Mutterzopf um seinen Hals. Als sie gar nicht mehr zurückrollen wollte, setzte er sich auf und holte tief Luft.

Aus dem Augenwinkel sah er Steiner über den Strand galoppieren. Er wandte den Kopf – Miranda lag mehr auf dem Hengst, als dass sie saß. Sie umklammerte seinen Hals und preschte durch die Brandung nach Osten davon. Ihr offener Federmantel und ihr goldblondes Haar flatterten im Wind.

Prospero hatte ihr streng verboten, sich über die Rufweite hinaus vom Lager zu entfernen. Es sah nicht danach aus, als würde sie sich daran halten. Er richtete sich auf den Knien auf – in gestrecktem Galopp jagte seine Tochter den langen Sandstrand entlang. Schon jetzt würde sie ihn nicht mehr hören, wenn er nach ihr rief.

Er stand auf, stelzte aus der Brandung und bückte sich nach seinem Federmantel. Sobald sie zurückkehrte, würde er sie zurechtweisen müssen. Er hängte sich seinen Mantel über die nassen Schultern und lief zu den Zelten am Waldrand. Viel zu oft musste er seiner Tochter eine Strafpredigt halten in letzter Zeit. Viel zu oft widersetzte sie sich seinem Willen. Das bekümmerte Prospero sehr.

Er blickte ihr hinterher: Pferd und Reiterin waren nur noch ein dunkler Fleck im weißen Schaum der Brandung. Prospero schüttelte missmutig den Kopf und winkte ab. Die erfrischende Wirkung des Kaltbades verflog schon wieder. Seine Beine fühlten sich so schwer an, als läge ein Tagesmarsch hinter ihm. Der Sand unter seinen Fußsohlen war noch kühl von der Nacht.

Seit dem Triumph am Grabmal stritten sie noch öfter als zuvor schon. Es kam ihm vor, als hätte Miranda seitdem an Selbstbewusstsein und Eigensinn noch hinzugewonnen. Der Sieg über Caliban schien ihr zu Kopf gestiegen zu sein.

Seit dem Sieg über den Hexensohn hatten sie kaum über den Kampf gesprochen. Über die Füchse, die vor der Pyramide aufgetaucht waren, war gar kein Wort gefallen. Prospero wusste nur, dass *er* die Tiere nicht gerufen hatte.

Er nickte Josepho zu, der ihm ein Zeichen gab. Zeit zum Aufbruch. Die sieben Wildmenschen verbeugten sich vor Prospero. Lächelten sie? Guckten sie grimmig? Guckten sie unterwürfig? Ihre Mienen konnte er noch immer nicht lesen.

Sie schulterten ihre Steinwerkzeuge samt der Baumsäge und den beiden Baumäxten, die der Medikus ihnen überlassen hatte. Die Hundegesichtigen wollten geeignete Buchenstämme suchen und schlagen, bis Miranda, Josepho und Prospero mit den Nägeln zurück waren. Zwei Wochen hatte der Magier für die Reise eingeplant.

Sein Blick fiel auf Caliban. Wie ein Hund seinem Herrn folgte der Hexensohn dem Medikus. Prospero dachte an den Augenblick vor fünfzehn Tagen zurück, als er ihm Maske und Mutterhaar vom Schädel gerissen hatte. Wie gründlich sein Zusammenbruch gewesen war! Wie vollständig er kapituliert hatte! Dabei hatte der Kampf lange auf Messers Schneide gestanden. Viel zu lange nach Prosperos Geschmack.

Die drei Zelte tauchten in seinem Blickfeld auf. Ein Stich ging ihm durch die Brust – bis vor Kurzem waren es noch fünf gewesen. Aus der Koppel, die sie zwischen einer Birkengruppe mit Seilen eingezäunt hatten, äugten ihm die Hirschkuh und vier Pferde entgegen. Bis vor Kurzem waren es noch zwölf gewesen. Und bis vor Kurzem hatte sein Weißer noch gelebt. Die Trauer presste sein Herz zusammen.

Auf Messers Schneide hatte der Kampf an der Pyramide gestanden, wahrhaftig – dass er dann doch nicht verloren ging, war einzig und allein Miranda zu verdanken. Dessen war Prospero sich vollkommen bewusst; auch wenn er es ihr gegenüber nicht aussprach.

Insgeheim verdächtigte er seine Tochter, mit magischen Kräften gekämpft zu haben. Wie sonst sollte er sich das plötzliche Auftauchen der Füchse erklären? Oder die Pferde, mit denen Miranda auf der Lichtung aufgetaucht war – sollten die ihr wirklich nur deswegen aufs Wort gefolgt sein, weil seine Tochter sich perfekt in Tierseelen einfühlen konnte?

Prospero glaubte das nicht. Er glaubte nicht einmal, dass seine magische Kraft allein ausgereicht hätte, um den Hexensohn ein für alle Mal zu besiegen. Andererseits: Sollte Miranda wirklich magische Fähigkeiten entwickelt haben, ohne dass es ihm aufgefallen wäre? Woher sollte sie denn die Zaubersprüche und Beschwörungen kennen? Was für ein Totem besaß sie schon?

Wie festgefroren blieb er plötzlich stehen. Vier Pferde? Hatte er nicht eben Steiner durch die Brandung preschen sehen? Dann dürften es nur drei Pferde sein!

Er trat näher an die Birken und die Koppel heran; wie einer, der seinem Verstand nicht mehr traute, betrachtete er die Tiere genauer. Mutter, Steiner, Josephos junger Rappe und die trächtige graue Stute, die Miranda *Staub* getauft hatte – tatsächlich standen alle vier in der Koppel.

Prospero senkte den Blick, starrte ins Strandgras und grübelte. Hatte Miranda doch noch ein fünftes Pferd gefunden, das den Sturm überlebt hatte und auf dem sie gerade über den Strand galoppiert war? Unsinn! Wo denn? Oder war sie schon wieder zurück? Dann hätte sie doch an ihm vorbeireiten müssen! Oder schon wieder eine Sinnestäuschung? Wurde er krank im Kopf?

Das Strandgras bog sich im Wind. Ein großes Spinnennetz wedelte zwischen einem starken Halm und der Birkenrinde. Es schimmerte im Licht der Morgensonne. Der Wind blies einen rötlich schillernden Käfer von einem benachbarten Grashalm an den unteren Rand des Netzes. Er versuchte zum Halm zu krabbeln, verstrickte sich jedoch nur noch tiefer ins Spinnennetz. Und dann, wie ein schwarzer Blitz, schoss vom oberen Rand her eine große Spinne quer über das Netz, stürzte sich auf den strampelnden Käfer und wickelte ihn in klebrige Fäden.

An anderen Tagen hätte dieses Naturschauspiel den Magier ergötzt. Heute deprimierte es ihn. Vielleicht, weil zu viel geschehen war in den letzten zwei Wochen. Vielleicht, weil er sich dem Käfer näher fühlte als der schwarzen Spinne.

Prospero riss sich von dem Anblick der Jägerin und ihrer Beute los. Höchste Zeit, sich anzuziehen – Josepho kam schon mit dem Sattelzeug. Er schüttelte den bedrückenden Eindruck ab und wandte sich seinem Zelt zu.

Im Kreuz der Zeltstangen hockte Buback. Er legte den Kopf schief und blinzelte auf ihn herab. *Geht's dir nicht gut?*, schien der Uhu zu fragen.

Als Prospero die Eingangsplane zurückschlug, schaute er in Mirandas Gesicht. Ein Buch lag auf ihren überkreuzten Beinen, schuldbewusst schaute sie zu ihm herauf.

»Du bist doch schon zurück?« Er staunte seine Tochter an wie eine Erscheinung, konnte nicht fassen, sie hier im Zelt zu sehen.

»Zurück?« Sie runzelte die Stirn. »Ich war noch gar nicht unterwegs heute Vormittag. Ich wollte euch erst verabschieden.«

Eben habe ich dich noch über den Strand reiten sehen, lag es ihm auf der Zunge zu sagen. Er ließ es bleiben, wollte sich vor seiner Tochter nicht lächerlich machen.

»Verabschieden? Du kommst mit uns!«

»Ich möchte lieber hierbleiben.«

»Kommt nicht in Frage!« Prospero starrte auf das Buch auf ihren Schenkeln. Miranda las im BUCH DER UNBEGRENZTEN MACHT! Auch das hatte er ihr verboten. »Weg mit dem Buch!«, herrschte er sie an. »Nie wieder will dich darin lesen sehen!«

»Warum nicht?« Schmollend schürzte sie die Lippen.

»Du bist zu jung dafür.«

»Ich wollte nur nachschauen, ob ich etwas finde, mit dem man deine Erschöpfung und deine Schmerzen heilen könnte.« Sie schlug das Buch zu. »Wann werde ich alt genug dafür sein?«

Prospero antwortet nicht, bückte sich ins Zelt und bedeutete ihr mit einer Kopfbewegung ihn allein zu lassen.

»Wie alt war Großmutter, als sie anfing, ihr Zauberbuch zu studieren?«

Er blickte ihr ins trotzige Gesicht. *Meine Güte,* dachte er, *diese schönen Züge, diese dunkelblauen Augen. Sie leuchten, wie Julias Augen geleuchtet haben.*

»Sie war jünger als ich, ganz bestimmt. Man kann gar nicht früh genug damit anfangen ...«

»Nie wieder habe ich gesagt.« Barsch schnitt er ihr das Wort ab. »Und jetzt raus hier!«

Am Morgen des vierten Tages erreichten sie die Ruine des Hexengrabmales. Prospero vermisste seinen Weißen sehr, doch er widerstand der Versuchung, vom Pferd zu steigen und eine Weile vor dem Steinhaufen zu verharren, den Caliban und er über dem Kadaver des Schimmels aufgehäuft hatten.

Miranda schlug eine Rast vor, der Magier jedoch bestand darauf, weiter bis zum nächsten Flusslauf hinunterzureiten und erst dort eine Pause einzulegen. Die Pferde müssten getränkt werden, schob er vor.

Die Wahrheit war: Der Ort, an dem er den Weißen verloren hatte – und beinahe auch sein eigenes Leben –, verstärkte sein unterschwelliges Gefühl der Schwäche. Die Lichtung, die Felssäulen, der Waldrand, die Ruinen des Grabmals – allem hier haftete für Prospero ein Geruch von Niederlage an. Und das, obwohl er vor dieser Ruine den Hexensohn unterworfen und ihm magische Fesseln angelegt hatte.

Seine Tochter dagegen kostete gerade hier die Erinnerung an ihren Sieg aus; das jedenfalls meinte der Magier in ihrer zufrieden lächelnden Miene zu lesen. Wahrscheinlich wollte sie deswegen ausgerechnet vor der Pyramide Rast machen.

Miranda hörte sich seine Entscheidung und die Begründung an, nickte und ritt weiter, ohne zu widersprechen. Die mit ihrem Gepäck beladene Hirschkuh trottete hinter ihr her; Josepho folgte auf seinem Schwarzen und Prospero auf Mutter. Staub, der trächtigen Stute, hatten sie nur Mäntel und Decken auf den Rücken gebunden. Auf einem der Bündel hockte Buback und äugte mit hoch aufgerichteten Federohren nach allen Seiten.

Caliban hatten sie im Lager zurückgelassen. Prospero hatte ihm befohlen, den Wildmenschen bei den Holzfällerarbeiten zu helfen.

Sie ließen die Lichtung hinter sich. Miranda ritt schnell, und der Abstand zwischen ihr und Josepho wuchs. Sie liebte es in letzter Zeit, für sich zu bleiben. Oft schwamm sie allein aufs Meer hinaus oder saß allein in den Dünen und spielte auf der Laute ihrer Mutter und sang dazu. Manchmal hörte Prospero ihre Stimme auch aus einer Baumkrone.

Ihm fiel ein, was er seiner Tochter vor so vielen Jahren versprochen hatte: Baumhütten hatte er für sie bauen wollen. Und einen Vogel zähmen. Wie viele Pläne hatten sie geschmiedet! Und dann war alles anders gekommen. Willst du den Himmelsgott zum Lachen bringen, mache einen Plan …

Wie groß Miranda inzwischen geworden war! Und was hatte sie nicht alles erlebt! Seit Polinos und Jesus Tod hatte ihre Neigung zum Rückzug noch zugenommen. Es gab Tage, da hockte sie stundenlang in ihrem Zelt und schrieb die alten Pergamentbögen voll, die Prospero ihr zum fünfzehnten Geburtstag geschenkt hatte.

»Was schreibst du da?«, hatte er sie vor ein paar Tagen gefragt.

»Lieder«, antwortete sie. »Und meine eigene Chronik.«

Am Morgen vor dem Aufbruch hatten sie mächtig gestritten; gleich nachdem Prospero sie mit dem BUCH DER UNBEGRENZTEN MACHT erwischt hatte. Miranda hatte sich geweigert, mit den Männern zur Festung zu reiten. Prospero war hart geblieben, hatte darauf bestanden, dass sie ihre Sachen packte und mit ihnen ritt. Miranda blieb genauso hart und sagte *nein*, und immer wieder *nein*.

Josepho hatte sie beiseitegenommen und lange mit ihr gesprochen. Und sie schließlich doch noch überredet, mit ihnen zu kommen.

»Was hast du zu Miranda gesagt, dass sie nachgegeben hat und aufs Pferd gestiegen ist?« Es war seit dem Aufbruch vor drei Tagen das erste Mal, dass Prospero allein mit dem Medikus sprechen konnte.

»Dass du sie liebst.«

»Was?« Prospero runzelte überrascht die Stirn. »Das reichte?«

»Und dass du dich aus purer Sorge benimmst wie ein verdammter Tyrann.«

»Sie legt es drauf an, mit mir zu streiten. Ständig.«

»Natürlich. *Du* hast erst aufgehört, mit deinem Vater zu streiten, als er endlich in Ketten lag.«

»Was redest du denn da!« Prospero brauste auf. »Wie meinst du das?«

»Sie ist fünfzehn, Prospero. Würde sie nicht mit dir streiten, müsstest du dir Sorgen machen. Noch besser wäre es, sie könnte sich auch mit ihrer Mutter streiten.«

Prospero dachte über die Worte des Medikus nach. Er hatte recht, wie so oft. Nachdem er selbst vierzehn geworden war, verging kaum ein Tag, an dem er nicht in eine Auseinandersetzung mit seinem Vater geriet. Hatte er in diesem Alter auch mit seiner Mutter gestritten? Er versuchte, sich zu erinnern.

»Dazu kommt, dass du es einem leicht machst, mit dir zu streiten.« Unvermittelt nahm Josepho den Gesprächsfaden wieder auf.

»Was willst du damit sagen?« Prospero erschrak, weil er Miranda nirgendwo mehr sah. Doch dann machte der Pfad eine Biegung, und Amme-Rot und das Pferd seiner Tochter schoben sich wieder in sein Blickfeld.

»Findest du nicht, dass die Jahre hier auf der Insel dich verändert haben, großer Magier?«

»Doch. Ich grüble mehr als früher.« Prosperos Miene verfinsterte sich. »Und ich bin dünnhäutiger und launischer geworden.«

»Ein verdammtes Ekel bist du manchmal.«

Prospero musste schlucken. »Das Schicksal hat mich hart gemacht, Josepho. Hart und bitter.« Sein Blick hing an Mirandas Blondschopf. Wenn es sie nicht gäbe, wäre er schon an Julias Tod zerbrochen. »Daran sind Tonio und Arbosso schuld. Sie haben mir die Verbannung aufgebürdet.«

»Fühlt sich gut an, die Verantwortung für das eigene Leben auf andere abwälzen zu können, was, alter Meister?« Josepho lachte trocken und zynisch.

»Stimmt es etwa nicht?!« Prospero wurde lauter; hinter ihm breitete der Uhu die Schwingen aus, flog voraus zu Miranda und landete auf dem Rücken der Hirschkuh. »Wer hat mich denn in Ketten legen lassen? Wer hat denn mein Todesurteil mit seinem Siegel bestätigt? Wer hat mich auf diese Insel verbannt?«

Josepho drehte sich im Sattel um und musterte den Magier aus schmalen Augen. »Wir nehmen unser Schicksal und unser Leiden an und werden, die wir sein sollen. Wir lehnen unser Schicksal und unser Leiden ab und bleiben dieselben verdammten Narren, die wir immer gewesen sind.« Er wandte sich wieder ab und trieb seinen Schwarzen an, um den Abstand zu Miranda nicht zu groß werden zu lassen.

»Was fällt dir ein, Medikus!?« Wut kochte in Prospero hoch. »Schlimm genug, dass du mich als Ekel beschimpfst! Hältst du mich jetzt auch noch für einen Narren?«

»Ich halte dich für klug genug zu hören, was deine Mutter oft gesagt hat: ›Wir nehmen unser Schicksal und unser Leiden an und werden, die wir sein sollen. Wir lehnen unser Schicksal und unser Leiden ab und bleiben dieselben verdammten Narren, die wir immer gewesen sind.‹ Ich zitiere sie nur.« Noch einmal drehte er sich um. »Nie vor ihr und nie nach ihr habe ich einen so weisen Menschen wie Magdalena getroffen.«

Prospero schwieg. Seine Wut verflog. Aus jedem Satz des Medikus schwang dessen Hochachtung und Liebe für die Mutter. Für einen Moment sah er ihr Gesicht vor sich – ein strenges und ernstes Gesicht mit freundlichen grünen Augen. Hatte er sich je mit ihr gestritten? Nein, nie.

»Wie kam meine Mutter zur Magie?« Er trieb sein Pferd näher zu Josephos Rappen. »Weißt du das?«

»Wird man nicht mit diesem Fluch geboren?«

»Es ist eine Gabe.«

»Nenn es, wie du willst, großer Magier. Ein Fluch bleibt es dennoch.«

»Die Gabe muss geweckt werden. Weißt du, wie das bei Mutter geschah?«

»Krieg Bauchschmerzen, wenn ich zu viel daran denke.«

»Bitte, Josepho. Erzähl es mir.«

Der Medikus seufzte tief. »Sie hatte einen Hauslehrer, einen Sklaven. Weil ihr Vater sich keinen jungen Magister aus guter Familie leisten konnte, kaufte er einem Kapitän diesen halb verhungerten Gefangenen ab, einen dürren Zwerg jenseits der Fünfzig. Er stammte aus dem Herzen des Großen Kontinents – vom Schwarzen Strom.«

»Ein Magier?« Josepho nickte. Weil Miranda nur noch drei Pferdelängen vor ihnen ritt, senkte Prospero die Stimme. »Und das Buch? Du hast behauptet, meine Mutter habe ein Zauberbuch besessen. Das hat dieser Mann doch bestimmt nicht mit in die Gefangenschaft gebracht, oder?«

»Natürlich nicht. Magdalena hat ihr Lieblingspferd verkauft. Mit dem Geld kaufte sie ihrem Vater den Sklaven ab und ließ ihn dann frei.«

»Das hat mein Großvater sich bieten lassen?« Prospero konnte es kaum glauben.

»Magdalena war wie ihre Enkelin.« Mit einer Kopfbewegung deutete Josepho nach vorn.

»Wer war wie ich?«, rief Miranda und wandte den Kopf zu ihnen.

»Deine Großmutter Magdalena.« Und an Prospero gewandt: »Sie glaubte, eine höhere Macht habe den verdammten Zwerg in die Sklaverei geschickt, damit er zu ihr nach Milano gelangte und ihr Lehrer wurde. Er glaubte das auch.«

»Du hast ihn nicht leiden können, nicht wahr?«

»Scheißkerl.« Der Medikus spuckte ins Gestrüpp. »Wäre er nicht in Milano aufgetaucht, würde Magdalena noch leben.« Miranda schaute inzwischen wieder nach vorn, doch Prospero war überzeugt davon, dass sie sich kein Wort entgehen ließ.

»Sie hat ihm sogar Geld für seine Schiffsreise zurück nach Tunischan geschenkt.«

»Warte.« Der Magier zog am Zügel, und auch der Medikus bremste sein Pferd; der Gedanke, dass seine Tochter zuhörte, behagte Prospero nicht. »Du wolltest erzählen, wie meine Mutter zu dem Buch kam«, flüsterte er.

»Briefe gingen hin und her zwischen ihr und dem Zwerg, jahrelang. Eines Tages kam er zurück nach Milano, da war sie schon mit deinem Vater verheiratet.« Sie ritten nun nebeneinander, und Prospero betrachtete Josephos Gesicht, während der erzählte. Arg gequält sah die Miene des Medikus aus, als litte er heftige Schmerzen. »Der Zwerg hat sich damals als reisender Medikus ausgeben und behauptet, er wolle mich, den Hofmedikus besuchen, um von mir zu lernen. Bei der Gelegenheit hat er ihr das Buch mitgebracht.«

»Und wo ist es jetzt?«

Obwohl ihre Tiere nur noch im Schritt gingen, wurde der Abstand zu Miranda nicht größer, sondern schrumpfte wieder.

»Ich habe es verbrannt. Gleich nachdem Magdalenas Anklage wegen Hexerei bekannt wurde.«

»Warum?«

»Aus zwei Gründen, großer Meister. Zum einen wollte ich alles beseitigen, womit man Magdalena hätte beweisen können, dass sie Magie betrieb. Also vernichtete ich ihre gesamte Kräutersammlung und verbrannte ihre Aufzeichnungen und das

Buch. Dein Großvater hat nämlich danach suchen lassen, nachdem eine Kammerzofe deiner Mutter ihm davon erzählte.«

»Elende Verräterin!« Prospero schnaubte wütend. »Warum hat man mir damals nichts von diesem Verrat erzählt? Ich hätte die Frau sofort köpfen lassen!« Der Pfad wurde schmaler, sie mussten hintereinander reiten. Prospero ließ Josepho den Vortritt.

»Hätte dir ähnlich gesehen. Doch das geschwätzige Weib starb auch ohne dich recht gründlich. Im Kindsbett, kurz nach dem Verrat. Der hat den Braten aber sowieso nicht mehr fett gemacht.« Josepho winkte ab. »Dein Vater und dein Großvater erfanden genügend Beweise, um Magdalena auch ohne die Aussage ihrer Zofe ein für alle Mal loszuwerden. Bezahlten falsche Zeugen. An denen hast du ja dann deinen Zorn ausgetobt.«

Finster blickte Prospero vor sich hin. Erinnerungen aus jener bösen Zeit zogen ihm durchs Hirn. Niemals hatte er es für möglich gehalten, dass Großvater und Vater so weit gingen, die Mutter auf den Scheiterhaufen zu werfen. Sie hingegen hatten genau gewusst, was sie taten, als sie ihn, den Halbwüchsigen, damals nach Napoli schickten. Wäre er während des kurzen Prozesses in Milano gewesen, würde seine Mutter noch leben.

»Du hast von zwei Gründen gesprochen«, sagte er. »Welches war der zweite?«

»Deine Mutter *wollte*, dass ich das Buch verbrenne.« Der Weg war wieder breiter geworden, und Josepho hielt seinen Rappen an und trieb ihn erst wieder vorwärts, als Prospero zu ihm aufgeschlossen hatte. Beinahe flüsternd sprach er weiter. »Sie wusste, dass du die magische Ader von ihr geerbt hast, und wollte nicht, dass dieses Buch einmal in deine Hände gerät.«

»Sie wusste es?« Prospero verschlug es die Sprache. Wenige Pferdelängen vor ihnen wandte Miranda sich nach ihnen um. Er riss am Zügel, langte zu Josepho hinüber und hielt auch dessen

Pferd an. »Aber woher denn?«, flüsterte er. »Woran hat sie das gemerkt?«

»Frag mich nicht.« Der Medikus zuckte mit den Schultern. »Ihr hättet das Buch vergraben können! Ihr hättet es im Mauerwerk der Burg oder im Dachstuhl des Bergfrieds verstecken können! Oder in deinen Gemächern.« Auch Miranda hatte ihr Pferd angehalten. Sie blickte weiterhin zu ihnen, versuchte ihre Worte zu erhaschen.

»Zu gefährlich«, sagte Josepho. »Außerdem sorgt so ein Buch dafür, dass es gefunden wird. Oder wie Magdalena mal gesagt hat: ›Ein BUCH DER UNBEGRENZTEN MACHT findet immer zu dem, der würdig ist, es zu gebrauchen.‹ Inzwischen glaub ich's auch: Das verdammte Buch findet immer zu dem, den es als Nächsten vernichten will.«

Prospero zog die Schultern hoch; er fror plötzlich. »Wie sollte so etwas möglich sein?«

Der Medikus deutete auf Prosperos Rucksack. »Hat das verdammte Buch, das du da mit dir herumschleppst, dich etwa nicht gefunden? Vom Schwarzen Strom bis nach Tunisch musste die Hexe laufen, von Tunisch bis an die Küste Milanos musste sie segeln, um es zu dir zu tragen!«

»Aber *warum* musste sie das?« Prospero schwirrte der Kopf.

»Bin ich der Himmelsgott?« Der Medikus trieb seinen Rappen an. Auch Miranda ritt weiter.

»Du hast gerade angedeutet, dass es mehrere Exemplare des Buches gibt«, sagte Prospero. »Bist du dir da sicher?«

»Was denkst du denn? Diese Verrückten schreiben es sogar ab. Und wenn einer nicht schreiben kann, lernt er es auswendig.«

»Woher weißt du das?«

»Deine Mutter hat es mir erzählt.«

»Sie kannte also noch andere Magier und Hexen?«

»Verlass dich drauf.«

Prospero war erschrocken – zum ersten Mal hatte er das Wort Hexe in Zusammenhang mit seiner Mutter gebraucht. Coraxa stand ihm plötzlich vor Augen. Und der Morgen, als man sie vor ihn in den Gerichtssaal gebracht und er zum ersten Mal das BUCH DER UNBEGRENZTEN MACHT in der Hand gehalten hatte.

»Ich weiß nur, dass deine Mutter dir das verdammte Buch ersparen wollte. Sie wollte nicht, dass du leiden musst. Du weißt ja, was sie zu sagen pflegte: ›Ohne Angst und Schmerzen wird niemand zum Magier, nicht einmal zum Menschen.‹«

»Ich hasse diesen Spruch!«, zischte Prospero.

»Ich liebe ihn. Er stimmt mich nämlich ziemlich hoffnungsvoll, was dich betrifft.« Josepho lachte trocken. »Ein verdammter Magier bist du ja schon.«

Wütend starrte Prospero den Rücken des Medikus an. Er grübelte nach einer passenden Antwort, doch ihm fiel keine ein. Eine Zeitlang ritten sie schweigend hangabwärts. Bald hörte Prospero das Plätschern des Baches.

»Hat sie ein Totem gehabt?«, brach Prospero das Schweigen.

»Ein was?« Josepho drehte sich nach ihm um und runzelte die weißen Brauen. Sein Blick flog zu Prosperos Hals, wo die Kette mit dem Mutterzopf hing. »Ach so.« Er wandte sich wieder ab. »Keine Ahnung.«

Prospero wühlte in seiner Erinnerung, doch ihm wollte nichts Auffälliges einfallen, das seine Mutter an sich getragen hätte. Vielleicht hatte sie sich deswegen nicht durch Magie vor dem Tod retten können, weil sie kein Totem besessen hatte. Oder hatte sie zu den wenigen Magiern gehört, die kein Totem brauchten, um zu zaubern?

Miranda, die inzwischen weit voraus getrabt war, stimmte ein Lied an. Ein Fuchs sprang nur wenige Pferdelängen vor Josepho über den Pfad. Prospero dachte an die Stunde, in der Miranda den Hexensohn und seine Krieger niedergeritten hatte. Und Füchse auf sie gehetzt hatte. Und er dachte an den Augenblick vor drei Tagen, als er sie mit dem Buch auf dem Schoß erwischt hatte. Angst packte ihn.

Erneut trieb er seine Stute näher zu Josephos Rappen. »Glaubst du, dass Miranda auch …?« Der Rest des Satzes wollte ihm nicht über die Lippen.

Der Medikus drehte sich im Sattel um und musterte ihn mit hochgezogenen Brauen. »Was glaubst du?«

~

Um die Mittagszeit des übernächsten Tages erreichten sie die Hochebene. Ein warmer Südwind wehte. Unweit des Wasserfalls schlugen sie zwei Zelte auf. Als die standen, packte Miranda ihr Schachspiel aus und forderte den Medikus zu einer Partie heraus. Prospero verkroch sich in das Zelt, das er sich mit Josepho teilte, und rollte sich in seine Decken. Er war so erschöpft, dass er sofort einschlief und erst am frühen Abend wieder aufwachte.

Vor Mirandas Zelt brüteten seine Tochter und der Medikus über der zweiten Partie. Josepho hatte die erste verloren und eine Revanche verlangt. Prospero schlüpfte in seinen Federmantel, holte die Angel aus seinem Gepäck, hängte einen Korb an seinen Sattel und ritt zum Fluss. Buback landete auf seiner Schulter. Etwa eine halbe Meile vor dem Wasserfall grub der Magier nach Würmern und Maden. Danach warf er die Angel aus.

Der Fluss war reich an Fischen, und als die Sonne am Westhorizont nur noch eine Handbreite über dem Meer stand, hatte Prospero zwei fette Forellen und vier Barsche gefangen. Die Forellen und drei Barsche warf er in den Korb und ritt zum Wasserfall, um von dort aus dem Sonnenuntergang zuzuschauen. Den vierten Barsch überließ er dem Uhu.

Vom Pferd aus stieg Prospero auf einen Felsblock am Flussufer und versank im Anblick des Abendhimmels. Der flimmernde Sonnenball tauchte ins Meer ein. Rotes Licht flutete den Horizont. Die Wolken sahen aus, als würden sie glühen.

Ein Luftzug fuhr ihm ins Haar, und Buback landete neben ihm auf dem Sattel der Stute. Seine Augen glühten in einem noch intensiveren Orangerot als der Abendhimmel. Er legte die Federohren an, neigte den Kopf zur Seite und beäugte ihn. Wie meist hatte sein Vogelblick etwas Strenges, Durchdringendes. Wäre Buback ein Mensch gewesen, hätte Prospero sich in solchen Augenblicken durchschaut gefühlt.

Er dachte an die Stunde zurück, in der er den Uhu als noch flaumigen Nestling im Holunder gefunden hatte und ihn unter seinem Mantel versteckte, statt ihn seinem Vater und damit dem sicheren Tod auszuliefern. Prospero zweifelte nicht daran, dass auch Buback sich an diese erste Begegnung erinnerte. Für dessen Vogelseele waren es Augenblicke der Todesangst gewesen. Derartige Erschütterungen vergisst kein Lebewesen. Und manch eines, das aus solchen Ängsten gerettet wird, bleibt seinem Retter ein Leben lang dankbar. So wie Buback ihm.

Prospero hatte den Uhu nie als *seinen* Uhu betrachtet, so wie man ein Pferd oder ein Buch als seinen Besitz betrachtete. Seit sie einander vor über vierzig Jahren zum ersten Mal in die Augen geschaut hatten, sah er den Vogel als gleichrangiges Geschöpf an; zunächst als eines, dem er beizustehen hatte, später als Freund, der ihm aus Dankbarkeit und Zuneigung die Treue hielt.

Er dachte an die Mutter. Nur weil sie mutig genug gewesen war, ihm gegen den Vater beizustehen, war Buback am Leben geblieben. Ob der Uhu auch eine Erinnerung an sie hatte? Er strich dem Vogel zärtlich über Kopf und Rücken. Uralt war er inzwischen, selbst für eine Eule.

Prospero hatte von einem Uhu gelesen, der über sechzig Jahre alt geworden war, und hoffte, Buback würde ein ähnlich gesegnetes Alter erreichen. Er war ihm eine Brücke in die Vergangenheit und zu seiner Mutter. Genau wie Josepho. Und wie Tonio früher einmal.

Der Gedanke an seinen Bruder erfüllte ihn mit Bitterkeit. Irgendwann würde er ihm wieder gegenüberstehen. Vielleicht schon bald ...

Buback richtete die Federohren auf, drehte den Kopf und schüttelte sein Gefieder. Dann schwang er sich vom Pferd und segelte nach Osten über den Wasserfall hinweg davon. Prosperos Blick verfolgte seinen Flug. Was mochte er gehört haben?

Er wandte sich wieder nach Westen, und dann sah er es: Jemand wanderte entlang des Abhangs. Ariel? Kam er endlich wieder? Schon fast zwei Wochen war der Luftgeist unterwegs, viel länger, als er angekündigt hatte.

Prospero blinzelte ins rote Abendlicht. Nein – nicht Ariel, sondern Miranda schlenderte dort am Abhang entlang und betrachtete den Abendhimmel. Wahrscheinlich hatte er ihr blondes Haar wegen des flammenden Lichtes zunächst für Ariels weißblonden Schopf gehalten.

Prospero stand auf und schwang sich in den Sattel. Die Aussicht, allein mit seiner Tochter in die Abenddämmerung zu spazieren, machte ihn froh. Miranda und er hatten lange nicht unter vier Augen miteinander gesprochen. Ob sie auch die zweite Partie gegen Josepho gewonnen hatte?

Er lenkte die Stute in die Senke hinunter, durch die an dieser Stelle der Weg ins Tal führte. Als er auf der anderen Seite wieder bergan trabte, konnte er Miranda allerdings nirgendwo mehr sehen. Er ritt dorthin, wo er sie zuerst entdeckt hatte, suchte im Waldhang und auf den kleinen Felsplateaus unterhalb des Abhangs nach ihr. Vergeblich. War sie also schon zurück zu den Zelten gelaufen?

Auch auf dem Rückweg zum Lagerplatz konnte er seine Tochter nirgends sehen. Sie musste gerannt sein. Schade. Sie musste ihn doch gesehen haben?

In der ersten Abenddämmerung hielt Prospero die Stute bei den anderen drei Pferden an. Ein Feuer brannte zwischen den Zelten. Mit einer Kiste und dem Schachbrett zwischen sich saßen Miranda und Josepho am Feuer. Miranda griff zu einer der letzten Figuren auf dem Brett, zog und rief: »Schachmatt!« Sie brach in helles Gelächter aus und klatschte in die Hände.

Prospero konnte kaum glauben, was er da hörte und sah. Ein paar Atemzüge lang blieb er stocksteif im Sattel sitzen. Er liebte es, seine Tochter lachen zu hören, doch jetzt erschreckte es ihn. Zögernd ließ er sich vom Pferd gleiten; seine Knie waren auf einmal sehr weich. Er band den Korb mit den Fischen von der Stute; seine Hände zitterten. Er stellte den Korb ab, ballte die Fäuste und starrte sie an. Was geschah hier? Konnte er seinen Sinnen nicht mehr trauen?

Am Feuer stieß Josepho einen Fluch aus. Er sprang auf, schüttelte fassungslos seine weiße Mähne und stapfte an Prospero vorbei zu den Pferden. »Ich mache einen einzigen Fehler«, brummte er missmutig. »Und den nutzt sie gnadenlos aus.« Er stieg auf seinen Rappen. »Muss ein wenig in den Abend hineinreiten.«

Prospero schaute ihm lange hinterher – um Zeit zu gewinnen und der Verwirrung Herr zu werden, die ihn befallen hatte. Josepho galoppierte nach Süden. Sein weißes Haar und sein langer Bart flatterten im Abendwind; seine Silhouette zeichnete sich scharf gegen den flammenden Himmel ab.

Später würde Prospero oft an diesen Augenblick denken.

Er bückte sich nach dem Korb und trug ihn zum Feuer. Miranda beugte sich über ihn. »Lecker!«, rief sie. Dann strahlte sie zu Prospero herauf. »Ich habe den Medikus zweimal hintereinander geschlagen! Sag, dass du stolz auf mich bist, Babospo!«

»Gratuliere. Ich bin stolz auf dich.« Seine Stimme klang ein wenig dünn und heiser, und das Lächeln, zu dem er sich zwang, verunglückte.

Miranda runzelte die Stirn. »Alles in Ordnung?«

»Aber ja doch«, sagte er. »Alles in Ordnung.« Er wandte sich ab und stelzte zum Zelt. *Nichts ist in Ordnung*, dachte er, gar nichts. Er fasste sich an die Stirn. Die dreißig Schritte zum Zelt kamen ihm vor wie dreihundert.

»Ich nehme schon mal die Fische aus, ja, Babospo?«, rief Miranda.

»Tu das, mein Herz.« Prospero schlug die Eingangsplane zurück.

»Ist wirklich alles in Ordnung?«

»Alles in Ordnung. Doch, doch.« Er bückte sich ins Zelt und zog die Eingangsplane hinter sich zu. Zwischen seinem und Josephos Schlafplatz ließ er sich auf die Fersen sinken und verbarg sein Gesicht in den Händen. Was geschah hier?

So verharrte er viele Atemzüge lang – grübelnd, verwirrt und erschöpft. Was geschah hier?

Jemand seufzte sehr tief und wie von einer großen Last befreit. »Es ist so schön, dich wiederzusehen, mein Geliebter«, sagte eine vertraute Frauenstimme.

Heißer Schrecken zuckte Prospero durch die Brust, sein Kopf fuhr hoch. Neben dem Zeltausgang hockte Julia.

NEBEN DEM ZELTAUSGANG HOCKTE JULIA!

»So lange habe ich auf diesen Moment hingelebt.« Sie lächelte unter Tränen. »Und jetzt ist er da.«

7

Miranda

Gibt es etwas Schöneres als eine siegreiche Stellung auf dem Schachbrett? Im Augenblick höchstens noch die Fische im Korb. Eine wunderbare Stellung, ein schwer zu verteidigender Angriff! Den entscheidenden Fehler hat sich Josepho im Grunde schon geleistet, als er die große, statt die kleine Rochade gemacht hat. Dadurch habe ich ihn mit den Springern angreifen können.

Ich hab die Figuren aufs Brett gestellt, hab mir die letzten zwölf Züge noch mal angeschaut. Wie gut ich gespielt habe! Was für ein herrliches Gefühl, zwei Mal hintereinander gegen den Medikus zu gewinnen! Das zweite Mal noch dazu mit Schwarz! Das habe ich noch nie geschafft.

Es wird dunkel und kühl. Schnell Holz nachlegen und jetzt das Schachbrett zusammenräumen. Die Fische lachen mich an, ich kippe sie neben das Feuer ins Gras. Mein Magen knurrt. Wo ist mein Dolch? Im Zelt, richtig. Bevor ich hineinschlüpfe, stutze ich. Geflüster aus Josephos und Babospos Zelt? Redet er mit sich selbst?

Ich mache mir Sorgen um ihn. Er ist komisch, richtig komisch. Die heisere Stimme vorhin wieder, der fahrige Blick, die zittrigen Gesten. Ich fürchte, Babospo wird krank. Ernsthaft krank, meine ich.

Im Zelt ist es dunkel. Sorgfältig taste ich meine Decken und Kleider nach dem Dolch ab. Wo ist er? Ich sollte mehr Ordnung halten, stimmt schon.

Draußen höre ich Schritte, ich lausche: Babospo flüstert mit sich selbst. Was ist los mit ihm? Die Pferde schnauben, dann

Hufschlag. Wo will er denn noch hin? Komisch, wirklich komisch.

Ah, der Dolch! Endlich erwische ich ihn. Zurück am Feuer nehme ich die Fische aus. Gleich zischen die Innereien im Feuer. Das riecht schon mal nicht schlecht. Später, als die Flammen heruntergebrannt sind, hänge ich den Spieß mit den beiden großen Forellen über die Glut. Die Barsche verteile ich auf den heißen Steinen rund um die Glut.

Ich muss die Garzeit überbrücken, will den Hunger vergessen, brauche Musik. Wo ist die Laute? Im Männerzelt. Dort riecht es seltsam, nach Moder und Staub. Die Laute ist verstimmt, doch nicht mehr lange.

Wie die Fische brutzeln, wie sie duften! Mir läuft das Wasser im Mund zusammen. Ich zupfe eine Melodie. Sie stammt aus Majujas Heimat, einem Land jenseits eines Hochgebirges, das nördlich von Milano liegt. Majuja hat sie Babospo beigebracht. Ich singe dazu. Ein Lied Majujas.

So eine Forelle ist schnell gar. Doch die Männer sind unterwegs. Ich nasche schon mal, und weil ich nicht aufhören kann, ist bald die halbe Forelle weg.

Etwas trommelt aus der Ferne heran. Hufschlag? Kommt Babospo zurück? Gut so, dann gibt's endlich Essen.

Josepho, nicht mein Vater, reitet heran. Ich erkenne ihn am langen Haar und am Bart. Er reißt am Zügel, obwohl er noch gut fünfhundert Fuß entfernt ist. Sein Rappe ist kaum zu sehen in der Dunkelheit, sein weißer Bart und sein weißes Haar schon. Das Pferd steht still, der Medikus schaut her zu mir.

Was ist jetzt wieder los? Ist er noch wütend, weil ich ihn besiegt habe? Zweimal hintereinander übrigens. »Komm her, Josepho! Das Essen ist fertig. Bind den Schwarzen fest, und setz dich zu mir ans Feuer!«

Er treibt den Rappen an, trabt langsam näher. Ein Mann, der

Hunger hat, reitet schneller. Direkt vor dem Feuer hält er den Schwarzen an. Er bringt ihn nicht zu den anderen Pferden, steigt auch nicht ab, sagt kein Wort. Starrt mich nur an. Als würde er mich zum ersten Mal sehen.

»Hat dir deine Niederlage dermaßen zugesetzt?« Ich grinse zu ihm hinauf. »Zweimal hintereinander, kann ich schon verstehen. Steig ab, ich hab Hunger.«

Er antwortet nicht. Sein Gesicht ist das Gesicht eines alten Mannes, der grad sehr viel nachdenken muss. Und dem das Nachdenken große Mühe bereitet. Schließlich bewegt er sich doch. Er guckt erst zu seinem und Babospos Zelt hin und dann zu den Pferden und dann wieder zu mir herunter. Und endlich sagt er was: »Du bist fortgeritten.«

»Ach, und deswegen sitze ich hier?«

»Du bist mit deinem Vater zum Fluss geritten. Du hast hinter ihm auf dem Pferd gesessen.«

»Spinnst du?«

»Vollmond« Josepho deutet zum Himmel. »Deswegen hab'ich dein blondes Haar erkannt. Und deine Gestalt.«

Ich gucke ihn an und versuche zu begreifen, was er gerade gesagt hat. Das fällt mir nicht ganz leicht. Plötzlich erinnere ich mich an Babospos Geflüster und Getuschel, und langsam, ganz langsam beginne ich zu ahnen, wovon der Medikus da spricht.

»Du meinst, mein Vater ist mit einer Frau zum Fluss geritten ...?«

»... die blondes Haar hat wie du.«

Ich fühle mich, als hätte mir ein Pferd gegen den Kopf getreten. Mein Hunger ist wie weggeblasen.

»Komm, Miranda.« Mit einer Kopfbewegung deutet Josepho zu den Pferden. »Steig auf Steiner. Wir reiten zum Fluss.«

Ich stehe auf, gehe zu den Pferden. Warum wankt der Boden? Warum ist mir auf einmal so schlecht?

Wir brauchen nicht lange vom Lager zum Fluss. Dort reiten wir ein Stück am Ufer entlang. Mondlicht glitzert auf der Uferböschung, auf dem Wasser, im Gras, auf dem Geröll. Das Rauschen und Donnern des Wasserfalls rückt näher.

Wir suchen Babospo in der Uferböschung, wir suchen im Weg, der ins Tal führt, wir suchen zwischen den Felsen vor dem Wasserfall. Dort finden wir die Stute. Babospo hat sie in einem Weidenbusch festgebunden.

Wir steigen von den Pferden, suchen zu Fuß weiter, und endlich sehen wir sie: Sie stehen Arm in Arm über dem Steilufer. Träume ich? Der Vollmond wabert in dem kleinen See, zu dem der Fluss sich hier staut, bevor er donnernd und tosend in die Tiefe stürzt.

8

Sturz

Das Donnern und Rauschen der stürzenden Wassermassen ließ die Nachtluft vibrieren. Das Spiegelbild der Mondscheibe im aufgestauten Fluss strahlte heller als der Vollmond selbst. *Das gnädige Auge des Himmelsgottes sieht uns zu*, dachte Prospero. Er war so glücklich und dankbar, dass er ständig in Tränen ausbrach. Genau wie Julia.

Ihr Körper fühlte sich an wie früher: die runden Schultern, der weiche Hals, der gerade Rücken, die schmale Taille. Sie trug die großen Kreolen, die er ihr zur Hochzeit geschenkt hatte, die schweren Ohrringe aus purem Gold.

»All die Jahre habe ich sie getragen«, hatte sie im Zelt erzählt. »Und an dich und unser Hochzeitsfest gedacht, wenn ich sie anlegte.«

Prospero küsste ihr die Tränen aus den Augen, hielt sie in den Armen und schwor ihr, sie nie wieder loszulassen.

»Küss mich.« Sie rief es ihm ins Ohr, um das Brausen des Wasserfalls zu übertönen. Und zum wohl hundertsten Mal an diesem Abend verschmolzen ihre Münder zu einem langen Kuss.

Es war also doch gelungen damals, auf der Lichtung bei der alten Köhlerei, es war tatsächlich gelungen: Seine Liebe und seine magischen Kräfte hatten Julia doch aus dem Rachen der Unterwelt gerissen!

»Ich wollte zu dir laufen«, hatte sie im Zelt geflüstert, als sie an seiner Brust lag. »Aber ein entsetzliches Wesen mit Flügeln führte dich weg von mir, und ich fühlte mich so unendlich schwach.« Dennoch war sie ihm und dem Entsetzlichen nach Milano gefolgt, wo Schwertmänner Tonios sie aufgriffen.

»Dein Bruder hielt mich in dem alten Steinbruch gefangen, der östlich der Stadt in den Hügeln liegt.« Prospero kannte die tiefen Höhlen des Steinbruchs gut. Als Halbwüchsiger hatte er sich dort heimlich mit Gleichaltrigen und mit Mädchen getroffen. »Es war feucht und dunkel und kalt. Und so viele Tage und Wochen lebte ich dort.« Ihre Stimme klang wie von Tränen erstickt, und Prospero drückte sie noch enger an sich. »Ein treuer Schwertmann deiner Leibgarde befreite mich schließlich. Doch da war das Schiff mit dir und Miranda schon in See gestochen.«

Sie weinten miteinander, sie schworen einander, künftig keine Stunde mehr ohne den anderen zu sein, und Prospero versprach ihr, Rache an Tonio zu nehmen. Rache für die fast fünfzehn Jahre, die sie ohne einander hatten leben müssen.

»Küss mich noch einmal, mein Geliebter!«, rief sie. Und wieder versanken sie in einem leidenschaftlichen Kuss und vergaßen die Welt um sich herum: den Mond, den Fluss, das Steilufer, den Wasserfall und sein donnerndes Getöse.

Sie hatten den Augenblick abgepasst, als Miranda in ihrem Zelt verschwand. Dem Kind völlig unvorbereitet das plötzliche Auftauchen der Mutter zumuten, an die es keine Erinnerung mehr hatte? Das brachten sie nicht über sich. Erst einmal allein sein, erst einmal die neu gewonnene Zweisamkeit auskosten, erst einmal ungestört reden, küssen, reden, küssen.

Prospero zog seine geliebte Gattin mit sich ins Gras hinunter, ließ seine Lippen über ihren Hals wandern, über ihre nassen Augen, ihre Hände. Wie vertraut ihm ihr Frauenleib war!

»Mein Schiff liegt nur drei Tagesmärsche entfernt von hier an der Westküste!«, rief Julia zwischen zwei Küssen. Sie fuhr ihm zärtlich durchs Haar und küsste sein Ohrläppchen. »Es gibt einen Weg an den Schneegipfeln vorbei. Meine Schwertmänner sind ganz in der Nähe. Morgen werden sie uns zum Ankerplatz führen.«

Sie drückte sich an ihn, und Prospero hielt sie fest. Er konnte nicht fassen, was gerade geschah. So viele Jahre getrennt, so viel Schmerz, so viel Trauer – und jetzt das! Er fühlte sich schwindlig, berauscht. Er versank in ihren Liebkosungen.

Von Milano aus hatte sie sich über das Hochgebirge in ihre Heimat durchgeschlagen. Ihr Vater hatte ihr tapfere Männer zur Seite gestellt und ein Schiff ausgerüstet, damit sie ihn und Miranda suchen konnte. Und jetzt hatte sie ihn endlich gefunden. Glück und Schmerz zugleich überwältigten Prospero, er weinte hemmungslos.

Nun war sie es, die ihm die Tränen aus den Augen küsste. Mit ihrem langen Blondhaar trocknete sie sein Gesicht. »Wie sagen wir es Miranda? Wann sagen wir es ihr? Ich habe Angst vor diesem Augenblick, dabei sehne ich ihn seit so vielen Jahren herbei.«

»Noch heute Nacht soll sie die gute Nachricht erfahren!« Prospero traf die Entscheidung. »Wir gehen nachher zurück ins Lager und wecken sie und Josepho.« Er schrie, um das Getöse des Wasserfalls zu übertönen und um seiner unbändigen Freude Luft zu machen. »Du brauchst keine Angst zu haben, ich habe ihr viel von dir erzählt! Sie wird dich nicht wie eine Fremde behandeln.« Er stand auf und zog sie hoch.

»Bist du sicher, mein Geliebter?« Sie schlang die Arme um ihn und drückte ihr Gesicht in seine Halsbeuge; so, wie sie es früher schon in vertrauten Stunden getan hatte.

»Ich bin ganz sicher.« Prospero küsste ihren Scheitel. Sie roch anders als früher.

Auf einmal hörte er jemanden schreien. Er hob den Kopf, lauschte in die Vollmondnacht. Mirandas Stimme! Sie rief seinen Namen. Der Magier spähte in die Mondnacht.

Ein Stück unter ihnen, im Geröll der Flussböschung, bewegten sich zwei Schatten auf den Aufstieg zum Steilufer zu. Blondes und weißes Haar schienen im Mondlicht auf. »Miranda und Josepho!«, rief er. »Sie müssen uns gefolgt sein!«

Julia fuhr so abrupt herum, dass ihr Haar ihm ins Gesicht peitschte. Gerade so, als wäre sie erschrocken. Auch ihr Haar roch anders als früher.

»Gehen wir zu ihnen hinunter.« Prospero nahm ihre Hand.

»Beim Himmelsgott, bin ich aufgeregt!« Aus ihren großen Blauaugen sah sie zu ihm auf. Das Licht des Vollmonds beschien ihr Gesicht; Angst und Freude zugleich spiegelten sich darin.

Plötzlich fasste sie an ihr Ohr und machte eine erschrockene Miene. »Ich habe einen Ohrring verloren!« Sie deutete ins Gras und ins Geröll vor dem Steilufer. Das Gold des großen Schmuckstückes schimmerte dort ihm Mondlicht. Prospero bückte sich danach.

Julia trat nach ihm, zweimal.

Er kippte über den Abgrund, stürzte, griff nach links ins Leere, griff nach rechts in Gestrüpp.

Einen Wimpernschlag später hing er an der Steilwand über dem Fluss, sein Herz klopfte ihm in der Kehle. Seine Linke und seine Fußballen suchten Halt im schroffen Gestein. Seine Rechte, die sein ganzes Gewicht noch im Gestrüpp oberhalb der Felskante hielt, drohte aus dem Geäst zu rutschen. Ihm war, als würden Eiszapfen durch sein Blut schießen, von seiner Schädeldecke abwärts bis hinunter zu seinen Zehen.

Ein weißer Fuß tauchte über ihm in Gras und Geröll auf, daneben eine schwarze Vogelklaue. Darüber leuchtete Julias Gesicht weiß im Mondlicht auf. Nein, nicht Julias Gesicht – das waren die Züge der Hexe!

»Denke an Coraxa, wenn der Fluss dich gleich in die Tiefe reißt!«, sprach eine kristallklare Stimme in das Donnern und

Rauschen der abstürzenden Wassermassen hinein. Scharf und hart wie Axthiebe auf Gestein klang sie. Der Mund, aus dem sie drang, veränderte sich, wurde schmaler, schnabelartiger. Rote Augen funkelten darüber. Das Gesicht der Hexe verzerrte sich, verschwamm, nahm Züge eines Habichtsgesichts an. »Was du meinem Sohn angetan hast, wird deine Tochter bezahlen!«

Die Vogelklaue hob sich, spreizte sich, trat nach dem Gestrüpp, in dem Prosperos Hand sich festklammerte. Trat und trat, bis scharfer Schmerz sich in Prosperos Handrücken bohrte und seine Faust sich öffnete.

Prospero stürzte.

~

Auf einmal steht die Frau allein dort oben am Steilufer. Mein Vater ist verschwunden. Wohin denn? Die Frau tritt nach etwas, wieder und wieder. Ich starre zu ihr hinauf, vergesse zu atmen.

Manchmal, wenn im Traum ein Ungeheuer mich verfolgt oder wenn ich stürze, dann sage ich zu mir selbst: *Es ist nur ein Traum, Miranda, und gleich ist er vorbei.* Dann wache ich auf und bin froh. So mache ich es jetzt auch: *Es ist nur ein Traum, gleich ist er vorbei.*

Es nützt nichts. Ich wache nicht auf, ich werde nicht froh.

Und die Frau tritt immer weiter zu.

Nach einem Busch? Von hier unten sieht es so aus. Doch ich weiß genau, wonach sie tritt. Nach Babospos Hand. Der hängt irgendwo unter ihr über dem Wasserfall und versucht sich festzuhalten. Mein Babospo. Ich weiß das. Ich will es aber nicht wissen.

»Das verdammte Weib hat ihn über die Steilkante getreten.« Neben mir flüstert Josepho. »Das Miststück hat ihn über den Abgrund getreten …«

Ich schaue ihn an. Seine Augen sind weit aufgerissen. Das

Mondlicht schimmert im Weiß seiner Augäpfel. Seine Unterlippe zittert. Er ist sehr bleich. So bleich, wie Jesu gewesen ist, als wir ihn aus der Brandung zogen.

Er rennt zum Fluss, beugt sich über das Steilufer, guckt Richtung Wasserfall, schreit etwas. Tosen und Rauschen verschlingen seine Stimme, verschlingen auch den Lärm seiner Schritte, als er zu mir zurück hastet.

Die Frau tritt nicht mehr nach dem Busch; sie steigt jetzt den Pfad herunter, der das hohe Steilufer mit der Böschung verbindet, auf der ich stehe. Ihre Augen funkeln rot. Ich kann nicht weggucken.

»Er lebt!« Josepho schüttelt mich. »Dein Vater schwimmt! Er treibt auf den Wasserfall zu! Ein langer Ast muss her, schnell! Ein Tau, irgendwas!« Er will die Böschung hinaufrennen, schaut zurück, bleibt stehen. »Warum kommst du nicht!?«

Ich kann mich nicht bewegen. Die Frau lässt den Felspfad hinter sich. Sie ist ein Ungeheuer.

Ich kann nicht sprechen. Immer muss ich in ihre rotglitzernden Augen gucken. Aus ihnen strömt etwas durch meine Augen in mein Hirn. Etwas, das mich fesselt. Etwas Böses.

Große Schatten schweben zwischen mir und den Ungeheueraugen hindurch. Schwarze Silhouetten. Schon wieder. Eulensilhouetten. Ich kann mich nicht nach ihnen umwenden.

Josepho schüttelt mich. Mir ist, als würde eine Kette zwischen meiner Schädeldecke und meinem Gehirn wachsen und es ganz und gar in eiserne Glieder einwickeln. Höchstens sieben Schritte trennen mich noch von dem Ungeheuer. Es hat ein menschliches Gesicht und zugleich das eines Raubvogels. Es erinnert mich an Calibans Gesicht.

Josepho schiebt sich zwischen mich und die Frau, wendet ihr den Rücken zu, schaut mich an. Ich aber schaue an ihm vorbei in die rotglühenden Augen des Caliban-Gesichtes.

»Du guckst ihr nicht in die Augen!« Der Medikus schlägt mir links und rechts auf die Wangen. »Du sollst sie nicht angucken!«

Es ist keine Sie. Es ist ein Etwas, ein Calibanding, ein Ungeheuer.

»Du gehst mit mir, Miranda, Tochter des Prospero!« Eine Stimme wie ein Schwerthieb durchschneidet all das Tosen und Brausen und Rauschen. »Ich bin Taifunos, der Fürst des siebten Kreises der Unterwelt! Du gehst mit mir! Du gehörst mir.«

Josepho reißt meine Stirn an seine. Das tut weh; ich wache auf wie aus einem bösen Traum. »Renn!«, sagt der Medikus. »Tu, was ich sage, und renn!«

»Aus dem Weg, Irdischer!« Die Schwertstimme klirrt auf uns nieder. »Sie gehört mir!«

Josepho fährt herum und klammert sich an dem Ungeheuerlichen fest. Ich drehe mich um und renne.

Wie ein titanischer Fausthieb trifft es mich in den Rücken – ich stolpere, ich falle. Am Boden liegend blicke ich zurück – Josepho ringt mit dem Ungeheuerlichen. Er wird unterliegen.

Ich stemme mich hoch, will weiterrennen. Ein stechender Schmerz fährt mir in den Knöchel. Ich kann nicht mehr laufen. Die Böschung ist nahe. Babospos Pferd muss in der Nähe sein. Ich krieche in die Böschung hinein.

⁓

Er tauchte auf, versuchte gegen die Strömung zu schwimmen. Vergeblich, zu stark. Der Fluss riss ihn zum Wasserfall hin. Irgendwo vor ihm tobten und donnerten die Wassermassen zu Tal.

Ein Fels ragte links von ihm aus dem Wasser, er versuchte in seine Richtung zu schwimmen, versuchte ihn zu greifen. Die Strömung spülte ihn vorbei.

Ein Fels ragte schräg rechts von ihm aus dem Wasser. Prospero legte alle Kraft, die er noch hatte, in seine Schwimmbewegungen. Bis auf Armlänge kam er dem Felsen nahe, dann riss ihn die Strömung vorbei.

Er strampelte mit den Beinen, ruderte mit den Armen, versuchte die Kante ins Auge zu fassen, über die der Fluss in die Tiefe stürzte. Im Mondlicht sah er hundertzwanzig Fuß entfernt die glatte Wasserlinie glänzen.

Verzweiflung überwältigte ihn. Er ließ sich einen Augenblick treiben, schloss die Faust um die Kette mit dem Mutterzopf, holte Luft und schrie: »Wuahä, wuahä!«, und immer wieder: »Wuahä, wuahä!«

Er sah zum Vollmond hinauf – Taifunos' böse Fratze füllte dessen Scheibe aus. Er blickte zum Steilufer hinauf. Miranda und Josepho standen irgendwo dort oben, waren dem Entsetzlichen ausgeliefert, waren verloren.

»Miranda!«, brüllte er. Er spähte durch die Mondnacht zum Wasserfall – kaum neunzig Fuß trennten ihn noch vom Abgrund. Prospero begann wieder, mit den Armen zu rudern und mit den Beinen zu strampeln. Er schrie erneut: »Wuahä, wuahä!«, und immer wieder: »Wuahä, wuahä!«

Magische Sprüche mischten sich in sein verzweifeltes Gebrüll, tauchten ungerufen aus seiner Erinnerung auf, platzten aus ihm heraus. Und immer wieder die Uhurufe: »Wuahä, wuahä!«

Fünfzig Fuß noch höchstens, dann würden die Wassermassen ihn mit sich in die Tiefe reißen. Schräg rechts von ihm, vielleicht dreißig Fuß vor dem Wassersturz, wölbten die letzten Steine sich aus den Wasserwirbeln. Unmöglich, sie zu erreichen – der Magier fasste sie dennoch ins Auge, zwang seinen Körper dennoch zu letzten Schwimmbewegungen auf sie zu.

Die Silhouette eines großen Vogels schwang sich über die Wasserlinie, schwebte auf ihn zu und an ihm vorbei. Ein Uhu, kleiner als Buback. Ein zweiter Uhu segelte über den Wasserfall, flog eine Schleife, schwebte über Prospero hinweg; er war dunkler als Buback.

Noch dreißig Fuß bis zum Wasserfall, noch zehn bis zu den Felsen, die sich rechts von Prospero aus dem Wasser wölbten. Die schienen zum Greifen nahe, und dennoch würde er an ihnen vorbeitreiben. Er sah es kommen.

Duugug, duugug, tönte es über ihm. Bubacks heisere Altuhustimme. Er stürzte auf Prosperos Rücken nieder, und die Wucht des Aufpralls stieß den Magier unter Wasser. Doch etwas zog ihn sofort wieder nach oben – Buback, der seine Fänge in Federmantel und Hemd geschlagen hatte.

Plötzlich ein Schatten von links. Vogelschwingen klatschten ins Wasser, Eulenfänge bohrten sich in Prosperos Schulter und zerrten an ihm. Und dann auch von rechts ein Uhu, und wieder spürte der Magier scharfe Fänge seine Haut ritzen und seine Kleider über der Schulter durchbohren.

Sie schlugen mit den Schwingen, Wasser spritzte. Prospero tauchte unter, tauchte auf; sie rissen und zerrten an ihm, sie zogen ihn bis zum Fels. Prospero klammerte sich an schroffes Gestein.

Und ließ sofort wieder los, denn sie zerrten weiter an ihm – wieder Geflatter und Flügelschlagen, wieder schluckte er Wasser, saugte Luft ein, tauchte auf, tauchte unter. Die Uhus warfen ihn auf den nächsten Stein.

Und wieder keine Ruhe, wieder musste er untertauchen, wieder warfen sie ihn gegen einen Fels. Dann ließen sie ihn los. Zwei flogen davon, einer schwang sich auf den Stein. Prospero keuchte und spuckte und rang nach Luft.

Buback über ihm rief und schlug mit den Flügeln. Prospero blinzelte zum Wasserfall hin – keine zwanzig Fuß vor ihm brach das Flussbett ab, stürzte das Wasser ins Tal. Der Magier stöhnte sein Entsetzen hinaus.

Wuahä, wuahä!, rief Buback über ihm und schlug mit den Schwingen. Wovor wollte er ihn warnen?

Prospero spähte zum Ufer hin, seine Augen versuchten die Mondnacht zu durchdringen. Das Ufer war genauso nahe wie der Wassersturz – und eine Reihe von Felsbrocken wölbte sich von seinem rettenden Stein aus bis ans Ufer.

Er wagte es, schob sich am Stein entlang, stieß sich ab, bekam den benachbarten Felsblock zu fassen, dann den nächsten. Buback flog mit von Stein zu Stein, hörte nicht auf, seine Warnrufe auszustoßen.

»Miranda«, stöhnte Prospero. Sie war in Not, er spürte es. »Ich komme, Miranda ...«

Der nächste Felsblock war so flach, dass Prospero auf ihn klettern konnte. Ein paar Atemzüge lang lag er schwer atmend neben Buback. Schließlich zwang er sich in die Knie, dann auf die Füße, dann zu dem Mut, über das schäumende Wasser hinweg auf den nächsten Stein zu springen. Und dann auf den nächsten und schließlich auf den letzten.

Ein Hohlpfad führte durch die Steilwand hinauf, ein Rinnsal floss durch ihn hindurch zum Fluss hinunter. Prospero kletterte durch Wasser und Geröll. Dann endlich fühlte er Grasboden unter den Händen. Er stand auf, wankte am Steilufer entlang bis zu der Stelle, an der Taifunos ihn in den Fluss gestoßen hatte.

Julia, Coraxa, Taifunos – welch ein Betrug! Wie hatte er sich nur so täuschen lassen können ...

Nicht daran denken! Das schwächte nur den Mut, lähmte nur den Willen. An Miranda denken, nur an sie! »Miranda«, flüsterte er. Seine Tochter brauchte ihn jetzt, das spürte er genau.

Schon murmelte er die Bannsprüche vor sich hin, mit denen er sich bereits auf die Unterwerfung Calibans vorbereitet hatte. Er wankte in den Pfad hinein, der hinunter in die flachere Flussböschung führte. Mondlicht lag auf ihr, ein Schatten bewegte sich über sie.

Das war er, Taifunos! Die schwarzen Schwingen, das rote Gewand, die Vogelklaue – das war er! Was hatte er vor? Wohin stapfte er da? Verfluchter Dämon!

Und jetzt entdeckte der Magier auch den Medikus. Der lag zwischen Gras und Geröll und krümmte sich wie unter Schmerzen. Der Entsetzliche stapfte von ihm weg und auf etwas zu, das nicht weit von ihm im Gras lag. Ein Mensch.

Ein Mensch mit blondem Haar.

Miranda.

Sie versuchte, in einen Hang zu kriechen, schien verletzt, konnte wohl nicht mehr laufen. Armes Kind!

»Tu etwas!« Josepho hatte ihn entdeckt. »Er nimmt sie mit!« Der Medikus brüllte gegen das Rauschen des Wasserfalls an. »Tu etwas, verdammter Magier!«

Prospero sank auf die Knie, atmete tief, hob die Arme und ahmte den Warnruf der Uhus nach. Sofort schossen die Silhouetten dreier Eulen vom Fluss her ans Ufer. Nacheinander stießen sie auf den Höllenfürsten nieder, rissen ihm die Fänge über den Schädel, schlugen ihm die Flügel ins Gesicht.

Das konnte einen wie Taifunos nicht besiegen, niemals. Doch es lenkte seine Aufmerksamkeit ab, und immerhin blieb er auf halbem Weg zu Miranda stehen und spähte in die Luft. Sieben Uhus griffen ihn jetzt an.

Prospero stieß einen spitzen Schrei aus und gleich noch einen. Er hob die Arme, murmelte eine Beschwörungsformel. Unten flogen die Uhus einen Angriff nach dem anderen. Einer ging in Flammen auf, der nächste stürzte wie ein Stein in die Böschung.

Nicht an Buback denken, nur an Miranda! Prospero zwang sich zur Ruhe. Ein Rauschen und Sirren wie von tausend Pfeilen erfüllte die Nachtluft. Ein schwarzer Schleier verdunkelte den

Mond, ein gewaltiger Fledermausschwarm fiel über Taifunos her. Der schlug um sich und schleuderte Flammen und Blitze.

Plötzlich bebte die Erde, und lähmender Schrecken fiel auf Prospero – Taifunos griff an!

Mit dem Gedanken an seine Tochter bezwang der Magier seine Angst, stand auf, reckte die Arme in den Nachthimmel und ballte die Fäuste. »Hinunter mit dir!«, rief er ins Geflatter der Fledermäuse, das dumpfe Grollen der Erde und ins Brausen des Wasserfalls hinein. »Bei der ewigen Finsternis zwischen den Sternennebeln gebiete ich dir: Fahre hinab in den Abgrund der Unterwelt!«

Der Boden erzitterte, Geröll löste sich links und rechts von Prospero und rollte in die flache Böschung hinab. Feuerzungen schossen zu ihm herauf, Blitze zuckten zu ihm herauf. Einer traf sein Bein und brachte ihn zu Fall.

Prosperos Schenkel zuckte und schmerzte, als würde er brennen, doch der Magier ließ sich nicht beirren. Das Bild seiner verletzten Tochter ließ jede Angst und jeden Zweifel von ihm abprallen – hart wie ein Diamant wurde sein Wille. »Hinab mit dir!« Er stemmte sich auf den Knien hoch, stieß die Fäuste in die Luft. »Beim Herz der Sonne und dem ewigen Lebenslicht – sei von deinem eigenen Abgrund verschlungen!«

Wie eine schwarze Wolke umschwirrten die Fledermäuse den Entsetzlichen. Viele stürzten brennend ab. Auf einmal hörte Prospero die vertraute Stimme seiner Tochter, Miranda schrie – ihm stockte der Atem, plötzliche Angst würgte ihm die Stimme ab. Mirandas Stimme übertönte das Schwirren der Fledermäuse, das dumpfe Grollen aus der Erde und das Donnern des Wasserfalls. Was tat der Entsetzliche ihr an? Weder Taifunos noch seine Tochter konnte der Magier hinter all dem Geflatter, dem Rauch und dem Feuer sehen. Auch Josepho nicht.

»Miranda!« Prospero taumelte den Geröllhang hinunter.

»Mein Herz! Mein Kind! Mein Leben!« Er stürzte, kroch auf Händen und Knien weiter, lauschte ihren Schreien und hielt den Atem an. Ihre Worte konnte er nicht verstehen, doch er war sich sicher: Sie schrie nicht hysterisch, nicht panisch, nicht in Todesangst – sie schrie wütend und gebieterisch.

Eine Erdspalte klaffte plötzlich am Flussufer, Feuer und Rauch schossen in den Nachthimmel. Der Schwarm der Fledermäuse zerriss und schwirrte in alle Himmelsrichtungen auseinander. Dort, wo Prospero den Entsetzlichen zuletzt gesehen hatte, quoll glühende Magma aus der Kluft, und schwarzer Rauch deckte die aufgebrochene Erde zu. Taifunos war verschwunden.

Prospero bohrte die Stirn ins Geröll. Alle Kraft entwich seinen Gliedern. Wie eine rasende Pauke dröhnte ihm sein Herzschlag zwischen Schläfen und Brust. Er rang nach Luft.

So lag er eine Zeitlang. Das monotone Brausen und Rauschen des Wasserfalls erfüllte die Nacht, sonst hörte er nichts mehr – keine Schreie, kein Grollen, kein Flattern. Nur seinen Herzschlag und den Wasserfall.

Es dauerte nicht lange, da siegte die Sorge um Miranda über seine Entkräftung. Er richtete sich auf den Knien auf, blinzelte ins Halbdunkel der Flussböschung hinab. Rauchschwaden schwebten über Erdspalten, verbrannten Fledermäusen und Eulenkadavern. Und über Miranda und Josepho.

Der Medikus lag reglos im Geröll, Miranda saß mit gekreuzten Beinen hinter seinem Weißschopf und wiegte ihren Oberkörper hin und her. Hinter ihr, halb im Grashang der Böschung, hockte Buback. Seine Augen leuchteten wie glühende Holzkohlestücke.

Prospero schleppte sich den Pfad hinunter. Misstrauisch spähte er nach allen Seiten. Noch vermochte er nicht zu fassen, dass der Entsetzliche besiegt, dass er wieder in die Unterwelt gestürzt sein sollte. Konnte es denn wahr sein, dass Taifunos in den glühenden Erdspalten untergegangen war, die er selbst in den Boden gerissen hatte?

Miranda hob nur flüchtig den Blick, als er sich ihr und dem Medikus näherte. Sie weinte. Prospero sank neben Josepho in die Knie. Keine Wunde konnte er an dessen Körper entdecken, keinen Kratzer, keinen Blutfleck.

Er warf sich auf die Brust des Medikus und schlang die Arme um seinen Körper. »Verzeih mir«, schluchzte er. »Bitte verzeih mir!«

»Josepho kann dir nichts mehr verzeihen, Babospo«, sagte Miranda dicht an seinem Ohr. »Josepho ist gestorben.«

9

Winter

Es schneit. Der Strand, die Hütten, die Dünen, der Wald – alles weiß. Ich sitze mitten in der größten unserer drei Hütten an der steinernen Feuerstelle. Hier ist es warm genug. Der Rauch zieht durch einen Schlot in der Dachöffnung ab. Den hat Josepho sich ausgedacht. Josepho wird sich nie wieder etwas ausdenken.

Ich schreibe. Im Schein des Feuers fülle ich Pergamentbogen um Pergamentbogen. Das Buch steht neben mir auf einem Lesepult, den ich mir aus Birkenästen zusammengebunden habe.

Babospo liegt auf seinem Lager und starrt stumm an die Decke. Ariel hockt neben ihm. Kurz vor dem ersten Schnee hat er plötzlich in der Brandung gestanden. Er hat eine Nachricht für Babospo mitgebracht. Es geht um eine Hochzeit in Tunischan, die im übernächsten Frühsommer gefeiert werden soll.

Meinem Vater scheint diese Hochzeit vollkommen gleichgültig zu sein. Er hat kein Wort gesagt, als Ariel ihm davon erzählte. Mein Vater spricht nicht mehr. Schon seit wir von der Hochebene zurück zur Südküste aufgebrochen sind. Das letzte, was ich ihn sagen hörte: *Verzeih mir*.

Spricht er aus Traurigkeit nicht mehr oder aus Schwäche? Vielleicht macht beides ihn stumm. Er hat mir nicht einmal helfen können, den steinernen Grabhügel über dem toten Medikus aufzuschichten, so schwach ist er da schon gewesen. Und wenn er die Hütte verlassen will, um sich in der Brandung von mir waschen zu lassen, oder wenn er sich zwischen den Bäumen entleeren will, muss Caliban ihn stützen.

Es ist die Wahrheit: Babospo ist so schwach, dass ich ihn waschen muss. Sogar füttern muss ich ihn. Der magische Kampf am Wasserfall ist zu viel für ihn gewesen. Beinahe hätte der Unheimliche meinem Babospo die Lebenskraft entzogen. Das habe ich doch gespürt – seine unsichtbaren Finger hat er schon nach Babospo ausgestreckt gehabt, hat wahrscheinlich schon den Triumph des Sieges auf seiner Zunge geschmeckt. Widerlicher Dämon!

Ariel sitzt fast ununterbrochen neben Babospos Lager. Meistens summt er vor sich hin. Schöne Melodien. Auch jetzt wieder. »Unsere Liedchen werden den Meister schon heilen«, sagt er zwischen zwei Melodien. »Bald wird er wieder sprechen, und dann werden wir ihm die guten Nachrichten aus Tunischan noch einmal erzählen. Die werden ihn froh machen und uns auch.«

»Warum?«, will ich wissen.

»Den Meister, weil er bald seine Rache bekommt, und uns, weil wir bald unsere Freiheit bekommen.« Er deutet auf den Ledersack mit der Laute. »Sie muss sie auspacken. Sie muss dem Meister spielen und singen, damit er schnell gesund wird.«

»Ich habe ihm heute Morgen schon Lieder zur Laute vorgesungen«, sage ich, »und heute Abend werde ich es wieder tun. Doch ich kann nicht den ganzen Tag singen und Laute spielen. Ich muss schreiben.«

»Was schreibt sie?«

Ich schüttele nur den Kopf. Es geht den Luftelf nichts an, was ich schreibe. Wenn er lesen könnte, wüsste er es. Ich schreibe zwei Bücher: meine Chronik und das BUCH DER UNBEGRENZTEN MACHT; das schreibe ich natürlich nur ab.

Caliban kommt aus der Kälte herein. Er hat Fisch geschlachtet und legt ihn auf Brunos Schwert über die Glut. Danach schmilzt er Schnee in einem Topf und gibt uns zu trinken. Danach führt er Babospo hinaus, damit er sich entleeren kann.

Caliban tut alles, was ich ihm auftrage.

Später gehen wir hinaus und bauen eine Schneehütte. Ariel bewirft Caliban so lange mit Schneebällen, bis der wütend wird und große Schneehaufen zusammenrafft, um den Luftelf darunter verschwinden zu lassen. Doch wenn er glaubt, Ariel unter dem Schnee begraben zu haben, steht der schon wieder hinter ihm und feuert ihm neue Schneebälle entgegen.

Ariel liebt es, Caliban zu ärgern.

Ariel liebt es auch, mir von seiner Reise durch die Anderwelt und Tunischan zu erzählen. Ich lasse mir alles ganz genau beschreiben – die Menschen, ihre Städte, ihre Tiere, ihre Schiffe, ihre Sitten. Auch die Elfenkönige, die Ariel besucht hat, muss er mir beschreiben, ihre Gärten, ihre Schlösser, ihre Kleider, ihre Sprache.

»Bist du auch im Herz des Großen Kontinents gewesen, am Schwarzen Strom?«, will ich wissen.

»Natürlich waren wir am Schwarzen Strom.«

»Lebt der Lehrer meiner Großmutter Magdalena noch?« Er nickt. »Hast du ihn besucht?«

»Natürlich haben wir ihn besucht. Der Zwerg ist ein mächtiger Magierfürst. Jeder, der in sein Reich kommt, erweist ihm die Ehre eines Besuches.«

So vergeht der Winter. Schneehütten bauen, Schneemänner am Strand aufrichten, Schneeballschlachten machen, Caliban ärgern. Und erzählen. Und schreiben.

So vergehen auch nach Frühling der Sommer, der Herbst und der nächste Winter. Das Buch habe ich da längst abgeschrieben. Ich habe es ja jetzt, wo Babospo so krank ist, nicht mehr heimlich machen müssen. Er merkt ja nicht, was ich tue; er merkt überhaupt nichts mehr. Bevor der Medikus gestorben ist und mein Vater zu sprechen aufgehört hat, da habe ich es heimlich gemacht.

Meistens habe ich darin gelesen, wenn Babospo im Meer gebadet oder wenn er geschlafen hat. Ich habe das Gelesene auswendig gelernt und dann in meinem Zelt beim Schein meiner Öllampe auf die Pergamentbögen geschrieben, die Babospo mir zum Geburtstag geschenkt hat. Auch wie man die Erde beben lässt, habe ich auswendig gelernt und aufgeschrieben.

Ich glaube, Babospo denkt, dass der Ungeheuerliche das Erdbeben gemacht hat. Ich jedoch habe gespürt, wie überrascht der Dämon gewesen ist, als neben ihm plötzlich der Boden aufgebrochen ist. Damit hat er nicht gerechnet! Und dann ist er hinein gestolpert. Und verschwunden. Wie leicht mir das gefallen ist! Wie beim Schach, wenn der Gegner einen Fehler macht. Der Fehler des Ungeheuerlichen: Er hat seine gesamte Aufmerksamkeit allein auf Babospo gerichtet. Mich hat er überhaupt nicht beachtet.

Als am Ende des zweiten Winters nach Josephos Tod der Schnee schmilzt, beginnen meine Kräuter und Sprüche endlich zu wirken: Babospo fängt wieder an zu sprechen. Ich bin so himmelsgottfroh! Bald darauf wäscht er sich auch wieder selbst und isst ohne meine Hilfe.

Ariel erzählt ihm von der Hochzeit, die der König von Tunischan im Sommer in seiner Hauptstadt feiern will. Macht diese Nachricht meinen Vater froh? Ich merke nichts davon.

Als dann die ersten warmen Tage kommen, finde ich Babospo fast nur noch draußen am Strand. Von Sonnenaufgang bis Sonnenuntergang sitzt er auf den Dünen oder in der Brandung. Und späht durch sein Fernrohr aufs Meer hinaus. Ich weiß, worauf er wartet. Ich fürchte mich davor.

10

Der Sturm

Es war ein Hochsommertag, als er die Flotte entdeckte. Sieben oder acht Schiffe, lauter Fregatten mit drei Masten. Prospero wusste sofort, dass es König Arbossos kleine Flotte auf dem Rückweg von Tunischan war.

Er steckte das Fernrohr unter seinen Federmantel, watete ein Stück weiter in die Brandung hinein und berührte den Mutterzopf. Dort hob er die Arme zum Himmel und tat, was zu tun war. Die gerade erst überstandene Erschöpfung, die ihm sein letzter magischer Kraftakt eingebracht hatte, konnte ihn nicht davon abhalten. Zu lange hatte er auf diese Stunde gewartet. Und die Kunst, Luft und Wasser zu beschwören und gegen seinen Feind zu hetzen, hatte er ja schon beherrscht, als er noch im Bergfried seiner eigenen Burg in Ketten lag und die Hexe verfluchte. Und wieder fiel es ihm überraschend leicht.

Eine steife Brise kam auf. Der Himmel zog sich zu. Die See wurde dunkel und wild. Die Bäume hinter den Dünen bogen sich in den ersten Sturmböen.

Prospero watete aus der schäumenden Brandung an den Strand und rief nach Ariel. Der Luftelf tauchte auf dem Dünenkamm auf und kam zu ihm.

»Es ist so weit, haben wir recht?«, rief er schon von Weitem. Sein weißes, kantiges Gesicht strahlte, in seinen roten Augen leuchtete die Vorfreude.

»Du kannst es kaum abwarten, bis ich ihnen in die Augen schaue, nicht wahr?«

»Der Meister doch auch nicht, oder?«

Prospero deutete aufs Meer hinaus. Der Wind zerwühlte sein Haar und seinen Federmantel. »Die Flotte, auf die ich gewartet habe. Ich weiß nicht genau, wie viele Schiffe es sind. Gleichgültig. Wenn es stimmt, was du in Erfahrung gebracht hast, reist mein Bruder auf dem Flaggschiff des Königs. Gehe und versenke es, die anderen zerstreue. Und dann sieh zu, dass Tonio und Arbosso vor mir erscheinen.«

»Was geschieht hier?« Von den Hütten her rannte Miranda herbei. Sie trug ein leichtes rotes Kleid, das sie selbst geschneidert hatte – aus dem Tuch, mit dem sie vor vielen Jahren nach Milano hatten segeln wollen. Ihr blondes Haar flatterte im heftigen Wind. »Warum ist der Himmel auf einmal so schwarz? Warum stürmt es plötzlich?« Sie schob sich zwischen Prospero und den Luftelf. »Das hast du getan, Babospo, gib es zu!« Sie spähte aufs Meer hinaus. »Segeln sie vorbei, auf die du solange gewartet hast?« Sie blickte zu Prospero herauf. »Sind sie da? Sprich doch!«

Er legte seine Hände auf ihre Schultern und schaute ihr in die dunkelblauen Augen. Siebzehn Jahre alt war sie vor einem halben Jahr geworden. Und immer schöner wurde sie. Und immer eigenwilliger. Nichts ließ sie sich noch von ihm sagen, gar nichts. Ein Jammer. Und doch war er so stolz auf sie.

»Sie segeln vorüber, ja.« Er nickte. »Jedenfalls glauben sie, vorübersegeln zu können.« Er nickte Ariel zu. Der schritt rückwärts in die Brandung. Und dann wieder an Miranda gewandt: »Der Sturm wird gleich noch heftiger. Geh in die Hütte, dort bist du sicher.«

»Nicht schon wieder Tod und Verderben durch Magie!« Sie packte Prospero an den Armen und schüttelte ihn. »Durch die verdammte Magie‹, wie Josepho gesagt hätte.« Sie nahm sein Gesicht zwischen die Hände, küsste seine Wangen und sagte: »Niemand darf ums Leben kommen, hörst du? Versprich es mir, Babospo! Bitte, versprich es mir!«

Prospero machte sich los von ihr. »In die Hütte mit dir!« Die Wut packte ihn. Ariel beobachtete sie aufmerksam. Prospero bedeutete ihm mit einer herrischen Geste, endlich zu tun, was er ihm aufgetragen hatte. Der Luftelf drehte sich um und sprang in großen Schritten in die aufgewühlte See.

»Wenn heute auch nur ein Mensch stirbt, will ich nicht mehr deine Tochter sein!« Miranda schrie es ihm ins Gesicht. Dann wirbelte sie herum und rannte in die Hütte. Gleich darauf stürmte sie wieder heraus und zur Pferdekoppel. Sie trug jetzt ihren Federmantel und hatte sich ihre Armbrust auf den Rücken geschnallt.

»In die Hütte, habe ich gesagt!« Prospero lief ihr hinterher; er musste sich gegen den Sturm stemmen, um das Gleichgewicht zu halten. Miranda kümmerte sich nicht um ihn. Sie schwang sich auf Steiner, trieb ihn über den Strand und preschte an Prospero vorbei nach Westen.

11

Nach dem Sturm

Ariel blinzelte in den Abendhimmel. »Und jetzt ist es vorbei, unser Stürmchen.« Er kicherte. »Nur eine Stunde hat's gewährt, höchstens zwei. Und schon ist alles anders, nicht wahr?« Durch den Rauch hindurch äugte er zu Feridan herüber. »Für ihn jedenfalls und seine Schiffsgenossen. Für uns ja noch nicht. Für uns wird erst dann alles anders sein, wenn der Meister seinem Bruder und dem König von Napoli in die Augen geschaut hat.« Er stand auf. »Dann wollen wir es mal suchen gehen, das schiffbrüchige Menschenpack.«

»Suchen?« Feridan, noch ganz gefangen von Ariels Erzählung, schreckte hoch. »Du glaubst, mein Vater und der Herzog haben den Schiffsuntergang überlebt?«

»Könnte der Meister sonst hoffen, ihnen in die Augen zu sehen?« Der Weißblonde schüttelte unwillig den Kopf. »Könnten wir sonst hoffen, bald unsere Freiheit zu genießen? Wir haben ihm alles erzählt, doch er hört einfach nicht richtig zu.«

Feridan zog die Decke um seine Schultern zusammen. Es wurde kühler. Der kleine Unheimliche mit dem weißblonden Haar machte Anstalten zu gehen. »Willst du mich wirklich nicht zu Prospero führen?«

»Nein, das wollen wir wirklich nicht.« Ariel stapfte die Kuhle hinauf. »Wir haben Wichtigeres zu tun. Die Freiheit winkt!« Am Rand der Kuhle blieb er stehen und blickte noch einmal herunter zu Feridan. »Ein Jammer nur, dass wir auch Miranda verlassen müssen, wenn der Meister uns endlich freigibt.« Ein Ausdruck des Bedauerns, ja der Wehmut legte sich auf seine bleiche, tausendfach gemaserte Miene. »In ihrer Nähe zu sein ist so schön gewesen. Schon früher, als sie noch ein Kind war.« Ariel wandte sich Feridans im Wind flatternden Kleidern an der Leine zu und betastete sie. »Jetzt ist sie eine junge Frau, blüht gerade so richtig auf. Den ganzen Tag könnten wir ihr zusehen – beim Laufen, beim Schwimmen, beim Reiten. Oder wenn sie Musik macht und singt oder wenn sie mit der Armbrust übt. Oder wenn sie Figuren aus Holz schnitzt oder aus Schnee oder Sand baut. Oder wenn sie schreibt. So viel Anmut! So viel Schönheit!«

»Du sprichst wie einer, der über beide Ohren verliebt ist.« Zum ersten Mal an diesem Unglückstag musste Feridan lachen.

»Warte nur, bis du ihr begegnest.« Ariel drehte sich zu ihm und seufzte tief. Seine Miene verfinsterte sich. »Der Meister dagegen ist ein harter Mann. Entweder er studiert sein Zauberbuch und vergräbt sich in magische Übungen, oder er gibt Befehle. Tut er keines von beidem, starrt er missmutig aufs Meer hinaus. Zum Glück war er zwei Jahre lang krank, da konnte er keine Befehle erteilen.« Das Lächeln kehrte in Ariels Züge zurück. »Miranda dagegen ist ein Wunder des Lebens. Wäre sie allein auf dieser Insel, könnten wir es noch tausend Jahre hier aushalten.« Er winkte ab. »Doch es ist ja sowieso vorbei.« Er blickte über die Kuhle und Feridan hinweg zu den Dünen. »Sie kommt. Er zieht sich besser an. Seine Sachen sind trocken.«

»Wer kommt?« Feridan blickte hinter sich. Niemand überquerte die Dünen, niemand lief über den Strand. »Was redest du denn?« Er drehte sich wieder um – niemand stand mehr über ihm zwischen Feuer und im Wind flatternden Kleidern. Nanu? Hatte er die Begegnung mit diesem rätselhaften Wesen am Ende nur geträumt?

Gedankenverloren schaute er in die Glut. Wie schnell das Feuer heruntergebrannt war, seit Ariel es verlassen hatte. Vielleicht hatte Feridan ja auch die lodernden Flammen nur geträumt. Doch wer hatte ihm dann diese wärmende Decke um die Schultern gelegt? Wer hatte seine nassen Kleider aufgehängt?

Kein Zweifel, das hatte dieser Ariel getan. Wie er geredet, wie er geguckt hatte! Jetzt, wo Feridan an ihn zurückdachte, kam ihm der Weißblonde vor wie ein Wesen aus einer anderen Welt. Ob man ihm auch nur ein Wort glauben durfte?

So vieles von dem, was er erzählt hatte, erschien Feridan mehr als zweifelhaft. Einiges sogar völlig abwegig. Zehntausend Vögel, die einem Mann gehorchten? Ein Luftelf, den eine Hexe in einen Baum sperrte? Ein missgestaltetes Kind, das eine Horde Wilder befehligte? Eine tote Hexe in einer Pyramide? Ein Dämonenfürst, der durch eine Erdspalte in die Unterwelt fuhr? All das hörte sich für den jungen Prinzen, der den menschlichen Verstand über alles schätzte, nach Gruselgeschichten zahnloser Ammen an.

Anderes wiederum hätte er gern geglaubt. Etwa, dass sein Vater und Herzog Tonio nicht ertrunken waren, sondern hier auf dieser Insel Prospero von Milano gegenübertreten würden. Und dass Gonzo es schaffen würde, sich an die Küste zu retten.

Die Abendbrise wehte kühler, und Feridan fror. Außerdem hatte er Hunger. Er stand auf und zog die Decke um seine Schultern zusammen. Die Dämmerung brach bereits ein. Grübelnd stapfte er die Kuhle hinauf, ging zu den Sträuchern und der Leine zwischen ihnen, an der seine Kleider flatterten. Bevor es Nacht wurde, musste er Gonzo finden.

Etwas bewegte sich unter den Sträuchern. Er zuckte zurück. Füchse! Unter jedem Strauch einer. Sie hechelten und äugten neugierig zu ihm herauf. Eine Zeitlang stand er reglos und blickte von einem zum anderen. Wilde Tiere so nahe und ohne jede Scheu? Das machte ihn misstrauisch. Nichts wie weg hier!

Er ließ die Decke von seinen Schultern gleiten und wollte nach seinem Hemd greifen. »Wie schön du bist«, sagte auf einmal hinter ihm eine Stimme. Erschrocken fuhr er herum. Auf der anderen Seite der Kuhle saß eine Frau auf einem Pferd.

Sie schien sehr jung zu sein, hatte langes goldblondes Haar und war in einen Mantel aus grauen und weißen Federn gehüllt. Darunter trug sie ein dunkelrotes Kleid mit gelben Blumenstickereien. Auf ihrem Rücken hing eine Armbrust.

Nie zuvor hatte Feridan eine derart schöne und anmutige Frau gesehen. Lächelnd und völlig ungeniert betrachtete sie seinen nackten Körper. Feridan wusste nicht, wohin mit sich.

»Du gehörst zur Besatzung des gesunkenen Schiffes aus Tunischan, nicht wahr?« Sie lenkte ihr Pferd um die Kuhle herum, einen schwarz-weiß gescheckten Hengst. Sie ritt ihn ohne Sattel und saß nicht seitwärts auf ihm wie die feinen Damen in Napoli, sondern rittlings. Dadurch war ihr das Kleid weit über die Knie gerutscht. Feridan gab sich alle Mühe nicht hinzuschauen und nickte. Nie zuvor hatte er derart schöne Knie und derart schöne Schenkel gesehen.

Sie stieg ab und kam zu ihm. »Danke«, sagte sie zu den Füchsen hinuntergebeugt. »Sucht weiter.« Die Tiere trollten sich Richtung Strand und verschwanden in der Abenddämmerung. Feridan war völlig sprachlos.

»Ich habe meinen Vater angefleht, euch zu verschonen.« Trauer verdüsterte ihr feines Gesicht. »Er kann so hart sein, so unerbittlich. Wie heißt du?«

»Feridan.« Er griff hinter sich, riss sein Hemd von der Leine und bedeckte sein Geschlecht.

»Feridan – was für ein schöner Name.« Sie lächelte vergnügt und betrachtete ihn von den Zehenspitzen bis zum Scheitel. »Wie schön du bist! Du musst dich nicht schämen vor mir. Ich heiße Miranda. Außer Babospo kenne ich nur vier Männer. Doch deren Haar ist schon grau oder weiß. Deines hat die Farbe schwarzer Tinte.«

Feridan fragte sich, ob sie sein Schamhaar meinte. Selten war er so verlegen und verwirrt gewesen, eigentlich noch nie.

»Ihr Haar *war* grau oder weiß.« Wieder huschte Trauer über ihre schönen Züge. »Leider sind sie tot.« Sie streckte die Hand nach seinem Gesicht aus, berührte seine Stirn, seine Wangen, seine Lippen. Eine Spur Wehmut lag jetzt in ihrem Lächeln. »Darf ich dich anfassen, Feridan?«

»Du tust es ja schon.« Endlich löste sich seine Zunge.

Miranda kicherte. »Stimmt!« Ihre Fingerbeeren strichen über seine Schultern und seine Brust. »Du kannst es mir ja sagen, wenn du es nicht magst. Und du darfst mich auch anfassen, wenn du willst.« Sie fuhr ihm über die Oberarme. »Was für große Muskeln du hast, Feridan!« Mit dem Handrücken fuhr sie ihm über Bauch und Hüften. »Du bist so schön!«

»Es wird kühl.« Feridan drehte sich schnell um und griff hastig nach seinen Kleidern. »Ich will mich mal eben anziehen.« Er stieg in seine Hose. »Wieso gehorchen die Füchse dir? Hast du sie gezähmt?«

»Sie sind meine Freunde.« Miranda half ihm ins Hemd und in seine lange Jacke. »Viele von ihnen sind jetzt gerade an den Stränden unterwegs. Ich habe sie gebeten, nach den armen Menschen zu suchen, deren Schiff Babospos Sturm versenkt hat.«

»Babospos Sturm …?« Wieder verschlug es ihm die Sprache. Meinte sie Prospero? Dann hätte Herzog Tonio ja recht gehabt. Feridans Blicke suchten den Sandboden nach seinen Stiefeln ab. Dabei fiel sein Blick auf Mirandas Füße. Sie lief barfuß und hatte schöne, braungebrannte Füße. Der Atem stockte ihm, so schön fand er sie.

»Gibt es viele Männer wie dich, dort wo du herkommst, in Tunischan?«

»Nein, ich bin einzigartig.« Feridan grinste. Der Scherz half ihm, seine Verwirrung und Verlegenheit zu überspielen. »In Tunischans Hauptstadt haben wir die Hochzeit meiner Schwester gefeiert. Ich komme eigentlich aus Napoli. Natürlich gibt es dort viele Männer wie mich. Aber keine Frauen, die so schön sind wie du.« Er spürte sofort, wie ihm das Blut ins Gesicht schoss.

»Du findest mich auch schön?« Sie lächelte breit. »Das freut mich aber.«

»Das heißt – eigentlich gibt es nicht viele wie mich in Napoli, denn es gibt kaum Prinzen bei uns.« Er redete seine Verlegenheit nieder. »Im Grunde nur einen, und das bin ich.«

»Du bist der Sohn des Königs von Napoli?« Er nickte. »Das trifft sich gut: Ich bin die Tochter des Herzogs von Milano. Des ehemaligen Herzogs von Milano. Mein Vater hat mir erzählt, dass du mit deiner Familie auf meinem Wiegenfest warst.«

»Ich erinnere mich. Da war ich vier oder fünf Jahre alt. Dein Vater hat mir seine Eule gezeigt.«

»Buback? Er ist das klügste Tier, das ich kenne.«

Ein Fuchs strich plötzlich um Mirandas Beine herum; Feridan wich erschrocken zurück.

»Du musst keine Angst vor ihm haben.« Sie beugte sich zu dem Tier hinunter. »Eher muss er dich fürchten. Doch das tut er nicht, weil er sieht, dass ich dich mag.«

Wieder spürte Feridan, wie sein Gesicht heiß wurde.

Der Fuchs lief los, blieb stehen, lief wieder los und blieb erneut stehen und spähte zurück zu ihnen. »Die Füchse haben jemanden von deinen Gefährten gefunden. Komm.« Sie nahm seine Hand, führte ihn zu ihrem Pferd und stieg auf. Erneut rutschten ihr Kleid und Mantel weiß der Himmelsgott wohin. Feridan wurde es heiß und kalt. Etwas ratlos stand er vor dem Hengst und seiner Reiterin.

»Komm schon.« Miranda reichte ihm ihre Armbrust herunter und deutete hinter sich. »Steiner kann zwei tragen, er ist stark.«

Feridan zögerte. »Ich bin noch nie ohne Sattel geritten.«

»Es ist ganz einfach. Du darfst dich an mir festhalten.« Sie streckte ihm die Hand hin. Feridan schnallte sich die Armbrust auf den Rücken, griff zu und ließ sich aufs Pferd helfen. Miranda trieb es an, und er umschlang sie von hinten und versuchte, nicht auf ihre braungebrannten Schenkel zu gucken. Sein Herz klopfte ihm plötzlich in den Lenden und im Hals. Noch nie war er einem Mädchen so nahe gewesen.

Sie folgten dem Fuchs. Der lief zum Strand und dort weiter nach Westen. Miranda ließ das Pferd in einen leichten Galopp fallen, und Feridan musste sie noch fester umarmen. Ihr Körper fühlte sich warm an, an der Innenseite seines Unterarms spürte er ihr Herz schlagen.

»Ich kann dich ziemlich gut leiden, Feridan!«, rief sie ihm über die Schulter zu. »Du mich auch?«

»O ja!« Er legte sein Kinn auf ihre Schulter, um sie besser verstehen zu können. Keines ihrer Worte wollte er sich entgehen lassen. Wann hörte ein Mann denn schon, was er gerade zu hören bekam?

»Deine Stimme klingt so schön!«, rief sie. »Deine schwarzen Augen sind gute Augen. Willst du mein Freund sein?«

»O ja!«, hörte Feridan eine heisere Stimme sagen. Seine Stimme.

»Wir könnten Schach spielen!«, rief sie. »Prospero mag das Spiel nicht. Wir können auch Musik machen und singen. Ich freu mich schon.«

Feridan war mit allem einverstanden. Mit ihr würde er sogar Socken stricken oder einen Kuchen backen. Wenn er nur in der Nähe dieses herrlichen Geschöpfes bleiben durfte!

»Ich kann perfekt mit einer Armbrust umgehen!«, rief er, um auch einmal etwas zu sagen. »Wir könnten auf die Jagd gehen. Auf dieser Insel gibt es sicher viel Wild.«

»Das werden wir ganz gewiss nicht tun, Feridan«, erklärte

sie bestimmt. »Ich töte keine Tiere, und ich esse sie auch nicht. Außer Fische – mein Vater besteht darauf.«

Feridan hätte sich auf die Zunge beißen mögen.

Die Sonne war längst untergegangen, doch noch immer leuchtete ein roter Himmel über dem Meer. Obwohl der Tag nach und nach verdämmerte, war es noch lange nicht dunkel. Der Fuchs blieb etwa sechshundert Fuß vor der Brandung stehen. Dort hockte ein zweites Tier vor einer Art Floß. Daneben wölbte sich etwas, das aussah wie ein großer Haufen Treibgut. Der Haufen bewegte sich, und als sie näher kamen, erkannte Feridan, wer dort in der Brandung lag.

»Gonzo!«, rief er. »Guter Gonzo!« Er sprang vom Pferd und lief zu ihm. »Dem Himmelsgott sei Dank! Du lebst!«

Gonzo war klatschnass und sehr bleich. Die ganze große Masse seines Leibes bebte und zitterte, so heftig fror er.

»Wir bringen ihn ins Lager«, entschied Miranda. »Gonzo muss so schnell wie möglich aus den nassen Kleidern und in die Nähe eines Feuers.«

»Miranda!« Gonzo flüsterte und stammelte. Und starrte Miranda an wie eine Erscheinung. »Ich kann es ja nicht glauben, Kind!«

»Du erkennst mich?«

Feridan und Miranda halfen ihm auf die Beine und stützten ihn auf dem Weg zum Pferd.

»Wenn du wüsstest ...« Tränen stürzten dem alten Mann aus den Augen. »Wenn du wüsstest, wie oft ich von dir geträumt habe. Von dir und deinem Vater.«

»Ich hätte dich auch sofort erkannt. War ja schon vier Jahre alt damals.« Beim dritten Versuch gelang es ihnen endlich, Gonzo aufs Pferd zu helfen. Im Laufschritt liefen sie neben ihm her.

Feridan, dem die langen Stunden auf dem Meer noch in allen Knochen steckten, fiel nach und nach zurück. »Immer nur am

Strand entlang!«, rief Miranda und rannte weiter neben ihrem trabenden Hengst und seiner triefenden Last her. »Bis zur Flussmündung! Du kannst die Hütten gar nicht verfehlen!«

Feridan winkte, machte langsamer, schöpfte Atem. Miranda und der Hengst mit dem Thronrat schrumpften nach und nach zu einem dunklen Fleck in der Dämmerung zusammen. Er tastete hinter sich – ihre Armbrust hing noch auf seinem Rücken. Wie gut, etwas von ihr bei sich zu haben.

Tapfer setzte er einen Fuß vor den anderen. Rechts von ihm rauschte die Brandung, links schwiegen Dünen und Wälder. Noch immer klopfte sein Herz schneller als gewöhnlich. Er fragte sich, was ihn so aufwühlte – gerettet und auf dieser Insel zu sein oder der Gedanke an dieses herrliche Geschöpf namens Miranda.

Mit der Zeit schleppte er sich mehr über den Strand, als dass er lief. In der Ferne erkannte er Feuerschein. Bald konnte er sieben Feuerstellen unterscheiden und allmählich auch die Menschen, die sie umlagerten. An den sechs Feuern, die vor den Dünen loderten, hockten jeweils fünf bis sieben Männer, manche mit dem Rücken zu den Flammen. Feridan begriff, dass sie ihre nassen Kleider am Körper trockneten. Viele neigten den Kopf, als er an ihren Feuern vorüberging, manche riefen ihm Segensgrüße zu.

Einer rief: »Der Prinz von Napoli ist ebenfalls gerettet! Freut euch, Männer!« Jubelrufe wurden laut, die meisten klangen jedoch müde und erschöpft.

Feridan erkannte Stefano Ohrlos an einem der Feuer, an einem anderen den Bootsmann neben dem Kapitän und Rico, dem Fistler. Auch den Steuermann entdeckte er unter den Geretteten, sogar den Schiffsjungen. Nur seinen Vater und seinen Onkel konnte er nirgends finden. Genauso wenig wie den Herzog Tonio und den Medikus Felix.

Er setzte sich nirgends dazu. Ihn zog es an ein kleines Feuer zwischen zwei Hütten. Dort hatte er Mirandas Blondschopf entdeckt. So viel Zeit wie möglich wollte er in ihrer Nähe verbringen.

Ein Mann stand plötzlich vor ihm – groß, rotbraunes Haar, kantige Miene und in einen bunten Federmantel gewickelt. Ein großer Uhu hockte auf seiner linken Schulter. Aus gelb-rot glühenden Augen musterte der Vogel den Prinzen streng. Auch ohne die Eule hätte Feridan den Mann sofort erkannt.

»Prospero von Milano«, murmelte er.

Der Uhu richtete seine Federohren auf, und der Mann nickte langsam. Seine Miene war hart, sein Blick bitter und ernst. »Und wer bist du?« Seine Stimme klang sehr rau und irgendwie traurig.

»Feridan von Napoli. Wir kennen uns. Du hast mich mal mit hinauf in deine Bibliothek genommen und mir deinen Uhu gezeigt.« Er deutete auf das Tier. »Ihn.«

»Sechzehn Jahre her.« Herzog Tonios Bruder zeigte zu den Dünen. »Setz dich zu den Männern an ein Feuer.«

»Feridan!« Miranda tauchte neben ihrem Vater auf. »Da bist du ja endlich! Ich habe mir schon Sorgen gemacht.« Und an ihren Vater gewandt: »Schnüffeli hat ihn gefunden. Und Feridan und ich haben dann Gonzo gefunden und ihm aufs Pferd geholfen.« Sie griff nach Feridans Hand. »Komm mit mir an unser Feuer. Ich will, dass du bei mir sitzt.«

Sie zog ihn an ihrem Vater vorbei und mit sich zum Feuer. Feridan blickte zurück. Schweigend schaute Herzog Tonios Bruder ihnen hinterher. Feridan wusste nicht, wie ihm geschah.

12

Brüder

Ich habe keine Schwester, ich habe keinen Bruder, ich habe nur Babospo. Der aber hat einen Bruder. Tonio.

Meine Erinnerung an Tonio ist verschwommen. Da draußen kommt er den Strand herauf. Doch, ich erkenne ihn wieder. Ich bin ja auch schon vier Jahre alt gewesen. Damals. Als Tonio uns in die Verbannung geschickt hat. Vor zwölf Jahren.

Er hinkt, er hat einen Buckel, an seinem rechten Arm fehlt die Hand. Etwas wie ein Haken glänzt dort. Etwas wie eine Blechschüssel sitzt auf seinem grauen Haar, ein lederner Panzer hüllt seine Brust ein. Ein Schwert hängt an seinem Waffengurt. Der Schwertknauf funkelt in der Morgensonne. Er sei mit Diamanten besetzt, hat Babospo gesagt. In meinem ganzen Leben habe ich noch keinen einzigen Diamanten gesehen.

Wir stehen am Eingang der großen Hütte und beobachten, wie er näher kommt. Sieben Männer folgen ihm. Einer geht ihm voraus. Ariel. Wahrscheinlich sieht Tonio ihn gar nicht.

Eigentlich folgen ihm nur sechs Männer, denn der siebte wird von vier Männern auf einer Art Holzgitter hinter ihm hergetragen, ein großer, ein schwerer Mann.

»Bei allen guten Mächten des Alls!« Feridan steht schon längst vor der Hütte. »Mein Vater wird doch nicht tot sein?« Er rennt los, rennt den Männern entgegen.

Die Seeleute und Schwertmänner winken ihrem Herzog und ihrem König zu. Die hat Ariel gestern schon hierher zu unseren Hütten geführt. Gonzo schaukelt seinem Herzog mit ausgebreiteten Armen entgegen.

Bei den Dünen und am Waldrand stehen Wildmenschen. Sie wollen die Schiffbrüchigen sehen, die an der Hundskopfinsel gestrandet sind. In der Koppel, unter einer Pferdedecke inmitten der Pferde, hockt Caliban. Er ist es leid, von den Seeleuten und Schwertmännern angeglotzt zu werden.

»Der auf dem Lattenrost ist König Arbosso von Napoli, Feridans Vater«, erklärt mir Babospo. »Wäre er tot, hätten sie sich nicht die Mühe gemacht, ihn hierher zu schleppen.«

Ich schaue zum Hüttenfenster hinaus, schaue Feridan hinterher, wie er zu seinem Vater rennt. Ich gucke ihn so gern an.

»Wie deine Augen leuchten.« Babospo beobachtet mich von der Seite. »Du magst ihn, nicht wahr?«

»Hast du einmal ganz tief in seine Augen gesehen, seitdem er bei uns ist, Babospo? Hast du ihn einmal lachen gehört? Er hat ein edles Herz, glaub mir.«

»Ob ein Herz edel ist oder nicht, erweist sich erst im Feuer des Leidens.«

»Ich wünschte, ich könnte immer in seiner Nähe sein.«

Babospo fasst mein Kinn und hebt meinen Kopf. Ich mag das nicht besonders. Doch wie zärtlich er mich jetzt anschaut und mit wie viel Sorge! Ich lass ihn einfach mein Kinn halten; er ist immerhin mein Vater.

Er schaut mir lange ins Gesicht. »Die Liebe ist gefährlich«, sagt er schließlich und nimmt mich in die Arme. »Manchmal sogar lebensgefährlich.« Ich weiß, was er meint. Er hat mir alles erzählt. Die Geschichte von Majuja und ihm, meine ich.

Ich schließe die Augen und lass mich an seine Brust sinken. Manchmal ist es gut, in den Armen und an der Brust seines Vaters zu ruhen. Und nichts zu denken.

Sein Herz klopft ziemlich schnell. Ist er aufgeregt? »Ich gehe raus.« Er schiebt mich weg von sich. »Ich gehe zu meinem Bruder und zum König.«

»Hör mir zu, Babospo.« Ich halte ihn fest. »Meine Familie ist tot. Magdalena, Majuja, Bruno, Jesu, Polino, Josepho – alle tot. Ich habe nur noch dich. Und meinen Onkel Tonio.«

Babospos grüne Augen sind dunkel von Trauer. Was denkt er jetzt? Ich werde es bald erfahren.

»Und du hast nur noch mich«, sage ich mit fester Stimme. »Und Tonio. Wir drei, wir sind die letzten unserer Familie. Mache sie nicht kaputt.« Ich muss schlucken, muss mich noch mal an seine Brust drücken. »Du verdammter Magier, du.«

Ganz schnell dreht er sich weg. Ein Weile steht er vor der Hüttentür und wendet mir den Rücken zu. Schließlich zieht er die Tür auf. »Ich gehe jetzt. Und tue, was getan werden muss.«

13

Rache

Der Fischer, der sie hierher an die Flussmündung geführt hatte, verschwand so schnell, wie er aufgetaucht war. Unheimlicher Bursche mit seinem weißblonden Haar und den roten Augen. Der Prinz kam ihnen entgegen. Wahrscheinlich hatte er seinen Vater entdeckt.

Aus einer der Hütten trat Prospero, ihm folgte eine blonde Frau, fast noch ein Mädchen. Das war Miranda, das konnte nur Miranda sein! Tonio blieb stehen. Der Anblick seiner Nichte schnürte ihm das Herz zusammen. Zwölf Jahre! Zwölf.

»Keine schlechte Idee, hier auf ihn zu warten.« Sebasto schloss zu Tonio auf und hielt neben ihm an. »Soll er uns ruhig entgegen kommen, nicht wahr?« Er verschränkte die Arme vor der Brust. Tonio ging weiter. »Sollten wir nicht besser hier auf den Hexer warten, Herzog?«

Tonio antwortete nicht, ging einfach weiter. Während Prospero ihm entgegenschritt.

Was sollte er ihm sagen? Was würde Prospero ihm sagen? Nichts Schönes. Tonio kannte seinen Bruder. Prospero war nachtragend. Er würde sich rächen, irgendwie. Tonios einzige Hoffnung war das Kind. Miranda.

»Dem Himmelsgott sei Dank, ihr lebt!« Der Prinz rannte auf sie zu. »Vater! Was ist mit ihm?«

»Sieht schlecht aus«, sagte Sebasto. »Rippenbrüche, viele.« Und leiser: »Überlebt man nicht ohne Weiteres, wenn man so fett ist wie mein Bruder.«

Tonio schaute zurück. Die vier Schwertmänner setzten den

Lattenrost ab, Feridan beugte sich über seinen Vater. Der Rotschopf stellte sich neben ihn, der Medikus.

Tonio ging weiter, wollte es hinter sich bringen.

»Guck dir die Wilden an, Herzog!« Sebasto deutete zu den Dünen und zum Waldrand. »Die sehen aus wie bissige Köter, scheinen mit dem Hexer verbündet zu sein.« Er spuckte aus. »Sieht ihm ähnlich. Das sind ja an die Hundert! Hetzt er die auf uns, haben wir ganz schlechte Karten.«

Tonio hörte nur mit halbem Ohr zu. Vielleicht würde Prospero die Wildpelze tatsächlich auf sie hetzen, vielleicht würde er auch Feuer und Schwefel auf sie fallen lassen. Es war ihm gleichgültig, auf welche Weise Prospero ihn für seinen Verrat bestrafte. Er wollte es nur endlich hinter sich bringen. Er wollte sterben wie ein Mann.

Noch zehn oder zwölf Schritte trennten ihn von seinem Bruder. Prospero war alt geworden. Sein schmales Gesicht kam ihm noch knochiger vor als früher. Hohlwangig und bleich sah Prospero aus. Graue Strähnen durchzogen sein rotbraunes Haar. In seinen Augen lag eine Schwermut, die Tonio von seinem älteren Bruder nicht kannte.

Auf einmal beschleunigte Sebasto seinen Schritt, überholte ihn und lief auf Prospero zu. Seine roten Stiefel sahen lächerlich aus im weißen Sand. Sein Kahlkopf war von der Sonne ganz rot geworden. Vor Prospero blieb er stehen und stemmte die Fäuste in die Hüften.

»So sieht man sich wieder, mein lieber Prospero. Wie geht's?« Mit dem Daumen deutete er hinter sich. »Der König liegt ihm Sterben, ich habe jetzt das Kommando.« Er zeigte zum Wald hinüber. »Am besten wir brennen noch heute den ganzen Wald nieder. Unsere Flotte wird den Rauch sehen und die Insel finden. Und uns. Keine Sorge, mein lieber Prospero. Du bist uns ganz schnell wieder los.«

Prospero antwortete ihm mit keinem Wort. Aus bitterernster Miene musterte er den Kanzler von Napoli. Er machte eine Bewegung mit der Rechten, die Tonio nicht deuten konnte, und ging dann auf Sebasto zu. Der wich zurück – schneller als Prospero auf ihn zukam.

Plötzlich sprang einer von den Hütten herbei, ein großer, breitschultriger Kerl mit seltsam bleicher Haut und einem Gesicht wie ein Habicht. Bis auf einen Lendenschurz und eine Pferdedecke, die um seine Schultern hing, war er nackt. Tonio musste an sich halten, um nicht laut aufzuschreien, als er die Beine des Mannes sah – eines sah menschlich aus, eines wie eine Vogelklaue.

Der verunstaltete Kerl stürmte so geschwind auf Sebasto zu, dass der sich umdrehte und schreiend wegrannte. Die Vogelklaue verfolgte ihn bis in die Brandung und noch weiter sogar. Bis dem Kanzler von Napoli das Wasser buchstäblich bis zum Hals stand. Dann erst hob Prospero erneut die Rechte, und die Vogelklaue ließ es gut sein. Dicht bei Sebasto in den Wellen blieb sie stehen. Sebastos Geschrei klang dünn aus dieser Entfernung. Und erträglich.

Tonio hatte sich wieder gefasst, wollte weitergehen. Doch da lief Miranda an ihrem Vater vorbei, kam zu ihm und umarmte ihn. Einfach so. »Du bist mein Onkel Tonio.«

Tonio wusste nicht, wie ihm geschah. Er wagte es, wenigstens ihre Schultern zu berühren. »Miranda …« Mehr als ein Krächzen gelang ihm nicht. »Miranda, Miranda …« Sie küsste ihn links und rechts auf die Wangen und lief dann zu Feridan und seinem Vater.

Tonio atmete tief, rang um seine Fassung, sammelte sich – Prospero stand schon vor ihm. Schweigend schaute er ihm in die Augen. Tonio klopfte das Herz bis zum Hals. Er räusperte sich. »Der Sturm …« Wieder entrang sich nur ein Krächzen seiner

Kehle.«»... schätze, der ist nicht aus Versehen ausgerechnet dann losgebrochen, als wir an der Insel vorbeisegelten.«

»Ich habe auf euch gewartet.« Prospero holte ein Fernrohr aus seinem Federmantel. »Ich habe eure Schiffe gesehen. Und den Sturm auf euch gehetzt.«

Ein Verbannter wartet zwölf Jahre lang am Strand einer einsamen Insel auf Schiffe, die vielleicht nie kommen? Sich das vorzustellen überstieg Tonios Fantasie. »Du hättest den Sturm mit noch größerer Zerstörungskraft auf uns hetzen sollen, dann hätten wir es jetzt hinter uns.«

»Ich wollte euch hier auf der Insel sehen.«

Tonio blinzelte nach links und rechts. Seeleute und Schwertmänner beobachteten sie von Weitem. Trotz der vielen Menschen war es merkwürdig still am Strand. »Warum?«

»Weil ich euch in die Augen schauen wollte. Dir und dem Fettsack.«

»Das tust du jetzt.« Mit einer Kopfbewegung deutete Tonio hinter sich. »Geh schon, schau ihm in die Augen, bevor es zu spät ist. Rundhölzer der Takelage haben ihm ein paar Rippen zu viel zerschmettert.«

Prospero ging nicht zum König. Er blieb stehen, wo er stand, schaute Tonio in die Augen und sagte: »Seit zwölf Jahren habe ich die Stunde herbei gesehnt, in der ich dich töten würde. Dich und den Fettsack.«

Tonio blickte erst zu den Wilden am Waldrand hin, dann zur Vogelklaue im Meer. »Wir sind in deiner Hand, schätze ich.« Er zog sein Schwert und warf es von sich. »Worauf wartest du?«

Prospero schwieg. Ununterbrochen schaute er ihn an. Er schwieg lange. »Wie sieht Julias Grab aus?«, fragte er plötzlich.

Die Frage traf Tonio wie ein Blitz aus heiterem Himmel. Einmal mehr rang er um seine Fassung. »Sommerblumen«, sagte er schließlich und versuchte, seine Stimme fest klingen zu lassen.

»Ich lasse es zu jeder Jahreszeit anders bepflanzen. Einen Grabstein aus weißem Marmor habe ich aufstellen und einen Liedvers aus ihrer Heimat hineinmeißeln lassen.«

Prospero nickte langsam. »Wie geht es meinen Büchern?«

»Werden regelmäßig entstaubt. Sonst ist die Bibliothek zugeschlossen.«

»Du machst keinen Gebrauch von ihr?«

»Wenn ich in ihr lesen wollte, könnte ich mich auf kein Buch konzentrieren.«

»Weil du an mich denken müsstest.« Tonio nickte. »Wie geht's Milano?«

»Dem Reich geht es gut. Dem Himmelsgott sei Dank.«

»Steht die Vogelpagode noch?«

»Der Gärtner hat ihr ein neues Dach verpasst.«

Wieder nickte Prospero langsam. Und schwieg. Aus dem Augenwinkel sah Tonio, wie die Schwertmänner den Lattenrost mit dem König vorbeitrugen. Feridan und Miranda liefen ihnen voraus zu den Hütten. »Sonst noch Fragen?«

Prospero schüttelte den Kopf. »Nur das wollte ich wissen.« Und dann schwieg er wieder.

»Deswegen hast du den Sturm auf uns losgelassen? Um mich das zu fragen?«

Prospero trat einen Schritt näher. »Ich will nach Hause, Tonio.«

Der Herzog von Milano musste schlucken. Auf Rache war er gefasst gewesen, auf Kränkung, auf Schmerzen, auf Tod – aber doch nicht auf so einen Satz. Was nun? Es gab so viel zu sagen. Wo sollte er anfangen?

Er räusperte sich ein paarmal, fuhr sich über Augen und Stirn und sagte endlich: »Ich bin schuldig an dir geworden, Prospero. Doch die vielen Stunden auf dem Meer draußen, und dann mit dem schwer verletzten König …« Er unterbrach sich, riss sich den Helm mit der Hakenhand vom Kopf und raufte sich das schüttere Haar mit der gesunden. »Wie soll ich es dir sagen?« Er suchte nach Worten, deutete auf die See hinaus. »Ich habe mir da draußen so gewünscht, noch einmal in meinem Leben mit dir sprechen zu können ...« Er hob die Arme. »Es tut mir so leid, Prospero. Ich habe damals deine Schwäche, deinen Fehltritt ausgenutzt. Plötzlich sah ich die einzigartige Gelegenheit, dich, den Älteren, Klügeren und Stärkeren loszuwerden und selbst Herzog zu werden. Ich habe mich schuldig gemacht.« Er beugte den Kopf. »Du bist der rechtmäßige Herzog von Milano. Verzeih mir, wenn du kannst.«

Prospero stand wie festgewachsen. Noch fahler und hohlwangiger als zuvor schon kam er Tonio vor. »Ja, du warst schwach damals, Tonio. Schuld hast du auf dich geladen, das stimmt, und ich habe dich lange Zeit dafür gehasst. Bis vor zwei Jahren, bis zu Josephos Tod. Doch ich war noch schwächer als du. In Selbstmitleid und ichsüchtiger Trauer bin ich versunken. Und welch ein Frevel, eine Tote aus dem Totenreich heraufholen zu wollen! Wie viel Leid und Tod habe ich dadurch über Menschen gebracht, die besser waren als ich.« Prosperos Stimme brach schier; er breitete die Arme aus. »Wie ein hilfloser alter Narr steht dein Bruder in dieser Stunde vor dir und bittet dich um Entschuldigung. Und mit dir alle, die ich nicht mehr bitten kann. *Du* bist der Herzog von Milano.«

»Nein, Prospero, du bist es ...« Tränen erstickten Tonios Stimme.

Prospero ging zu ihm, riss ihn an seine Brust und umarmte ihn. »Lass gut sein, mein Bruder. Mir reicht's, meine Bibliothek zu sehen, Julias Grab und die Vögel. Mir reicht's, endlich wieder nach Hause kommen zu dürfen.«

14

Das Buch

Eine Woche später entdeckten die Fregatten der königlichen Flotte die Hundskopfinsel. Und zwei Wochen später auch den Strand, auf dem an die sechzig Männer und eine Frau sehnsüchtig darauf warteten, dass irgendein Schiffsjunge von seinem Krähennest aus endlich die Rauchwolken ausmachte, die sie Tag und Nacht in den Himmel schickten.

Der Kommandant der Flotte ankerte mit seinem Dreimaster eine Meile vor der Küste und schickte eine Barkasse und zwei Pinassen an den Strand herüber. Dreimal mussten die Beiboote hin und herfahren, bis auch der letzte Mann und das letzte Gepäckstück auf dem Weg hinüber zur Fregatte waren.

Prospero, Tonio und König Arbosso gehörten zur Besatzung der letzten Pinasse. Arbosso musste in einem mit Sand gefüllten Kasten transportiert werden. Das Sandbett hatte sich der Medikus ausgedacht; dass es Arbosso insgesamt deutlich besser ging, schrieb Felix Miranda zu. Sie hatte dem König allerhand Tinkturen und Elixiere verabreicht. Was sie sonst noch getan hatte, wollte Prospero lieber nicht wissen.

Am Fußende des königlichen Sandbettes hockte der Magier auf einer Truhe, in der Miranda und er ihre Sachen verstaut hatten: vollgeschriebene Pergamentbögen, Schreibzeug, Bücher, Instrumente, Noten und so weiter. Das BUCH DER UNBEGRENZTEN MACHT trug er wie immer in seinem Rucksack auf dem Rücken.

Miranda war schon mit der ersten Barkasse hinübergefahren. Natürlich gemeinsam mit dem Prinzen von Napoli. Beinahe alles, was man gemeinsam tun konnte, taten die beiden gemeinsam. Vom ersten Tag ihrer Begegnung an.

Prospero versuchte sich manchmal daran zu erinnern, ob es bei ihm und Julia genauso gewesen war. Und ja: Bei ihnen war es genauso gewesen.

Wer in den Booten nicht rudern musste, der winkte zum Strand zurück. Caliban und die Wildmenschen standen in der Brandung und schwenkten Laubzweige. Prospero winkte nicht. Er war froh, dass er den Hexensohn und die Hundegesichtigen endlich los war.

Hinter ihm im Sandbett räusperte sich der König. »Was ich dir noch sagen wollte, Prospero.« Prospero drehte sich nach Arbosso um. »Also, was meinen Sohn und deine Tochter betrifft ...« Seine Stimme war noch schwach, und wieder musste er sich räuspern. »... also ich, von meiner Seite aus, ich hätte nichts dagegen einzuwenden.«

»Davon gehe ich aus«, entgegnete Prospero. »Es würde dir sowieso nichts nützen, wenn du etwas dagegen hättest. Und mir auch nicht, fürchte ich.«

Das Sandbett mit dem König zogen sie mit einem kleinen Lastkran an Bord der Fregatte. Danach ließ der Kapitän die Anker lichten und die Segel setzen. Der Wind stand günstig, nach einer Stunde stießen sie zu den anderen sechs Schiffen der königlichen Flotte. Gegen Mittag nahmen sie Kurs auf Napoli. Dort lag Tonios Schiff vor Anker. Heimweh packte Prospero.

Lange stand er am Heckkastell und blickte zurück. Auch dann noch, als die Hundskopfinsel nicht mehr zu sehen war. Er dachte an Josepho und an ihr letztes Gespräch. Noch immer konnte er nicht fassen, dass seine Mutter seine magische Begabung erkannt hatte. Und noch immer hatte er keine Antwort auf die Frage gefunden, welche Schicksalsmächte die Hexe Coraxa vom Schwarzen Strom über Tunisch bis nach Milano getrieben haben mochten, nur damit das BUCH DER UNBEGRENZTEN MACHT in seine Hände gelangte. Manchmal lag er halbe Nächte lang wach und grübelte darüber.

Buback landete neben ihm auf der Balustrade der Reling. Er hatte eine Möwe gefangen und begann, sie zu kröpfen. Prospero wich ihren vom Wind verwirbelten Flaumfedern aus und drehte sich um.

Sein Blick fiel auf Miranda. Sie stand an der Bugreling – natürlich neben dem Prinzen Feridan – und wandte sich in eben diesem Augenblick nach Prospero um. Sie lachte und deutete zum Großmast hinauf.

Prosperos Blick folgte der Richtung, in die ihr Arm zeigte: In der Takelage des Großmastes saß Ariel. Ganz oben, neben dem Krähennest. Sein himmelblaues Kleid und sein langes weißblondes Haar flatterten im Nordwestwind. Die zurückgewonnene Freiheit schien ihn zu beflügeln, denn er lächelte und bewegte Arme und Oberkörper wie zum Klang einer unhörbaren Musik.

Der Magier wunderte sich, den Luftelf hier auf dem Schiff zu entdecken; so ganz in seiner Nähe. Wusste er doch, dass Ariel ihn nicht leiden konnte. Wahrscheinlich wollte er sich nicht von Miranda trennen. Der Luftelf war mindestens so heftig in sie verliebt wie dieser Schönling aus Napoli.

Prospero winkte Miranda zu, doch sie sah es nicht mehr, hatte nur noch Augen für Feridan. Prospero hatte sich damit abgefunden, dass die beiden nicht mehr voreinander zu retten waren.

Doch nicht nur abgefunden hatte er sich damit, sondern er war entschlossen, seinen Teil zum Gelingen ihres Glückes beizutragen. Seit dem letzten Gespräch mit Josepho war ihm vollkommen klar, was das Erste war, das er zu tun hatte; seit er wusste, dass seine Mutter ihn schon früh als Magier erkannt hatte.

Er wandte sich vom Oberdeck ab und dem Meer zu, streifte den Lederrucksack von seinen Schultern und holte das Buch heraus. Mit beiden Händen hielt er es über die Balustrade. Ein letztes Mal betrachtete er die goldfarbenen Sterne, die Pyramide und das Vogelwesen darin. Zum letzten Mal las er den Buchtitel. »BUCH DER UNBEGRENZTEN MACHT. Hast du mich wirklich gesucht?« Ratlos schüttelte er den Kopf. »Ich fürchte, du hast nicht den Richtigen gefunden.«

Er beugte sich über die Balustrade, hielt das Buch über das Wasser und ließ es los. Es klatschte in die Wellen und versank im Meer.

Prospero rollte seinen Rucksack zusammen, drehte sich wieder um, lehnte gegen die Heckreling und sah zu Miranda hin. Er fühlte sich leichter jetzt. Viel leichter.

Buback breitete die Flügel aus und schwang sich von der Balustrade. Über die Köpfe der Seeleute auf dem Oberdeck hinweg schwebte er zum Bugkastell und landete auf Mirandas linker Schulter. Überrascht hob sie den Kopf und blickte dem Uhu ins Eulengesicht. Prospero winkte seiner Tochter zu, und diesmal winkte sie zurück.

Die Community für alle, die Bücher lieben

Das Gefühl, wenn man ein Buch in einer einzigen Nacht verschlingt – teile es mit der Community

In der Lesejury kannst du

★ Bücher lesen und rezensieren, die noch nicht erschienen sind

★ Gemeinsam mit anderen buchbegeisterten Menschen in Leserunden diskutieren

★ Autoren persönlich kennenlernen

★ An exklusiven Gewinnspielen und Aktionen teilnehmen

★ Bonuspunkte sammeln und diese gegen tolle Prämien eintauschen

Jetzt kostenlos registrieren: www.lesejury.de
Folge uns auf Facebook:
www.facebook.com/lesejury